Yo soy
Eric Zimmerman

Yo soy
Eric Zimmerman

Megan Maxwell

Esencia/Planeta

Obra editada en colaboración con Editorial Planeta - España

© Imagen de portada: Freya photographer – Shutterstock
© Fotografía de la autora: Nines Mínguez
Composición: David Pablo

© 2017, Megan Maxwell

© 2017, Editorial Planeta, S. A. - Barcelona, España

Derechos reservados

© 2017, Editorial Planeta Mexicana, S.A. de C.V.
Bajo el sello editorial PLANETA M.R.
Avenida Presidente Masarik núm. 111, Piso 2
Colonia Polanco V Sección
Delegación Miguel Hidalgo
C.P. 11560, Ciudad de México
www.planetadelibros.com.mx

Primera edición impresa en España: noviembre de 2017
ISBN: 978-84-08-17750-0

Primera edición impresa en México: noviembre de 2017
ISBN: 978-607-07-4595-9

Impreso en los talleres de Litográfica Ingramex, S.A. de C.V.
Centeno núm. 162-1, colonia Granjas Esmeralda, Ciudad de México
Impreso en México –*Printed in Mexico*

Para Esther, amiga y editora,
una pequeña hada madrina rubia que concede deseos.
Gracias por cruzarte en mi vida,
porque, sin ti, no habrían sido posibles muchas de las cosas
bonitas que me están ocurriendo.
Y, por supuesto, para mis Guerreras y Guerreros,
que saben tan bien como yo que el amor
no ha de ser perfecto, sino verdadero,
y que amar no es sólo querer, sino también comprender.
¡Espero que Eric os enamore!

MEGAN

1

Rubias...

Morenas...

Pelirrojas...

Altas...

Bajas...

Delgadas...

Rellenitas...

Todas... Me gustan todas las mujeres activas en el plano sexual. Adoro sus cuerpos, sus curvas y su manera de disfrutar del sexo, y enloquezco cuando se entregan por completo a mis deseos.

Mientras tomo una copa en el Sensations, un local de ambiente liberal en Múnich al que acudo con regularidad, soy consciente de cómo me observan todas.

¡Soy un macho alfa!

Todas quieren que las desnude.

Todas desean que me meta entre sus muslos.

Todas se mueren por ser las elegidas esta noche.

Los asiduos al Sensations sabemos muy bien por qué estamos aquí. Nos gusta el sexo caliente, exaltado y morboso, y deseamos disfrutarlo de mil maneras. Y yo soy uno de ellos.

A mi derecha, hablando con un grupo de gente, está la preciosa mujer con la que disfruté hace un par de noches. No me acuerdo de su nombre... ¿Qué más da?

A pocos metros a mi izquierda veo a una amiga de Björn, una ardiente mujer dispuesta a todo con la que hemos pasado muy buenos ratos. Tampoco recuerdo cómo se llama.

Sus ojos y los míos se encuentran y sonreímos. Sin duda ambos somos depredadores sexuales y nos reconocemos con la mirada.

Pero mi noche se tuerce cuando veo aparecer a Rebeca, mi ex.

¡Joder...!

Pillé a esa maldita zorra en la cama con mi padre meses antes de que él falleciera y, aunque al principio me dolió el despropósito por parte de los dos, reconozco que, sin Rebeca, a la que yo llamo Betta, estoy mejor.

En cuanto a mi padre, prefiero no pensar en él. Lo que hizo no estuvo bien. Betta estaba conmigo, él no lo respetó, y si nuestra relación ya era mala, a partir de aquel momento pasó a ser nula. Es más, ni siquiera me afectó su pérdida. Él nunca se comportó como un padre conmigo, y no se puede añorar lo que nunca se ha tenido.

En cuanto me ve, Betta camina hacia mí. ¡Joder!

Llega a mi lado junto a su acompañante y nos saludamos con frialdad.

Instantes después, cuando el hombre que va con ella se aleja para charlar con unos conocidos, Betta me mira y murmura:

—Por Dios, Eric, cambia esa cara.

Le dirijo una mirada de desagrado, su presencia me incomoda.

—Ni me hables —siseo.

—Pero, Eric...

—Aléjate de mí —la corto—. ¿Cómo he de decírtelo?

Rebeca me reta con la mirada; la conozco y es capaz de poner nervioso hasta al más tranquilo.

—He pensado que quizá te apetecería jugar esta noche conmigo —dice entonces.

La observo boquiabierto. Después de lo que me hizo con mi padre, yo a ésta no la toco ni con un palo.

—No —respondo simplemente.

—Siempre te gustó ofrecerme... —insiste.

Resoplo. Esos tiempos ya pasaron. Doy un trago a mi bebida y, a continuación, le escupo:

—Tan sólo pensarlo me repugna.

Ella se retira el pelo del rostro, mueve el cuello con coquetería y cuchichea:

—Eric...

—Betta, ¡basta ya!

—Eric..., tú y yo... Sexo caliente, morboso y sucio, si quieres...

Asqueado, maldigo para mis adentros y sentencio negando con la cabeza mientras la miro con dureza:

—No volveré a tocarte en la vida.

Acto seguido, cuando es consciente al fin de que no va a conseguir su propósito, da media vuelta y se aleja.

Malhumorado, miro a mi alrededor y observo a las mujeres de la sala. Me deleito contemplando sus cuerpos, pero entonces mis ojos se dirigen hacia el lugar donde está Betta y veo cómo una mujer sube la mano delicadamente por su pierna hasta perderse bajo la falda.

Rebeca me mira, busca una complicidad que en otro tiempo existió pero que nunca recuperará y, cuando se muerde el labio inferior, sé que es porque los dedos de la mujer han alcanzado su sexo y juguetea con ella. La conozco bien, y sus gestos son como un libro abierto para mí.

Dejo de observarla, no me interesa, y me encuentro con la mirada de otra mujer que hay al fondo de la sala. Grandes pechos, trasero prominente, bonito rostro y, sin duda, ganas de pasarlo bien. Clavo los ojos en ella y la invito a acercarse. Si algo tengo claro es que no soy de los que van detrás de las mujeres. Yo elijo. Selecciono. Tengo la suerte de poder hacerlo.

Estoy bebiendo cuando la mujer de grandes pechos se aproxima hasta la barra y se presenta:

—Me llamo Klara.

Mis ojos recorren su cuerpo, sus pezones están erectos.

—Eric —la saludo.

Iniciamos una conversación absurda sobre el local y, de repente, ella coge mi mano y la coloca sobre su tentador escote. Sonrío, meto la mano bajo el vestido, le acaricio los pechos y siento sus pezones erectos y listos para mí.

Sin decir nada más, la agarro de la mano y nos dirigimos a una habitación colectiva.

Al entrar, hay gente practicando sexo de mil formas distintas. Placer, morbo y jadeos... Es la habitación rápida del local, un lugar para satisfacer deseos sin necesidad de desnudarse.

A mi derecha veo a dos mujeres y a un hombre sobre unos sillones y, a mi izquierda, a dos hombres. Diviso un sillón libre, me encamino hacia allí y, tras sentar a la mujer, no digo nada y ella baja la cremallera de mi pantalón.

En cuanto me lava el pene con agua, siento cómo ella lo envuelve con su húmeda y caliente boca y comienza a chuparlo y a succionarlo.

¡Qué placer..., es completamente embriagador!

Le agarro la cabeza con las manos, cierro los ojos y disfruto. Sólo disfruto.

El goce que me proporciona es intenso, sin duda sabe muy bien lo que se hace.

Bien..., me gustan las mujeres experimentadas.

Estoy disfrutando de la increíble felación cuando nuestros ojos se encuentran y decido que quiero más. Sin hablar, la levanto y le doy la vuelta. A continuación, le subo el vestido, le bajo las bragas, lavo su sexo y, tras ponerme deprisa un preservativo, me introduzco en ella con fuerza y decisión mientras el vello de mi cuerpo se eriza.

Disfrutamos...

Jadeamos...

Follar es lo que más me gusta en el mundo, y en el momento en que nuestros cuerpos tiemblan y ambos gritamos al llegar al clímax, sé que le he proporcionado el mismo placer que ella a mí.

Cuando terminamos, sin hablarnos ni besarnos, nos lavamos y salimos de la habitación. Nos despedimos con un guiño y luego ella regresa al fondo de la sala y yo a la barra. Estoy sediento.

Estoy pensando en mis cosas cuando oigo:

—La noche parece animada.

Al levantar la mirada me encuentro con Björn, mi mejor amigo. Es un hombre como yo, soltero y sin compromiso, que acude al Sensations para disfrutar del sexo sin más.

Tras chocar las manos, Björn le pide algo de beber al camarero y luego apoya los codos en la barra. A continuación, dice dirigiéndose a mí:

—Hoy he recibido los cómics de coleccionista del Capitán

América por los que pujé en aquella subasta que me indicó Dexter y que gané.

Al oír eso, sonrío. Björn es un fanático de los cómics y los discos antiguos de vinilo.

—¿Son los que estabas esperando de México? —pregunto. Él asiente, y entonces yo levanto mi copa y la hago chocar con la suya—. ¡Enhorabuena, colega!

Sonríe, da un trago a su bebida, al igual que yo, y pregunta:

—¿Algo interesante esta noche?

Lo miro y cuchicheo bajando la voz:

—Betta está aquí...

—¡Qué horror! —se mofa, lo que me hace reír.

Björn está al corriente de lo que sucedió entre ella y mi padre.

—¿Todo bien hoy en la lectura del testamento? —quiere saber entonces.

Al pensar en ello, respondo:

—No.

Mi amigo me mira. Nadie me conoce mejor que él.

—Eric..., intuyo lo que ha ocurrido, y es normal. Él era tu padre y...

—Un padre que se acuesta con la chica de uno no es un buen padre —protesto.

Björn asiente, entiende lo que digo.

—No, no lo es —afirma—. Pero en cuanto a Müller...

—No sé si me interesa su empresa.

—Pues debería interesarte —insiste—. ¡Müller es tu empresa! No seas tonto, no dejes que la rabia por lo ocurrido te haga tirar por la borda todos tus años de trabajo allí.

Sé que tiene razón, pero replico:

—No quiero seguir hablando de ello.

Björn asiente y no dice más. Pasados unos segundos, murmuro:

—Hervie ha venido con una prima suya sueca de grandes pechos que parece muy caliente. Gerard está con las amigas con las que nos fuimos a Belgrado aquel fin de semana, y Ronald nos ha invitado a participar en un *gangbang* con su mujer.

Veo que él sonríe, complacido con lo que acabo de decir.

—¿Recuerdas a mi amigo Sam Kauffman? —me pregunta entonces.

—Sí.

—Se ha casado.

Nada más oír eso, resoplo.

—Pobre..., lo acompaño en el sentimiento.

Ambos sonreímos. Si algo tenemos claro es que el matrimonio no entra en nuestros planes.

—El caso es que está aquí esta noche con su mujer —prosigue Björn—, en la habitación 3, y ambos quieren jugar...

Miro a mi amigo. No sé cómo es la mujer de Sam Kauffman. Al entender mi mirada, Björn se apresura a afirmar:

—Buenos pechos, perfecto trasero dilatado que yo he probado, y muy caliente.

Me gusta oír eso. Me fío de su criterio.

—¿Has dicho habitación 3? —pregunto.

Él sonríe, asiente, y nos ponemos en camino.

Mientras recorremos el Sensations, son muchas las mujeres y los hombres que nos paran y nos saludan. Aunque esté mal decirlo, Björn y yo somos dos machos alfa con los que todos quieren jugar, y nosotros, que somos conscientes de ello, disfrutamos eligiendo.

Tan pronto como cruzamos la cortina que separa la sala de las habitaciones, llegamos frente a la número 3. Abro la puerta y, nada más entrar, distingo a una mujer que no he visto en mi vida desnuda sobre la cama redonda. Como ha dicho Björn, sus pechos son colosales y tiene buen cuerpo. Entonces Sam, su marido, camina hacia nosotros y, tras saludarnos, murmura:

—Me gusta mirar mientras se follan a mi esposa.

Björn y yo observamos a la mujer, que, con una sonrisa, nos indica que está de acuerdo. Sin dudarlo, nos desvestimos en busca de juegos y morbo.

Una vez desnudo, me subo a la cama y, mientras Björn se acerca a ella con su miembro en la mano para paseárselo por el rostro, yo la miro y exijo, tocándole las piernas:

—Ábrelas.

Excitada, ella hace lo que le pido.

Paseo mis manos por sus piernas; son suaves. Cuando llego a los muslos, los separo con decisión y, cuando su húmedo sexo queda abierto ante mí, miro al marido, que nos observa.

—Lávala para mí —le pido.

Sam le echa agua en la vagina y luego la seca con una toalla blanca y limpia. En cuanto termina, abro los pliegues del bonito y caliente sexo de su mujer dejando su clítoris expuesto y le doy toquecitos con la lengua.

Ella enloquece. La respiración de Sam se acelera y, a partir de ese instante, todos disfrutamos de un juego caliente, morboso y excitante.

Pensando en mi propio disfrute, tras ponerme un preservativo, introduzco mi dura erección en su hendidura. Ella se mueve bajo mi cuerpo y, cuando la miro, sus ojos me piden que la bese, pero no lo hago. Yo no beso a cualquiera. Si algo he tenido siempre muy claro es que me gusta el sexo caliente y, en ocasiones, animal. Me gusta dar y recibir placer de las mujeres, pero mi boca y mis besos son algo muy mío, algo excesivamente íntimo y personal.

Björn vuelve a asaltar la boca de la mujer con su miembro, mientras el marido de ella se masturba viendo lo que ocurre. Durante unos minutos, cada uno busca su propio goce, al tiempo que ella, del todo entregada, chilla, jadea y se abre para nosotros.

Placer...

Morbo...

Diversión...

Disfruto con lo que ocurre, lo paso bien, y cuando llego al clímax y luego me retiro, el marido se apresura a lavarla de nuevo, dispuesto a que sea ahora Björn quien ocupe mi lugar y ella vuelva a gemir enloquecida.

Cuando, minutos después, mi amigo llega al orgasmo y se sale de ella, Sam, satisfecho con el juego, coge un bote de lubricante. A continuación, besa a su mujer en la boca y, tras cruzar unas palabras con ella, le da la vuelta en la cama y, separándole las nalgas, le unta lubricante.

Björn y yo miramos. Nos resulta morboso.

Sam introduce entonces un dedo en su ano, después dos...,
tres, y de nuevo la mujer jadea cuando él le da un azote en su redondo trasero.

—Está preparada para vosotros —susurra el hombre mirándome.

Dispuesto a disfrutar del manjar que me ofrece, me pongo un
nuevo preservativo, me sitúo de rodillas detrás de ella y, en el momento en que el marido le separa las cachas del culo para darme
acceso, coloco mi duro pene en su ano y poco a poco me introduzco en ella.

¡Uf..., qué delicia!

La mujer grita, se revuelve y jadea satisfecha mientras yo la
sujeto y me la follo.

Una..., dos..., tres..., doce veces me hundo en ella y ésta disfruta de mi posesión. Sintiendo su entrega, le doy un azote en su ya
rojo trasero, al tiempo que su marido le pide, le exige, que se aban-
done a mí por completo.

Ella obedece, y siento cómo su cuerpo queda laxo entre mis
manos mientras yo me hundo en ella una y otra vez y Sam nos
mira y le susurra cosas al oído.

Deseoso de unirse al juego, Björn repta bajo el cuerpo de ella,
que está a cuatro patas en la cama. Con destreza, mi amigo se coloca en posición y, tras mirarme, segundos después la mujer es penetrada anal y vaginalmente por ambos, a la vez que el marido se
masturba observándonos.

Jugamos a sexo duro, sexo fuerte, sexo sin miedo.

Nos gusta el sexo caliente y, en particular, tras lo ocurrido con
Betta, he decidido que solo se está mejor que acompañado y que
las mujeres son un mero entretenimiento para mí.

Durante horas, mi buen amigo Björn y yo gozamos del placer
consentido entre adultos, hasta que, pasada la medianoche, doy la
fiesta por terminada, me despido de él y regreso a casa.

En el camino, disfruto de la sensación de libertad que me proporciona ir en moto. Cuando llego a la casa que comparto con mi
sobrino Flyn, subo a mi cuarto, me ducho y, acto seguido, me
meto en la cama sin pensar en nada más.

2

El sábado a última hora de la tarde, cuando Flyn y yo estamos jugando en el comedor con la Play, se abren las puertas del salón y aparecen mi hermana Marta y mi madre, Sonia. Nada más verlas, sé que toca discutir.

Tras parar el juego, Flyn las mira y gruñe:

—Jolines... ¿Qué queréis?

—Dame un beso ahora mismo, sinvergüenza, y cambia esa cara —le reprocha mi madre—. Cada día te pareces más al gruñón de tu tío... ¡Por el amor de Dios..., pero ¿es que todos los hombres de esta familia tenéis que ser unos zopencos?!

—Mamá... —protesto.

Flyn me mira con orgullo. Entre él y yo hay una conexión estupenda que ninguno de los dos permite que nadie rompa.

—Mamá, ¿qué pasa? —le pregunto en tono molesto.

Mi hermana Marta tira su bolso sobre el sofá y cuchichea:

—Ah..., hermanito, tú siempre tan simpático.

—¡Marta, ¿te quieres callar?! —replico.

—¿Callarse, ella...? —murmura Flyn.

Marta, que es un torbellino de locura desenfrenada, se acerca al niño y, tras darle una colleja, sisea:

—A ver si te callas tú, renacuajo.

Flyn refunfuña. Me pide ayuda con la mirada y, cuando ve que no digo nada, se dirige a mi madre:

—Abuela, estábamos jugando una partida muy importante, estamos de torneo... ¿Qué es lo que pasa?

Mi madre sonríe. Adora a nuestro pequeño coreano alemán y, dándole un beso en la cabeza, explica:

—Flyn, tu tía y yo tenemos que hablar con Eric.

—¿Ahora? —protesta el niño.

—Sí.

—Pero, abuela, te he dicho que estamos de torneo..., ¿no puede ser en otro momento?

—No. No puede ser. Tiene que ser ahora —afirma mi hermana.

Flyn maldice por lo bajo. Lo conozco mejor que nadie y sé que, como no lo detenga, dirá algo inapropiado, por lo que le pido:

—Flyn, ve a tu cuarto.

—Pero...

—Te avisaré para seguir cuando se marchen. Es nuestra noche de hombres y nadie nos la va a jorobar. ¡Te lo prometo!

Él refunfuña, le molesta que nos hayan cortado nuestro momento, y sin muchas ganas, sale del salón para ir a su cuarto.

Una vez a solas con mi madre y mi hermana, esta última se mofa:

—¿Noche de hombres? Lo que le faltaba al puñetero renacuajo.

—Marta..., hija... —protesta mi madre.

Mi hermana se revuelve, nos mira e insiste:

—Quiero a ese niño tanto como vosotros, pero es un maleducado y, o lo metemos en vereda, o dentro de unos años se convertirá en un adolescente insufrible.

No digo nada. Mejor me callo.

Por todos es sabido que Flyn, por lo que sea, sólo me respeta a mí.

—Eric, ¿hasta cuándo vas a seguir retrasando tu visita al médico? —me pregunta entonces mi hermana.

Resoplo. Pensar en eso es lo último que me apetece.

Por desgracia, padezco una dolencia heredada de mi maldito padre, un glaucoma, que no es otra cosa que una enfermedad del nervio óptico que me produce visión borrosa, náuseas, vómitos y terribles dolores de cabeza.

«¡Gracias, papá!»

Nunca quiero hablar de ello. Es algo que sólo me incumbe a mí y odio dar pena.

—Cariño, has de ir a hacerte esas pruebas —murmura mi madre a continuación.

—Lo sé, mamá.

—Y, si lo sabes, ¿por qué no vas? —oigo que pregunta Marta.

Miro a mi hermana. Además de ser una entrometida, Marta es enfermera.

—Me da igual que me lances tu miradita de malo malote —cuchichea—, a mí no me das miedo. ¿A ver cuándo te enteras, guaperas?

Maldigo.

Es insufrible.

Mi madre, como orgullosa española, cuando la ve ponerse así dice que es la única de la familia que ha sacado su genio. Esa manera de ser tan combativa, tan guerrera, tan... española puede conmigo, por lo que siseo, dirigiéndome a Marta:

—¿Qué tal si cierras esa boquita un poco?

Ella me mira, sonríe como hace siempre para desquiciarme y suelta:

—¡Imposible! Los orangutanes como tú me obligan a abrirla.

—¡Marta! —protesta mi madre.

Pero mi hermana, que sigue sonriendo, le guiña un ojo y replica:

—Mamá, tu niñito rubio necesita un poco de caña y, si soy yo quien se la ha de dar, ¡se la daré! No me da la gana tener que bajar siempre la mirada ante él como está acostumbrado a que hagan todos. A mí no me das miedo, ¡¿te enteras, cabezón?!

Mi madre suspira, y yo resoplo y siseo:

—Marta, te quiero, pero en ocasiones te juro que te mataría.

—¡Atrévete!

Nos miramos...

Nos retamos...

Mi hermana es única e irrepetible. Desde pequeña le encanta hacerme enfadar.

—Marta, por el amor de Dios —interviene mi madre—, hemos venido a hablar con Eric, no a discutir con él.

Veo que Marta sonríe. Inconscientemente, eso hace que yo sonría también al fin, y más cuando indica:

—Mamá, Eric no sería Eric si no protestara y discutiera conmigo.

Oírla decir eso me hace quererla.

Somos como la noche y el día, quizá se deba a que ella es hija del segundo matrimonio de mamá. Hannah, nuestra hermana mayor fallecida, era quien ponía paz entre nosotros, era quien nos repetía que éramos hermanos y debíamos querernos y respetarnos, y, aunque lo hacemos, no podemos evitar discutir la gran mayoría de las veces.

Cuando ocurrió lo de Betta y mi padre, Marta estuvo a mi lado.

No me dejó ni un segundo solo y siempre se lo agradeceré, aunque discutiera también con ella.

Simona, la mujer que, junto a su marido, lleva mi casa y me ayuda con Flyn, entra entonces para dejar una jarra de limonada y unos vasos y después se retira. Mi madre se apresura a servir tres vasitos y los reparte.

—¿Algo más de lo que queráis hablar? —pregunto a continuación.

Mi madre y Marta se miran. ¡Vaya dos...! Entonces, mi hermana dice dirigiéndose a mamá:

—Empieza tú, porque si lo hago yo la lío.

Mi madre resopla, se acerca a mí e indica:

—Vamos a ver, hijo. Sé que, tras la lectura del testamento, la empresa que...

—Mamá, no me apetece hablar de Müller. Es más, quizá la venda.

—¡Tú eres idiota! —gruñe Marta.

—Pero, hijo...

—Mamá, no quiero nada que provenga de él.

—¿Que provenga de él? —sisea mi madre—. Eric, no me hagas enfadar... Müller la fundamos tu padre y yo, aunque él siempre fue demasiado machista y egocéntrico para aceptarlo. Cuando nos separamos, exigí la mitad de la empresa, pero sólo conseguí el cuarenta y cinco por ciento, y ahora Müller es tuya, hijo..., ¡tuya!

—Eh..., que yo, aunque sea la pequeña, tengo una parte de mamá —protesta mi hermana.

Mi madre la mira, luego me mira a mí y prosigue:

—Eric, llevas trabajando toda tu vida en esa empresa. Sé que disfrutas planteándote nuevos retos, aunque en ocasiones tu padre te frenara. Ahora, en cambio, no habrá nadie que te detenga y...

—Mamá...

—Eric..., ¿quieres cerrar esa bocaza y dejar que mamá hable? —protesta mi hermana.

Indignado, me dirijo a Marta y mascullo:

—La bocaza la tendrás tú.

—¡La madre que os parió! ¡Vaya dos!... —se queja mi madre. Después me mira e insiste—: Eric, cariño, sé sensato... Conoces Müller mejor que nadie. Sé que te dolió lo ocurrido entre tu padre y esa sinvergüenza, pero has de reponerte y ser listo.

—Ya me he repuesto, mamá, ¿de qué hablas?

Ella comienza a andar entonces por el salón mientras dice:

—Espero que no te cierres a la vida, cariño, porque enamorarse es algo maravilloso y deseo que tú lo hagas. Quiero que encuentres a alguien que te merezca y te haga terriblemente feliz, y...

—Mamá —la corto—, déjate de tonterías. No creo en el amor, y tengo cosas más importantes que hacer.

—Hijo...

—Mamá, ¡no!

Tras decir eso, ella se calla. Mi hermana me mira con reproche y, cuando voy a añadir algo, mi madre vuelve al ataque:

—De acuerdo, no hablaremos de amor, pero Müller es tuya...

—Mamá...

—Hijo —insiste—, Müller es una empresa en alza. Tiene delegaciones en España, entre otros países, que funcionan muy bien, y sabes que estamos pendientes de inaugurar en Londres. Siempre te has mantenido en un segundo plano porque tu padre así lo quería, pero ahora eres la cabeza visible de la empresa y has de visitar la delegación de España...

—Mamá..., no me agobies.

—No te agobio, hijo. Sólo te digo que tienes que ir a España.

Oír eso me subleva.

A pesar de ser medio español por parte de madre, mis genes son totalmente alemanes. De mi madre no tengo nada. Ella es morena, ojos negros y alocada como mi hermana Marta, mientras que yo soy rubio, tengo los ojos azules, soy muy muy serio y tengo poco sentido del humor, como mi padre. Pensar en ir a España, donde la gente sonríe más que respira, me crispa, por lo que insisto:

—Si hay que ir a España, ve tú. Te entenderás mejor con ellos que yo.

Ella me mira y resopla.

—Has de ir tú, Eric. No seas cabezón. ¡Eres el jefe!

—Joder, mamá...

—¿Has dicho *joder*? —gruñe Marta—. Mamá, Eric tiene que meter dinero en la hucha de los tacos.

—¡Dios santo! —bramo al oírla—. ¡Qué pesada eres, Marta!

Mi hermana se ríe. ¡Menuda lianta...!

—Eric, por favor —continúa mi madre—. Para mí fue muy importante que tu padre abriera delegaciones en España. Me gusta saber que hay familias en mi país que comen gracias a Müller, y quiero que siga siendo así.

Resoplo.

—Mamá, mi carácter no tiene nada que ver con el de los españoles; ¿no crees que es mejor que los visites tú?

—No, Eric, ¡ni lo sueñes! —replica—. Precisamente por tu carácter, te respetarán más. Vamos, hijo, prométele a tu anciana madre que no venderás Müller y que irás a España.

—Mamá, por favor, no comiences con el drama —refunfuña Marta.

Pero ver cómo me mira mi madre me puede. Sé que tanto ella como Björn llevan razón en lo referente a la empresa, por lo que al final digo:

—De acuerdo, mamá. Prometo seguir adelante con Müller e ir a la oficina general de Madrid en cuanto pueda.

Mi madre sonríe, se siente victoriosa.

Sin querer decir nada inapropiado, doy un trago a mi limonada, y entonces Marta dice:

—Bueno..., y ahora que ya os habéis puesto de acuerdo con el tema de la empresa y al cabezón de mi hermanito le queda claro que Müller es parte de nuestras vidas, ¿qué tal si hablamos de Flyn? Porque o haces algo pronto o al final ese enano no cumplirá diez años porque yo me lo cargaré.

Suspiro. Me guste o no, mi hermana tiene razón. Flyn es un chico problemático.

—Siento decir esto porque adoro a ese niño, pero creo que un internado militar sería lo mejor para que aprendiera disciplina —sugiere mi madre.

No me gusta oír eso. Flyn es un niño rebelde que necesita mano dura, y respondo:

—Ni hablar. Olvídate del internado.

Mi madre asiente. Sé que, en el fondo, la idea le gusta tan poco como a mí.

—De acuerdo. Me olvido de ello, pero entonces ¿qué hacemos? —insiste.

Ver la mirada de esas dos esperando a que yo les dé una solución me subleva, por lo que gruño furioso por todo:

—¿Lo ves, mamá? No puedo ir a España: Flyn me necesita a su lado.

Ella gesticula, es la reina de la gesticulación, y, mirándome, sisea:

—Claro que Flyn te necesita a su lado, pero, hijo, eso no significa que tengas que desatender tu trabajo. Acabas de prometer que irías a Madrid; ¿ya has cambiado de opinión?

—No, mamá. Claro que no.

Mi madre sonríe. Menuda lianta está hecha...

—Simplemente habla con él y déjale claro que su actitud tiene que cambiar —indica—. Eres el único al que le hace caso, el único al que respeta, pero eso no puede continuar. Por favor, ¡ponte serio o al final tendremos un problemón muy gordo con él!

Me guste o no, mi madre tiene razón.

—De acuerdo, mamá. Hablaré con él —asiento.

Ella sonríe, me da un abrazo y yo apenas si me muevo, por lo que, cuando se separa de mí, sisea:

—Por Dios, hijo..., ¡qué alemán eres!

Llevo toda la vida oyéndola decir eso.

Y, sí, soy frío. Soy alemán.

No soy como ella, ni como Marta —ni siquiera como Hannah—, que son felices besuqueándose y abrazándose a todas horas.

Cuando mi madre se aparta de mí, veo que Marta y ella se miran, por lo que sentencio:

—Ahora no.

—Ahora sí —replica Marta y, plantándose ante mí, añade—: Te quiero, pedazo de cabezón, aunque seas más frío que un témpano de hielo. Y quiero que vayas a tu revisión, sabes que te toca hacerlo, que no eres muy constante con ello y...

—Marta —la corto, subiendo la voz—. ¡Basta ya!

Mi hermana, que no suele hacerme caso, se dispone a proseguir cuando veo que mi madre la sujeta del brazo e indica, mientras me mira:

—Hijo, ¿acaso no entiendes que nos preocupamos por ti?

Las dos me miran. Son las mujeres más importantes de mi vida y, cuando veo que a mi madre le corre una lágrima por el rostro, me siento fatal. Sin embargo, no me muevo, tengo los pies pegados al suelo. Mi hermana me dirige un gesto para que la abrace, pero, como sigo sin moverme, es ella quien lo hace y dice:

—No sabes cuánto agradezco que tu padre no fuera el mío, porque no me gustaría nada tener esos genes fríos y horrorosos que tienes tú.

Su comentario me hace sonreír y, tras acercarme a ellas, las abrazo y les doy un rápido beso en sus locas cabecitas.

—Prometo ir a la revisión, hablar con Flyn y hacerme cargo de Müller —accedo al fin—. Tranquilas, que hoy os habéis salido con la vuestra.

Mi madre sonríe, me da otro beso y, cogiendo su bolso, anuncia:

—Muy bien. Pues ahora tu hermana y yo nos vamos a cenar.

Marta abre los brazos, gesticula tanto o más que mi madre para que le dé un beso y, cuando ve que no me muevo, suelta una carcajada y dice, acercándose a mí:

—Anda, témpano de hielo, dame un beso y sigue jugando a los hombretones con nuestro diabólico sobrino. Sois tal para cual.

Cuando se van, miro mi móvil. He recibido una invitación de Harald para que vaya a su casa esta noche a una fiestecita privada, pero la rechazo. Hoy es la noche de hombres entre Flyn y yo y nada ni nadie en el mundo la estropeará.

3

A bordo del jet privado de Müller me siento bien. He utilizado yo más este avión para mis propios fines que mi padre y, aunque voy camino de Madrid, estar sentado en él me relaja.

Pienso en mi madre, en su insistencia porque viajara a España, y en cuando me llama «frío alemán». Recordarlo me hace sonreír, especialmente porque, si me muestro frío frente a los demás, es para que no me hagan daño. Delante de todos soy frío y distante, cuando la verdad es que en las distancias cortas sé que puedo ser vulnerable.

Tomamos tierra en el aeropuerto de Barajas y bajo del jet para montarme en el vehículo privado que viene a recogerme.

Mientras vamos hacia las oficinas centrales de Müller, miro por la ventanilla y noto la alegría que los españoles irradian simplemente con la mirada. Su manera de caminar, de respirar, de desenvolverse... te hace saber lo vivos que están, y eso me inquieta. Preguntan demasiado, se interesan demasiado por las vidas ajenas, y eso me agobia.

Una vez que llego a las oficinas de Müller, las mujeres con las que me cruzo en mi camino me miran con curiosidad. No saben quién soy.

Subo a la sala de reuniones y durante horas me reúno con los diferentes departamentos de la empresa por sorpresa, para conocer la situación, hasta que finalmente me dan cinco minutos de paz y llamo por teléfono a Mónica Sánchez, una mujer que trabaja en Müller y con la que he tenido algo más que reuniones cuando ella ha viajado a Múnich.

Un timbrazo..., dos, y luego oigo:

—Despacho de la señorita Mónica Sánchez. Le atiende su secretaria, la señorita Flores; ¿en qué puedo ayudarlo?

—Buenos días, señorita Flores. Soy Eric Zimmerman. Querría hablar con su jefa.

—Un momento, señor Zimmerman.

No pasan ni dos segundos cuando la voz de Mónica dice:

—Eric, ¡qué alegría saber de ti!

—Mónica..., Mónica, ¡¿comemos juntos?!

—Por supuesto...

Tras quedar con ella a las dos de la tarde en recepción, colgamos y yo sigo atendiendo a los jefes de departamento.

A las dos menos cinco doy por finalizadas las reuniones y me dirijo al ascensor. Estoy hambriento y ansioso por salir de las oficinas.

Por suerte, el ascensor llega pronto y, como los empleados siguen sin conocerme, paso desapercibido por completo. Me coloco al fondo y me dedico a contestar varios mensajes que tengo en el móvil, entre ellos, unos de Dexter, un buen amigo mexicano.

Pero, de pronto, el ascensor da una sacudida y se detiene entre dos plantas.

¡Joderrr!

Se encienden las luces de emergencia y algunas mujeres comienzan a chillar asustadas.

¡Qué fatalidad!

Con lo escandalosas que son las mujeres cuando se ponen nerviosas...

¡Y encima españolas!

Durante unos instantes, las observo. Todas hablan, gesticulan, y yo no me muevo.

Con un poco de suerte, no se darán cuenta ni de que estoy aquí.

Pero pasan los segundos y el ascensor sigue parado. ¡Joder!

Comienza a hacer calor y algunas empiezan a perder los nervios. De pronto, en medio de todo ese caos, una voz de mujer llama mi atención.

Con curiosidad, me empino para verla y diviso un bonito pelo oscuro. No veo más.

Las demás mujeres siguen histéricas y la de la bonita voz las tranquiliza, mientras observo cómo ésta, a la que no le veo el rostro, se recoge el pelo en una coleta alta y la sujeta con gracia con la ayuda de un bolígrafo.

Me empino más..., más..., y por fin veo que no es muy alta. Le está pasando una botellita de agua a una de las histéricas. Luego reparte chicles con sabor a fresa y saca también un abanico de su bolso.

La observo con curiosidad y, sin saber por qué, doy un paso al frente y, agarrándola por el codo, le pregunto:

—¿Te encuentras bien?

La joven ni me mira, sino que continúa abanicándose y cuchichea con desparpajo:

—¡Uf! ¿Te miento o te digo la verdad?

Su contestación y el brío con el que mueve el abanico me hacen gracia, y respondo:

—Prefiero la verdad.

De pronto, ella se vuelve para mirarme, pero, al hacerlo, choca contra mí y, dando un paso atrás, me mira con el ceño fruncido. Por fin la veo de frente, y me alegro de ello. No es una belleza, pero tiene unos preciosos ojos negros y una graciosa nariz.

—Entre tú y yo —oigo que dice entonces—, los ascensores nunca me han gustado, y como no se abran las puertas en breve, me va a entrar el nervio y...

Sin saber por qué, sonrío y le pregunto:

—¿El nervio?

—Ajá...

—¿Qué es *entrar el nervio*?

La joven suspira, hace el gesto más gracioso que he visto en mi vida y, mirándome, responde sin dejar de abanicarse:

—Eso, en mi idioma, es perder la compostura y volverse loca. Créeme, no querrías verme en esa situación. Como me descuide, incluso me pongo a echar espumarajos por la boca y la cabeza me da vueltas como a la niña de *El exorcista*... ¡Vamos, todo un numerito! ¿Quieres un chicle de fresa?

¡¿Espumarajos por la boca?!

¡¿Niña de *El exorcista*?!

¿En serio estoy oyendo lo que estoy oyendo y esta mujer trabaja en mi empresa?

Aun así, sorprendido por su frescura, cojo un chicle, le doy las gracias y, sin saber por qué, en vez de meterme yo el chicle en la boca, se lo meto a ella.

Ella lo acepta sorprendida y, acto seguido, tras poner una pícara sonrisa, abre otro y lo introduce sin miramientos en mi boca.

¡Increíble!

Ambos sonreímos, y entonces oigo que ella pregunta:

—¿Eres nuevo en la empresa?

No sabe quién soy.

—No —respondo.

El ascensor se pone en marcha repentinamente con una sacudida y las demás mujeres chillan asustadas. La joven que está frente a mí se agarra a mi brazo y, tan atemorizada como las demás, me lo retuerce hasta que el ascensor se para de nuevo. Entonces ella se suelta y susurra apurada:

—Perdón..., perdón...

Consciente de su sobresalto, calmo a las demás mujeres, y al final murmuro, dirigiéndome a la joven del pelo oscuro:

—Tranquila. No pasa nada.

En ese instante, ella abre su bolso de nuevo, saca un neceser de su interior y, a continuación, un espejito. Se mira y oigo que cuchichea:

—¡Mierda, mierda! ¡Me estoy llenando de ronchones!

Acto seguido, se retira el pelo que le cae sobre el cuello y, mirándome, explica:

—Cuando me pongo nerviosa me salen ronchones en la piel, ¿lo ves?

Yo la contemplo con incredulidad.

Su cuello se llena por segundos de manchas rojas y, al ver que ella se lleva la mano allí para rascarse, la detengo.

—No. Si haces eso, lo empeorarás.

Acto seguido, recuerdo que mi madre me soplaba en la piel cuando era pequeño y alguna vez me picaba y, ni corto ni perezoso, lo hago con ella. Le soplo en el cuello hasta que veo que la chica se aleja de mí incómoda y, soltándose el pelo, dice:

—Tengo dos horas para comer y, como sigamos aquí, ¡hoy no como!

Al oírla, siento la necesidad de asegurarle que claro que comerá. ¡Soy el jefe! ¿Cómo no va a comer si está encerrada en el ascensor contra su voluntad?

Entonces me pregunta de dónde soy, y contesto:

—Alemán.

Ella sonríe y se mofa:

—¡Suerte en la Eurocopa!

Vale, entiendo por qué lo dice, pero nunca me ha gustado el fútbol, así que respondo con indiferencia:

—No me interesa el fútbol.

Según digo eso, ella me mira como si estuviera viendo al monstruo del lago Ness y, al final, suelta con cierta chulería:

—Pues no sabes lo que te pierdes —y, acercándose a mí, cuchichea—: De todas formas, ganemos o perdamos, aceptaremos el resultado.

Al sentir su aliento cerca de mi oído, algo raro me entra por el cuerpo y doy un paso atrás para alejarme de ella y dejar de mirarla.

Pero ¿qué me pasa?

Esta joven ha conseguido amilanarme con su desparpajo.

¿A mí?

¡¿A Eric Zimmerman?!

Sorprendido, la observo mientras ella pasa totalmente de mí y mira hacia adelante.

Transcurren unos segundos y de pronto las luces se encienden, todos aplauden y el ascensor se pone de nuevo en marcha.

Cuando al fin llega a la planta baja y las puertas se abren, algunas de las mujeres salen despavoridas. Hay que ver cuánto les gusta el drama... Estoy observándolas cuando oigo:

—¡Eric, por el amor de Dios...!

Al mirar, veo que se trata de la exuberante Mónica, la mujer con la que he quedado para comer. Como siempre, está despampanante. Ni un pelo fuera de su lugar. Me acerco a ella y la tranquilizo haciéndole saber que estoy bien.

Enseguida miro a la joven que me ha amenizado el tiempo que hemos estado encerrados en el ascensor y me ha puesto nervioso como a un crío, y la veo roja como un tomate. ¿Qué le ocurre? Y, cogiéndola por el brazo, digo:

—Gracias por el chicle..., ¿señorita?

Ella me mira, y sigue roja cuando Mónica señala:

—Judith. Ella es mi secretaria.

Vale. Ahora entiendo por qué está tan roja. Acaba de comprender a quién le ha metido un chicle en la boca.

—Entonces es la señorita Judith Flores, ¿verdad? —indico, recordando la llamada.

—Sí —oigo que dice con un hilo de voz.

Durante unos segundos me permito observar con descaro a esa joven, hasta que finalmente Mónica insiste en que nos vayamos a comer. Sin embargo, antes vuelvo la cabeza y le dirijo a aquélla una última mirada.

¡Qué graciosa!

Una vez que salimos de Müller, Mónica me lleva a un buen restaurante y, tras entender lo que desea, sin dudarlo, quedo con ella para esa noche. Será una velada increíble.

4
❦

Tras una noche en la que he disfrutado en mi suite del hotel Villa Magna de la entregada y ardiente Mónica, es muy pronto cuando llego por la mañana a la oficina. Los alemanes madrugamos mucho. Me voy directamente a la cafetería, donde me tomo un par de cafés.

¡Qué fuerte hacen el café los españoles!

Al rato de estar allí, veo a la señorita Flores y, aunque la miro, ella no me saluda.

¿Acaso la cohíbe saber quién soy?

La observo parapetado detrás de mi periódico. Sin duda tiene una sonrisa deliciosa y un cuerpo menudo pero tentador. Durante un buen rato, evita mis ojos, hasta que nuestras miradas por fin se encuentran y ella da un último trago a su café y se va.

★ ★ ★

Parte de la mañana se resume en reuniones y más reuniones. Tengo controladas las gestiones de Müller en Alemania, pero en España se me escapan muchos detalles y tengo claro que he de ponerme las pilas para saber si he de cerrar algunas delegaciones.

En varios momentos, me cruzo con la señorita Flores por la oficina, pero ella sigue ignorándome, cosa que vuelve a llamar mi atención, pues estoy acostumbrado a que las mujeres me sigan con la mirada en busca de sexo y, en ocasiones, de algo más.

Pero no, ella no me mira, y eso comienza a irritarme.

Por la tarde no tengo ninguna reunión, pero, consciente de que el antiguo despacho de mi padre está frente a la mesa de la señorita Flores, decido instalarme en él.

Al entrar, el olor a la colonia de mi padre inunda mis fosas nasales y me apresuro a abrir las ventanas. Quiero que su olor desaparezca, como él desapareció de mi vida en todos los sentidos.

Una vez que me siento detrás de su mesa, comienzo a revisar sus cajones y encuentro una foto en la que estamos mi madre, mi hermana Hannah y yo. Sorprendido, la miro y la furia me invade al recordar a un padre que prefirió el trabajo y las mujeres a su familia.

Con cariño, miro a mi hermana Hannah, la madre de mi sobrino Flyn, y siento que mi corazón se resiente. Sigo echándola de menos todos los días, igual que sé que la añora Flyn, pero mientras yo viva, mi chico, pues para mí ya es mi hijo, me tendrá al mil por mil, no como me pasó a mí con mi padre.

Oigo sonar un teléfono, es el de la señorita Flores. Diligentemente, ella lo atiende y observo cómo toma nota mientras sonríe.

★ ★ ★

Durante horas permanezco en el despacho de mi padre, abstraído con sus cosas, cuando de pronto la puerta se abre. Es Mónica. Con una sonrisita, se acerca a mí y, mirándome, dice:

—¿Piensas dormir aquí?

Dirijo la vista al reloj sorprendido y, al ver que son casi las nueve, levanto la cabeza para mirar hacia la mesa de la señorita Flores y compruebo que está vacía.

—¿Ya se han ido los empleados? —pregunto.

—Hace horas que se han ido todos.

Me levanto y, observando a Mónica, que con su sonrisa lo dice todo, propongo:

—¿Cenas conmigo?

Ella asiente y luego murmura, guiñándome el ojo:

—Por supuesto que sí.

Eso me hace sonreír. Mónica sabe poco de mi vida. En las escasas veces que ella ha viajado a Alemania, nunca la he hecho partícipe de mis juegos sexuales en el Sensations ni con mis amigos. Sé diferenciar muy bien el trabajo de la diversión, y ella es una diversión del trabajo que disfruto cuando me apetece y poco más.

Cenamos en un restaurante al que ella me lleva y donde se

come de maravilla, y a la salida vamos directamente a mi hotel. Una vez que entramos en mi suite, preparo unas copas en el salón y, cuando le doy la suya a Mónica, siento que está expectante porque la desnude.

Por ello, tras dar ambos un trago a nuestra bebida, le quito la chaqueta, desato el lazo de la blusa que lleva y, después de bajarle la falda, sonrío al ver su lencería. Su apariencia interior nada tiene que ver con la exterior y, cuando le doy un azote en su tentador trasero y le muerdo la tirilla del tanga rojo, ella dice mimosa:

—Como quieras y de la forma que quieras.

Asiento encantado. Me desnudo a mi vez y me pongo un preservativo, momento que ella aprovecha para sacar una bolsita de su bolso.

—Usemos tu regalo... —susurra, abriéndola.

Complacido, cojo la joya anal que le regalé a Mónica la última vez que estuvo en Múnich y, tras tumbarla sobre el sofá del salón, la meto en su boca y murmuro:

—Chúpala.

Ella obedece mientras yo jugueteo con su ano. Tiene un culo maravilloso y, cuando introduzco la joya en él, musito mirándola:

—Precioso.

Siento que mis palabras la excitan.

Está totalmente lubricada, por lo que coloco la punta de mi duro pene en su hendidura y la penetro de un empellón.

Minutos después, como en otras ocasiones, busco mi propio disfrute y siento que ella busca el suyo mientras se deja hacer. Acelero las acometidas al tiempo que la agarro de las caderas y le doy unos azotes que la hacen chillar. Sus gritos son exquisitos y, pensando en mí y en mi propio placer, disfruto del momento, hasta que llego al clímax y, tras un último empellón, salgo de ella.

En ese instante, Mónica se da la vuelta, me quita el preservativo, se pone de rodillas ante mí y se mete mi polla en la boca.

¡Qué mujer tan ardiente!

Siento tanto placer que mi cuerpo tiembla al tiempo que le agarro la cabeza y le follo la boca. Ella chupa y succiona gustosa, hasta que al cabo de pocos minutos estoy dispuesto de nuevo.

Con ganas de continuar con esos juegos, Mónica se incorpora, me coge de la mano y me sienta en el sillón. Acto seguido, con destreza, me pone un nuevo preservativo con la boca y, cuando termina, se agacha de espaldas a mí para que yo vea que la joya anal continúa en su sitio.

—¿Deseas tocarla? —murmura.

Encantado, comienzo a darle vueltas y la meto y la saco mientras ella, inmóvil, disfruta con lo que hago.

Nuestras bebidas deben de haberse calentado, pero tengo sed y le pido que prepare algo.

Complaciente, ella obedece; prepara dos whiskies con hielo y, cuando me pasa el mío, estoy tan acelerado que, tras dar un trago, me levanto, la llevo hasta la cama de la estancia que no utilizo para dormir, la pongo a cuatro patas y, después de sacarle la joya del ano, sin miramientos, coloco la punta de mi duro pene en él y empujo.

Mónica grita. Se mueve bajo mi cuerpo, pero su ano, ya dilatado, rápidamente me da cobijo y, durante horas, disfrutamos del dulce placer del morbo.

Cuando esa noche ella se marcha de mi suite, sonrío satisfecho. No hay mujer que se me resista, y eso, la verdad, me gusta mucho.

5

Pasan los días y la señorita Flores llama mi atención cada vez más, especialmente porque no me hace ningún caso.

Es la única que no me mira con ojitos ni me pestañea en busca de algo más, y eso me irrita y consigue que quiera tropezarme con ella a cada momento. Sin embargo, no sé cómo, cada vez que cabe la posibilidad de que nos encontremos, ella desaparece como por arte de magia, y eso me desespera.

Durante esos días, como y ceno en varias ocasiones con mis amigos Frida y Andrés, que están en Madrid por motivos de trabajo. Me llevan a varios locales de ambiente liberal y disfruto de sexo salvaje con distintas mujeres a las que ni siquiera les pregunto el nombre.

★ ★ ★

Una de las tardes, cuando regreso de comer, al entrar en la zona de los despachos, huelo la colonia de la señorita Flores. He descubierto que utiliza Aire de Loewe. Estoy aspirando ese perfume cuando la oigo cantar, y lo cierto es que lo hace fatal. Pero voy en su busca.

La voz proviene de los archivos que hay entre el despacho de Mónica y el mío y, en cuanto la veo, sonrío y la escucho. Su voz no es de lo más melódica, pero ver el sentimiento que pone al cantar esa canción que habla de los colores blanco y negro me hace sonreír, hasta que finalmente digo:

—Señorita Flores, canta usted fatal.

Ella se sobresalta. Es tal el susto que le doy que se le cae al suelo una de las carpetas que sujetaba.

Enseguida, a la vez que ella, me agacho a recogerla y ¡zas!, nos damos un coscorrón. Ella se apresura entonces a quitarse los auriculares y se disculpa:

—Lo siento, señor Zimmerman.

Llevo una mano a su frente con preocupación, sin duda debo de haberle hecho daño, y, al ver que la tiene roja, murmuro:

—No pasa nada. ¿Tú estás bien?

Ella asiente con la cabeza. A continuación, se dispone a salir, pero se lo impido. Es la primera vez que la tengo tan cerca desde el día del ascensor y no pienso dejarla marchar, por lo que, agarrándola del brazo, pregunto:

—¿Qué cantabas?

—Una canción —dice y, al ver que espero algo más, añade—: *Blanco y negro*, de Malú, señor.

No sé qué canción es...

No sé quién la canta...

Pero, al ver su cambio de actitud, pregunto:

—¿Ahora que sabes quién soy me llamas *señor*?

Su cara es todo un poema.

Un poema precioso, y, obnubilado, doy un paso al frente. Ella lo da hacia atrás.

¿Me rehúye?

¿Desde cuándo una mujer se aleja de mí?

¡Increíble!

Vuelvo a dar otro paso en su dirección y ella retrocede de nuevo.

Sé que no estoy procediendo bien. Nunca he acosado a una mujer si ella no me buscaba. Nunca lo he necesitado, pero ésta, ésta es diferente.

—Me gustabas más cuando no sabías quién era —murmuro algo confundido.

—Señor, yo...

—Eric. Mi nombre es Eric.

Su olor...

Su cercanía...

Su mirada...

Toda ella me atrae y, aunque siento que me evita, sin permiso le quito el bolígrafo que lleva sujetándole el pelo y éste cae como una cascada sobre sus hombros.

¡Espectacular!

Deseo a esta mujer en mi cama, y la deseo ¡ya!

Pero ella no me lo pone fácil.

Es esquiva, muy esquiva.

Entonces, de pronto, oímos a Mónica entrar en el despacho de al lado y a Miguel, otro de los empleados de Müller, que dice:

—Vamos, ven aquí y déjame ver qué llevas hoy bajo la falda.

Vaya, vaya, con Mónica y Miguel...

Intento no sonreír.

En Alemania, yo también juego en la oficina con ciertas mujeres.

Pero la cara de aprieto de la señorita Flores no tiene precio y, al ver su apuro, susurro sin apartarme un milímetro de ella para no ser descubiertos:

—Tranquila. Dejémoslos que se diviertan.

Decirle eso al oído me acalora. Me pone duro. Desearía ser yo quien se estuviera divirtiendo con la mujer que tengo frente a mí.

De pronto, soy consciente de que nuestras respiraciones se aceleran mientras somos testigos de cómo esos dos se besan con locura y deleite.

Curioso, vuelvo a mirar y observo cómo el joven manosea a Mónica con propiedad. Entonces paso una mano por la cintura de la señorita Flores, que no sabe cómo escapar de mí, y pregunto:

—¿Excitada?

Ella me mira.

Siento que me va a soltar un guantazo de un momento a otro y eso me excita más aún, por lo que, divertido, insisto:

—¿Te excita más el fútbol que esto?

Ella me fulmina con la mirada, pero por un segundo me demuestra que le excita lo que está ocurriendo.

Instantes después, de pronto, oímos un jadeo descontrolado y, curiosos, miramos por la rendija de la puerta. Sin duda, el morbo de ver lo que ocurre es más fuerte que nosotros. Diviso a Mónica sentada sobre la mesa, abierta de piernas, con la boca de Miguel entre ellas.

¡Uf...!

La señorita Flores resopla, se inquieta, está incómoda, y yo, que estoy disfrutando con todo lo que ocurre, susurro en su oreja:

—Daría todo lo que tengo porque fueras tú quien estuviera sobre la mesa. Pasearía la boca por tus muslos, para después meter la lengua en tu interior y hacerte mía.

En cuanto termino de decirlo, sé que me he pasado.

Esa joven no está acostumbrada a mi morbo, pero al ver que no se separa de mí, doy otro paso más hacia ella y, hechizado por su olor y por la necesidad que tengo de poseerla, saco la lengua y, sin dudarlo, se la paso por el labio superior de su boca.

¡Mmm, exquisita...!

Envalentonado, sigo con el recorrido y le repaso el labio inferior. Sin poder retenerme, le doy un mordisquito y, al ver que ella abre su dulce boca, no lo dudo y, aunque no soy de besar, introduzco la lengua en su interior para probarla, para degustarla.

¡Maravillosa!

En un principio, ella no mueve la lengua, pero cuando de pronto lo hace y se aprieta contra mi pecho, creo que voy a explotar de placer.

Pero ¿qué me ocurre?

No quiero apartarme de su boca.

Disfruto de ese beso como nunca en mi vida y, cuando nos separamos unos milímetros para coger aire, pregunto:

—¿Cenas conmigo?

Ella me mira con sus ojazos negros y, sorprendentemente, rechaza mi invitación. Pero no. No pienso consentirlo. Yo soy Eric Zimmerman, por lo que afirmo:

—Sí. Cenas conmigo.

—No.

Al oír de nuevo su negativa, parpadeo.

Nunca una mujer me ha rechazado.

Hablamos en susurros mientras ella sigue negándose a cenar conmigo y, deseoso, vuelvo a besarla.

Esos labios...

Ese sabor...

Esa suavidad...

Sin duda, esta mujer tiene que acabar en mi cama, sí o sí.

Durante unos momentos, dudo si hacerla mía en ese archivo,

pero al final, como no sé cómo reaccionaría, decido esperar. Lo haré mejor en mi hotel.

Cuando me separo poco a poco de ella, saco mi BlackBerry y, sin mirarla, comienzo a teclear. Instantes después, Mónica y Miguel interrumpen lo que estaban haciendo y salen del despacho. Al verlo, la señorita Flores indica:

—Escuche, señor Zimmerman...

Pero no le permito continuar. Le pongo un dedo sobre los labios aun a riesgo de recibir un mordisco y, dándome la vuelta, con frialdad, digo mientras salgo del archivo:

—De acuerdo. No nos tutearemos. Pasaré a recogerla por su casa a las nueve. Póngase guapa, señorita Flores.

Oigo que resopla.

Eso me hace gracia, y más cuando pasa por mi lado acalorada y sin decir nada.

La sigo con la mirada.

Su gesto de enfado me recuerda a mi madre; ¡españolas tenían que ser!

Intuyo que cree que va a escapar de mi invitación. Pero no, no pienso permitirlo. Saco mi móvil, escribo algo y le doy a «Enviar».

Segundos después, ella me mira a través del cristal con gesto enfadado. Debe de haber leído el mensaje que le he mandado, y que dice:

> Soy el jefe y sé dónde vive. Ni se le ocurra no estar preparada a las nueve en punto.

Su mirada me hace gracia.

Su enfado también.

Y cuando, segundos después, coge su bolso y se va de la oficina, me siento en mi sillón sin entender qué hago persiguiendo por primera vez en mi vida a una mujer que parece no querer saber nada de mí.

Suena mi teléfono y, al sacarlo de nuevo del bolsillo, veo que se trata de mi madre.

—Hola, mamá.

—Hijo, ¿estás bien?

—Sí. Todo bien. No te preocupes.

La oigo reír, y luego pregunta:

—Y ¿qué? ¿Ya te han comido los españoles?

Ahora el que sonríe soy yo, y, apoyando la cabeza en el respaldo de mi sillón, murmuro:

—Mamáaaaaaaaa...

—Por Dios, hijo, ¡si eres medio español!

—Mamáaaa...

—Vale..., vale... —Ella ríe y, cambiando el tono, añade—: Te llamo para hablarte sobre Flyn: ¡ya la ha vuelto a liar en el colegio!

—¿Qué ha hecho esta vez?

—Metió un ratón en el cajón de la mesa de la señorita Schäfer. Imagínate lo que ocurrió cuando ella lo abrió.

Maldigo para mis adentros. Flyn me prometió que se portaría mejor.

—¿Lo has castigado? —pregunto.

—Por supuesto. Lo tengo sin Play ni televisión, y no me habla.

Asiento con un suspiro.

—¿Cuándo regresas? —quiere saber entonces mi madre.

Lo pienso. Tal vez mi estancia en España se alargue más de lo previsto, y respondo intentando convencerme a mí mismo:

—Mamá, aquí hay muchas cosas que hacer y...

—Por Dios, Eric..., ¡te necesito aquí con Flyn!

Maldigo, gruño y finalmente siseo:

—Mamá, aclárate. Te dije que no quería venir a España y tú me obligaste, y ahora que estoy aquí, quieres que regrese; pero ¿qué te pasa?

La oigo murmurar, como siempre, y por último cuchichea:

—Tienes más razón que un santo, hijo. No hay quien me entienda. Vale, no te preocupes por nada, y menos aún por Flyn. Yo me encargaré de él hasta que regreses.

—Lo llamaré dentro de un rato y hablaré con él —indico.

Cuando colgamos, miro al techo dudando qué hacer.

¿Debo regresar a Alemania o quedarme en España?

6

Esa tarde, tras pasar por el hotel Villa Magna y hablar seriamente por teléfono con mi sobrino Flyn sobre su comportamiento, me doy una ducha. Tengo una cena con una interesante mujer en un sitio que me han mostrado Frida y Andrés, y quiero pasarlo bien.

A la hora indicada, Tomás, el chófer, me recoge en el hotel en un BMW color granate y me lleva a casa de la señorita Flores, en un barrio obrero que nada tiene que ver con mi zona residencial de Múnich.

Al llegar, el coche para en doble fila y yo bajo de él para acercarme a su portal. Espero que no me la juegue y esté preparada. Miro mi reloj: las nueve en punto. Me gusta la puntualidad. Llamo al portero automático y digo cuando oigo su voz:

—Señorita Flores, la estoy esperando. Baje.

A continuación, me encamino de vuelta al BMW a esperar. Me noto impaciente y eso me sorprende, y cuando la veo aparecer vestida con un sencillo vestido verde, me acerco a ella, le doy un casto beso en la mejilla e indico con galantería:

—Está usted muy guapa.

Ella no responde. Abro la puerta del coche y entra.

Una vez en su interior, me doy cuenta de que no está muy comunicativa, y yo no suelo ser un gran conversador con las mujeres. Mi trato con ellas es para lo que es y poco más.

Al final, consigo que hable, aunque más que hablar parece que discutimos, hasta que poco a poco vuelve a ser la chica del ascensor que conocí, y dice:

—Por favor..., llámeme Judith o Jud. Dejemos los formalismos para el horario de oficina. Vale, usted es mi jefe y yo le debo un respeto por ello, pero me incomoda cenar con alguien que continuamente se dirige a mí por mi apellido.

Me hace gracia oír eso. En ocasiones, ceno con mujeres que no sé ni cómo se llaman porque de ellas sólo me interesa su cuerpo.

—Me parece perfecto —digo al fin—, siempre y cuando usted me llame Eric a mí.

Asiente. Me tiende la mano y, con una bonita sonrisa, indica:

—De acuerdo, Eric, encantada de conocerte.

—Lo mismo digo, Jud.

Ambos sonreímos.

Parece ser que hemos llegado a un entendimiento cuando el coche se detiene y, segundos después, Tomás nos abre la puerta. Con seguridad, me apeo del vehículo, le ofrezco la mano a Judith y ella baja. Levanto la vista y leo MOROCCIO. Así se llama el restaurante.

Una vez en su interior, el maître, que me conoce del último día que estuve aquí con mis amigos, me saluda. Es amable conmigo, soy consciente de que mira a Judith con curiosidad, y, tras apartar una cortina, nos lleva hasta un lujoso reservado iluminado con velas, con un bonito sillón y una coqueta mesa redonda con dos sillas.

Cuando nos deja solos retiro una de las sillas con galantería y ella se sienta mientras soy consciente de cómo lo observa todo a su alrededor con curiosidad.

Me comenta que ha pasado mil veces frente a ese restaurante pero que es la primera vez que entra, y eso me hace gracia. Creo que la voy a sorprender.

Con seguridad, toco entonces un botón verde que hay en un lateral de la mesa y de inmediato aparece un camarero con un excelente vino.

Una vez que nos sirve a los dos y se marcha, invito a Judith a probarlo, pero al ver su cara de circunstancias le pregunto y finalmente descubro que no le gusta el vino y que se muere por una Coca-Cola bien fría.

La miro boquiabierto.

¿Prefiere una Coca-Cola a un excelente vino?

Sin duda, esta mujer no tiene paladar.

No obstante, dispuesto a ampliar sus gustos, la invito a probarlo. Ella finalmente accede y, mirándome, dice:

—Está rico. Mejor de lo que pensaba.

Asiento. Me alegra oír eso y, deseoso de agradarle, pregunto:

—¿Te pido la Coca-Cola?

Ella niega con la cabeza y entonces la cortina se abre de nuevo y aparecen dos camareros con varios platos.

Durante un buen rato disfrutamos del placer que nos ofrece la comida.

Los cocineros del Moroccio son excepcionales, y la compañía de Judith es amena.

—¿Qué es eso? —pregunta ella de pronto.

Miro donde señala y, al ver una luz naranja encendida, indico:

—Algo que quizá te enseñe después del postre.

Ella sonríe, acepta lo que he dicho y continuamos cenando.

Al llegar a los postres, deseoso de estar junto a ella, me levanto, corro mi silla y me siento muy cerca. Jud me mira sorprendida y yo, cogiendo una cucharilla, parto un trozo de su tarta, la paso por el helado y exijo:

—Abre la boca.

Ella me mira asombrada y, tras ver lo que le enseño, hace lo que le pido y yo introduzco encantado la *delicatessen* en su preciosa boca.

¡Mmmm..., excitante!

Una vez que traga el bocado, su expresión me hace saber que le gusta.

—¿Está rico? —pregunto. Ella asiente, y yo susurro deseoso—: ¿Puedo probar?

Judith vuelve a asentir. No obstante, yo quiero probarla a ella, no el plato, por lo que, acercando mi boca a la suya, chupo su labio superior, después el inferior y, tras un leve mordisquito, mi lengua entra en su sinuosa boca y disfruto de ella y de su ingenuidad.

Jud no se separa de mí y eso me envalentona, por lo que pongo la mano sobre su rodilla y, lenta y pausadamente, la voy subiendo hasta llegar a la cara interna de sus muslos. Es suave. Muy suave. Mi viaje prosigue y llego hasta sus bragas.

¡Qué maravillosa sensación!

Siento el calor que desprende...

Siento su turbación...

Siento su deseo...

Pero he de ser prudente de momento y, separándome de ella, susurro:

—Te desnudaría aquí mismo.

Mis palabras la turban hasta el punto de que ahora es ella quien me besa, y la dejo. Le permito hacerlo, y hasta yo mismo me sorprendo. ¿Desde cuándo beso con tanto gusto?

Con delicia, su cálida lengua se mueve en mi boca y me hace saber lo caliente que está, lo caliente que la he puesto y, excitado, pregunto:

—¿Hasta dónde estás dispuesta a llegar?

Ella me mira, obviamente confundida, y responde:

—Hasta donde lleguemos.

Vaya... me gusta su contestación y, convencido de que ya la tengo donde yo quería, insisto:

—¿Seguro?

Acalorada, responde en un hilo de voz.

—Bueno, el sado no me va.

Divertido por sus palabras, que me hacen saber lo inocente que es en cuanto a sexo se refiere, paso las manos por debajo de sus piernas y, tirando de ella, la siento sobre las mías. La quiero a mi lado, muy cerquita, para lo que deseo enseñarle.

—¿Quieres saber qué significa esa luz naranja?

Ella asiente curiosa y yo, dispuesto a enseñarle un mundo de lujuria que intuyo que ella desconoce, pulso uno de los botones que hay en el lateral de la mesa e instantes después las cortinas que están bajo la luz naranja se recogen para mostrarnos un cristal oscuro que poco a poco se aclara hasta permitirnos ver a dos mujeres practicando sexo sobre una mesa.

Sin quitarle los ojos de encima a Judith, observo su gesto de sorpresa y, sin darle tiempo, pulso otro botón y los gemidos de las mujeres comienzan a resonar con fuerza en el reservado.

Durante unos segundos, ambos las contemplamos en silencio, hasta que ella pregunta:

—¿Por qué vemos algo así?

Entre cuchicheos, le respondo a la vez que le beso el cuello:

—Todos tenemos nuestra pequeña parte *voyeur*. El hecho de mirar algo supuestamente prohibido, morboso o excitante nos encanta, nos estimula y nos hace querer más.

La respiración de Judith se acelera y, sin darle tregua, aprieto otro botón y las cortinas del lado izquierdo se recogen. A continuación, el cristal se aclara y vemos a dos hombres y una mujer. Ella está tumbada sobre un diván, mientras uno de los hombres le mordisquea los pechos y el otro la penetra.

El resuello de Jud se acelera cada vez más. Su inocencia me excita, y la observo al tiempo que me parece oír el latido desbocado de su corazón.

Tutum... Tutum...

Hablamos en susurros.

Sus comentarios me hacen saber que ella tiene sus escarceos sexuales con otros hombres, y me divierto viendo cómo sus ojos y su boca delatan lo sorprendida, nerviosa y excitada que está.

Con gran curiosidad, ella observa al trío y yo la observo a ella.

Su presencia, su inquietud y su rubor son lo más excitante que hay para mí en este momento, y de pronto, sorprendiéndome, me pide que nos marchemos.

¿Marcharnos? ¿Por qué? Sólo son las once de la noche.

Intento disuadirla, pero ella insiste, presiona, y al final decido hacerle caso. Si no quiere estar conmigo, ¿por qué voy a estar yo con ella?

Molesto, aprieto los botones y los cristales se oscurecen de nuevo, los gemidos desaparecen y las cortinas vuelven a su lugar inicial.

Esta mujer no está preparada para lo que yo necesito, y no tengo tiempo para enseñarle ni para tonterías; no hay más que hablar.

Antes de salir del Moroccio, hablo con el maître y le indico que guarde mi reservado porque voy a regresar. Una vez que salimos del restaurante, Tomás nos espera, y en silencio acompañamos a la señorita Flores a su casa.

En el camino, sin importarme que ella siga a mi lado, llamo a Mónica por teléfono y le pregunto dónde está. Mi noche no acaba ahí. Si Judith no quiere sexo, ¡otra lo querrá!

Al llegar a destino, como soy un caballero, la acompaño hasta su puerta. Ella me mira. Sé que se está planteando si invitarme a pasar a su casa o no, pero eso no me interesa. Su aburrido tipo de sexo no es lo que deseo y, cuando llegamos frente a su puerta, deseoso de cumplir mis propios planes, digo:

—Ha sido una cena muy agradable, señorita Flores. Gracias por su compañía.

A continuación, la beso en la mano con frialdad y me voy. Tengo planes y sé que la mujer con la que he quedado me va a hacer gozar. ¡Seguro!

Una hora después, estoy disfrutando en el Moroccio con Mónica mientras observo cómo una mujer le come los pechos al tiempo que yo la masturbo.

7

Cuando me despierto en el hotel tras una noche caliente y lujuriosa, suena mi móvil. Hablo con Andrés y Frida y decido tomarme el día libre. ¡Para eso soy el jefe!

Andrés y Frida son, junto con Björn y Dexter, mis mejores amigos.

Quedo con ellos a media mañana y nos vamos a comer a Casa Lucio, un bonito y mítico restaurante que hay que visitar si estás en Madrid, sí o sí.

Tras pedir unos churrascos y unos solomillos, Frida pregunta dirigiéndose a mí:

—¿Qué tal anoche en el Moroccio?

Doy un trago al excelente vino y respondo:

—Bien.

Andrés sonríe y, mirándome, afirma:

—¿Sigues pensando que los españoles preguntan demasiado?

Al oír eso, sonrío, sé por qué lo dice, y afirmo:

—Por supuesto, los españoles son demasiado preguntones y curiosos. Prefiero a los alemanes. Aquí de todo sacan un chascarrillo y, en ocasiones, a pesar de que hablo español a la perfección, ¡no los entiendo! —Mis amigos ríen, y añado—: El otro día me quedé encerrado en el ascensor con varias personas y una chica me dijo que si se ponía nerviosa podía llegar a echar espumarajos por la boca y convertirse en la niña de *El exorcista*; ¿os lo podéis creer?

Andrés y Frida sueltan una carcajada, y ella añade:

—Pues a mí me encantan los españoles. Son tan divertidos y extrovertidos que me llenan de vitalidad.

Pienso en la señorita Flores, que sin duda está llena de vitalidad. No obstante, tras el decepcionante desenlace de la noche anterior, me olvido de ella y pregunto:

—¿Algún otro buen sitio por aquí?

Sin necesidad de decir más, todos sabemos de lo que hablamos, y Andrés indica:

—Wonderland.

Frida suspira y, guiñándole el ojo a su marido, matiza:

—Fíjate si le ha gustado ese local que esta noche repetimos.

—Eso es buena señal —afirmo.

—Pero, como el Sensations, ¡ninguno! —declara Andrés.

Durante un buen rato nos deleitamos con los platos que nos sirven. Todo está exquisito, tierno, sabroso, y disfruto junto a mis amigos de una excelente comida.

Al acabar, mientras paseamos por la zona, veo una floristería y compro unas flores para Mónica. Hemos pasado una excitante noche y, como soy un caballero, ordeno que se las lleven. Después entramos en un sex-shop. Frida quiere comprarse cierto juguetito, y Andrés y yo la acompañamos.

Como siempre que entro en un sex-shop, lo miro todo curioso. Es increíble la cantidad de artilugios que existen para disfrutar del sexo. De pronto, veo algunos objetos que me llaman la atención y los compro. Sé a quién regalárselos.

A continuación, llamo por teléfono a Tomás, el chófer, y le indico que lleve el paquete a Müller, a la atención de la señorita Flores.

El resto de la tarde lo paso con Frida y Andrés, y a última hora decido hacer una llamada telefónica.

Un timbrazo..., dos, y cuando oigo la voz de Judith pregunto:

—¿Has abierto el paquete que te he enviado?

Ella no responde. Creo que la he sorprendido.

—Te oigo respirar —insisto—. Contesta.

Finalmente, responde. Me explica que lo ha recibido pero que no quiere aceptar ningún regalo mío. No obstante, como a mí me da igual lo que ella diga, le pido:

—Por favor, ábrelo.

Consigo convencerla y a través del teléfono oigo cómo rasga el papel y luego su exclamación de asombro. ¡De nuevo la he sorprendido!

—¿Qué es esto? —pregunta en tono de asombro.

Sonrío. He comprado dos vibradores. Uno pequeño y discreto y otro un pelín más grande. Me habría encantado poder ver su cara al descubrirlos.

—Dijiste que estabas dispuesta a todo —replico.

Ella duda, pone excusas, y yo insisto:

—Te gustarán, pequeña, te lo aseguro. Uno es para casa y otro para que lo lleves en el bolso y lo puedas utilizar en cualquier lugar y en cualquier momento. Estaré en tu casa a las seis. Te enseñaré para qué sirven.

Como esperaba, ella se niega rápidamente. No quiere que vaya, pero a mí no se me resiste ninguna mujer, y le repito que estaré en su casa a las seis.

Deseo verla y enseñarle algo más sobre sexo. Esa morena a la que me gusta llamar *pequeña* es curiosa, y algo me dice que le encantará aprender.

★ ★ ★

Una vez que me despido de Frida y de Andrés, me voy al hotel para darme una ducha. No estoy acostumbrado al calor pegajoso de Madrid y, cuando salgo del baño, el móvil me avisa de que tengo un mensaje. Me apresuro a cogerlo, y leo:

Anoche te eché de menos en el Sensations.

Al ver quién lo manda, maldigo. Me molesta recibir mensajes de Betta. ¡Me fastidia!

No sé cómo decirle que se olvide de mí, pero, como no quiero pensar más en ello, me visto y, tras avisar a mi chófer, éste me recoge en la puerta del hotel.

En el camino pienso en comprar algo de beber que le guste a Judith, y el chófer para en un Vips. Allí, compro una botella de Moët Chandon rosado. ¡Nunca falla!

Regreso al coche y en media hora llego frente a su casa.

Miro el reloj: las seis en punto, y llamo al portero.

—¿Quién es?

—Jud. Soy Eric —y, pasados unos segundos, insisto—: ¿Me abres?

Oigo el ruido del portal al abrirse y, tras despedirme con un gesto de Tomás, me meto en el portal dispuesto a divertirme. Una vez que llego frente a su puerta, llamo. No abre, por lo que vuelvo a llamar. Pero ¿qué hace?...

Espero con paciencia mientras imagino que debe de estar terminando de ponerse un sexi y delicado conjunto de lencería fina para mí.

Pero pasan los segundos y, confuso por su tardanza para abrir la puerta, frunzo el ceño justo en el momento en que finalmente abre. De lencería fina, nada de nada, y al verla alterada, le pregunto:

—¿Estabas corriendo?

Ella no responde. La miro..., la miro y la miro.

La diferencia que encuentro entre ella y las mujeres con las que suelo estar es que, mientras las demás se mueren por agradarme, por estar hermosas y sensuales, esta chica es natural, tan natural que hasta lleva puestas unas zapatillas de Bob Esponja, y sin poder remediarlo me mofo con acidez:

—Me encantan tus zapatillas.

Dicho esto, entro en su casa y miro a mi alrededor.

No es muy grande, pero sí bonita y colorida. Jud tiene buen gusto para la decoración. Me sorprendo cuando veo que un gato viene hacia mí.

¿Un animal en casa?

No me gustan mucho los animales, y menos que vivan en las casas. Ellos y yo no solemos conectar. No obstante, sin saber por qué, me agacho, lo toco, y el gato parece agradecer mi deferencia.

Bajo la atenta mirada de Jud, sigo acariciando al animal. Si eso hace que ella se acueste conmigo, lo acariciaré cuanto haga falta. Cuando me canso, le entrego la botella con la etiqueta rosa que he traído y digo con autoridad:

—Toma, preciosa. Ábrela, ponla en una cubitera con bastante hielo y coge dos copas.

Ella desaparece con gesto serio.

Intuyo que mis órdenes no le gustan, pero no dice nada. Sin hacer ruido, la sigo, llego a la cocina y, cuando ella está leyendo la etiqueta rosa de la botella, digo, pasando una mano por su cintura:

—Dijiste que te gustaba la fresa. En el aroma de ese champán predomina el aroma de fresas silvestres. Te gustará.

Ella no me mira.

¿Por qué?

Ansioso porque sus ojos y los míos conecten, hago que se dé la vuelta. Ella queda con la espalda apoyada contra el frigorífico y, complacido, hago algo que me he dado cuenta de que le gusta, y es acercar mi lengua a su labio superior. Sin embargo, cuando cree que le voy a pasar la lengua por el labio inferior, el deseo me puede y la beso.

Joderrr..., ¡me gusta besarla!

Ella no rechista. Se deja, le agrada, y, con ganas de continuar descubriendo cosas de ella, pregunto:

—¿Dónde está lo que te he regalado hoy?

Ella me lo señala y, sin soltarla, camino hasta donde está.

Al ver que no ha retirado los embalajes de ninguno de los dos regalos, la suelto con frialdad, los rompo y, una vez que los juguetitos quedan liberados, la miro y cuchicheo, viendo curiosidad en sus ojos:

—Coge el champán y las copas.

Camino de nuevo hacia la cocina. Allí, meto los artilugios bajo el grifo para lavarlos, después los seco y, mirándola, la cojo de la mano y digo, mientras soy consciente de mi impaciencia:

—Llévame a tu habitación.

De la mano, me lleva hasta una puerta; la abre y frente a nosotros aparece un dormitorio excesivamente colorido. Pero ¿por qué tiene que tener todo tanto color?

Sin embargo mi impaciencia va en aumento y me olvido de los colores. No veo el instante de disfrutar de ella, por lo que, sentándome en la cama, susurro:

—Desnúdate.

Mis ojos y los suyos se encuentran, y de pronto veo en ellos algo que no me gusta y la oigo decir:

—No.

Sin dar crédito, repito:

—Desnúdate.

Ella vuelve a decir que no con la cabeza. ¿Por qué se niega a mi petición?

Su mirada retadora me subleva.

Ninguna mujer me niega nunca el sexo. Y, sin ganas de rogar, porque no lo necesito, me levanto y siseo:

—Perfecto, señorita Flores.

A partir de ese instante nos sumimos en una absurda discusión y, al cabo, la oigo decir:

—Cuando esté dispuesto a comportarse como un hombre y no como un ser todopoderoso al que no se le puede negar nada, quizá lo llame.

La miro boquiabierto.

¿Chulerías a mí?

¿Llamarme ella a mí?

Pero ¿quién se ha creído esta mujer que es para hablarme así?

Cabreado, miro hacia la puerta. Me dispongo a irme, cuando de pronto noto su mano sobre la mía y, sin saber por qué, la acerco a mí y la beso.

¡Me encanta comerle la boca! Es deliciosa...

Le succiono los labios con deleite, con gusto. Ella comienza a quitarse ropa y, al verlo, no soy capaz de moverme.

Pero ¿qué me pasa?

¿Por qué me siento hasta azorado?

Una vez que se queda en ropa interior, noto que esta mujer me atrae más de lo que quiero reconocer, y cuando le quito el sujetador y me meto su rosado pezón en la boca, algo en mí se rompe en mil pedazos y murmuro:

—Eres preciosa.

Luego la tumbo sobre la cama y la observo. La caliento para lo que va a venir mientras tengo claro que he de comportarme. Esta mujer no está acostumbrada a lo que a mí me gusta y quiero agradarle.

Sus mejillas están rojas, encendidas, y sus ojos brillantes y excitados, y más cuando le separo las piernas poco a poco para dejarla ante mí, expuesta y vulnerable.

Consciente de mi poder ante las mujeres, clavo mi azulada mirada en ella al tiempo que me quito la camisa y le hago saber que en este instante soy yo quien manda.

Me estimula ver su nerviosismo y, cogiendo uno de los juguetitos que le he comprado, me arrodillo entre sus piernas. Me encanta su olor, su sexo es maravilloso, y, observando eso que quiero dentro de mi boca, susurro:

—Cuando un hombre le regala a una mujer un aparatito de éstos es porque le apetece jugar con ella y hacerla vibrar. Desea que se deshaga entre sus manos y disfrutar plenamente de los orgasmos, de su cuerpo y de toda ella. Nunca lo olvides. Esto es un vibrador para tu clítoris. Ahora cierra los ojos y abre las piernas para mí. Te aseguro que tendrás un maravilloso orgasmo.

Ella no se mueve. Tiembla. La siento asustada y, tranquilizándola, susurro:

—Jud, ¿te fías de mí?

Nos miramos durante unos segundos y ella al final asiente. La beso y, tumbándola, me pierdo entre sus piernas mientras le beso la cara interna de los muslos y la siento vibrar. A continuación, deseoso, introduzco los dedos en su cálida hendidura.

Joderrr..., ¡su calor es exquisito!

Y, sin poder esperar un segundo más, coloco la boca sobre su ardorosa humedad y creo que ahora quien se va a desmayar seré yo. Su sabor es delicioso, y su tacto, algo fuera de lo común.

Me gusta...

Me trastorna...

Me sorprende...

Mi boca se mueve sobre su vulva en busca del clítoris y, cuando lo encuentro, lo succiono sin piedad, a la vez que ella se revuelve gustosa entre mis manos y, abriéndose como una flor, jadea sólo para mí.

Exquisita...

Delicada...

Insuperable...

Esta mujer, que no tiene experiencia en la clase de sexo que a mí me provoca, de pronto me está volviendo loco; intento contener las ansias que siento por hacerle mil y una cosas, y cojo uno de los aparatitos que le he regalado y murmuro, colocándoselo sobre el clítoris:

—Pequeña, te gustará.

Y le gusta...

Le apasiona...

Le enloquece...

Y lo mejor de todo es que eso me vuelve loco a mí.

Oír sus gemidos, sentir el calor de su cuerpo y su entrega me hacen perder la razón, y disfruto... disfruto y disfruto, mientras juego con el aparatito en su clítoris y ella se agita gustosa entre mis manos y el olor dulzón del sexo se extiende a nuestro alrededor.

Siento cómo mi corazón se acelera al oírla, noto que tiembla y la miro en el momento en que suelta un hondo gemido. El placer la abrasa y, dispuesto a dárselo todo, apoyo el vibrador en un punto de su clítoris que la excita tanto que Jud se arquea para recibir más y más.

Está preciosa, tentadora, y, cuando su boca toma la mía con exigencia, sin saber por qué, murmuro un apasionado:

—Pídeme lo que quieras.

Un beso frenético nos calcina, nos consume, cuando se aprieta contra mi cuerpo y me exige, mirándome a los ojos:

—Necesito tenerte dentro ¡ya!

Su urgencia es la mía.

Su deseo es el mío.

Me aclara que toma la píldora, pero, aun así, me pongo un preservativo para evitar problemas y, una vez que coloco sus piernas sobre mis hombros, la hago mía.

¡Dios, qué placer!

Judith es tibia, cautivadora, irresistible y, cuando me hundo totalmente en ella y la oigo jadear, susurro:

—Así, pequeña, así. Ábrete para mí.

Ella balancea las caderas en busca de profundidad. Sus manos me agarran con deseo y su mirada me hace saber que quiere fiereza, y yo, que estoy también deseoso de ello, se la doy.

Uno..., dos..., tres..., nueve... veces entro y salgo de ella con decisión.

El placer es extremo mientras ambos nos dejamos llevar por el momento. Jadeante, me muevo sobre ella con una serie de rápidas embestidas y, cuando baja las piernas de mis hombros, murmuro:

—Mírame, pequeña. Quiero que me mires siempre, ¿entendido?

Ella asiente acalorada, y yo, instigado por un sentimiento desconocido hasta ese momento, me hundo de nuevo en su interior y disfruto. Disfruto como nunca, hasta que siento que ella llega al clímax y, tras un par de empellones más, también lo hago yo.

Desnudos y desorientados después de ese increíble asalto, respiramos con dificultad. Lo que acaba de ocurrir me ha desconcertado para bien y, rodando hacia un lado para no aplastarla, pregunto:

—¿Todo bien, Jud?

Ella asiente y yo tomo aire. Me gusta saber que lo ha pasado bien y que no he sido demasiado brusco.

En un acto reflejo, miro el reloj que llevo en la muñeca y, pensando en Andrés y en Frida, me levanto y me visto mientras ella se mofa porque anoche Alemania perdió el partido de fútbol contra Italia, cosa que me da igual, la verdad.

Estamos hablando cuando, de pronto, al advertir que me he vestido, Judith pregunta:

—¿Vas a repetir con mi jefa?

La miro sorprendido y, al ver su cara de apuro por lo que ha dicho, me doy cuenta de que ha leído la tarjeta que acompañaba a las flores que le he mandado a Mónica a la oficina.

—Sabía que eras curiosa —replico—, pero no tanto como para leer las tarjetas que no son para ti.

—Lo que tú pienses me da igual —suelta, mirándome.

Complacido por las vistas que me ofrece desnuda sobre la cama, indico:

—No debería darte igual, pequeña. Soy tu jefe.

Nadie en su sano juicio respondería a lo que he dicho, pero ella, sorprendiéndome, afirma mientras se levanta, se pone las bragas y sale de la habitación:

—Pues me lo da, seas mi jefe o no.

La observo salir sin dar crédito.

¿He oído bien?

Sorprendido por su desfachatez, la sigo a la cocina, donde nos sumimos en una absurda discusión. Luego ella me invita a marcharme de su casa, pero yo no le hago caso. Deseo que quede claro que estoy aquí única y exclusivamente por sexo. Soy un hombre seguro de lo que quiero y ella tiene suerte de tenerme. Pero entonces la morena descerebrada suelta:

—Pero ¡serás creído! ¡Presumido! ¡Vanidoso y pretencioso! ¿Tú quién te crees que eres? ¿El ombligo del mundo y el hombre más irresistible de la Tierra?

Suspicaz, la miro mientras contengo un «¡Por supuesto!».

Pero ¿qué le pasa?

¿Acaso no ha aceptado mi regalo, no ha disfrutado del sexo y lo ha pasado bien conmigo?

Le hago saber que he venido a jugar con su cuerpo, a enseñarle cómo manejar un vibrador, y ella se enfada. Estalla. Grita.

La observo gesticular, maldecir, farfullar. En eso es como mi madre, muy española. Y, cuando acaba toda su retahíla de feas e hirientes palabras, le pregunto con gesto serio:

—¿Quieres que te folle?

Me mira.

Me mira de una forma que me desconcierta, pues no sé si me desea o si lo que quiere es partirme la cabeza en dos.

—Jud, responde —insisto.

De pronto, asiente. El morbo del momento es más fuerte que ella y, dispuesto a disfrutar de nuevo de su cuerpo, le doy la vuelta. Vamos hasta un aparador, donde la apoyo y, arrancándole las bragas de un tirón, me pongo un preservativo que saco de mi cartera, me bajo el pantalón y los calzoncillos y, al sentirla temblar, ordeno en su oído:

—Separa las piernas.

Con lujuria, le acaricio el trasero moreno y redondo e incluso le doy un par de pequeños azotes que me ponen a mil, hasta que el ansia me puede y, tras colocarme en la entrada de su húmeda vagina, con una fuerte embestida la penetro y ambos gemimos.

Con fuerza, la agarro con las dos manos por la cintura. Esta pequeña, retadora e inexperta mujer me está volviendo loco y, dispuesto a dejarle claro que, aunque piense que soy un egocéntrico y un vanidoso, soy el mejor, me la follo. Me la follo con delicia, placer y gusto, mientras ella jadea y nuestros cuerpos tiemblan.

—¿Más? —pregunto, tras darle otro azote.

Entregada por completo a mi posesión, Judith gime:

—Sí..., sí... Quiero más.

Durante unos segundos, le hablo al oído. Le susurro cosas que la vuelven loca. Le pido que me diga qué desea y, cuando ella habla, mi pasión se aviva de tal manera que, con cada embestida, la levanto del suelo, hasta que llega al orgasmo y yo la sigo gustoso.

Atraído por su olor, le beso el cuello con deleite, y entonces ella, con una frialdad que parece la mía, se separa de mí y se aleja sin más.

Acalorado y sediento, la sigo. Jud se mete en el baño, cierra la puerta y yo me siento en la cama y, satisfecho, bebo champán fresco con olor a fresas.

Paciente, espero al tiempo que oigo correr el agua de la ducha y pienso si entrar o no. Pero al final decido no hacerlo. Una ducha es algo muy íntimo y personal, y no quiero esa intimidad ni con ella ni con nadie.

Cuando sale, su cara de enfado me sorprende. ¿Otra vez enfadada?

Y, sin saber realmente qué hacer, la cojo de la mano y le pregunto:

—¿Quieres que me quede contigo?

Ella se apresura a soltarse y me hace saber que no. Luego, tras cruzar unas palabras subidas de tono, al final siseo:

—¡Ah! Las españolas y vuestro maldito carácter. ¿Por qué seréis así?

Según digo esto, siento que su mirada se oscurece. ¡Tentadora!

Su enfado me provoca cierto deleite, pero, como no tengo ganas de discutir, termino de abrocharme el pantalón y digo:

—De acuerdo, pequeña, me iré. Tengo una cita. Pero regresaré mañana a la una. Te invito a comer y, a cambio, tú me enseñarás algo de Madrid, ¿te parece?

Judith me mira. Levanta el mentón y, sin darme el gusto, replica:

—No. No me parece. Que te enseñe Madrid otra española. Yo tengo cosas más importantes que hacer que estar contigo de turismo.

La observo molesto. ¿Qué puede haber mejor que yo? Y, sin darle tregua, la acerco a mí, paseo la lengua por su labio superior y afirmo con seguridad:

—Mañana pasaré a buscarte a la una. No se hable más.

Ella resopla. No le gusta que le den órdenes.

Yo espero su negativa, pero, por alguna extraña razón que no consigo comprender, esta vez no dice nada. A continuación, camino hacia la puerta de entrada tirando de ella y murmuro con mofa:

—Que pases una buena noche, Jud. Y, si me echas de menos, ya tienes con qué jugar.

Dicho esto, la beso en la boca con posesión y salgo de la casa decidido.

Una vez en la calle, veo que Tomás ya está esperándome y, cuando monto en el coche, pregunta:

—¿Una buena tarde, señor Zimmerman?

Al oír eso, asiento con la cabeza y, pensando en esa morena descarada que me saca de mis casillas, declaro:

—Sí, Tomás, una tarde muy entretenida.

8

A la mañana siguiente, tras una interesante noche con mis amigos en el Wonderland, al levantarme decido alquilar un coche. Hoy no quiero chófer. Prefiero estar a solas con la señorita Flores para conocer un poco Madrid y, motivado, le mando un mensaje:

> Recuerda: a la una, paso a buscarte.

Estoy mirando al frente cuando mi móvil pita, y leo:

> No pienso salir.

Boquiabierto, observo el mensaje. ¡Joder, con la españolita! Pero, como nunca me han dejado plantado, respondo:

> Pequeña, no me hagas enfadar.

Imaginarme su expresión al leerlo me subleva, e insisto:

> Por tu bien, te espero a la una.

Cuando lo envío, dejo el móvil sobre la mesa para ducharme y éste vuelve a sonar:

> Por su bien, señor Zimmerman, no venga. No estoy de humor.

Ah, no..., eso sí que no lo voy a consentir, y escribo:

> Señorita Flores, ¿quiere enfadarme?

Esta vez no suelto el teléfono. Esa morena me está enseñando lo contestona que es, y no tarda en llegar su respuesta:

Lo que quiero es que se olvide de mí.

Como diría mi madre, ¡la madre que la parió! No obstante, ha captado por completo mi atención, y le contesto:

Tienes dos opciones. La primera, enseñarme Madrid y disfrutar del día conmigo. Y la segunda, enfadarme, y soy tu JEFE. Tú decides.

En cuanto lo envío, soy consciente de que mi abuso de la autoridad es intolerable. Las veces que me he follado a alguna mujer del trabajo nunca he tenido que emplear tales términos, ellas simplemente lo han buscado, pero con esta cabezota he de utilizarlos.

Judith me hace estar pendiente del teléfono y, al ver que no responde, le envío un par de mensajes más hasta que al final recibo uno de ella que dice:

A la una estaré preparada.

Bien. Eso era lo que buscaba, y, ahora que me he salido con la mía, me voy a la ducha.

★ ★ ★

Las horas pasan y me veo mirando el reloj deseando que llegue la una. Por último, opto por ponerme unos vaqueros y una camisa negra. Será un día informal.

A la una menos cinco ya estoy aguardando frente a su portal, y a la una en punto me acerco al telefonillo.

Espero..., espero..., pero no contesta. Maldigo desconfiado. Si se le ocurre darme plantón, juro que se la voy a montar cuando la vea.

Vuelvo a llamar otra vez. Mi impaciencia aumenta por segundos, y entonces oigo:

—¿Sí?

Me tranquilizo en el acto y simplemente respondo:

—Baja. Te espero.

Entonces me alejo del portal y me apoyo en el coche para que disfrute de mi presencia cuando me vea. Conozco mi potencial, y sé que las mujeres se mueren por mí.

Pero, cuando aparece, abre los ojos desmesuradamente e, ignorándome por completo, pregunta mirando el coche:

—¿Es tuyo?

Vaya. Veo que el automóvil le ha impresionado más que yo, y eso me molesta. Nunca he competido con un coche. Y entonces la oigo decir:

—¿Me dejas conducirlo?

Me niego. No. Aquí quien conduce soy yo, pero ella insiste:

—Venga, vaaaaaaaa. No seas aguafiestas y déjame. Mi padre tiene un taller y te aseguro que sé hacerlo.

La miro. Me mira. Resoplo y, molesto porque el coche sea su objeto de devoción y no yo, respondo:

—Enséñame Madrid y, si te portas bien, quizá luego te permita conducirlo.

Ella se emociona. Aplaude y hasta da un gritito.

¡Españolas...!

Cinco minutos después, dirigido por ella, nos sumergimos en el tráfico de Madrid. Hace un bonito día y, aunque la compañía me agrada, llevamos la música a todo trapo, y protesto:

—¿Estás sorda?

Judith me mira, sonríe y responde con un suspiro:

—No..., no estoy sorda, pero un poco de vidilla a la música dentro de un coche no viene mal.

«¿Vidilla a la música?»

Y cuando, además de la supuesta «vidilla», la oigo cantar, resoplo en el momento en que ella pregunta:

—¿Qué pasa? ¿Que tú no cantas nunca?

¿Cantar yo?

Por el amor de Dios, pero ¿qué tontería es ésa?

No respondo. No merece la pena. Pero ella, como buena española, insiste en sus preguntas y, cuando ve que no tengo la menor intención de contestar, indica:

—Pues la música es algo maravilloso en la vida. Mi madre siempre decía que la música amansa a las fieras y que las letras de muchas canciones pueden ser tan significativas para el ser humano que incluso nos pueden ayudar a aclarar muchos sentimientos.

Me hace gracia oír eso.

Me parece que me acaba de llamar *fiera* y no creo que se haya dado cuenta. Ahora el curioso soy yo, le pregunto y me entero de que su madre murió años atrás de cáncer. Siento saber eso.

Sin ningún tipo de vergüenza, Judith canta todas y cada una de las canciones que suenan en la radio y, aunque no quiero sonreír, siento que la comisura de mis labios se curva.

Pero ¿de verdad se las sabe todas?

Llevo años sin quedar con una mujer para dar un paseo, ni siquiera los daba con Betta. Pero aquí estoy, en compañía de una joven inexperta en la clase de sexo que a mí me gusta, que se siente más atraída por el Ferrari que conduzco que por mí y que no para de cantar a voz en grito como una loca mientras entramos en un parking.

Una vez que hemos estacionado el coche, paseamos durante horas por distintas zonas de Madrid y siento la loca necesidad de cogerla de la mano. Ella me lo permite sin darle importancia, y yo disfruto de esa extraña y rara sensación.

Judith me lleva a comer a un restaurante italiano de unos amigos de ella. Encantado mientras picoteamos mozzarella con tomate, la escucho hablar y, maravillado, me pierdo en su sonrisa. Creo que es la chica con la sonrisa más bonita que he visto en mi vida y, tras pensarlo mucho, digo:

—Tengo que hacerte una proposición.

Ella sonríe y, con picardía, cuchichea:

—Mmmm..., conociéndote, seguro que será indecente.

Asiento con frialdad y me apresuro a aclararle que se trata de trabajo.

Tengo que viajar por España visitando las delegaciones de Müller y me vendría muy bien su ayuda. Ella sabe hablar y escribir perfectamente el alemán, y necesitaría que, tras las reuniones, enviara las actas a Alemania.

En un principio, Judith dice que no y me sugiere que se lo proponga a Miguel: él era el secretario de mi padre. Pero yo me niego. Lo que quiero es que me acompañe ella.

Me rechaza. Pone mil impedimentos, pero yo insisto. No pienso darme por vencido, hasta que le hago entender que es trabajo y seriedad lo que busco, y no sexo. Entonces pregunta mirándome:

—En los hoteles, ¿habitaciones separadas?

Asiento.

En ningún momento se me ocurriría compartir habitación ni con ella ni con nadie, y afirmo:

—Por supuesto. Ambos tendremos nuestro propio espacio. Tienes para pensarlo hasta el martes. Ese día, necesitaré una respuesta o me buscaré a otra secretaria.

Veo que Judith asiente y, cuando traen una impresionante pizza, ella se olvida de mi propuesta y se centra por completo en la comida.

¡Sorprendente!

A la salida del restaurante, vuelvo a coger su mano. Necesito ese contacto con ella. Jud sonríe, y entonces le pregunto:

—¿Te apetece venir a mi hotel?

Nos miramos...

Nos tentamos...

Tras indicarle dónde me alojo, ella pregunta a su vez con una pícara sonrisa:

—¿Me dejarás conducir?

Maldigo. Pero ¿es que sólo le interesa el Ferrari?

Sin embargo, al ver su sonrisa y esos ojos chispeantes, pregunto:

—¿Has sido buena?

Judith asiente con gracia y luego afirma:

—Buenísima.

Una vez que me deja claro que cantará al volante, no puedo negarme a darle ese capricho, por lo que, cuando llegamos al coche, le entrego las llaves y sonrío al verla gritar y saltar feliz.

¿En serio conducir ese coche provoca en ella ese estado de felicidad?

Primero, el Ferrari; luego, la pizza... ¿Qué será lo siguiente que le llamará más la atención que yo?

Tres segundos después, ya me estoy arrepintiendo de haberle dado las llaves. Judith monta, arranca, pone la radio a toda leche y me prohíbe tocarla. Agarrado al asiento, dejo que salga a una carretera señalizada como M-30 y disfrute del coche.

Si eso la hace feliz..., ¿por qué no?

9

Un buen rato después, paramos frente al hotel Villa Magna y un aparcacoches viene a llevarse el vehículo.

De la mano, llegamos en el ascensor a la última planta, a la *suite royal* y, al entrar, observo cómo ella mira a su alrededor encantada. Está claro que no está acostumbrada al lujo.

Sin detenerla, permito que camine por la suite, cuando, al ver que se compone de dos habitaciones y un salón, pregunta:

—¿Por qué utilizas una suite doble?

Es observadora y, sin duda, también preguntona.

—Porque en una habitación juego y en la otra duermo —respondo.

Veo que asiente sin preguntar con quién más juego. En ese instante llaman a la puerta, un camarero entra y le indico:

—Tráiganos fresas, chocolate y un buen champán francés. Lo dejo a su elección.

Cuando el hombre se marcha, Judith abre las puertas de la terraza y sale. La sigo y, mientras la abrazo, ella murmura:

—Eric, ¿puedo preguntarte algo?

Su continua curiosidad llama poderosamente mi atención, y asiento:

—¿Por qué vas tan deprisa?

La miro, suspiro y le hago saber que si voy deprisa es porque, tratándose de ella, no quiero perderme nada, y acabo preguntándole si lleva el vibrador que le regalé en el bolso. Pero no, no lo lleva.

La reprendo con la mirada mientras meto una mano en el interior de sus vaqueros, de sus bragas, y, tras introducir mi dedo en esa hendidura cálida y húmeda que tanto me gusta, lo saco y después murmuro, acercándolo a su boca:

—Quiero que sepas cómo sabes. Quiero que entiendas por qué estoy loco por volver a devorarte.

Con una sensualidad que me deja sin respiración, Judith se introduce mi dedo en la boca y lo chupa, lo paladea al tiempo que me mira a los ojos, y yo siento su maravillosa excitación.

¡Increíble!

Minutos después, vuelven a llamar a la puerta. Voy a abrir y el mismo camarero de antes entra con un carrito de cristal. Tras descorchar el champán, sirve dos copas y luego se va. Judith sigue en la terraza. La miro. La observo. Está exquisita y tentadora, y decido dar un paso más y mandar un mensaje a mi amiga Frida. Si quiere venir ella sola sin Andrés, estaré encantado de incluirla en mi juego. Después, cojo una copa, salgo a la terraza, se la paso a Judith y brindamos.

Durante un buen rato nos besamos, tentándonos, hasta que el deseo me puede, y exijo:

—Pasemos al dormitorio.

Al entrar, la enorme cama *king size* nos llama a gritos invitándonos a utilizarla. Consciente de cuánto le gusta a ella la música, me dirijo al equipo que hay allí y pongo algo relajante. Judith me mira y yo, sentándome en la cama con mi copa, pregunto:

—¿Estás preparada para jugar, pequeña?

Ella me mira —¡Dios, cómo me mira!—, y luego asiente con gusto.

Está tranquila y segura, por lo que me levanto, abro un cajón y saco varios pañuelos negros de seda, una cámara de vídeo y unos guantes.

Sus ojos me siguen, está tan expectante como yo, y, acercándome a ella, poso la mano en su redondo trasero y murmuro:

—Tienes un culito precioso. Estoy deseando poseerlo.

Nada más decir eso, soy consciente de su reacción. Tiene miedo.

Sin lugar a dudas, nunca ha practicado sexo anal y, para tranquilizarla y hacerle saber que no soy un animal, susurro:

—Tranquila, pequeña. Hoy no penetraré tu bonito trasero. Me excita saber que seré el primero, pero quiero hacerte disfrutar y, cuando lo hagamos, será poco a poco y estimulándote para que sientas placer, no dolor. Confía en mí.

Ella me mira y asiente haciéndome saber que se fía de mí. Entonces, enseñándole la cámara, indico:

—Hoy jugaremos con los sentidos. Pondré esta cámara sobre ese mueble para grabarlo todo. Así, luego podremos ver juntos lo ocurrido, ¿te parece?

Judith responde que no le gustan las grabaciones y rápidamente le indico que al primero que no le interesa que se vea nada de ellas, por ser quien soy, es a mí. Al final acepta que grabe y coloco la cámara.

Una vez que he terminado, la incito a tocar los pañuelos.

—Lo que vas a sentir cuando te tenga desnuda en la cama es la misma suavidad que has sentido al tocarlos.

Ella asiente, acaricia mi rostro con la mano y murmura, mirándome:

—Me encantan tus ojos. Tu mirada.

No digo nada. Nunca he sido un romántico, por lo que prosigo:

—Además de taparte los ojos, como sé que confías en mí, te ataré las manos y las sujetaré al cabecero para que no puedas tocarme. —Cuando veo que va a protestar, le pongo un dedo sobre los labios y, con una sonrisa ladeada, susurro—: Es su castigo, señorita Flores, por haber olvidado el vibrador.

Ella sonríe.

¡Dios, qué sonrisa...!

A continuación, me pongo los suaves guantes y la toco, la provoco, la excito. Luego ella se quita la ropa, excepto la interior. Después se acerca a mí; yo apoyo la frente en su estómago y aspiro profundamente para que el olor de su sexo me invada por completo.

¡Maravilloso...!

Quitándome los guantes, la agarro por la cintura y la siento sobre mí. La ensarto con mi verga —¡qué placer...!— y, cuando paseo la boca por encima de su sujetador con avidez, musito:

—¿Estás preparada para jugar a lo que yo quiero?

Con los ojos cerrados, ella afirma:

—Sí.

Me agrada su respuesta, e insisto, acercándome a su boca:

—¿Para lo que sea?

Sus manos se posan en mi cabeza. Sus dedos se hunden en mi pelo... Mmmm, qué agradable es sentir su tacto.

—A todo —responde—, excepto a...

—Sado... —finalizo yo desabrochándole el sujetador para dejar libres sus pechos, que me llevo a la boca gustoso para chuparlos y succionarlos.

Sus duros pezones chocan contra mi boca mientras ella, sentada a horcajadas sobre mí, balancea las caderas en busca de placer.

—Ofréceme tus pechos.

Me mira descolocada. No me entiende. Ella no sabe lo que es ofrecerse, hasta que, dejándose llevar por su instinto, se agarra los pechos y, con una sensualidad divina, me los acerca a la boca.

Sin embargo, cuando voy a mordisqueárselos, los aleja, juega conmigo y, complacido por lo traviesa que es, le doy un dulce azotito en su virginal trasero.

¡Zas!

Las chispas saltan entre los dos y le doy otro azote.

¡Zas!

Me gusta controlar. Me encanta mandar. Me gusta dirigir en el sexo. Entonces ella claudica ante mis azotes y me acerca sus pechos a la boca para que pueda mordisqueárselos.

Los disfruto, los gozo, los saboreo, hasta que ordeno:

—Ponte de pie.

En cuanto lo hace, me dejo caer al suelo.

Le quito las bragas con puro deleite, poso las manos en sus caderas y hago que flexione las rodillas para que su sexo depilado quede totalmente expuesto para mí.

¡Apetitoso!

Su olor me vuelve loco y, sin necesidad de hablar, ella entiende que quiero su humedad en mi boca, así que se agacha y me la entrega. Se ofrece.

Judith se deja manejar sin problema mientras yo degusto el salado manjar que atesora entre las piernas y me excito más y más a cada lametazo.

Maravillado y complacido, la aprieto contra mi boca y al mismo tiempo mi inquieta lengua se introduce en ella una y mil veces y succiono su apetitoso e hinchado clítoris en busca de locura y de los jadeos que ella me da.

Me asaltan las sensaciones, los estremecimientos y el regocijo cuando, con los dientes, atrapo su jugoso clítoris y tiro de él con cuidado pero decidido.

Judith grita.

Me clava las uñas en los hombros.

Tiemblo.

El placer que me ocasiona eso me hace temblar como nunca.

Pero ¿qué me ocurre?

Me detengo un instante, la miro y, sin entender el motivo de mis temblores, exijo:

—Túmbate sobre la cama, Jud.

Obedece y, al mirarnos, susurro con morbo:

—Abre las piernas para que pueda ver lo que deseo.

Ella lo hace, le tiemblan las piernas a causa de la excitación. Luego, paseando la mano por el interior de sus sedosos muslos, murmuro con un hilo de voz:

—Así, pequeña..., así..., enséñamelo todo.

Ansioso por poseerla, me desnudo y dejo el móvil sobre la cama.

Después cojo un pañuelo, me siento a horcajadas sobre ella y, juntándole las manos, se las ato. La beso y luego se las levanto por encima de la cabeza para acabar sujetándoselas a una varilla del cabecero.

Excitado por el juego, cojo el otro pañuelo y se lo coloco alrededor de los ojos. Una vez que la tengo como deseo, goloso, llevo mi boca hasta sus pezones y mis dedos a su tibia humedad.

Encantado de tenerla como me gusta, prosigo mi camino y, cuando doy un delicado beso a su bonito monte de Venus, ella abre las piernas.

Las abre para mí sin que yo se lo ordene, y eso me enloquece. Mi boca va en busca de su ya abultado clítoris y ella se retuerce excitada. Se arquea maniatada por mí.

En ese instante, mi móvil se ilumina sobre la cama. Al mirar, veo que se trata de Frida. Está en la puerta de la suite y, levantándome con cuidado, le doy un último mordisquito en el monte de Venus a Judith y voy a subir el volumen del equipo de música.

Sin tiempo que perder, salgo de la habitación desnudo, me dirijo a la puerta y, cuando abro, Frida me mira y, sonriendo, se quita la gabardina negra y cuchichea, mostrándome que va medio desnuda:

—Ya estoy aquí, dispuesta a jugar.

Asiento encantado, la beso en la mejilla y murmuro:

—Vamos, estoy impaciente. Y, recuerda, no hables, sólo disfruta y hazla disfrutar mientras ella cree que soy yo.

Ella asiente con una sonrisa y luego pregunta:

—¿Es alguien especial?

Para mí, especial sólo es mi familia y mis amigos directos, por lo que respondo:

—No. Simplemente es una mujer más.

Frida asiente y no dice nada más. Luego entramos juntos en la habitación. Cuando ve a Judith en la cama, desnuda y atada, sonríe y se dirige hacia ella divertida.

Frida es una experta jugadora. Ella y su marido, Andrés, son parte del grupo de mis grandes amigos en Alemania, y si hay algo que le gusta a Frida es el clítoris de una mujer. La enloquece jugar con ellos, y yo quiero que enloquezca a Jud.

Una vez que se sube a la cama, en silencio, se pone los guantes y comienza a recorrerle el cuerpo mientras yo miro y disfruto del espectáculo, y más cuando, como era de esperar, Frida se lanza a la búsqueda de su clítoris. En cuanto lo encuentra, lo mordisquea, lo succiona y Judith grita.

Yo jadeo.

¡Se arquea! Es delicioso ver cómo disfruta, cómo se entrega, y creo que voy a explotar cuando, arrebolada por el placer, busca más y más.

Judith tiembla, trata de cerrar las piernas, pero Frida no se lo permite. Sin hablar, hace que separe de nuevo los muslos para morderle en esta ocasión los labios menores. Jud arquea la espalda, gimotea y entonces yo le entrego a Frida un consolador metálico. Mi amiga lo humedece con la boca y, después, mirándome, se lo introduce poco a poco a Judith en la vagina.

Me muerdo la mano nervioso mientras con la otra me acaricio mi duro pene. Lo que está ocurriendo me excita como nunca, y más cuando Frida empieza a mover el consolador, Judith gime y ella pasea la mano que tiene libre por su trasero.

Miro la boca de Jud, esa boca dulce, esos labios aterciopelados, y siento la gran necesidad de besarla. Sin embargo, no debo: si lo hago, ella descubrirá el juego y quiero que dure un poco más.

Frida saca el consolador de su vagina, húmedo por los fluidos, y comienza a pasearlo entonces por su ano. Judith tiembla tanto como tiemblo yo, y soy plenamente consciente de que deseo ser el primero en profanar ese culito virgen.

Por último le pido el consolador a Frida y ella me lo da mientras yo sigo tocándome. Estoy duro, tieso y dispuesto para Jud. Frida vuelve a posar entonces la boca en el sexo de aquélla para devorarla con auténtica pasión una última vez, y de pronto Judith deja escapar un grito de placer y de su vagina salen unos fluidos brillantes que mi amiga chupa con fruición.

Sin hablar, le ordeno a Frida que acabe y se marche. Le doy un beso en los labios y, en cuanto se va, rasgo el envoltorio de un preservativo y murmuro mientras me lo pongo:

—Me encanta tu sabor, pequeña. Abre las piernas para mí.

Obediente, ella, que sigue con los ojos vendados, las separa e, incapaz de esperar un segundo más, encajo mi cuerpo con el suyo y, cuando siento que ambos temblamos por la excitación, musito con un hilo de voz:

—Pídeme lo que quieras.

Judith jadea. Espero que diga algo, que hable, pero, como no lo hace, insisto:

—Pídeme lo que quieras. Habla o no continuaré.

Agitada por el momento, me exige:

—¡Penétrame!

Al oírla, sonrío. Lo habitual que suelo oír en momentos así es «¡Fóllame!», no «¡Penétrame!». Pero sin duda Jud no es mujer de utilizar ciertas palabras por lo que los demás puedan pensar de ella. Sin embargo, como no quiero darle vueltas ahora mismo a eso, susurro:

—Perfecto, pequeña... Ahora me toca a mí.

A partir de ese momento, me dejo llevar.

Estoy duro como una piedra, y las ganas que siento de follármela y de hacerla chillar de placer son descomunales. De rodillas sobre la cama, agarro sus caderas y me hundo en ella con fuerza, una vez y otra..., y otra... Sus gritos, sus gemidos y su manera de abrirse a mí me hacen saber que le gusta lo que hago y, deseoso de más, la embisto como un animal.

No sé cuánto tiempo dura ese asalto, sólo sé que el disfrute es pleno cuando ella, tras un sensual gemido, me hace entender que ha llegado a su punto álgido y, minutos después, agotado, sudoroso pero satisfecho, llego yo.

Una vez que caigo a su lado en la cama, ambos respiramos con dificultad. Aun así, necesitado de su sabor, la beso, le exijo un buen beso y, cuando me doy por satisfecho, le suelto las manos con cuidado y le beso las muñecas. Después, le retiro el pañuelo de los ojos y, cuando nuestras miradas se encuentran, pregunto:

—¿Todo bien, pequeña?

Ella asiente entre asustada, sorprendida y satisfecha por lo ocurrido, y, para permitirle unos minutos a solas, me levanto y voy al baño. Quiero ducharme.

Al entrar en el bonito baño del hotel, observo mi cuerpo en el espejo.

¡Soy muy afortunado!

Después abro el grifo de la ducha y, cuando el agua comienza a salir, cojo un poco de papel higiénico y envuelvo el preservativo que me he quitado. Estoy tirándolo a la papelera cuando la puerta del baño se abre. Es Judith, y molesto, le pregunto:

—¿Qué haces aquí?

Ella me mira paralizada y dice:

—Tengo calor y quería ducharme.

Tanta intimidad me incomoda. Quiero mi propio espacio, y en él no entra ella ni nadie.

—¿Te he pedido que te duches conmigo? —gruño.

Según digo eso, siento que me he pasado. No se merece que le hable así y, cuando va a dar media vuelta, agarro su mano y, tras escuchar sus duras palabras, finalmente digo:

—Lo siento, Jud... Tienes razón. Disculpa mi tono.

Pero mis disculpas no le hacen gracia e intenta escapar, momento en que yo la cojo en volandas y la meto en el interior de la enorme ducha. El agua nos empapa mientras ella forcejea y, excitado, le susurro:

—Date la vuelta.

Furiosa, se niega, pero siento que su enfado ha remitido. Acerco mi boca para besarla pero ella hace algo extraño con el cuello y se aleja de mí.

—¿Qué haces? —pregunto molesto.

Judith me mira, entorna los ojos y sisea:

—La cobra.

—¿La cobra?

Ella vuelve a asentir. Intuyo que siente mi desconcierto, y aclara:

—En España se llama *hacer la cobra* cuando alguien te va a besar y te retiras.

Vaya..., vaya...

Según eso, esta mujer acaba de hacerme lo que yo llevo haciéndoles toda mi vida a las mujeres. Entonces, sonriendo, pregunto mientras ella se relaja y rodea mi cintura con las piernas:

—Si te beso, ¿me harás la cobra de nuevo?

Ella y yo en la ducha...

Eso es algo nuevo para mí.

Judith está excitada al tiempo que cabreada, yo duro como una piedra, y, cuando creo que me va a decir alguna lindeza, suelta sorprendiéndome:

—No..., si me follas.

¡Ha dicho *follar*! ¡Increíble!

A continuación, roja como un tomate, me mira al tiempo que el agua de la ducha cae sobre nuestros cuerpos. Luego parece espabilarse de pronto y, mientras froto mi duro miembro por su sexo, le pregunto con alevosía:

—¿Qué me has pedido, pequeña?

Sin dudarlo, ella insiste:

—¡Fóllame!

Que haya dicho «¡Fóllame!» en vez de «¡Penétrame!» me gusta, me excita, me hace saber que la señorita Flores entra poco a poco en mi juego y, sin preservativo, lo hago, ¡me la follo! Al sentir el tacto sedoso de su piel, mi cuerpo se revoluciona de una manera que me sorprende incluso a mí mismo y me dejo llevar.

Ella es menuda y yo un tío grande, por lo que puedo sujetarla entre mis brazos mientras hago lo que me pide y ella me llama *empotrador* entre jadeos. Ambos reímos y nos movemos en busca de nuestro propio placer. Nuestros cuerpos piden más y más, y nuestro instinto animal aflora como las setas cuando llueve.

El sonido de nuestras respiraciones se acelera mientras nos hundimos el uno en el otro con vehemencia y locura.

—Mírame. Si te gustan mis ojos, mírame —exijo.

Ver su bonito rostro y sentir cómo el placer lo consume es un lujo para mí.

Me gusta mirarla, me gusta poseerla, y quiero que me mire, que me posea y disfrute tanto como yo. No obstante, la locura le hace cerrar los ojos, por lo que, dándole un azote en la nalga, hago que los abra de nuevo.

—Mírame —insisto—. Mírame siempre.

Aferrada a mis hombros, esa mujer que me está haciendo perder el control me mira mientras nuestros cuerpos se acoplan. El placer es extremo, es delicioso, es increíble, y, cuando siento que clava las uñas en mi piel, un hondo gemido sale de su boca.

—Sí..., así... —le pido—, córrete para mí.

La señorita Flores me da el gusto y se corre para mí.

Cuando siento que voy a estallar en su interior, a pesar de que sé que toma la píldora, me salgo y, apretándola contra mí, me dejo ir.

Tres minutos después, abro un poco más el grifo del agua fría y, dejándome llevar por el momento, juego con ella bajo la ducha mientras me pregunto desde cuándo soy yo tan juguetón.

10

Me siento extraño.

Mi relación con las mujeres siempre ha estado basada en el sexo, pero llevo casi todo el día con Judith, y lo curioso es que me siento bien, muy bien.

Es graciosa, ingeniosa, y creo que lo que más me atrae de ella es que no me da la razón en todo momento. Si no está de acuerdo conmigo en algo, me lo hace saber, y eso me cautiva, me gusta.

Tras nuestra ducha, durante la cual me sorprendo de lo juguetón que soy con ella, regresamos a la cama, donde hacemos el amor con mimo y, extrañamente, lo disfruto y no me aburro.

Jud es una mujer ardiente y, cada vez que practicamos sexo, me sorprendo, no sólo por lo mucho que lo disfruto, sino también por cómo disfruta ella y por lo insaciable que es. Tan insaciable como yo.

Encantados, comemos fresas con chocolate y bebemos champán, y entonces ella, mirándome, pregunta al oír el sonido de un correo entrante en el portátil que tengo sobre la mesilla:

—¿Siempre lo tienes encendido?

Miro el ordenador y afirmo:

—Sí, siempre. Necesito estar al corriente de los temas de la empresa en todo momento.

Según digo eso, me levanto, consulto el email recibido y veo que es de Dexter. Sonrío y decido contestar más tarde. Regreso a la cama cuando veo que ella se mete una nueva fresa con chocolate en la boca, y murmuro:

—Por lo que veo, te encanta el chocolate.

—Sí. ¿A ti no?

Me encojo de hombros. No es algo que me apasione, y por mi enfermedad en la vista no es muy recomendable.

—¿Vives solo en Alemania? —pregunta a continuación.

Su pregunta me sorprende. No deseo intimar con ella en exceso, por lo que no respondo. Si algo tengo claro es que, tras lo ocurrido con Betta, no pienso permitir que ninguna otra mujer entre en mi vida. Con jugar con ellas y disfrutar del sexo tengo bastante.

Judith parece darse cuenta de lo que pienso y, sin insistir en el tema, señala la cámara de vídeo y pregunta:

—¿Sigue grabando?

Le digo que sí. Ella sonríe, intuyo que llama su atención lo que está grabado y deseo que vea lo ocurrido. ¿Cómo se tomará que Frida y yo hayamos jugado con ella?

Vuelve a meterse otra fresa con chocolate en la boca y, curiosa, propone:

—¿Te apetece que lo veamos?

Asiento. Estoy deseando ver su reacción.

Entonces me levanto de la cama, saco un cable de mi maletín, lo enchufo a la cámara y al televisor y, tras coger un pequeño mando a distancia, pregunto sentándome junto a ella en la cama:

—¿Preparada?

—Claro.

Sin dudarlo, le doy al «Play» y ambos aparecemos en la imagen.

Durante un rato reímos observándonos en la pantalla y siento cómo su respiración se acelera cuando ve cómo la ato a la cama y le tapo los ojos.

Nos miramos, nos besamos, y yo sonrío sabiendo lo que viene.

Con curiosidad, observo cómo su expresión cambia cuando Frida aparece en escena. Judith parpadea. Está confusa. Me mira y yo no digo nada.

La cinta continúa...

Frida se mete entre sus piernas...

Frida le arranca chillidos de placer...

Frida le introduce el consolador metálico que yo le doy, y entonces ella susurra:

—¿Qué...?

No la dejo hablar. Le pongo un dedo sobre los labios y la obligo a mirar la pantalla. No quiero que se pierda nada.

Excitado, miro la cinta. Lo que veo es morboso. Pecaminoso. Dos mujeres sobre una cama y yo dirigiendo. Una maniatada por mí y la otra cumpliendo mis órdenes.

Judith, acalorada, no le quita ojo al televisor, y algo me dice que cuando vea a Frida salir de la habitación van a saltar chispas. El momento no tarda en llegar y, cuando Frida sale de la suite, ella me mira furiosa y me espeta:

—¿Por qué has permitido eso? —Le tiembla la voz. No esperaba ver eso.

—¿El qué, Jud? —respondo con tranquilidad.

Entonces, exaltada, se levanta de la cama y grita, mirándome:

—¡Una mujer! Una desconocida..., ella..., ella...

Con firmeza, la interrumpo y aclaro:

—Dijiste que estabas dispuesta a todo menos a sado, ¿lo recuerdas?

Desconcertada, me mira. No sé qué puede estar pensando, y entonces insiste:

—Pero... pero a todo entre tú y yo..., no entre...

—A todo excepto a sado es... a todo, pequeña.

Ella empieza a caminar entonces como una leona enjaulada por la habitación y, con furia en los ojos, exclama:

—Yo nunca te dije que quería tener sexo con una mujer.

Vale, en parte tiene razón, y, recostándome en la cama, asiento:

—Lo sé...

Mi fría reacción la sorprende y, boquiabierta, insiste:

—¿Entonces?

A partir de ese instante, comenzamos a discutir.

Ella me dice lo que piensa, lo que el sexo significa para ella, y yo le digo lo que pienso y lo que el sexo significa para mí. No llegamos a un entendimiento. Ambos pronunciamos igual la palabra *sexo*, pero no la sentimos del mismo modo.

Entonces, cuando se cansa de escucharme, me suelta:

—¡Serás creído!

Vale..., ya estamos otra vez con eso. En cuanto le digo algo que no le cuadra, rápidamente sale con el mismo tema y seguimos discutiendo, hasta que, cansado, siseo:

—Te guste o no, eres como la gran mayoría de la humanidad. El problema es que esa humanidad se divide entre los que no nos resignamos a los convencionalismos y gozamos del sexo con normalidad y sin tabúes, y los que lo ven como un pecado. Para muchos, la palabra *sexo* es ¡tabú! ¡Peligro! Para mí, *sexo* es sinónimo de ¡diversión, gozo, excitación! Y lo que más me joroba de tus palabras es que sé que lo vivido te ha gustado. Has disfrutado con el vibrador, con la mujer que ha estado entre tus piernas, incluso con haber dicho la palabra *follar*. Tu problema es que lo niegas. Te mientes a ti misma.

Rabiosa e irritada, ella no responde.

Busca su ropa, se viste a toda prisa y, cuando acaba, dice:

—Nada de lo vivido se puede cambiar. Pero, a partir de este momento, usted vuelve a ser el señor Zimmerman y yo la señorita Flores. Por favor, quiero recuperar mi vida normal y, para ello, usted debe desaparecer de mi entorno.

Y, sin decir más, da media vuelta y se va.

No me muevo.

No le prohíbo marcharse.

No pienso ir tras ella.

Yo soy Eric Zimmerman y nunca voy tras una mujer.

11

Esa noche, tras lo ocurrido, quedo para tomar una copa con Frida y Andrés.

Al verme, ella me habla de la muchacha con la que jugamos en mi habitación, pero yo no quiero decir nada del tema, y Frida no vuelve a mencionarlo.

Tras comer unas tapas en un restaurante, mis amigos proponen ir a tomar una copa a un local de ambiente liberal llamado El Cielo.

Yo acepto encantado. Quiero conocer locales en Madrid.

El club al que vamos es relativamente nuevo, y eso se nota en sus instalaciones. Al entrar, mis amigos saludan a una pareja y enseguida me los presentan. Son unos amigos que, como ellos, tienen una casita en un maravilloso lugar llamado Zahara de los Atunes, un pueblo situado al sur de España.

Mientras charlamos en la barra, soy consciente de cómo varias mujeres me miran y me desean. No me conocen. Soy nuevo, además de un tío rubio, grande y de buen ver.

Vale..., como diría mi hermana, ¡no tengo abuela!

Frida, que se percata también, cuchichea:

—¿Alguna llama tu atención?

Tras pasear la mirada por encima de las que se mueren porque les quite las bragas, enseguida respondo:

—No. Aún no.

Mi amiga sonríe, y entonces el camarero pone ante nosotros algo de beber. Sin saber por qué, la señorita Flores cruza mi mente. Recordarla junto a mí riendo en la ducha mientras me llamaba *empotrador* entre risas o jugando con las fresas sobre la cama, inconscientemente, me hace sonreír.

¿Qué hago pensando en ella?

Instantes después, se une una mujer al grupo. Se llama Manuela y es muy atractiva. De inmediato noto que le atraigo como ella me atrae a mí y, cuando los demás deciden entrar en un reservado, acepto. ¿Por qué no?

Las siguientes tres horas las paso practicando sexo.

Manuela es caliente y, aunque disfruto de lo que hago, ¿por qué la maldita Judith se cuela en mi mente en ocasiones?

★ ★ ★

De madrugada, cuando llego al hotel, estoy tan enfadado porque aquélla esté en mi cabeza que, una vez que me he duchado, me acerco al portátil que siempre tengo encendido y escribo:

De: Eric Zimmerman
Fecha: 1 de julio de 2012, 04.23 horas
Para: Judith Flores
Asunto: Confirmación de proposición

Querida señorita Flores:
Siento mucho si le desagradó mi compañía hace unas horas y todo lo que ello implica. Pero debemos ser profesionales, así que, recuerde, necesito una respuesta en lo referente a la proposición que le hice.
Atentamente,
Eric Zimmerman

Repaso el mensaje varias veces.

Es básicamente profesional y, como tal, espero que ella lo lea.

En cuanto le doy a «Enviar», me meto en la cama, donde doy vueltas y vueltas y, cuando me duermo, ya está amaneciendo.

Un par de horas después, me despierto, compruebo mi ordenador y veo que no hay respuesta por parte de Judith. Miro el móvil y pienso en llamarla; aun así, me contengo.

Pero ¿por qué estoy pendiente de ella?

Ofuscado, camino por la habitación de un lado a otro y llego a la conclusión de que he de tomármelo con más calma y, sobre todo, darle espacio a ella para ver si quiere hablar conmigo o no. Por suerte, nunca he tenido que perseguir a una mujer, y ésta no va a ser la primera.

Después de revisar los correos de trabajo y responderle a Dexter, bajo al gimnasio del hotel. Correr en la cinta siempre me relaja.

Somos pocos: dos hombres más aparte de mí y una mujer, que corre en otra cinta. El tiempo pasa y los hombres se van y nos quedamos solos la mujer y yo.

En silencio, cada uno sigue con sus ejercicios, hasta que ella viene y me ofrece una botella fría de agua. La acepto con gusto. Me dice que se llama Aifric, es irlandesa y está en viaje de trabajo.

Una hora después acabo en su habitación, entre sus piernas, haciéndola gritar de placer.

Tras el furtivo encuentro entre la ejecutiva y yo, al regresar a mi suite, voy derecho a la ducha. Luego decido pedir algo de comida y me pongo a trabajar un rato; entonces oigo que recibo un correo.

De: Judith Flores
Fecha: 1 de julio de 2012, 16.30 horas
Para: Eric Zimmerman
Asunto: Re: Confirmación de proposición

Querido señor Zimmerman:
Como usted dice, seamos profesionales. Mi respuesta a su proposición es NO.
Atentamente,
Judith Flores

Con incredulidad, vuelvo a leerlo.
¿Me ha dicho que no a mí?, ¿a Eric Zimmerman?
Y, furioso, tecleo:

De: Eric Zimmerman
Fecha: 1 de julio de 2012, 16.31 horas
Para: Judith Flores
Asunto: Sea profesional y piense en ello

Querida señorita Flores:

En ocasiones, las precipitaciones no son buenas. Piénselo. Mi oferta seguirá en pie hasta el martes. Espero que disfrute del domingo y que su selección gane la Eurocopa.

Atentamente,

Eric Zimmerman

Como hice anteriormente, releo el mensaje y, consciente de que vuelve a ser profesional, le doy a «Enviar». Es todo cuanto puedo hacer.

A continuación, cierro el portátil furioso, me levanto y salgo a la terraza.

★ ★ ★

Durante un buen rato observo el bullicio de las calles de Madrid, y entonces oigo que alguien llama a la puerta.

Pienso en Judith. ¿Será ella?

Me apresuro a ir a abrir y me encuentro de frente con la ejecutiva con la que he estado horas antes. Trae una botella de champán y dos copas.

—¿Qué tal si disfrutamos un poco más del domingo? —dice.

Con una sonrisa, asiento y pregunto:

—¿Te ha sabido a poco lo de antes?

Mimosa, ella tuerce el gesto y replica:

—No. Pero quiero más.

No tengo nada mejor que hacer, así que la invito a entrar y cierro la puerta. Esta mujer, tan alta como yo, no tiene nada que ver con la que el día anterior salió enfadada de esta misma habitación.

—¿Dónde está tu cama? —pregunta.

Pienso en las dos habitaciones y, señalando la de la derecha, la que no he utilizado con Judith, indico:

—Allí.

Segura de sí misma, ella asiente, me guiña un ojo y dice:

—Vamos.

Accedo, pero entonces recuerdo que antes quiero hacer algo.

—Ve tú —digo—. Enseguida me reúno contigo.

Con decisión, cojo el consolador metálico y unos preservativos y me dirijo a la habitación donde me espera ella.

Una vez allí, le quito la botella de las manos y, mientras la abro, pregunto:

—¿Qué deseas de mí, Aifric?

Ella, que se está desnudando ya, me mira al advertir el consolador.

—Sexo.

Asiento. Sé perfectamente que es a eso a lo que ha venido.

—Eric, no quiero mimos —añade—, tan sólo quiero que me folles con lujuria. Estoy harta de polvos de cinco minutos con mi marido en la postura del misionero. Llevar doce años casada con el mismo aburre, y más con un marido como el mío.

No quiero saber más. No me interesa su vida y, consciente de que puede ser una buena candidata para saciar la rabia que siento, la agarro y tiro de ella.

Cuando va a besarme, me retiro y, al ver cómo me mira, murmuro, consciente de que acabo de hacerle la cobra, como diría Judith:

—Ya te he dicho antes que no me gustan los besos.

Aifric sonríe y, dándole la vuelta, la apoyo sobre el respaldo del sofá que hay en la habitación. Le arranco el fino tanga y murmuro, una vez que lo tengo en mis manos:

—Y, tranquila, conmigo puedes olvidarte de la postura del misionero.

Su respiración se acelera. A continuación, abro un preservativo, me lo pongo y pregunto:

—Entonces..., ¿sexo fuerte?

Ella sonríe y asiente.

—Fóllame como quieras y haz que me corra como una perra.

Según la oigo decir eso, deja su culo desnudo totalmente a mi disposición y, sin dudarlo, introduzco un dedo en él. Lo muevo, ella se estremece, y pregunto:

—Esto es lo que quieres, ¿verdad?

Aifric asiente.

Sé lo que busca.

Saco el dedo de su ano y, a continuación, introduzco dos mientras ella jadea de placer. Luego los saco y, me coloco en la entrada de su culo y se la meto de un único y certero empellón.

¡Joder, qué gustazo!

Ella jadea, mueve las piernas para colocarse mejor, y murmura:

—Sí..., así. Dame fuerte. ¡Fóllame!

Disfrutando, bombeo en su culo mientras acelero el ritmo y Aifric pide más.

—Te follo como me pides —susurro en su oído—, con fuerza, con dureza, con ímpetu... ¿Te gusta?

Ella grita, asiente, me hace saber que le gusta. A continuación, cojo el consolador metálico y se lo introduzco en la vagina.

—Ah..., ah... —jadea—. Fóllame... Utilízame...

Durante horas, disfrutamos de un sexo salvaje y hasta sucio. Aifric lo desea y yo estoy dispuesto a dárselo.

Cuando, tras un último polvo, ella se marcha, me meto en la ducha, pero el recuerdo de la señorita Flores vuelve a asaltarme, y maldigo.

★ ★ ★

A las siete de la tarde salgo del hotel dispuesto a hablar con la mujer que no puedo quitarme de la cabeza y aclarar las cosas con ella. No quiero chófer. No quiero Ferrari. Así pues, cojo un taxi y le digo que me lleve hasta el barrio de Judith.

Durante el trayecto, pienso lo que voy a decirle, pero al llegar me quedo a cuadros cuando la veo salir de su portal junto a un tipo muy sonriente.

¿Adónde va y quién es ése?

La observo boquiabierto y, sin bajarme del taxi, le pido al conductor que siga al vehículo en el que se montan. Poco rato después, llegamos a una zona de bares, donde aparcan y se bajan. Yo hago lo mismo.

Con disimulo, los sigo a distancia mientras soy consciente de que estoy haciendo la mayor tontería que he hecho en mi vida.

Pero ¿por qué demonios estoy siguiéndola?

No obstante, sin poder dar marcha atrás, continúo y veo cómo el tipo la agarra por la cintura e incluso en alguna ocasión la besa.

¿Quién narices es ese tío?

Con las manos sudorosas, los observo entrar en un local, pero yo me quedo fuera. No sé qué hacer. Nunca he ido tras una mujer y no sé qué hago siguiendo a ésta, pero el caso es que aquí estoy y no quiero marcharme.

De pronto, en el local entra un nutrido grupo de gente y decido colarme con ellos. El sitio es grande y está a reventar. De inmediato me doy cuenta de que la gran mayoría llevan la camiseta de la selección española y recuerdo que Judith me habló de la final España-Italia.

Semiescondido entre gente que canta y lo pasa bien, la localizo y la veo cantar como una loca con la bandera de España colgada de su cuello y los colores rojo-amarillo-rojo pintados en la cara.

¡Está preciosa!

Estoy contemplándola ensimismado cuando llega otro tío, la saluda y habla un buen rato con ella. Observar a Jud sin que ella se percate me gusta y me divierte, aunque, cada vez que el primer tipo se aproxima a ella y la abraza, algo en mi interior se crispa.

¿Por qué es tan pesado?

El partido da comienzo y en el primer cuarto todos chillan. España mete un gol y, cuando posteriormente mete otro y el tipo la besa en el cuello..., ¡joder!..., eso no me gusta nada.

Mientras Judith disfruta del partido, observo cómo él no le quita ojo. Está pendiente todo el tiempo de ella y, como tío que soy, soy consciente de sus intenciones y no me gustan.

En el descanso del partido, tengo que apresurarme a esconderme. Mientras juega con el pesado que la besuquea, ha estado a punto de verme, pero, por suerte, he sido más rápido que ellos y me he ocultado tras unos chavales. Me siento el ser más ridículo del planeta.

Pero ¿qué narices estoy haciendo?

Comienza la segunda parte y maldigo cuando el pesado la besa de nuevo tras un gol, pero mi paciencia estalla cuando un nuevo gol de España hace que ella se lance a los brazos de aquél y lo bese con descaro.

¡Joderrrrrrr!

La actitud de Judith me subleva.

¿Por qué lo besa?

Me pone furioso ver que ella le entrega su tentadora boca a otro, y cuando, entre risas, se meten en los aseos de caballeros, me quedo parado como un imbécil pensando si entrar yo también o no.

Espero. Dudo... ¡No sé qué hacer!

Si entro y me ve, ¿qué explicación puedo darle?

Pasan diecisiete minutos dentro del baño y, cuando salen, malhumorado y sin que me vean, me marcho de allí.

¡Se acabó hacer el gilipollas!

12

No puedo dormir.

La maldita señorita Flores se ha metido incomprensiblemente en mi cabeza y, cada vez que cierro los ojos, veo cómo su boca y la de aquel desconocido se unen y echo chispas.

A la mañana siguiente, entro en la cafetería de Müller y la veo allí.

Su sonrisa me dice lo feliz que está mientras bromea con sus compañeros, e imagino que su felicidad se debe a que España ha ganado la Eurocopa.

Veo a unos jefes de departamento, me acerco a ellos y nos sumergimos en una conversación de trabajo, y al mismo tiempo ella, que está a escasos metros de mí, ríe y lo pasa bien.

Nos sentamos a tomar un café y, decidido, me coloco de tal manera que pueda observarla.

Desde mi posición, veo cómo Miguel y ella hablan, y éste, con familiaridad, le acomoda un mechón de su bonito pelo negro tras la oreja. Disimulando para que nadie sepa lo que pienso, los miro y vuelvo a sentir que las manos me sudan.

¿Otra vez?

Y, sin ganas de seguir mirando lo que no debo ni me conviene, me levanto y salgo de la cafetería sin más.

¡Basta ya de tonterías!

Cuando llego a mi despacho, examino varios papeles que tengo sobre la mesa y espero que Judith se instale en su puesto de trabajo. Pero tarda. Tarda más de lo que yo habría querido y, cuando llega acompañada de Miguel, sin poder evitarlo, le escribo un mensajito al móvil:

¿Ligando en horas de trabajo?

Ella lo lee, pero no contesta, y, cuando veo que se lleva la mano al cuello, vuelvo a escribir:

No te rasques, o el sarpullido irá a peor.

Según lee eso, me mira. Entorna los ojos e intuyo que lo que me está diciendo mentalmente no es muy bonito. De pronto, veo que Mónica se acerca a ella, le habla y, después, dándose la vuelta, entra en mi despacho balanceando las caderas.

—Buenos días, Eric —me saluda.

Se sienta frente a mí y charlamos de trabajo, mientras yo observo con disimulo a Judith y a Miguel, que hablan sentados en sus respectivas mesas.

Aclarados ciertos puntos, Mónica se levanta y, tras marcharse con Miguel, nos quedamos solos Judith y yo, cada uno en su mesa, separados por un cristal.

Durante unos minutos, disimulo, pero cuando no puedo más, la llamo por teléfono y le pido que venga a mi despacho.

Su gesto al entrar es serio, y rápidamente pregunta:

—¿Qué desea, señor Zimmerman?

—Cierre la puerta, por favor.

Resopla, es evidente que está incómoda. Una vez que lo hace, le doy la enhorabuena por haber ganado la Eurocopa. Ella asiente, y entonces le suelto:

—¿Quién era el tipo al que besaste y con el que estuviste diecisiete minutos en el baño de hombres?

Ella me mira boquiabierta y boquiabierto me quedo yo por mi indiscreción.

¿Qué narices acabo de hacer?

Pero, al ver que no responde, insisto, y ella sisea furiosa:

—Eso no le incumbe, señor Zimmerman.

Tiene razón.

¿Qué estoy haciendo?

No obstante, incapaz de contener los miles de preguntas sin respuesta que tengo en mi cabeza, en vez de callarme, vuelvo a la carga:

—¿Qué hay entre tú y Miguel, el ligue de tu jefa?

Judith parpadea sin dar crédito. A continuación, tras soltar por la boca lo que le viene en gana —porque, todo sea dicho, menuda boquita tiene la española—, gira sobre sus talones furiosa, abre la puerta y sale del despacho con brío.

La observo...

La miro...

No voy a consentir que se marche así y, con la superioridad que me otorga ser su jefe, cojo de nuevo el teléfono, la llamo y, cuando lo descuelga, exijo:

—Señorita Flores, venga a mi despacho ¡ya!

Como una bala, se levanta, aunque su gesto me hace saber lo enfadada y ofendida que está, y, cuando entra, antes de que hable, digo:

—Tráigame un café, solo.

Sorprendida, se marcha de nuevo y, cuando regresa y deja el café sobre mi mesa, con ganas de molestarla, indico:

—No tomo azúcar. Tráigame sacarina.

La veo salir del despacho roja de rabia. Se está conteniendo. Sabe que soy su jefe y llevo todas las de ganar. Minutos después vuelve con el sobre de sacarina y, antes de que lo deje sobre mi mesa, le ordeno:

—Eche medio sobrecito en el café y remuévalo.

La estoy llevando al límite, lo sé. Me lo dicen sus ojos, el modo en que me mira y cómo tuerce la boca mientras aprieta los puños.

¿Será capaz de darme un puñetazo?

En silencio, hace lo que le he pedido y, cuando termina, antes de que se mueva, le indico que no salga del despacho. Me levanto, rodeo la mesa, me apoyo con los brazos cruzados frente a ella y susurro en un tono conciliador:

—Jud...

—Para usted soy la señorita Flores, si no le importa.

La miro con seriedad. No me gusta que me hable así, pero no quiero que se vaya del despacho y digo, siguiendo sus instrucciones:

—Señorita Flores, acérquese.

Se niega.

Se lo repito. Ella da un pequeño paso, pero añade:

—Señor Zimmerman, no voy a acercarme más. Despídame si eso le hace seguir sintiéndose el rey del universo. Pero no pienso acercarme más a usted. Y, como se pase un pelo, lo denuncio por acoso.

Mmmm..., ¿me va a denunciar por acoso?

Su negativa redobla las ganas que siento de que lo haga y, desoyendo las advertencias que mi parte racional me grita, me incorporo de la mesa, abro las puertas del archivo y, agarrándola del brazo, entramos allí.

Una vez que siento que estamos a salvo de las miradas indiscretas de los demás empleados, la cojo entre mis brazos y la beso. Espero que me abofetee, que se resista, que se enfade, pero no lo hace y, cuando acabo el beso, que disfruto con locura, siseo mirándola:

—Apenas he podido dormir pensando en ti y en lo que hacías con el tipo de anoche.

Su mirada es fría, aunque no tanto como la mía, y replica:

—Con mi vida y con mi cuerpo hago lo que quiero, señor Zimmerman —y, tras darme un empujón para alejarme de ella, añade—: Yo no soy una muñequita de esas a las que supongo que está acostumbrado a dar órdenes. No vuelva a tocarme o...

A partir de ese instante, nos enzarzamos en una absurda discusión que creo que no va a beneficiarnos a ninguno de los dos, hasta que veo que se rasca el cuello e, inconscientemente, le soplo. Eso parece tranquilizarnos a ambos, y murmuro en su oído:

—Siento haberte puesto nerviosa. Perdóname, pequeña.

Sus ojos y los míos conectan y su mirada me hace saber que puedo besarla de nuevo, que puedo tocarla, que puedo acercarme y, sin dudarlo, lo hago. Un beso lleva a otro. Ninguno habla de lo ocurrido en el hotel y la temperatura de nuestros cuerpos sube por momentos. Cuando meto la mano dentro de sus bragas, la noto vibrar y murmuro extasiado:

—Estás húmeda para mí.

Judith jadea, me permite introducir más la mano y, con ello, el dedo en su interior, y siento que pierdo la cabeza.

Ella es suave, tibia, apetitosa, retadora.

Con la rodilla, hago que separe las piernas y le introduzco dos dedos, ahondando en ella.

La sensación es, como poco, turbadora y percibo cómo sus caderas se balancean en busca de un placer que estoy dispuesto a darle.

Sé que no hago lo correcto.

Sé que soy su jefe y que esto es abuso de poder.

Pero también sé que a ella le gusta, por lo que la masturbo en el archivo. Mientras la sujeto rozándole la boca con la mía, le exijo:

—Córrete para mí, Jud.

Nuestros ojos están conectados y siento un ardor inmenso, infinito. Deseo desnudarla, desnudarme y hacerla mía de mil maneras, pero como eso no es posible ahora, susurro:

—Vamos, Jud, déjate llevar.

Y lo hace.

La humedad que hay entre sus piernas y que moja mi mano me hace saber que se está dejando llevar, y entonces un profundo gemido de satisfacción rompe el instante y la noto temblar.

Sé que he cumplido mi propósito y, cuando saco las manos de sus bragas, la miro e indico con cierta frialdad:

—Me debes un orgasmo, pequeña.

Y, sin más, la beso. Adoro besarla.

A continuación, la suelto, debemos recuperar la compostura, y, mirándola, pregunto:

—¿Has vuelto a pensar en mi proposición?

—Ayer ya te respondí, te dije que no la aceptaba.

Su negativa me subleva. Se está dejando llevar por su mala leche, como yo en otras ocasiones, e insisto. Sin embargo, ella sigue negándose, y finalmente suelto:

—Aceptaré tu negativa. Otra accederá.

Según digo eso, sé que me he vuelto a equivocar con ella y, al ver cómo me mira, me doy la vuelta y salgo del archivo. No quiero seguir enfrentándome a su oscura mirada.

Judith tarda unos segundos en salir también; imagino que se está recomponiendo. Cuando por fin lo hace, sentado a mi mesa, indico:

—Te dije que te daba hasta el martes para la respuesta y así será. Ahora puedes regresar a tu puesto de trabajo. Si vuelvo a necesitarte..., te llamaré.

Roja, no sé si por lo ocurrido o por la rabia de no poder mandarme a la mierda, sale del despacho, y entonces la veo coger su bolso y marcharse. Estoy por ir tras ella, pero me contengo. Soy el jefe.

Cuando vuelve diez minutos después, Mónica y Miguel ya han regresado. Enseguida, Judith y él se enzarzan en una conversación y, furioso, observo cómo ella sonríe por algo que él le dice.

¿Por qué no sonríe así conmigo?

Poco después, Mónica entra en mi despacho, pone sobre mi mesa los documentos que le he pedido que arregle y, contento porque me ha solucionado la papeleta, la invito a comer.

Sin mirar a Judith, salgo con ella del despacho y disfruto de su compañía mientras comemos. No obstante, el olor de Jud, que sigue en mi mano, no me deja olvidarla.

★ ★ ★

Una vez que regresamos a la oficina, ella no está en su sitio. Imagino que debe de estar comiendo.

Pero cuando, media hora después, Miguel regresa y ella no, me siento incómodo. No sé dónde está, y no quiero pensar que sigue enfadada.

Dos horas más tarde, tras haberla llamado un millón de veces a su móvil sin haber obtenido respuesta, al salir de la oficina le digo al chófer que me lleve a su casa.

Cuando llego, tengo la inmensa suerte de que un vecino sale del portal, por lo que entro sin avisar. Llamo a su puerta, Judith me abre, y me quedo sin palabras.

Está frente a mí con un gesto abatido por completo, los ojos rojos de llorar y la nariz de color carmesí. Pero ¿qué le ocurre? Y, asustado porque haya podido ser yo quien le haya causado ese malestar, pregunto:

—¿Qué te ocurre, Jud?

Su gesto se contrae. Los ojos se le achican, la boca le tiembla y rompe a llorar.

No..., no..., no..., con esto sí que no puedo.

La pena de Judith se me instala directamente en el corazón. Como puedo, la abrazo, la consuelo, y, cuando por fin se calma, susurra:

—*Curro*, mi gato, ha muerto.

Según dice eso, vuelve a llorar con una pena que reconozco que me toca el corazón.

Recuerdo a *Curro* de la tarde que estuve en su casa. Los animales no me apasionan ni me despiertan ternura siquiera, pero era su gato y entiendo que a ella su muerte le rompa el corazón.

Durante horas, intento calmarla, pero Judith está inconsolable. No puede decir dos palabras seguidas sin llorar.

Sobre las doce de la noche parece más calmada. Me duele la cabeza, pero, mirándola, murmuro:

—Jud... Jud... ¿Por qué no me lo dijiste? Te habría acompañado y...

Ella me explica entonces que su hermana Raquel ha estado todo el tiempo a su lado y eso me reconforta. Desconocía que tuviera hermanos, y me alegro de saberlo.

—¿Te encuentras bien? —me pregunta de pronto, mirándome.

Al ver la preocupación en su mirada, tras lo que ella está pasando, intento sonreír. A veces, la enfermedad en la vista que padezco me ocasiona unos terribles dolores de cabeza, y debe de haberlo notado.

—Tranquila —respondo—. Sólo tengo un ligero dolor de cabeza.

—Si quieres, tengo aspirinas en el botiquín.

Sus palabras me hacen sonreír y, dándole un beso, murmuro:

—No te preocupes. Se pasará.

Judith sonríe. Qué sonrisa más bonita tiene.

—Me gustaría que te quedaras conmigo —dice entonces—, aunque sé que no puede ser.

—¿Por qué no puede ser? —pregunto sorprendido.

Al oír mi pregunta, deja de sonreír e indica:

—No quiero sexo.

Yo asiento.

Nunca he sido tan condescendiente con ninguna mujer que no fuera de mi familia. Por muy feo que suene lo que digo, sé que soy bastante frío con todas. No permito que ninguna se acerque a mi corazón, y menos aún tras lo sucedido con Betta. Sin embargo, no sé cómo, esta joven ha conseguido resquebrajar levemente mi coraza.

—Me quedaré contigo y no intentaré nada hasta que tú me lo pidas —declaro.

Ella me mira sorprendida y me sorprendo hasta yo.

¿En serio me voy a quedar con ella sin pedirle nada a cambio?

Pero, aún estupefacto, me levanto, le tiendo la mano y la conduzco hasta su habitación. Allí, me quito los zapatos, me desnudo y, sólo vestido con mi bóxer, abro la cama y me meto en ella. Judith me mira, es evidente que está descolocada. Luego se desnuda frente a mí y se pone una camiseta de tirantes y un culote del Demonio de Tasmania.

¡Qué tentación...!

Acto seguido, veo que abre una cajita redonda. Saca una pastilla de su interior que me aclara que es la píldora y, por último, se tumba junto a mí. Encantado, paso un brazo por debajo de su cuello, la acerco a mí y, tras besarle la punta de la nariz, murmuro:

—Duerme, Jud..., duerme y descansa.

En silencio y agotada, ella cierra poco a poco los ojos hasta quedarse del todo dormida.

Yo, en cambio, la observo durante horas sin comprender cómo he podido llegar a esta situación. Pero ¿qué hago aquí, abrazándola, cuando debería estar haciéndola mía?

13

*E*s la primera vez que estoy en la cama con una mujer en pijama mientras ella duerme.

Esto es algo nuevo para mí.

Dormito un par de horas y, finalmente, me levanto y ella sigue en brazos de Morfeo. Menudo sueño profundo tiene.

Le escribo un mensaje a Tomás, mi chófer, y le pido que pase por el hotel y me traiga ropa limpia. Media hora después, éste llega a casa de Judith y lo atiendo sin hacer ruido.

Una vez que se ha ido, me visto mientras ella sigue dormida y le hago una foto con mi móvil. Está preciosa.

Cuando al fin se mueve y abre los ojos, la saludo:

—¡Buenos días!

Ella se incorpora sobresaltada y me mira. Su mente está procesando qué hago allí y, cuando observa mi ropa y me doy cuenta de que comprende que no es la misma, le aclaro que Tomás me la ha traído hace una hora.

Tras interesarse por mi dolor de cabeza y yo indicarle que estoy bien, se levanta y la sigo. Judith entra en la cocina y la veo mirar las cosas del desaparecido *Curro*, que están sobre la encimera. Entonces hago que dé media vuelta y le ordeno:

—¡A la ducha!

Mientras ella está en el baño, sin dudarlo, meto en una bolsa las cosas de su mascota. Cuanto menos las vea, mejor. En cuanto acabo, leo el periódico que Tomás me ha traído y, cuando ella aparece, digo:

—Hoy me acompañarás a Guadalajara. Tengo que visitar las oficinas de allí. No te preocupes por nada. En la empresa ya están avisados.

No responde. Se toma un café y, cuando veo que sus ojos buscan algo que no va a aparecer, me acerco a ella y, sin tocarla como le prometí, pregunto:

—¿Estás mejor?

Veo que asiente con los ojos vidriosos. Sin duda, los recuerdos la invaden. No obstante, finalmente, traga el nudo de emociones y, mientras se retira el pelo de la cara, anuncia:

—Cuando quieras, podemos marcharnos.

A las diez y media llegamos a Guadalajara. Durante tres horas, hablo con Enrique Matías de productividad y un sinfín más de cosas. He de ponerme al día en España. Judith toma nota con diligencia de todo cuanto él y yo hablamos, y se lo agradezco. Sin embargo, cuando la veo teclear un mensaje en su móvil, estoy a punto de preguntarle a quién se lo envía, pero consigo no hacerlo. No debo controlar su vida.

A la vuelta, paramos en Azuqueca de Henares y comemos un estupendo cordero que casi se me atraganta cuando recibo mensajes de mi madre y de mi hermana quejándose de Flyn y de Betta y preguntándome dónde estoy.

Sobre las cuatro, llegamos a mi hotel, y como Jud se tensa, le aclaro que sólo quiero cambiarme de ropa para poder pasar la tarde en su compañía. Ella asiente, pero se apresura a añadir que tiene algo que hacer a las seis y media. Yo decido acompañarla, y más cuando me entero de que es un segundo trabajo.

¿En serio esta muchacha trabaja en Müller y en otro sitio?

¿Tan mal pagamos en mi empresa?

En el hotel, el ascensorista nos lleva directamente al ático y Jud se queda en el salón. Minutos después, salgo de la habitación vestido con unos vaqueros y una camiseta granate y siento cómo ella me mira, cómo pasea su oscura y bonita mirada por mi cuerpo, y me excito, pero no digo nada.

Diez minutos más tarde, estamos de nuevo en el coche con Tomás.

Hemos de ir a casa de Judith porque tiene que cambiarse y, tras ponerse unos vaqueros y recogerse el pelo, salimos de allí a toda mecha.

Otra vez en el coche, ella le indica a Tomás adónde quiere ir. Cuando llegamos a la puerta de un colegio, bajamos y yo miro sorprendido a mi alrededor. Jud se apresura a coger mi mano y tira de mí. La sigo hasta llegar frente a una puerta en la que pone Gimnasio y, al cruzarla, veo a unas niñas que gritan dirigiéndose a ella:

—¡Entrenadora! ¡Entrenadora!

¡¿Entrenadora?!

¿Es entrenadora?

¿De qué?

Estoy mirándola cuando ella, que parece leer mis pensamientos, dice en el momento en que unas niñas llegan hasta nosotros para abrazarla:

—Soy la entrenadora de fútbol femenino del colegio de mi sobrina.

Yo asiento sorprendido y observo cómo se aleja con las niñas. Entonces me doy cuenta de que las madres de éstas me miran con curiosidad. Segundos después, Jud regresa con una joven y una niña y dice:

—Raquel, te presento a Eric. Eric, ella es mi hermana, y el monito que está sentado en mi pie derecho es mi sobrina Luz.

Encantado, las saludo, y entonces la pequeña dice dirigiéndose a mí:

—¿Por qué eres tan alto?

Su pregunta me hace gracia, y respondo:

—Porque comí mucho cuando era pequeño.

Veo que Jud y su hermana sonríen, y la pequeña vuelve a atacar:

—¿Por qué hablas tan raro? ¿Te pasa algo en la boca?

Sin duda, esa niña es toda una española preguntona en potencia y, agachándome, respondo:

—Es que soy alemán y, aunque sé hablar español, no puedo disimular mi acento.

Ella sonríe, me mira y, a continuación, suelta:

—Vaya paliza que os dieron los italianos el otro día. Os mandaron para casita.

No comprendo de qué habla hasta que veo la rápida reacción de la hermana de Jud, que se lleva a la chiquilla, y entonces entiendo que se refiere al fútbol.

—No se puede negar que es tu sobrina —cuchicheo diverti-do—. Es tan clarita como tú a la hora de decir las cosas.

Ambos reímos y, cuando las niñas vuelven a rodearla, Judith se aleja con ellas y observo el cariño que tanto las crías como sus madres le tienen. Me doy cuenta de que, más que un entrena-miento, eso es como una fiesta para ella. El curso escolar se ha acabado y, sin duda, quieren agradecerle lo buena entrenadora que ha sido. Eso me enorgullece, y más cuando se acerca a mí con dos vasos de plástico llenos de Coca-Cola y le indico lo sorpren-dido que estoy.

Charlamos durante unos minutos. Jud me hace saber que odia que le den órdenes, que la manejen, pero que no sabe por qué, en cambio, a mí me lo permite. Me habla de lo ocurrido entre Frida y ella en el hotel días atrás y me reconoce que, aunque le molestó, si se acuerda de ello se excita, y que incluso el domingo se mastur-bó pensando en lo ocurrido con mi amiga.

Sorprendido y encantado, la escucho hasta que ella susurra, gesticulando con gracia:

—Y, por favor..., te eximo de la prohibición de tocarme. Bésa-me y dime algo porque me voy a morir de la vergüenza por la cantidad de cosas locas que te acabo de decir.

Yo asiento satisfecho. Me gusta su sinceridad, y cuchicheo:

—Me estás excitando, pequeña.

Luego, le digo todo lo que sé de ella. No es mucho, pero para mí es suficiente.

Le prometo que a partir de ese instante el tema sexo siempre será consensuado, que no voy a volver a sorprenderla, y le pre-gunto si al final aceptará la proposición que le hice para que me acompañara por las delegaciones de Müller en España.

Ella sonríe, pero no responde. Me hace notar lo poco que sabe de mí y, cuando menciona a mi padre, le hago prometer que no volverá a hacerlo. Luego le aclaro que hablo tan bien español por-que mi madre es española, y también que tengo treinta y un años y estoy soltero y sin compromiso.

Lo que le cuento parece gustarle tanto como a mí lo que minu-tos antes ella me ha contado.

Y entonces, de pronto, dice:

—Señor Zimmerman, acepto su proposición. Ya tiene acompañante.

Oír eso me hace feliz. De manera incomprensible, pero lo cierto es que me hace tremendamente feliz.

14

El jueves, a las seis de la mañana, paso a recogerla por su casa para ir al aeropuerto y sonrío al ver su cara cuando montamos en mi jet privado.

¡Le impresiona!

Durante un rato observo cómo Judith toca todos los botones que ve en el avión, y tengo que hacer esfuerzos para no sonreír al sentirla emocionada como una niña.

Al llegar a Barcelona, un coche nos recoge en el aeropuerto de El Prat y nos lleva hasta el bonito y moderno hotel Arts.

Una vez que subimos a la última planta, nos derivan a dos preciosas suites y, al verla tan emocionada, dejo que vaya sola a su habitación. El trato era que cada uno tuviera su propio espacio, y así ha de ser.

Tan pronto como entro en mi suite, salgo a la terraza y observo el bonito mar azul. La mujer que está en la suite de al lado ha pasado de ser la señorita Flores a ser Judith y, en ocasiones, Jud.

Cuanto más tiempo estamos juntos, más la busco, y eso me sorprende, no sólo por lo cómodo que me siento a su lado, sino también porque mientras estoy con ella mis ojos no se posan en ninguna otra mujer.

Estoy pensando en ello cuando recibo varios mensajes de Betta y de mi hermana.

Sin dudarlo, llamo a Marta y, tras hablar con ella y saber que Flyn ha vuelto a hacer una de las suyas, cuelgo y suspiro. Mi sobrino no parece querer aprender.

Miro el reloj.

Quiero saber qué está haciendo Judith, pero no deseo invadir su espacio personal, así que cojo el teléfono y la llamo.

—¿Qué tal tu suite?

Ella está encantada, y digo:

—Dentro de media hora te espero en recepción. No olvides los documentos.

Cuelgo y decido darme una ducha rápida. La necesito.

Veintiocho minutos después, ya estoy en recepción. Allí, me encuentro con Amanda Fisher, una ejecutiva rubia que trabaja para Müller desde hace tiempo y con la que he jugado en ocasiones. La saludo, y estoy hablando con ella cuando aparece Judith y digo en alemán:

—Amanda, ella es mi secretaria, la señorita Flores.

Ambas se miran, y prosigo:

—Señorita Flores, la señorita Fisher ha venido desde Berlín. Estará unos días con nosotros. Amanda es la encargada de ver si podemos suministrar nuestros medicamentos en el Reino Unido.

En ese instante, un hombre se acerca a nosotros y nos indica que nos espera el vehículo. Sin tiempo que perder, las dos mujeres y yo nos encaminamos hacia la enorme limusina negra.

Una vez en el interior, con la complicidad que hace años que tenemos, Amanda y yo hablamos y reímos, mientras con el rabillo del ojo observo que Judith mira por la ventanilla algo molesta.

Al llegar a las oficinas centrales en Barcelona, el jefe de la delegación, Xavi Dumas, sale a recibirnos. Veo que se alegra mucho al ver a Judith. ¿Habrá algo entre ellos?

Luego, ella entra en la sala de juntas con la secretaria de él mientras yo saludo al resto de los presentes que nos esperan para la reunión. Después de hacer las presentaciones pertinentes, pasamos todos a la sala y tomo asiento presidiendo la mesa. Abro mi ordenador y da comienzo la reunión.

Al cabo del rato, aburrido, miro a Judith, que está muy atenta a todo lo que se dice, pero la noto seria y decido enviarle un email.

De: Eric Zimmerman
Fecha: 5 de julio de 2012, 10.38 horas
Para: Judith Flores
Asunto: Tu boca

Querida señorita Flores:
¿Le ocurre algo? Su boca la delata.
PS. Es usted la mujer más sexi de la reunión.
Eric Zimmerman

En cuanto le doy a «Enviar», la miro y evito sonreír al ver cómo sus ojos se abren al leerlo. Luego la observo teclear y, pronto, yo recibo:

De: Judith Flores
Fecha: 5 de julio de 2012, 10.39 horas
Para: Eric Zimmerman
Asunto: Estoy trabajando

Estimado señor Zimmerman:
Le agradecería que me dejara trabajar.
Judith Flores

Me hace gracia leer eso, y respondo:

De: Eric Zimmerman
Fecha: 5 de julio de 2012, 10.41 horas
Para: Judith Flores
Asunto: ¿Enfadada?

Sus palabras me desconcentran; ¿está enfadada por algo?
PS. Ese traje le sienta fenomenal.
Eric Zimmerman

Lo envío y vuelvo a observarla con disimulo. Cuando lo lee, veo que se mueve incómoda en su silla y no contesta. Eso me inquieta, y vuelvo a teclear:

De: Eric Zimmerman
Fecha: 5 de julio de 2012, 10.46 horas
Para: Judith Flores
Asunto: Usted decide

Le advierto, señorita Flores, que, si no contesta a mi correo en cinco minutos, pararé la reunión.
PS. ¡Lleva tanga bajo la falda!
Eric Zimmerman

Evitando sonreír, envío el email y veo que ella abre unos ojos como platos al leerlo.

¡Es exquisita!

Sonríe.

Me reta con la mirada.

No cree que pueda hacer algo así y, cuando entiendo que no tiene intención de contestar, olvidándome de lo profesional que soy siempre en el trabajo, digo, mirando mi ordenador:

—Señores, acabo de recibir un correo que he de responder de inmediato. Un contratiempo, les pido disculpas por ello. —Me levanto y añado—: ¿Serían todos tan amables de dejarnos a solas unos minutos a mi secretaria y a mí? Y, por favor, por nada del mundo quiero que nos interrumpan. Ella los avisará cuando hayamos acabado.

A continuación, todos se ponen en pie y se marchan mientras yo siento los ojos sorprendidos de Judith sobre mí. Amanda, que es la última en salir, dice mirándome:

—Estaré fuera.

Una vez que nos quedamos ella y yo solos, el uno frente al otro, cierro mi portátil, me acomodo en mi silla y, mirando a Jud, que no me quita ojo, le pido:

—Señorita Flores, venga aquí.

Con rapidez, ella se levanta, se acerca y, bajando la voz, cuchichea:

—Pero... pero ¿cómo has podido hacerlo?

Levanto una ceja. Yo hago lo que quiero en todo momento.

—Te he dado cinco minutos —respondo.

—Pero...

—La reunión la has parado tú —declaro.

—¡¿Yo?!

Satisfecho, cojo su mano y tiro de ella. La coloco entre mis piernas para que se siente en la mesa y, cuando veo que mira a su alrededor, murmuro:

—La habitación no tiene cámaras, pero no está insonorizada. Si gritas, todos sabrán lo que ocurre.

Veo que me mira con incredulidad y siento una necesidad imperiosa de besarla, por lo que me acerco a ella, saco la lengua, la paseo por su labio superior, después por el inferior y, tras un dulce mordisquito, Judith abre la boca y la beso. La devoro. Me la como.

Excitado, me levanto y, mientras continúo besándola, la tumbo sobre la mesa y le subo la falda. Mis manos ascienden presurosas por sus muslos y, cuando llego al tanga, se lo quito y murmuro:

—Mmmm... Me alegra saber que llevas tanga.

Su ardor me dice lo entregada que está y, cuando abre las piernas para mí, pregunto:

—¿Llevas en el bolso lo que te dije que debías llevar siempre?

Su gesto se descompone y, a continuación, susurra con un mohín:

—Me lo he dejado en el hotel.

Con mimo y deseo, le acaricio la cara interna de los muslos mientras la incorporo y, dejándola tan excitada como estoy yo, murmuro:

—Lo siento, pequeña. Estoy seguro de que la próxima vez no lo olvidarás.

Al ver cómo me mira, le doy un azotito en el trasero cuando la retiro de la mesa y, mirándola con seriedad, le reprocho:

—Señorita Flores, debemos continuar con la reunión. Y, por favor, no vuelva a interrumpirla.

Su expresión me indica que no le gusta lo que acaba de oír, y matizo:

—En cuanto terminemos, te quiero desnuda en el hotel. De momento, me quedo con tu tanga.

Judith maldice, protesta por su tanga, pero finalmente se encamina hacia la puerta y la abre.

Un minuto después, la reunión continúa.

15

La reunión se alarga más de la cuenta y, cuando regresamos al hotel, no estoy de humor. Hay cosas que mi padre hizo que yo he de cambiar. Tras bajar de la limusina, pregunto con amabilidad:

—Señorita Flores, ¿le apetece cenar con Amanda y conmigo?

Espero que acepte. La llamo así para que Amanda no sepa lo que hay entre nosotros, pero ella, sorprendiéndome, responde:

—Muchas gracias por la invitación, señor Zimmerman, pero tengo otros planes.

¿Otros planes?

«¿Qué es eso de que tienes otros planes, y con quién?»

Ofendido por su desplante, asiento sin decir nada y ella se marcha. Luego quedo con Amanda más tarde en el hall del hotel para ir a cenar.

Subo a mi suite y pienso en acercarme a la de Judith, pero al final no lo hago.

No pienso implorarle que cene conmigo.

¡Que me implore ella a mí!

Si hay algo que me sobran son mujeres y, si ella no quiere acompañarme, lo hará Amanda, que se muere por eso y por meterse posteriormente en mi cama.

Sin embargo, la cena se me hace agónica.

Amanda me cansa y, por primera vez, en lo último que pienso es en llevarla a mi habitación. Así pues, una vez que terminamos de cenar, aprovecho que recibo un mensaje de mi madre pidiéndome que la llame y me quito de encima a Amanda indicándole que tengo que encontrarme con alguien.

Cuando ella se marcha algo contrariada, voy a la habitación de Judith. Llamo, espero, pero al ver que no abre uso una copia de la tarjeta que tengo en mi poder para poder entrar en la suite. Como era de suponer, no está, y maldigo.

Durante unos minutos aguardo allí, pero por último, malhumorado, salgo de la habitación y me dirijo a recepción. Desde allí la veré llegar.

Espero..., espero, espero y me desespero. Finalmente llamo al chófer que tenemos contratado y decido dar una vuelta por Barcelona en una limusina blanca.

Tras el paseo, cuando regreso al hotel, sin bajar de la limusina, llamo a la habitación de Jud, pero ella no lo coge. Llamo a su móvil y sigue sin responder.

Pero ¿dónde demonios está?

Estoy pensando en ello cuando un taxi se detiene frente a la puerta del hotel y la veo bajar de él. Como siempre, está preciosa, con un vestido blanco corto y unas sandalias de tacón.

—¡Judith! —la llamo.

Ella se para, se vuelve y, cuando nuestras miradas se encuentran, le hago saber desde el interior de la limusina que no estoy muy contento.

Le pregunto dónde ha estado y me recuerda que le he dado a escoger entre cenar o no con Amanda y conmigo. Maldigo, tiene razón.

¿Acaso se lo tendría que haber ordenado?

Molesto, abro la puerta de la limusina y la invito a entrar. Ella lo hace.

Le pido al chófer que arranque y Jud y yo comenzamos a discutir. Como dice esa canción que tanto le gusta, si yo digo *blanco*, ella dice *negro*, hasta que, tras saber que llevo horas esperándola, se relaja y dice:

—Eric..., lo siento.

Pero yo estoy ofuscado, enfadado, y replico:

—No lo sientas. Procura comportarte como un adulto. No creo pedir tanto.

De nuevo cruzamos distintas opiniones. Discutir con ella es fácil, y comprendo que discutir conmigo también lo es, así que pregunto para zanjar la cuestión:

—¿Ahora llevas bragas o tanga?

Ella me mira. Creo que no ha sido buena idea preguntarle eso.

—Y ¿qué más te dará a ti lo que llevo? —replica, y luego exclama mirándome—: ¡Por el amor de Dios, ¿estamos discutiendo y tú me preguntas si llevo bragas o tanga?!

Asiento. Intento sonreír para que relaje ese carácter español que tiene, y parece que mi sonrisa lo consigue.

Me entero de que ha estado cenando con una amiga suya llamada Miriam y mi expresión se suaviza. Nos miramos. Nos deseamos y, ahora, consciente de que no se va a tomar a mal lo que digo, murmuro:

—Dame tus bragas.

Judith sigue algo recelosa, pero al final se las quita y me las da. Me las meto en el bolsillo del pantalón y, mirándole los pechos, murmuro:

—Veo que no llevas sujetador.

Sonríe. La hago sentarse frente a mí en la limusina y, acaricióndole los muslos con deseo, susurro:

—Me encanta tu suavidad.

Satisfecho de verla predispuesta, le subo el vestido hasta que diviso su tentador y depilado monte de Venus y le separo las piernas. Las vistas son excepcionales y, echándome hacia atrás en el asiento, le pido con cierto tono morboso:

—Mantenlas abiertas para mí.

Judith se acalora.

Le excita saber que miro eso que tanto deseo y, cuando el coche se detiene, sé que hemos llegado al Chaining, un lugar en el que yo ya he estado y al que le he pedido al chófer que nos llevara.

Una vez que bajamos de la limusina, veo que ella se estira el vestido. Se siente insegura al ir sin bragas, pero no digo nada. Entramos en el local y, tras apoyar la mano en su redondo trasero, la animo a que continúe caminando hasta la barra.

En cuanto llegamos a ella, digo, mirando a la gente que está a nuestro alrededor:

—Tu mal comportamiento de esta noche conlleva un castigo.

Sorprendida, ella cuchichea:

—Señor Zimmerman, me gustas mucho, pero como se te ocurra tocarme un pelo de una forma que yo considere ofensiva, te aseguro que lo pagarás.

Sonrío al oír eso. Ella no sabe de qué castigo hablo, y aclaro:

—Pequeña, mis castigos no tienen nada que ver con lo que estás suponiendo. Recuérdalo.

El camarero nos sirve unas copas. Bebemos sedientos y, cuando nos las acabamos, digo:

—Sígueme.

Cruzamos una puerta y entramos en otra sala del local. El Chaining es un club liberal de Barcelona. Pedimos otras copas en la barra y, a continuación, cojo un taburete e invito a Jud a sentarse.

Ella lo hace, y la beso. Adoro su boca y, cuando me retiro, al ver que tiene las piernas cruzadas, susurro:

—Abre las piernas para mí, Jud.

Ella me mira sorprendida y, después, echa un vistazo a su alrededor. Sabe que no lleva bragas y, si hace lo que le pido, no sólo quedará expuesta ante mí. Sin embargo, consciente de mi juego, obedece y al final las separa como le pido.

Sin duda, puede ser una excelente jugadora.

Complacido, poso las manos en sus muslos, acerco mi boca a la suya y murmuro sobre sus labios:

—Me encantas.

Según digo eso, siento cómo la piel de ella se eriza y, seguidamente, también la mía. No sé si voy a poder cumplir con el castigo.

Encantado con lo que esta mujer me hace sentir, paseo las manos por la cara interna de sus suaves muslos y, pegando mi boca a su oreja, susurro:

—Tranquila, pequeña. Estamos en un club de intercambio y aquí todo el mundo ha venido a lo mismo.

De pronto siento que lo que le he dicho la paraliza.

Eso vuelve a ser algo del todo nuevo para ella y, cuando le giro el taburete, veo que mira a su alrededor. Varios hombres en la barra nos observan desde que hemos entrado. Judith es golosa, es una bonita y tentadora mujer y yo quiero protegerla, pero al mismo tiempo me excita pensar en ofrecerla.

—Todos están deseando meter la mano bajo tu corto vestido —le susurro al oído—. Sus gestos me demuestran que se mueren por chuparte los pezones, por desnudarte y, si yo los dejo, follarte hasta que te corras. ¿No ves sus caras? Están excitados y desean atrapar tu clítoris entre sus dientes para hacerte chillar de placer.

Mientras digo eso, me pongo duro como una piedra.

Imaginarme jugando, desnudando y ofreciendo a esta mujer a esos tipos me excita como nunca me ha excitado hacerlo con ninguna otra. Y de pronto soy consciente de que quiero controlar todo lo que concierne a Judith.

Me sorprendo a mí mismo protegiéndola como nunca lo he hecho con nadie y, al ver cómo su pecho sube y baja agitado por mis palabras, prosigo excitado:

—Dijiste que querías que te contara todo lo que me gusta, pequeña, y lo que me gusta es esto. El morbo. Estamos en un club privado de sexo donde la gente folla y se deja llevar por sus apetencias. Aquí la gente se desinhibe por completo y sólo piensa en jugar y obtener placer.

Judith se mueve. Soy consciente de lo nerviosa que está. Va a rascarse el cuello, pero se lo impido. Le soplo en él y susurro:

—En lugares como éste, la gente ofrece su cuerpo y su placer a cambio de nada. Hay parejas que hacen intercambio, otras que buscan un tercero para hacer un trío y otras que, simplemente, se unen a una orgía. En este club hay varios ambientes, y ahora estamos en la antesala del juego. Aquí uno decide si quiere jugar o no y, sobre todo, elige con quién hacerlo.

Ella asiente mientras escucha con atención lo que le digo. Luego quiere saber qué hay tras una de las puertas y yo se lo explico. Entonces la oigo jadear y, conteniendo mis impulsos, susurro:

—Pequeña..., nunca haré nada que tú no apruebes antes. Pero quiero que sepas que tu juego es mi juego. Tu placer es el mío, y tú yo somos los únicos dueños de nuestros cuerpos.

—Qué poético —se mofa acalorada.

Bebo de mi copa. Estoy nervioso.

Cada vez que he ido a un club con alguna mujer, no he necesitado normas. Siempre hemos sido libres de hacer lo que quisiéramos, pero con Judith siento que no es así. Con ella quiero aclarar al menos un par de puntos. Con ella no quiero equívocos, e indico:

—Escucha, Jud. Entre nosotros, cuando estemos en lugares como éste o acompañados de más gente entre cuatro paredes, habrá dos condiciones. La primera: nuestros besos son sólo para nosotros. ¿Te parece bien?

—Sí.

—Y la segunda es el respeto. Si algo te incomoda o me incomoda a mí, debemos decirlo. Si no quieres que alguien te toque, te penetre o te chupe, debes decirlo, y yo rápidamente lo pararé, y viceversa, ¿de acuerdo?

Ella vuelve a asentir.

Veo el pavor y la curiosidad en sus ojos y, con la seguridad que me da ser quien maneja la situación, paso la mano por su mojado sexo para excitarla aún más y murmuro:

—Estás empapada..., jugosa..., receptiva. ¿Te excita estar aquí?

—Sí...

Con descaro, pongo su mano sobre mi erección. Quiero que sepa lo duro que estoy por ella y, tras besarla con ardor, susurro:

—Voy a dar la vuelta al taburete para mostrarte a esos hombres. No cierres los muslos y no te bajes el vestido.

Excitado, la giro mientras un extraño sentimiento de propiedad crece en mi interior.

Con deleite, observo cómo esos hombres miran a la mujer que está a mi lado. Percibir a Judith como algo mío me pone a cien. Ni Betta ni ninguna otra me ha hecho sentir nunca lo que siento en estos momentos con ella.

Comienzo a acariciar sus muslos y los abro para enseñarles a esos tipos lo que es mío, sólo mío, y que sólo probará quien yo quiera.

Mientras pienso eso, me extraño. ¿Desde cuándo tengo este sentimiento de propiedad?

Encendido, introduzco un dedo en su sexo frente a ellos y lo muevo adentro y afuera. Judith jadea, se agita, sus muslos se abren aún más y, al sentir cómo tiembla, le pregunto:

—¿Te gusta que te miren?

Ella asiente, e insisto:

—¿Te gustaría que uno o varios de esos tipos y yo nos metiéramos en un reservado contigo y te desnudáramos?

Judith jadea y aprieta mi dedo con sus músculos internos.

—Te abriría las piernas y te ofrecería a ellos —prosigo—. Te lamerían y te tocarían mientras yo te sujeto y...

Siento cómo su vagina se contrae por lo que digo y ella imagina.

Eso me gusta.

Me gusta verla tan receptiva e, incapaz de no hacerlo, la beso.

La beso mientras mi dedo sigue entrando y saliendo de ella y Judith disfruta sin importarle que los hombres la miren.

Complacido, me recreo. Meto dos dedos en su interior y los muevo mientras con el rabillo del ojo observo que a esos tipos los excita tanto como a mí. Jud se vuelve loca y, cuando creo que voy a explotar si no paro, echando mano de mi fuerza interior, saco los dedos del lugar donde quiero perderme y digo:

—Mi castigo por tu comportamiento de hoy será que no harás nada de lo que te he propuesto. Nadie te tocará. Yo no te follaré, y ahora mismo nos vamos a ir al hotel. Mañana, si te portas bien, quizá te levante el castigo.

Ella me mira acalorada.

No entiende lo que estoy haciendo, pero es que, por no entender, no me entiendo ni yo.

Sin hablar, le acomodo el vestido, le cierro las piernas, me limpio las manos con unas toallitas de hilo que hay sobre la barra y la invito a bajarse del taburete.

Una vez que salimos del local, su mirada acusadora me mata, pero no me dejo amilanar.

En silencio, hacemos el camino de regreso al hotel y, cuando llegamos frente a su habitación, la miro y siseo con frialdad:

—Buenas noches, Jud. Que duermas bien.

Cuando entra, cierro la puerta y me apoyo en ella.

Mis fuerzas flaquean.

¡Joder...!

Quiero entrar.

Quiero desnudarla.

Quiero hacerla gritar de pasión.

Pero finalmente me doy la vuelta, regreso a mi habitación y, sacándome mi dura polla, me alivio como puedo o creo que reventaré.

16

Al día siguiente, el chófer nos lleva a Amanda, a Judith y a mí a otra reunión. Me fijo en que Jud se ha puesto pantalones y apenas si me mira.

¿Seguirá enfadada por lo de anoche?

A las siete, cuando regresamos al hotel, se despide de mí y de Amanda y se marcha a su habitación. Eso me inquieta. No quiero que se me escape como el día anterior y, tras quitarme de encima a Amanda, subo hasta la última planta.

Una vez frente a su puerta, pienso si utilizar mi copia de la llave, pero finalmente decido llamar. Creo que es lo mejor.

Judith abre y nos miramos con decisión. Entro y cierro la puerta y, tras quitarme la chaqueta del traje, la tiro al suelo, me desanudo la corbata y, cogiéndola entre mis brazos, murmuro:

—Dios, pequeña..., te deseo.

El sentimiento es mutuo y, tras un ardoroso primer asalto, vienen otros más en los que, por supuesto, hablamos de lo ocurrido la noche anterior y soy consciente de que ella quiere probar y jugar.

★ ★ ★

A las cuatro de la madrugada, me despierto a su lado.

Está desnuda y enroscada contra mi cuerpo, y la observo. Hasta que un repentino pinchazo en la cabeza me hace saber que o me tomo pronto ciertas pastillas o dentro de dos horas tendré un dolor de cabeza que me matará para el resto del día.

Jorobado por tener que marcharme de su habitación, me levanto, me visto y, tras darle un dulce beso en el hombro, me dirijo a la mía, donde no tardo en tomarme lo que necesito y descansar.

★ ★ ★

A las diez de la mañana, deseoso de que se levante, le mando un mensaje. Es sábado y tenemos el día libre para nosotros.

Despierta.

Espero prudencialmente una hora, no quiero atosigarla, y de nuevo estoy llamando a su puerta. Ella abre y yo la saludo contento:

—Buenos días, pequeña.

Ella sonríe encantada, y, sin tiempo que perder, le propongo que pasemos el día juntos. Judith acepta y yo indico satisfecho:

—¡Genial! Te voy a llevar a comer a un sitio precioso. Coge el bañador.

La veo feliz.

La veo relajada.

Y, cuando la oigo cantar una canción que suena en la radio y que no he oído en mi vida pero cuya letra me resulta tentadora, pregunto:

—¿Qué cantas?

—¿No conoces esta canción?

Niego con la cabeza.

No soy muy musical, y menos cuando es en español. Ella me indica que el grupo se llama La Quinta Estación. Sonrío y, satisfecho al verla tan relajada, pregunto:

—Dice algo así como «me muero por besarte», ¿no?

Ella asiente y, sintiéndome el tío más idiota del mundo, cuchicheo:

—Pues eso mismo me pasa a mí en este momento, pequeña.

Jud sonríe, yo la cojo entre mis brazos y la beso..., la beso y la beso. Besar a esta mujer se ha convertido en uno de los grandes placeres de mi día a día.

Cuando llegamos a la recepción del hotel, un joven empleado se acerca a nosotros y me entrega unas llaves que le muestro a Judith. Sé cuánto le gustan los coches, y no tarda en preguntar al ver el llavero:

—¡¿Lotus?!

Asiento y señalo hacia el exterior hasta que de pronto la oigo gritar:

—¡Dios, un Lotus Elise 1600!

Su gesto me hace gracia y, mirándola, pregunto:

—Señorita Flores, además de entender de fútbol, ¿también entiende usted de coches?

Ella asiente y sonríe de esa manera que me desarma.

—Mi padre tiene un taller de reparación de coches en Jerez —explica.

Divertido, observo cómo mira el Lotus y respondo a sus preguntas. A continuación, le lanzo las llaves y digo:

—Todo tuyo, pequeña.

Ella salta de deleite, pero contiene el impulso de abrazarme en el vestíbulo del hotel.

Acto seguido, salimos a la calle y, cuando nos montamos en el coche, veo a Amanda a lo lejos. Nos mira. Nos observa. Pero me da igual. No le debo ninguna explicación.

Judith arranca el motor, acelera y me mira mientras, por los altavoces del vehículo, suena la canción *Kiss*, de Prince.

Divertido, contemplo a la joven que me trae de cabeza y, al verla cantar y bailotear sin vergüenza alguna allí en medio, pongo los ojos en blanco. Y, de pronto, oigo que dice:

—Agárrate, nene.

Durante un buen rato, conduce y disfruta de la experiencia.

El coche es una maravilla, va suave como la seda, y, mientras hablamos de viajes, ella me confiesa que el viaje de sus sueños sería ir a la Riviera Maya. Eso me hace gracia. Yo he ido millones de veces.

Vamos en dirección Tarragona y, de pronto, se desvía por una carretera estrecha que no está en muy buenas condiciones. Cuando le advierto que vamos a pinchar, ella exclama divertida:

—¡Cállate, aguafiestas!

Pero el aguafiestas no se equivocaba, y pinchamos.

Eso me cabrea.

Nunca me han gustado los imprevistos y, además, hace un sol horroroso para ponerse a cambiar una rueda.

¡Vaya mierda! Con lo blanco que soy, seguro que me quemo.

Maldigo al ver que la rueda en cuestión es la delantera izquierda, y entonces ella dice:

—Vale, hemos pinchado. Pero, tranquilo, que no cunda el pánico. Si la rueda de repuesto está donde tiene que estar, yo la cambiaré en un santiamén.

Sin ganas de sonreír, la miro.

Las mujeres con las que suelo salir no saben apretar un tornillo, pero, en cambio, aquí está la española, pidiendo calma a un hombre como yo porque ella solita va a cambiar la maldita rueda.

¡Inaudito!

Ignorándola, saco la de repuesto de su sitio y me pongo las manos perdidas. ¡Joder! La suelto de golpe en el suelo y siseo molesto:

—¿Te puedes quitar de en medio?

Ella me mira..., no puedo con su chulería, y responde sin moverse:

—No, no puedo quitarme de en medio.

Joder..., joder..., cuando está en este plan me saca de mis casillas.

—Jud, acabas de estropear un bonito día. No lo empeores —le suelto.

Pero a ella le entra por un oído y le sale por el otro, ¡pasa de mí y de mi mal humor!, y sisea:

—El precioso día lo estás estropeando tú con tus malos modos y tus caras de fastidio. ¡Joder!, que sólo se ha pinchado la rueda del coche. No seas tan exagerado.

Como era de esperar, comenzamos a discutir, ¡hay que ver qué bien se nos da!, y, cuando ya me tiene harto, masculло:

—Muy bien, listilla. Ahora vas a cambiarla tú solita.

Ofuscado, busco la sombra de un árbol que veo unos metros más allá y la dejo sola con la rueda.

¡Que se busque la vida!

Durante un buen rato, observo cómo coloca el gato y hace fuerza para subir el coche, mientras un sol de justicia, y sin gota de agua, le da de lleno.

Suda...

Veo cómo las gotas de sudor le caen de la frente al suelo, pero no se rinde.

¡Menuda cabezota!

Su amor propio puede más que ella y, finalmente, me compadezco, me acerco y, suavizando el tono, susurro:

—Vale, ya me has demostrado que tú solita sabes hacerlo. Ahora, por favor, ve a la sombra, yo terminaré de poner la rueda.

Nos miramos...

Nos retamos...

Pero al final ella cede mientras soy consciente de que está roja como un tomate a causa del sol.

Diez minutos después, el que está chorreando de sudor soy yo, pero lo he conseguido. Me monto en el coche, conduzco hasta ella despacio y, cuando se sube, salgo de aquella carreterita y busco una gasolinera.

¡Necesitamos agua!

Cuando llegamos a la gasolinera, volvemos a discutir.

Como siempre, si yo digo *blanco*, ella dice *negro*, hasta que, harto, me bajo del coche de malos modos y entro en la tienda. Si no bebo agua, creo que me voy a desmayar.

Tras comprar dos botellas grandes de agua fresca y una Coca-Cola, cuando salgo la veo refrescando el coche con una manguera y, cuando me ve, sin previo aviso, dirige la manguera hacia mí y me empapa.

¡Joder..., joder...!

Yo no tengo sentido del humor para estos jueguecitos.

Sin embargo, al ver cómo me mira ella, sé que he de tomármelo con humor en este momento y, soltando el agua y la Coca-Cola en el suelo, digo, corriendo hacia ella:

—Muy bien, nena, ¡tú lo has querido!

Como puedo, le quito la manguera y la empapo entera como ha hecho ella conmigo. Entre risas, grita, me río, corremos y nos mojamos sin importarnos si alguien nos está mirando. Nunca he vivido un momento tan distendido como éste delante de la gente, y disfruto riendo, besando y mojando a Judith.

Cuando el agua se corta, suelto la manguera. Ella, que es una escandalosa, ríe a carcajadas y, pegando mi cuerpo al suyo, la beso y después murmuro:

—Algo tan inesperado como tú está dando emoción a este alemán amargado.

Judith sonríe, se pone tierna y susurra:

—¿De verdad?

Yo asiento encantado, sonrío, la beso y pregunto:

—¿Dónde has estado toda mi vida?

Un beso lleva a otro, una caricia a otra y, finalmente, empapados, nos montamos en el coche y le entrego de nuevo las llaves. Quiero que conduzca ella.

Llegamos a Sitges algo más secos y, una vez que aparcamos y bajamos del vehículo, reclamo su mano.

Caminando juntos, como cualquier pareja, llegamos al bonito restaurante que le prometí y disfrutamos de la comida.

¡Qué buen comer tiene!

★ ★ ★

Por la tarde nos damos un baño en la playa y jugamos como niños en el agua, hasta que salimos, nos tiramos sobre las toallas y, después, nos sentamos en una terracita a tomar algo.

Tras preguntarle qué quiere tomar ella, me acerco a la barra para pedir. Mientras espero, miro en su dirección y veo que habla por teléfono. ¿Quién la habrá llamado?

En cuanto me sirven las bebidas, regreso a la mesa. De nuevo, ella habla por teléfono, y le dejo su Coca-Cola con mucho hielo delante. Para mí he pedido una cerveza.

Judith ríe y pronto sé que habla con un tal Fernando.

Por ello, y consumido por la curiosidad, pregunto cuando cuelga:

—¿Quién es Fernando?

—Un amigo de Jerez. Quería saber cuándo voy a ir.

Asiento, imagino que habla de sus vacaciones de verano, e insisto:

—¿Un amigo... muy amigo?

Ella sonríe y responde quitándole hierro:

—Dejémoslo en amigo. —Sin embargo, al ver cómo la miro, pregunta—: ¿Qué pasa? ¿Tú no tienes amigas?

Su gesto risueño me muestra que estoy haciendo el tonto.

Pero ¿por qué le habré preguntado algo así?

Judith es sólo una mujer con la que disfruto unos días de trabajo y sexo, nada más. Tras intercambiar algunas palabras más sobre sus amigos y los míos, digo:

—Haces bien, Jud. Disfruta de tu vida y del sexo.

Ella me mira. No dice nada, y yo tampoco.

Esa noche, cuando regresamos al hotel, nos hacemos el amor como dos salvajes.

17

Me mata la cabeza.

El dolor es bestial.

He discutido con mi hermana, como siempre, por Flyn y, encima, el delegado de zona de Ourense no tiene preparado nada de lo que le pedí.

¡Joder..., joder...!

Judith intenta mediar en la reunión, sé que lo hace de buena fe, pero mi cabreo es tan grande que al final termino pagándolo con ella.

El viaje de regreso al hotel es caótico. Amanda no para de quejarse, Jud ni me mira, y a mí me va a estallar la cabeza.

Cuando llegamos, le pido a Amanda que se baje del coche y, dirigiéndome a Judith, siseo con gesto serio:

—Que sea la última vez que hablas en una reunión sin que yo te lo haya pedido.

Ella va a decir algo, pero no tengo ganas de escucharla y protesto:

—Al final va a tener razón Amanda y tu presencia aquí no es necesaria.

—A mí lo que te diga esa imbécil me importa un pimiento —suelta con chulería.

Su rebeldía a veces me noquea y, furioso, mascullo:

—Pero quizá a mí no.

Un nuevo rayo de dolor cruza mi cabeza, me la toco y me restriego los ojos, cuando oigo que ella dice:

—Tienes mala cara, ¿te duele la cabeza?

Que se preocupe por mí me enternece, pero estoy tan cabreado y dolorido que simplemente respondo:

—Buenas noches, Judith. Hasta mañana.

Ella me mira.

Yo no me muevo y, al final, Jud baja del vehículo y, sin mirar atrás, se mete en el ascensor.

Me apeo yo también del coche y maldigo. No tengo filtro cuando me encuentro mal, y ella no se merece que le haya hablado así.

¡Soy un idiota!

Una vez en la acera, Amanda se acerca a mí.

—Vamos. Tienes que tomar tu medicina.

Asiento sin decir nada. Ambos subimos a mi habitación y voy directo al neceser que tengo en el baño. Lo abro. Allí guardo los medicamentos que necesito y, tras tomarme tres pastillas, regreso al salón y me siento.

Amanda se apresura a cerrar las cortinas del salón para que no entre luz y murmura, tocándome los hombros:

—Relájate..., relájate.

Una hora después, el dolor ya ha desaparecido y, mientras miro el techo sentado en el sillón de la suite, Amanda, de rodillas delante de mí, recorre con vicio mi pene y yo no la detengo.

★ ★ ★

Al día siguiente, cuando me despierto, estoy solo en mi cama. Tras jugar con Amanda la noche anterior, la envié a su habitación. Miro el reloj, es hora de levantarse. Me meto en la ducha y, cuando salgo, cojo mi móvil y escribo:

8.30 en recepción.

Después se lo mando a Judith y a Amanda.

A las ocho y veinticinco ya estoy abajo, ataviado con un traje gris claro y una camisa blanca. Sólo espero que el día sea mejor que el anterior, y entonces, con el rabillo del ojo, veo aparecer a Judith.

—¡Buenos días! —me saluda.

Sin mirarla, puesto que no me siento orgulloso de lo ocurrido la noche anterior con Amanda, respondo:

—Buenos días, señorita Flores.

Entonces Judith recibe un mensaje en el móvil y, de reojo, la veo sonreír. Me vuelvo hacia ella y, mientras ella teclea, leo que el mensaje se lo ha mandado Fernando.

Vaya, al parecer, el tal Fernando le escribe a menudo.

Eso me crispa, me vuelve a poner de mala leche como el día anterior y me hace sacar la peor versión de mí mismo.

Empiezo a no entender nada. No quiero nada serio con Jud, yo mismo pongo barreras, pero ver que ella habla con otro ¡me encoleriza!

¿Qué me está ocurriendo?

Los minutos pasan, ya son más de las ocho y media cuando oigo unos tacones que resuenan en el vestíbulo. Al mirar, veo aparecer a Amanda acelerada. Se la ve contenta. La noche anterior le di lo que quería.

—Disculpa el retraso, Eric —dice—. Un problema con mi ropa.

—No te preocupes. El retraso ha merecido la pena. ¿Has dormido bien?

Con el rabillo del ojo observo que Judith está atenta a nuestra conversación, y Amanda responde:

—Sí. Algo he dormido.

Cuando salimos del hotel, continúo enfadado con Judith porque sigue intercambiándose mensajes con el tal Fernando. Llegamos a la limusina y, una vez que Amanda sube, miro a Jud y digo:

—Señorita Flores, siéntese en la parte delantera con el chófer, por favor.

Sé que ese golpe de efecto le afecta. Me lo dice su mirada, pero indica:

—Como usted ordene, señor Zimmerman.

A continuación, la pierdo de vista, pero me siento fatal. ¿Qué acabo de hacer?

¿Por qué alejo de mí a la mujer que quiero que esté a mi lado?

¿Por qué me enfado con ella por el tal Fernando, cuando yo con Amanda...?

★ ★ ★

El viaje, solo con esta última, a la que tengo que quitarme constantemente de encima, se hace eterno. Cuando llegamos, antes de que yo baje del coche, me doy cuenta de que Judith ya lo ha hecho.

Salgo y saludo a Jesús Gutiérrez, el jefe de la delegación, y al resto de la junta directiva, y les presento a Amanda.

Durante la reunión, hago que Judith se siente frente a mí. No me hace gracia verla tan divertida con uno de aquellos tipos y, cuando ésta finaliza, ella sale pitando. Veo que se monta en un coche que no es el mío, y pregunto:

—¿Adónde va, señorita Flores?

Judith me mira, puedo ver la furia en sus ojos, y responde con una sonrisita:

—Al restaurante, señor Zimmerman.

Insisto en que puede venir en la limusina con nosotros, pero ella se niega, y eso me enciende. No soporto que no me haga caso.

En el restaurante, vuelve a sentarse lejos de mí sin que yo pueda evitarlo. La veo reír, bromear y divertirse con aquel tipo, y no puedo hacer nada mientras siento que el mundo se sacude bajo mis pies. Yo solito me lo he buscado.

Por la tarde, cuando termina la reunión, nos despedimos de todos y los tres volvemos a montar en la limusina. Esta vez, Judith sube delante sin que yo le diga nada, y me siento fatal.

¿Por qué me porto tan mal con ella?

Ya en el hotel, antes de que yo pueda salir del coche, Judith desaparece.

Amanda, mirándome, susurra:

—Vaya carácter, el de tu secretaria.

Asiento sin decir nada.

★ ★ ★

Una vez en mi suite, doy vueltas como un loco. Quiero hablar con Judith, lo necesito, pero sé que llamarla supondrá discutir, por lo que decido darme una ducha. Eso siempre ayuda a despejar las ideas.

Luego me visto, cojo mi móvil y tecleo:

Ven a mi habitación.

Se lo mando a Judith y su contestación no tarda en llegar:

Vete a la mierda.

Me exaspera que me responda así.

¡Joder, con la españolita!

A mí nadie me habla de ese modo. Cojo la copia de la llave que pido en todos los hoteles de su habitación, voy hasta allí, abro y me planto frente a ella, que está sentada y se sorprende al verme entrar.

Sin hablar, la agarro del brazo, tiro de ella y la beso.

No lleva los tacones puestos y es bajita. Demasiado bajita para mí, pero no me importa. La aprieto contra mi cuerpo y la siento fría. No responde. No me desea. Pero insisto. Mis besos se repiten una y mil veces y, al final, responde y se aprieta contra mí.

¡Bien!

Deseoso de ella, desabrocho el botón de su falda mientras chocamos contra la pared y, cuando mis dedos llegan bajo sus bragas y le acaricio el clítoris, me vuelvo loco.

Judith se deja manejar en mis manos. Nos movemos por la estancia en busca de placer y ella disfruta de lo que le hago al tiempo que un dulce jadeo sale de su boca.

Cuando siento que la tengo preparada, le bajo la cremallera de la falda y ésta cae al suelo. Me arrodillo a sus pies y, acercando la nariz a sus bragas, aspiro su perfume, ese aroma embriagador como no he conocido otro igual.

Como puedo, se las quito y mi boca atrapa eso que anhelo.

¡Su sabor me vuelve loco!

Mientras ella se mueve sobre mi boca y yo mordisqueo su dulce e hinchado clítoris, siento que tiembla, y yo tiemblo también. Así permanecemos varios minutos, hasta que me levanto del suelo y la llevo hacia el respaldo del sofá.

Sin pensar en nada, le doy la vuelta, la recuesto sobre él y, tras mordisquearle las nalgas, le doy unos azotitos.

Ninguno de los dos habla. Finalmente, le abro las piernas, inmovilizándola, y, a la vez que paseo mi miembro por su ano y su vagina, murmuro:

—Te voy a follar, Jud. Hoy me has vuelto loco y te voy a follar tal y como llevo todo el día pensando hacerlo.

La oigo jadear, su respiración se acelera y siento que eso la está excitando tanto o más que a mí. Entonces, de una certera estocada, la penetro y ella grita.

—Necesito oír tus gemidos ¡ya! —exijo.

Y los oigo.

Vaya si los oigo.

La agarro con exigencia por la cintura y me introduzco en ella una y otra y otra vez con dureza, con rudeza, con exigencia.

Con cada acometida siento que me sumerjo en ella...

Cada grito suyo es un grito mío...

Y, cuando la noto arquearse en busca de una penetración más profunda, enloquecido, se la doy, y ahora el que tiembla y grita soy yo. Siento cómo nuestros fluidos se deslizan por nuestras piernas mientras, en cada embestida, levanto a Judith del suelo y la aprieto con desesperanza.

Así estamos varios minutos, hasta que ella llega a un furioso clímax en el momento en que la empotro contra el respaldo del sofá. Acto seguido, salgo de ella consumido y le riego el trasero escandalosamente con mi esencia.

Agotados, no nos movemos mientras nuestras respiraciones resuenan en la habitación. Judith no me mira, lo que me extraña, y, cuando lo hace pasados unos segundos, sisea:

—Sal de aquí. Es mi habitación.

Sin entender a qué viene eso, la miro y entonces ella exclama:

—¿Quién te has creído que eres para entrar en mi habitación? ¿Quién te crees que eres para tratarme así? Creo... creo que te has equivocado conmigo. Yo no soy tu puta...

Boquiabierto, pregunto:

—¡¿Cómo dices?!

Ella se mueve entonces furiosa, maldice, suelta improperios en español que no sé ni qué quieren decir y, finalmente, masculla mirándome:

—Yo no soy tu puta para que entres y me folles siempre que te dé la gana. Para eso ya tienes a Amanda. A la maravillosa señorita Fisher, que está dispuesta a seguir haciendo por ti todo lo que tú quieras. ¿Cuándo ibas a decirme que estás liado con ella? ¿Qué pasa? ¿Ya estabas planeando un trío entre los tres sin consultarme?

Sus preguntas me dejan sin respuestas.

Nunca he tenido que dar explicaciones a nadie, ni siquiera a Betta, y no sé qué contestarle. Así pues, con frialdad, me doy la vuelta y desaparezco de la habitación.

No estoy dispuesto a permitir que nadie me hable como me está hablado ella y, furioso, voy a la suite de Amanda, a la que me follo a mi antojo.

★ ★ ★

Dos horas después, regreso a mi habitación y enciendo el portátil.

Miro mis emails mientras pienso que, si la señorita Flores quiere enfadarse por lo ocurrido, que se enfade. En ningún momento me ha dicho que no. Yo no he ido a su habitación a hacerle el amor con dulzura, ¡he ido a follar!

Durante un buen rato me ocupo de los emails, pero estoy intranquilo. Sé que es por lo ocurrido, pero no pienso ir a pedirle perdón.

Una hora más tarde, me meto en la cama, donde paso gran parte de la noche mirando al techo sin poder dormir por culpa de lo sucedido.

¡Soy un animal!

18

A las siete de la mañana decido levantarme de la cama y salir a hacer *footing*. Lo necesito.

Cuando regreso sudoroso, me meto directo en la ducha. Allí, vuelvo a pensar en Judith. No ha dado señales de vida, pero no seré yo quien la atosigue.

A la una, bajo a comer al restaurante y me encuentro con Amanda.

Es viernes y no tenemos ninguna reunión pendiente, por lo que almorzamos con tranquilidad. No pregunto por la señorita Flores, ella sabrá lo que hace.

Durante la comida, como siempre, Amanda se me insinúa. En sus palabras y en sus ojos veo que quiere más de lo de la otra noche, pero yo no estoy por la labor. Sigo ofuscado y, una vez que hemos terminado, regreso solo a mi habitación. No obstante, de camino, paso por delante de la de Jud, y me acerco.

¿Debería llamar?

Dudo, pienso, aunque al final, al recordar sus duras palabras hacía mí, me retiro.

Aun así, a las tres de la tarde no puedo más con su silencio y la llamo. No coge el teléfono. La llamo una docena de veces y, al ver que sigue sin responder, decido presentarme en su habitación. Vuelvo a abrir con mi copia de la llave y me quedo sin palabras cuando, sobre la cama, encuentro una nota que dice:

Señor Zimmerman:
Regresaré el domingo por la noche para continuar nuestro trabajo. Si me ha despedido, hágamelo saber para ahorrarme el viaje.
Atentamente,

JUDITH FLORES

¿Se ha marchado?

¿Cómo que se ha marchado?

Furioso, miro mi reloj y, tras pensar unos segundos, salgo de la habitación y busco a Amanda. Quiero saber si ella sabe algo del tema, y entonces me entero de que la noche anterior, antes de que yo fuera a ver a Judith, Amanda fue a visitarla y no le dijo cosas muy bonitas.

¡Joder..., joder...!

Ahora entiendo más el enfado de Jud.

Llamo por teléfono a una compañía de coches de alquiler. Una hora después, voy en dirección a Madrid.

Tras un viaje en el que conduzco más rápido de lo que debería, llego a su barrio, aparco y me acerco a su portal. Con decisión, llamo al interfono, pero no contesta. Eso me subleva. La telefoneo al móvil. Tampoco responde.

Pero ¿dónde se ha metido?

Enfadado, me alejo del portal y de pronto la veo acercarse al final de la calle. Me fijo en ella y veo que tiene un brazo vendado.

Pero ¿qué le ha ocurrido?

Sin percatarse de que estoy observándola, llega hasta su portal y, cuando saca la llave para abrir la puerta, me apresuro a acercarme a ella por detrás y siseo:

—No vuelvas a marcharte sin avisar.

Según digo eso, ella se vuelve, me mira con los ojos hinchados y, levantando su brazo vendado, murmura:

—Me he quemado con la plancha y me duele horrores.

Oírla decir eso y saber que siente dolor me parte en dos.

Saber que sufre me hace sufrir y, olvidándome de mi enfado y consciente de lo mucho que me reconforta haberla encontrado, murmuro:

—Dios, pequeña, ven aquí.

Sin dudarlo, ella se acerca. La discusión del día anterior queda olvidada, y la abrazo, hasta que nos miramos y le doy un corto beso que me sabe a gloria.

Luego subimos a su casa y hablamos sobre lo ocurrido el día anterior. Conforme la escucho, mi corazón se acelera. Sin darme cuenta, esta joven se está colando bajo mi piel y, como dice la canción que he aprendido a amar tras tanto oírsela a ella, comienzo a llevarla en mi mente.

Al ver su gesto de dolor, decido llamar a Andrés. Él es médico.

Mi amigo aparece media hora después, y viene sin Frida. Al ver a Judith, me mira, yo le devuelvo la mirada a modo de advertencia y, tras sonreír, la atiende y termina inyectándole un calmante. A continuación, le entrega una tarjeta con su número de teléfono, que ella coge y mete en un aparador. Entonces yo, necesitado de dejar claro algo, la agarro de la cintura y, dirigiéndome a mi amigo, indico:

—Si ella te necesita, yo te llamaré.

Andrés sonríe y asiente.

Él y Judith se despiden y luego acompaño a mi amigo a la puerta. Una vez solos, él cuchichea con mofa:

—¿Qué es eso de que si ella me necesita tú me llamarás?

No respondo, sólo lo miro, y él añade:

—No me lo puedo creerrrrrrrrrrr.

Al oírlo, resoplo.

—No digas tonterías.

Pero Andrés continúa:

—Sí..., sí, tonterías. Tú te estás...

—Andrés, ¡para!

Luego mi amigo se marcha. Miro a Judith y, al ver que está tumbada en el sofá con los ojos cerrados, me pongo nervioso. Ella es pura vitalidad y energía, y verla así me acobarda. Sin embargo, intento contener mis miedos y dejo que descanse.

Mientras lo hace, la observo y de pronto soy consciente de que se ha convertido en alguien muy especial para mí y puede que Andrés tenga razón. Deseo estar con ella, quiero protegerla, su dolor es mi dolor... Y rápidamente comprendo que tengo que cortar con eso. He de regresar a Alemania y poner tierra de por medio antes de que ella sufra.

Ofuscado, saco mi teléfono, llamo a Tomás, el chófer de Madrid, y le encargo que nos traiga comida. Seguro que cuando ella se sienta mejor querrá comer.

En silencio, me siento en un sillón a su lado y la observo descansar.

Sin moverme la contemplo deseoso de que despierte, me sonría y me suelte alguna de las suyas. Pero ella duerme, descansa, y yo debo respetarla.

Una hora después suena el timbre de la puerta y me levanto a abrir. Es Tomás, que trae lo que le he encargado. Cierro de nuevo y, al volverme, me encuentro con la mirada de Judith.

—He pedido algo de cena —le digo—. No te muevas, yo me ocupo de todo.

A continuación, entro en la cocina, una cocina que no es mía y que no controlo.

Después de abrir varios armarios, localizo los platos, los vasos y los cubiertos y, tras coger un par de cada, regreso al salón. Coloco las cosas como puedo y vuelvo a la cocina a por las cajitas de comida china. Sé que a ella le gusta, por lo que seguro que comerá.

Una vez que termino de disponerlo todo sobre la mesa, veo que Jud me mira divertida y murmura:

—Madre mía, Eric, ¡aquí hay comida para un regimiento! Podrías haberle dicho a Andrés que se quedara a cenar.

Al oír eso, niego con la cabeza. Andrés es un buen amigo, pero en este instante no deseo compartirla a ella con nadie.

Ahora parece estar más despierta y menos dolorida, y eso me tranquiliza, y más cuando la veo comer con ganas.

Mientras cenamos, mantenemos una conversación cordial, hasta que, incapaz de no mencionar algo que me dijo la noche anterior cuando estaba furiosa, la miro y le pido:

—No vuelvas a decir que yo te considero mi puta, por favor, Jud. Me destroza que pienses eso de mí.

Ella asiente.

Me explica por qué me lo dijo y yo la escucho e intento entenderla.

Minutos después, le explico lo preocupado que me sentí cuando vi que se había marchado sin despedirse.

—Si no lo hice fue para evitar llamarte *gilipollas* o algo peor —se defiende.

Me hace gracia oír ese término, que conozco porque mi madre lo utiliza en ocasiones en Alemania cuando quiere insultar a alguien y que no se entere.

—Llámamelo, si lo necesitas —replico.

Entre risas, seguimos charlando y, tras introducirle una trufa en la boca, indico:

—He anulado las reuniones de la semana que viene y las he dejado para más adelante. Regreso a Alemania. Hay algo de lo que tengo que ocuparme y no puede esperar —susurro, dispuesto a poner tierra de por medio.

Ella asiente sin decir nada y luego me pregunta si volveré con Amanda. No me cuenta lo que ésta le dijo anoche, pero al ver su expresión señalo:

—Amanda es una colega de trabajo y una amiga. Sólo eso. Esta mañana me ha confesado la visita a tu habitación y...

—¿Has pasado la noche con ella? —pregunta.

—No —me apresuro a responder.

Judith asiente y, sin apartar sus ojos de los míos, insiste:

—¿Has jugado esta noche con ella?

No quiero mentirle, por lo que me recuesto en el sofá y afirmo:

—Eso sí.

Entonces veo que sus ojos se oscurecen y, antes de que diga nada más, la animo a que ella juegue con otros. Aun así, conforme lo digo, siento cómo mi estómago se vuelve del revés.

Hablamos..., hablamos..., hablamos...

Le hago saber que ella es encantadora y que se merece a alguien especial y, sorprendentemente, me dice que ese alguien soy yo. ¡¿Yo?!

Boquiabierto, escucho cómo dice que la trato bien y que me preocupo por ella, pero yo, que no deseo nada parecido al amor, le hago saber que lo nuestro es sólo sexo. Tan sólo sexo. No obstante, Judith lo niega y asegura que entre nosotros hay algo más.

¡No..., ni hablar!

Intento hacerle entender que nosotros follamos, no hacemos el amor, pero ella no da su brazo a torcer. Insiste en que nuestra manera de hacer el amor es así, y no quiere entender que yo lo llamo *follar*.

Sin embargo, yo me niego. Me niego a creer que entre ella y yo pueda haber algo que no sea sólo sexo, hasta que ella me mira y me suelta:

—¡Gilipollas! En este momento te estás comportando como un auténtico gilipollas.

Como siempre, nos sumergimos en una discusión.

Hablamos de sexo, de juegos, de morbo, algo que sé que a ella le viene grande y que a mí, en ocasiones, se me queda pequeño.

—¿Qué quieres hacer conmigo? —me pregunta a continuación.

Al oír eso, yo asiento y respondo:

—De todo, Jud, contigo quiero hacer de todo. —Y, al ver cómo me mira, prosigo—: Y ése es el problema. No debo permitir que te encariñes conmigo.

Nos miramos durante unos segundos. No sé lo que estoy haciendo ni diciendo, cuando suelto:

—¿Puedo quedarme contigo esta noche?

¡Joder! Pero ¿qué hago?

Ella asiente. Tiene los ojos anegados en lágrimas y, sintiéndome el peor hombre del mundo, se las seco.

Sin hablar, le tiendo la mano, nos dirigimos a su habitación y finalmente hacemos lo que yo pretendía no hacer.

Ella se sienta a horcajadas sobre mí, y yo, sin azotes y con cuidado de no dañarle el brazo, le sigo el juego.

Un juego *light*.

Judith llega al clímax, yo no, y, como sé que ya me va conociendo, matizo al ver que me mira:

—A esto me refería. Para disfrutar del sexo, necesito mucho... mucho más.

Una vez que la limpio, y me limpio, la ayudo a ponerse su pijama del Demonio de Tasmania y, tumbándonos en su cama, intentamos descansar.

★ ★ ★

Varias horas después, mientras ella duerme, me levanto de la cama. Me duele la cabeza y voy en busca de mi cartera. Por suerte, llevo una pastilla, que no dudo en tomarme.

Luego cojo su iPod, me pongo los auriculares y escucho su música. La gran mayoría de las canciones no las conozco, pero cuando suenan algunas de las que le he oído tararear a ella, me alegro.

Estoy escuchando música abstraído cuando Judith aparece y se sienta a mi lado. Tan sólo eso ya me hace sonreír.

Hablamos. Me pregunta si me ocurre algo y yo le aclaro que me duele la cabeza. Entonces suena esa canción que ella tararea a menudo, y digo:

—Me gusta esta canción.

Ella me quita uno de los auriculares, se lo pone y, al oír la voz de la cantante, responde:

—A mí también. La letra me recuerda a nosotros.

Eso me paraliza.

¿Tenemos una canción?

¡Joder!... La situación va de mal en peor.

¿Por qué tenemos que tener una canción?

Nunca he tenido ninguna canción con ninguna mujer.

Sentados uno junto al otro, charlamos mientras ella come trufas, hasta que, de pronto, se sienta a horcajadas sobre mí.

—¿Qué haces, Jud? —pregunto.

—¿Tú qué crees?

Al ver la picardía en sus ojos, añado:

—Me duele la cabeza, nena...

Pero ella no se toma mis palabras muy en serio. Me da un beso caliente cargado de pasión y, cuando éste acaba, murmuro:

—Jud...

—Te deseo —insiste.

—Jud, ahora no.

Pero da igual lo que yo diga.

Ella puede con mi voluntad y, al final, permito que mueva sus caderas sobre mí con delirio. Trato de ser suave, de tener cuidado, pero ella, con su mirada, con sus movimientos, me exige más y, cuando me dejo llevar, siento que se excita mucho... mucho más.

Fuera de control, ambos nos hacemos el amor, nos follamos mutuamente como si no hubiera un mañana y, a partir de ese instante, jugamos, nos tentamos y nos divertimos.

Judith está juguetona y yo estoy feliz, muy feliz. Entonces ella murmura, mirándome desde muy cerca:

—Me encantan tus ojos. Son preciosos.

—Yo los odio —respondo, consciente de las preocupaciones que éstos me ocasionan.

Juegos...

Caricias...

Morbo...

Judith me muestra lo apasionada que puede llegar a ser y me hace imaginar cosas tremendamente morbosas, y yo las acepto gozoso cuando se introduce mi polla en la boca y me la chupa con auténtica devoción.

¡Inigualable!

Satisfecho, follo su boca mientras ella me da pequeños azotes en el trasero que me vuelven loco y me incitan a moverme más y más. Tiemblo, vibro y, sentándola sobre mí a horcajadas, al final la ensarto.

Nos movemos...

Jadeamos...

Y entonces ella murmura, mirándome a los ojos.

—Esto quiero... Jugar contigo a todo lo que desees porque tu placer es también el mío, y yo quiero probarlo todo contigo.

—Jud...

—Todo..., Eric..., todo.

Sus palabras me muestran lo que está dispuesta a hacer por mí y, enloquecido, me introduzco en su cuerpo con fuerza mientras ella jadea, grita y se acopla por completo a mí.

Lo que dice, lo que desea, no es otra cosa más que lo que deseo yo, y por primera vez me asusto de saberlo.

19

Estar con Judith es diferente, divertido, apasionado, enriquecedor. Ella me hace ver la vida de otro color y yo se lo agradezco porque sé que, cuando regrese a la realidad, todo volverá a ser de un monótono gris.

La madrugada del domingo, me encuentro mal e, intentando no hacer ruido, voy al baño y vomito. Haber pasado de mi enfermedad el día anterior y no haberme tomado la medicación que necesito me ha llevado a este extremo, y cuando Judith, alarmada, aparece en el lavabo, le pido que salga y ella me hace caso.

Una vez que mi estómago se calma, salgo del baño y veo que ella me está esperando fuera preocupada. Caminamos juntos hasta el salón y, cuando me siento, pregunta:

—¿Qué te ocurre?

No me apetece dar explicaciones, así que digo simplemente:

—Algo debió de sentarme mal anoche.

Ella propone hacerme una manzanilla, pero yo, ofuscado y dolorido, siseo:

—Por favor, apaga la luz y vete a dormir.

Al final, mi enfado se hace palpable, me llama *gruñón*, se va y apaga la luz. Eso es lo que necesito.

El dolor y la angustia van desapareciendo por momentos. Por suerte, comienzo a encontrarme mejor, y cuando ella se despierta por la mañana, en la cama, la saludo con una sonrisa y ella se alegra de mi mejoría.

Nos levantamos y Jud se empeña en llevarme a un sitio llamado el Rastro de Madrid y que sólo ponen los domingos. Asiento sin rechistar. Quiero disfrutar de mis últimos momentos con ella porque, una vez que me haya ido, aunque me cueste, no regresaré.

No puedo prometerle lo que ella desea de mí y, aunque no lo dice, por su manera de mirarme sé que desea algo que yo no puedo darle. No quiero compromisos. No quiero ninguna obligación y, por supuesto, mi objetivo en la vida no es una boda y tener hijos.

¡Eso no va conmigo!

El Rastro es una locura. Está lleno de gente variopinta, que empuja. Eso me agobia, pero, al ver lo contenta que está Jud, soy incapaz de llevarle la contraria y me dejo llevar.

Cuando la veo en un puestecillo mirando unos pendientes de plata, se los compro. Según ella, cuarenta euros es algo caro, pero eso para mí no es nada. A cambio, en otro puesto, ella me compra una camiseta en cuyo pecho se lee: Lo mejor de Madrid..., tú.

Me río al verla.

No suelo llevar camisetas con ese tipo de mensajes, pero no puedo rechazarle el regalo y, cuando se empeña en que me cambie la camisa que llevo por la camiseta en medio de la calle, accedo divertido.

Pero ¿qué me está haciendo esta mujer?

Durante el día nos hacemos varias fotos con el móvil y, cuando vemos unas lamparitas muy hippies en color lila claro, me encapricho de ellas y las compro. Una será para Judith y la otra para mí. Las pondremos en nuestros respectivos dormitorios, en España y en Alemania, y así nos recordarán este bonito fin de semana. Poco más.

Como una pareja más, salimos de aquel agobiante lugar y sufro porque a ella le dan un golpe en el brazo. Me preocupo, pero Jud me hace saber que está bien. Al final, consigo convencerla para coger un taxi que nos lleve al Retiro.

Una vez allí, le propongo ir a un restaurante, pero ella prefiere comer unos bocadillos al aire libre.

De nuevo, eso no me parece una buena idea.

Donde esté una mesa, un mantel y una silla cómoda para comer, que se quite el comer sentados en el suelo. Aun así, como no quiero llevarle la contraria, accedo y ella compra unos bocadillos de tortilla. Finalmente, nos sentamos en el césped y, mientras comemos al aire libre, me doy cuenta de que su idea era mil veces mejor que la mía, aunque odie las hormiguitas que, subiendo por mi pantalón, buscan su parte del festín.

Cuando terminamos de comer, entre bromas, ella se pinta los labios y le pido que estampe un beso en mi lamparita. Me encantará tener sus labios en ella. Y, aunque parezca mentira, consigue pintarme los míos para que yo bese la suya.

Estamos riendo cuando me pregunta si una mujer es la causa de que tenga que regresar a Alemania con urgencia, y yo lo niego. Ella espera una explicación, pero yo no se la doy. No quiero decirle la verdad. No quiero que sepa que huyo de ella.

Estoy pensando cómo explicárselo cuando ella añade:

—Que sí..., que ya me he enterado... Que no soy nadie para preguntar.

Ver su gesto molesto me duele. No quiero hacerle creer algo que nunca será y, al entender que sus sentimientos por mí han llegado más lejos de lo que yo esperaba, digo mirándola:

—Necesito que me prometas que saldrás con tus amigos y lo pasarás bien. Incluso que volverás a quedar con el tipo ese con el que te metiste en los baños de aquel bar y con ese tal Fernando, el de Jerez. Quiero que lo que ha pasado entre nosotros quede como algo que ocurrió y nada más. No deseo que le des importancia, y...

—Vamos a ver, ¿a qué viene eso ahora? —me corta molesta.

Pero yo insisto en mis palabras. Quiero que ella se sienta libre de hacer lo que desee, sin pensar en mí, porque conmigo nunca tendrá nada, excepto puro sexo. Necesito que lo comprenda y, cuando finalmente parece hacerlo y voy a besarla, ella se retira y pregunto, tratando de sonreír:

—¿Me acaba de hacer la cobra, señorita Flores?

Ella asiente y luego protesta.

—¿En este momento te parezco un gilipollas? —replico.

Jud me mira. Me vuelve loco cuando lo hace de esa manera.

—Pues sí —dice—. En el sentido más estricto de la palabra, señor Zimmerman.

Me tumbo sobre el césped a su lado.

Ambos miramos las copas de los árboles y cojo su mano. Ella no la retira.

Tengo que marcharme. He de regresar a Alemania y, por nada del mundo, quiero que ella sufra por mí porque no lo merece.

Cuando suena mi móvil, sé que es Tomás, para indicarme que nos espera. En silencio, nos dirigimos hacia la puerta del Retiro donde he quedado con él. Montamos en el coche y vamos a su casa.

Una vez frente al portal, saco su lamparita de la bolsa, beso los labios más tentadores y bonitos que he visto en mi vida y, retirándole el pelo de la cara, digo:

—Siempre que la mire, me acordaré de ti, pequeña.

Judith asiente...

Me mira...

No sé si va a llorar, pero se baja del coche.

Durante unos segundos nos miramos a los ojos y sonreímos.

Somos conscientes de que esto es un adiós, y, finalmente, cierro la puerta.

Frialdad. Eso es lo mejor.

20

Cuando llego a Alemania, Norbert me recibe en el aeropuerto. Él es el hombre que, junto a su mujer, Simona, se ocupa del día a día de mi residencia y de Flyn.

Una vez en casa, saludo desde el coche a mi hermana Marta, a mi madre y a mi sobrino.

Al verme bajar, Flyn corre hacia mí, me abraza encantado y pregunta:

—¿Por qué has tardado tanto en regresar?

Le revuelvo el pelo con cariño y, tras darle un beso en la frente, respondo:

—Tenía mucho trabajo.

Después de saludar a mi madre y a mi hermana, mientras ellos tres pasan al comedor para degustar la maravillosa comida que nos ha preparado Simona, subo a mi habitación y dejo la bolsa que llevo en la mano.

Durante todo el viaje en mi jet privado me ha acompañado la lamparita que ahora saco de la bolsa, y no he podido dejar de mirar los labios de Judith estampados en ella.

Con cariño, los toco y sonrío sin saber por qué.

No la he llamado ni ella se ha puesto en contacto conmigo. Y se lo agradezco, porque creo que ambos debemos continuar con nuestros caminos, unos caminos que no tienen nada que ver el uno con el otro.

—Tío, ¿vienes?

Levanto la vista y veo que Flyn entra en mi habitación. Le doy la vuelta a la lámpara para que no se vean los labios de Judith y, cuando Flyn se dispone a preguntar, le advierto:

—Prohibido tocarla, ¿de acuerdo?

Mi sobrino asiente, no dice más, y entonces yo me levanto y vamos juntos al comedor.

★ ★ ★

La comida con mi familia es entretenida.

Mi madre, como buena española que es, tiene mil temas de conversación, y Marta la sigue, mientras que Flyn y yo las escuchamos en silencio.

—Bueno, y ¿qué tal por las delegaciones? —pregunta mi madre.

—Bien —afirmo.

Ella me mira, suspira e insiste:

—Y ¿por la oficina central de Madrid?

Irremediablemente, pienso en Judith, y respondo:

—Bien.

—Hermanito, serás muy buen jefe, pero, desde luego, la comunicación familiar no es lo tuyo —se mofa Marta.

Miro a mi hermana. Su contestación habría sido muy propia de Jud, por lo que sonrío. Entonces, al verme, pregunta:

—¿Estás sonriendo?

Sin poder remediarlo, asiento.

—Sí, Marta, estoy sonriendo. ¡Sé sonreír!

Mi madre y ella se miran sorprendidas.

—Ya sabía yo que viajar a España te iba a sentar muy bien —afirma entonces mi madre.

—Pero si viene chisposo y todo —suelta Marta con una carcajada, haciéndome reír de nuevo.

Flyn, que es tan serio como yo, me mira y, cuando va a decir algo, me adelanto:

—¿Algo que contarme del colegio?

A partir de ese instante, mi hermana y mi madre vuelven a tomar las riendas de la conversación. Cada vez que yo me marcho, Flyn se comporta de una manera que no me gusta y, cuando me entero de todo, miro a mi sobrino y siseo:

—Castigado sin Play las dos próximas semanas.

—¡No es justo! —se lamenta él.

Lo observo boquiabierto y, tras hacer callar a mi madre, que va a protestar, gruño:

—Lo que no es justo es que no sepas comportarte aún con tu abuela y tu tía, y ya no digamos en el colegio y con la tata. Pero ¿qué es eso de que has suspendido tres exámenes y has metido un ratón en el cajón de la señorita Schäfer? Y, te digo una cosa más: si sigues así y no apruebas, el año que viene irás a un colegio interno del que sólo saldrás en Navidad, ¿entendido?

Él asiente. No dice más. Tiene miedo de ese tipo de colegios y es el único argumento que puedo utilizar cuando se desmadra para volver a meterlo en vereda.

Una vez que el chaval termina de comer, como está enfadado con los tres, pide permiso para levantarse de la mesa.

Nos quedamos los adultos solos, y mi hermana habla entonces de lo que han de hacerme en los ojos, que, para ser sincero, no sé ni cómo se pronuncia. En cuanto queda todo claro, ellas dos se van y yo salgo a dar un paseo con mi moto.

Necesito despejarme.

Necesito dejar de pensar en la joven española que, sin yo darle permiso, me ha tocado ligeramente el corazón.

21

El martes, al regresar del médico, me sorprendo al recibir un mensaje de Judith. Es breve, pero en él me pregunta cómo estoy. Dudo si responderle o no, y finalmente decido ignorarla. Es lo mejor para los dos.

Esa tarde, cuando Flyn sale del colegio, estoy en la puerta esperándolo y me lo llevo al cine.

Durante un par de horas disfrutamos viendo una película y, cuando acaba, vamos a cenar al restaurante de Klaus, el padre de mi amigo Björn. Es un hombre increíble que, en cuanto nos ve, nos trata con respeto y cariño.

—Este muchacho cada día está más alto y más guapo —afirma.

Yo miro a Klaus con afecto mientras Flyn va a saludar a uno de los camareros y, dirigiéndome a él, pregunto:

—¿Sabes si Björn vendrá por aquí esta noche?

—Que yo sepa, sí —dice.

Asiento complacido. Me gusta reencontrarme siempre con mi buen amigo. A continuación, Klaus nos acomoda en la mesa de siempre. Flyn y yo nos sentamos y, tras traernos algo de beber, nos sirven también la comida.

Durante más de media hora, Flyn y yo hablamos. Del colegio, de videojuegos y de sus escasos amigos. No es un niño con muchas amistades y, en ocasiones, pienso si será por mi culpa. El crío me imita y su comportamiento no es el más apropiado para un chico de su edad. De pronto, oigo que alguien dice:

—Bueno..., bueno..., bueno... ¿A quién tenemos aquí?

Levanto la vista y me encuentro con Björn. Flyn, que lo adora, sonríe al verlo.

Como era de esperar, mi amigo se sienta con nosotros a la mesa para cenar algo y rápidamente toma parte en nuestra conversación. Una vez que hemos terminado de cenar, animado por

Klaus, mi sobrino se va con él a la barra y, mientras lo observo, Björn me pregunta:

—¿Qué tal por España?

—Bien. Todo bien —me apresuro a responder.

Él sonríe, da un trago a su bebida y cuchichea:

—Y ¿qué tal las españolas?

Ahora el que sonríe soy yo.

—Excitantes —afirmo.

A continuación, ambos reímos y, aunque me acuerdo de Judith, no se la menciono. Estoy convencido de que si Björn la conociera, también caería rendido a sus pies.

Durante un rato hablamos de trabajo, hasta que por último pregunta:

—¿Cuándo ingresas para hacerte las pruebas en los ojos?

—Mañana —respondo con un suspiro—. Según Marta, estaré varios días sin ver con claridad, pero luego me sentiré más aliviado.

—Seguro que sí —afirma mi buen amigo, observándome.

En ese instante entran dos preciosas mujeres en el restaurante y yo sonrío al verlas.

—No esperaba encontrarte aquí con Flyn y quedé con ellas —me susurra Björn.

—Haces bien, amigo —asiento.

Él, que es todo un *gentleman*, las saluda con una sonrisa y luego me pregunta:

—¿Quieres que llevemos a Flyn a casa y te vienes a nuestra fiestecita privada?

Lo pienso. La oferta es tentadora, pero me siento incapaz de dejar al muchacho.

—Ve tú y disfruta por los dos —contesto al final.

—¿Seguro?

—Segurísimo.

Las mujeres se acercan a nuestra mesa. Ya nos conocemos. Hemos jugado en varias ocasiones en el Sensations y, tras saludarnos, acaban marchándose con Björn.

En cuanto desaparecen, Klaus, que ha permanecido en un segundo plano, se acerca a mí y cuchichea:

—Espero que algún día mi hijo siente la cabeza como tú.

Eso me hace sonreír. Yo no soy el mejor ejemplo de nada para nadie, pero, sin querer llevarle la contraria a ese hombre al que le tengo tanto cariño, afirmo:

—Seguro que algún día lo hace, Klaus. Seguro que sí.

Cuando llego a casa esa noche, acompaño a Flyn a su habitación y luego paso por mi despacho. Abro el ordenador y busco una canción. Quiero escuchar esa que un día Jud me dijo que le recordaba a nosotros.

La encuentro y la escucho en bucle varias veces, y cuanto más la escucho más siento a Jud a mi lado, pero también me martirizo al ser consciente de que eso nunca podrá ser.

Paso la canción a mi móvil, reviso mis correos y, sorprendentemente, encuentro otro email de Judith. Con sólo leer su nombre, siento que el corazón se me acelera, me pongo nervioso y, tras leer el correo veinte veces, como he hecho con el mensaje de esa mañana, decido no contestar. He de ser fuerte y no darle falsas esperanzas. Ella no lo merece.

★ ★ ★

Al día siguiente, después de dejar a Flyn en el colegio, me dirijo al mejor hospital de Múnich acompañado de mi madre y mi hermana. Allí, tras hacer el ingreso, me obligan a meterme en la cama y, sobre las doce, me llevan a quirófano para hacerme las pruebas.

Cuando despierto, ya es por la tarde.

No puedo ver porque llevo una venda alrededor de los ojos, pero siento que mi hermana y mi madre están a mi lado.

Cuando pasa el doctor, indica que todo ha ido bien y que eso me evitará muchos dolores de cabeza. No hablo. No me apetece.

No estoy de muy buen humor y, aunque mi madre y Marta intentan bromear, sus bromas no me hacen gracia y termino discutiendo con ellas.

Esa noche, pido el alta voluntaria. No aguanto un segundo más en el hospital.

Cuando llego a casa, obligo a mi madre a que se vaya a la suya. No quiero tenerla todo el día respirándome en la oreja, y sólo me reconforta escuchar cierta canción una y otra y otra vez.

Simona y Norbert me comunican que estarán pendientes de todo lo que necesite, y sé que es verdad. Nadie como ellos dos para saber qué necesito en cada momento.

★ ★ ★

Pasan dos días y, cuando me quitan la venda de los ojos, no veo con claridad. Me resulta imposible enfocar la vista, y eso me desespera. Mi hermana me pide paciencia, pero yo ya sabía que esto iba a pasar.

Björn me visita, Frida y Andrés también, y Dexter me llama desde México. Todos están preocupados por mí, pero les hago saber a todos que estoy bien. Sólo necesito unos días para recuperarme por completo.

Pasan tres días más y, por fin, cuando me despierto, mis ojos enfocan. Lo primero que veo es la lamparita que me traje de Madrid con los labios de Jud en un lado. Me gusta sentir que vuelvo a tener el control de mi vida, y lo primero que hago en cuanto me levanto de la cama es ir directamente a mi ordenador. Necesito saber algo y enseguida encuentro lo que busco. Judith me ha vuelto a escribir, aunque en esta ocasión lo único que me dice es: «¡Gilipollas!».

Leer eso me da la vida y, sin saber por qué, sonrío.

Sonrío como un gilipollas.

Una hora después, tras tomarme un café, doy vueltas por mi despacho. Estoy nervioso y ansioso y, aunque ya soy capaz de enfocar la vista, tengo un aspecto terrible por los moratones que llevo alrededor de los ojos.

Con esta pinta no puedo salir a ningún lado. Sé que debo esperar, tener paciencia y esperar. Pero la inquietud me puede y, levantando el auricular del teléfono, marco un número y, tras saludar a quien lo coge, digo:

—Su nombre es Judith Flores y trabaja en Müller, en la delegación de Madrid. Quiero saber qué hace, adónde va y con quién se relaciona. Ahora te mandaré una foto suya para que la localices de inmediato.

Una vez que cuelgo, no sé si he hecho mal o bien. Sólo sé que necesito tener noticias de ella, y mi única manera de hacerlo es contratando a un detective que busque información.

Ésta no tarda en llegar. Recibo varias fotos de ella en el cine junto a unos amigos, pero las que más llaman mi atención son unas en las que se la ve bailando y riendo con una copa en la mano.

¿Ya se habrá olvidado de mí?

Molesto al ver cómo se divierte y necesitando contarle que sé lo que hace, no lo dudo y tecleo en mi ordenador:

> **De:** Eric Zimmerman
> **Fecha:** 21 de julio de 2012, 20.31 horas
> **Para:** Judith Flores
> **Asunto:** Preciosa cuando bailas
>
> Me alegra verte feliz, y más aún saber que cumples lo prometido.
> Atentamente,
> Eric Zimmerman

Sin pensarlo, le doy a «Enviar» y, de inmediato, me arrepiento. Pero ¿qué estoy haciendo?

La respuesta de Judith me llega al día siguiente, por la mañana. Cuando veo su mensaje, me alegro, pero, conforme lo leo, sé que el contenido de los archivos adjuntos no me va a gustar.

> **De:** Judith Flores
> **Fecha:** 22 de julio de 2012, 08.11 horas
> **Para:** Eric Zimmerman
> **Asunto:** Noche satisfactoria
>
> Para que veas que lo que te prometí lo cumplo y disfruto.
> Atentamente,
> Judith Flores

Temeroso de ver las fotografías adjuntas, finalmente le doy a «Abrir» y me encuentro a Judith besándose en una cama con un tipo. Siento que el alma se me cae a los pies y, furioso, cierro el ordenador de un puñetazo.

No quiero ver más.

En ese instante, suena mi teléfono. Enfadado, lo cojo.

—¡Hey, güeyyy, ¿cómo estás, pendejo?!

Oír la voz de Dexter me hace sonreír apenas.

—Bien..., estoy bien.

Durante unos minutos, charlamos y, como siempre, mi amigo le busca el humor a todo. Sin embargo, cuando ve que no le pregunto por lo que me cuenta, indica:

—Ahorita mismo me vas a contar qué ocurre.

—No ocurre nada, Dexter...

—Oh, sí, amigo. A mí no me engañas. ¿Pasa algo con tu vista?

—No..., todo va como ha de ir.

—¿Problemas en Müller?

—No...

—Entonces ya lo sé. Una mujer te tiene frito, ¿es eso, güey?

Yo no respondo. No quiero hablar de ello, y Dexter, que me conoce, murmura:

—Sabes que no soy chismoso en estos temas, pero si ella lo merece, dale la oportunidad. No todas son como la idiota de Betta. También hay mujeres bien relindas a las que merece la pena amar. Eric, haz el favor de darte oportunidades en la vida. Tú puedes...

Sé por qué lo dice: por desgracia, tras sufrir un accidente, él quedó postrado en una silla de ruedas. Pero, evitando ahondar en el tema, afirmo:

—Te prometo que lo haré. Y ahora, dime: ¿cuándo nos vemos?

22

El tiempo pasa y cada día me encuentro más restablecido y, sobre todo, mi rostro se ve mejor.

Judith no me ha vuelto a escribir, ni yo a ella, aunque sigo recibiendo diariamente un informe de sus movimientos. Va al trabajo, ve a su hermana y a su sobrina y sale con amigos. La veo sonreír, disfrutar, bailar, y yo estoy por darme de cabezazos contra la pared por no estar a su lado.

Uno de los días que estoy tarareando la bonita canción que me recuerda a ella, el detective me comunica que Jud ha viajado a Jerez, a casa de su padre.

¿En Jerez no estaba el tal Fernando?...

Recibo nuevas fotos de ella con su padre y otras personas que no conozco, y enseguida, entre todos ellos, reconozco al tipo del bar del día de la Eurocopa y caigo en la cuenta de que es el mismo de la maldita foto que ella me envió.

Eso me pone furioso y pido detalles sobre él a mi informador, y horas después me entero de que se llama Fernando y es policía.

¡El tipo de las fotos y el del bar es el tal Fernando!

¡Joderrrrrrrrrrrrrr!

Como un león enjaulado, doy vueltas por mi casa, me pego un chapuzón en la piscina interior y finalmente, al ver que los moratones han desaparecido por fin de mi rostro, voy a casa de mi madre.

—Pero qué alegría verte por aquí, cariño —me saluda ella feliz—. ¿Estás bien? ¿Te duele la cabeza, mi amor?

Tras darle un beso y hacerle saber que estoy bien, sin esperar un segundo más, digo:

—Mamá, tienes que hacerte cargo de Flyn porque me voy a España.

Ella me mira, parpadea y pregunta:

—¿Vas de nuevo a Müller?

No debería mentirle, pero le miento. Si no lo hago, me breará a preguntas, por lo que respondo:

—Tengo varias reuniones que no puedo retrasar más. No sé cuánto tiempo estaré allí, y por eso creo que lo mejor es que...

—Eric Zimmerman —me corta—, no te atrevas a decirme qué es lo mejor para mi nieto y qué no lo es, ¡entendido!

La miro. Me mira, y finalmente murmuro:

—Mamá...

—Eric, te he criado a ti, a Hannah y a Marta, y te aseguro que también sé criar a Flyn, por muy revoltoso que sea. Así que ve a donde tengas que ir, que yo me ocupo de todo. Y haz el favor de callarte y no darme consejitos que no necesito.

Mi madre y su carácter español.

Es inútil contestarle, por lo que asiento.

—De acuerdo, mamá. No se hable más.

★ ★ ★

Al día siguiente, tras despedirme de un Flyn que se enfada conmigo por tener que quedarse con su abuela, me dirijo al aeropuerto y cojo mi jet privado. Durante las horas de vuelo, mi impaciencia se incrementa mientras pienso que busco una oportunidad con alguien que, como dice Dexter, merece la pena, y no paro de preguntar si ella querrá dármela.

En cuanto el avión aterriza en España, un empleado se acerca a mí y me entrega las llaves de una moto.

Seguro de lo que estoy haciendo y con la dirección del lugar adonde he de ir, cojo la moto y me dirijo a Jerez. Cuando llego frente a la casa de la familia de Judith, siento que me sudan las manos.

¿Y si ella ya no quiere saber nada de mí?

Pero, dispuesto a enfrentarme a eso y a todo lo que sea necesario, saco mi móvil y escribo:

¿Tomas algo conmigo?

Una vez que le doy a «Enviar», espero la respuesta con impaciencia. Pero ésta no llega, e insisto:

Sabes que no soy paciente. Responde.

Espero..., espero y espero, y entonces recibo:

Estoy de vacaciones.

Eso me hace sonreír.

Cree que estoy en Madrid y, decidido a que sepa que no es así, contesto:

Lo sé. Muy bonita la puerta roja del chalet de tu padre.

El silencio se apodera de nuevo del teléfono y entonces oigo abrirse una puerta. Levanto la mirada y la veo tan bonita como siempre. Al comprobar que ella no me ve, toco el claxon de la moto, me bajo de ella y me quito el casco.

Durante unos segundos nos miramos y sé que me ha añorado tanto como yo a ella. Entonces, de pronto, echa a correr en mi dirección, se lanza a mis brazos y, mientras trato de impedir que rodemos por el suelo por su efusividad, yo sólo puedo decir:

—Pequeña..., te he echado de menos.

Resulta evidente que ambos estamos muy nerviosos.

A continuación, Judith me invita a entrar en su casa y yo acepto encantado.

Me ofrece un vaso de agua y, tras varios besos, he de contener mis instintos para no desnudarla allí mismo. Segundos después, cuando desaparece por el pasillo para cambiarse de ropa no la sigo. No me invita a hacerlo.

Entonces veo que su móvil pita en un par de ocasiones y leo el nombre de Fernando en la pantalla. Eso me subleva, pero contengo mis impulsos y espero. Al poco, Judith regresa vestida con un top y unos vaqueros, y le comento como si nada:

—Has recibido un par de mensajes de Fernando.

Veo que le incomoda oír eso, y yo, incapaz de aguantar un segundo más sin besarla, la agarro y la beso con posesión.

Dios..., cómo he añorado esta boca, esta suavidad, este sabor.

Un beso lleva a otro y llegamos a la cocina, donde, encandilado por su esencia, la cojo y la subo a la encimera. Sé que he de respetarla, soy consciente de que estamos en casa de su padre. Pero, cuando ella desabrocha mi vaquero y mete las manos en su interior para tocarme, todo mi autocontrol se va al garete. Le arranco los pantalones, me pongo un preservativo, coloco el pene en la entrada de su húmedo sexo y de un loco y único movimiento me introduzco en ella y hago lo que deseo y me pide.

Como es pequeña, puedo cogerla en volandas para manejarla a mi antojo. Y disfruto, disfruta, disfrutamos de las embestidas que nuestros exigentes cuerpos dan para proporcionar y obtener placer, hasta que el clímax nos alcanza y, para no caernos, apoyo su espalda en el frigorífico mientras recuperamos el resuello.

Una vez que nos hemos recompuesto y hemos recogido las cosas que han caído al suelo durante nuestro arrebato, salimos a la calle y veo que ella observa la moto en la que he venido.

—¿Es tuya? —pregunta.

No respondo, sino que me limito a darle el otro casco, y entonces me informa de que las motos no le dan miedo, pero sí respeto.

Arrancamos y paseamos por las calles de Jerez, que es un lugar precioso.

Al final paramos y vamos a comer algo al restaurante de Pachuca, una mujer que conoce Judith. Como es de esperar, el trato es exquisito y, cuando nos quedamos solos, la miro y murmuro:

—Soy un gilipollas.

Ella asiente. Me encanta su gesto.

—Exacto —declara—. Lo eres.

Afirmo con la cabeza. No le digo lo que sé de Fernando, pero sé que no hice las cosas bien con ella, e indico:

—Quiero que sepas que me volví loco al recibir tu último correo.

—Te lo mereces.

—Lo sé...

—Hice lo que me pediste: disfrutar, salir con los amigos...

Tiene razón. Hizo lo que le pedí. Y, tras hablar y dejarle claro que no me gustó que jugara con otro si yo no estaba con ella, por último le pregunto:

—¿Me perdonas?

Judith me mira —¡Dios, cómo me mira!—, y finalmente cuchichea:

—No lo sé. Tengo que pensarlo, *Iceman*.

Al oír cómo me llama, pregunto sorprendido:

—¡¿*Iceman*?!

La veo sonreír, y entonces aclara:

—En ocasiones, tu frialdad te convierte en el hombre de hielo: ¡*Iceman*!

Ambos reímos y, cuando me pregunta por qué no la he llamado en ese tiempo, tras pensarlo con detenimiento, tan sólo le prometo que no volverá a ocurrir.

Su teléfono suena de repente y veo que se trata de nuevo de Fernando.

—Cógelo si quieres —digo.

Pero ella se niega. Apaga el móvil y eso, de pronto, me hace feliz.

Me está anteponiendo a él.

★ ★ ★

Una vez que terminamos de comer son cerca de las cuatro y cuarto de la tarde —¡vaya horitas!—, y Judith me propone:

—¿Te apetece conocer el circuito de Jerez?

Entre risas, le indico que me apetecería más otra cosa, e incluso le hablo de la villa que he alquilado allí para estar cerca de ella. Eso la sorprende y, cuando me dice que ha quedado con su padre en el circuito y me invita a conocerlo, no puedo decir que no y vamos juntos para allá.

Cuando llegamos, un hombre nos explica que el padre de Jud está en boxes. Ella me guía hasta allí, pero no lo encontramos, por lo que nos apeamos de la moto y decidimos esperarlo.

En un momento dado, me doy cuenta de cómo ella mira la moto, y pregunto:

—¿Quieres que te enseñe a llevarla?

Su gesto de sorpresa me hace sonreír, y más cuando oigo que dice:

—Uf..., no sé.

Su carita me hace gracia, e insisto:

—No dejaré que te caigas.

Algo insegura, pero decidida a ello, Judith monta en la moto. Entre otras cosas, le explico que las marchas están en el pie izquierdo y arranco el motor, que suena muy... muy bien.

—Nena, las Ducati suenan todas así —señalo—. Fuerte y bronco. Ahora, venga, mete primera y...

Pero se le cala. Es normal. Aprender a montar en moto conlleva paciencia y tiempo. Mientras arranco de nuevo el motor, indico:

—Esto es como un coche, cariño...

Y, según digo eso, me doy cuenta de que le acabo de llamar *cariño*.

¿Cuándo he llamado yo cariño a una mujer?

Sin embargo, no quiero darle más importancia, y proseguimos, hasta que la moto vuelve a calarse.

Durante un rato repetimos la operación varias veces, y cuando mete primera y consigue rodar unos metros, veo que se emociona y corro hacia ella.

—Si frenas sólo con el freno de delante, te puedes caer.

—Vale —responde encantada.

De nuevo repetimos el proceso y siento que Judith cada vez se envalentona más, pero frena peor. Si sigue así, al final se caerá, y como no quiero que le pase nada, digo:

—Vamos, bájate de la moto.

Ella se niega. Quiere aprender.

Le prometo que otro día seguiremos, pero ella sigue en sus trece.

—Una vez más, ¿vale? —pide—. Sólo una.

Accedo. No puedo negárselo.

—Oye —dice de pronto—, ¿por qué estás tan preocupado?

Le aclaro que es porque no quiero que le pase nada, y ella sonríe. ¿Por qué sonríe?

Con cuidado, arranca, mete primera y rueda despacio con la moto conmigo caminando al lado. Entonces me llama por mi nombre y, a continuación, replica:

—Que sepas que la angustia que acabas de sentir en este ratito no es comparable con la que he sentido yo por ti en estas dos semanas. Y ahora, ¡mira esto!

Según lo dice, observo que mete segunda y la Ducati sale despedida. El corazón se me acelera. ¡No puedo pararla y se va a caer!

De pronto, mete tercera con habilidad y sale directamente al circuito mientras yo me quedo mirándola como un tonto.

¿En serio sabe conducirla y me ha tomado el pelo?

Entre asombrado y cabreado, la observo coger las curvas hasta que desaparece de mi vista y me siento en un escalón, intranquilo.

¿Adónde habrá ido esa loca?

No me hace ninguna gracia no controlar la situación, pero menos gracia me hace que ella esté subida a esa moto. ¡Es peligroso!

Mi móvil vibra en ese momento, compruebo quién llama y, con disgusto, veo que es Betta. No se lo cojo. No quiero saber nada de ella.

Sigo esperando inquieto a que vuelva Judith, pero los minutos se me hacen eternos, hasta que la veo aparecer al fondo del circuito y me levanto. A toda leche, viene hasta donde yo estoy, no me retiro y ella frena con brusquedad, tanta, que la moto patina, aunque ella la controla. Después se quita el casco con chulería y, mirándome como sólo ella sabe hacerlo, suelta:

—Pero, vamos a ver, Iceman, ¿de verdad creías que la hija de un mecánico no sabría conducir una moto?

Su arrogancia me enferma, pero, incapaz de decir nada, me acerco a ella y la beso con lujuria y preocupación. De pronto, oigo una voz a mi espalda que dice:

—Ya sabía yo que la que corría por la pista era mi morenita.

Judith y yo nos separamos en el acto. Miro hacia atrás y veo a un hombre que deduzco que es su padre.

—Papá —dice ella entonces—, te presento a un amigo, Eric Zimmerman.

El hombre y yo nos miramos.

Su gesto de bonachón me recuerda al padre de Björn. Nos damos la mano e indico:

—Encantado de conocerlo, señor Flores.

Él sonríe, aprieta mi mano y replica:

—Llámame Manuel, muchacho, o tendré que llamarte yo a ti por ese apellido tan raro que tienes.

Todos soltamos una carcajada y luego él parece divertido al saber que su hija me ha engañado al hacerme creer que no sabía conducir una moto. Entonces me entero de que Judith, aparte de ser campeona de motocross en Jerez, es también campeona regional de kárate.

Boquiabierto, la observo hasta que su padre nos enseña la moto de Jud, una Ducati Voz Mx 530 de 2007, que enseguida ella arranca y, mirándome, dice con picardía:

—¿Te he dicho que me encanta el sonido fuerte y bronco de las Ducati, nene?

Su gesto pícaro...

Su sonrisa guasona...

Y el descaro con el que me mira me hacen simplemente sonreír y saber que estoy donde quiero estar.

23

Los siguientes días no me separo de Judith. Es más, la convenzo para que se traslade conmigo a la villa que he alquilado, y nos dan las tantas de la madrugada hablando y practicando sexo en ese maravilloso lugar.

Los amigos del padre de Judith son escandalosos pero amables conmigo, aunque sé que me apodan el Frankfurt. ¡Qué manía tienen los españoles de cambiar el nombre de todo el mundo! Entre risas, Judith me explica que me llaman así por las salchichas alemanas... ¡Vaya tela! Y yo asiento y no digo nada, ¿para qué?, si me lo van a llamar igual...

Betta continúa llamando por teléfono. Insiste, pero no se lo cojo.

No me interesa saber nada de ella y ya no sé de qué manera hacérselo entender.

Mi madre y mi hermana me llaman también.

Flyn sigue en su línea y, al final, furioso por cómo se comporta en mi ausencia, hablo con él y le regaño. Le hago saber que su conducta vuelve a dejar mucho que desear y lo enfadado que estoy con él.

Algunas tardes, Manuel, el padre de Judith, y yo nos vamos a pescar. A los dos nos gusta y disfrutamos tanto charlando como con nuestros silencios. Sin duda, nos entendemos.

Pero mi tranquilidad se ve alterada cuando, pasados unos días, oigo a Judith y a su padre hablar acerca de que ella ya se ha apuntado a un evento de motocross en el que participa todos los años en un lugar llamado Puerto Real.

Eso me inquieta. Me quita el sueño, la paz y la tranquilidad, pero no digo nada. No soy nadie para prohibirle nada.

El día de la carrera, no me levanto de humor. Que Judith practique deportes de riesgo no es algo que me haga feliz, e intento que entienda mi preocupación, pero ella se ríe.

¡Me encabrona!

Trato de hacerle cambiar de idea, no quiero que salte como una loca con la moto, pero es imposible. Si yo me consideraba cabezota, ella me supera con creces.

Estamos hablando de ello antes de salir cuando aparece el tal Fernando y, acercándose a nosotros, dice con cierto retintín:

—Vaya, vaya, vaya... Mi preciosa motera jerezana.

Su comentario me crispa, pero no respondo nada. Nunca he sido celoso y no voy a serlo ahora, especialmente porque no tengo ningún derecho sobre Judith.

—Fernando, él es Eric —presenta entonces ella—. Eric, él es Fernando.

El tipo y yo nos miramos. Somos conscientes de que no nos gustamos y, tan sólo, asentimos con la cabeza.

Cuando llegamos al lugar donde va a celebrarse la carrera, mi incomodidad es evidente. Judith conoce a todo el mundo, todos la saludan, y me desagrada ver cómo ella sonríe a desconocidos y los abraza. Me desagrada profundamente.

Mi enfado va en aumento y, cuando ella aparece vestida con su mono rojo de cuero y sus protecciones y me pregunta: «¿No te parezco sexi?», maldigo. Se me revuelven las tripas.

Los dolorosos recuerdos por lo ocurrido con mi hermana Hannah regresan en tromba a mi mente, e intento retenerlos. Judith no es mi hermana y, por supuesto, no practican el mismo deporte de riesgo. Así pues, la miro sin ganas de bromear cuando Fernando se acerca a nosotros y dice:

—Vamos, preciosa..., dale gas y déjalos a todos sin habla.

¡Joder..., este tío me cae cada vez peor!

Judith sonríe y afirma, guiñándole un ojo:

—Eso haré.

Odio que la llame *preciosa*...

Odio que ella le guiñe un ojo...

Pero más odio que él la anime a darle gas a la moto...

Él y yo volvemos a intercambiar una mirada. Volvemos a dejar claro la incomodidad que ambos sentimos en presencia del otro, y entonces él, que lleva dos cervezas en la mano, pregunta mirándome:

—¿Quieres una? —No respondo, no quiero nada suyo. Y a continuación añade—: Toma. Esta cerveza enterita para ti. La otra para mí. Yo no comparto nada.

Oh..., oh..., oh...

Ese comentario y el modo en que me mira el imbécil no me gustan nada. Aun así, me callo. No debo decir lo que pienso. Pero él prosigue:

—¿Sabes que «nuestra chica» es especialista en saltos y derrapes?

«¿Nuestra chica?»

¡¿Cómo que «nuestra chica»?!

Miro hacia otro lado. Intento disimular mi cabreo, pero, como siga así, éste se come los dientes del puñetazo que le doy.

Judith y él hablan con confianza, y ser consciente de que este tipo sabe cosas de ella me saca de mis casillas; no porque las sepa, sino por su manera de insinuar que las sabe.

Tres minutos después, Fernando se separa de nosotros y, molesto, le pregunto a Judith:

—¿A qué ha venido eso de «nuestra chica» y lo de compartir la cerveza?

—No lo sé —veo que responde apurada.

Pero yo sí lo sé.

Ese tío siente algo por Judith que me toca las narices y, como yo, gracias a su trabajo de policía, debe de haber investigado sobre mí y ha encontrado cierta información confidencial.

Estoy pensando en ello ofuscado cuando Jud, ajena a mi estado de ánimo, me da un rápido beso y se marcha con su moto.

Abrumado por la angustia que siento, me sitúo para ver la carrera mientras noto que las manos me sudan. La exposición al peligro innecesaria nunca me ha gustado, y que lo haga ella, menos aún.

Segundos después, cuando dan la salida, siento que el corazón se me encoge al verla correr y saltar como una loca encima de la moto.

Pero ¿qué está haciendo?

Aguanto. Aguanto todo lo que puedo, hasta que la tensión de mi cuerpo se dispara y, acercándome a su padre, digo:

—Manuel, me voy.

—¿Te vas? —pregunta sorprendido.

Tembloroso y alterado por lo que estoy viendo, explico:

—Lo siento, pero no puedo ver esto. Temo que se haga daño.

Él asiente, sonríe e indica:

—Tranquilo, muchacho, que mi morenita es muy buena en esto. Tómate una cervecita y...

—No, no quiero beber —lo corto.

Manuel me mira. Intuyo que intenta leer en mis ojos.

—Dile que estaré en la villa de Jerez, esperándola —señalo.

Entonces el hombre me toca el hombro con cariño y añade:

—Ve tranquilo, mi morenita sabe muy bien lo que hace.

Asiento. Espero que sea así. Doy media vuelta, me dirijo hacia mi moto y regreso a Jerez. Al llegar a la villa, me doy una ducha para deshacerme de los nervios y, después, abro el portátil y compruebo mi correo.

El teléfono suena.

Alarmado por si es Judith, me apresuro a cogerlo y maldigo al ver el nombre de Betta en la pantalla.

—¡¿Quieres hacer el favor de dejar de llamarme?! —le respondo a gritos.

Y, sin más, cuelgo ofuscado y ella no vuelve a telefonear.

Pasan las horas. Judith no viene, ni llama, y mi cabreo sube de decibelios.

Llamo a mi madre. Quiero saber cómo está Flyn.

Mientras hablo con ella, oigo que llaman a la cancela. Voy corriendo a abrir y veo llegar a Judith subida en su moto, con un trofeo en la mano. Una vez que llega hasta mí y derrapa levantando una nube de polvo ante mi cara de mala leche, me despido de mi madre, cuelgo y oigo que Jud dice:

—Te lo has perdido. Te has perdido mi triunfo.

Sin contestar, doy media vuelta y entro en la casa. Estoy cabreado.

A partir de ese instante, nos sumergimos en una de nuestras discusiones. Entre Fernando y sus comentarios y el peligro innecesario que ha corrido Judith en esa maldita carrera estoy excesivamente cabreado, y ella me lo reprocha.

Discutimos. No nos escuchamos el uno al otro y, ofuscado, exijo mirándola:

—¿Qué ha habido entre Fernando y tú?

—Algo. Pero no tuvo importancia y...

Empecinado por lo que mi mente imagina, grito sin entender qué me ocurre:

—¡¿Algo? ¿Qué es ese algo?!

La discusión se recrudece.

No sé por qué me estoy poniendo así.

Ella tiene un pasado como lo tengo yo, pero quizá lo que me enfurece es que ese pasado sea tan reciente.

Nos miramos.

Nos tensamos, hasta que finalmente ella da media vuelta, coge sus cosas, sale de la casa y oigo que arranca la moto.

Paralizado, me quedo solo en medio del salón.

Pero ¿qué estoy haciendo?

¿Por qué estoy pagando con ella mis celos?

¿Por qué estoy pagando con ella la muerte de mi hermana?

Y, sin más, cojo las llaves de mi moto y voy tras ella.

Una vez que la localizo ante la verja cerrada porque no ha podido salir, paro el motor y me acerco a ella.

—¿Cómo puedes ser tan frío? —me suelta de mala leche.

—Con práctica.

Mi contestación la desespera. Gesticula. Creo que se está acordando de toda mi familia y, cuando comienza a hablar, trato de tranquilizarla. La culpa de todo es mía. No he aceptado que a ella le gusta el motocross e, incapaz de no abrirle mi corazón, digo:

—Jud, mi hermana Hannah se mató hace tres años practicando un deporte de riesgo. Ella era como tú, una chica joven, llena de energía y vitalidad. Un día me invitó a ir con ella y sus amigos a hacer *puenting*. Lo pasábamos bien, hasta que su cuerda..., y... yo... yo no pude hacer nada para salvar su vida.

Dios..., cómo me duele recordar a mi hermana.

¡Me destroza!

Me duele no poder abrazarla, no poder hablar con ella, no sentirla viva con nosotros. Hannah era una de las cosas más bonitas de mi existencia y, cuando ella murió, parte de mi vida se fue con ella.

Mis palabras han conseguido que Judith me mire, y añado:

—Ése es el verdadero motivo por el que no he podido seguir viendo lo que hacías.

De inmediato, Jud me abraza. Su gesto, lleno de ternura y amor, me reconforta. Sus palabras, también.

Eso era lo que necesitaba e, intentando desdramatizar el momento, le doy un beso en los labios y murmuro:

—Volvamos a casa, campeona. Vamos a celebrar tu triunfo como se merece.

Entre risas, regresamos y, en cuanto bajamos de nuestras respectivas motos, las dejamos aparcadas en la puerta y entramos besándonos en el salón.

Allí, nos quitamos parte de la ropa, pero, deseoso de tenerla en mi cama, la cojo entre mis brazos y la llevo directamente hasta la habitación.

Con las ventanas abiertas, terminamos de desnudarnos. Nadie puede vernos y, si nos ven, nos da igual.

Cuando le quito el tanga, sonrío al ver la sorpresa que ella me tenía preparada y que me dejó sin habla el primer día que lo vi. Y murmuro al agacharme a leer:

—«Pídeme lo que quieras».

Susurrar esa morbosa frase que ella se ha tatuado en su piel para siempre, sobre su precioso monte de Venus, me hace sonreír, y más cuando la oigo decir:

—Te sorprendió, ¿verdad?

Asiento encantado. Me enloquece que se haya hecho ese tatuaje por mí y, besándoselo, afirmo:

—Me gusta tanto como tú.

Judith sonríe. Yo también.

Un gemido escapa de su boca cuando paseo la lengua con deseo por encima de la frase tatuada. Es deliciosa, agradable, sensual.

Me incorporo.

Sin tacones, le saco más de una cabeza, y eso me gusta, se me antoja fascinante.

Hechizados, nos miramos. Nos besamos. Nos tentamos.

Creo que lo que está ocurriendo entre nosotros es una auténtica locura, pero soy incapaz de pararla y, cuando la cojo entre mis brazos e introduzco mi duro pene en su caliente cuerpo, susurro mirándola a los ojos:

—Vamos, pequeña... Pídeme lo que quieras.

24

❧

Al día siguiente le propongo que vayamos a casa de unos amigos en Zahara de los Atunes y ella accede, por lo que, muy tempranito, en la moto, nos vamos para allá.

En el camino disfrutamos de sitios como Puerto Real, Conil, Vejer de la Frontera y Barbate.

¡Qué maravilla de lugares!

Ella los conoce todos muy bien y, tras comer, pasear y darnos varios bañitos, por la tarde continuamos nuestro camino hacia Zahara de los Atunes.

Cuando, al anochecer, llegamos frente a una enorme puerta de chapa negra, llamo y, segundos después, ésta se abre y entramos.

Una vez en el interior, aparcamos la moto y bajamos. La puerta blanca de la casa se abre entonces de inmediato y aparecen mis amigos Frida y Andrés con su pequeño hijo, Glen, en los brazos.

Se los presento a Judith y ella reconoce a Andrés como el médico que la visitó cuando se quemó con la plancha, pero no recuerda que Frida fue quien jugó con ella en el hotel de Madrid. Eso me hace gracia, y decido callar. Frida también.

Esa noche, en la soledad de nuestra habitación, le hago el amor con mimo y delicia. Judith saca de mí cosas que ni yo mismo conocía, y disfruto como nunca antes en mi vida mientras murmuro:

—Jud... Jud... ¿Qué me estás haciendo?

★ ★ ★

A la mañana siguiente, cuando me despierto, ella está profundamente dormida. La observo durante unos minutos intentando entender por qué me siento tan protector con ella y, al final, me levanto. Necesito comer algo.

Cuando llego a la cocina, Frida y Andrés están desayunando, y éste, al verme, se mofa:

—Vaya..., vaya..., aquí está el hombre enamorado.

—No digas tonterías, Andrés —siseo divertido.

Los tres nos reímos, y entonces Frida pregunta dirigiéndose a mí:

—¿Le has dicho ya que soy la mujer del hotel?

—No. De momento no se lo he dicho.

Ella asiente e indica:

—Pues o se lo dices tú o se lo digo yo, ya sabes que...

—Tranquila —la corto—. Se lo diré.

Frida asiente, Andrés sonríe y, por último, me siento con ellos a desayunar.

Poco después vienen los padres de Frida para llevarse al pequeño Glen.

Esa noche, tras salir los cuatro a cenar, a nuestro regreso, Frida y Andrés me hacen saber que estarán en el cuarto de juegos, pero rechazo la invitación. No creo que Judith esté aún preparada para ello.

★ ★ ★

Al día siguiente vuelvo a despertarme antes que Jud y bajo a desayunar con mis amigos. Poco después, se nos une ella.

Sobre las dos de la tarde nos vamos para Cádiz. Nos han invitado a una fiesta de disfraces y necesitamos comprarnos la indumentaria que se exige para asistir.

Tras un estupendo día por una ciudad que me enamora y donde comer pescadito frito es una maravilla, regresamos por la noche a Zahara y decidimos darnos un último chapuzón en la piscina. Hace calor.

Judith, que ignora a qué clase de chapuzón nos referimos mis amigos y yo, sube a la habitación a ponerse el biquini, y entonces Frida me cuchichea:

—Creo que deberías hablar con ella.

Asiento. Sé que tiene razón.

—Lo haré. Mientras tanto, conteneos un poco.

—Eh, amigo —replica Andrés—. No me des órdenes en mi propia casa.

Sonrío, choco la mano con la suya y, a continuación, afirmo:

—Tenéis razón. Vale. El problema es mío y yo lo solucionaré.

Cuando Judith baja con su bonito biquini puesto, los cuatro nos metemos en la piscina. Jugamos, nos besamos y, en cuanto meto la mano por debajo de su biquini, ella susurra mirándome:

—¡Eric, no hagas eso! Nos pueden ver.

Incapaz de no besarla al ver su ingenuidad, lo hago y, cuando el tórrido beso cargado de deseo y pasión acaba, murmuro:

—Tranquila, pequeña. Ni Andrés ni Frida van a asustarse.

Judith los mira, justo en el momento en el que él le desabrocha el biquini a Frida y éste queda flotando en la piscina. Acto seguido, me mira boquiabierta cuando Frida sale de la piscina y se sienta en el borde, y Andrés se coloca detrás de Jud y la agarra por la cintura.

Está claro que mis amigos nos invitan a jugar.

Pero al ver los ojos asustados de ella, niego con la cabeza y, de inmediato, Andrés y Frida nos guiñan un ojo y desaparecen en el interior de la casa.

Una vez que nos quedamos solos, la noto tensa y murmuro:

—Tranquila, pequeña. Conmigo nunca harás nada que tú no quieras.

Según digo eso, me extraño.

Yo no soy así. Yo soy un experto jugador y quiero jugar.

¿Cuánto tiempo podré aguantar esta extraña situación?

Estoy pensando en ello cuando oigo que Judith pregunta:

—Ellos... ¿juegan a los mismos juegos que tú?

Asiento.

No quiero ni debo mentirle.

Hablamos.

Contesto a sus preguntas y le advierto que a la fiesta para la que hemos comprado disfraces la gente va a jugar, pero que nadie va a obligarla a hacerlo, y menos estando conmigo. Le cuento eso porque quiero que sepa dónde se va a meter.

Salimos de la piscina y entramos en el jacuzzi. Tras enfriar el agua, ambos nos quedamos callados y, de pronto, ella me pregunta qué es lo que me habría gustado que ocurriera en la piscina.

Oír eso me estimula.

Si lo pregunta es porque le pica la curiosidad y, tras explicarle que Frida es la mujer que estuvo con nosotros en el hotel ella se sorprende y murmuro:

—Adoro ver a dos mujeres poseyéndose, aunque también me gusta disfrutarlas y compartirlas con otros hombres.

—Y ¿te ves compartiéndome a mí con otro hombre?

Me pongo duro como una piedra al oír eso, y afirmo:

—Si tú quieres..., sí.

Mirarla y sentir su curiosidad me gusta, por lo que, minutos después, me lanzo y digo:

—Ven. Acompáñame.

De la mano, entramos en la casa, recorremos un pasillo y pronto oigo los jadeos de Andrés y de Frida. Judith aprieta mi mano y, sin abrir la puerta, propongo:

—Andrés y Frida están dentro, ¿quieres que pasemos?

Ella no aparta su mirada de la mía. Está nerviosa.

—Siempre y cuando no te alejes de mí —responde por fin.

Hechizado por lo que esa mujer me hace sentir, y con un sentimiento de propiedad que nunca he tenido, murmuro besándola:

—Eso no lo dudes nunca, cariño. Eres mía.

Con decisión, y sin soltarla de la mano, abro la puerta de la sala azul, donde hay una enorme cama redonda en el centro. Mis amigos disfrutan practicando un sesenta y nueve en lo que ellos llaman la *habitación de los juegos*. Cuando nos ven, se interrumpen. Yo entonces miro a la mujer que tengo sujeta de la mano mientras siento su nerviosismo, y oigo que ella dice:

—Quiero jugar.

Oírla decir eso me pone más duro aún, y la beso mientras soy consciente del paso que ella está dando por mí. Noto entonces que Andrés se levanta de la cama y se coloca detrás de Judith, pero no la toca.

Espera mi consentimiento y, cuando yo asiento, le desabrocha la parte de arriba del biquini. Rápidamente, los pequeños pechos de Jud están frente a mí, y yo deseo lamerlos, así que indico mirando a mi chica:

—Andrés, quítale la braga del biquini.

Decir eso aguijonea mi morbo.

Dios..., ¡todo se me antoja nuevo y especial!

Mi amigo hace lo que le pido y Judith no se lo impide.

Nunca he sentido nada como lo que estoy sintiendo en este instante.

La mirada de Jud me vuelve loco, y más cuando oigo que Andrés pregunta:

—¿Puedo tocarla?

Miro de nuevo a mi chica.

Siento que está expectante, asustada, pero al ver que da su consentimiento, yo doy el mío sin dudarlo y, satisfecho, observo cómo él acaricia a la mujer que me está descabalando la vida y lo disfruto.

Frida se acerca a nosotros. Ella también quiere jugar.

Al ver el deseo, el morbo y la calentura en los ojos de Judith, me hago a un lado. Como experta jugadora, Frida se agacha frente a sus piernas, se las toca y le pide que las separe. Jud obedece y ella, sin dudarlo, lleva la boca directamente a su húmedo deseo.

Tiemblo...

Disfruto...

Si me excitaba pensarlo con ella, ¡hacerlo es el no va más!

Ver lo que veo y sentir la entrega de Judith me tiene duro como una piedra; entonces ella jadea entregada al placer y yo, acercando mi boca a la suya, murmuro:

—Sí..., así..., disfruta para mí.

A punto de explotar, toco a Frida para llamar su atención y ella, dándose la vuelta, saca mi dura erección de mi bañador y la chupa con gusto mientras veo cómo mi amigo le muerde los pezones a Judith y, hechizado, consigo murmurar:

—Vayamos a la cama.

Una vez allí, no puedo dejar de contemplar mi gran deseo hecho realidad.

Judith es preciosa. Es una diosa y, tras entregarle un juguetito de los que tiene Frida sobre la cama, le pido que se dé placer para mí.

Frida y ella se tumban con sus juguetes limpios en las manos y se masturban gozosas para nosotros, mientras observo a Judith jadear, excitada como nunca en su vida.

Lo que está viviendo, lo que está experimentando, lo que está sintiendo, es algo nuevo para ella y, por el modo en que la veo gozar, sé que lo está disfrutando tanto como yo.

A punto de estallar, me pongo un preservativo sin quitarle ojo y, cuando siento que no puedo más, exijo:

—Andrés, ofréceme a Jud.

Rápidamente él la coloca sobre sus piernas y, pasándole los brazos por debajo de los muslos, la abre para mí.

La imagen que veo es excitante, provocadora, morbosa.

Judith, desnuda sobre Andrés, totalmente expuesta para mí. Sólo para mí.

Con gusto, me acerco y, mirándola a los ojos, introduzco mi duro miembro en ella.

¡Joder, qué placer!

Entro en ella una y otra y otra vez con decisión, con propiedad, con exigencia, mientras oigo sus jadeos, sus gemidos, sus grititos, y murmuro sin dejar de mirarla a los ojos:

—Así te ofreceré yo a otros hombres. Abriré tus muslos para darles acceso a tu interior siempre que yo quiera, ¿te parece?

Ella jadea, se retuerce y, por último, exclama gozosa:

—Sí..., sí...

Una y otra... y otra vez, me hundo en ella, mientras Andrés mantiene sus muslos abiertos para mí y yo disfruto del increíble momento. Ni en el mejor de mis sueños más húmedos habría imaginado nunca sentir algo como lo que siento con Judith.

He estado metido entre las piernas de cientos de mujeres en busca de mi placer.

He ofrecido y me han ofrecido a cientos de mujeres, pero lo que estoy experimentando en este instante con ella es nuevo, mágico y especial.

Andrés me mira y sonríe.

¡Qué cabronazo!

Han sido muchas las veces en las que me ha asegurado que sólo disfruta de esos morbosos encuentros si Frida está implicada, pero yo nunca lo había entendido, hasta hoy.

De pronto, compartir eso con Jud se ha convertido en la mejor experiencia de mi vida, y algo me dice que a partir de este momento ya nada será igual.

25

Cuando me despierto al día siguiente en nuestra habitación de Zahara, estoy intranquilo.

La noche anterior nos dormimos a las tantas sin hablar sobre lo ocurrido y yo necesito hacerlo. Necesito saber que ella está bien y, sobre todo, que no hizo nada en contra de su voluntad.

Betta me envía más mensajes —¡qué pesadilla!—, y, sin leerlos, los borro. No me interesan.

Esta mujer me está sacando de mis casillas con su insistencia y, al final, como siga así, creo que vamos a tener un grave problema.

No obstante, trato de olvidarme de ella y preparo una bandeja con desayuno para Jud, mientras Frida y Andrés se burlan de mí.

—Amigo, pero ¿qué te ocurre? —se mofa Andrés.

Sonrío. No sé explicárselo.

—Me estás asustando, Eric —cuchichea Frida—. Nos conocemos desde hace demasiado y nunca te he visto prepararle el desayuno a nadie, ni a Betta, ni a la imbécil aquella con la que estuviste hace años, Ginebra.

Me incomoda oír esos nombres. Tanto Betta como Ginebra me la jugaron y, al ver mi gesto, Frida indica:

—Vale..., no debería haber mencionado a esas perras.

Su último comentario me hace sonreír y, una vez que termino de preparar la bandeja, Andrés dice, poniendo una flor sobre ella:

—Esto no puede faltar si quieres impresionarla.

Salgo de la cocina con una sonrisa en la boca y, al entrar en la habitación y ver a Judith con los ojos abiertos, la saludo:

—Buenos días, morenita.

Ella sonríe.

Sabe que su padre es el único que la llama así, y ahora también yo.

Encantada, me hace un hueco en la cama y desayunamos. Ambos estamos de buen humor, y yo por último pregunto:

—Vamos a ver, pequeña, ¿cómo estás?

Me aclara que está bien y, antes de que yo vuelva a preguntar, indica que todo lo que hizo la noche anterior lo hizo *motu proprio*, y eso me relaja. Lo último que quería era oír todo lo contrario.

Un beso...

Dos...

Siete...

Charlamos sobre lo ocurrido.

Nos excita recordarlo, hablar de ello, y me hace saber que quiere volver a ser ofrecida esta noche en la fiesta, pero siempre conmigo a su lado. Con una sonrisa que me llena el alma, me indica que lo que antes veía como algo en cierto modo sucio y depravado, ahora, tras probarlo y disfrutarlo, lo ve de distinta manera.

Y me hace reír cuando cuchichea que, aunque el momento romántico está bien, el ratito empotrador la enloquece, y se ha dado cuenta de que le apasiona follar. Eso me gusta.

Me agrada que haya cambiado su percepción de ciertas cosas y, tras un par de besos más, mientras ella fantasea con aquello que quiere probar a mi lado, termino dándole lo que me pide y yo ansío.

★ ★ ★

Después de comer, mientras Frida y Andrés se retiran a descansar, Judith y yo salimos al jardín a leer. El día es precioso, hace un sol de justicia, y a la sombra se está fenomenal.

Mientras ambos leemos, compartimos la música del iPod de Jud; de pronto, suena la canción que ella considera que es la nuestra y, sin dudarlo, la tarareo. Con el rabillo del ojo, veo que me mira sorprendida al oírme cantar.

—Oye..., ¿cómo es que te sabes esta canción? —pregunta.

Divertido, la miro.

Aún recuerdo que, cuando regresé a Alemania, busqué las canciones que a ella le gustan.

—La busqué —respondo.

—Y ¿por qué?

Entonces, consciente de lo que voy a decir y de que tenemos una canción que es nuestra, afirmo cargando con todas las consecuencias:

—Porque escuchar esta canción me recuerda a ti.

Tras una estupenda tarde de sol y piscina en la que disfruto al lado de Judith de cosas sencillas, nos arreglamos para la fiesta de la noche. Las chicas van de *flappers*, y nosotros, de gánsteres.

Jud está preciosa con ese traje y con el pelo y el maquillaje que Frida le ha puesto, e intuyo que causará un gran revuelo. Una mujer nueva, sexi y bonita es revuelo asegurado. Y, de pronto, eso no me hace mucha gracia.

A las nueve y media, tras dejar el coche en el concurrido aparcamiento, entramos en la preciosa mansión ambientada en los años veinte.

Sin soltar la mano a mi chica, le presento a los anfitriones, Maggie y Alfred, y a varias personas que conozco, mientras soy consciente de cómo todo el mundo la mira con interés. Sin duda se mueren por meterse entre sus piernas.

En cierto momento, veo que ella se rasca el cuello. Eso significa que se está poniendo nerviosa, e intento tranquilizarla. Por suerte, lo consigo. Sus ronchones comienzan a desaparecer, pero me llama *gilipollas*, entre otras lindezas, cuando me cuenta que en el baño ha oído hablar de mí y yo le digo que espero que fueran cosas buenas y excitantes.

De la mano, paseamos por la casa.

Quiero enseñarle a Judith la zona donde todos practican sexo con libertad. No he de olvidar que todo esto es nuevo para ella y, cuando me acerco a la puerta, de pronto ésta se abre y oigo:

—Hombre, Eric, ¡qué alegría verte!

Es Björn, y, sonriendo, afirmo:

—No sabía que estuvieras por aquí.

Él me cuenta que decidió tomarse unas pequeñas vacaciones en Cádiz y, cuando veo que mira con curiosidad a Judith, la agarro con fuerza de la mano para hacerle saber que es alguien especial para mí y digo:

—Judith, te presento a Björn, un buen amigo. Björn, ella es Judith, mi chica.

Veo que Björn me mira boquiabierto.

¡Sin duda el *mi chica* lo ha sorprendido!

No esperaba que la presentara así, y el muy cabrito, acercándose a ella, le da dos besos y dice:

—Encantado, Judith. Mmmm..., tienes una piel muy suave.

Al oírlo, levanto el mentón, pero al ver cómo la comisura de sus labios se curva, con su mismo tono de voz, afirmo:

—Toda ella es suave y exquisita.

Sin más palabras, mi amigo y yo nos entendemos. Y, consciente de que no hay nadie mejor que él para jugar con morbo, erotismo y sensualidad, lo miro y rápidamente él asiente.

Ambos somos expertos jugadores. Sé que nadie me va a respetar como él y, abriendo de nuevo la puerta por la que ha salido, pregunta:

—¿Entramos?

Lo hacemos sin dudarlo y, una vez que pasamos a aquel lugar escasamente iluminado, siento cómo Judith me aprieta la mano. Está asustada. Por ello, la atraigo hacia mí y, acercando la boca a su oído, murmuro:

—Tranquila, pequeña..., tranquila.

Ella asiente y me sonríe.

Sin soltarla, nos acercamos a una pequeña barra y Björn sirve tres copas de champán. Le pregunto a Judith si mi amigo le parece un buen compañero de juegos y ella lo mira.

Björn es un hombre muy solicitado por las mujeres. Es, como yo, un macho alfa, pero mientras que yo soy rubio y de ojos claros, él es moreno y un exitoso abogado en Múnich.

—¿Te parece bien que te ofrezca a él? —insisto.

Ella acepta, justo en el momento en que Björn nos tiende nuestras copas. Con la mirada lo informo de la decisión de Jud. Entre nosotros sobran las palabras, pero, cuando va a besarla en los labios, lo detengo y le aclaro:

—Su boca y sus besos son sólo míos.

Él asiente, sonríe y luego me pregunta en voz baja:

—¿Es porque es tu chica?

—Sí —afirmo con seguridad.

Björn vuelve a sonreír.

¡Qué cabronazo!

A continuación, propongo que nos sentemos.

Judith está nerviosa. A nuestro alrededor, la gente practica sexo con total libertad. Es la primera vez que se ve en una situación así, y dejo que lo disfrute. Una vez frente al sofá, ella se sienta entre los dos, y yo acerco mi boca a su oído y pregunto:

—¿Excitada?

Ella asiente justo en el momento en que Björn pone una de sus manos en su rodilla y comienza a acariciársela. Así permanecemos unos minutos, hasta que le pido:

—Jud, quítate las bragas.

Ella obedece sin dudarlo. Se levanta, se las quita, vuelve a sentarse entre nosotros y, cuando le cojo las bragas de la mano, vuelvo a pedirle:

—Abre las piernas, nena.

Su respiración se acelera.

Sé cuánto le excita lo que le pido y lo hace sin titubear. Las abre para mí.

Curioso, observo cómo mi amigo sube las manos por sus bonitas piernas hasta rozar su sexo.

¡Mmmm..., excitante!

Björn me mira. Yo asiento, y él, metiéndole primero un dedo y luego dos, comienza a masturbarla delante de mí mientras Jud cierra los ojos entregándose al placer.

La miro y disfruto de su goce.

Entonces Björn, encendido por el momento, propone una doble penetración, pero le quito la idea de la cabeza: Judith aún no está preparada para ello, y le dejo claro que ésta será sólo vaginal.

Sus gemidos y verla en esa situación me enloquece; la hago levantarse y, tras desabrocharle el vestido, éste cae a sus pies y queda totalmente desnuda para nosotros y para todo el que quiera mirar.

¡Judith es exquisita!

Estoy besándole el cuello cuando murmuro, al sentir su excitación:

—Ofrécele los pechos.

Dicho esto, ella los junta con las manos y los lleva hasta la boca de mi amigo, ofreciéndoselos.

Björn los acepta encantado. Los lame, los degusta, los paladea, mientras ahora soy yo quien la masturba y la hace vibrar. No obstante, cuando siento que va a alcanzar el clímax, la detengo y le pido que se suba al sofá y le ofrezca a Björn su esencia. Mi amigo se tumba y ella obedece y, con un erotismo y un morbo que me dejan helado, le ofrece a él el ardor que tiene entre las piernas.

¡Qué calooorrr...!

Con sensualidad, subida al sofá, acerca su hendidura a la boca de mi amigo y él la devora gustoso mientras yo observo y me acaloro con lo que veo y siento.

Cualquier hombre que no esté acostumbrado a jugar a esto lo vería como algo sucio, pecaminoso y fuera de lugar, pero yo no. Las personas que, como yo, juegan a este tipo de juegos lo ven como algo limpio, consensuado y muy placentero.

Judith es ingenua, excitante, morbosa. Su expresión de disfrute me lo hace saber, habla por ella y, deseoso de besarla, lo hago con pasión mientras Björn asola su vagina y yo absorbo sus jadeos y sus temblores.

Placer...

Morbo...

Excitación...

Todo eso nos envuelve y, satisfecho, murmuro:

—Eres mi placer..., dame más, pequeña.

Nada más decir eso, Judith suelta un gemido muy significativo para mí. Sé que Björn la está llevando al clímax con la boca, y exijo:

—Así, preciosa. Chilla y córrete para nosotros.

Y lo hace. Vaya si lo hace.

Sus gritos de placer atraen las miradas de todos cuantos nos rodean, y yo, feliz, observo sus rostros y disfruto con lo que eso les provoca.

¡Morbo!

Tras un último jadeo que me indica que mi chica ha tocado el cielo, la hago bajar del sofá, recojo su vestido y sus bragas del suelo y, junto a Björn, pasamos a otra habitación.

Una vez allí, dejo la ropa, me siento sobre la cama y hago que Judith se siente sobre mí. A continuación, le separo las piernas y vuelvo a ofrecérsela a Björn.

Ella tiembla. Su excitación sube y sube, y yo, encantado, le beso el cuello mientras susurro:

—Más..., dame más.

Con sensualidad, siento que ella abre más las piernas. Se ofrece por completo a Björn y, cuando éste va a plantar de nuevo la boca en su sexo, se detiene y, con una sonrisa, me mira y pregunta:

—¿Qué dice su tatuaje?

Encantado, voy a responder, cuando Judith, que habla perfectamente alemán, responde:

—Pídeme lo que quieras.

Mi amigo me mira. Su gesto me hace saber que le complace lo que ha oído, y yo cuchicheo:

—Es algo nuestro.

Sorprendido, él asiente y, con la boca, la lleva de nuevo al séptimo cielo mientras yo me recreo en sus jadeos, en sus gemidos, y disfruto pensando que dentro de unos minutos quien la poseerá seré yo.

Excitado y enloquecido, acerco la boca a su oído y, mientras su cuerpo se contrae de placer, susurro:

—Así, Jud... En la intimidad quiero que estés a mi disposición siempre. Soy tu dueño, y tú, mi dueña. Sólo yo puedo ofrecerte. Sólo yo puedo abrir tus piernas a los demás. Sólo yo...

—Sí..., sólo tú. Juega conmigo —jadea entregada a mí.

El calor sube y sube.

—Quiero que explores y explorarte —susurro—. Quiero follarte y que te follen. Quiero tanto de ti, cariño, que me das miedo.

Mis palabras la enloquecen. Se lo noto.

Y, cuando no puedo más, le ordeno a mi amigo que se retire, me levanto con ella en brazos y, tras dejarla en el suelo, Björn y yo nos desnudamos.

Judith nos observa en silencio, chupándose el labio inferior, y entonces oigo a mi amigo decir:

—Túmbate en la cama y ábrete de piernas, preciosa.

Ella me mira y obedece. Yo me subo a la cama y murmuro, tras mirar su caliente tatuaje:

—Pídeme lo que quieras.

Quiero que ella pida. Quiero cumplir sus deseos. Entonces se dirige a mí y dice:

—Quiero que Björn me folle mientras tú me ofreces, me besas y nos miras. Sé que te gustará hacerlo. Y, cuando él se corra, quiero que seas tú quien me folle como a mí me gusta.

Oírla decir eso libera mi alma y mi corazón.

Ella está en el juego tanto como yo y, tras darle un beso lascivo y caliente, exijo a mi amigo:

—Fóllatela.

Según digo eso, noto cómo se eriza todo el vello de mi cuerpo. Nunca he sentido un placer igual.

Con ojos expectantes, observo cómo Björn disfruta del cuerpo de mi chica. Le chupa los pezones, se los mordisquea, mientras sus dedos entran en su húmeda hendidura, y lo oigo decir:

—Estás empapada y tu coño me está volviendo loco.

Ese lenguaje soez resulta morboso y excitante en este momento; entonces Björn susurra mirándola:

—Te voy a follar, preciosa. Te voy a follar delante de tu hombre y él te va a abrir para mí mientras te sujeta para que no te muevas.

Oigo que ella jadea sofocada. En esta situación, esas palabras resultan abrasadoras.

Entonces yo abro los pliegues del sexo de mi mujer y noto cómo Björn se hunde en ella.

¡Oh, Dios...! Esto es increíble. El morbo me puede.

La conexión que siento en este instante con Judith es impresionante, y más cuando nuestros ojos se encuentran. Hechizado, mientras separo su sexo, mi amigo nos hace disfrutar a los dos con sus acciones, y sonrío al ver a Judith del todo entregada.

No sé cuánto tiempo pasa hasta que Björn sale de ella y, tras echarle agua para refrescarla y lavarla, me indica con la mirada que ahora me toca a mí.

Complacido y terriblemente excitado, me acerco a ella y, tras meter los dedos en su caliente hendidura, la masturbo mientras murmuro:

—Nena..., estás muy abierta y receptiva. Te gusta, ¿verdad?

Ella asiente, jadea y exige:

—¡Fóllame!

Oírla pedir eso me enciende y, sin dudarlo, introduzco un dedo en su estrecho ano y lo muevo. Sus ojos velados por el morbo me vuelven loco y, cuando saco el dedo de su culo, agarro mi dura erección y la penetro de una estocada por la vagina, haciéndola gritar.

Su exclamación me hace saber que le gusta, así que me hundo como un loco en ella, hago lo que me ha pedido y me la follo. Me la follo con deseo, con premura y pasión mientras Björn la sujeta por los hombros para que no se mueva. Pero, de pronto, me encelo al ver que ella mira con deseo el pene de mi amigo.

Pero ¿qué hace?

—No. Mírame —le ordeno.

Por suerte, mi amigo se da cuenta y, tras soltarla, se escabulle de la habitación y nos deja solos.

Recrudezco mis estocadas. Estoy tan caliente que creo que voy a explotar y, al verla entregada por completo a mí, meto de nuevo un dedo en su estrecho ano. Al sentir eso, ella se enciende, grita más aún, y con la mirada me indica que no pare, que siga hasta que no pueda más, y eso hago, hasta que caigo agotado sobre ella.

Permanecemos así unos segundos hasta que, separándome, le ordeno:

—Vístete. Nos vamos.

Judith recoge su vestido y, al ver que estamos solos, me pregunta:

—¿Dónde está Björn?

Le contesto de malos modos y ella, molesta, vuelve a preguntar:

—¿Por qué estás enfadado?

La miro, recordando cómo miraba su erecto pene, deseosa de metérselo en la boca, y, cuando se lo echo en cara, sisea con desconcierto:

—No lo sé, Eric. El morbo del momento.

De nuevo cruzamos varias palabras y, cuando por fin soy consciente de lo imbécil que soy por pensar algo que no viene a cuento, ella exclama:

—¡Gilipollas!... Eso es lo que eres, un auténtico gilipollas.

Le pido disculpas.

¡Tiene razón!

Soy consciente de mi error, pero su furia española está en todo lo alto y ya no hay quien la pare.

Me dice de todo y al final opto por besarla. Quizá eso la calme y, para mi suerte, lo consigo. El beso la apacigua y durante un buen rato permanecemos abrazados en la habitación mientras le pido perdón.

★ ★ ★

Más tarde, cuando Jud vuelve a estar relajada y ha olvidado mi metedura de pata, salimos de la estancia y, posteriormente, de la sala de juegos. Al llegar al salón principal, Björn se acerca a nosotros con unas bebidas en la mano y, tras cogerlas, les hago saber a ambos que mi metedura de pata no volverá a repetirse.

Björn y ella sonríen. Me perdonan. Soy consciente de que mi sentimiento de propiedad con Jud es nuevo y tengo que aprender a gestionarlo.

Esa noche, cuando regresamos a la casa tras la fiesta, Jud está feliz.

Su felicidad es mi felicidad, aunque, tras comentarme ciertas cosas morbosas que llaman poderosamente su atención, entre risas yo murmuro:

—Dios mío, ¡he creado un monstruo!

26

Cuatro días después de la morbosa noche, Frida y Jud deciden salir a tomar algo ellas solas. Eso no me hace mucha gracia, pero no quiero ser la nota discordante, por lo que callo y me quedo con Andrés en la casa.

Él es un excelente anfitrión y, cuando ellas se van, charlamos y echamos unas partidas de ajedrez, un juego que nos gusta mucho a ambos.

Estamos mirando el tablero en silencio cuando Andrés pregunta:

—¿Qué ocurre, Eric?

Levanto la vista y, comprendiendo a qué se refiere, murmuro:

—Nada.

Él sonríe, se echa hacia atrás en su silla y, mirándome, insiste:

—Te conozco desde hace tiempo y nunca te he visto tan entregado a una mujer como lo estás con Judith.

Ahora soy yo el que se echa hacia atrás. Asiento y, tras dar un trago a mi whisky, declaro:

—De acuerdo. Lo reconozco. Judith me hace sentir cosas diferentes.

—¿Qué cosas?

Al ver el interés de mi amigo, respondo sin vacilar:

—No sabría cómo explicarte, pero de pronto siento que muchas cosas han adquirido sentido, y no sólo en el plano sexual.

Andrés asiente. Luego da un trago a su copa y dice:

—¿Recuerdas nuestra conversación de hace algún tiempo en lo referente a encontrar a esa persona especial en tu vida?

Digo que sí con la cabeza y él prosigue:

—Aún recuerdo cuando Frida apareció en mi vida.

—Como para no recordarlo..., ¡te atropelló con el coche! —me mofo.

Ambos reímos, y luego él añade:

—Te juro que, cuando la conocí, no podía quitármela de la cabeza y, aunque en un principio sus tendencias sexuales me escandalizaron, creo que estar con ella, entender y disfrutar de nuestra sexualidad y haber tenido a Glen es lo mejor que me ha pasado en la vida.

Sonrío. Me encanta saber que mi amiga está con alguien que la quiere y la valora como mujer y como persona.

—¿Crees que Judith puede ser esa persona especial para ti? —me pregunta a continuación.

Sin saber por qué, sonrío.

Está más que claro que Judith ha entrado como un torbellino en mi vida y está haciendo que me comporte de una forma que nunca había imaginado que haría.

—No lo sé —respondo—, pero me gusta mucho.

—Amigo, ¡creo que estás perdido!

Ambos reímos y yo añado:

—Jud consigue tranquilizarme como nadie lo ha conseguido nunca. Me hace sonreír sólo con una mirada. El sexo con ella ha adquirido otra dimensión. La vida a su lado es divertida, aunque maldigo su genio español..., ¡me desespera!

Andrés sonríe y yo también.

Hablar sobre sentimientos nunca ha sido mi fuerte, pero entonces recuerdo algo que el propio Andrés expresó el día de su boda con Frida, y señalo:

—Creo que empiezo a entender una frase cursi que me dijiste un día.

—¿Qué frase?

—Aquella que decía que el amor era como el viento: no se ve, pero se siente.

Ambos sonreímos de nuevo. Sobran las palabras, así que continuamos jugando al ajedrez.

Entrada la madrugada oímos llegar un coche. Deben de ser las chicas. Salimos a recibirlas y las notamos alteradas. Al parecer, unos tipos del pueblo han intentado propasarse con ellas, pero Judith ha logrado defenderse.

Eso me inquieta.

Me encoleriza.

Ver los nudillos enrojecidos de Jud por haber tenido que protegerse de unos imbéciles me irrita y, mirándola, siseo, dispuesto a ir a matarlos:

—Monta en el coche, Jud.

Sin embargo, al final, entre todos consiguen que me tranquilice y me quitan la idea de la cabeza.

★ ★ ★

Varios días después, Andrés encarga una paella en un chiringuito de la playa y bajamos a comérnosla. Está exquisita, pero yo apenas si la disfruto, pues mi teléfono no para de sonar. Entre mi hermana, que quiere hablarme de mi sobrino, y Betta, están acabando conmigo.

Una vez que hemos terminado de comer, nos tumbamos bajo las sombrillas.

Hace un día espectacular, pero mi teléfono sigue sonando. Betta no para y, cuando leo uno de sus mensajes, mi paciencia explota y le pido a Andrés que me lleve de regreso al chalet.

¡Maldita mujer!

Al verme, Judith se apresura a levantarse y comienza a recoger sus cosas. Quiere volver conmigo a la casa, pero yo me niego.

Necesito un rato para solucionar ciertos problemas y, al no convencerla, grito fuera de mí:

—¡Maldita sea! He dicho que te quedes.

Conforme lo digo, sé que me he pasado.

No tengo derecho a hablarle de ese modo, y reñimos, discutimos. Aun así, no permito bajo ningún concepto que regrese conmigo al chalet. No quiero.

Al final, mis amigos consiguen poner paz entre nosotros y logro que Judith se quede enfurruñada con Frida. En cuanto nos montamos en el coche, Andrés me mira y me dice:

—Te juro que no te entiendo. Lo respeto, pero no entiendo por qué Judith no podía regresar contigo.

Molesto, mientras observo cómo ella se tumba de nuevo junto a Frida en la playa, suelto:

—Betta está en la puerta de tu casa..., ¿te parece suficiente motivo?

—¡Joder! —protesta Andrés.

Al llegar al chalet, veo un coche aparcado delante y digo, dirigiéndome a mi amigo:

—Voy a bajarme aquí. Vete, si quieres.

—No. Te esperaré.

Cuando me apeo, la puerta del otro coche se abre y aparece Betta. Como siempre, es la personificación del glamur.

—Eric...

Furioso, me acerco a ella y, sin tocarla, siseo:

—Quiero que te vayas de aquí y te alejes de mí, ¿entendido?

—Eric..., ¡escúchame!

Pero yo no deseo escucharla. No tengo nada que hablar con ella e, irritado y sabedor de que me duele la cabeza a causa de la tensión, añado:

—Betta, me estás llevando al límite.

—Eric... ¿Quién es la mujer que está aquí contigo y que te acompañó a la fiesta de Maggie?

Sorprendido por su pregunta, mascullo:

—Eso a ti no te importa...

—Me importa, ¡claro que me importa! Tú eres...

—¡Yo no soy nada para ti! —grito fuera de mí—. Te acostaste con mi padre, ¡joder!, y a partir de ese instante tú misma acabaste con lo que había entre nosotros.

Betta me mira y los ojos se le llenan de lágrimas.

—Vete —repito—. Aléjate de mí porque tú y yo nunca volveremos a estar juntos.

—Eric...

Intenta abrazarme y, como puedo, me la quito de encima, pero entonces ella grita:

—Te quiero, Eric..., por favor..., por favor...

Oír suplicar a Betta no me remueve ni un poquito el corazón y, alejándome de ella, amenazo:

—O te vas, o llamo a la policía. ¡Tú decides!

Lo piensa, se resiste a marcharse, pero finalmente da media vuelta, monta en el coche y se va.

Una vez que ha desaparecido de mi vista, noto que mi dolor de cabeza ha ido en aumento y ya es considerable. Me aproximo a Andrés, que sigue en el coche, y digo:

—Entremos en tu casa.

—Tienes mala cara —murmura él.

Tocándome la sien, siento que ésta me va a explotar, y susurro:

—Necesito tomarme mis pastillas y oscuridad.

Una vez dentro, mi amigo, apurado, me da un vaso de agua y me meto en mi dormitorio. Busco mi neceser en el baño y saco varias pastillas, que me tomo. Cuando vuelvo a salir, veo que Andrés, que conoce mi problema, ha corrido las cortinas de la habitación.

—Échate un rato —dice.

Lo hago. Necesito tranquilizarme y dejar que las pastillas hagan efecto.

★ ★ ★

Cuando despierto, no sé cuánto tiempo ha pasado, pero por suerte me encuentro mejor. Al salir de la habitación, me pongo unas gafas de sol oscuras y voy derecho a la piscina. Allí, me encuentro con mi pequeña, que está tomando el sol mientras escucha música en su iPod.

En cuanto llego a su lado, no me mira ni me habla. Sigue enfadada conmigo, y yo tampoco digo nada. No obstante, después de un rato, al ver su pasividad, le quito un auricular y saludo:

—Hola, morenita.

Con aspereza, me arrebata el auricular de la mano. Continúa molesta.

Decido sentarme tranquilamente frente a ella para mirarla. Si ella tiene carácter, yo también. Y de pronto la oigo decir en un tono cargado de rabia:

—Por tu bien, deja de mirarme.

Sonrío. Me hace gracia su enfado. Cuando veo que se levanta, yo la imito, sin calcular que puede empujarme y caigo vestido por completo a la piscina.

Eso me cabrea; pero ¿cómo se atreve?

Su maldito genio español ya comienza a alterarme.

A continuación, se aleja sin mirarme siquiera.

Furioso y empapado, salgo de la piscina, voy a nuestra habitación y, al entrar en el baño para quitarme la ropa mojada, exclamo mirándola:

—Vamos a ver, Jud, ¿qué te pasa?

Ella no quiere hablar. Se aleja de mí, pero yo insisto. La sujeto y ella sisea furiosa:

—Pero, vamos a ver, ¿tú eres tonto? ¿No ves que me estás cabreando más?

La miro.

La desafío.

¿Me ha llamado *tonto* en vez de *gilipollas*?

Deseo abrazarla y que se relaje, por lo que, tras cruzar varias palabras con ella, intento besarla y, al ver que me esquiva, pregunto sorprendido:

—¿Otra vez la cobra?

Ella me mira y, por suerte, al final sonríe y replica:

—Sí, y como no te alejes, además de la cobra, te vas a llevar un guantazo.

Ahora el que sonríe soy yo.

Me rechaza, me grita, me dice que me va a pegar y... ¿me río?

Indiscutiblemente, esta mujer puede conmigo.

La agarro por la cintura y la tumbo en la cama. La beso, y la toalla que cubre su cuerpo se pierde por el camino, al igual que se pierde su enfado y ella responde con pasión a mis ardientes besos.

Entre risas, nos tentamos, nos medimos, y entonces ella pregunta mirándome:

—¿Estás bien, Eric?

Asiento. En lo último que quiero pensar es en mi enfermedad. Pero ella insiste, y yo digo:

—Eres preciosa.

Jud me mira, sonríe y, señalándome con el dedo, replica:

—No me vengas con zalamerías, Eric..., y responde. ¿Qué ocurre? Acabo de ver en tu neceser varios botes de pastillas y... ¡Joder! ¡Joder!

Pensé que no se había dado cuenta, pero, cortándola, insisto:

—Eres la mujer más bonita e interesante que he tenido el placer de conocer.

Trato de cambiar de tema, pero es imposible.

Judith es cabezota, tremendamente cabezota, y vuelve a preguntar por los botes de pastillas, y, como era de esperar, terminamos discutiendo. Eso se nos da de lujo.

—Basta, Jud —siseo al final—. No quiero seguir hablando.

Pero ella insiste. No se agota, y yo, incapaz de continuar escuchándola, levanto la voz y gruño:

—¡He dicho que basta! Por hoy, mi cupo de numeritos ya está lleno.

—¿Tu cupo de numeritos? Pero ¿de qué estás hablando?

Al oírla, sé que debería haberme callado.

Ella no es la insufrible Betta.

Ella es Judith, la mujer que me está haciendo ver que la vida puede ser más bonita de lo que nunca pensé y, aunque sé que he de relajar mis maneras, no puedo.

Hablamos de nosotros, de nuestra relación, y nos reprochamos cosas tontas por ambas partes. Me agota escuchar sus quejas. No soy un niño al que se lo pueda reprender por semejantes gilipolleces.

Pero ¿qué hago permitiendo que me hable así?

Jud sigue, es imparable, y comienza a soltar palabrotas terribles que me molestan. Al final, sin ganas de aguantar más, doy un puñetazo a la pared y siseo:

—Esto es un error. Un error imperdonable por mi parte. Debería haber dejado que continuaras tu vida con Fernando o con el que quisieras.

Ella no entiende mi reacción, y yo mismo no me entiendo cuando le suelto:

—Recoge tus cosas. Te vas.

Boquiabierta, me mira. No me cree.

—¿Me estás echando? —pregunta.

Cuando la oigo y veo su reacción, me doy cuenta de la equivocación tan grande que estoy cometiendo, pero mi orgullo o mi propia cabezonería me pueden, e insisto en que se vaya porque no la soporto.

Dentro de mí, algo me grita que me retracte, que no lo permita, y echando algunas barreras abajo consigo decir lo que pienso. Le hablo de cariño, le hablo de lo especial que es para mí, pero ella es cabezota, extremadamente cabezota, y no escucha lo que digo. Sólo grita, blasfema como el peor de los camioneros y me echa la culpa de todo.

—No soy tu cariño —dice—. Si fuera tu cariño no me hablarías como me has hablado y serías sincero conmigo. Me explicarías quiénes son Marta y Betta. Me explicarías por qué no puedo mencionar a tu padre y, sobre todo, me dirías qué son esas puñeteras medicinas que guardas en tu neceser.

Me siento fatal al oír sus palabras y, desesperado, susurro:

—Jud..., por favor. No lo hagas más difícil.

Ella continúa guardando sus cosas en su mochila y, mirándome, chilla, sin importarle cómo pueda sentirme yo:

—¡Eres un imbécil egocéntrico y sólo piensas en ti..., en ti y en ti!

Me destroza escucharla, pero siento que tiene gran parte de razón.

Siempre he pensado tan sólo en mí tras el abandono de Ginebra, la primera mujer que me importó, pues decidí protegerme. Nunca volví a permitir que nadie me rompiera el corazón como me lo rompió ella y, aunque con Betta tuve una relación de años, entre nosotros nunca hubo amor. Al menos, por mi parte.

Pero Judith, esta mujer a la que apenas conozco, me...

La puerta de la habitación se abre entonces y Andrés y Frida aparecen alarmados por nuestros gritos. Yo pierdo por completo el control, grito, blasfemo..., y cuando Frida se lleva a Jud de la habitación, mi amigo exclama mirándome:

—¡Por el amor de Dios, ¿quieres tranquilizarte?!

Ofuscado y herido a partes iguales, camino de un lado a otro de la habitación mientras siseo:

—Esto es un error. No sé qué hago con ella. Tengo que acabar con esto cuanto antes.

Andrés resopla y, sin moverse, insiste:

—Dijiste que era especial. Que podía ser... tu mujer.

Me siento en la cama fuera de mí. Me tiemblan las manos. Me tiembla el cuerpo. Pensar en que la he echado de mi lado y que ahora ella no quiere escucharme me destroza, y, mirándolo, susurro:

—No sé qué estoy haciendo.

Andrés asiente, me mira y dice:

—Voy a por ella. Le diré que suba. Tenéis que hablar y, por favor..., relájate.

En silencio, observo cómo sale del dormitorio mientras yo intento controlar el temblor de mis manos.

Me levanto, camino hacia la puerta y entonces oigo las duras palabras de Judith. Se niega a hablar conmigo, no quiere saber nada de mí, y pide encarecidamente que llamen a un taxi para marcharse.

Desolado, salgo y me dirijo hacia el lugar donde están todos hablando.

Jud sigue despotricando con una frialdad tremenda. Me duele lo que dice, me hace daño. Y, al ver la decisión en sus ojos, tras intercambiar unas palabras, miro a mi amiga y digo:

—Frida, por favor, llama a un taxi.

Tras decir eso, doy media vuelta y desaparezco de su vista.

Por mucho que me duela, si quiere marcharse, que se vaya. Nunca he retenido a una mujer a mi lado, y con ella, por mucho que me atraiga, eso no va a ser diferente.

Entro de nuevo en la habitación y apoyo la espalda contra la puerta cerrada. Siento que me tiemblan las manos otra vez. Estoy nervioso, muy nervioso.

No quiero que se vaya. No quiero perderla de vista. Pero somos demasiado diferentes para estar juntos, y creo que, aunque duela, separarnos es lo mejor para los dos.

Dicen que los polos opuestos se atraen, pero, en nuestro caso, se atraen para chocar. Para chocar con dureza.

Diez minutos después, desde la ventana de la habitación, observo cómo Frida y Andrés se despiden de ella. Cuando el taxi arranca y desaparece de mi vista, me tumbo en la cama y siento cómo mi corazón se congela una vez más.

27

Mi regreso a Múnich es raro. Extraño.

Cuando me monto en el jet privado y éste despega de Jerez, siento que me dejo algo en España, aunque no quiero aceptar que quizá se trate de mi corazón.

Los días siguientes, voy con mi amigo Björn a todas las fiestas privadas a las que me invitan y me follo a todas las mujeres que se me antoja. Intento olvidar a Judith.

También intento mediar entre mi madre, mi hermana y Flyn. Ellos son incapaces de hablar, de dialogar, y, buscando la poca paciencia que suelo tener, finalmente, entre gritos y reproches, consigo que se entiendan.

Algunas noches, mientras me tomo un whisky en mi despacho, en ciertos momentos me permito pensar en Judith. Pienso en la joven que ha descabalado mi vida y a la que he decidido volver a llamar *señorita Flores*.

¿Dónde estará?

¿Qué hará?

Recordar sus ojos, su sonrisa, su locura me vuelve loco, y su imagen regresa a mí mientras estoy leyendo un artículo que dice que el verdadero amor llega de dos maneras. La primera, cuando encuentras a tu alma gemela, y la segunda, cuando encuentras a tu polo opuesto.

Inevitablemente, eso me hace sonreír con amargura. Sin duda, ¡el periodista se equivoca!

Con puro masoquismo, y en mi intimidad, escucho nuestra canción mil veces y siento, como dice la letra, que la llevo en mi mente con desesperación. Pero no, lo nuestro no puede ser, y he de olvidarla.

Nadie me habla, me reprocha, me grita, ni me exige como ella lo hizo y, no, no puedo permitir que una jovencita caprichosa y malhablada me descabale la vida como me la estaba descabalando ella.

Yo soy Eric Zimmerman, un hombre poderoso, y nadie puede conmigo. Ni siquiera ella.

★ ★ ★

Frida y Andrés regresan de sus vacaciones con el pequeño Glen y quedamos para comer con Björn en el restaurante de Klaus. Frida nos muestra fotografías de las vacaciones, en algunas de las cuales aparece Judith. Verla me hace daño, pero no puedo evitar mirar. Esa sonrisa picaruela, esos ojos oscuros me... ¡Oh, Dios! He de levantarme de la mesa.

Estoy hablando con Klaus en la barra cuando Björn se acerca a mí y espera a que su padre se aleje para atender a unos clientes para preguntarme:

—¿Qué ocurre?

—Nada...

—Eric..., ¡que nos conocemos! —insiste.

Asiento, maldigo y finalmente murmuro:

—Se trata de la señorita Flores, de... Judith...

—La morenita de Zahara, ésa tan graciosa.

—Exacto —afirmo rabioso al ver que la recuerda a la perfección.

En silencio nos miramos.

Le dejo claro que no quiero que se acerque a ella si por casualidad algún día se la encuentra, y Björn asiente. Me respeta.

—La sentí como alguien especial —añado—, pero me equivoqué.

Mi amigo me mira.

—Sabes que no creo que existan personas especiales —responde.

Ambos sonreímos e, incapaz de no decirlo, suelto:

—Si te oyera Andrés, te diría que eso es porque todavía nadie te ha tocado el corazón.

—Lo tengo a buen recaudo —afirma él.

Guardamos unos instantes de silencio y luego mi buen amigo dice:

—¿Quieres hablar de esa mujer?

Lo pienso. No sé ni lo que quiero, y por último respondo:

—No. Hoy no.

Björn asiente y, pasando la mano por mi hombro, indica:

—Pues regresemos a la mesa. Hablaremos cuando tú quieras.

Cuando volvemos a sentarnos, las fotos de las vacaciones han desaparecido. Nadie menciona a Judith y puedo relajarme.

Pero cuando llego a casa y veo la lámpara con sus labios sobre mi mesilla de noche, resoplo. Me desnudo, e, inevitablemente, me masturbo pensando en ella.

Diez minutos después, decido darme una ducha y, mientras el agua recorre mi cuerpo, pienso si ponerme en contacto con el detective que hizo el seguimiento de Judith la otra vez, pero desisto. Cuanto menos sepa de ella y antes me la quite de la cabeza, mejor.

Mi día a día es complicado, mucho. Cualquier cosa me recuerda a ella, y maldigo.

Pero no. Eso no puede ser, por lo que trato de olvidarla de la única forma que sé: divirtiéndome con otras mujeres. No obstante, para mi desgracia, ya no disfruto como antes, y mientras asolo el cuerpo de aquéllas en busca de placer, soy consciente de que no hay nadie comparable a ella.

★ ★ ★

El verano acaba, el curso escolar de Flyn comienza y yo me centro más en mi trabajo. Desde que tengo el control de Müller, ésta se ha revalorizado en el mercado empresarial, y eso me congratula. Al menos, algo estoy haciendo bien.

El 1 de septiembre viajo a España, en concreto a Madrid, pero decido no aparecer por las oficinas centrales para evitar tentaciones.

Me alojo en el hotel de siempre y me desplazo a las distintas delegaciones desde allí.

Amanda Fisher acude a mi llamada. Entre otras cosas, es una excelente profesional, me ayuda en las reuniones y yo se lo agradezco.

En nuestro tiempo libre, disfrutamos jugando en la cama. Ella es ardiente y desinhibida, y eso me gusta, siempre me ha gustado.

No obstante, todo se tuerce cuando una noche abro el ordenador y leo:

De: Judith Flores
Fecha: 3 de septiembre de 2012, 23.16 horas
Para: Eric Zimmerman
Asunto: ¿Estás mejor?

Hola, Eric:
Siento haberme marchado como lo hice. Tengo mucho pronto y te pido perdón. Espero que estés mejor. Te llamaría por teléfono, pero no quiero incomodarte. Por favor, llámame y dame una oportunidad de pedirte perdón mirándote a la cara. ¿Lo harás por mí?
Te quiero y te añoro. Mil besos,
Jud

Según leo eso, siento que el corazón se me acelera.

Sus palabras, junto a ese «Te quiero y te añoro», son el bálsamo que necesito en estos momentos. Sin embargo, consciente de que mi relación con ella nunca será posible por nuestra incompatibilidad de caracteres, cierro el ordenador y llamo a Amanda. Cinco minutos después, la tengo desnuda y abierta de piernas en mi cama, dispuesta a hacer absolutamente todo lo que yo quiera.

★ ★ ★

Al día siguiente, tras una noche en la que desfogo mi frustración con Amanda, tras reunirnos en el hall del hotel, nos vamos a Toledo. Tenemos una reunión que nos ocupa todo el día. A la vuelta, abro el correo y leo:

De: Judith Flores
Fecha: 4 de septiembre de 2012, 21.32 horas

Para: Eric Zimmerman
Asunto: Soy insistente

Una vez me dijiste que lo mejor de pedirme perdón era ver mi cara cuando te perdonaba y la posibilidad de estar conmigo. ¿No crees que yo puedo querer lo mismo de ti?
Un besito, dos o tres..., o los que quieras.
Morenita

Sonrío y me dirijo a la ducha.

Veinte minutos después, vuelvo a leer el email y contengo mis impulsos de responderle. Esa noche no llamo a Amanda y, pensando en la señorita Flores, me quedo dormido.

★ ★ ★

Al día siguiente cogemos el AVE, un tren estupendo que nos lleva en hora y media a Valencia. Allí, tenemos varias reuniones y, por la tarde, mientras asisto a otra, recibo un nuevo correo en mi ordenador:

De: Judith Flores
Fecha: 5 de septiembre de 2012, 17.40 horas
Para: Eric Zimmerman
Asunto: Hola, enfadica

Está claro que estás enfadado conmigo. Vale..., lo acepto. Pero quiero que sepas que yo contigo, no. ¡Feliz viaje! Y espero que en las delegaciones te traten bien, aunque hayas decidido ir con otra que no sea yo.
Beso,
Jud

Según leo eso, cierro el portátil. O lo cierro, o no me enteraré de la reunión.

Pero ¿por qué no me dejará en paz esta mujer?

Esa noche, cuando regresamos de Valencia, soy yo quien voy a follarme a Amanda a su habitación.

★ ★ ★

Al día siguiente, tras mantener varias reuniones en una de las salas del hotel en Madrid, cuando salgo de la ducha, mi ordenador pita. Sé que se trata de un email, por lo que me acerco y leo:

De: Judith Flores
Fecha: 6 de septiembre de 2012, 20.14 horas
Para: Eric Zimmerman
Asunto: Adivina quién soy

Hoy, cuando hablé con mi jefa por teléfono, oí tu voz de fondo. No veas la ilusión que me hizo. ¡Al menos sé que sigues vivo! Espero que estés bien. Te añoro.
Besotes,
Jud

Con un sentimiento extraño, leo de nuevo el correo.

Recibir esas pequeñas pildoritas por su parte me gusta y me destroza a partes iguales. Ella dice que me quiere, que me añora, pero ¿por qué no viene a verme sabiendo dónde estoy? ¿Por qué no me lo dice mirándome a los ojos?

Confundido, bajo a la recepción, donde he quedado con Amanda. Nos vamos juntos a cenar y después nos dirigimos a jugar a un local de ambiente liberal.

★ ★ ★

Los emails de la señorita Flores siguen llegando, uno por día.

En ellos me habla de su vida, de sus amigos, de sus salidas y sus entradas, me envía besos, recuerdos..., y yo no le contesto. Soy incapaz de hacerlo. Quiero olvidarme de ella, y sé que ignorándo-la es un buen modo de conseguirlo.

Pero cuando un día recibo uno en el que sólo pone «¡Gilipo-llas!», no puedo evitar reírme. Imaginármela con su pelo negro y su mirada oscura diciéndome eso con énfasis me hace sonreír como un imbécil, y decido regresar a Alemania de inmediato o al final claudicaré.

★ ★ ★

Pasan los días y, por compromisos profesionales, he de volver a España. Por suerte o por desgracia, mi cumpleaños, que es el 21 de septiembre, me pilla aquí.

Tras una mañana plagada de reuniones que organizo en el ho-tel, cuando nos quedamos a solas, Mónica me felicita. Sabe que es mi cumpleaños y me informa de que ha organizado una cena con unos amigos comunes.

No me apetece nada, pero al final decido asistir. No puedo decir que no, y menos tratándose de una cena en el Moroccio. Sin duda, el morbo está garantizado.

A las ocho y media, Mónica y yo llegamos al lugar junto a unos amigos de ambos, dos hombres y una mujer. Todos sabemos qué clase de restaurante es éste y queremos pasarlo bien.

Durante la cena, tocamos los botones que hay en la mesa en varias ocasiones al ver cómo éstos cambian de color y disfrutamos primero de cómo dos mujeres se poseen y, luego, de un magnífico trío de dos hombres y una mujer.

Cuando acaban y las cortinas se cierran de nuevo, estamos co-mentando lo que hemos visto cuando un camarero entra con una tarta de fresa y chocolate y, dejándola sobre la mesa, dice con dis-creción, al tiempo que me entrega un sobre:

—De parte de su mujer.

Boquiabierto, lo miro. ¡¿Mi mujer?!

Sin embargo, curioso por saber de quién es la nota, mientras observo cómo Mónica y los demás juguetean con la tarta, abro el sobre y leo:

Estimado señor Zimmerman:
Gracias por enseñarme un sitio tan especial y por la cena para dos que nos hemos tomado a su salud. Ha estado exquisita, y el postre, como siempre, soberbio. Por cierto, feliz cumpleaños.

La chica de los emails fantasmas

Sin dar crédito, vuelvo a leer la nota y, tras levantarme a toda prisa, salgo del reservado y busco al camarero que me la ha entregado junto con la tarta.

—¿Dónde está la mujer que le ha dado esta nota?

Él señala en dirección a un reservado situado a la derecha.

Al parecer, mi mujer está cenando allí con un hombre y, con el corazón saliéndoseme del pecho, me encamino directo hacia allí. No obstante, al abrir, sólo queda de ella su olor, el maravilloso perfume de su colonia y de su piel, y maldigo ofuscado.

¿Cómo ha podido tener la poca vergüenza de cenar aquí y decir que es mi mujer?

Regreso a mi reservado, donde mis amigos están juguetones.

Entre risas, Mónica se unta chocolate en los pezones y la mujer se los chupa mientras todos miramos y ellas disfrutan. Una vez que comienza el juego caliente, invento una excusa, no me apetece jugar, y, tras despedirme de uno de ellos y decirle que me despida del resto, salgo del reservado y posteriormente del Moroccio.

Ya en la calle, saco mi móvil y, tras buscar un nombre en la agenda, escribo cabreado:

Gracias por la felicitación, señora Zimmerman.

Tras enviar el mensaje, paro un taxi. No controlo Madrid y no sé regresar al hotel caminando.

En el trayecto, pienso en la señorita Flores y en su descaro.

¿Mi mujer?... ¡Tendrá poca vergüenza!

Y estoy pensando en ella cuando siento que en mi interior algo estalla en mil pedazos y, mirando al taxista, le hago cambiar de ruta.

Una vez que llegamos frente a su portal, pago la carrera y me bajo del taxi.

Durante unos minutos camino calle arriba y calle abajo, consciente de que, como entre en su casa, me va a ser muy difícil volver a salir de ella.

Mis sentimientos por Judith son superiores a mi razón y, cuando veo que un vecino sale del edificio, corro para entrar en él. Necesito sorprenderla.

Sin prisa, pero sin pausa, llego hasta su puerta y, tras convencerme de que ése es el sitio en el que quiero estar, llamo con los nudillos. Ella abre y, sin poder cambiar mi expresión de dureza, aunque por dentro me deshago, pregunto:

—¡¿Señora Zimmerman?!

¡Oh, Dios...! Está preciosa. Encantadora.

Sé que mi gesto es duro, enfadado, terrible, pero soy incapaz de suavizarlo. Entonces ella, que está a medio desmaquillar, dice:

—Vale..., soy lo peor.

Con incredulidad, y encantado al mismo tiempo por tenerla frente a mí, pregunto:

—¿Has osado decir en el Moroccio que eras la señora Zimmerman?

Doy un paso al frente, Judith lo da hacia atrás y, con un gracioso gesto, susurra:

—Sí..., perdón..., perdón, pero necesitaba enfadarte.

Su respuesta me sorprende. ¿Enfadarme? ¿Quería enfadarme? Definitivamente, creo que esta mujer está loca de verdad.

—¡¿Enfadarme?! —repito.

Y, cuando me explica que lo ha hecho para que yo, furioso, fuera a su casa y así poder hablar conmigo, mi corazón estalla en pedazos y mi razón me dice que se acabó el llamarla *señorita Flores* y luchar contra mis propios sentimientos. Ella es Judith, mi Jud, mi pequeña..., y la abrazo.

La necesito. La quiero. Lo admito.

Es alguien tremendamente especial para mí, y estar alejado de ella ha sido difícil, por no decir imposible.

Nos besamos...

Nos abrazamos...

Y, entre besos, le indico que tengo que hablar con ella.

Judith asiente. Me hace saber que hablaremos, pero en otro momento.

Me quita la camisa y, cuando mete las manos bajo mis calzoncillos..., ¡joderrr!, un placer extremo me recorre el cuerpo, y murmuro:

—Si continúas tocándome, no duraré ni dos segundos... ¿Sigues tomando la píldora?

Ella asiente, sonríe, me tienta, y yo, enloquecido y fuera de mí, la desnudo, le rompo el tanga y musito hechizado, mirando ese tatuaje que adoro:

—Pídeme lo que quieras.

Disfrutamos...

Gozamos...

Nos saboreamos...

Siento que los días que hemos pasado separados han sido complicados para ambos.

—Te voy a follar, cariño —susurro.

Cuando veo que ella asiente, termino de quitarme la ropa. Ya hablaremos después.

Una vez que estoy desnudo y entregado a ella, coloco la punta de mi latente pene en su húmeda entrada y, con pasión, la hago total y completamente mía mientras ella, mimosa, se mueve y me da un azote en el trasero pidiéndome más.

Al ver su exigencia, la agarro con posesión y me hundo con fuerza en ella. No queremos sexo *light*, queremos sexo caliente, fuerte y entregado y, mirándola a los ojos, le susurro las cosas sucias que quiero hacerle y ella accede encantada.

Jud grita, se mueve entre mis brazos, jadea, mientras yo, deseoso, me clavo en ella una y otra y otra vez dispuesto a resarcirme.

En un momento dado, sin embargo, aminoro el ritmo y pregunto curioso:

—¿Alguien te ha tocado durante estos días?

Ella no responde. Sólo me mira y, hundiéndome en ella, exijo al oírla gritar:

—Dime la verdad, ¿quién te ha follado estos días?

Pero sigue sin contestar y le doy un azote en el trasero; entonces ella pregunta:

—¿Y tú?

Ahora soy yo quien la mira. Ella mueve las caderas, me hace jadear e insiste:

—¿Tú has jugado estos días?

—Sí —afirmo con rotundidad.

—¿Con Amanda?

—Sí. ¿Y tú? —repito.

Jud me mira, sabe que es el momento de decir la verdad, y responde:

—Con Fernando.

Oír el nombre de ese tipo y saber que él la ha tocado me encela. Me encela tanto como sé que a ella la encela lo de Amanda, y, moviendo nuestros cuerpos, nos encajamos el uno en el otro.

La locura se apodera de nosotros mientras nos poseemos con ímpetu, con fuerza, con deseo, y entre jadeos Jud me confiesa que estuvo en la puerta del hotel y me vio con Amanda. También, que se masturbó para Fernando y se le ofreció.

Furioso por lo que oigo, cierro los ojos. El sentimiento de propiedad que tengo con ella me supera. Nunca he experimentado algo así, pero, consciente de que por nada del mundo quiero alejarme de ella y que lo que cuenta para nosotros es a partir de este momento, la agarro de las caderas y susurro, acelerando el ritmo:

—Eres mía y sólo te tocará quien yo quiera.

Una..., dos..., siete...

El placer nos invade.

Ocho..., nueve..., catorce...

Nos dejamos llevar por el momento, pero de pronto siento que Jud se echa hacia atrás, mi pene abandona su cuerpo y, mirándome, ella sisea:

—Únicamente seré tuya si tú eres mío y sólo te toca quien yo quiera.

Acepto. Acepto sin reservas y, acercando su boca a la mía, la beso.

Soy suyo, como ella es mía.

No lo dudo.

No lo cuestiono.

Es lo que quiero e, introduciéndome de nuevo en ella, jadeo con mi boca sobre la suya:

—Soy tuyo, pequeña, tuyo.

Inevitablemente, el clímax nos arrolla a ambos como un tsunami y, tras un último empellón en el que me dejo la vida, sé que he encontrado a mi mujer.

La mujer de mi vida.

28

El sábado, soy el hombre más feliz de la Tierra. De nuevo tengo conmigo a mi pequeña y disfruto de sus besos y de su compañía mientras, complacido, observo en mi muñeca la pulsera de cuero y plata que me ha regalado. No soy de llevar pulseritas, pero, por ella, no pienso quitármela.

Cada vez que intento hablar en serio, Judith no me deja. Está tan feliz como yo y, dichosa, me besa, me toca, me hace sonreír. Sólo quiere mimarme como yo quiero mimarla a ella, y terminamos haciéndonos el amor.

No obstante, en un momento dado, cuando veo que los dos estamos más tranquilos, la miro y digo:

—Jud... Tengo una conversación pendiente contigo, ¿lo recuerdas?

Su gesto asustado me hace sonreír. Siento que tiene los mismos miedos que yo, e insisto:

—Es importante que lo hablemos, te lo debo.

—¿Me lo debes? —pregunta sorprendida.

Con mimo, acaricio el óvalo de su rostro.

—Sí, cariño...

Una vez que ella se centra en mí, me siento a los pies de la cama y, cuando voy a hablar, Jud exclama de pronto:

—¡Dios mío! ¿No estarás casado?

Sonrío al oírla.

—No.

—¿Te vas a casar con Betta? ¿Con Marta?... —insiste.

Percibir sus miedos y sus inseguridades me demuestra que lo que yo siento no es tan raro, y con una sonrisa indico:

—No, cariño. No es nada de eso.

Y, sin demorarlo más, le hablo de Betta. Le cuento que fue la mujer con la que compartí mi vida durante dos años y que nuestra relación terminó cuando la encontré en la cama con mi padre. Al oír eso, ella asiente y entiende también por qué no me gusta hablar de mi fallecido padre.

Le explico mi difícil relación con Betta. Le digo que ella no acepta nuestra ruptura y que me acosa. Por eso ve tantas veces su nombre en la pantalla iluminada de mi móvil, pero le aclaro que yo no quiero nada con ella.

También le explico el motivo por el cual no quise que ella me acompañara de vuelta al chalet de Zahara. Sabía que Betta estaba allí y no me apetecía que presenciara el numerito que me tenía preparado.

Le confieso que Marta es mi hermana pequeña y que sus llamadas son para hablar sobre el incontrolable Flyn, el hijo de mi hermana mayor fallecida, Hannah, del que me encargo yo y quien vive conmigo en Múnich.

Judith me escucha con atención y, en un momento dado, con el corazón en la mano, digo:

—Escucha, Jud, te quiero, pero también quiero a Flyn y no puedo abandonarlo. Puedo pasar contigo aquí varios días, pero tarde o temprano tendré que regresar a Alemania.

Ella asiente mientras toma aire, y yo prosigo:

—No puedo permitirme cambiar mi lugar de residencia; los psicólogos no creen que otro cambio sea bueno para Flyn. Y... aunque quizá sea una locura demasiado precipitada, me gustaría que te trasladaras a vivir conmigo a Alemania.

Según digo esto, observo cómo sus ojos se abren como platos y, antes de que conteste, me apresuro a añadir:

—Lo sé, pequeña, lo sé. Sé que es una locura, pero te quiero, me quieres, y me gustaría que lo pensaras, ¿de acuerdo?

Judith asiente, y yo, más seguro ahora que le he confesado la verdad sobre mí y mis sentimientos, sonrío. Luego nos abrazamos, pero sé que he de continuar, así que digo:

—Jud..., tengo un problema y, aunque evito pensar en él, sé que se agravará en un futuro.

Eso hace que ella me mire, parpadee y pregunte:

—¿Un problema? ¿Qué problema?

Consciente de que ha llegado el momento que yo más temía, porque no me gusta que me compadezcan ni me traten como a un lisiado, le explico:

—Tengo un problema en la vista. Padezco un glaucoma, una enfermedad heredada de mi maravilloso padre, y, aunque me la estoy tratando y de momento estoy bien, sin duda ésta se agravará con el tiempo y, para mi desgracia, es irreversible. Quizá en un futuro me quede ciego.

Siento que ella deja de respirar.

Mis palabras la han sorprendido.

No sabe de lo que hablo y, cuando reúne fuerzas, pregunta:

—¿Qué es un glaucoma?

—Es una enfermedad crónica del ojo. Una enfermedad del nervio óptico que a veces me provoca visión borrosa, dolor de ojos y de cabeza o náuseas y vómitos. Creo que ahora que ya lo sabes entenderás muchas cosas de mí.

En cuanto termino, ella me mira..., me mira..., me mira...

Me pongo nervioso.

No dice nada.

Sólo procesa la información que acabo de darle, y yo me angustio. Me agobio.

¿Y si ahora, después de saberlo, decide alejarse de mí?

A continuación, Jud se levanta de la cama y me hace preguntas.

Como puedo, le respondo mientras el miedo se apodera de mí, hasta que se sienta de nuevo a mi lado y, cogiéndome de las manos, oigo que dice:

—Maldito cabezón, ¿cómo me has podido ocultar eso? Yo... yo me he enfadado contigo. Te he reprochado tus ausencias, tus cambios de humor, y... tú... tú no has dicho nada. Oh, Dios, Eric..., ¿por qué?

Rompe a llorar y yo trato de consolarla. Si hay algo con lo que no puedo es ver llorar a alguien a quien quiero, y menos si se trata de ella. Pero de pronto soy consciente de su mirada. Me observa apenada y, como necesito ser totalmente sincero con ella para evitar problemas en un futuro, declaro:

—Estar a mi lado te hará sufrir, cariño. Soy un hombre con demasiadas responsabilidades. Una empresa que llevar, un niño problemático al que criar y, por si fuera poco, un problema de salud. Creo que ha llegado el momento de que tú decidas lo que quieres hacer. Asumiré tu decisión, sea cual sea ésta. Bastante culpable me siento ya.

Según digo eso, Judith suelta mis manos y pregunta:

—No estarás intentando decir lo que estoy entendiendo, ¿verdad?

Asiento, y ella suelta:

—Pero tú eres idiota, ¡por no decir gilipollas!

Al oír eso, sonrío, no puedo evitarlo. Luego ella abre por completo su corazón y pronuncia las palabras de amor más bonitas que un hombre frío e intransigente como yo querría escuchar.

La miro emocionado.

Ni en el mejor de mis sueños habría imaginado nunca que una preciosa mujer como ella pudiera decirme eso.

—Jud, cuando mi enfermedad avance, mi calidad de vida será muy limitada —insisto—. Llegará un momento en el que seré un estorbo para ti y...

—¿Y...? —pregunta con chulería.

—¿No lo entiendes?

Ella niega con la cabeza, coge mi mano y, tras darme un dulce beso en la boca, dice:

—No, no lo entiendo. Y no lo entiendo porque tú seguirás a mi lado. Me podrás tocar, besar, me harás el amor y yo te lo haré a ti. ¿Qué es lo que te hace dudar de mí?

Su declaración de amor me enternece.

¿Cómo un tipo frío y altivo como yo puede haber llegado al corazón de una preciosa joven como ella?

Y, abrazándola, sonrío y la beso. La adoro.

29

Mi relación con Judith va viento en popa.

En el trabajo, disimulamos, y yo me paso más tiempo metido en mi jet privado que nunca. Intento estar con Flyn todo lo que puedo, pero reconozco que mi impaciencia por ver a mi pequeña hace que cometa locuras nocturnas para amanecer en Madrid, y el archivo de las oficinas de Müller se convierte en nuestro punto de encuentro para abrazarnos y besarnos varias veces a lo largo de la jornada.

Uno de los días en que estoy en la delegación de Madrid, de pronto recibo una llamada de teléfono y veo que se trata de mi hermana Marta. Hablo con ella y, para mi sorpresa, me dice que está en Madrid, más exactamente, en las oficinas de Müller, junto al ascensor.

Con incredulidad, salgo de mi despacho y, al verla, me dirijo a ella sin mirar a Judith.

—¿Qué haces aquí? —pregunto.

Marta mira a su alrededor y comenta:

—Hola, Eric..., qué alegre te pones al verme.

Suspiro. Mi hermana es especialista en sacarme de mis casillas.

—Tengo dos días libres —me explica—, he venido con un amigo a Madrid y he decidido visitarte, ya que ahora pasas más tiempo aquí que en Múnich.

En cuanto la oigo decir eso, voy a protestar, pero ella pregunta en voz baja:

—¿Se va a alargar mucho esta situación?

No respondo, y ella insiste:

—Te lo digo porque, si va a ser así, has de saber que nuestro querido sobrino va a matar a mamá a disgustos, y ya no hablemos de las revisiones que deberías haberte hecho en los ojos y que no te has hecho.

Suspiro. Mi hermana es muy pesada, y respondo:

—Marta, ¿quieres hacer el favor de...?

—No —me corta—. No quiero hacer el favor de nada. Sólo necesito que te centres y pienses en dos cosas: la primera, en ir al médico, y la segunda, en estar en Múnich para que Flyn pueda centrarse a su vez.

La miro, sé que tiene razón.

—¿Has conocido a alguna mujer aquí y por eso pasas tanto tiempo en España? —pregunta entonces.

Pienso en Jud. Quizá debería decirle la verdad, pero niego con la cabeza y aclaro:

—Es sólo que tengo mucho trabajo.

Marta asiente y, tras darme un beso, da media vuelta y me exige:

—Haz el favor de regresar a Múnich el fin de semana. Mamá y yo necesitamos un descanso de Flyn y tenemos muchas cosas que hacer y que no te cuento porque, si no, pondrías el grito en el cielo como siempre...

La miro boquiabierto. Está como una cabra.

Luego se mete en el ascensor y, con una sonrisa guasona, me dice adiós con la mano.

Suspiro. Vaya tela con mi hermana.

Al regresar al despacho, veo el gesto de Jud. Sin duda se estará preguntando quién es la mujer rubia con la que me ha visto hablando, y no tarda en entrar en el despacho en busca de explicaciones que yo aplazo hasta que lleguemos a su casa.

Su venganza por no ser sincero con ella me tiene erizado el resto del día. Desde su mesa, no para de insinuarse, de mostrarme las piernas, de volverme loco, y cuando abro mi móvil y leo: «La depravada anhela su castigo», tengo que sonreír.

★ ★ ★

Al llegar a su casa esa tarde, me lanzo sobre ella y, tras besarla, le doy un azote y murmuro:

—Depravada. ¿Qué es eso de calentarme en la oficina?

Entre risas y besos, nos dirigimos a su habitación. Como una niña, ella comienza a saltar sobre la cama, y yo, complacido, susurro, mientras me desabrocho la camisa y los pantalones:

—Salta..., salta..., que cuando te pille te vas a enterar.

Entonces, de un brinco, se baja de la cama, pero la intercepto en el pasillo y, metiendo la lengua en su boca, la devoro mientras su ropa cae al suelo y queda tan sólo vestida con un bonito tanga que le arranco de un tirón al tiempo que digo:

—Dios..., llevaba todo el día deseando hacer esto.

Desnudos en el pasillo, nos besamos, nos tocamos, nos deseamos, hasta que la alzo entre mis brazos y, colocando mi duro pene en su húmeda hendidura, me sumerjo totalmente en ella y le doy lo que pide mientras yo recibo lo que deseo.

El sexo entre nosotros es caliente, fogoso.

Cuando nos ponemos, somos dos animales deseosos de juegos, de caricias, de momentos y, sobre todo, de pasión.

Disfrutamos como locos de aquello hasta que un orgasmo nos asola y ambos chillamos de placer.

Minutos después, tras dejarla en el suelo, vamos a la cocina. Estamos sedientos. Una vez que hemos bebido agua, Jud, juguetona, me la escupe en el pecho para después chuparme los pezones y yo lo disfruto encantado mientras me entrego a ella.

Entre risas, regresamos al salón. Hoy he visto a Judith desayunando muy divertida con Miguel y, encelado, le pregunto al respecto. No obstante, ella me hace saber que se trata sólo de un amigo.

Besos..., caricias..., deseo...

Seguimos desnudos y yo la cojo entre mis brazos dispuesto a hacerle de nuevo el amor, le doy un azote en el culo y en ese momento oímos que alguien exclama:

—¡Por el amor de Dios, ¿qué hacéis?!

Sorprendidos, ambos miramos hacia la puerta de entrada y vemos a Raquel, la hermana de Jud, que está tapándole los ojos a su hija Luz para, posteriormente, darse la vuelta.

Judith y yo nos miramos y nos entra la risa, y a continuación ella me dice:

—Vamos a vestirnos. —Luego, dirigiéndose a su hermana, le pide—: Raquel, danos un momento. Enseguida regresamos.

—Vale, cuchufleta.

Divertido por el modo en que la llama Raquel, entramos en la habitación y, recogiendo la ropa del suelo, nos vestimos a toda mecha.

Pero ¿cómo han podido entrar su hermana y la niña en la casa sin que nos percatemos?

De nuevo en el salón, observo el gesto de reproche de Raquel, y Judith, sin dudarlo, se la lleva a la cocina.

Entretanto, yo me quedo a solas y en silencio con su sobrina. Si mal no recuerdo, es muy dicharachera, y la saludo llamándola por su nombre:

—Hola, Luz. ¿Qué tal el colegio?

La niña me mira..., me mira y me mira, y no responde. ¿Qué le ocurre?

Estoy pensando cómo conseguir que me hable cuando digo:

—Tu tita me dijo que...

—Como vuelvas a darle otro azote a mi tita, te doy una patada en las pelotas que te las pongo por corbata.

La miro boquiabierto. ¡Vaya con la sobrinita!

Sin saber qué decir después de lo que acaba de soltarme, nos miramos, y entonces Jud y su hermana entran en el salón. Segundos después, Raquel me da un beso, pero la niña se niega y, después, se van.

Patidifuso todavía por las palabras de la niña, miro a Jud y susurro:

—¿Sabes lo que me ha dicho tu sobrina?

Ella me mira y sonríe. Intuyo que imagina algo, y suelto:

—Literalmente, ha dicho: «Como vuelvas a darle otro azote a mi tita, te doy una patada en las pelotas que te las pongo por corbata».

Divertida, ella se tapa la boca y comienza a reír a carcajadas. Entonces yo, incapaz de no hacerlo, la cojo entre mis brazos y me la llevo a la ducha, donde con gusto y placer ella exige a su empotrador mientras murmura en mi oído aquello de que quiere cosas sucias pero hechas con elegancia.

Y, sin dudarlo, ¡se las doy!

30

Me alegra regresar a Múnich, pero me desespera alejarme de Judith. Disfruto viendo a mi sobrino y estando en su compañía, aunque reconozco que añoro a mi pequeña.

El sábado, tras pasar un día de hombres con Flyn jugando a la PlayStation y haciendo todo lo que él quiere sin poder dejar de pensar en Jud y en lo que estará haciendo, cuando por fin él se va a dormir y me quedo solo, Simona entra en el salón y me anuncia:

—Señor, su madre acaba de llegar.

Sorprendido, me levanto y voy a su encuentro.

¿Desde cuándo mi madre aparece en mi casa sin avisar casi a las nueve de la noche?

La veo aparcar con destreza su coche y, cuando sale de él, me acerco y pregunto alarmado:

—¿Ocurre algo?

Ella sonríe, se empina para darme un beso y murmura:

—Tranquilo, hijo. Sólo vengo a hablar contigo.

—¿A hablar a estas horas?

Sin dejar de sonreír, me agarra del brazo y asiente:

—Sí, hijo. Ahora.

Sin más, entramos los dos en el salón y, cuando se sienta, pregunto:

—¿Quieres beber algo?

—No.

Me preparo un whisky, me siento junto a ella y, sin perder el tiempo, dice:

—Cariño, Marta está muy molesta contigo porque tienes que volver a pasar por el quirófano y no lo haces.

Resoplo. Maldigo. Mi hermana es muy pesadita.

—Mamá, si has venido a hablar sobre eso, creo que no es el momento.

—Pero, Eric...

—Mamá —la corto—. Me operaré, te lo prometo, pero ahora tengo otras cosas más importantes entre manos que requieren de toda mi atención.

Luego nos quedamos en silencio. Me extraña que no me pregunte qué es eso tan importante, y entonces, mirando mi muñeca, señala:

—Me gusta tu pulsera de cuero.

Al mirarla, sonrío. Llevarla me acerca a Jud, y respondo:

—Sí. A mí también me gusta.

Abstraído, estoy pensando en mi pequeña cuando mi madre me toca el pelo con mimo y cuchichea:

—Tú nunca has llevado pulseras ni abalorios, y el hecho de que lleves ésta me hace suponer que la mujer que te la ha regalado es muy especial.

Yo la miro sorprendido y, cuando voy a responder, insiste:

—Y no me lo niegues, porque no te voy a creer.

Estoy boquiabierto. Siempre he oído decir que las madres tienen un sexto sentido con los hijos.

—¿Por qué dices eso? —pregunto.

Ella sonríe, coge mi mano y, dándole unos golpecitos, afirma:

—Soy tu madre y, aunque no lo creas, mi intuición me lo dice. Estoy encantada de verte ilusionado y...

—Mamá..., ¡no exageres!

—No exagero, hijo. Eres el hombre más recto y con peor sentido del humor que he conocido en mi vida, pero últimamente tu rectitud se ha suavizado y te veo sonreír más de lo que te he visto hacerlo en toda tu vida. Y eso, cariño, es porque alguien especial ha llegado a tu corazón.

Es absurdo negarlo. Quiero que Jud se traslade a Alemania, y cuanto antes lo sepan todos, mejor. Así pues, mirando a mi madre, afirmo:

—Tienes razón. He conocido a alguien muy especial.

—¡Ay, hijo, qué alegría!

Su felicidad me hace sonreír y, dispuesto a darle otra alegría más, indico:

—Es española.

Al oír eso, mi madre se pone en pie y aplaude. Está encantada de saber que es española como ella. A continuación, tras dar un trago a mi whisky, pregunta:

—Y ¿cómo se llama?

—Jud —respondo y, dejándome llevar por lo que siento cuando pienso en ella, pregunto, consciente de lo que eso significa—: Mamá, ¿me acompañarías a comprar un bonito anillo para ella?

Ella sonríe, se emociona, y yo finalmente sonrío con ella.

★ ★ ★

Paso varios días en Múnich solucionando problemas en Müller, y el viernes, antes de salir para Madrid, cojo el teléfono y pido que le lleven un ramo de flores a Judith a la oficina. En la nota, ordeno que pongan:

Me muero por besarte, morenita.

Impaciente, llego a la delegación de la empresa de Madrid a la hora de la comida. Judith no está, pero, al pasar junto a su mesa, su olor me invade, y sonrío.

Cuando la veo aparecer, me siento feliz. Como siempre, está preciosa, y, sin acercarme a ella, saco mi móvil y escribo:

Te espero en mi hotel. Ponte guapa. TQ.

Por la tarde, cuando llego al hotel, paso por recepción, donde me informan de que la señorita Flores me espera en mi suite. Me encamino hacia allí, pero, antes de llegar al ascensor, oigo la voz de mi madre:

—¡Eric!

Me vuelvo y me la encuentro de frente.

—Me he comprado otro vestido para la cena —afirma—. Quiero que esa jovencita tenga una buena imagen de mí.

Asiento.

Pensar en la encerrona que le estoy preparando a Jud me pone nervioso. Sé que ella me quiere, pero no sé cómo va a reaccionar al ver a mi madre.

—¿Estás lista para conocerla? —pregunto entonces.

—Por supuesto, hijo.

Nervioso, me meto en el ascensor junto a mi madre, subimos hasta el ático y, una vez arriba, oímos que suena música a todo trapo en mi suite.

—¡Me encanta esta canción! —cuchichea ella—. Lo sabes, ¿verdad?

Asiento.

Es *September*, del grupo Earth, Wind and Fire, y sé que a mi madre le encanta. Nervioso, murmuro entonces, mientras abro la puerta de la suite y oigo canturrear a Judith:

—Pues parece que a Jud también.

La música suena a toda mecha, y mi madre y yo nos quedamos parados mientras observamos a Judith cantar y bailar descalza sin percatarse de nuestra presencia.

Mi madre me mira con una sonrisita, y yo, sin saber qué hacer, me acerco al equipo de música y bajo el volumen. Entonces, Jud se para y nos mira desconcertada, momento en el que mi madre se acerca a ella y dice:

—Reconozco que cada vez que escucho esta canción me hace bailar... Hola, soy Sonia, la madre de Eric, ¿y tú eres...?

Veo que Judith me mira confusa.

No entiende nada.

Pero, retirándose el pelo de la cara, responde al fin:

—Encantada de conocerla, señora. Yo soy Judith.

Mi madre me mira algo nerviosa, y me apresuro a aclarar:

—Mamá, ella es... Jud.

—¡Oh..., qué tonta soy, claro...! Judith es Jud... ¡Tú eres la novia de Eric!

Según dice eso, Jud, que está apoyada en una mesita poniéndose los zapatos, pierde el equilibrio y se cae al suelo.

Creo que le ha sorprendido que mi madre haya empleado la palabra *novia*.

Enseguida la ayudamos a levantarse y ella, apurada, nos hace saber que está bien.

Poco a poco, veo cómo mi pequeña se relaja. Mi madre se lo pone fácil y ella se lo agradece, y, cuando veinte minutos después las veo charlando tranquilamente, sé que he hecho bien juntándolas.

Más tarde, cuando mi madre se va a su habitación a cambiarse para la cena y yo me quedo a solas con Judith, ésta me mira y pregunta:

—Vamos a ver, Eric: ¿tu madre ha dicho que soy tu novia?

—Sí.

—Y ¿cómo es que lo sabe ella antes que yo?

La miro. No sé qué decirle. Sin duda me he precipitado e, intentando tirar de mi escaso sentido del humor, pregunto:

—¿Tú no sabías que eras mi novia?

Niega con la cabeza.

—Pues no. No lo sabía.

Encantado al ver el desconcierto en sus ojos, pero consciente de su sonrisita, me acerco a ella y cuchicheo:

—Te recuerdo que en el Moroccio tú misma dijiste que eras la señora Zimmerman.

Ambos reímos, y entonces le pregunto:

—¿Recuerdas nuestra canción?

Mi amor sonríe, cómo va a olvidarse de esa canción, y cuchichea:

—Vaya..., señor Zimmerman, está usted muy romántico. ¿Qué le ocurre?

Alterado como pocas veces en mi vida, aunque ella no lo note, sé que ha llegado el momento de dar el paso y, sacando de mi bolsillo una cajita de terciopelo rojo, digo:

—Ábrela. Es para ti.

Con manos temblorosas, ella lo hace, mientras yo la observo satisfecho. Al ver el precioso anillo de diamantes que contiene, histérica, susurra sin tocarlo:

—Pe... pe... pero esto es demasiado, Eric. Yo no necesito nada de esto.

Complacido por su reacción, tan distinta de la de otras mujeres cuando les he regalado joyas, saco el solitario de la caja y, poniéndoselo, replico:

—Pero yo sí necesito regalártelo. Quiero darle caprichos a mi novia.

A continuación, nos besamos, nos mimamos, nos acariciamos. Nos deseamos de tal manera que, consciente de que mi madre nos espera para cenar, tenemos que hacer grandes esfuerzos por no desnudarnos y hacernos el amor.

31

En el restaurante, mi madre y Jud terminan de conocerse y, de pronto, me percato de que esas dos españolas juntas pueden ser mi perdición. Aun así, me gusta. Ellas hablan, ríen, bromean..., las une su carácter español.

En un determinado momento, suena mi teléfono y, al ver que se trata de Björn, me levanto para atenderlo.

—¿Dónde estás? —me pregunta.

Con una sonrisa, miro a aquellas dos, que continúan riendo, y respondo:

—En España.

—¿Otra vez?

—Sí.

Mientras hablo con mi amigo, que me llamaba para encontrarnos en el Sensations, de pronto veo entrar a Marta en el restaurante. ¡Mi hermana!

Pero ¿qué hace ella aquí?

Rápidamente me despido de Björn y quedo en llamarlo cuando regrese a Múnich. Luego me acerco a mi hermana.

—¿Qué haces aquí?

Por su gesto tranquilo, sé quién le ha dicho dónde íbamos a estar e, ignorándome, se encamina hacia nuestra mesa. Voy tras ella, cuando oigo que afirma:

—Mamá, me da igual que este cabezón me mande a paseo otra vez. He venido a buscarlo y no pienso regresar a Alemania sin él.

Sin tiempo que perder, ante el gesto de sorpresa de Jud, y para evitar problemas, me aproximo a ella e indico:

—Cariño, ésta es mi hermana Marta.

Judith la mira.

Mi hermana sonríe y, sorprendiéndome, a continuación, suelta:

—Hola, Judith..., he oído hablar de ti, poco, pero bien. Por cierto, tú y yo tenemos que hablar sobre el cabezota de mi hermanito.

Al oírla decir eso, miro a mi madre. La única persona que sabía de la existencia de Judith era ella, y al ver como desvía la vista, maldigo para mis adentros. Pero ¿qué va contando mi madre por ahí?

Marta y yo discutimos, hasta que mi madre, molesta, nos ordena callar y, furioso por la intromisión, repito ante la sorpresa de mi hermana:

—Sí, es mi novia.

Jud y ella se miran y, de pronto, Marta pregunta dirigiéndose a ella:

—Pero ¿cómo puedes soportar a este gruñón?

—Masoquismo puro y duro —responde Jud.

La estoy mirando aún con incredulidad por su respuesta cuando Marta vuelve a la carga:

—Una vez hechas las presentaciones, ¿cuándo regresas a Alemania, Eric? Mamá y yo ya no podemos más con Flyn, y la tata cualquier día lo estrangula. Ese crío nos va a matar a disgustos. Y luego está lo de tu operación. Tienes que operarte. Es necesario bajar la presión intraocular. ¿Qué pasa? ¿Por qué no regresas para que puedan hacerlo? Estoy segura de que tu novia entenderá que tengas que viajar, ¿verdad?

Sorprendida por su parrafada, Jud me mira. Veo reproche en sus ojos, y, tras cruzar con mi hermana unas palabras, siseo:

—¡Dios...! ¡Cuando te pones en plan doctora-habla-a-paciente me pones de los nervios!

Tras una cena en la que mi humor se desvanece gracias a los reproches de Marta, las pildoritas de mi madre en lo referente a Flyn y los internados, y los gestos de desaprobación de Judith, necesito de espacio, así que ordeno a Tomás que acompañe a mi madre y a mi hermana al hotel.

De inmediato, Jud me hace saber lo molesta que está conmigo, pero yo replico con frialdad:

—Escucha, cariño. Sé lo que hago, créeme. En lo referente a Flyn, soy consciente de que tienen razón. He de regresar a Alemania y ocuparme de él, pero no voy a meterlo en un internado. Hannah no me lo perdonaría, ni yo tampoco. Y en cuanto a mí, tranquila, soy el primero que no quiere quedarse ciego, ¿entendido?

Cuando pronuncio la palabra *ciego* siento que ella se encoge. Soy consciente de que le da tanto miedo como a mí, y, como la necesito a ella y sus mimos, la cojo de la mano y murmuro:

—Tranquila, pequeña..., estoy bien.

Tras coger un taxi y llegar al hotel en silencio, nos dirigimos a la habitación. Siento la frialdad que se ha creado entre ella y yo, y murmuro:

—Escucha, Jud...

—No, escúchame tú a mí, maldito cabezón. En lo referente a Flyn, me parece bien lo que decidas: es tu sobrino y tú mejor que nadie sabes qué hay que hacer con él. Pero en lo tocante a tu enfermedad, si me quieres y quieres que lo nuestro continúe, haz el favor de regresar con tu familia a Alemania y hacer lo que tengas que hacer.

Ver sus lágrimas recorriendo su rostro por mi culpa me mata. Intento acercarme a ella, pero Judith vuelve a alejarse de mí y prosigue:

—No sé por qué lo estás retrasando, pero, si es por mí, te aseguro que yo estaré esperándote cuando regreses, ¿entendido? Tú me has concedido el título de tu novia y, como tal, te exijo que te cuides porque te quiero y quiero estar contigo muchos años. Si lo deseas, viajaré contigo, estaré a tu lado todo el tiempo que haga falta, pero, por favor, necesito saber que estás bien. Porque si a ti te ocurre algo malo..., yo... yo...

Conmovido, la abrazo.

Sus palabras me hacen mucho bien, pero he de tranquilizarla. Por mi culpa, está nerviosa, y la siento en la cama. Sin querer atosigarla, me acomodo frente a ella. Cuando Judith se enfada necesita espacio, como lo necesito yo, y estoy dispuesto a dárselo. Permanecemos varios minutos en silencio hasta que ella se levanta, se sienta a horcajadas sobre mí y, cuando va a besarme, me retiro.

Ella pestañea sorprendida y, con su gracia habitual, pregunta:

—¿Me acabas de hacer la cobra?

Sonrío. No era mi intención, pero respondo:

—Alguna vez tenía que ser yo quien lo hiciera, ¿no?

Encantados, nos besamos, nos mimamos, nos deseamos y, como es natural entre nosotros, terminamos haciendo el amor salvajemente.

32

Hago caso a las tres mujeres de mi vida, o tendré que matarlas a las tres, y regreso a Alemania para tratarme el problema de la vista.

Mi humor es pésimo, negro, terrible, y todos me soportan, mientras soy consciente de que me estoy comportando como un verdadero demonio, pero me da igual.

Los días pasan y mi madre me dice que Judith quiere venir a verme desde España. Me niego. Tal y como estoy, no quiero que venga. No quiero que me vea así.

Sé que, en caso contrario, yo iría por mucho que ella dijera, pero por suerte Jud respeta mi decisión y, aunque me duele estar separado de ella, sé que es lo mejor. Sobre todo, para ella.

En estos días, mi sobrino sigue en sus trece. Cada día que pasa, su comportamiento deja más que desear, y comienzo a ser consciente de la desesperación de mi madre, la tata y mi hermana.

Hablo con él y, aunque parece entenderme, tengo la sensación de que me oye, pero no me escucha. Lo que digo parece entrarle por un oído y salirle por el otro, y cuando lo hablo con su psicólogo me dice que Flyn se siente así por mí. Eso me duele en el alma, y me propongo ponerle solución en cuanto me encuentre mejor.

Por suerte, Björn, Frida y Andrés están a mi lado. Sus visitas consiguen sacarme de la rutina, y las llamadas de Dexter me hacen sonreír. Lo reconozco. Tengo unos amigos que no me los merezco y aún no sé por qué me quieren tanto.

Al cabo de una semana, decido escribir a Judith. Estoy tan débil y dolorido que no quiero ni hablar por teléfono.

De: Eric Zimmerman
Fecha: 17 de octubre de 2012, 20.38 horas
Para: Judith Flores
Asunto: Te echo de menos

Odio el tratamiento y a mi hermana. Me pone de muy mala leche. En cuanto a Flyn, no sé qué hacer con él.

Te echo de menos.

Te quiero,

Eric

Aún no me he levantado de la silla cuando mi ordenador pita y, al ver que se trata de ella, rápidamente abro su correo:

De: Judith Flores
Fecha: 17 de octubre de 2012, 20.50 horas
Para: Eric Zimmerman
Asunto: Re: Te echo de menos

¿Tú de mala leche?
¿Seguro?
No te creo..., ¡imposible!
Un hombre como tú no sabe lo que es eso.
Sobre Flyn, dale tiempo. Es demasiado pequeño.
Te quiero..., te quiero..., te quiero...
Jud

Leer sus palabras me reconforta como nada en el mundo. Saber que ella está esperando mi recuperación me da fuerzas para seguir, para luchar por todo y, sonriendo, me dirijo al salón para reunirme con mi puñetero sobrino.

★ ★ ★

Al día siguiente, tras pasar una jornada horrible en el que la cabeza me ha estado matando y he tenido que discutir con Flyn porque ha traído otra mala nota del colegio, cuando estoy frente a la chimenea de mi despacho pensativo, oigo que entra un email.

Me levanto para comprobar de qué se trata y el corazón se me acelera. Es mi pequeña.

De: Judith Flores
Fecha: 18 de octubre de 2012, 23.12 horas
Para: Eric Zimmerman
Asunto: Holaaaaaaaa

Hola, ¡¡¡soy tu novia!!!

¿Cómo está hoy mi cariño?

Espero que un poquito mejor. Venga, sonríe, que seguro que tienes el ceño fruncido. Y, vaaaaaale, ya he entendido la indirecta de que no quieres que vaya a verte, me aguantaré.

Aquí, en Madrid, comienza a hacer frío. Hoy en la oficina ha sido un día de locos y he llegado hace poquito a casa. Tengo tanto trabajo que casi no tengo tiempo ni para respirar.

Espero que Flyn te lo esté poniendo fácil.

Besos, cariño, que pases una buena noche. Te quiero. ¿Me contestarás mañana?

Tu morenita

Termino de leer el correo con una sonrisa en los labios.

Ella y sólo ella saca de mí esa parte tierna que todos tenemos y, como si sus palabras fueran un bálsamo para mí, una vez que cierro el ordenador, me voy a la cama y me duermo.

Me despierto a las seis de la mañana, bajo a la cocina y, tras saludar a Simona y tomarme un café, sobre las siete me despido de Flyn, que se va al colegio con Norbert.

En cuanto me quedo solo, hojeo un periódico y, después, entro en mi despacho, donde escribo:

De: Eric Zimmerman
Fecha: 19 de octubre de 2012, 08.19 horas
Para: Judith Flores
Asunto: Hola

Odio que trabajes tanto.

¿Qué horas son ésas de llegar a casa? Cuando regrese a Madrid, hablaré muy seriamente con la idiota de tu jefa.

Te quiero, morenita.

Eric

★ ★ ★

Los emails de Judith se suceden a diario, y siento que, para mí, recibirlos es lo mejor del día.

Ella me pide, me suplica, que la llame por teléfono, pero no lo hago. A pesar de las ganas que tengo de oír su voz, me resisto. Soy así de cabezón. Sin embargo, me resisto sólo dos días, al tercero, y tras pedirle a mi madre que se ocupe de Flyn, cojo el jet privado y me planto en Madrid sin avisar.

Cuando el chófer me deja frente al portal de la mujer que adoro, siento cómo el corazón me late con fuerza en el pecho.

Un vecino sale entonces a sacar la basura y entro corriendo en el portal. Luego, con seguridad, llamo a su puerta.

Espero que la sorpresa le guste, y, cuando me ve en el rellano y sus vivaces ojos se abren desmesuradamente y se lanza a mis brazos, soy el tío más feliz del planeta.

Esa noche, deseosos el uno del otro, nos hacemos esas cosas sucias que tanto nos gustan, pero con elegancia.

33

Retomo la actividad en la empresa y mi vida transcurre de nuevo entre Madrid y Múnich.

Poco a poco, tanto viaje comienza a pasarme factura, pero yo me niego a parar. Cuando estoy en Múnich quiero estar en Madrid, y cuando estoy en Madrid deseo estar en Múnich.

¡Mi vida es un caos!

Mis celos vuelven a aparecer un día en que veo a Judith charlando animadamente con Miguel en la cafetería de la oficina y, una mañana, cuando la llamo al móvil, ella me llama *papá* para ocultar a todos con quién habla.

¡¿Papá?!

¿Yo, su papá?

¿Realmente quiero eso?

¿Realmente quiero que nadie sepa lo mío con ella?

Así pues, una de las mañanas, cuando me quedo a solas con ella en mi despacho, mirándola, murmuro:

—Esta noche duermes conmigo en el hotel.

Ella asiente, sonríe, y yo pregunto con complicidad:

—¿Te parece que juguemos con compañía?

Desde Zahara no hemos vuelto a jugar con nadie y, tras decirme lo que piensa, pregunto:

—¿Excitada?

Ella asiente con una sonrisa y, agarrándola del brazo, la meto en el archivo. Nuestro archivo.

Deseoso de ella, introduzco la mano por debajo de su falda y susurro en su oído, al tiempo que le toco el muslo:

—Llevo mucho sin ofrecerte y no veo el momento de hacerlo.

—Eric... —murmura acalorada.

Complacido con su excitación, paseo mi boca por la suya y, recordando el arrebato de celos por lo de Miguel, cuchicheo:

—Sigo cabreado contigo y mereces un castigo.

—¿Un castigo?

—Sí..., mi pequeña. Y esta tarde sabrás cuál es.

Con mimo, continúo paseando la mano entre sus piernas mientras ella tiembla.

—Tu castigo te espera en mi hotel —susurro con frialdad—. Cuando salgas de la oficina, coge tu coche y ve directa allí.

A continuación, le doy un azote de esos que le gustan, la beso y, en cuanto la suelto, la reprendo:

—Señorita Flores, ¿quiere dejar de provocarme para que yo pueda dirigir esta empresa?

Judith sonríe, se recoloca la falda, sale del archivo y de mi despacho y, como podemos, ambos continuamos trabajando.

★ ★ ★

Esa tarde he quedado en mi hotel con unos amigos, Mario y Marisa, su mujer, y de inmediato subimos a mi habitación. Mientras tomamos algo en mi suite, dejamos claros los términos del juego. Ella habla de disfrutar de Judith y a mí me parece bien, siempre y cuando ella quiera. Todos somos expertos jugadores, excepto mi chica, y simplemente deseamos pasarlo bien.

Cuando Jud entra en el hotel, me avisan desde recepción y, cuando las puertas del ascensor se abren y ella aparece, voy a su encuentro y, sin mostrarle quién jugará con nosotros, la meto en mi dormitorio y cierro las puertas.

—Lo que quiero que te pongas está sobre la cama —le digo—. Dúchate y, cuando estés preparada, ven al salón.

Veinte minutos después, mi preciosa chica aparece vestida con la misma ropa que Marisa.

—Judith, ellos son Mario y su mujer, Marisa. Unos amigos —los presento.

Veo que ella los saluda y, aunque suele ser afectuosa, noto cierta frialdad hacia Marisa. No se lo tengo en cuenta. Quizá esperaba jugar con dos hombres y no con una mujer.

Una vez hechas las presentaciones, Marisa no le quita ojo a Jud.

—Me muero por saborearte, Judith —comenta.

Me hace gracia oír eso y, dispuesto a pasarlo bien, respondo:

—Tengo una novia muy... muy deseable.

El gesto de Judith me desconcierta, pero, como no dice nada, continuamos con la diversión. Bebemos, reímos, bromeamos y, cuando siento que ella parece relajarse, le hago saber que mi castigo se llama Marisa.

Ella se niega en rotundo.

Intento hablar con ella. Trato de saber qué es lo que pasa, pero, cuando veo que es imposible, molesto por lo hermética que es en ocasiones, digo:

—De acuerdo, Jud. Ve a la habitación y cámbiate. Tomás te llevará a tu casa.

No obstante, ella no se mueve. Me demuestra que no quiere marcharse y, cuando pronuncia mi nombre y la miro, pregunta:

—Si me quedo, ¿mis besos serán sólo tuyos y los tuyos sólo míos?

Al oír eso, que es tan importante para mí, para nosotros, asiento.

—Eso siempre, cariño..., siempre.

Nos besamos. Por nada del mundo deseo que ella haga nada que no quiera hacer. Entonces mira a Marisa y murmura:

—De acuerdo.

Una vez que me siento con Mario dispuesto a ver cómo nuestras mujeres se tocan frente a nosotros y se dan placer, Marisa, que ha sido testigo de cómo Judith cambiaba de opinión, susurra mirándome:

—Eric..., dame cinco minutos a solas con ella.

—Treinta segundos —matizo.

Marisa nos mira y, guiñándonos un ojo, murmura:

—Os esperamos en la habitación.

Cuando ellas cierran la puerta, Mario me dirige una sonrisa y afirma:

—¡Mujeres!

Sonrío a mi vez.

Me sirvo un poco más de champán, mientras, intranquilo,

miro hacia la puerta de la habitación. ¿Qué querrá Marisa de mi mujer?

Con paciencia, les doy treinta segundos y, cuando no puedo más, le indico a Mario:

—Entremos.

Sin demora, nos dirigimos allí, pero me quedo parado cuando, al abrir la puerta, frente a mí tengo a dos mujeres sobre la cama, desnudas y disfrutando la una de la otra. Boquiabierto, observo a Judith, que con su juguetona lengua le da ligeros toques en el clítoris a Marisa, haciendo que se contraiga de placer.

Ese juego me excita y, sentándome en la cama, me inclino y susurro al oído de mi pequeña:

—Me gusta lo que veo.

Ávida de deseo, Marisa la disfruta, la saborea, y cuando ve su tatuaje me hace saber que le excita. Unas caricias calientes e inesperadas por parte de Judith la agitan.

Ver el deseo de Jud, el placer en sus ojos, en sus gestos y en su boca me vuelve loco, mientras Marisa, que es una ávida jugadora, asola el cuerpo de mi chica y yo lo permito, consciente de lo mucho que mi amor lo disfruta.

Mario y yo, que estamos duros como piedras, las observamos, nos deleitamos, hasta que Marisa murmura:

—Vamos, chicos... Participad en mi juego.

Excitado, miro a Jud y ella asiente.

Con la mirada me pide que juegue, que juguemos, y, sin dudarlo un segundo, me uno a ellas y la beso, mientras Mario le chupa los pezones y Marisa, que continúa entre sus piernas, asola con deseo su sexo.

Jud se mueve, se arquea, se entrega a nosotros complacida de ser nuestro juguete, en el momento en que Mario y yo le separamos los muslos para darle mejor acceso a Marisa.

Oleadas de placer recorren nuestros cuerpos cuando su marido se levanta, me mira, asiento y aparece segundos después con un consolador negro de dos cabezas.

—Estoy deseando ver cómo os folláis la una a la otra —dice mirando a las mujeres.

Beso a Judith. Está totalmente entregada a nosotros mientras los dedos de Marisa la masturban y ella me regala sus jadeos, sus gritos de placer y yo los absorbo, me los como con cada beso.

Deseoso de más, me siento detrás de ella y Mario se sienta tras su mujer.

Al ver cómo el pecho de mi amor sube y baja excitado, cojo el consolador negro y llevo una de las cabezas hasta mi boca.

Sin hablar, la chupo con morbo y, una vez que la saco de mi boca, la dirijo hacia su vagina. Está muy húmeda, y con facilidad la introduzco en ella mientras, avivado, murmuro en su oído:

—Sí..., así...

Marisa coge la otra cabeza del consolador y se la mete. Ahora es ella quien jadea y gime y, cuando veo que empuja con la pelvis en dirección a Judith, miro a mi amor y la oigo chillar.

Ese ataque es nuevo para ella y apenas se mueve, sólo lo disfruta, hasta que finalmente Judith adelanta también la pelvis y consigue que sea Marisa la que chille, mientras están unidas por ese juguetito de doble cabezal.

—Eso es..., fóllate a mi mujer —murmura Mario excitado.

Al tiempo que sujeto a mi chica, la aliento a que se folle a Marisa, la animo a que disfrute y me haga disfrutar a mí, hasta que no pueden más y, tras un último empellón que hace que las dos chillen al unísono, Mario y yo sabemos que han llegado al clímax.

Durante unos instantes permitimos que recuperen el aliento, pero estamos deseosos de más.

—Vamos, chicas... —dice Mario—, ahora nos toca a nosotros.

Sin querer perder un segundo, me coloco un preservativo, cojo a Judith de la mano e indico:

—Te voy a atar a la cama y te voy a ofrecer a Mario para que te folle. Ponte boca abajo.

Acalorada, hace lo que le pido, mientras Marisa se coloca igual que ella.

A continuación, Mario y yo inmovilizamos sus muñecas con unos pañuelos de seda y, después, las atamos al cabecero.

El momento es excitante y morboso. Vamos a hacer un intercambio de pareja y lo vamos a disfrutar.

Una vez que las tenemos como queremos, contemplo el precioso trasero de mi chica y le doy un azote. Ella me mira. Veo la calentura en sus ojos y, cuando su maravilloso culo se balancea ante mí, le exijo:

—Abre las piernas para que él pueda penetrarte bien y yo pueda verlo. ¿Entendido, cariño?

Decir eso me excita sobremanera y, cuando veo a Mario penetrar a mi mujer, enloquezco y hago lo mismo con la suya, aunque es a la mía a quien miro.

Me gusta lo que veo, pero más me gusta ver cómo ella obedientemente se entrega al juego y lo disfruta, lo disfruta mucho mientras se abre de piernas para que él la embista y yo lo vea.

Morbo.

Morbo en estado puro es lo que me provoca observar cómo Mario entra y sale de mi mujer, al tiempo que ella jadea pidiendo más.

Al cabo de unos minutos todos llegamos al clímax. Pero a mí sólo me importa mi mujer y, alejándome de Marisa, desato las manos de Judith, se las beso y susurro:

—Vamos..., cariño. Necesitas un baño.

En el aseo, el jacuzzi está lleno de agua, lo he preparado antes de que comenzara todo el juego. Dejo a Judith dentro de él y murmuro:

—Inclínate y sujétate al borde.

Con mimo y dulzura, la enjabono y la lavo y, una vez que acabo, musito, dándole un beso en el hombro:

—Ya está, cariño...

Salimos del jacuzzi, pero haberla lavado y tocado a placer me ha puesto duro, y ella me invita a sentarme sobre la tapa del inodoro. Acto seguido, ella se sienta a horcajadas sobre mí y, cogiendo mi pene, se lo coloca en su humedad y se deja caer con cuidado sobre él mientras me mira a los ojos.

—Dios, Jud...

Jadeo. Lo que acaba de hacer me hace temblar, cuando ella, sin apartar sus ojos de los míos, murmura:

—Ahora tú... Ahora tú...

Judith contrae la pelvis y yo me dejo hacer. Permito que ella lleve la voz cantante y disfruto de sus movimientos a la vez que siento cómo un inmenso placer recorre todo mi cuerpo.

—Así, nena..., poséeme. Eres mía.

Mis palabras la avivan.

Su sexo me succiona y yo tiemblo, disfruto y jadeo; nos miramos a los ojos y en ellos veo el placer que ella ve en los míos. Cuando llego al clímax, tiemblo, tirito, me deshago entre sus brazos, y entonces la oigo decir:

—Mío. Eres sólo mío.

Y, sí, soy suyo, sólo suyo. De eso no me cabe la menor duda.

Agotado y sudoroso, tomo aire y luego le doy cientos de besos en el rostro.

Las sensaciones que me transmite son maravillosas, increíblemente vívidas, y, cuando nuestros ojos vuelven a encontrarse, pregunto:

—¿Mi castigo ha sido muy duro?

Ella sonríe.

No sé qué ha ocurrido con Marisa, pero lo que sí sé es que, sea lo que sea, está solucionado.

—Tus castigos me vuelven loca —murmura.

Entre besos y sonrisas mimosas, nos besamos, hasta que de pronto dice:

—¿En Alemania seguiremos jugando?

Eso me pilla por sorpresa.

No hemos vuelto a hablar sobre lo que le propuse, pero está más que claro que ella sí lo ha pensado. Ha estado dándole vueltas y ya ha tomado una decisión.

Y, consciente de lo que eso significa y deseoso de besarla, afirmo con seguridad:

—En Alemania te prometo todo lo que quieras.

34

Ɛn la oficina, vuelvo a enviarle flores a Judith. Siento que ese juego secreto que mantenemos nos provoca morbo, y disfruto preguntándole frente a los demás empleados si las flores se las envía un admirador secreto.

¡Si ellos supieran...!

Varias noches después, tras regresar de Múnich, salimos a cenar. Me duele la cabeza, pero no quiero alarmar a Judith y, sin decir nada, aguanto.

A la salida del restaurante nos encontramos con mi amigo Víctor y su nueva novia. Veo cómo él mira a mi chica y sonrío con disimulo. Por ello, cuando Víctor está hablando con su chica y no nos oye, le pregunto a Jud:

—¿Te apetece que invite a Víctor al hotel para jugar los tres?

Judith me mira, sonríe y, segundos después, me aparto de ella y de la novia de él. A Víctor le gusta mi proposición, aunque me informa de que a su chica esos juegos no le hacen mucha gracia.

En ese instante, sin embargo, suena mi móvil. Contesto y, tras oír algo que no me gusta nada, me dirijo de nuevo a Víctor y digo:

—Lo siento. Lo dejamos para otro día. Ha surgido algo.

Él asiente; luego nos acercamos a las chicas y, mirando a Judith, anuncio con gesto serio:

—Nos vamos.

Nos despedimos de ellos y regresamos al hotel. Durante el trayecto, me muestro serio y callado y, por el modo en que me mira Judith, veo que no entiende nada.

Al llegar a mi suite, pido que nos traigan algo de beber y entramos en la habitación. Allí, me quito la chaqueta, que coloco con cuidado en el galán de noche, y segundos después aparece un camarero con dos copas y una botella de champán.

Descorcho la botella cuando nos quedamos solos, lleno dos copas y comenzamos a hablar. Hablo de nuestros juegos, de nuestras apetencias, hasta que no puedo más y siseo:

—¿Por qué no me dijiste que Marisa y tú os conocíais?

Es obvio que mi pregunta le ha sorprendido tanto como a mí cuando me han contado que ellas dos se veían y jugaban en la intimidad. Jud no entiende mi pregunta, yo no entiendo que me lo haya ocultado, y furioso espeto:

—¡Maldita sea, Judith! No soporto la mentira. ¿Por qué no me dijiste que ya os conocíais cuando vino el otro día al hotel?

Con gesto desconcertado, ella se retira el pelo de la cara y responde:

—No... no lo sé..., yo...

Pero no la dejo continuar.

Estoy decepcionado y cabreado.

Pensé que entre nosotros había confianza ciega, y más tratándose de sexo, pero ya veo que no. Ella me ha estado ocultando información.

—Será mejor que te vayas —siseo—. Estoy terriblemente enfadado y no tengo ganas de hablar.

Sin embargo, ella se niega. No quiere marcharse.

Quiere hablar, pero yo no, y al final claudica.

Entre el dolor de cabeza que tengo y el enfado, creo que lo mejor es que se vaya y me deje solo y, sin aceptar sus negativas, tras hablar con Tomás para que la lleve a su casa, digo con frialdad:

—Adiós, Jud. Hasta mañana.

En cuanto se va, me doy una ducha y, cuando termino, tras mirar mi correo electrónico, me tomo un par de pastillas y me meto en la cama. Es lo mejor.

★ ★ ★

Intento dormir durante horas, pero me resulta imposible. No puedo hacerlo sin tener al lado a Jud, y, arrepentido por cómo la he echado de mi lado, cojo mi móvil y escribo:

Te echo de menos y me siento el hombre más tonto del mundo; ¿me perdonas?

Le doy a «Enviar» y no pasan ni dos segundos cuando el teléfono suena. Sonrío al ver que es Jud. Sin duda, me ha perdonado.

Pero cuando cojo el móvil, mi sonrisa se paraliza al oír unos gemidos incontrolados que dicen:

—Eric..., soy Raquel, la hermana de Judith. Te llamo porque mi hermana ha tenido un accidente con el coche. Ay, Dios mío... Ay, Dios mío, Eric... ¡Pobrecita! ¡Pobrecita!

Según oigo eso, siento cómo toda la sangre de mi cuerpo se paraliza. Me mareo y, sin apenas respirar, pregunto:

—¿Dónde está?

Raquel me da la dirección del hospital entre sollozos y, olvidándome de todo, me visto lo más rápidamente que puedo y voy hacia allí mientras me asfixio. Me angustio.

«No, por favor...

»No puede ocurrirle nada..., por favor..., por favor..., mi pequeña... no.»

Ya en el hospital, enloquecido y angustiado, veo a Raquel.

Ella me presenta a su marido, que me parece un idiota redomado, y me cuenta entre lágrimas que la culpa del accidente es suya. Ella llamó a Judith de madrugada para que fuera a su casa tras una discusión con su marido, y entonces fue cuando sufrió el accidente.

Durante horas, espero noticias preocupado.

Varias veces monto en cólera por lo mucho que tardan en decirnos algo y, cuando creo que voy a explotar otra vez en esa sala, se abre la puerta de urgencias y veo salir a Judith con mala cara y un collarín.

¡Mi pequeña!

Siento que el corazón se me paraliza.

No puedo soportar que a alguien a quien quiero le ocurra nada y, tras correr hacia ella, la abrazo con cuidado mientras soy consciente de su chichón y del labio partido.

—Eric, estoy bien, cariño, de verdad.

Quiero creerla, necesito hacerlo y, cuando dejo de abrazarla, permito que su hermana y su cuñado se acerquen también a ella.

Llamo a Tomás y lo hago venir a la puerta del hospital. Se pongan como se pongan, Jud se viene conmigo. Yo la cuidaré, y al final lo consigo y me la llevo a su casa.

Con mimo, la cuido, la ayudo, y ella se interesa por mi dolor de cabeza. Siento tanta culpabilidad por lo ocurrido que ésta no me deja vivir; ella, que ya me va conociendo, dice:

—Eric, tú no tienes la culpa de nada.

Niego con la cabeza. Si no la hubiera echado de mi lado de malos modos, no le habría ocurrido eso, e indico:

—No estoy de acuerdo. Me siento fatal. —Ella me besa en la comisura de los labios y, a continuación, pregunto—: ¿Te encuentras bien?

Enseguida me hace saber que sí y, abrazados, nos quedamos semidormidos en el sofá.

★ ★ ★

Por la tarde aparecen en la casa su hermana, su cuñado y su sobrina con un montón de comida preparada. Raquel me da instrucciones sobre los táperes y yo simplemente, para no importunarla, le digo que sí, aunque no me entero de nada.

Judith me pide unos instantes a solas con su hermana y su cuñado. Yo regreso al comedor, donde está Luz, y me pongo a ver un partido de baloncesto que echan por la tele. Segundos después, aparece Judith y dice:

—Los he dejado solos para que hablen.

Luz, su sobrina, que hasta el momento ha permanecido en una silla sin moverse, se levanta, se sienta entre los dos en el sofá y pregunta dirigiéndose a mí:

—¿Eres el novio de mi tita?

Miro a esa mocosa, que la última vez que me vio me amenazó, y respondo:

—Sí.

—Y ¿te vas a casar con ella?

Miro a Judith, que está roja como un tomate, y digo:

—Pues no lo hemos hablado.

—Y ¿por qué no lo habéis hablado?

¡Joder, con la niña!

—Porque no —respondo sin saber qué más decir.

—Y ¿por qué no? —insiste.

Sin apartar la mirada de la pequeña, vuelvo a responder y ella vuelve a preguntar.

Pero ¡qué niña más preguntona!

¡Joderrrrrrrrrrrrrrrrrrrrrrrr!

Jud intenta meter baza, pero su sobrina no la deja, hasta que al final propone:

—Luz, ¿quieres ir a mi habitación a ver dibujos?

La cría asiente y, una vez que se ha ido, le doy las gracias por habérmela quitado de encima.

—¿Flyn no es así? —pregunta ella entonces.

Al pensar en mi sobrino, suspiro. Flyn es tremendamente introvertido.

—No —contesto—. Es del todo diferente. Ya lo verás.

★ ★ ★

El lunes, cuando llego a Müller, doy dos noticias.

La primera, que la señorita Flores es mi novia, y la segunda, que está de baja laboral por haber tenido un accidente.

¡Todos alucinan! Y yo sonrío. Por fin todo el mundo sabe que ella es mi novia.

35

Judith pasa tres semanas sin ir a la oficina. Las dos primeras, porque el médico lo dice, y la tercera porque me empeño yo. Quiero que se reponga del todo y, además, me gusta ver cómo guarda sus pertenencias en cajas para trasladarlas a Múnich.

Me habla de su casa. No sabe qué hacer con ella, pero lo que sí sabe es que no quiere venderla. Su casa es suya y quiere que siga siendo así. Yo no digo nada. Lo que ella decida sin duda será lo más acertado.

Cuando hablamos de su traslado a Múnich, me pongo contento. Pienso que vivir con ella será un gran paso en nuestra relación, y decidimos que eso será dentro de mes y medio, pasada la Navidad.

Durante ese tiempo, yo sigo yendo y viniendo todas las veces que es necesario para tener atendidos a Flyn y a Judith. Por ellos, lo que sea.

Mientras dura la baja laboral de Jud contrato a otra secretaria y, cuando ella regresa, no la veo muy contenta, pero no importa: sus días en Müller están contados y la empresa necesita una nueva secretaria.

Aunque no dice nada, sé que no le ha gustado que contara que es mi novia. Ahora todos la tratan de diferente manera y, conociéndola, eso no la hace muy feliz.

★ ★ ★

A primeros de diciembre, mi madre vuelve a pasarse por Madrid y, con ella, le preparo una sorpresa a Jud. Entre mi madre y yo organizamos una cena y me ocupo de traer a Manuel de Jerez y de invitar también a su hermana, a su cuñado y a su sobrina.

A la cena se unen Frida y Andrés, que están de nuevo en Madrid por el trabajo de él, y a última hora se suma también Marta y un amigo suyo. No hay fiesta que mi hermana pueda perderse.

La alegría de mi pequeña esa noche al ver a su padre con todos nosotros a la mesa es insuperable. Sus ojitos, su sonrisa..., todo en ella me demuestra lo feliz que está, y yo lo disfruto una barbaridad.

Durante horas, reímos, hablamos, brindamos, nos divertimos, y cuando los demás se van a dormir, decidimos ir a tomar algo con Marta y su amigo. Como era de esperar, mi hermana y Judith bailan como descosidas.

¡Vaya dos!

Desde la barra, observo cómo Jud me mira y sé lo que me está pidiendo con los ojos.

Complacido, saco mi teléfono y, tras contactar con una amiga llamada Helga, que curiosamente se aloja en nuestro mismo hotel, quedo con ella en mi habitación y vuelvo a guardar el móvil.

De pronto, la música cambia, se vuelve más íntima, y, al reconocer esa canción que tan importante es para Judith y para mí, ella se me acerca y le pregunto:

—Señorita Flores, ¿sería tan amable de bailar conmigo esta canción?

—Por supuesto, señor Zimmerman.

De la mano, llegamos a la pista y la abrazo.

¿Desde cuándo bailo yo?

Huelo su perfume...

Huelo su piel...

Huelo su excitación...

Y, cuando acaba la canción, estoy decidido a disfrutar de la noche con mi pequeña.

—Creo que ya ha llegado el momento de llevarte al hotel —murmuro.

—¡Por fin! —la oigo decir encantada.

★ ★ ★

Tras despedirnos de mi hermana y de su chico, Tomás nos recoge en la puerta. Una vez dentro del vehículo, subo el cristal que nos separa del chófer y, mirándola, exijo:

—Jud..., móntate a horcajadas sobre mí ¡ya!

Lo hace y, cuando mis manos agarran su tanga, se lo arranco y susurro, al ver su gesto de reproche mientras paseo mi boca por la suya:

—Te compraré cientos de tangas..., no te preocupes por eso. Ahora ábrete para mí.

Con ímpetu y deseo, me introduzco en ella mientras el coche recorre las calles de Madrid.

Hundido en mi amor, disfruto de su placer sin pensar en nada más. Estoy convencido de que Tomás nos está oyendo, el coche no está insonorizado, y debe de oír los azotes que le doy a Judith cada vez que me clavo en ella, sus jadeos y sus gritos.

Cuando el clímax nos alcanza, y consciente de la noche que nos espera, susurro:

—Esta noche vas a ser toda mía. Toda.

—Lo estoy deseando —afirma ella.

Cuando llegamos al hotel, ambos estamos calientes y excitados, y en cuanto entramos en el dormitorio y deduzco que Helga ya está allí porque veo algunos juguetitos sobre la cama, miro a Judith y pregunto:

—¿Preparada para jugar?

Ella asiente y, con una sensualidad que me reseca hasta el alma, comienza a desnudarse delante de mí hasta quedar vestida sólo con un sugerente sujetador negro. No lleva tanga: se lo he arrancado yo.

Estoy observando con morbo a mi chica cuando una puerta se abre y veo a la pelirroja de mi amiga.

—Se llama Helga —le explico—. Es una colega de Björn que, casualmente, se aloja en el hotel. Está de paso en España.

Jud asiente y de inmediato veo en su cara el morbo y las ganas de jugar. Eso me complace y, tras saludar a Helga, indico:

—De entrada, quiero observaros; ¿te parece bien, cariño?

Mi chica asiente, ya está que arde, y, acercándose a Helga, le pide que la toque, cosa que ella no tarda en hacer.

Durante un rato observo cómo Helga disfruta de Judith, hasta que ésta, mirándome, murmura:

—¿Y si soy yo quien te ofrece?

La miro sorprendido.

En todos los años que llevo practicando sexo liberal, nunca nadie me ha ofrecido a mí, y siento un placer extraño, insólito, y más cuando me entrega un preservativo y me ordena:

—Póntelo.

Mientras me lo coloco, observo cómo Helga sigue acariciando el cuerpo de Judith y mi locura se vuelve delirio. A continuación, oigo que mi chica dice dirigiéndose a Helga:

—Súbete encima de él y fóllatelo para que yo lo vea.

Enloquecido, la miro.

Esas palabras se me antojan calientes y posesivas, y cuando Helga hace que me siente en la cama y noto cómo introduce mi pene en su interior, vibro de placer.

Sin apartar los ojos de mi amor, veo cómo ella se sube entonces a la cama. Acaricia mis hombros con cariño y, colocándose detrás de mí, me susurra al oído:

—Chúpale los pezones.

Obedezco con sumisión al tiempo que Helga me cabalga y Judith me dice las cosas más ardientes y morbosas que nadie me ha dicho nunca al oído.

Mi temperatura sube...

Mi impetuosidad también y, agarrando a Helga de las caderas, la hundo en mí una y otra vez mientras Judith me dice cosas arrebatadoras y me besa los hombros.

Calor...

El calor se hace delirante, y entonces Helga se corre y yo lo hago tras ella a la vez que Judith me muerde los labios.

Segundos después, Helga desaparece en el baño, yo me tumbo en la cama y murmuro, al sentir a mi chica a mi lado:

—Nunca me había ofrecido una mujer.

—Me alegra ser la primera, y te aseguro que no será la última.

Sonrío al oír eso. Creo que Judith es más morbosa incluso que yo.

—Es usted muy peligrosa, señorita Flores —cuchicheo—. Nunca dejas de sorprenderme.

—Me gusta serlo y hacerlo, señor Zimmerman.

Nos enzarzamos en un beso abrasador y, cuando nos separamos, susurro:

—Voy a ducharme, cariño.

Miro a Helga, que sale de la ducha, y le guiño el ojo. Le hago saber que, si Jud quiere, todo está bien, y me meto en el baño. Necesito refrescarme.

Minutos después, salgo aún mojado y las veo jugar, tocarse, tentarse y, al sentarme en la cama, Helga hace caminar a Judith hasta mí y me ofrece sus pechos.

Satisfecho, los tomo, los disfruto y, cuando sus pezones están duros como piedras, bajo la cabeza hasta su monte de Venus y, tras contemplar ese tatuaje que me apasiona, se lo beso y ella jadea.

Luego, Helga tumba a Judith en la cama y su boca toma mi erección.

¡Qué placer!

Helga, que es experta en hacer disfrutar a las mujeres, la masturba y veo cómo Jud responde. Está encantada, por lo que, tras intercambiar una mirada con mi amiga, agarro a mi chica de las axilas, la levanto, la siento sobre mí, paso las manos por debajo de sus rodillas y, abriéndole los muslos, se la ofrezco.

Ahora soy yo quien le susurra a Judith palabras ardientes, palabras delirantes, excitantes, mientras la otra, con la boca, la toma, la chupa, le mordisquea con deleite el clítoris, y mi pequeña jadea.

Apasionada, Helga se sube a la cama e intuyo lo que me pide, por lo que, ladeando a Judith, coloco su sexo contra el de la otra y ella se restriega con fuerza y delirio.

Jadeos, gritos, placer, todo eso se apodera de nosotros, y entonces Helga, cogiendo un vibrador rojo que hay sobre la cama, se lo introduce en la vagina. Noto cómo el artilugio se mueve en el interior de Judith cuando mi amiga se acerca a su rostro y le susurra:

—Ahora voy a por tu apretado culito.

Observo, lo permito, lo acepto.

Con cuidado y destreza, Helga introduce en el ano de Judith un pequeño vibrador en forma de chupete sin sacar el vibrador rojo de su vagina.

—No te muevas —le exijo a mi amor—. No separes las piernas. No quiero que nada salga de ti a excepción de jadeos y gemidos.

Mi orden le gusta. Lo veo en su mirada mientras el placer de sentirse llena la hace jadear y arquearse por los movimientos del vibrador de su vagina.

Helga y yo la observamos y, deseoso de más, le meto a ésta mi dura erección en la boca. Ella la chupa gustosa, la succiona, mientras yo le agarro la cabeza y, sin dejar de mirar a Judith, que, con el rostro rojo, no para de jadear, muevo las caderas clavándome en Helga.

Una vez que he descargado sobre ella, la alemana, que es una mujer muy caliente y fogosa, le saca los vibradores a Judith y, al ver que se coloca algo en la cintura, explico:

—Es un arnés con un consolador de dieciséis centímetros. Helga te va a follar.

Según termino de decir eso, veo que Helga le pone el extremo del consolador en la boca para que Jud lo chupe. Durante unos segundos le folla la boca y, excitado, murmuro, dirigiéndome a mi amor:

—Ahora soy yo quien te ofrece a ella. Te va a follar, cariño, y después te vamos a follar los dos.

Judith acepta...

Judith lo desea...

Y, cuando Helga se tumba sobre ella y le chupa los pezones, yo, de nuevo duro como una piedra, exijo:

—Ábrete para recibirla, Jud.

Sin apartar la mirada observo cómo Helga introduce el consolador en la húmeda hendidura de mi chica y lo disfruto tanto o más que ellas.

Sus gemidos se vuelven míos. Sus sensaciones son las mías, y cuando Jud se corre, la beso con ardor.

Tras ofrecerles un poco de champán a ambas, veo que Judith se levanta de la cama y va al baño. La sigo. Se mete en la ducha, yo me meto con ella y, gozoso, susurro en su oído:

—Ahora te vamos a follar los dos.

Le explico con todo lujo de detalles lo que vamos a hacer y, sobre todo, le dejo claro que intentaré que el dolor sea leve y breve, aunque sé que, inevitablemente, por un segundo lo sentirá. Ella me escucha y no dice en ningún momento que no a lo que propongo. La beso y luego pregunto:

—¿Confías en mí?

—Siempre, y lo sabes —afirma con seguridad.

Sus palabras me tranquilizan, me apaciguan, me sosiegan.

Lo último que deseo es hacer algo que ella no quiera y, cuando regresamos de nuevo empapados a la habitación, me siento en la cama y digo:

—Vamos, señorita Flores. Acceda a mis caprichos. Móntese encima de mí.

Ella obedece sin dudarlo y, sorprendiéndola, la agarro y la tumbo sobre el colchón mientras disfruto de su cuerpo, la acaricio y le susurro preciosas palabras de amor. Cuando llego a su monte de Venus, lo beso y murmuro, leyendo su tatuaje:

—Pídeme lo que quieras.

Complacido, la hago mía con la boca al tiempo que siento cómo ella se deshace y, cuando el ansia me puede, trepo por su cuerpo, le ensarto de una sola estocada mi duro pene y, mirándola a los ojos, exijo:

—Mírame.

Y, sintiéndome al mismo tiempo su dueño y su esclavo, le hago el amor.

Ahondo en ella una y otra y otra vez mientras escucho sus maravillosos gemidos, hasta que, agarrándola de las caderas, cambio de nuevo de posición y la dejo sentada a horcajadas sobre mí.

Mis penetraciones continúan. Ambos disfrutamos de ello, y entonces siento que la cama se hunde. Helga espera su turno, y yo, cogiendo a Jud de la barbilla, indico:

—Túmbate sobre mí, pequeña..., y relájate.

Ella vuelve la cabeza para mirar hacia atrás, momento en el que veo que Helga le unta lubricante en el ano. Los ojos asustados de Judith me observan en busca de tranquilidad. La miro. La calmo, y con mis manos le separo las nalgas para darle mejor acceso a Helga y musito:

—Toda mía..., hoy vas a ser toda mía.

Instantes después, al ver los gestos de Judith, sé que Helga ha colocado el consolador en su ano. Mi amor está tensa, percibo que está angustiada.

La alemana continúa con sus movimientos circulares sobre el ano de Jud y, mirándome, asiente cuando éste comienza a dilatarse. Sin soltar a mi pequeña, la beso, la mimo, le hago saber que estoy con ella, y entonces siento que se acalora.

Mis movimientos avivan los de Helga hasta que un grito agónico de Judith me hace parar en seco y noto a Helga por completo pegada a su trasero.

Mi amiga prosigue con sus movimientos, y yo, al ver que Jud me lo exige con la mirada, retomo también los míos. El placer le hará olvidar el dolor, y susurro, consciente de lo ocurrido:

—Ya está..., ya pasó, cariño... Así..., entrégate..., relájate y te dilatarás para recibirme.

El ruido de un azote me hace regresar a la realidad cuando oigo a Helga decir:

—Estás totalmente penetrada, Judith. Muévete.

Al mirar a mi amor, veo un gesto raro en ella que no sé cómo interpretar.

No sé si es placer o dolor y, parando de nuevo, murmuro:

—Cariño..., no me asustes; ¿estás bien?

Me hace saber que sí.

Eso me tranquiliza, y más cuando noto que se mueve entre nosotros cada vez con más decisión.

Así permanecemos un rato, durante el que Jud se reactiva, exige, se mueve, y cuando siento que estoy al borde del orgasmo, detengo el juego. Helga y yo salimos de Jud y, poniéndola a cuatro patas, vuelvo a untarle lubricante en el ano y la hago mía.

¡Oh, Dios...!

Con los ojos cerrados, disfruto. Su culo es estrecho, muy estrecho, y el placer que eso me ocasiona es increíble y perfecto, ¡terriblemente perfecto!

Sus movimientos exigiendo que me mueva me hacen despertar del placer en el que estoy sumido, e, inclinándome hacia adelante, le susurro al oído:

—Ahora sí eres toda mía..., toda...

Mis movimientos se reactivan, como se reactivan los suyos, y ante el gesto de Helga, que nos observa, nos dejamos llevar por el más puro placer mientras practicamos sexo anal y ambos jadeamos extasiados y ella pide:

—Fuerte..., penétrame fuerte.

Me contengo. Deseo hacerlo, pero me contengo, y, tras darle un azote, susurro:

—No..., no quiero hacerte daño.

Pero Judith es Judith, y, desoyendo mis consejos, coge impulso y se pega de golpe a mi pelvis. De inmediato, da un chillido. Eso debe de haberle dolido y, parando, la regaño:

—No seas bruta, cariño..., te vas a hacer daño.

A continuación, la pasión se aviva entre nosotros con mimo y cariño. Le hago el amor analmente con cuidado mientras ella disfruta de una nueva experiencia y, cuando llegamos al clímax, la abrazo y murmuro, orgulloso de la mujer que tengo entre mis brazos:

—Te quiero, Jud, te quiero como nunca pensé que podría querer.

36

Cuando me despierto, Judith duerme a mi lado. Con mimo, la observo y le retiro un mechón de su oscuro pelo mientras soy consciente de que esta mujer ha llegado como un torbellino a mi vida para alegrármela.

Mi móvil suena. Es mi madre, para ver si desayuno con ella.

Consciente de que es aún muy temprano y Jud seguirá durmiendo un buen rato más, me levanto de la cama sin hacer ruido, me visto y bajo al encuentro de mi madre.

Durante un rato disfruto de su compañía. Lo mío con Judith la hace muy feliz, y yo estoy encantado de que así sea.

Juntos, llamamos a Alemania. En casa de mi madre, la tata coge el teléfono y se lo pasa a Flyn. El niño no está muy contento y, cuando le indico que pronto conocerá a Judith, no le hace mucha ilusión. En cuanto colgamos, mi madre me mira y me advierte:

—Ya puedes atar en corto a Flyn cuando Judith esté en la casa.

—Mamá, ¡por favor! Ni que le fuera a hacer algo.

Ella suspira, es obvio que no se fía de él, e insiste:

—Vamos a ver, matarla, no la va a matar, pero cuidadito con Flyn. Ese muchacho está acostumbrado a vivir sólo contigo y no sé cómo le va a sentar que una mujer entre en vuestras vidas.

Sonrío. No lo puedo remediar y, tras darle un beso en la cabeza, digo:

—Vale, mamá, tranquilízate. Estaré atento.

Tras despedirme de ella, me paso por el gimnasio; necesito correr y desfogarme un rato.

Luego regreso a la suite seguro de que Jud seguirá durmiendo, pero me sorprendo al entrar y ver la cama vacía. Enseguida oigo correr el agua de la ducha y deduzco dónde está. La estoy esperando sentado cuando sale y, al ver su expresión, pregunto:

—¿Qué te pasa?

Ella suspira, resopla y luego dice en confianza, arrugando el entrecejo:

—Me duele el culo.

No quiero reírme. No debo. Pero su gesto es tan gracioso que tengo que hacer esfuerzos para no hacerlo.

—Cariño..., te dije que no fueras tan bruta.

Ella asiente, sabe a lo que me refiero, y cuchichea:

—Dios, Eric..., creo que voy a tener que sentarme sobre un flotador.

Suelto una carcajada al oír eso, pero al ver su ceño fruncido, me interrumpo y murmuro:

—Perdón..., perdón...

De buen humor, seguimos charlando y entonces suena mi teléfono. Lo cojo y, una vez que cuelgo, digo:

—Era mi madre. Nos espera a las doce y media en el restaurante del hotel.

—¿Para comer?

—Sí.

Al oírme, Judith frunce de nuevo el ceño y murmura:

—Ese horario guiri vuestro me mata. Yo más bien desayunaría a esa hora.

Sonrío.

Los horarios de las comidas en España y Alemania son muy diferentes, y espero que en cuanto estemos en Múnich se ajusten.

Jud trastea por la habitación, busca ropa suya en el armario, y de pronto se queja:

—Joder, ¡no tengo ni unas puñeteras bragas!

Y, tras pedirle que no diga palabras malsonantes porque me molestan en su boca, ella me reprocha que se las rompo todas y por eso ahora no tiene qué ponerse.

La estoy escuchando divertido cuando ella saca un bóxer mío, se lo pone y, encantado por las bonitas vistas que me ofrece, exclamo:

—¡Vaya! Hasta con calzoncillos me pones, cuchufleta. Ven aquí.

Ella se niega entre risas. No quiere acercarse a mí.

Retozamos.

Estamos juguetones.

Judith corre por la habitación, se sube a la cama y, cuando la atrapo y la hago caer sobre ella, ambos reímos a carcajadas y terminamos poseyéndonos como nos gusta.

Veinte minutos después, una vez vestidos, ella mira su móvil y entonces yo oigo el pitido de mi ordenador. He recibido un email.

Con una sonrisa en los labios por lo feliz que me hace esa mujer, me acerco al portátil. Abro un correo y la sonrisa se me borra de un plumazo.

De: Rebeca Hernández
Fecha: 8 de diciembre de 2012, 08.24 horas
Para: Eric Zimmerman
Asunto: Tu novia

Me encanta saber que seguimos compartiendo los mismos gustos.

Te adjunto unas fotografías. Sé que te gusta mirar. Disfrútalas.

Receloso, releo el mensaje que Betta acaba de enviarme. ¿Qué sabrá ella de Judith?

Entonces abro el archivo adjunto y me quedo sin palabras. En las fotos que tengo frente a mí se ve a Judith con Betta. En una de ellas están tomando una copa, mientras que en otra Jud está desnuda y Betta le toca los pechos.

Parpadeo boquiabierto. Esto es lo último que me habría esperado.

—Jamás habría imaginado esto de ti —siseo furioso.

Judith me mira. Por su expresión, compruebo que no sabe de qué le hablo y, tras enseñarle las fotos que me han congelado el ánimo y el corazón, grito descompuesto:

—¡¿Puedes decirme qué significa esto?!

Ella pestañea con incredulidad. Luego vuelve a mirarlas y susurra:

—No... no lo sé. Yo...

Enfadado y fuera de mí, la observo fijamente.

¿Acaso no es ella la de la foto que está con Betta?

Y, molesto, grito:

—Por el amor de Dios, Jud..., ¿qué narices haces tú con Betta?

—¡¿Betta?!

A continuación, se bloquea. Tiembla..., balbucea..., no sabe qué decir, y yo quiero morirme.

La mujer que amo se ha estado riendo de mí junto a Betta y, sin querer oír nada de lo que ella intenta explicarme, voy a decir algo cuando mi móvil suena y veo el nombre de Betta en la pantalla.

Eso me encabrona más. Mucho más.

Lo cojo y cruzo unas palabras en absoluto agradables con esa mala víbora. Acto seguido, lanzo el móvil contra el suelo y, con gesto serio, frío y desolado, murmuro:

—El juego se ha acabado, señorita Flores. Recoja sus cosas y márchese.

Judith me mira. Siento que no puede respirar, y susurra:

—Eric..., cariño, tienes que escucharme. Esto es un error, yo...

No la dejo continuar. No quiero oír nada más.

—Primero Marisa y ahora Betta... —insisto—. ¿Qué más me ocultas?

—¡Nada! —grita—. Si me dejas, yo...

Pero no, no la dejo.

Estoy tan furioso que lo mejor que puedo hacer es desaparecer de la habitación y, rabioso, siseo con frialdad:

—Cuando regrese de comer con mi madre, no quiero que estés aquí.

Judith no se mueve, ni siquiera parpadea, y luego dice segura de sus palabras:

—Si te marchas sin hablar conmigo, sin darme la oportunidad de explicarme, asume las consecuencias.

Irritado y enojado, le contesto y ella replica. Sé que podemos tirarnos así horas, pero como yo no estoy dispuesto a continuar, doy media vuelta y salgo de la habitación. No quiero oír más.

Bajo a recepción y, sin detenerme, salgo del hotel. Aún quedan varias horas para comer con mi madre y decido dar una vuelta. Necesito despejarme.

Camino sin rumbo durante un rato por el centro de Madrid mientras pienso en lo ocurrido.

¿Cómo no me he dado cuenta?

¿Cómo me he dejado embaucar así por una mujer?

La rabia me puede, pero, a las doce del mediodía, regreso al hotel.

Durante un rato dudo si subir a la suite o no. No obstante, necesito saber si ella se ha marchado, así que lo hago y, al entrar, siento que el alma se me cae a los pies.

Jud se ha ido como le he pedido y, sin duda, todo ha acabado.

Se acerca la hora de comer con mi madre y decido que necesito salir de Madrid, por lo que, tras avisarla, la recojo e, inventándome una excusa por la ausencia de Judith, regresamos a Alemania. Quiero alejarme de aquí.

★ ★ ★

Durante unos días, me atormento en mi casa. No salgo a la calle. No voy a trabajar.

Su ausencia me duele demasiado, pero, transcurridos unos días, sé que tengo que volver a mis obligaciones laborales.

Yo soy Eric Zimmerman, soy el jefe, y puedo con esto y con más.

37

El lunes, llego temprano en mi jet a Madrid y, por consiguiente, también a las oficinas.

Tengo dos reuniones extremadamente importantes a las que no puedo faltar. Con tranquilidad, miro los documentos y, tras apuntar varias cifras, decido ir a la cafetería a tomar un café.

Estoy inquieto...

Estoy nervioso...

Voy a ver a Judith y no sé cómo voy a reaccionar...

Cuando regreso de la cafetería, me meto de nuevo en mi despacho.

Al poco llega Claudia, la secretaria nueva que contraté, me busca unos archivos que le pido y, después, se ofrece para traerme un café. Yo acepto encantado y ella se va. Instantes después, con el rabillo del ojo, veo llegar a Jud a su puesto de trabajo.

Me mira. Yo no he dicho nada de nuestra ruptura y, seguramente, ella tampoco, por lo que intento tranquilizarme. Pero mi tranquilidad no dura mucho, pues ella se acerca a mi puerta, llama con los nudillos y yo pregunto:

—¿Qué desea, señorita Flores?

Ella me mira..., se retuerce las manos y, al final, entra y cierra la puerta a su espalda.

—Eric, tenemos que hablar —dice—. Por favor, tienes que escucharme.

Su tono de voz y sus ojeras me transmiten que no está bien, pero, sin querer dar mi brazo a torcer, me recuesto en mi sillón y, con voz implacable y fría, replico:

—Le dejé muy claro que usted y yo ya no tenemos nada de que hablar. Y ahora, si es tan amable, regrese a su puesto de trabajo antes de que me saque de mis casillas y la ponga de patitas en la calle como se merece.

Pero ella no se mueve del sitio e insiste. Entonces entra Claudia y, suavizando mi tono, murmuro, mirándola con una sonrisa:

—Claudia, quédate para que podamos terminar lo que estábamos haciendo. La señorita Flores ya se marchaba.

Al oír eso, Judith maldice en voz baja. Nunca le ha gustado Claudia, y, sin importarle que ella esté delante, exige hablar conmigo. Molesto por su cabezonería, me levanto, apoyo las manos en la mesa y siseo con la peor de mis miradas:

—¿Pretende que la despida?

Judith no se amilana, echa a Claudia del despacho ante mis narices y, mirándome con toda su chulería, suelta:

—Puedes echarme, puedes despedirme, pero no puedes hacer que me calle.

—No quiero escucharte. He dicho que...

Judith, que no se ha movido, da un golpe en la mesa que debe de haberle dolido y, cuando la miro sin dar crédito, gruñe:

—Me vas a escuchar, maldita sea, aunque sea lo último que haga en la vida.

Estoy por llamar a seguridad. Nadie ha osado nunca hablarme así y, cuando me dispongo a hacerlo, ella prosigue:

—La tal Betta, Marisa y una tal Lorena aparecieron un día en el gimnasio al que yo voy. Marisa me las presentó, y en ningún momento me contó que Betta era tu ex. Simplemente me dijo que se llamaba Rebeca. ¿Cómo iba a saber yo que Betta era Rebeca? Cuando acabamos en el gimnasio, decidimos tomarnos unas Coca-Colas en un bar. Intercambiamos teléfonos para llamarnos otro día y salir a cenar con nuestras respectivas parejas. Luego, Lorena propuso ir al piso de una conocida suya a recoger unas prendas, y el sitio resultó ser una tienda de lencería. Me probé cosas pensando en ti, ¡por eso estaba desnuda! Y allí fue donde la tal Rebeca intentó algo conmigo, que no consiguió. ¡Me negué! Ahora sé que esa imbécil lo preparó todo y lo único que buscaba era provocar tu reacción.

No contesto. No quiero creerla, pero Judith insiste:

—¿Por qué la crees a ella y no a mí? ¿Acaso es más de fiar que yo?

La miro. La duda comienza a instalarse en mi mente, pero replico:

—Y ¿por qué habría de creerte a ti?

Judith maldice. Mi gesto sigue siendo duro y poco conciliador.

—Porque nos conoces a las dos y sabes muy bien que yo no soy una mentirosa —contesta—. Puedo tener mil fallos, pero a ti nunca te he mentido. Y, antes de que vuelvas a echarme de tu despacho, quiero que sepas que estoy dolida, furiosa, enfadada y muerta de rabia por no haberme dado cuenta del sucio juego de esas brujas. Aun así, la furia que siento hacia ellas no es comparable con la que siento hacia ti. Iba a dejar mi vida, mi familia, mi trabajo y mi ciudad para ir detrás de ti, y resulta que tú, el hombre que se supone que iba a cuidarme y a mimarme, desconfías de mí a la primera de cambio. Eso me duele y me destroza el corazón, y quiero que sepas que esta vez tú sí eres el culpable. Tú y sólo tú.

Sus palabras me calan hondo. Iba a dejarlo todo por mí. No obstante, no puedo ignorar lo que ha pasado. No puedo creer al cien por cien lo que me cuenta.

Entonces veo que se quita el anillo que le regalé, lo mira con cierta pena y, dejándolo sobre la mesa, dice:

—De acuerdo, señor Zimmerman, lo que había entre usted y yo ha acabado. Alégrese por Rebeca, ella ha ganado.

Y, sin más, da media vuelta y sale de mi despacho dejándome del todo confundido.

Algo me dice que la crea, que nunca me ha mentido, pero hay otra parte de mí que me grita que no me fíe de nadie porque nadie es de fiar.

De inmediato, Claudia entra en mi despacho, mira el anillo que Judith ha dejado sobre la mesa y pregunta con una sonrisita que me molesta profundamente:

—¿Puedo ayudarlo en algo?

Niego con la cabeza. A continuación, extiendo la mano, cojo el anillo, lo guardo en mi bolsillo y le ordeno:

—Sal de aquí. Si te necesito, te llamaré.

Claudia sale de mi despacho y, sin poder apartar la vista de Judith, la observo mientras espero que sus ojos se vuelvan hacia mí. Sin embargo, eso no ocurre.

Poco después, veo que Jud entra en el despacho de Mónica y me levanto intranquilo de mi sillón.

Estoy confundido. Terriblemente confundido.

Pienso en Judith y en Betta, en cómo son ambas por separado, y soy consciente de que Jud puede tener razón. ¿Por qué me va a mentir?

Repaso lo que Judith me ha contado. Conociendo a Betta, sé que es muy capaz de organizar esa encerrona, y, consciente de que he de hablar con Judith y darle la oportunidad de explicarse, camino hacia la puerta de mi despacho.

Estoy pensando qué decirle cuando oigo unos gritos.

Abro la puerta y compruebo que provienen del despacho de Mónica. Judith y ella están discutiendo, soltándose cosas para nada agradables, y entonces Jud levanta aún más la voz y chilla:

—¡Y ahora, pedazo de imbécil, llama a personal y pídeles que me vayan preparando el despido! Yo solita subo a firmarlo. Me he quedado tan contenta con todo lo que acabo de decir que me importa una mierda todo lo que venga después.

A continuación, Judith sale como enloquecida del despacho de Mónica e intercambiamos una mirada.

Sabe que he oído lo que su jefa ha dicho de nosotros y, mordiéndose la lengua, no pronuncia una palabra. Se calla, pero se dirige furiosa a su mesa y comienza a recoger sus cosas.

—Entra en mi despacho, Jud —le indico, intentando contener la furia.

Ella me mira, entorna los ojos y, con la misma frialdad y distancia que he tenido yo con ella, sisea:

—No. Ni lo sueñe. Y recuerde, señor, ahora para usted soy la señorita Flores, ¿entendido?

Me sublevo.

Levanto la voz y le repito que entre en mi despacho, pero ella se niega. No quiere e, inclinándome hacia ella para que nadie más me oiga, susurro:

—Jud, cariño, soy un imbécil, un gilipollas. Por favor, pasa al despacho. Tienes razón. Tenemos que hablar.

En ese instante, Mónica sale del suyo. La miro con cara de pocos amigos y le espeto:

—No me ha gustado lo que he oído y, antes de que digas nada he de decirte que quizá el hazmerreír eres tú.

Del brazo de Claudia, Mónica vuelve a meterse en su despacho y yo miro de nuevo a Judith.

Está muy ofuscada, no sé cómo pararla sin montar un numerito en la oficina, y eso me agobia. Soy el jefe y he de saber comportarme ante los demás.

Con el rabillo del ojo, veo que varios empleados nos observan y, cuando voy a decirle algo a Judith, ella sisea, mirándome fijamente:

—¿Sabe, señor Zimmerman? Ahora la que no quiere saber nada de usted soy yo, señor. Se acabó Müller y se acabaron muchas otras cosas. No aguanto más. Búsquese a otra a la que volver loca con sus continuos enfados y sus desconfianzas, porque yo me he cansado.

Una vez que cierra el cajón de su mesa con toda su mala leche sin dejarme opción a réplica, da media vuelta dispuesta a alejarse.

—¿Adónde vas, Jud? —le pregunto.

Con una frialdad que me destruye, me mira y replica:

—A personal. Desde este instante causo baja en *su* empresa, señor Zimmerman.

En cuanto dice eso, se aleja hacia el ascensor y yo me quedo paralizado. No puedo correr tras ella.

Cabreado, entro de nuevo en mi despacho, llamo a personal y les ordeno que le pidan a la señorita Flores que regrese aquí.

Durante unos minutos, espero, pero ella no vuelve.

Me llaman de nuevo de personal para decirme que Judith quiere firmar una carta de despido. Nervioso, me niego. No pienso despedirla. No quiero que por mi culpa sea un parado más en un país donde la economía no es muy boyante, por lo que les ordeno que le den vacaciones, pero que no firme ninguna carta de despido.

Diez minutos después, el jefe de personal entra en mi despacho y, con cara de circunstancias, me enseña la hoja de despido que Judith ha firmado.

Eso me encoleriza, pero más colérico me pongo cuando me comunican que se ha ido.

¿Cómo que se ha ido? ¿Adónde?

Sin importarme lo que piensen, bajo al garaje, pero su coche no está.

La llamo al móvil, pero no me lo coge.

Miro mi teléfono y, de pronto, soy consciente de que tengo que asistir a dos reuniones importantes. Maldigo. No puedo retrasarlas ni anularlas. De esas reuniones dependen muchas de las delegaciones en España, por lo que, intentando tranquilizarme, me dispongo a asistir a ellas.

Cuando termine iré en busca de Jud y le pediré perdón.

38

Mi nivel de cabreo es increíble. Tanto, que he despedido a Mónica, la antigua jefa de Judith, tras pillarla en la cafetería mofándose de ella.

¡No pienso permitirlo!

Hace cuatro días que Jud se marchó, se alejó de mí y no consigo localizarla ni hablar con ella.

La llamo por teléfono pero ella no me lo coge. Me evita, y eso me encabrona más y más.

No puedo trabajar...

No puedo respirar...

No puedo vivir...

No saber de ella me está matando, y soy plenamente consciente de mi gran error y más aún tras haber hablado con Marisa. Llamé a su marido, quedé con ellos y ella, temblando de miedo ante mis preguntas, corroboró todo lo que Judith me había contado.

¡Maldita Betta!

Mientras miro mi ordenador y contesto los correos de la empresa que entran, recibo uno de Amanda Fisher. En él, como siempre, me habla de trabajo y termina preguntándome cuándo volveremos a vernos.

En otras circunstancias le habría contestado que pronto, pero estoy tan hundido por lo de Judith, y por el vacío que siento sin ella, que le digo que de momento se olvide de mí. Hay alguien especial en mi vida y quiero centrarme en ella. Amanda no responde, y eso me alegra.

Poco después, mientras estoy asomado a la terraza de mi suite en Madrid, suena mi móvil y leo en la pantalla que es Manuel, el padre de Jud. Lo he llamado mil veces y quedó en avisarme si sabía algo de ella, por lo que me apresuro a cogerlo.

—Hola, Manuel.

—Eric —murmura en un tono bajo—. Como te prometí, te aviso de que mi morenita está aquí, pero, por favor, dale espacio.

Cierro los ojos aliviado. Al fin sé dónde está.

Saber que vuelve a estar localizable y a salvo consigue que me relaje, y murmuro:

—¿Cómo está?

—Enfadada, muchacho. No sé qué ha ocurrido entre vosotros, pero está muy enfadada y, cuando se pone así, tiene un genio difícil.

Lo sé. Por desgracia, lo sé.

Maldigo en silencio.

No puedo ni debo contarle a su padre cuál es nuestro problema, pero susurro:

—La culpa es mía y sólo mía, Manuel.

El hombre no dice nada, ambos permanecemos unos segundos en silencio, hasta que digo:

—A primera hora de mañana estaré en tu casa. Tengo que verla.

—No sé si eso es buena idea, muchacho.

Opino igual que él, pero soy incapaz de estar más tiempo alejado de ella.

—Yo tampoco lo sé, pero la necesito —insisto.

Una vez que me despido de Manuel y le agradezco que me haya llamado, corto la comunicación y, tras entrar en mi habitación, vuelvo a coger mi teléfono y me pongo en contacto con el comandante que pilota mi jet privado. Lo quiero listo a primera hora.

Cuando llego al aeropuerto de Jerez, alquilo una moto y siento cómo mi impaciencia crece y crece según me acerco a ella.

No obstante, cuando me ve, se pone hecha una fiera.

¡Maldito genio español!

Grita, me insulta, se niega a hablar conmigo.

Pero ¡si hasta creo que me va a dar un puñetazo!

Soy incapaz de hacerla entrar en razón y reconozco que me asusto.

¿Acaso no me añora como yo a ella?

Como nunca en mi vida, hablo a través de una puerta. Al verme, Judith se ha encerrado en su habitación y se niega a abrir, y yo me siento ridículo, terriblemente ridículo, pero no puedo separarme de allí y tampoco puedo echar la puerta abajo.

Así estoy durante horas, hasta que Manuel, que la conoce mejor que nadie, me pide con cortesía que me vaya. Según él, su hija necesita que yo le dé espacio para que piense y medite. Al final decido hacerle caso, pero, antes, me acerco de nuevo a la puerta y murmuro:

—Pequeña, regreso a Alemania. Pero déjame volver a decirte que me equivoqué y que te pido perdón. Por favor, medítalo y... y... no te olvides de mí como yo no lo hago de ti.

Una vez que he dicho eso, sintiéndome el tío más ridículo del mundo por destapar mis sentimientos ante los demás de esa manera, doy media vuelta, me despido de Manuel y, con una sensación de fracaso, monto en la moto, regreso a Jerez y, allí, subo a mi jet, que me lleva a Múnich.

★ ★ ★

Pasan los días y ella no llama.

La tensión que soporto me hace tener unos dolores de cabeza tremendos. Yo continúo llamándola por teléfono, pero ella no lo coge. Me ignora.

No sé si piensa en mí.

No sé si volverá a darme otra oportunidad, y la incertidumbre me está matando.

Los días pasan despacio y Frida habla con ella y no me hace gracia lo que me cuenta. De nuevo, mi pequeña se va a jugar la vida en otra carrera de motocross.

Viajo a Madrid. Hay ciertos problemas que solucionar en la empresa y tengo programadas varias reuniones.

Al saber que estoy en España, Frida me cuenta que dentro de unos días se desplazarán a Zahara de los Atunes para pasar las fiestas navideñas y que planean hacerle una visita a Judith.

Saber que ellos la verán y yo no me subleva, y al final, tras pensarlo con mucho detenimiento, decido ir yo también, consciente de que eso significará pasar la Nochebuena solo o en Zahara con mis amigos y alejado de Flyn.

★ ★ ★

Llega el sábado de la carrera y me sudan las manos.

Acompañado por Andrés, Frida y el pequeño Glen, nos acercamos hasta el Puerto de Santa María, donde se llevará a cabo la carrera solidaria para recaudar fondos para los niños más desfavorecidos en Navidad.

Frida está emocionada con lo que ve, y Andrés igual, pero yo no. Yo estoy horrorizado. Nervioso. Inquieto. Temo por la seguridad de Judith.

Estoy buscando a mi pequeña entre la gente cuando de pronto Frida da un grito y la veo correr hacia ella. Jud va vestida con su mono de cuero, e inevitablemente me inquieto. Está preciosa, como siempre, y evita mirarme. En cambio, su hermana Raquel, no. Ella me mira, y leo en sus ojos que le doy pena.

¡Me siento patético!

Judith besa a Frida, a Andrés y al pequeño y, cuando es mi turno dice con frialdad y sin mirarme:

—Buenos días, señor Zimmerman.

Contengo las ganas que siento de abrazarla y de besarla y, al ver cómo nos observan todos, murmuro:

—¡Hola, Jud!

Entonces veo que mira a su hermana e indica:

—Raquel, ellos son Frida, Andrés y el pequeño Glen, y él es el señor Zimmerman.

Todos vuelven a contemplarme con gesto incómodo y entonces oigo que alguien dice:

—Judith, sales en la siguiente manga.

Esa voz...

¡Esa maldita voz!

Y al volverme me encuentro con Fernando.

¡Joder..., joder...!

Ambos nos miramos con fastidio. No nos gustamos nada de nada y, sin rozarnos y con frialdad, nos saludamos.

—Tengo que dejaros. Me toca salir —oigo que dice Judith—. Frida, soy el número 87. Deséame suerte.

Y, sin más, se aleja de nosotros acompañada de su hermana y de Fernando, y veo que luego choca los nudillos con un chico que, como ella, parece que va a competir.

Parapetado tras mis Ray-Ban de aviador, observo a distancia todo lo que ocurre mientras mi impaciencia sube y sube por momentos y la busco entre los corredores.

A diferencia de la otra vez, hago un esfuerzo por ver la carrera, pero me resulta imposible.

Cada vez que su moto derrapa o parece que ella va a caerse, la cabeza me martillea y tengo que dejar de mirar, mientras Frida emocionada grita y me dice que ha pasado a la siguiente manga.

Cuando la veo salir de la pista, observo que de nuevo vuelve a chocar los nudillos con el mismo corredor de antes, y me molesta.

¿Quién es ése?

¿He de considerar rivales a Fernando y también a ese tipo?

Manuel, que se ha enterado de que estoy allí, me busca y me saluda.

Es un buen hombre, y bajando la voz me indica que no agobie a su morenita, que siga dejándole espacio. Decido hacerle caso, aunque en un par de ocasiones intento acercarme a ella, pero al verme escapa.

¡Maldita sea!

Trato de tomármelo con calma, con paciencia, que no tengo; con humor, que tampoco tengo, pero entonces la veo hablando de nuevo con el tipo de la moto y éste se permite la confianza de colocarle un mechón de su pelo tras la oreja.

¡Joder..., joder..., joder...!

Siento que voy a explotar de celos y me alejo de ellos.

Me acerco hasta la organización y decido donar una buena cantidad para los niños. En Navidad, ningún chiquillo debería quedarse sin juguetes.

Cuando regreso minutos después, veo que Judith y el otro corredor vuelven a chocar los nudillos y salen de nuevo a la pista. Dejo de mirar. No puedo verla correr.

Frida, que está a mi lado junto a Andrés y Glen, me retransmite lo que ocurre, hasta que oigo que Jud llega segunda y, al mirar, veo que el primero ha sido el tipo con el que lleva toda la mañana sonriendo y me entero de que se llama David.

Los observo, necesito saber si hay algo entre ellos, y de pronto veo que se quitan las gafas, los cascos y se abrazan con demasiada efusividad.

¿Acaso Judith me está provocando?

Cuando se van a entregar los premios en el podio, decido no perdérmelo y, al oír el nombre de Judith y ver que ella saluda con su trofeo en la mano, aplaudo orgulloso.

Les hacen varias fotos a los ganadores, y luego observo que ella desaparece en los vestuarios. Pienso si entrar o no, pero al final decido que es mejor no hacerlo.

La espero frente a la puerta y, cuando la veo salir, un sentimiento de propiedad hace que alargue la mano, la agarre y tire de ella.

Durante unos segundos nos miramos. Nos tentamos. Nos retamos.

Tenerla cerca de mí, olerla y sentir el tacto de su piel me hacen perder la razón y, sin poder remediarlo, llevo mi boca cerca de la suya y murmuro:

—Me muero por besarte.

Ella no dice nada y, al comprobar que me acerco a su boca y no se separa, no lo dudo y lo hago. Saqueo su boca para demostrarle cuánto la deseo y cuánto la he añorado, pero de pronto alguien comienza a aplaudir a nuestro alrededor y sé que es por nosotros. Nos separamos y la siento desconcertada y feliz, por lo que susurro:

—Esto es como en las carreras, cariño: quien no arriesga no gana.

Ella asiente. Creo que le ha gustado lo que ha oído, pero entonces replica con seguridad:

—Efectivamente, señor Zimmerman. El problema es que usted ya me ha perdido.

Acto seguido, con brusquedad, me separa de ella y se va, dejándome totalmente descuadrado.

¡Maldita cabezota!

Por un segundo, mientras la estaba besando, he sentido que ella disfrutaba como yo, pero no, está visto que no ha sido así. Sin moverme del sitio, la observo alejarse, le dejo espacio como me pidió Manuel, aunque media hora después ya la estoy llamando.

¡Tengo que hablar con ella!

Judith no me coge el teléfono, me ignora. Decido enviarle un bonito ramo de rosas rojas y, al ver en una tienda un curioso estadio de fútbol hecho de chucherías, intuyo que eso le gustará y decido mandárselo también.

¡Para ella, todo es poco!

Sin embargo, mis regalos no parecen gustarle, porque sigue sin responder al teléfono. Ofuscado, decido coger el BMW oscuro que he alquilado y acercarme a su casa.

Allí tampoco está, y cuando Manuel me dice que ha comenzado a trabajar de camarera en un pub, la sangre se me congela.

¿Mi mujer, trabajando de camarera?

Malhumorado, conduzco hasta el pub en cuestión mientras siento que me falta el aire. Cuando entro en el local y la veo tras la barra, camino hacia ella y siseo con toda mi mala leche:

—Jud, sal de ahí ahora mismo y ven conmigo.

De inmediato reconozco al chico que está a su lado, es el tal David, el mismo que competía con ella en el circuito. Éste la mira y pregunta:

—¿Conoces a este tipo?

Encabronado, miro a Jud y aclaro con voz bronca:

—Es mi mujer. ¿Algo más que preguntar?

Al oírme, ella se apresura a replicar que no es mi mujer y, como era de esperar, discutimos.

¡Si es que se nos da de lujo!

—Quiero que me olvides y me dejes trabajar —protesta—. Quiero que te fijes en otra, que le des la barrila a ella y te alejes de mí, ¿entendido?

No me gusta oír eso.

Si ella me pide que me fije en otra es porque ya no siente nada por mí. Aun así, me niego a creerlo. Me niego a creer que no siente lo mismo que yo y, dispuesto a saber si lo que pienso es verdad o no, la miro y digo:

—De acuerdo, Jud. Haré lo que me pides.

Furioso, me encamino al fondo de la barra, y le pido un whisky a otro camarero.

Estoy nervioso, alterado.

Ver que ella sigue hablando con ese tipo me incomoda, pero decido aguantar hasta saber la verdad. Si ya no me quiere, si ya no siente nada por mí, lo sabré rápidamente y me prometo a mí mismo que entonces me iré. Pero si compruebo que lo que voy a hacer le molesta, me prometo también que lucharé por ella.

Miro a mi alrededor tratando de relajarme y enseguida encuentro lo que busco. A escasos metros veo a una joven muy guapa de la edad de Judith. Me mira, y sé por su gesto que desea que le preste atención.

Lo hago.

Sé perfectamente qué tengo que hacer para que ella se me aproxime y, un par de minutos después, lo hace.

Con la mejor de mis sonrisas, le digo lo que quiere oír, eso nunca falla, y la invito a una copa. Hablamos, le hace gracia mi acento al hablar español, y ambos reímos, momento en el que ella recorre mi mejilla con un dedo y veo que Judith aprieta la mandíbula.

¡Sí! Eso era lo que deseaba ver.

La chica, cuyo nombre es Irene, va acercándose cada vez más a mí, y yo se lo permito. Quiero que Jud sienta lo mismo que yo cuando la veo con otro hombre y, con disimulo, observo cómo mi pequeña se enfada, se molesta por lo que ve.

Varios minutos después, sin ganas de continuar mi flirteo con Irene, sé lo que tengo que hacer para cortarlo de raíz y, agarrándola de la mano ante la mirada atenta y cabreada de Judith, salimos del pub.

Durante unos minutos, caminamos alejándonos del local. Irene me mira, y espero poder quitármela pronto de encima. Así pues, dispuesto a ahuyentarla, suelto con descaro:

—Tienes un trasero muy apetecible.

No digo más y simplemente pongo su mano en mi entrepierna y dejo que ella imagine.

Como esperaba, ella se asusta de mi indirecta tan directa y, tras decir que tiene prisa, se marcha y me deja solo.

Eso me hace gracia y, cuando camino ya hacia mi coche, saco mi móvil y antes de regresar a la villa en la que me alojo tecleo:

> Ligar es tan fácil como respirar. No hagas nada de lo que te puedas arrepentir.

Una vez que leo lo que he escrito, le envío el mensaje a Judith. Espero que no haga tonterías.

39

Paso una noche horrorosa en la que no paro de pensar en ella, y cuando me despierto por la mañana llamo a mi madre por teléfono.

Durante un rato charlo con ella e incluso consigo hablar también con Flyn, que está enfadado conmigo porque lo he dejado con mi madre, la tata y mi hermana en Nochebuena.

Me hace sentir su enojo a través del teléfono y, al final, con tristeza, vuelvo a hablar con mi madre y les deseo que pasen una buena noche.

Una vez que cuelgo el teléfono, decido llamar a Judith, pero nada, sigue sin cogerlo, y comienzo a pensar que estoy haciendo el idiota.

Manuel me llama. El hombre quiere saber con quién voy a cenar y, cuando le digo que solo, protesta y maldice por lo cabezota que es su hija.

Me reconforta sentir el cariño de ese hombre, que apenas me conoce. Él ya se ha preocupado más por mí de lo que se preocupó mi padre en vida, y sonrío cuando me deja caer que puedo ir a su casa cuando quiera.

Pero ceno solo. No quiero amargarle a Judith y a su familia la velada.

Cuando acabo mi sándwich, sin embargo, decido acercarme a su casa.

Al llegar, llamo a la puerta y Manuel me abre. Me da un abrazo caluroso y, bajando la voz, murmura:

—Paciencia. Con mi morenita, ¡paciencia!

Me río. Este hombre me hace sonreír. Al entrar en el salón, compruebo que Jud no está, pero sí su hermana, su sobrina y su cuñado, que rápidamente me saludan.

Estoy charlando con ellos cuando de pronto aparece la diosa

de mi vida más guapa que nunca, con un sexi y atrevido vestido negro.

¿Adónde va así vestida?

La miro alucinado, parpadeo y, sin medir mis palabras, murmuro:

—¡Hola, cariño! —No obstante, al ver su gesto serio, rectifico cuando ella se dispone a salir ya del salón—: Bueno, quizá lo de *cariño* sobra.

Raquel me mira con penita. Siento que me entiende. Intenta hacerme la estancia más agradable, y entonces suena el timbre de la puerta.

Su marido va a abrir y, de pronto, junto a él entra el imbécil que estaba con Judith en el pub, el tal David.

¿Qué narices hace ese tío aquí?

Él me mira a mí con el mismo desconcierto que siento yo, sin duda debe de preguntarse qué hago aquí. El marido de Raquel, como puede, nos da conversación y él le contesta, pero, no dispuesto a soportar eso, me encamino hacia la cocina, donde está Judith, y, entrando en ella, sin importarme que Raquel esté delante, siseo:

—Jud, no te vas a ir con ese tipo. No lo voy a consentir.

Mi pequeña se vuelve rápidamente. Me mira con ese gesto español que tanto me desespera y, con chulería, pregunta:

—Y ¿quién me lo va a impedir? ¿Tú?

«Ah, no..., señorita Flores, no. No me gusta que me hable así...» Y, mirándola, respondo:

—Si tengo que cargarte al hombro y llevarte conmigo para impedirlo, lo haré.

Judith me suelta entonces una de sus flamantes contestaciones y su hermana sonríe. Con su sonrisa me da fuerzas para seguir luchando por Jud y, tras oírle decir a ésta que está harta de mí y que ya no le queda paciencia, susurro:

—Te quiero.

Pero me quedo boquiabierto cuando ella replica:

—Pues peor para ti.

¡¿Peor para mí?!

Eso duele.

Me lastima su indiferencia y su chulería, pero murmuro, convencido de que incluso me dejaría pisotear por ella:

—No puedo vivir sin ti.

Un «¡Ohhhhh!» escapa de la boca de Raquel. Sin lugar a dudas, le han gustado mis palabras.

Entonces Judith se acerca a mí, se empina y me sisea en la cara:

—Tú y yo hemos acabado. ¿Qué parte de esa frase eres incapaz de procesar?

Bloqueado, la miro.

¡Joder, que la española puede conmigo!

Creí que yo era la persona más cabezota del planeta, pero no, sin duda lo es mi pequeña.

Su hermana la reprende, trata de hacerle ver que no se está comportando bien. Sin dejarme vencer, me acerco a ellas y, dirigiéndome a Judith, aseguro:

—Te vas a venir conmigo.

Ella se niega, pero yo insisto. Si tengo que suplicar, le suplicaré. Por ella, lo que sea.

Aguanto.

Aguanto sus envites, sus reproches, sus quejas, y cuando siento que no puedo más, la cojo entre mis brazos y la beso. Tomo su maravillosa boca y la paladeo con avidez, con desesperación y sin medida. Siento el palpitar de su corazón y, cuando la dejo tomar aire, murmura:

—Me he cansado de tus imposiciones...

La vuelvo a acallar con otro beso, y cuando nuestros labios se separan insiste:

—De tus numeritos, de tus enfados y...

La beso de nuevo.

Mi pequeña es demasiado obstinada, y soy consciente de que mi boca la aplaca; la aplaca igual que su mirada me aplaca a mí. Entonces suelta la sartén que ha cogido momentos antes y que durante unos segundos he creído que terminaría en mi cabeza, y murmura:

—No me hagas esto, Eric...

No la dejo ir, no quiero, y, acercando mi frente a la suya, suplico:

—Por favor, mi amor, por favor..., por favor..., por favor, escúchame. Tú una vez me cabreaste para que yo fuera hacia ti, pero yo no sé hacerlo. Yo no tengo ni tu magia, ni tu gracia, ni tu salero para conseguir esos golpes de efecto. Sólo soy un soso alemán que se pone delante de ti y te pide..., te suplica, una nueva oportunidad.

Hablamos...

Por fin nos comunicamos y, aunque sigue sin estar al cien por cien de acuerdo conmigo, la siento más cercana, más receptiva.

—Tengo que hablar con David —murmura al cabo.

No la suelto.

No entiendo por qué tiene que hablar con ese hombre, pero ella me hace entender que él se merece una explicación.

Me jorobe o no, sé que tiene razón, y finalmente la suelto. Nos miramos en silencio cuando ella da media vuelta y se dirige al salón.

La sigo y, cuando ella y ese tipo salen para hablar a solas, yo me quedo sin saber qué hacer. Entonces la pequeña Luz se acerca a mí y, llamando mi atención, pregunta:

—¿Quieres colgar tu deseo?

La miro. No la entiendo. ¿Qué dice de deseos?

A continuación, me muestra un árbol de Navidad de plástico verde horroroso cargado de abalorios, a cuál más feo, y dice, señalando algo que no adivino qué es:

—Puedes colgar el deseo que quieras.

De inmediato, niego con la cabeza. Sé muy bien cuál es mi deseo y no necesito colgarlo. Entonces Raquel coge a su pequeña y, dirigiéndome una sonrisa, la aleja de mí.

Nervioso, miro hacia la puerta.

No me hace ninguna gracia saber que Judith está tras ella con ese tipo.

—¿Estás bien, muchacho? —me pregunta Manuel, acercándose.

Resoplo, suspiro y afirmo:

—Creo que sí, señor.

Él cabecea y, a continuación, susurra:

—¿Le has dicho ya lo de la villa? —Niego con la cabeza. No he podido hablar con ella. Y entonces me aconseja con una sonrisa—: Paciencia, Eric. Mi morenita es una mujer con un carácter endemoniado. ¡Es igualita que su madre!

Ambos nos miramos y sonreímos, y en ese momento Judith entra en el salón y se hace el silencio en la estancia. Todos nos miran a ambos a la espera de que hagamos algo y entonces, tendiéndole la mano a la mujer que ha conseguido que me tire a sus pies como un trapo, pregunto:

—¿Te vienes conmigo?

Ella no responde, no dice nada, y ya me estoy preparando para el siguiente asalto.

Sorprendentemente, su sobrina la anima a que se venga conmigo, mientras en la mirada de todos leo que, en silencio, ellos desean lo mismo. Sin duda le he caído bien a esa familia. Entonces, de pronto, Judith dice:

—De momento, tú y yo vamos a hablar.

—Lo que tú quieras, cariño —afirmo emocionado mientras ella desaparece ya por el pasillo.

Al ver que su hija no puede verlo, Manuel me hace el gesto de la victoria con los dedos y ambos sonreímos.

Minutos después, salgo de la casa con mi mujer agarrada de una mano y su mochila en la otra. En silencio, caminamos hacia el coche y, una vez que llegamos a él, suelto el equipaje y, en la oscuridad de la noche, murmuro al tiempo que la abrazo agradecido:

—Te voy a conquistar todos los días.

40

𝒯ranquilo por primera vez en mucho tiempo, conduzco hasta la villa de Jerez.

Cuando llegamos allí, al bajar del coche, vuelvo a coger con una mano a Judith y con la otra su equipaje y, en silencio, entramos en la casa.

Una vez dentro, observo que ella se para y mira a su alrededor.

La villa, que alquilé en verano, la primera vez que fui a Jerez, ha cambiado por completo. Ahora es una casa moderna y actual, con comodidades.

Su gesto de sorpresa me hace saber que nadie le ha comentado nada y, tras poner música, que, como dijo ella una vez, amansa a las fieras, la miro y declaro:

—He comprado la casa.

Judith parpadea sin dar crédito. Nunca me cansaré de ver su gesto cuando algo la sorprende.

—¿Has comprado esta casa? —pregunta.

—Sí. Para ti.

—¿Para mí?

—Sí, cariño. Era mi sorpresa de Reyes.

Boquiabierta, sigue mirando a su alrededor mientras yo me siento. El vestido negro que lleva es muy sexi, tremendamente sensual, y murmuro:

—Estás preciosa con ese vestido.

Ella se sienta a mi lado. La noto más tranquila, y responde:

—Gracias. Lo creas o no, lo compré para ti.

Me complace saber eso, y, tras pasear la mirada por su bonito cuerpo, replico:

—Pero era a otros a quienes pensabas regalarles las vistas que el vestido ofrece.

Ella asiente, entiende a la perfección lo que digo, y responde con su chulería habitual:

—Como te dije una vez, no soy una santa. Y, cuando no tengo pareja, regalo y doy de mí lo que quiero, a quien quiero y cuando quiero. Soy mi única dueña, y eso tiene que quedarte clarito de una vez por todas.

Su chulería me subleva, pero no deseo discutir y tan sólo matizo:

—Exacto: cuando no tienes pareja, que no es el caso.

Noto que mis palabras no le hacen mucha gracia, y nos miramos, nos retamos como tantas otras veces, mientras la música suena de fondo y, como necesito una sonrisa suya, indico:

—Mi madre y mi hermana te mandan saludos. Esperan verte en la fiesta que organizan en Alemania el día 5, ¿lo recuerdas?

—Sí, pero no cuentes conmigo. No voy a ir.

Suspiro. Está claro que su endemoniado genio sigue latente, por lo que trato de dialogar con ella. Busco toda la tranquilidad, la paz y el sosiego necesarios para hablar sin levantar la voz por mucho que ella me pique, pero al final suelto:

—No voy a permitir que sigas trabajando de camarera ni aquí ni en ningún otro lugar. Odio ver cómo los hombres te miran. Para mis cosas soy muy territorial, y tú...

Ella me contesta de malos modos, pero quizá es lo que me merezco.

Hablamos..., hablamos... y hablamos, y cuando menciono el anillo que le regalé, me indica que no lo quiere y que me lo puedo meter por cierto sitio.

¡Dios..., dame paciencia!

Insisto, insisto hasta la saciedad, pero ella se mantiene en sus trece. Y al final desisto.

Me hace saber lo mal que la hice sentir el último día que nos vimos en la oficina. Le pido perdón. Me avergüenzo de recordar aquello, y entonces ella murmura, dejándome ver un pequeño rayo de esperanza:

—Vas a sentirlo, señor Zimmerman, porque a partir de este instante, cada vez que yo me enfade contigo, tendrás un castigo. Me he cansado de que aquí sólo castigues tú.

La miro con incredulidad.

¿Pretende castigarme a mí?

Eso me hace gracia, y pregunto:

—Y ¿cómo piensas castigarme?

Con sensualidad, se levanta del sofá.

¡Mi mujer es preciosa!

La devoro con la mirada y, en cuanto se vuelve para mirarme, responde:

—De momento, privándote de lo que más deseas.

Oír eso hace que frunza el ceño y me levante yo también. No me hace gracia que ella me prive de nada y, mirándola desde mi altura, insisto:

—¿A qué te refieres exactamente?

Judith comienza a andar. En su paseo, bambolea las caderas y, cuando una mesa se interpone entre ella y yo, responde:

—No vas a disfrutar de mi cuerpo. Ése es tu castigo.

Mi alma se congela mientras mi mente piensa con rapidez cómo hacerle cambiar de opinión.

Sé que mi gesto en este instante no es el más conciliador. Pensaba pasar la noche desnudo junto a ella en la cama. Deseaba hacerle el amor de mil posturas y mil maneras, pero sus palabras acaban de borrar todos mis planes de un plumazo y, molesto, siseo:

—¿Me quieres volver loco? —Ella no responde, y yo prosigo—: Has escapado de mí. Me has vuelto loco al no saber dónde estabas. No me has cogido el teléfono durante días. Me has dado con la puerta en las narices y anoche te vi sonriendo a otros tipos. ¿Y aun así me quieres infligir más castigos?

—¡Ajá! —suelta con tranquilidad.

Maldigo para mis adentros furioso.

Estoy cabreado, mucho.

Le hago saber que quiero hacerle el amor, besarla, hacerla mía, y ella me responde que cuando yo le infligía castigos, ella los respetaba, y que ahora me toca respetar a mí.

¡Joderrrr!

Maldigo y vuelvo a maldecir y, frenético, pregunto:

—Y ¿hasta cuándo se supone que estoy castigado?

—Hasta que yo decida que no lo estás.

Permanecemos en silencio algunos segundos, y luego ella pregunta:

—¿Me dices dónde está mi habitación?

—¡¿Tu habitación?! —exclamo sorprendido.

Ella asiente y, con una maliciosa sonrisa, susurra:

—Eric, no pretenderás que durmamos juntos...

¡Hasta aquí hemos llegado!

Voy a saltar.

Voy a explotar y, cuando voy a quejarme, esa pequeña bruja de ojos oscuros como la noche indica:

—No, Eric, no. Deseo mi propia intimidad. No quiero compartir la cama contigo. No te lo mereces.

¡Increíble!

Eso me parece increíble y, furioso, siseo:

—Ya sabes que la casa tiene cuatro habitaciones. Escoge la que quieras. Yo dormiré en cualquiera de las que queden libres.

Ella asiente, coge su equipaje y se mete justo en la habitación donde he estado durmiendo yo, que no es otra que la que utilizábamos en verano.

Sin entender por qué, lo acepto, doy media vuelta y me dirijo a la cocina. Sediento, bebo agua mientras veo en el reloj que son las dos y media de la madrugada.

Sometido a sus deseos, camino por la casa y termino ante la chimenea. Estoy contemplando cómo arde el fuego cuando, de pronto, un ruido llama mi atención, levanto la vista y la veo allí... tentadora..., seductora..., irresistible.

Durante unos segundos nos miramos a los ojos, y entonces ella dice:

—¿Puedo pedirte un favor?

Asiento. Puede pedirme uno y mil.

—Claro —digo.

Embaucadora, se acerca a mí. Con sensualidad, se retira el pelo oscuro hacia un lado y, con una voz que hace que todo el vello de mi cuerpo se erice, murmura:

—¿Podrías bajarme la cremallera del vestido?

¡Sí..., sí..., sí...!

A continuación, me da la espalda y yo me endurezco.

Con manos temblorosas por la ansiedad que siento por poseerla, agarro la cremallera y, disfrutando del momento, del calor y del perfume de su cuerpo, se la bajo lenta y pausadamente con todos mis instintos alertas, deseosos de saltar sobre ella al más mínimo gesto por su parte.

Pero ella no dice nada..., se resiste y murmuro, mirando su tentador cuello:

—Jud...

—Dime, Eric...

Acercando la boca a su oído, al tiempo que siento cómo mi pene se hincha por momentos, afirmo:

—Te deseo.

Según digo eso, soy testigo de cómo el vello se le eriza, mientras mis ojos están clavados en la tirilla del tanga oscuro que lleva.

—Y ¿qué deseas? —pregunta a continuación.

Complacido por sentirla algo más receptiva, la abrazo por detrás y, apretando mi deseo contra su trasero, susurro, hechizado por lo que me hace sentir:

—Te deseo a ti.

Extasiado, veo cómo apoya la cabeza en mi pecho a la vez que mis caderas siguen moviéndose y pregunta con voz ronca y apasionada:

—¿Te gustaría tocarme, desnudarme y hacerme el amor?

—Sí.

—¿Con posesión?

Eso me hace recordar cómo somos ella y yo cuando nos poseemos el uno al otro, y afirmo:

—Sí.

Satisfecho, le beso los hombros mientras soy consciente de cómo su trasero se restriega contra mi cuerpo, y entonces pregunta:

—¿Te gustaría compartirme con otro hombre?

Imaginarme abriéndole los muslos para otro me hace soltar un jadeo y, cuando recobro la compostura, indico:

—Sólo si tú lo deseas, cariño.

—Lo deseo —afirma—. Te miraría a los ojos y saborearía tu boca mientras otro me posee.

—Sí... —gimo, hundiendo la nariz en su bonito pelo.

—Tú le darás acceso a mi interior, me abrirás para él y observarás cómo se encaja en mí una y otra vez, mientras yo jadeo y te miro a los ojos.

¡Joderrrrrrrrrrr..., sí!

Sus palabras, su tono de voz, lo que me hace imaginar, todo ello unido me está poniendo a mil. Mi excitación ya no puede ser mayor, cuando de pronto se deshace de mis manos y, dándose la vuela, dice cambiando el tono:

—No, Eric..., estás castigado.

La miro receloso.

Esa bruja ha vuelto a jugar conmigo.

Me siento tonto. Idiota.

Y, antes de que pueda decir lo que pienso, se sujeta el vestido para que no se le caiga y dice con todo su descaro desapareciendo del salón:

—Buenas noches.

No puedo creer lo que ha hecho.

La muy sinvergüenza, no contenta con su castigo, encima ha venido a provocarme, a calentarme, a volverme loco para luego dejarme duro como una piedra y... solo.

Ofuscado, me acerco hasta la puerta de la habitación.

No pienso consentir que juegue así conmigo.

Agarro el pomo y, cuando estoy dispuesto a entrar y poseerla le guste o no, algo en mí me hace comprender que Judith no me desea y, dándome la vuelta, entro en otro de los dormitorios y me masturbo pensando en ella.

$\mathcal{T}$ras un día en Zahara de los Atunes con mis amigos Frida y Andrés, regresamos a la villa y, de nuevo, Judith me obliga a dormir solo.

Pero ¿hasta cuándo va a durar esta tortura?

Mi cabreo va en aumento, pero he decidido no suplicarle. Si ella lo quiere así, así será, por mucho que me cueste y tenga que masturbarme a diario.

Por la mañana, muy temprano, recibo una llamada de mi madre, que me pide que regrese a Múnich. La tata que cuida a Flyn ha decidido volver a Viena con su familia.

¡Problemas!

Hablo con la tata, trato de hacerle entrar en razón, le imploro que espere unos días hasta mi regreso, pero ella se niega y terminamos la conversación de malos modos.

Molesto por la forma en que comienza el día, en la cocina, me estoy preparando un café cuando llama Dexter, mi buen amigo mexicano, para felicitarme las Navidades. Como siempre, su humor es excelente y, aunque el mío no es el mejor, reconozco que me hace sonreír. Dexter es así.

Nos despedimos y quedamos en vernos más adelante, y acabo de dejar mi móvil cuando éste vuelve a sonar. Es mi hermana Marta.

Tampoco ella está de buen humor. Me exige que regrese a Alemania para que ella y mi madre puedan disfrutar de sus planes para el día de Nochevieja. Discuto con ella y, posteriormente, también con Flyn, que se pone al teléfono.

¡Entre todos me van a volver loco!

Está claro que hoy no es mi día.

Cuando Judith se levanta, sé que me ha oído hablar con media Alemania, pero no dice nada.

Más tarde, tras un día agotador repleto de llamadas y de discusiones con mi familia, mirándome, dice:

—Creo que deberíamos ir a Alemania.

La miro. No sé si lo he oído bien, por lo que pregunto sorprendido:

—¿Vendrías conmigo?

Ella asiente, sonríe y, dándome un poco de mimo después de varios días, afirma:

—Claro que sí, cariño.

Emocionado por no tener que dejarla, apoyo la frente en la suya y la abrazo.

Ese detalle me hace saber que vamos por buen camino.

Un rato después, vamos a la casa de Manuel. Judith le cuenta lo que ocurre y le promete estar de vuelta para el día 31. Cenará con ellos la última noche del año como ha hecho siempre, y su padre asiente satisfecho.

★ ★ ★

Cuando aterrizamos en Múnich con mi avión privado, veo que ha caído una gran nevada y hace mucho frío. Norbert nos está esperando, y se lo presento a Judith, que le sonríe encantada.

Al llegar frente a mi casa, ella mira a su alrededor con curiosidad, y cuando la verja de la entrada se abre, oigo que murmura:

—Vaya jardín que tienes.

Asiento. Soy consciente de que la parcela es grande, y afirmo:

—Espero que la casa también te guste.

Una vez que Norbert detiene el vehículo, me noto nervioso. A Betta nunca le pedí que viviera conmigo, en cambio a Judith sí, y casi sin conocerla.

Ella baja entonces del coche y mira sorprendida a su alrededor.

—Bienvenida a casa —digo.

Le cojo la mano y tiro de ella. Hace mucho frío para estar en el exterior. Cuando llegamos frente a la puerta, Simona nos abre y yo hago las presentaciones:

—Judith, ella es Simona. Se ocupa del funcionamiento de la

casa junto a su marido. —Veo que ambas se sonríen y, cuando llega Norbert con el equipaje, indico—: Norbert es su marido.

En ese instante, Judith hace algo que los deja boquiabiertos cuando, ni corta ni perezosa, les planta dos besos a cada uno y, en su perfecto alemán, dice:

—Estoy encantada de conoceros.

Divertido, observo que Norbert y Simona se miran tras ese arranque de efusividad española y ella responde:

—Lo mismo digo, señorita.

Cuando los sirvientes se retiran, dirigiéndome a Judith, que mira a su alrededor con curiosidad comento:

—En Alemania no somos tan besucones y los has sorprendido.

En cuanto Norbert y Simona dejan nuestro equipaje en alguna habitación de la planta de arriba, vuelven a bajar y, al pasar por nuestro lado, nos dan las buenas noches.

—Ellos viven en la casa que hay en la entrada —le explico a Judith.

Ella asiente y, feliz, procedo a enseñarle la casa. Cuando ve la piscina interior casi se pone a dar saltos de alegría. Hay que ver lo contenta que se ha puesto.

Luego le muestro el cuarto de juegos de Flyn, y Jud se sorprende al ver lo pulcro y ordenado que está, y enseguida le hago saber que yo soy igual. Ella sonríe al oírme, y con su expresión me dice que en eso vamos a chocar.

Una vez que salimos del cuarto de Flyn, entramos en otro que está prácticamente vacío y le indico que ésa será la estancia para sus cosas. Flyn tiene su espacio, yo tengo el mío en mi despacho y, por supuesto, ella tendrá también el suyo. Eso la sorprende.

Continuamos la visita por la casa hasta llegar a mi dormitorio, una estancia en tonos azules con una cama gigante que espero disfrutar al máximo con ella. Judith asiente satisfecha y, cuando ve el enorme baño con el gran jacuzzi y la ducha de hidromasaje, no puedo por menos que reír. Sus gestos de asombro son muy divertidos.

Salimos de la que será nuestra habitación y pasamos por la de Flyn, y de nuevo llama su atención lo ordenado que es.

Sigo enseñándole el resto de las estancias y, al ver cómo ella lo observa todo a su alrededor, siento que piensa que mi casa es aburrida y sosa. Realmente, si la comparo con la suya, que es todo color y vida, o con la de su padre, llena de guirnaldas, un horroroso árbol de plástico verde y luces de colores por todas partes, intuyo que la mía, con sus tonos oscuros, no debe de apasionarle.

Sin que ella comente nada al respecto, bajamos por la escalera cogidos de la mano y entramos en la bonita cocina de acero y madera.

Es lo último que he redecorado de la casa, y noto que le gusta.

—Espero que te guste la casa —digo, soltándola de la mano.

—Es preciosa, Eric.

Durante un rato charlamos, reímos, hasta que la cojo por la cintura, la subo a la encimera y, mirándola a los ojos, pregunto esperanzado:

—¿Me has levantado el castigo ya?

Ella no responde. Intuyo que lucha contra su propio castigo y, deseoso de ella, exijo:

—Bésame.

No se mueve, no lo hace, e insisto:

—Bésame, pequeña.

Pero sigue sin moverse. ¡Cabezota!

Y, dispuesto a todo para poder disfrutar de ella, acerco mi boca a la suya, paseo la lengua por su labio superior, después la paseo con mimo por el inferior y, cuando le doy un mordisquito, siento que su respiración se acelera y finalmente me besa, apretándome contra su cuerpo. Me devora. Me demuestra cuánto me desea, y yo le respondo gustoso.

El ansia viva me consume, la consume, nos consume, y de pronto Judith murmura:

—No..., no estás perdonado.

La miro sin dar crédito.

Estará de broma, ¿verdad?

Pero no, no es una broma, y al ver que insiste y me pide una habitación para poder dormir sola, decido hacerle caso y dársela. Subimos la escalera y la acomodo en la más alejada de la mía.

Sin mirarla ni besarla, le doy las buenas noches y salgo de la estancia sin volverme. No me esperaba eso en un momento tan bonito como el que estábamos viviendo y, encabronado, cierro la puerta de mi habitación.

¡Maldita cabezota española!

★ ★ ★

Horas después, cuando me despierto, aún es pronto. Demasiado pronto para que Judith esté levantada, y decido bajar a la piscina y hacerme unos largos. Un poco de deporte por la mañana nunca viene mal.

Cuando acabo, Simona ya está trasteando por la casa, y le indico que Judith está durmiendo en la habitación del fondo. Su gesto de incredulidad me demuestra que eso la sorprende tanto como a mí, pero después desaparece sin comentar nada. Tiene cosas que hacer.

Pasadas las diez de la mañana, Jud entra en la cocina. Yo estoy leyendo el periódico y, tras saludarla, sin besos ni arrumacos, sigo a lo mío. Si ella quiere distanciamiento y frialdad, los tendrá.

Deseosa de agradarle, Simona le ofrece de todo, pero al final Judith sólo toma un café con leche y un trozo de *plum-cake* que ha hecho la mujer.

—¡Mmmm, está buenísimo, Simona! —exclama saboreándolo.

Encantado, observo cómo hablan las dos.

Nunca una mujer que no fuera mi madre o mis hermanas ha dormido en mi casa, y reconozco que me gusta mucho ver a Judith aquí. Estoy disfrutando del momento cuando Simona se marcha, y murmuro:

—Todavía no me creo que estés sentada en la cocina de mi casa. —Ella sonríe. Yo también, pero al recordar su frialdad, cambio mi tono de voz e indico—: Cuando termines, iremos a casa de mi madre. Debo recoger a Flyn y comeremos allí. Después he quedado. Hoy tengo un partido de baloncesto.

Lo del partido la sorprende. No imaginaba que yo jugara.

Entonces, con una sonrisa que me llena el alma, me mira y pregunta:

—Cuando dijiste que aquí no erais muy efusivos con los saludos, ¿te referías a que tampoco habrá beso de buenos días?

Me hago el sorprendido. Me alegra saber que añora esos besos que antes nos dábamos al despertar, pero, sin mirarla, respondo mientras ojeo el periódico:

—Habrá besos siempre que los dos queramos.

Según digo eso, Jud asiente y no dice nada. Raro..., raro...

Horas después, cuando vamos a salir de casa, observo su abrigo. Es muy fino para el frío de Alemania, y le indico que habrá que ir de compras. Rápidamente, ella me quita la idea de la cabeza diciendo que sólo estará unos días aquí, y suspiro al pensarlo.

De mejor humor, nos montamos en mi Mitsubishi y, en cuanto salimos de la casa y conecto la radio, comienza a sonar la música de Maroon 5. Judith tararea y canturrea, ¡y me encanta!

Feliz, la escucho mientras conduzco por el distrito de Riem hasta llegar al elegante barrio de Bogenhausen, donde vive mi madre.

Una vez frente a su casa, paro el motor y bajamos del coche; entonces mi madre sale por la puerta de entrada y acude a saludarnos. Nos besuquea emocionada y luego dice, dirigiéndose a Judith:

—Bienvenida a Alemania y a tu casa, cariño. Aquí te vamos a querer muchísimo.

Adoro que mi madre la reciba así, y sonrío cuando Jud replica contenta:

—Gracias, Sonia.

Al entrar en la casa, un ruido atronador me indica que mi sobrino está jugando en el televisor del comedor con la PlayStation.

Me dispongo a quejarme a mi madre de lo consentido que lo tiene cuando una de las jóvenes que trabajan en la casa se acerca a ella y reclama su atención.

Judith me mira. No entiende qué es ese estruendo, y yo, acercándome a ella, pregunto a gritos:

—¡¿Preparada para conocer a Flyn?!

Asiente y juntos caminamos hacia el salón cogidos de la mano.

Al abrir la puerta corredera, los decibelios del videojuego se multiplican por cien. Le he dicho mil veces a mi sobrino que no debe jugar así o se quedará sordo. De pronto, él me ve y, soltando el mando de la Play, grita corriendo hacia mí:

—¡Tío Eric!

Emocionado por su recibimiento, lo abrazo. Aunque me enfade mil veces con él, Flyn es mi niño y, excitado, enseguida me cuenta los avances que ha hecho en el juego.

Yo lo escucho contento, comento sus progresos, y, satisfecho de verlo feliz, indico, mientras bajo el volumen del televisor:

—Flyn, quiero presentarte a la señorita Judith.

Según digo eso, veo cómo su expresión se ensombrece. Eso no es bueno.

Entonces Judith camina hacia nosotros y lo saluda alegremente en alemán:

—¡Hola, Flyn!

Mi sobrino la mira. Clava los ojos en ella y, cuando le quito la gorra de la cabeza y le revuelvo el pelo, él responde con voz intimidatoria:

—¡Hola, señorita Judith!

Ella se sorprende. Lo veo en su expresión y en el modo en que lo mira.

Sin duda esperaba al típico muchacho alemán, rubio, de piel y ojos claros, y no a un niño cien por cien con los genes coreanos de su padre.

—Flyn, puedes llamarme sólo Jud o Judith, ¿de acuerdo?

Observo cómo él la mira. Desconfía de ella, y lo entiendo. No la conoce. No sabe quién es y, cuando voy a decir algo, mi madre entra en el salón.

—¡Oh, Dios, qué maravilla poder hablar sin dar gritos! —exclama—. ¡Me voy a quedar sorda! Flyn, cariño mío, ¿puedes jugar con el volumen más bajo?

—No, Sonia.

Me incomoda el hecho de que siempre llame a mi madre por su nombre, preferiría que la llamara *yaya* o *abuela*. Pero, bueno, eso son cosas de mi madre y él, y es mejor no meterse.

—¿Jugamos una partida, tío?

Mi madre vuelve a salir del salón porque alguien la llama por teléfono, y entonces Judith pregunta:

—¿Puedo jugar yo?

Al oírla, Flyn ni siquiera la mira y replica con mofa:

—Las chicas no sabéis jugar a esto.

Disimulando una sonrisa, observo el gesto de Judith. Es obvio que eso le ha dolido. Pero insiste:

—Y ¿por qué crees que las chicas no sabemos jugar a esto?

Flyn resopla, clava sus oscuros y rasgados ojos en ella y dice:

—Porque éste es un juego de hombres, no de mujeres.

Como si viera un partido de tenis, así estoy. Una dice, el otro responde. El otro dice, la otra responde, hasta que ella, molesta, replica:

—¿Y si yo te demostrara que las chicas también jugamos a *Mortal Kombat*?

Mi sobrino me mira de reojo, cabecea y sisea:

—Yo no juego con chicas.

Está claro que no quiere nada con ella. Judith me dirige una mirada molesta. Noto que la actitud de Flyn la enfada, y refunfuña en español con una falsa sonrisa:

—Pero ¿qué clase de educación machista le estás dando a este enano gruñón? Oye, mira, porque es tu sobrino, pero esto me lo dice otro y le suelto cuatro frescas, por muy niño que sea.

Sonrío. No lo puedo remediar, y menos cuando el chico la mira, e indico:

—No te asustes, pequeña. Lo hace para impresionarte. Y, por cierto, Flyn sabe hablar perfectamente español.

El gesto de Jud al oír eso es indescriptible.

—No soy un enano gruñón —replica mi sobrino en castellano—, y si no juego contigo es porque quiero jugar sólo con mi tío.

—Flyn... —Lo hago callar. No quiero que se pase.

Segundos después, el juego vuelve a atronar en el salón. Accedo a la petición de mi sobrino y me pongo a jugar con él.

¡Y me divierto!

Instantes después, veo que entra mi hermana Marta y se lleva consigo a Judith y, tras mirar a mi sobrino, digo sin parar de jugar:

—¿Puedo pedirte un favor?

—Claro, tío.

Tras despejar una pantalla del juego, prosigo:

—Me gustaría que fueras educado con Judith.

—¿Por qué?

—Porque te lo estoy pidiendo yo.

Flyn me mira, niega con la cabeza y gruñe:

—¡Jo..., qué rollo!

Suspiro. Siento que eso me va a costar más de un disgusto, e insisto:

—Hace unos días hablé contigo y te dije que ella me gusta mucho y que mi intención es que viva con nosotros.

Flyn no responde, sigue jugando, y cuando le doy un empujón para que recuerde que le estoy hablando, suelta:

—Pero, tío, tú y yo vivimos muy bien solos; ¿por qué tiene que entrar ella en nuestra casa?

Sonrío. Flyn siempre ha considerado su feudo la casa en la que vivimos.

—Te lo acabo de decir: porque me gusta mucho —repito.

Él resopla. No le hace gracia lo que oye, y pregunta molesto:

—Y ¿vais a dormir los dos en tu cuarto?

—Ése es el plan —afirmo convencido.

Gruñe. Eso le joroba bastante, y murmura:

—Menuda cortarrollos.

—Flyn...

—¡Vivir con chicas es un rollo!

—¡Flyn! —lo regaño.

—Pero, tío, nos va a jorobar nuestras noches de hombres.

Al oírlo, sonrío. Me hace gracia su percepción de que una mujer viva con nosotros y, sin parar el juego, que a los dos nos encanta, insisto:

—Pórtate bien con ella y te prometo que no cambiará nada entre nosotros.

★ ★ ★

Veinte minutos después, mi madre, mi hermana, Flyn, Jud y yo nos reunimos alrededor de la mesa para comer. Las mujeres no paran de hablar, tienen conversación para todo. Esas tres se parecen más de lo que nunca pensé, y Flyn me mira horrorizado.

Tras la comida y una sobremesa en la que el niño no ha abierto la boca, él, Jud y yo nos dirigimos al polideportivo de Oberföhring, donde voy a jugar junto a Björn y otros amigos un partido de baloncesto.

Al llegar nos encontramos con Frida, Andrés y el pequeño Glen. Judith sonríe feliz al verlos y, cuando Andrés y yo nos despedimos de ellos y vamos hacia los vestuarios, éste cuchichea mirándome:

—Vaya..., vaya..., me alegra ver que tus diferencias con ella ya están olvidadas.

Asiento. Olvidadas o no, Judith está conmigo aquí.

Entramos en el vestuario y me encuentro con Björn, que, al verme, sonríe y, chocando la mano con la mía, indica:

—No tenía claro si ibas a estar aquí o no.

Asiento con una sonrisa. Me cambio de ropa y, al salir a la cancha para calentar, Björn sigue mi mirada y murmura:

—¿Ésa no es la chica de Zahara que...?

—Sí —lo corto.

Mi amigo sonríe y, recordando nuestra última conversación, pregunta:

—Pero ¿no dijiste que te habías equivocado con ella?

Asiento, sé lo que dije. Y, sin dejar de mirarla atontado, declaro:

—Me equivoqué, pero al afirmar eso. Por cierto, le he propuesto que se venga a vivir conmigo.

Björn me mira sorprendido, tira el balón y exclama:

—¡¿Vivir contigo?!

Vuelvo a asentir.

Sé que es una locura, pero afirmo:

—Sí, amigo. Has oído bien. Incluso comienzo a plantearme llevarla de viaje a la Riviera Maya.

Por su expresión, está claro que Björn no entiende nada.

—Me dijo que era el viaje de sus sueños —cuchicheo.

Mi amigo asiente y, tras mirar a Judith, pregunta:

—Y ¿qué te ha llevado a tomar la decisión de vivir con ella?

Veo que Jud le sonríe a Frida y su expresión me hace sonreír a mí como un tonto.

—Darme cuenta de que la necesito en mi vida —respondo.

Björn menea la cabeza, lo que explico lo descuadra por completo, y susurra:

—Eric, sinceramente..., no te entiendo. Dijiste que después de Betta no...

—Lo sé —lo corto—, pero créeme cuando te aseguro que Judith es diferente. Ella merece la pena, y en cuanto la conozcas más te darás cuenta de que es cierto.

Mi amigo sonríe. No tiene muy claro lo que le digo ni creo que me entienda, pero, dándome como siempre un voto de confianza, afirma:

—De acuerdo. Habrá que conocerla entonces.

—Pero a distancia —matizo.

Björn se carcajea y se dispone a replicar, así que me adelanto y reconozco:

—Lo sé. Eso último sobraba.

El partido comienza y me empleo a fondo mientras cada dos por tres observo la grada para ver que Judith continúa allí y está bien. Su sola presencia me hace feliz, tanto, que ni los empujones ni nada me ensombrecen el partido, y cuando, al finalizar, ganamos por doce puntos, ¡sé que es un buen día!

Con Flyn sobre mis hombros, celebro nuestro triunfo, y, en el momento en que me siento y él se va detrás de Björn, que lo hace rabiar, de pronto Judith se acomoda sobre mis rodillas y, sorprendiéndome, me besa con pasión.

¡Mmmm..., me encanta su impetuosidad!

Su demostración de afecto frente a mis compañeros de equipo no me molesta en absoluto, es más, ¡me encanta! Y, cuando terminamos de besarnos y veo cómo nos miran las mujeres que suelen asistir a nuestros partidos, sonrío intuyendo por qué.

Por ello, clavo los ojos en la mujer que es la dueña de mi boca y murmuro:

—Vaya..., pequeña, si lo sé, te traigo antes a una cancha de baloncesto.

Ella sonríe. Adoro esa sonrisa, y aprovecho para preguntar con disimulo:

—¿Esto significa el fin del castigo?

Entonces Judith asiente con un gracioso gesto, yo sonrío abiertamente y ella vuelve a besarme.

¡Sin duda, es un gran día!

42

Al salir del polideportivo decidimos ir a Jokers, el restaurante de Klaus. Como siempre, el padre de Björn nos atiende de maravilla, y al presentarle a Judith y contarle que es española, sonreímos al oírlo decir: «Paella... Olé... Torero». Ella me mira divertida mientras nos tomamos unas cervezas en la barra, y cuando Klaus nos abre un saloncito para nuestro grupo, lo ocupamos de inmediato.

Durante la cena, soy consciente de las veces que cojo a Judith de la mano. Necesito su contacto, y ella no me lo niega, por lo que, acercándome a su oído, murmuro:

—Desde que sé que me has levantado el castigo, no veo el momento de llegar a casa, pequeña. ¿Tú deseas lo mismo?

Asiente. Me hace saber que me desea tanto como yo a ella y, con disimulo, miro a mi amigo Björn y le pregunto bajando la voz:

—¿Crees que podría entrar en el despachito?

Él sonríe, mira a Jud, que habla con Frida ajena a lo que estoy planeando, y se levanta.

Segundos después regresa y me entrega una llave con disimulo.

—Disfrútalo, amigo —dice y, levantando la voz, indica—: Eric, cuando le he contado a la nueva cocinera de mi padre que Judith es española, me ha exigido que se la presentes.

Me levanto sin tiempo que perder. Choco con complicidad la mano de mi buen amigo y comento:

—Hagamos lo que pide la cocinera, o no podremos regresar a este local.

Todos sueltan una carcajada. Nadie sabe lo que tengo en mente, sólo Björn, y éste, al ver que Flyn se levanta para venir con nosotros, lo sujeta y asegura:

—Si te vas, me como todas las patatas.

Mi sobrino defiende su plato. Si hay algo que le gusta son las patatas fritas.

Aprovechando el momento, agarro a Judith de la mano y salimos del salón. Caminamos en silencio por el restaurante hasta que llegamos frente a una puerta, saco la llave que me ha dado Björn, la abro y entramos. En cuanto cierro, me quito la chaqueta y susurro, mirando a Judith:

—No puedo aguantar más, cariño. Tengo hambre, y no es de la comida que me espera sobre la mesa.

Ella me observa boquiabierta, y le dejo muy claro que lo de ir a saludar a la cocinera era una excusa para estar a solas. Después la siento sobre la mesa del despacho y la beso, le recorro con la lengua sus magníficos labios, y ella se lanza y me devora.

¡Sí! ¡Me desea!

El frenesí se apodera de nosotros...

La locura nos posee...

Y, cuando ella me deja claro que no quiere que le rompa las bragas ni las medias, conteniendo mis desmedidas apetencias, le quito las botas y la miro.

Sonriendo, Judith se baja de la mesa, se quita las medias con cuidado y yo caigo de rodillas a sus pies.

¡Soy su esclavo!

Consciente de lo que demando, ella se acerca a mí, sus braguitas quedan frente a mi nariz y, mientras la agarro de los muslos con las manos, murmuro:

—No sabes cuánto te he echado de menos.

Por su gesto, intuyo que ella me ha añorado también y, satisfecho, aspiro su perfume mientras restriego mi mejilla contra su monte de Venus. Deseoso de más, le bajo las bragas y el olor de su sexo me enloquece. Es maravilloso, embriagador.

Con gusto, paseo la boca por el tatuaje que ella se hizo para mí y, tras sentirla vibrar entre mis manos, musito:

—Pídeme lo que quieras, pequeña..., lo que quieras.

Nos miramos.

Soy consciente de lo que he dicho y de que, por ella, lo que sea.

Termino de quitarle las bragas y me incorporo, la siento sobre la mesa, le separo las piernas y, mirando con deleite lo que tanto ansío, saco mi erecto pene y susurro, deseoso de lo que voy a hacer:

—Me vuelve loco leer esa frase en tu cuerpo, pequeña. Me tiraría horas saboreándote, pero no hay tiempo para preámbulos, y por ello te voy a follar ahora mismo.

Y lo hago.

Introduzco mi dura erección en su humedad y, de una sola y certera estocada, la hago mía mientras ella se muerde los labios para no gritar, al tiempo que arquea la espalda y me muestra lo mucho que disfruta.

Judith me mira con esa clase de mirada que dice «haz conmigo lo que quieras, lo que debas, lo que desees», y mi locura aumenta más y más.

Con deleite, entro y salgo de ella en busca de placer, mientras la intensidad de nuestros movimientos crece por momentos. Jud se retuerce, incorporándose, agarra mi trasero con las dos manos y, por cómo me lo aprieta, sé que me anima a que le dé duro.

El placer que me provoca su exigencia me hace temblar de gusto mientras la penetro sin compasión, y entonces veo en sus ojos que le sobreviene un abrasador orgasmo y ella exige:

—Ahora..., cariño..., dame más fuerte ahora.

Redoblo mi potencia.

Duro..., fuerte..., implacable...

Deseo que disfrute, que goce, que se deleite con el momento.

Ella es mi dueña, mi amor, mi mujer, y yo voy a darle todo lo que pida. Cuando el clímax nos asalta con furia, acerco mi boca a la suya y la beso.

Acalorado, intento respirar, como lo intenta ella, y murmuro, mirándola a los ojos:

—No puedo vivir sin ti. ¿Qué me has hecho?

Ella sonríe, me da un maravilloso beso en los labios y responde:

—Te he hecho lo mismo que tú a mí. ¡Enamorarte!

Maravillado, la contemplo.

La palabra *amor* siempre me ha quedado muy grande, primordialmente porque nunca he creído en él, pero Judith me ha hecho cambiar de opinión.

Tras soltarla con desgana porque, si por mí fuera, me quedaría durante horas dentro de ella en este despacho, nos vestimos y ella se mofa, mostrándome sus bragas intactas.

¡Juro que cuando llegue a casa se las romperé!

Cuando ve que abro un cajón y saco papel para limpiarnos, me pregunta si he estado aquí en más ocasiones, y le digo que sí. No más mentiras. He estado muchas veces en este despacho, solo o con Björn, disfrutando de compañía femenina.

—Espero que a partir de ahora siempre cuentes conmigo —dice entonces.

Asiento. Estoy convencido de que a partir de ahora la voy a querer siempre a mi lado, por lo que respondo:

—No lo dudes, pequeña. Ya sabes que tú eres el centro de mi deseo.

Mis palabras le gustan, me lo dice su sonrisa, y, acercándola a mí, murmuro:

—Pronto abriré tus piernas para que otro te folle delante de mí, mientras yo beso tus labios y bebo tus gemidos de placer. Sólo de pensarlo, ya vuelvo a estar duro.

Siento que lo que digo la acalora. La abrasa.

Sin duda Judith está ansiosa como yo por jugar, y sólo hablar de ello nos hace desearlo ¡ya!

Terminamos de vestirnos y, acalorados, salimos del despacho y nos dirigimos hacia nuestra mesa, donde los demás siguen cenando.

Björn nos recibe con una sonrisa de complicidad. Se ha ocupado de mi sobrino en mi ausencia y, tras entregarle la llave del despacho con disimulo, continuamos cenando.

Entretanto, mi deseo por Judith va en aumento, y estoy ansioso por llegar a mi casa, donde le voy a romper las bragas y, por primera vez, la voy a poseer en mi cama.

43

El sábado, 29 de diciembre, hablo con Judith y le pido que me dé un poco de cancha ese día para poder prestarle más atención a Flyn, ya que el niño me mira con recelo.

Ella acepta sin dudarlo. Entiende mi petición, y yo se lo agradezco mucho.

Trato de que mi sobrino se sienta bien junto a ella, y parece que lo consigo, aunque en varias ocasiones soy consciente de que intenta quitársela de encima.

Dispuesto a que Flyn entienda lo importante que Jud es para mí, cuando ella se marcha una de las veces al baño, hablo con él. Trato de hacerle entender que la presencia de Judith no va a restarle mi cariño ni mi atención y, aunque asiente con la cabeza, no sé si me cree. Me parece que no.

Cuando mi chica regresa, propone jugar a la Wii, o a la Play. Flyn le contesta de malos modos y le dice que no, y yo tengo que darle un pescozón.

Pero ¿de qué acabamos de hablar?

Flyn se niega a compartir nada con Judith. No quiere jugar a la Play con chicas. Pero, dispuesto a que comprenda que su concepto sobre las féminas es erróneo, decido jugar yo con ella una partida de *Moto GP* para demostrarle que ella también sabe jugar y, sorprendentemente, ¡Judith me gana!

¿Juega mejor que yo a *Moto GP*?

¡Joder con Jud!

Eso, junto con las mofas y los bailecitos que se marca jactándose de lo buena que es jugando a la Play, aguijonea mi orgullo. Flyn la reta a jugar entonces a *Mario Bros* y, boquiabierto, la miro cuando ella vuelve a hacerlo y ¡le gana!

¡Asombroso!

¡Esta mujer es una máquina!

Flyn gruñe molesto. No le hace ninguna gracia que una chica le gane. Y, cuando ella, tras guiñarme el ojo, lo incita para que juegue a *Mortal Kombat*, soy consciente de que se deja ganar.

Menos mal porque, si no, lo hunde.

Flyn salta emocionado frente a ella y, encogiéndose de hombros, Jud le hace saber que, igual que sabe ganar, saber perder.

Le agradezco el detalle.

Durante todo el día procuro que Flyn sea el centro de atención. Él me lo exige y, cuando me acerco a Judith, rápidamente se mete entre los dos para separarnos. Por no poder, no he podido darle más que un beso una vez en que él ha ido corriendo al baño. Pese a todo, reconozco que a la hora de la cena me sorprendo al ver que Flyn le rellena el vaso de Coca-Cola cuando a ella se le acaba.

¡Buena señal!

Cuando por fin mi sobrino se acuesta, siento que estoy agotado, pero en cuanto cierro la puerta de mi habitación y Judith me sonríe, me vengo arriba.

¡Es nuestro momento!

Dispuesto a disfrutar del tiempo que tenemos juntos y solos, nos desnudamos, nos tentamos y nos hacemos el amor mirándonos a los ojos mientras nos decimos cosas morbosas y calientes que nos abrasan hasta el alma.

Con complicidad, nos contemplamos y, bromeando, ella me dice que quiere que nos hagamos cosas sucias y calientes pero con elegancia; y las hacemos, ¡vaya si las hacemos!

★ ★ ★

Al día siguiente, cuando me despierto y veo a Jud dormida a mi lado, me siento plenamente feliz como pocas veces me he sentido en mi vida. Durante un rato, la observo, hasta que oigo crujir mis tripas y decido bajar a desayunar.

En la cocina, me encuentro a Simona, que está mirando unos papeles. Me intereso por saber de qué se trata, y me sorprendo al ver que está intentando prepararle churros a Judith para desayunar, ¡y lo consigue!

Orgullosa, media hora después me enseña lo que ha preparado, y yo, dispuesto a que Judith vea lo mucho que esa mujer se empeña en hacerla feliz, preparo una bandeja de desayuno, pongo algo que es importante para mí bajo la servilleta y se lo subo a la habitación.

En el camino, me cruzo con Flyn y, al observar su expresión de reproche cuando me ve con la bandeja de desayuno, le prometo que estaré con él dentro de pocos minutos.

Al entrar en la habitación, me encuentro a Judith despierta.

—Buenos días, morenita —la saludo de buen humor.

Ella sonríe, me acerco a la cama y, tras disfrutar el beso que me da, susurro:

—¿Cómo está mi novia hoy?

—Agotada, pero feliz.

Oír eso hace que se me ilumine el día. Me encanta saber que la noche pasada fue colosal para los dos. Entonces ella, fijándose en la bandeja, da un salto y exclama:

—¿Churros? ¿Esto son churros?

Sonrío, y voy a hablar cuando coge uno, lo moja en el azúcar y, tras darle un mordisco, murmura:

—¡Mmmm, qué rico! Con su grasita y todooooo...

Suelto una carcajada.

Su expresividad, su pasión y su franqueza me hacen feliz, y le cuento que Simona los ha preparado para ella. Tras un segundo churro, que veo que disfruta, coge la servilleta para limpiarse y, ¡zas!, debajo aparece el anillo que me devolvió.

Ambos nos miramos. Judith ni lo toca, ni se mueve, y afirmo:

—Vuelves a ser mi novia y quiero que lo lleves.

La miro...

Me mira...

Sonríe...

Sonrío...

Y, finalmente, cojo el anillo y se lo pongo en el dedo. Luego le doy un beso en la mano y certifico:

—Vuelves a ser toda mía.

Reímos, nos besamos de nuevo, y a continuación ella pregunta divertida:

—¿Por qué no me habías dicho que tu sobrino Flyn es chino?

Suelto una carcajada.

Si Flyn la oyera decir eso, la odiaría de por vida.

—No es chino. Es alemán —puntualizo—. No lo llames chino o lo enfadarás mucho.

Ella se mofa, y yo prosigo:

—Mi hermana Hannah se fue a vivir a Corea durante dos años. Allí conoció a Lee Wan. Cuando se quedó embarazada, Hannah decidió regresar a Alemania para tener a Flyn aquí. Por lo tanto, ¡es alemán!

Alucinada por lo que acaba de descubrir, ella asiente y luego pregunta:

—¿Y el padre de Flyn?

Recordar a ese tipo y, sobre todo, el modo en que decidió pasar de mi sobrino cuando nació, hace que tuerza el gesto.

—Era un hombre casado y nunca quiso saber nada de él —explico.

Judith asiente, y yo prosigo:

—Tuvo un padre en Alemania durante dos años. Mi hermana salió con un tipo llamado Leo. El crío lo adoraba, pero cuando ocurrió lo de mi hermana, ese imbécil no quiso volver a saber nada de él. Me dejó claro lo que siempre había pensado: que estaba con mi hermana por su dinero.

Tan pronto como digo eso, soy consciente de que mi tono se endurece. Recordar a esos tipos no me resulta fácil, y entonces Judith, mirándome, susurra:

—Eric, mañana es Nochevieja, y yo...

No le permito continuar. Con cuidado, le tapo la boca con la mano.

Me duele pensar que tiene que marcharse, pero, consciente de que quiere estar con su familia la última noche del año, digo:

—Sé lo que vas a decir. Quieres regresar a España para pasar la Nochevieja con tu familia, ¿verdad?

Jud asiente, y, aunque dolorido, murmuro:

—Quiero que sepas que, pese a que me encantaría que te quedaras aquí conmigo, lo entiendo. Pero esta vez no voy a poder acompañarte. He de quedarme con Flyn. Mi madre y mi hermana tienen planes, y yo quiero pasar la noche con él en casa. Lo comprendes tú también, ¿verdad?

Ella asiente.

En sus ojos veo cierta tristeza, pero no quiero ahondar en ella. No pretendo darle pena, ni a ella ni a nadie. Mis circunstancias son las que son, y así las acepto.

Le indico que puede viajar con mi jet a España, pero ella se niega. Trato de convencerla, pero vuelve a negarse. Quiere ir en un vuelo comercial y, al final, claudico y me encargo de buscarle el mejor pasaje.

Una vez que sacamos los billetes desde casa, Jud me besa y, cuando me separo de ella, le dejo muy claro que en cuanto regrese haré todo lo posible para cuidarla, protegerla y amarla. Ella vuelve a besarme, y dice:

—Eric, te quiero.

Al oír eso, cierro los ojos y, cuando los abro de nuevo y la miro, susurro sin querer remediarlo:

—Te quiero tanto, pequeña, que sentirme alejado de ti me vuelve loco.

Ya no puedo abrirle más mi corazón y, en el momento en que voy a besarla, oigo la puerta de la habitación y la voz de mi sobrino, que grita:

—¡Tíoooooooooooooooooooo, ¿por qué tardas tanto?!

Nos separamos de un salto.

¡Joder, con Flyn!

Me joroba que haya roto ese momento tan especial entre ambos, pero entonces oigo que Judith pregunta:

—¿Quieres un churro, Flyn?

Él pone cara de asco.

Está visto que vuelve a estar cruzado con ella, y murmura, antes de salir de nuevo de la habitación:

—Tío, te espero abajo para jugar.

Molesto, observo la puerta cerrada.

—No tengo la menor duda de que Flyn se alegrará mucho de mi marcha —comenta Jud con una sonrisa.

La miro, no digo nada, y, besándola, indico:

—Vamos, desayuna y aprovechemos las horas que nos quedan de estar juntos.

Pero las horas, cuanto más lentas quieres que pasen, pasan más rápidas, y a las seis y media estamos en el aeropuerto, Jud, mi sobrino y yo.

Según se acerca el momento de la despedida, levanto esa barrera de frialdad e indiferencia para protegerme cuando sé que algo puede hacerme daño.

Un tío como yo sabe mantener el tipo, y ésta será una ocasión más.

Judith bromea con Flyn, se despide de él y, con una mirada, le pido a mi sobrino que me deje unos segundos a solas con ella.

El crío lo hace.

—Eric, yo... —dice entonces ella mirándome a los ojos.

Pero no la dejo continuar y la silencio con un beso.

Quiero que cada vez que recuerde este beso sepa que la espero en Múnich, y murmuro:

—Pásalo bien, pequeña. Saluda a tu familia de mi parte, y no olvides que puedes volver cuando quieras. Estaré esperando tu llamada para ir al aeropuerto a buscarte. Cuando sea y a la hora que sea.

Con emoción en la mirada, ella asiente.

Veo sus ojos vidriosos, ¿irá a llorar?

Pero finalmente me besa de nuevo, le guiña un ojo a Flyn y, dando media vuelta, camina en dirección a los arcos de seguridad.

Me duele ver cómo se aleja de mí, por lo que, cogiendo a mi sobrino de la mano, termino ese calvario y nos vamos sin mirar atrás.

En cuanto nos montamos en mi coche, Flyn está pletórico.

Volvemos a estar solos y juntos, y, aunque yo estoy feliz por él, siento un gran vacío en mi interior. Ya echo en falta a Judith.

Cuando llegamos a casa, Simona nos espera, nos tiene preparado algo de cena. Cenamos los dos solos en el comedor y me esfuerzo por conversar, mientras siento cómo la vida se ralentiza al estar separado de Jud.

Luego vemos un rato la televisión, hasta que Flyn bosteza y lo obligo a que vaya a acostarse. Necesito estar solo.

Acto seguido, me encierro en mi despacho, ese gran refugio que yo mismo me creé hace años y que me sirve de retiro para reflexionar y tranquilizarme.

En silencio, avivo el fuego de la chimenea pensando en la mujer que a cada segundo se aleja más de mi vida y, suspirando, pongo música. Como ella diría, ¡ésta amansa a las fieras!

Mientras escucho la encantadora voz de Norah Jones, decido servirme un whisky. Después me acerco a la chimenea, me siento frente a ella en un sillón y me quedo hipnotizado observando el fuego al tiempo que pienso en Judith.

No puedo quitármela de la cabeza. Me ha dicho que me quiere, ¡me quiere!, y yo se lo he dicho a ella.

¿Será eso suficiente para que regrese a mí pasada la Navidad?

No sé cuánto tiempo transcurre hasta que oigo un ruido y, al volverme, me quedo sin palabras.

A escasos metros de mí, mi pequeña, la mujer que adoro y por la que sufro, está de pie mirándome, empapada, y como puedo me levanto.

Con el pulso acelerado, dejo el vaso de whisky sobre la mesita cuando ella suelta su equipaje y murmura:

—Papá te manda un saludo y espera que pasemos una feliz Nochevieja. Me dijiste que podía regresar cuando quisiera, así que ¡aquí estoy! Y...

Hechizado y feliz como no lo he estado nunca, camino hacia ella y la abrazo. La abrazo con amor, con deseo y cariño, mientras murmuro en su oído:

—No sabes lo mucho que he deseado que ocurriera esto.

Nos miramos.

¡Es real!

Ella ha regresado a mi lado *motu proprio*, y la beso.

La devoro, la hago mía, pero de pronto soy consciente de algo y, separándome, gruño:

—¡Por el amor de Dios, Jud! ¡Estás congelada, cariño! Acércate al fuego.

Me apresuro a llevarla junto a la chimenea. Me preocupa que enferme.

Le pregunto si ha cenado. Me dice que no, y la ayudo a sacarse su mojado y frío abrigo mientras digo:

—Quítate esta ropa. Estás empapada y enfermarás.

Ella asiente. Tirita de frío y, cuando va a echar mano de su equipaje, indico:

—Lo de tu mochila estará todo mojado y frío.

Rápidamente me quito la sudadera gris que llevo y sugiero:

—Toma, ponte esto mientras voy a por ropa seca a la habitación.

Sin perder un segundo, corro a mi dormitorio al tiempo que soy consciente de que ella ha regresado a mi lado.

¡Ha regresado!

Emocionado y casi sin dar crédito, cojo un bóxer, un pantalón, unos calcetines y, tras ponerme una sudadera azul, vuelvo junto a ella.

Cuando llego al despacho, Judith me mira, sigue con mi sudadera en la mano y, sin hablar y con mimo, la desnudo.

Quiero cuidarla...

Quiero mimarla...

La amo...

Cuando la tengo totalmente desnuda en mi despacho delante de la chimenea, me apresuro a ponerle mi sudadera gris para que no coja frío, y entonces ella susurra, mientras de fondo sigue sonando la voz de Norah Jones:

—Baila conmigo.

No puedo negarme a su deseo. Si ella quiere que baile, ¡bailo!

Ha regresado, ha vuelto a mi lado, y eso es muy importante para mí.

Bailamos acaramelados y en silencio, y cuando la canción acaba, la miro y murmuro, tras un dulce beso que me sabe a miel:

—Acaba de vestirte, Jud.

Ella ríe divertida al ver los calzoncillos de Armani y los mullidos calcetines blancos, y yo voy raudo a la cocina para prepararle algo de comer.

No sé cocinar.

Nunca me ha interesado aprender, por lo que, tirando de lo poco que sé hacer, abro el frigorífico y saco caldo que ha preparado Simona. Lo vierto en una taza y lo caliento en el microondas mientras preparo un sándwich de jamón york y queso y pongo un plátano de postre en la bandeja.

Antes de salir, busco una flor. Andrés dijo que ese detalle siempre era importante en una bandeja. Pero no encuentro ninguna, y maldigo.

Cuando regreso al despacho, la veo sentada en la alfombra frente a la chimenea, peleándose con su pelo. Sonriendo, suelto la bandeja sobre la mesa, me acerco a ella y, tras desenredar ese oscuro cabello que tanto me gusta con todo el amor de que soy capaz, le doy un beso en la coronilla y musito:

—Solucionado lo de tu precioso pelo. Ahora toca comer.

Sin darle tiempo a protestar, cojo la bandeja, la dejo sobre la alfombra y, tras sentarme a su lado, me dispongo a decir algo cuando ella pregunta:

—Te he sorprendido, ¿verdad?

Encantado, asiento y, retirándole un mechón de su delicado rostro, aseguro:

—Mucho. Nunca dejas de sorprenderme.

Luego la animo a tomarse el caldo y el sándwich y, mientras lo hace, ella me cuenta qué le ha hecho cambiar de idea. Sonrío al percatarme de que, una vez más, su padre ha jugado a mi favor y, aun echándola de menos, la ha alentado a que volviera conmigo.

Sin duda es un gran hombre, y como mejor puedo agradecerle lo que hace por mí es cuidando y queriendo a su preciosa hija con todo mi amor.

La escucho emocionado, y entonces murmuro:

—Eres lo mejor, lo más bonito y maravilloso que me ha pasado en la vida.

Ella sonríe justo en el momento en que la obligo a comerse el plátano, pero mi preciosa novia me mira y susurra:

—De postre... te prefiero a ti.

Complacido, permito que me empuje.

Caigo de espaldas contra la alfombra y, cuando se sienta a horcajadas sobre mí, cuchicheo extasiado:

—Todavía no me creo que estés aquí, pequeña.

Judith sonríe, clava su bonita mirada en la mía y susurra:

—Tócame y créelo.

El morbo calienta nuestros cuerpos y ella se apresura a quitarme la sudadera azul.

Totalmente a su merced, disfruto del modo en que me toca, me besa, me provoca, hasta que no puedo más y le quito el bóxer y la sudadera y, mirando sus pechos, exijo:

—Dámelos.

Excitada, me los entrega. Me los da, y yo disfruto chupándolos mientras sus gemidos resuenan en la estancia, y decido ir más allá. Para ello, la muevo a mi antojo y, en cuanto la dejo sentada sobre mi boca, murmuro:

—Voy a saborearte. Relájate y disfruta.

Con avidez, succiono su maravilloso y tentador clítoris.

Sus gemidos son música celestial para mí, y cuando siento sus muslos temblar por la excitación, tiemblo yo también.

Goloso, la llevo una y otra vez a las puertas del clímax, pero cada vez que noto que ella las va a cruzar, detengo mis movimientos y Jud me lo reprocha.

—Quiero jugar, Eric... —susurra enloquecida—, jugar contigo a todo lo que quieras.

Encendido y agitado por lo que estoy oyendo, le doy un azote en su bonito trasero y, un par de minutos después, me apiado de ella y le permito que llegue al orgasmo, pero una vez que su cuerpo deja de temblar de placer, la miro y exijo totalmente enajenado:

—Fóllame, Jud.

Y lo hace. Vaya si lo hace.

Sentada sobre mí, se introduce mi duro pene en su húmeda hendidura y, balanceando las caderas, me hace suyo mientras yo siento cómo mi cuerpo se libera y ella lo disfruta.

¡El placer es inmenso! ¡Colosal!

Jadeo, me muevo debajo de mi mujer, le doy un nuevo azote y exijo:

—Mírame.

El tono severo de mi voz hace que ella obedezca. Clava su oscura mirada en la mía y, antes de que yo pueda pedir, ella contrae las paredes interiores de su sexo de tal forma que me tiene a su merced.

¡Soy su cautivo!

Sin hablar, vuelve a repetir el movimiento y yo jadeo. Jadeo como pocas veces en mi vida, y entonces ella, cogiéndome las manos, entrelaza sus dedos con los míos y murmura con cierta exigencia:

—No..., tú no te muevas. Déjame a mí.

¡Oh, Dios!

Los movimientos de Judith son titánicos, ¡increíbles!

Los disfruto, ¡oh, sí!, hasta que veo que ella sonríe y, jadeante, susurro:

—¡Dios, pequeña..., me vuelves loco!

Mis palabras la avivan y entonces ella hace lo mismo que yo he hecho minutos antes: me lleva hasta el límite, pero no deja que culmine.

Mi impaciencia por correrme me hacer querer controlarla, pero ella no se deja, no lo permite, y la miro, la miro... Aun así, ella gana la partida y continúa haciendo lo que quiere conmigo, hasta que el placer supremo se apodera de ambos, la siento temblar sobre mí y, ¡por fin!, me libero y disfruto.

Agotada, Judith se deja caer sobre mi cuerpo. Su respiración está tan acelerada como la mía y, loco de amor, murmuro en su oído:

—Te adoro, morenita.

Ella sonríe y yo soy dichoso.

Los minutos pasan y nos reponemos poco a poco.

Nuestras respiraciones se serenan, nos levantamos del suelo y, al sentir que tiene frío, la tapo con una manta que hay sobre el sillón. Después, me siento y la acomodo encima de mí.

—¿Qué pasaba por tu cabecita cuando has dicho que querías jugar a todo lo que yo quisiera? —Al ver que se sonroja, insisto—: Vamos, Jud. Tú siempre has sido sincera.

Sin apartar los ojos de ella, le doy un mordisquito cariñoso en el hombro, y dice:

—Bueno..., yo..., la verdad es que no sé...

Sonrío. Verla apurada por ese tema me hace gracia. Los momentos morbosos, en frío, no se ven del mismo modo que en caliente y, cuando voy a decir algo, ella indica:

—Venga, va..., te lo cuento. Me encanta hacer el amor contigo, es maravilloso y excitante. Lo mejor. Pero, mientras pensaba eso, se me ha ocurrido que de haber sido tres sobre la alfombra todo habría sido aún más morboso.

Asiento y, sorprendido, enarco una ceja. Sin duda mi pequeña ha entendido el significado del morbo.

—Pero, cariño... —prosigue acelerada—, no pienses cosas raras, ¿vale? Adoro el sexo contigo. ¡Me encanta! Y no sé por qué extraña razón ese pensamiento ha cruzado por mi mente. Como me has dicho que fuera sincera y... y..., te lo he dicho. Pero, de verdad..., de verdad que yo disfruto mucho estando sólo contigo y...

No puedo más y tengo que reírme.

Judith por fin ha reconocido que el morbo es una parte importante en su vida y, abrazándola, afirmo:

—Me enloquece saber que deseas jugar, cariño. El sexo entre nosotros es fantástico, y el juego, un suplemento en nuestra relación.

Nos besamos.

Que ella entienda el sexo como yo lo entiendo es lo mejor que podía pasarnos y, dispuesto a jugar con ella a todo lo que quiera otro día, murmuro:

—De momento, preciosa, te quiero en exclusiva para mí. Los suplementos ya los incluiremos otro día.

Y, sin más, con ella desnuda en mis brazos bajo la manta, abandonamos el despacho y camino en dirección a nuestro dormitorio, donde pienso disfrutar de una larga noche de pasión.

44

A la mañana siguiente, cuando despierto, lo primero que hago es mirar a mi lado con la esperanza de que lo que ocurrió la noche anterior no fuera un sueño y, por suerte, ella está aquí, junto a mí.

¡No fue un sueño!

La miro...

Disfruto contemplando cómo duerme y, cuando noto que me voy a abalanzar sobre ella, me levanto y bajo a la cocina, donde Flyn desayuna. Jud tiene que descansar.

Feliz, le envío un mensaje a mi amigo Orson. Después, me tomo un café y le comento a mi sobrino que Judith ha regresado. Es evidente que la noticia no le hace mucha ilusión, pero yo, deseoso de volver con ella, cuando el crío se marcha con Norbert a comprar un momento a la tienda, corro de nuevo al dormitorio.

Vuelvo a observarla mientras duerme y saboreo la paz que su rostro refleja mientras mi corazón disfruta de su cercanía.

—Buenos días, precioso —dice de pronto.

¡¿Precioso?!

En toda mi vida nadie me ha llamado así y, cuando voy a besarla, ella sale despavorida de la cama. Quiere lavarse los dientes antes de besarme.

Una vez que regresa y salta sobre el colchón, la agarro y la beso acercándola a mí y, cuando nos separamos, me indica que ella puede cuidar de Flyn si es necesario mientras yo trabajo.

Sorprendido, la miro.

¿Acaso no se ha dado cuenta de lo complicado que es mi sobrino?

—¿Estás segura, pequeña?

Judith asiente, sonríe y, haciéndome burla, responde:

—Sí, grandullón. Estoy segura.

Satisfecho, la vuelvo a besar, vuelvo a disfrutar de ella, de su olor, de su presencia. Más tarde, mientras hablamos, la puerta se abre de par en par y entra mi sobrino.

—Tío, está sonando tu móvil —anuncia con mala cara.

Me tiende el teléfono, que me he dejado en la cocina cuando he bajado a tomar el café. Veo que se trata de Orson, el amigo al que le he enviado antes un mensaje, y, tras levantarme de la cama, me acerco a la ventana para hablar con él.

Mientras tanto, observo la reacción de mi sobrino cuando Judith lo saluda:

—¡Hola, Flyn! Qué guapo estás hoy.

—Tú tienes pelos de loca —protesta él antes de desaparecer.

Está visto que a mi sobrino que ella esté de nuevo en casa no le hace la misma ilusión que a mí, y por primera vez pienso en lo que me dijo mi madre en lo referente a él y a Jud y valoro que tengo que observar su comportamiento.

Cuando termino de hablar por teléfono, sigo a Judith, que ha entrado en el baño, y, abrazándola por detrás, murmuro:

—Pequeña..., debes vestirte. Nos esperan.

Sin querer desvelarle la sorpresa que le tengo preparada, le doy un beso en la cabeza y añado:

—Te espero en el salón. Date prisa.

Una vez abajo, me encuentro con Flyn, que, para no variar, está jugando con la Play. Me siento con él, y voy a hablar cuando él se me adelanta:

—¿Juegas conmigo?

Lo miro. Siempre accedo a la mayoría de sus peticiones, pero en esta ocasión, apago la tele y, cuando él va a protestar, le digo:

—Flyn, no quiero que trates mal a Judith.

El niño me mira y no responde.

—Mi cariño por ti no va a cambiar —insisto—, ni tampoco nuestra vida, sólo que...

—Eso es mentira. Desde que ella está aquí no haces más que besuquearla. ¡Qué asco!

Al oír eso, resoplo.

Su asco, para mí, es una bendición, pero tiene razón. Judith es tan tentadora que no puedo dejar de hacerlo, e, intentando que entienda lo que siento por ella, indico:

—Si la beso es porque... porque... me gusta mucho y es mi novia.

—¡Las chicas son aburridas!

—Flyn —insisto—, eres demasiado pequeño para entender ciertas cosas, sólo espero que...

—Yo sólo espero que se marche.

Maldigo. Me molesta mucho oír eso, pero le replico con paciencia:

—Pues no se va a marchar. Y no va a hacerlo porque quiero que esté con nosotros y ella también lo quiere así. Y ahora, por favor, si te apetece venir con nosotros a ver a Orson, sube a tu habitación y cámbiate de camisa.

Una vez que se va, soy consciente de la tensión que existe entre nosotros. Me desespera sentir el rechazo de Flyn por Judith, pero decido ir pasito a pasito. Si otros niños se han acostumbrado a los cambios que da la vida, ¿por qué él no va a hacerlo?

★ ★ ★

El día es lluvioso, con rayos y truenos incluidos, pero me llevo a Judith de compras.

La dejo en el piso de Orson, un famoso diseñador amigo mío, para que se pruebe y se compre todo lo que desee. Quiero darle todos los caprichos, y además puedo permitírmelo.

¿Quién me lo va a impedir?

Horas después, regresamos a casa cargados de bolsas. Al entrar, el olor a la comida que Simona prepara para la cena de Nochevieja inunda nuestras fosas nasales.

¡Qué bien huele!

Ésta es la última noche del año y quiero que todo sea bonito, aunque cenemos solos Flyn, Judith y yo. Sin duda, el hecho de tenerla a ella este año con nosotros será algo muy especial. Tremendamente especial.

Dándole espacio a Jud para que se arregle como ella quiere,

termino de ponerme mi traje oscuro y voy en busca de Flyn. Él también lleva su traje y, al verlo, sonrío y murmuro:

—Cada día estás más mayor. Ya eres un hombrecito.

Mi sobrino asiente, sonríe y, guiñándome el ojo, indica:

—Me gusta que Orson nos haya hecho los trajes iguales.

Asiento. No es que a mí me haga mucha ilusión, lo considero más bien una horterada, la verdad, pero era un deseo que Flyn tenía desde hacía mucho y, como he dicho antes, ¿por qué no?

Mi sobrino y yo bajamos al salón. Al abrir, él entra corriendo en la estancia, y soy consciente de que, a diferencia de la casa del padre de Judith, que estaba adornada con un árbol de Navidad y bolas de colores a diestro y siniestro, en la mía no hay ni un solo ornamento navideño.

¿Pensará Judith que es sosa?

Dejé de decorar la casa el año que mi hermana Hannah murió, y si organizo la última cena del año o celebro el día de Reyes es por Flyn. Como niño que aún es, no puedo negarle que disfrute ciertos momentos de la Navidad.

Estoy pensando en ello cuando la puerta del salón se abre y aparece ella, mi diosa, mi luz, y con orgullo observo que se ha puesto un vestido rojo de los que ha comprado donde Orson.

—Estás preciosa, Jud. Preciosa.

Encantado, camino hacia ella, nos miramos y, cuando la estoy besando con dulzura, oigo protestar a Flyn:

—Dejad de besaros ya... ¡Qué asco!

Mi gesto se endurece.

¿Acaso mi sobrino no me escucha?

Pero, a diferencia de mí, Judith sonríe y comenta mirándolo:

—Flyn, así vestido te pareces mucho a tu tío. Estás muy guapo.

Sorprendentemente, veo que él sonríe, pero segundos después vuelve a protestar, dirigiéndose a ella:

—Vamos..., llegas tarde y tengo hambre.

Suspiro. He de tener paciencia con él.

Judith se fija entonces en la bonita mesa engalanada que Simona y Norbert han preparado para los tres y, una vez que tomamos asiento alrededor de ella, pregunta:

—Bueno, y en Alemania, ¿qué se cena la última noche del año?

En ese instante aparecen Simona y Norbert con un par de soperas que dejan sobre la mesa y, sorprendida de que sean lentejas y sopa, Jud se mofa.

—La sopa es de chicharrones con salchichas, señorita Judith —murmura Simona—, y está muy sabrosa. ¿Le sirvo un poquito?

No sé si le apetece o no, pero ella accede encantada y, cuando observamos su gesto de satisfacción al probarla, todos sonreímos.

Durante un rato percibo el buen ambiente que reina en el salón.

Norbert bromea con Flyn y Simona le revuelve con cariño el pelo; de pronto, Judith cuchichea, acercándose a mí:

—¿Por qué no les dices a Simona y a Norbert que se sienten con nosotros a cenar?

Yo la miro sorprendido.

¿Es que se ha vuelto loca?

Observo unos instantes al matrimonio que tanto hace por mi sobrino y por mí durante todo el año y, al entender el mensaje que Judith me ha lanzado, sugiero:

—Simona, Norbert, ¿os apetece cenar con nosotros?

Tan sorprendidos como yo segundos antes, ellos me miran. ¡Creo que piensan que me he vuelto loco! Está claro que entre nosotros siempre ha existido la cordialidad, pero esto es algo más, y de inmediato Norbert rechaza mi ofrecimiento indicando que ya han cenado.

No obstante, la mirada de Judith me taladra. Sé que desea cenar rodeada de gente y, antes de que yo insista, ella se me adelanta:

—Me encantaría que para el postre os sentarais con nosotros, ¿me lo prometéis?

El matrimonio se mira. No entienden a qué viene eso, y finalmente es Simona la que asiente y Judith sonríe.

Durante el resto de la cena, como era de esperar, ambos se preocupan de que la disfrutemos. Con su exquisito trato y su excelente trabajo, nos sirven estupendos platos y Judith aplaude encantada cuando ve los langostinos, el queso y el jamón ibérico.

—No olvides que mi madre es española y tenemos muchas costumbres que ella nos ha inculcado —cuchicheo, besándola en la mano.

—¡Mmmm, me encanta el jamón! —afirma Flyn llenándose la boca.

Más tarde, soy consciente de que es Judith quien habla todo el tiempo y nos hace interactuar. Ella lleva todo el peso y, cuando ve que Flyn pretende ignorarla, le da un giro y habla de juegos de la Wii y la PlayStation y el niño se mete de lleno en la conversación.

Simona entra con los postres y Jud me mira. Sé perfectamente lo que está pensando, por lo que, tras hablar con la mujer sobre el maravilloso *bienenstich* que ha preparado, se levanta y dice:

—Como éste es el postre, tenéis que sentaros con nosotros a comerlo, ¡me lo habéis prometido!

Yo me apresuro a ponerme en pie, retiro la silla que está a mi lado y, mirando a una descolocada Simona, insisto con galantería:

—Simona, ¿serías tan amable de sentarte?

Ella me contempla desconcertada. Después mira a su marido y, cuando éste retira una silla y toma asiento, ella lo imita, justo en el momento en que Judith pregunta:

—Esto se corta como si fuera una tarta, ¿verdad?

Simona asiente y ella, descolocándolos aún más, sonríe y afirma:

—Muy bien, pues seré yo quien os sirva a todos este fantástico *bienenstich*. Flyn, ¿podrías traer dos platitos más para Simona y Norbert?

Mi sobrino, encantado, corre a la cocina y regresa con los platos. Está visto que le gusta ese cambio de planes. Judith reparte entonces el postre en cinco platos y, sentándose, nos mira y con una fantástica sonrisa nos anima con su desparpajo:

—Vamos..., atacadlo antes de que yo me lo coma todo.

Ante las bromas de Jud, Simona y Norbert no dejan de sonreír, y me doy cuenta de que de nuevo ella lleva el peso de la conversación, y esta vez incluye también al matrimonio.

Cuando propone cantar algún villancico alemán, Norbert se arranca de inmediato con *O Tannenbaum*, y aunque yo no soy de cantar estas cosas, el ambiente festivo que percibo en mi casa por primera vez en mucho tiempo me hace cantar junto a los demás.

Luego Flyn, animado, le pide a Judith que cante ella uno español, y ésta se anima con *Los peces en el río*, un villancico que le hemos oído cantar a mi madre toda la vida, y que mi sobrino y yo coreamos ante la sonrisa de todos.

Tras cumplir con ciertas tradiciones, como la de no quitar la mesa hasta bien entrada la madrugada para asegurarnos de que el año entrante nos hará tener la despensa llena, vemos en la televisión la producción cómica *Dinner for One*.

Si algo recuerdo de mis Navidades de pequeño son tres cosas: a mi madre cantando, a mis hermanas bailando y ver juntos en la televisión el cortometraje *Dinner for One*.

Como es tradición también en mi casa, por mi madre, tomamos las uvas y, cuando pongo el canal internacional, donde conectan con la Puerta del Sol, siento que Judith se emociona y se le llenan los ojos de lágrimas.

¡Mi pequeña!

Sin duda, en este momento se acuerda de su familia y, con mimo, le susurro al oído:

—No me llores, cariño.

Ella sonríe, pero en su sonrisa siento la tristeza, y eso me duele mucho.

Quiero ser especial para ella.

Quiero verla feliz, pero hay algo que no he hecho, y maldigo. Maldigo por no haberlo pensado con antelación.

Cuando comienzan las campanadas, estoy pendiente de ella. Me importa un bledo tomarme las uvas o no. Sólo quiero que Jud esté bien y, cuando nos metemos en la boca la última uva y la voy a abrazar, Flyn se interpone en mi camino y, mirándome con sus ojillos rasgados, exclama:

—¡Feliz 2013, tío!

Con una sonrisa, lo miro y le doy un beso en la mejilla mientras con el rabillo del ojo soy consciente de cómo Norbert y Simona abrazan a Judith, y se lo agradezco en el alma.

Una vez que nos separamos, ella dirige toda su atención sobre el niño y, agachándose para estar a su altura, veo que le da un beso y dice:

—Feliz Año, precioso. Que este año que comienza sea maravilloso y espectacular.

En un principio, Flyn no se mueve, pero cuando lo hace es para devolverle el beso y sonreír.

«¡Bien, Flyn!»

Ver eso me hace enormemente feliz.

Entonces Norbert coge entre sus brazos al crío y sé que es el momento de abrazar a mi mujer.

—Feliz Año Nuevo, mi amor —susurro en su oído—. Gracias por hacer de esta noche algo muy especial para todos nosotros.

Judith sonríe y, tras besarme, afirma:

—Pues ni te cuento cómo pienso celebrarlo contigo más tarde.

Eso me hace sonreír. Sin duda, con ella es interesante, a la par que maravilloso, comenzar el año.

45

El 2 de enero, tras despedir a Judith, que se marcha con mi hermana Marta de compras, decido darme una vuelta por mi oficina, pero al salir de casa tengo que frenar con brusquedad el coche cuando un perro flacucho y desnutrido sale asustado de entre los cubos de basura.

¡Malditos bichos!

Antes de llegar a la oficina, me desvío y entro en una tienda. Es la tienda de Adalia, un establecimiento muy especial donde se pueden comprar juguetitos sexuales diferentes de los habituales.

Tras saludar a Adalia, le hago saber lo que busco, y ella rápidamente me los enseña. Tengo varias joyas anales frente a mí y, tras leer «Joya de acero quirúrgico con cristal de Swarovski. Ideal para decorar y estimular la zona anal», me decanto por la que tiene la piedra en color verde. Sin duda a Judith le gustará.

Adalia la mete en una cajita y, después de pagar, me la guardo en el bolsillo de mi chaqueta y me encamino hacia la oficina.

Una vez allí, mi secretaria me pone al día de los asuntos pendientes y, durante horas, intento solucionarlos. En un determinado momento, recibo un email:

De: Amanda Fisher
Fecha: 2 de enero de 2013, 10.55 horas
Para: Eric Zimmerman
Asunto: ¡Feliz Año!

Espero que este año que ha entrado sea productivo a nivel empresarial y que tú y yo nos volvamos a encontrar.

Llámame, sabes que para ti siempre estoy.

Amanda

Cuando termino de leerlo, me siento mal. Lo que hay entre Judith y yo es más fuerte que un simple juego morboso, por lo que, decidido a dejarle las cosas claras a Amanda, respondo:

De: Eric Zimmerman
Fecha: 2 de enero de 2013, 10.59 horas
Para: Amanda Fisher
Asunto: Re: ¡Feliz Año!

Te deseo un feliz año en todos los sentidos, Amanda.
Como te dejé claro en un email hace meses, estoy con alguien especial, y ella, su protección y su bienestar son lo primero para mí.
Centrémonos en el trabajo.
Atentamente,
Eric Zimmerman

Según le doy a «Enviar», atiendo una llamada que mi secretaria me pasa, y entonces vuelvo a recibir un nuevo email.

De: Amanda Fisher
Fecha: 2 de enero de 2013, 11.02 horas
Para: Eric Zimmerman
Asunto: Re: Re: ¡Feliz Año!

Afortunada esa mujer. Yo sólo quiero sexo caliente.
¿Acaso eso ya no puede ser?
Amanda

Cuando cuelgo la llamada que estoy atendiendo, contesto algo molesto:

De: Eric Zimmerman
Fecha: 2 de enero de 2013, 11.06 horas
Para: Amanda Fisher
Asunto: Re: Re: Re: ¡Feliz Año!

Tu actitud ha de cambiar o vaticino problemas.

Y no. No puede ser.

Atentamente,

Eric Zimmerman

Durante unos segundos, ofuscado, miro la pantalla de mi ordenador con la esperanza de que Amanda entienda lo que le digo y deje de insistir y, por suerte, no recibo ningún correo suyo más.

A la hora de comer, el día está desapacible, y recibo un mensaje de Judith. Mi hermana la ha llevado a la Hofbräuhaus, la cervecería más antigua del mundo, donde van a comer juntas. Encantado de saber de ella, contesto su mensaje y, después, sigo trabajando, tengo mucho que hacer.

Aprovecho para llamar a Dexter a México y, después, a Björn a Frida y a Andrés, y me alegro de saber que todos pasaron la última noche del año con sus familias.

Cuando por fin acabo las llamadas y los asuntos más urgentes, decido marcharme de Müller. Por hoy ya he tenido bastante.

★ ★ ★

Al salir, observo que diluvia. Dando vueltas a algunos temas de la empresa, llego hasta la cancela de mi casa y, mientras espero a que ésta se abra, miro a la derecha y veo al perro que se me ha cruzado al salir. Está comiendo algo bajo la lluvia. Una vez que la cancela se abre, dejo de mirar al huesudo animal y entro en mi hogar.

Aparco el coche en el garaje, entro directamente en la casa y, tras saludar a Simona, ésta me informa de que Judith y Flyn están en el salón.

Voy hacia allí y, al entrar, me encuentro a mi sobrino jugando con la Play y a Judith junto a la ventana. A su lado veo algo horroroso parecido a un árbol.

Pero ¿qué narices ha metido en mi casa?

Y, acercándome a ella, pregunto:

—¿Qué es eso?

Al verme, Jud se levanta, se quita los auriculares de su iPod y, cuando se dispone a responder, mi sobrino se le adelanta:

—Según ella, un árbol de Navidad. Según yo, una caca.

Molesto y enfadado con el mundo en general, la miro y, pensando lo mismo que Flyn en lo referente a ese cachivache de color rojo chillón, siseo:

—¿Por qué no me has llamado para consultármelo?

En cuanto digo eso, sé que me he equivocado.

Pero ¿qué tontería acabo de decir?

Al ver su cara de enfado, para intentar calmarla, le cojo la mano y añado:

—Mira, Jud, la Navidad no es mi época preferida del año. No me gustan los árboles ni los ornamentos que todo el mundo se empeña en poner en estas fechas. Pero, si querías un árbol, yo podría haber encargado un bonito abeto.

Mis palabras no parecen sentarle bien y, tras hacerme sentir mal por querer meter un abeto natural en el salón, insiste señalando aquello:

—¿De verdad que no te parece precioso y original tener este árbol?

Lo miro, más feo no puede ser, y respondo:

—No.

Lo siento, pero he de ser sincero. Y lo cierto es que ¡me horripila!

Mi sobrino da su opinión, que es la misma que la mía, y entonces Judith insiste:

—¿Ni siquiera te gusta si te digo que es nuestro árbol de los deseos?

Al oírla, me callo, pero mi sobrino gruñe:

—Ella quiere que escribamos cinco deseos, los colguemos y, después de las Navidades, los leamos para que se cumplan. Pero yo no quiero hacerlo. Eso son cosas de chicas.

—Faltaría más que tú quisieras —se mofa Judith con acidez.

Al oírla, vuelvo la cabeza hacia ella y le pido con la mirada que tenga aguante con el niño, mientras él continúa enfadado con sus protestas.

Lo escucho. Miro a Jud, y yo, que regreso con el pie izquierdo de la oficina, no sé qué hacer, pero entonces ella echa mano de su paciencia e insiste:

—Venga, chicos, ¡es Navidad!, y una Navidad sin árbol ¡no es Navidad!

Oírla decir eso y ver los preciosos morritos que me pone en busca de ayuda me hace sonreír y, cogiendo a Flyn del brazo, le pido que escriba esos deseos en un papel. Él se niega, pero yo insisto:

—Por favor, me haría mucha ilusión que lo hicieras. Esta Navidad es especial para todos y sería un buen comienzo con Jud en casa, ¿vale?

Judith nos contempla, mientras Flyn replica:

—Odio que ella tenga que cuidarme y mandarme cosas.

—Flyn —lo regaño.

El cabezota de mi sobrino no se mueve, y yo redoblo mi dura mirada. Tiene que aprender que uno no puede salirse siempre con la suya, y por último claudica y hace lo que le pido.

—Gracias —murmura entonces Judith.

Yo sonrío y luego, mirándola, pregunto:

—¿De verdad quieres esta cosa horrorosa en el salón?

Ella dirige la vista al árbol rojo y asiente con gracia:

—Claro, ¡es precioso!

Lo miro. Precioso..., lo que se dice precioso, no es.

Cuando Flyn cuelga en él sus deseos y regresa a jugar con la Play, yo cojo un cuaderno del suelo y, dispuesto a complacer a mi mujer, le pregunto:

—¿Puedo pedir cualquier cosa?

Ella sonríe, yo también, y a continuación cuchichea:

—Sí, señor Zimmerman, pero recuerde que pasadas las Navidades los leeremos todos juntos.

Según dice eso, la deseo. La deseo con todas mis fuerzas y se lo hago saber con la mirada mientras toco en mi bolsillo el regalo que le he comprado. Si mi sobrino no estuviera aquí en este instante, sin duda la desnudaría por completo y le haría el amor delante del horroroso árbol hasta dejarla totalmente extenuada.

Pero, sin poder cumplir mis deseos, los escribo en un papel, que doblo y cuelgo en el árbol y, acto seguido, me acerco a Jud y susurro, metiendo mi regalo en su bolsillo:

—Mi deseo es tenerte desnuda esta noche en mi cama para usar tu regalo.

Ella me observa sorprendida y, cuando veo que abre con disimulo la caja y mira el regalo, tengo que hacer esfuerzos por no reír. Creo que es la primera vez que ve una joya anal.

El resto de la tarde sigue diluviando y, como siempre, los truenos y los relámpagos, atemorizan a Flyn. Desde pequeño le dan pánico, y yo, que lo sé, intento entretenerlo. Pero mis ansias de poseer a Judith aumentan por segundos y, cuando Flyn se acuesta después de cenar, la deseo con locura.

Segundos después, ella sale del salón y, feliz, le dejo unos minutos.

Sin duda, como mujer presumida que es, querrá prepararse. Pero, como la paciencia no es lo mío, antes de lo que debería, voy a la habitación y, al abrir la puerta, la veo tumbada sobre la cama, junto a la joya anal y el lubricante.

¡Qué preciosa y sexi es mi mujer!

Con deleite, camino hacia ella y me quito la camiseta gris.

Me mira el torso, sé cuánto le gusta, a pesar de lo blancucho que soy, y entonces la oigo decir:

—Tu deseo está esperándote donde querías.

—¡Perfecto! —asiento, y exijo cautivado por ella—: Flexiona las piernas y ábrelas.

Judith obedece.

Complacido, me subo a la cama y le beso la cara interna de los muslos mientras siento cómo su respiración se acelera.

¡Me desea!

Repto por su bonito cuerpo, ese cuerpo que me vuelve loco, y justo antes de que mi boca y la suya se unan, susurro mirándola a los ojos:

—Pídeme lo que quieras.

Con delicia, le chupo el labio superior, después el inferior y, tras darle ese mordisquito que ella espera y desea, la beso con dureza, con fuerza, con pasión.

Nos tentamos...

Nos disfrutamos...

Y cuando mis calientes labios bajan por su cuerpo y le beso el monte de Venus al tiempo que recorro con un dedo ese tatuaje que tanto me gusta, le pido excitado:

—Ábrete con tus dedos para mí. Cierra los ojos y fantasea. Ofrécete como cuando hemos estado con otra gente.

Mis palabras la enloquecen.

Hace lo que le pido y la veo jadear con los ojos cerrados mientras disfruta con lo que imagina y a mí me hace enloquecer también.

El olor de su sexo es increíble, incomparable.

—Ofrécete, Jud —insisto.

Su cuerpo se arquea y mi boca la devora, y ella se aprieta contra mí satisfecha con lo que le hago sentir. Ansioso, jugueteo con su húmedo e hinchado clítoris y ella jadea para mí, hasta que se incorpora y, besándome con avidez, me exige:

—Fóllame.

Me enloquece oírla decir eso, porque sé lo mucho que esa palabra tan morbosa significa para nosotros en un momento así.

Dispuesto a darle lo que me pide, le doy la vuelta y, tras darle un azotito en ese trasero moreno que tanto me gusta, cojo el bote de lubricante, lo abro, me echo un poco en el dedo y se lo unto en el ano.

¡Qué maravilla!

Ella se encoge al notarlo, pero, sin darle tregua, introduzco un dedo para dilatarla y, segundos después, la joya anal.

El espectáculo que eso me ofrece es colosal y, tras besarle con delicia las nalgas, afirmo:

—Precioso.

Insaciable por la cantidad de cosas que me hace sentir, disfruto de ella. La masturbo con hambre, con ambición, y, tras mover la joya anal y hacerla vibrar, le doy la vuelta y musito, mirándola a los ojos:

—Pronto seremos dos quienes te follemos, pequeña..., primero uno, luego el otro, y después los dos a la vez. Te aprisionaré entre mis brazos y abriré tus muslos. Dejaré que otro te folle mientras yo te miro, y sólo permitiré que te corras para mí, ¿entendido?

Extasiada, mi amor me mira y jadea:

—Sí..., sí...

Ardiente y a punto de explotar, saco los dedos de su vagina y, de un empellón, me introduzco en ella. El placer es extremo y, asiéndola con fuerza, la siento sobre mí. Después de murmurarnos cosas que nos calientan a ambos, Judith susurra:

—Bésame.

Y la beso. Claro que la beso. Estaría besándola todo el día.

Ella incrementa el ritmo de sus caderas y siento que estoy a punto, pero la detengo. Me salgo de ella, la pongo a cuatro patas sobre la cama y, tras introducir de nuevo mi verga en su hendidura, miro la joya anal y cuchicheo con un hilo de voz:

—Quiero tu precioso culito, cariño. ¿Puedo?

Ella me mira, me provoca y, al final, con una sensualidad que me enloquece, afirma:

—Soy toda tuya.

Eso me hace sentir que confía por completo en mí y, sacando con cuidado la joya anal, unto más lubricante en su ano y, tras colocar mi duro pene, lo voy introduciendo lenta..., muy lentamente.

¡Oh, Dios, qué placer...!

Judith tiembla y yo tengo que parar en varias ocasiones y recordarme que ese culito está recién estrenado. Que yo sepa, ella no ha vuelto a tener sexo anal tras la noche que estuvimos con Helga, por lo que procedo con cuidado. Con todo el cuidado del mundo.

Como suponía, su ano se dilata ante mi intromisión, y entonces la oigo pedir:

—Fuerte... Fuerte, Eric.

Sin embargo, no le hago caso, no quiero hacerle daño. Tan sólo le doy un azote en el trasero para hacerle saber que haré lo que tengo que hacer, mientras oigo la lluvia golpear con virulencia contra el cristal.

Así permanecemos varios minutos, gozando de forma increíble, y, cuando siento que estoy totalmente clavado en su trasero, me inclino sobre ella y murmuro:

—¡Dios, pequeña, qué prieta estás!

La sensación es indescriptible, ¡delirante!

—Eric..., me gusta...

Enloquezco. Oír que dice eso mientras la siento vibrar entre mis brazos y yo estoy invadiendo por completo su estrecho ano me hace temblar.

No sé cuánto tiempo estamos sin movernos y, cuando comienzo a hacerlo y los dos jadeamos, la agarro por la cintura y, con mimo, entro y salgo de ella al tiempo que observo nuestro caliente y morboso juego.

El cuidado y la delicadeza del principio quedan olvidados por parte de ambos, y cuando Jud se mueve en busca de una mayor intromisión, sin dudarlo se la ofrezco. Un relámpago ilumina la habitación mientras ella exige y jadea:

—Más... más, Eric...

El tiempo se detiene para los dos.

El instante que vivimos se vuelve vehemente y terriblemente ardiente y, cuando tras un último empellón los dos llegamos al clímax y me salgo de ella regándole el trasero con mi semilla, me dejo caer sobre la cama y digo a media voz:

—¡Dios, pequeña..., me vas a matar de placer!

Un trueno retumba enfadado. Sigue diluviando en el exterior, y, una vez que recuperamos el resuello, murmuro tirando de ella al pensar en Flyn:

—Vamos a lavarnos y a vestirnos, pequeña.

—¿Vestirnos? —pregunta riendo.

Asiento.

Recuerdo lo que suele hacer mi sobrino las noches de tormenta, e insisto:

—Vamos a ponernos algo de ropa. Un pijama o algo así.

Judith se ríe de mí y se levanta desnuda de la cama. Se cachondea de lo que digo, me provoca, mientras yo recojo la joya anal y el lubricante y la animo a que se vista.

Pero ella continúa sin hacerme caso hasta que, de pronto, tras un relámpago azulado que ilumina la estancia, la puerta de la habitación se abre de par en par y Judith, de pie, tapándose como puede con las sábanas, gruñe al ver a Flyn:

—Pero ¿es que tú no sabes llamar?

Mi sobrino no contesta. Veo en su rostro el miedo que le provoca la tormenta y, tirando de Jud, la meto en el baño e indico:

—Desde pequeño lo asustan los truenos, pero no le digas que te lo he dicho. Sabía que iba a venir a la cama. Siempre lo hace.

Un nuevo trueno me hace recordar que Flyn está solo en mi habitación, por lo que, tras soltar a Judith y la joya anal, me pongo los calzoncillos y señalo antes de salir:

—No tardes, pequeña.

En el dormitorio, Flyn sigue donde lo he dejado.

—Vamos, colega, ven aquí —le pido.

Él se apresura a acercarse a mí. Se oye un nuevo trueno y él da un brinco. Con cariño, lo abrazo y susurro, al sentirlo temblar de miedo:

—Tranquilo, no pasa nada.

El muchacho me mira, asiente y afirma en un hilo de voz, acurrucado en la cama:

—Ahora que estoy contigo, lo sé.

Conmovido, lo abrazo. Mi pequeño gruñón me llega al corazón con ese tipo de comentarios.

Durante unos segundos charlamos con tranquilidad, hasta que Judith sale del baño. En ese instante siento que Flyn se tensa, y cuando ella se mete en la cama, me mira y pregunta:

—¿Ella tiene que dormir con nosotros?

Asiento. Por nada quiero que Judith se aleje de mi cama; entonces ella, tapándose con el edredón en plan chica miedosa, cuchichea:

—¡Oh, sí! Me dan miedo las tormentas, sobre todo los truenos.

Yo sonrío al oír eso, agradeciendo el detalle.

De pronto, oigo que pregunta:

—¿Os gustan los perros?

Un «no» rotundo sale de la boca de Flyn y de la mía, y mi sobrino puntualiza:

—Son sucios, muerden, huelen mal y tienen pulgas.

Judith los defiende.

Sé cuánto le gustan los animales, pero lo siento, ni a Flyn ni a mí nos gustan los perros y, dispuesto a dejarle claro que en mi casa no entrará ninguno, declaro:

—Nunca hemos tenidos animales en casa.

Ella me da entonces su punto de vista, que yo respeto pero no comparto, y entonces mi sobrino dice:

—Me mordió el perro de Leo y me dolió.

Judith se sorprende y, cuando ve la cicatriz que éste tiene en el brazo, insiste:

—No todos los perros muerden, Flyn.

Pero mi sobrino, que tiene claras muchas cosas, entre ellas, el tema animales, sentencia:

—No quiero un perro.

Segundos después, Judith me mira a los ojos y Flyn se interpone dispuesto a evitarlo, por lo que termino apagando la luz mientras sonrío al ver el gesto crispado de mi mujer.

Menudo trabajito voy a tener con estos dos.

46

*El 5 de enero, consciente de lo importante que es este día para mi madre, acudimos a su famosa cena de Reyes.

Cuando llegamos, mi hermana Marta nos saluda.

—¡Qué bien! ¡Ya estáis aquí!

Suspiro.

No me van las fiestecitas de mi madre con gente que no me interesa nada, pero aquí estoy un año más, en este caso, para contentar a Flyn, a mi madre y, por supuesto, a Judith.

Presento a Jud a algunos de los invitados que hay en el salón como mi novia y soy consciente de que varios de ellos la desnudan con la mirada. Eso me incomoda y, sujetándola con posesión, les hago entender a esos hombres que deben ir con cuidado o tendrán problemas conmigo.

Cuando parecen haber entendido mi mensaje, se alejan de nosotros y yo me pongo a hablar de negocios con algunas personas mientras observo que Judith se marcha con Marta y Flyn va a jugar con un amigo de mi madre. ¿Será su novio?

Estoy enzarzado en la conversación cuando mi sobrino llama mi atención y, con el dedo, me indica que me aproxime a él. Tras disculparme con los hombres con los que hablo, me acerco a Flyn y éste dice:

—He pillado a Judith fumando con la tía Marta.

Yo asiento sorprendido.

¿Judith fuma?

Pero ¿cómo que fuma?

Y, mirando a Flyn, pregunto:

—¿Dónde está?

Complacido, él me guía hasta la cocina de mi madre y, cuando abro la puerta, me quedo sin palabras al ver a esas dos descerebradas.

—¿Estáis fumando? —siseo.

Mi hermana pasa de mí, pero, en cambio, Judith asiente con cierta chulería. Malo..., malo... Eso me encabrona, y le quito el cigarro de malos modos.

Ella me mira..., me fulmina con la mirada y, según apago el cigarrillo, gruñe:

—Que sea la última vez que haces algo así.

Y, sin importarle cómo la miro, coge otro cigarrillo de la cajetilla de tabaco que hay sobre la mesa y lo enciende provocándome.

¡Joderrrr!

Sentir su desafío me subleva.

Esta española no va a poder conmigo. Y, quitándole el pitillo de nuevo, lo tiro al fregadero. Pero mi sorpresa es mayúscula cuando Judith vuelve a encenderse otro. ¡Será cabezota! Y yo vuelvo a quitárselo.

Ni ella ni yo estamos dispuestos a transigir en esto, y cuando Jud se dispone a coger un nuevo cigarrillo, Marta protesta agarrando el paquete:

—Pero bueno, ¿queréis acabar con todo mi suministro de tabaco?

Jud y yo nos miramos. Está claro que eso nos ha cabreado mucho, y entonces mi sobrino, aprovechando el momento, insiste:

—Tío, Jud ha hecho algo malo.

Al oírlo, ella lo reprende enfadada, y Flyn no se calla. Se enzarzan en una pelea, y yo, poniéndome del lado del crío, siseo:

—No la tomes con el niño, Jud. Él sólo ha hecho lo que tenía que hacer.

—¿Chivarse es lo que tenía que hacer?

La furia de Judith va en aumento, y recuerdo cuando su padre me advirtió de su genio. No obstante, yo también tengo carácter, y nos sumimos en una de nuestras discusiones cuando ella me informa de que esos cigarros no serán los últimos de su vida.

¿Chulerías a mí?

¿Conque ésas tenemos?

Eso me crispa, me enferma; Flyn insiste:

—Tío, tú dijiste que no se puede fumar, y ella y la tía Marta lo estaban haciendo.

—¡Que te calles, Flyn! —oigo que protesta Judith.

Y, con mi peor cara de cabreo al ver que ella no me entiende, sentencio:

—Jud, no fumarás. No te lo voy a permitir.

Según digo eso, veo su expresión. ¡Oh..., oh..., mal asunto! Y no tengo música que le guste para amansar a la fiera.

Sin duda lo que he dicho le ha tocado de lleno y, mirándome con mofa, sisea:

—Venga ya, hombre, no me jorobes. Ni que fueras mi padre y yo tuviera diez años.

Su contestación me enoja, me exaspera. Ver cómo me miran mi hermana y mi sobrino me altera y, sin ganas de bromear, le espeto:

—¡Jud..., no me cabrees!

Pero, sí, creo que lo va a hacer. Su gesto la delata.

Segundos después aparece mi madre. ¡La que faltaba! Y, como era de esperar, además de querer fumarse también un cigarrito, cruza unas palabras conmigo hasta que Marta, al ver la crispación que se ha creado, se los lleva a Flyn y a ella.

Judith y yo nos miramos y, finalmente, ella suelta:

—No vuelvas a hablarme así delante de la gente.

—Jud...

—No vuelvas a prohibirme nada —insiste.

Mi nivel de tolerancia es cero, y susurro:

—Jud...

Discutimos.

De nuevo discutimos y me hace saber que la dueña de su vida y de sus acciones es ella y sólo ella, como yo lo soy de las mías, y, de paso, llama a Flyn *viejo prematuro* y a mí *tonto* por entrar en el juego del niño y consentir que por culpa suya discutamos ella y yo.

Sus palabras, su enfado y su manera de explicarme lo que siente me hacen darme cuenta de mi error. ¡Soy idiota! Con lo listo que me creo a veces, como dice Jud, en ocasiones resulta increíble lo tonto que puedo llegar a ser. Finalmente, horrorizado, me acerco a ella por detrás y le susurro:

—Lo siento.

Judith no se mueve. Soy consciente de que la he pifiado, y ella afirma:

—Siéntelo, porque te has comportado como un gilipollas.

Al oír eso, sonrío y señalo:

—Me encanta ser *tu* gilipollas.

Ella no se mueve. No sonríe, e insisto:

—Siento ser tan tonto y no haberme dado cuenta de lo que has dicho. Tienes razón, he actuado mal y me he dejado llevar por lo que Flyn buscaba. ¿Me perdonas?

Y, por suerte, lo hace.

Se vuelve y me besa y yo acepto ese excepcional beso lleno de cariño y amor. Puro amor.

Mi española está rompiendo todos mis esquemas porque, por mucho que discuta con ella, al segundo estoy deseando besarla y hacerle el amor.

Un beso lleva a otro...

Una caricia lleva a otra...

Y, cuando soy consciente de que he conseguido que se relajara, tomo las riendas. La aprieto contra la cristalera mientras mi mano desaparece por debajo de su elegante vestido y, cuando toco su húmeda entrada por encima de su braguita, la miro y ella jadea:

—Cariño, estamos en la cocina de tu madre y, tras la puerta, hay invitados. Creo que no es momento ni lugar para seguir con lo que estamos pensando.

Lo sé, sé que tiene razón. Y, tras sacar la mano de debajo de su vestido y darle un último beso, regresamos a la fiesta, donde segundos después los truenos vuelven a retumbar y yo soy consciente de que, por desgracia, esta noche seremos tres en la cama, pero no precisamente para jugar.

47

𝓛a mañana de Reyes siempre fue especial para mí cuando era niño. Mi madre nos levantaba temprano y nos hacía correr al salón para ver si Melchor, Gaspar y Baltasar nos habían dejado algo y, por suerte, los maravillosos Reyes se acordaban siempre de Hannah, de Marta y de mí, aunque fuéramos los únicos niños que visitaban en nuestro barrio de Alemania.

Yo no tengo la gracia, la imaginación ni la fantasía necesarias para crear el mundo que mi madre creaba para nosotros, y nunca lo he creado en mi casa para Flyn.

Mientras espero que Judith se levante, juego con mi sobrino una partida a la Play. Él está feliz y motivado y, de pronto, la puerta del salón se abre y veo entrar a Judith cargada con una gran bolsa.

—Los Reyes Magos me han dejado regalos para vosotros —anuncia con una sonrisa radiante.

Flyn protesta, suelta de malos modos el mando de la Play y gruñe:

—Espera a que terminemos la partida.

Pero ella no le hace caso y prosigue con su alegría.

Segundos después entran Norbert y Simona, a los que ha avisado Judith, y me miran desconcertados. Con un gesto les hago saber que no sé nada de lo que ella haya podido ingeniar, y entonces la oigo decir:

—Venga, vamos a sentarnos junto al árbol. Tengo que daros vuestros regalos.

Los cuatro suspiramos.

En ocasiones, la locura y la vivacidad de mi mujer nos sobrepasan y, cuando Flyn protesta de nuevo, tengo que regañarlo. Me sabe mal hacerlo, pero no puede ser tan desagradable con Judith.

A continuación, intentando suavizar el momento, saco del bolsillo de mi pantalón varios sobres y, entregándoles uno a cada uno, digo:

—¡Feliz Navidad!

Consciente de lo que hay dentro, Simona y Norbert me lo agradecen con una sonrisa y lo guardan sin abrirlo. Veo que Judith observa a Flyn, y éste, tras mirar en su interior, exclama con una sonrisa:

—¡Dos mil euros! ¡Gracias, tío!

Yo asiento contento. ¡He sido práctico! Desde mi punto de vista, para evitar problemas, lo mejor es regalar dinero.

Pero entonces veo que Judith me mira sorprendida y me pregunta:

—¿Le has dado un cheque de dos mil euros a un niño el día de Reyes?

Asiento, y cuando voy a decir algo, Flyn suelta:

—No hace falta que haga la tontería de los regalos. Ya sé quiénes son los Reyes Magos.

Ella parpadea con incredulidad.

Eso no le parece bien y, mirándome, insiste:

—¡Por el amor de Dios, Eric! ¿Cómo puedes hacer eso?

Suspiro. Está visto que hay cosas en las que ella y yo no estamos de acuerdo, y respondo:

—Soy práctico, cielo.

Nos miramos.

Y nos miramos de nuevo con gesto serio cuando Simona, para suavizar la situación, le entrega algo a Flyn en una caja. Dos segundos después, él grita encantado al ver el juego de la Wii que quería.

¡Cómo lo conoce Simona!

Compruebo que ese regalo aplaca un poco a Judith, que, a continuación, entrega sus paquetes a Norbert y a Simona. Al ver eso, ellos no saben qué hacer, no tienen nada para ella, pero mi pequeña se apresura a aclararles que no es necesario, y que, por favor, cojan sus regalos porque han sido escogidos con amor.

Los sirvientes me miran buscando mi aprobación y, cuando yo sonrío en señal de aceptación, ellos los cogen mientras yo observo a Judith y siento que muero de amor por ella. ¡Es fantástica!

Cuando abren sus regalos y le hacen saber que les gustan, mi chica saca de la gran bolsa que lleva otros para mí y para Flyn.

Sin dudarlo, abro los míos y sonrío al ver una bonita camisa y una bufanda, y de inmediato le digo que me encantan. Cualquier cosa que provenga de ella la recibo con amor.

Jud mira feliz a Flyn. El niño sigue con sus paquetes en las manos, sin abrir, y ella lo anima:

—Vamos, cielo. Ábrelos. ¡Espero que te gusten!

Estoy orgulloso de la buena predisposición de Judith hacia él. Nunca deja de sonreírle, a pesar de que, en ocasiones, él no es muy comunicativo ni cariñoso con ella.

Flyn nos mira mientras Jud sigue alentándolo a que abra sus regalos, y yo, sin hablar, lo animo con la mirada. Estoy feliz, me gusta la sensación que todo esto me provoca.

Entonces, Flyn abre uno de sus regalos y mi felicidad se esfuma de un plumazo.

¡Jud no lo conoce en absoluto!

En las manos sostiene un *skateboard* verde. Algo peligroso. Algo que, si no se utiliza bien, puede hacerle daño. De inmediato, quitándoselo de las manos, lo meto en la caja y digo:

—Jud, devuelve esto.

Ella me mira, no entiende nada.

Pregunta, no contesto y, sacando el *skate* de nuevo de la caja, insiste:

—¿Qué le ocurre al *skate*?

Ofuscado por aquello, que puede suponer un riesgo para Flyn, finalmente le aclaro:

—Es peligroso. Flyn no sabe utilizarlo y, más que pasarlo bien con él, lo que se hará será daño.

Ella me mira boquiabierta.

Se mofa de mí por lo cuadriculado que soy.

Me indica que ella enseñó a su sobrina Luz a montar, que no es difícil, que el truco consiste en mantener el equilibrio. Sin embargo, a mí me da igual lo que diga y, levantándome, se lo quito de las manos y siseo de mal humor:

—Quiero esto lejos de Flyn, ¿entendido?

Mi sobrino no habla. Sólo nos mira y, por el modo en que observa el *skate*, sé que el regalo le ha gustado, pero no, no voy a permitirlo.

De pronto, Jud suelta, mientras me lo arrebata de nuevo:

—Es mi regalo para Flyn. ¿No crees que debería ser él quien dijera si lo quiere o no?

La miro enfadado.

Pero ¿acaso no se da cuenta de que en el niño mando yo?

Dispuesto a comenzar una de nuestras batallas, voy a decir algo no muy agradable cuando mi sobrino interviene:

—No lo quiero, es peligroso.

Judith se levanta a su vez y nos mira a todos. Yo me acerco a ella, le quito el maldito juguete de las manos e indico:

—Jud, te acaba de decir que no lo quiere. ¿Qué más necesitas oír?

Ofuscada, me arranca de nuevo el juguete y me reprocha mi actitud. Insiste, insiste diciéndole a Flyn que puede enseñarle sin peligro, y yo furioso grito:

—¡Se acabó! ¡He dicho que no y es que no!

Ella me mira. Su gesto es tan serio como el mío, y exijo:

—Simona, Norbert, llévense a Flyn del salón; tengo que hablar con Judith.

El buen rollo y las risas de minutos antes han desaparecido. La tensión podría cortarse con un cuchillo, y, una vez que nos quedamos solos, siseo:

—Escucha, Jud, si no quieres que discutamos delante del niño o del servicio, ¡cállate! He dicho que no al *skate*, ¿por qué insistes?

Ella me mira, clava sus impresionantes ojos oscuros en mí y replica, mientras gesticula con las manos:

—¡Porque es un niño, joder! ¿No has visto sus ojos cuando lo ha sacado de la caja? Le ha gustado. Pero ¿no te has dado cuenta?

Tiene razón. Claro que me he dado cuenta.

Pero, no dispuesto a ceder, contesto:

—No.

Se desespera, veo que se muerde el labio para no decir lo que realmente está deseando, y suelta:

—No puede estar todo el día enganchado a la Wii, a la Play o a la... Pero ¿qué clase de niño estás criando? —me reprocha—. ¿No te das cuenta de que el día de mañana va a ser un chico retraído y miedoso?

—Prefiero que sea así a que le pueda pasar algo —respondo.

Judith grita, me demuestra que sigue sin estar de acuerdo conmigo, y yo, ofuscado y sin pensar en nada más, suelto:

—Que vivas conmigo y con el niño en esta casa es lo más bonito que me ha ocurrido en muchos años, pero no voy a poner en peligro a Flyn porque tú creas que él debe ser diferente. He aceptado que metieras en casa ese horrible árbol rojo, he obligado al crío a que escriba tus absurdos deseos para decorarlo, pero no voy a claudicar en lo que a la educación de Flyn concierne. Tú eres mi novia, te has ofrecido a acompañar a mi sobrino cuando yo no esté, pero él es mi responsabilidad, no la tuya; no lo olvides.

Cuando termino de decir esto, veo el rostro serio de Judith. Un rostro ceñudo, preocupado y lleno de preguntas que yo no estoy dispuesto a responder.

Sin hablar, observo que recoge los regalos que le ha hecho al chaval mientras sisea con toda su mala leche:

—Muy bien. Le haré un cheque a *tu* sobrino. Seguro que eso le gusta más.

Sentir su frustración me duele muchísimo, y entonces prosigue:

—Dijiste que la habitación vacía de esta planta era para mí, ¿verdad?

Asiento. Estoy desconcertado por las cosas terribles que sé que le he dicho. Entonces ella, con toda su mala leche, abre la puerta y, mirando a Flyn, que está junto a Norbert y Simona, masculla:

—Ya puedes entrar. Lo que *tu* tío y yo teníamos que hablar ya está hablado.

Esa frase me demuestra lo ofuscada que está, y en ese momento Flyn entra y me mira. Segundos después, Judith vuelve a aparecer en el salón con las manos vacías e indica, dirigiéndose al muchacho:

—Luego te doy un cheque. Eso sí, no esperes que sea tan abultado como el de tu tío, pues, punto uno, yo no estoy de acuerdo con darte tanto dinero y, punto dos, ¡yo no soy rica!

Dicho esto, observo que se saca del bolsillo el sobre que yo le he regalado, lo abre y ve el cheque en blanco. De inmediato, sonríe con amargura y, devolviéndomelo, dice:

—Gracias, pero no. No necesito tu dinero. Es más, ya me di por regalada con todas las cosas que me compraste el otro día.

Su voz me muestra lo enfadada que está.

La siento como un tsunami cuando propone con toda su mala leche leer los deseos que colgamos en el árbol, y Flyn grita a causa de la tensión vivida:

—¡No quiero leer los tontos deseos!

Judith me mira, sonríe de una manera que no me gusta y, sin importarle lo que digamos mi sobrino y yo, insiste:

—Muy bien..., ¡yo seré la primera y leeré uno de Flyn!

La tensión entre los tres es enorme, y entonces Flyn se lanza contra ella, le arrebata el papel con el deseo que ha cogido del árbol y sisea cuando éste cae al suelo:

—¡Odio esta Navidad, odio este árbol y odio tus deseos! Has enfadado a mi tío y, por tu culpa, el día de hoy está siendo horrible.

Judith me mira en busca de un apoyo que yo no le doy.

La miro, pero no me muevo.

Me duelen las palabras de mi sobrino, pero tiene razón. Ella no para de entrometerse en nuestras cosas y buscar problemas.

Judith maldice, blasfema como el peor de los camioneros, y, furiosa, agarra el árbol rojo con toda su mala leche y lo saca a rastras del salón.

¡Joder..., qué cabreo lleva!

Al ver eso, Flyn me mira alterado.

—Te lo dije —dice—. Las chicas son un rollo.

Desde donde estoy, observo que Judith mete el árbol en la misma habitación donde minutos antes ha guardado el *skateboard* y, tras cruzar unas palabras con Simona, se dirige escaleras arriba. Seguro que va a nuestra habitación.

Flyn sigue mi mirada y se acerca a mí. Luego coge mi mano y murmura:

—¿Podemos jugar al juego que Simona y Norbert me han regalado?

Estoy desconcertado. No sé qué hacer. Quiero ir detrás de Judith, pero no puedo dejar a mi sobrino en un día así y, al final, sintiendo que he de hacer caso al niño, asiento con una sonrisa:

—Muy bien, juguemos.

★ ★ ★

Durante horas juego con Flyn, mientras mi cabeza no deja de pensar en Judith. Ella no vuelve al salón, e imagino que o se ha quedado dormida, o se estará duchando, pero cuando llega la hora de la comida y subo para avisarla, me quedo de piedra al ver que no está.

¿Adónde habrá ido?

Nervioso, la llamo a su teléfono. Por suerte, se lo ha llevado y, cuando lo coge, pregunto ansioso:

—¿Dónde estás?

—Estoy con tu hermana y unos amigos tomando algo.

—¿Qué amigos? —insisto malhumorado.

—Pues no lo sé, Eric..., unos. ¡Yo qué sé!

Su desgana al contestarme hace que mi enfado suba de grado y le exijo que regrese a casa. Pero ella se niega. ¡Faltaría más!

Le pido que me diga dónde está para ir a recogerla, pero se burla de mí.

¡Maldita española cabezota!

Respiro hondo evitando no gritar lo que pienso, lo que siento, y entonces ella suelta:

—Voy a colgar. Quiero disfrutar del bonito día de Reyes y creo que con esta gente lo voy a hacer. Por cierto, espero que tú también lo disfrutes en compañía de *tu* sobrino. Sois tal para cual. Adiós.

Y, sin darme tiempo a decir nada más, me cuelga.

¡Me cuelga a mí! ¡A mí!

Eso me enfada aún más.

Nadie ha tenido nunca la desfachatez de dejarme con la palabra en la boca, hasta que llegó ella.

¡Maldita terca!

Deseoso de decir la última palabra y obligarla a regresar, vuelvo a marcar, pero ella corta una y otra vez la llamada. Hasta que, directamente, el teléfono no da señal.

¡Muy bien!

¡No pienso volver a llamar!

★ ★ ★

Mi día se ensombrece.

Pasan las horas y ella ni llama ni regresa, y mi humor se ennegrece más y más.

Con el teléfono a mi lado, paso un horrible día de Reyes junto a mi sobrino, que está feliz porque Jud no está con nosotros, y, aunque lo regaño cuando hace un par de comentarios al respecto, si en algo tiene razón es en que ella se ha ido.

¡Nos ha dejado!

El tiempo sigue pasando, llega la hora de la cena y ella continúa sin regresar.

Flyn y yo cenamos solos y yo estoy de un humor de perros.

Una vez que Flyn termina de cenar, Simona y Norbert, que me conocen, se lo llevan arriba, lo acuestan, y yo, con la peor mala leche del mundo, paseo arriba y abajo por el salón, hasta que veo un papel tirado en el suelo. Caigo en la cuenta de que es el deseo por el que Flyn y Jud forcejeaban horas antes; me agacho, lo cojo y, abriéndolo, leo:

Deseo que mi tío eche a Jud de casa. No la necesitamos.

Leer eso me subleva.

¡Joder, con Flyn!

Enfadado, rompo el maldito deseo y me dirijo a mi despacho, donde tiro los pedazos a la papelera. Si Jud lee eso, sin duda la cosa irá a peor.

En mi despacho, espero..., espero y espero, y, cuando no puedo más, faltando a mi palabra, vuelvo a marcar su número y el teléfono suena..., suena y suena..., hasta que por fin oigo que contesta:

—Dime, pesadito, ¿qué quieres?

¡Joder..., joder..., joder!

Resoplo y siseo:

—¿Pesadito? ¡¿Me acabas de llamar *pesadito*?!

Oigo música de fondo. Eso me encela al imaginarla bailando y a otros tipos mirándola, y dice soltando una risotada:

—Sí, pero si quieres puedo llamarte otra cosa.

Sombrío, intercambiamos unas palabras, y entonces la oigo decir:

—¡Ya tú sabes, mi *amol*!

Eso hace que salten todas mis alarmas, y me apresuro a preguntar:

—Jud, ¿estás borracha?

—Nooooooooooooooooooooo. Venga, Iceman, ¿qué quieres?

La música, su voz y su indiferencia hacen que mi parte salvaje se ponga en alerta, y exijo:

—Jud, quiero que me digas dónde estás para ir a recogerte.

—Ni lo sueñes, que me cortas el rollo.

¡Joder..., joder..., con esta mujer!

Y, ofuscado, gruño:

—¡Por el amor de Dios! Te has ido esta mañana y son las once de la noche, y...

—Corto y cambio, guaperas.

Oír esas palabras, la música y cómo grita «¡Azúcarrr!» me vuelve loco y, cuando oigo también la voz de mi hermana, grito fuera de mí:

—¡Marta, tienes dos opciones: la primera, traerla a casa ya, y la segunda, cargar con las consecuencias!

—¡Por Dios, Eric, qué aguafiestas eres!

Y, sin más, mi hermana, la muy osada, cuelga la llamada y yo me quedo como un imbécil mirando al frente.

¡La madre que las parió!

★ ★ ★

Pasan las horas, mi tolerancia ya es cero, y mi humor aterrador.

En toda mi vida, nadie, absolutamente nadie, me ha hecho sentir tan idiota.

Sin saber qué hacer, paseo a oscuras por la casa y, cuando siento que necesito aire, decido salir al jardín. No sé dónde está Judith, ni con quién, y eso me preocupa más cada segundo que pasa.

De pronto oigo el ruido de un coche y me encamino hacia la verja.

Oculto entre las sombras, observo a mi hermana y a Judith reír a carcajadas y, sin poder aguantarme, camino hacia ellas por la nieve. Una vez que llego a su altura, noto a Judith algo achispada y, mirando a mi hermana, le suelto:

—Ya hablaré contigo..., hermanita.

Ella sonríe, me saca la lengua y, sin decir nada, arranca y se va. Como diría mi madre, «Dios las cría y ellas se juntan».

En silencio, Jud y yo nos miramos, rivalizamos; luego la agarro del brazo y siseo:

—Vamos..., regresemos a casa.

Según digo eso, ella se suelta de malos modos y entonces oigo un gruñido extraño.

Miro hacia los lados, pero no veo nada, hasta que, de pronto, de entre los cubos de basura sale el perro huesudo que he visto en varias ocasiones y Jud dice:

—Tranquilo, *Susto*, no pasa nada.

El animal se acerca a ella, y yo doy un paso atrás y pregunto:

—¿Conoces a este chucho?

Judith lo toca, sonríe y afirma:

—Sí. Es *Susto*.

Boquiabierto, miro al galgo flacucho y con ojos de pena que está frente a mí y vuelvo a preguntar:

—Pero ¿qué lleva en el cuello?

Judith se agacha, veo que le coloca bien aquello e indica:

—Está resfriado y le he hecho una bufanda para él.

Sorprendido, observo al feo perro con la bufanda, y exploto:

—¡No toques a ese sucio chucho, Jud, por el amor de Dios!

Ella suelta una risotada mientras el animal profiere un gemido lastimero. A continuación, Judith le acaricia la cabeza con cariño y murmura:

—Ni caso de lo que éste diga, ¿vale, *Susto*? Y venga, ve a dormir. No pasa nada.

El perro me mira. Está claro que aquí el que sobra soy yo y, cuando se aleja, veo que se mete en una especie de caseta. ¿Desde cuándo está esa caseta ahí?

Judith también lo mira y, cuando el animal se tumba, me pregunta:

—¿Puedo llevar a *Susto* a casa?

Pero ¡¿se ha vuelto loca?!

Y, sin ganas de bromear, respondo furioso:

—No. Ni lo sueñes.

Ella insiste e insiste. Me dice que hace frío, que la nevada es terrible, que el animal tiene más corazón que yo... Pero no, ¡me niego!, ningún perro entrará en mi hogar, se ponga ella como se ponga.

Doy media vuelta y regreso a casa, comprobando que Jud me siga en todo momento, hasta que, de pronto, ¡zas!, noto un azote en el trasero.

¡Pica!

Fastidiado, me paro, la miro con el peor de mis gestos y, tras hacerle saber que no me ha gustado lo que ha hecho porque no es momento para ello, continúo mi camino, pero ella vuelve a sorprenderme cuando me tira una bola de nieve al trasero.

¡Joder!

De malos modos, me detengo y maldigo en alemán, pero finalmente sigo andando hacia la casa. Hace frío y no quiero que Judith se resfríe.

Pero ella está juguetona y, ¡zas!, una bola de nieve me da ahora en la coronilla y, al oír sus carcajadas, la miro y siseo con toda mi mala leche:

—Jud..., me estás enfadando como no te puedes ni imaginar.

Su gesto guasón me subleva, sobre todo porque siento que lo que digo le importa bien poco. Me enferma, pero sigo caminando.

Una vez que entramos en casa, ella se queda en la entrada y yo camino hacia mi despacho. Boquiabierto por su desfachatez, me siento ante el ordenador y echo un vistazo a los últimos emails recibidos, hasta que la puerta se abre y ella entra.

Con una sonrisa, se acerca a mí, pero yo no sonrío, no tengo ganas. Sin importarle mi gesto serio, se sienta a horcajadas sobre mí y, de pronto, soy consciente de que sólo va vestida con una camiseta.

Pero ¿cuándo se ha quitado el pantalón?

Sin hablar, le muestro que no estoy de humor, aunque a ella parece darle igual. Posa sus labios sobre los míos, pero no le devuelvo el beso. Estoy muy enfadado.

Judith se restriega contra mí, me tienta, vuelve a besarme y, a pesar de mi frialdad con ella, no se da por vencida y murmura desinhibida:

—Te voy a follar y lo voy a hacer porque eres mío.

¡Dios..., cómo me está poniendo!

Pero no, he de mantenerme firme, quiero que sepa que lo que ha hecho hoy no me ha gustado. No obstante, cuando me besa, sin poder evitarlo esta vez mis labios se mueven. Responden.

¡Joder..., que puede conmigo...!

Deseosa de que yo me implique en el caliente momento, me muerde el labio, tira de él y, mirándome a los ojos, me tienta, me provoca, y luego murmura:

—Te deseo, cariño, y vas a cumplir mis fantasías.

Mi cuerpo reacciona aun sin yo quererlo, y replico:

—Jud..., has bebido.

Me hace saber que se ha tomado unos mojitos, me llama «mi *amol*» y se levanta de mis piernas. Con sensualidad, se mueve frente a mí y, cuando veo que se queda mirando la mesa y su boca se curva con una sonrisa, niego con la cabeza. No sé si está pensando lo que yo creo, pero ya estoy diciendo que no antes de que tire todo lo que tengo sobre la mesa.

Con un autocontrol que no sabía que tenía, permanezco inmóvil, pero ella me busca, me busca de mil y una maneras y, cogiendo una de mis manos, la pasa por encima de su braguita.

¡Oh, Dios, qué tentación!

Siento su humedad, y eso me hace temblar cuando ella, al percatarse, murmura:

—Quiero que me devores. Anhelo que metas tu lengua dentro de mí y me hagas chillar porque mi placer es tu placer, y ambos somos los dueños de nuestros cuerpos.

Mi excitación aumenta. Esa frase se la dije yo en el pasado.

—Tócame —exige entonces—. Vamos, Iceman, lo deseas tanto como yo. ¡Hazlo!

No puedo.

¡No puedo más!

Y, olvidándome de mi enfado y de mi furia por lo ocurrido, me lanzo a sus pechos y los disfruto, los disfruto sin más.

El gozo nos invade, se apodera de nosotros, nos hace vibrar mientras saboreo a mi mujer, a la mujer que amo y deseo poseer una y mil veces. Le hago saber que ha sido una chica mala, le doy varios azotitos en el trasero que nos excitan más aún, cuando, de pronto, ella se da la vuelta, mete las manos dentro de mi pantalón y, mirándome, murmura al tiempo que siento que me acaricia los testículos:

—¿Quieres que te demuestre lo que les hago yo a los chicos malos? —La miro. Su chico quiero ser sólo yo. Y añade—: Tú también has sido malo esta mañana, cielo. Muy..., muy malo.

Acto seguido, únicamente me da tiempo a decir su nombre cuando, de un tirón, me baja primero el pantalón y luego los calzoncillos y frente a ella queda mi impresionante y dura erección.

Judith sonríe. Yo tiemblo.

Ella me empuja con fuerza, yo caigo en la silla, y, montándose sobre mí, exige:

—Arráncame el tanga.

No lo dudo.

Lo hago con deleite, con pasión, con gusto..., ¡se lo arranco! Entonces, tomando el control de la situación, ella agarra mi duro miembro y se lo introduce sin más.

¡Dios..., qué gozada!

—Mírame —me ordena.

A partir de ese instante, nuestros instintos sexuales se apoderan de nosotros. Nos convertimos en los toscos animales que somos cuando nos dejamos llevar por la pasión y la clavo del todo en mí. Ambos jadeamos sin movernos. Provoco esos segundos de éxtasis entre ambos mientras nos miramos, hasta que necesito levantarme con ella y lo hago, la llevo hasta la escalera de la librería y le exijo mirándola:

—Agárrate a mi cuello.

Judith lo hace. Se abre por completo para mí y vuelvo a hacerla mía, a la vez que mis manos la suben y la bajan sobre mi abultado pene y ambos jadeamos con deleite.

La empalo.

La empalo como el empotrador que a ella le gusta que sea.

La empalo con la fuerza que ella exige y que yo estoy dispuesto a darle mientras nuestros jadeos resuenan en el despacho, hasta que no podemos más y, pasados unos minutos, nos dejamos ir gustosos.

Cuando el colosal asalto termina, siento que me tiemblan las piernas, por lo que regreso a la silla y, una vez que me siento sin salir de ella, murmuro:

—Sigo enfadado contigo.

—¡Bien!

Su contestación me desconcierta, y entonces, al ver mi sorpresa, me besa, me guiña un ojo y, con una sensualidad que me vuelve loco, afirma:

—¡Mmmm! Tu enfado hace que tenga una interesante noche por delante.

Al oír eso no puedo evitar sonreír, y, dándole un azote a su precioso trasero, afirmo:

—Eres una bruja, una auténtica bruja, y vas a pagar por el horrible día que me has hecho pasar.

Y, sin más, la llevo a mi habitación, donde cierro la puerta y le hago con fuerza y deseo el amor.

48

Los días pasan y mi enfado por lo ocurrido el día de Reyes con Jud se desvanece. No le digo a Flyn que leí su deseo, mejor me callo.

En esos días recibimos en casa la mudanza de mi pequeña, que llega desde Madrid y que su hermana nos ha enviado. Jud habla con ella por teléfono y Raquel le dice que no se preocupe por nada: ella estará pendiente de su casa hasta que decida qué hacer con ella.

Tener sus cosas personales la alegra, me lo demuestra con su eterna sonrisa, y yo estoy feliz porque entre esas cosas no ha llegado ni su moto ni su traje de motocross. Eso me da cierta tranquilidad. Quiero que Jud se olvide de ello y, no teniéndolo cerca, sin duda lo hará, aunque alguna vez que otra coge mi BMW y se da una vuelta con ella.

Cuando las fiestas navideñas pasan, yo retomo mi trabajo en Müller, mientras Judith coloca sus pertenencias en mi casa y se habitúa a vivir en Alemania, a Flyn y a mis amigos.

A veces sale de compras con Frida, así como con mi hermana y mi madre, y de inmediato noto que simpatiza con Björn. Ambos congenian muy bien y a mí me gusta verlo. Él es como mi hermano, y sé que nunca me la jugaría con Judith. Lo sé. Confío en ellos.

Algunos empleados de Müller me complican la existencia. Es una empresa en alza, pero hay trabajadores de la época de mi padre que, en vez de ayudar, lo que hacen es entorpecer. Sé que tengo que quitármelos de encima, pero debo hacerlo bien. No quiero ni perjudicarlos a ellos ni que ellos me perjudiquen a mí, pero está claro que tienen los días contados en Müller.

Estoy ojeando unos papeles cuando suena el teléfono y mi secretaria me pasa una llamada.

—¡¿Qué pasa, cuate?! —oigo que dicen cuando descuelgo.

Es mi amigo Dexter.

—¡¿Qué pasa, tío?!

Durante un rato hablamos y reconozco que su positividad me pone siempre de buen humor. Me habla de su empresa, de cómo le van las cosas, y me indica que en breve viajará a Múnich por negocios y para conocer a la mujer que, según él, me ha noqueado. Eso me alegra, me apetece verlo y presentarle a Judith. Y, conociendo a Dexter, seguro que se volverá loco por azotar el trasero de mi mujer.

★ ★ ★

El domingo deseo ir al campo de tiro y Flyn y Judith me acompañan.

Al entrar, varios socios me saludan mientras sus mujeres miran con curiosidad a Judith. Sin duda piensan que ella ha conseguido lo que hasta el momento no ha logrado ninguna otra.

Orgulloso, les presento a Jud, y la gran mayoría, al enterarse de que es española, dicen eso de «olé, torero, paella». Judith sonríe, pero cada día que pasa soy más consciente de que comienza a molestarle. Según ella, los españoles son algo más que «olé, torero, paella».

Minutos después, cuando pasamos a la zona de tiro, me divierto mientras me luzco ante mi mujer. Ella me observa con atención, y yo, como buen tirador que soy, no erro en mi puntería, a pesar del problema que tengo en la vista.

En cuanto acabo, la animo a que tire ella, pero no quiere. No le gustan las armas y se niega en rotundo a disparar.

Tras pasar parte del día fuera de casa, cuando volvemos hace frío, mucho frío, y más con la nevada que ha caído. Al entrar en el salón con Flyn, Judith desaparece.

¿Dónde está?

Pero, antes de que yo vaya a buscarla, ya está de vuelta y los tres nos ponemos a jugar a la Wii.

★ ★ ★

Al día siguiente, cuando nos levantamos, le propongo a Jud que me acompañe a la oficina. Quiero que conozca mi lugar de trabajo, y especialmente la sede central de Müller.

Ella acepta encantada y, olvidándose de sus inseparables vaqueros, se pone un traje oscuro con una camisa blanca, y está preciosa.

Frente a la empresa, veo que ella observa el edificio con curiosidad, y, al entrar por los torniquetes, los empleados de seguridad la paran. Me apresuro a aclararles que es mi novia y que, a partir de ahora, ella tiene libre acceso igual que yo.

A continuación, con profesionalidad y seriedad, sin rozarnos, montamos en el ascensor. Aquí soy el jefazo, el mandamás, y debo mantener mi vida personal a raya, por salvaguardar mi imagen y por mi empresa.

Una vez que llegamos a la planta presidencial, veo que todo la asombra. Esto poco tiene que ver con las oficinas de Madrid, donde ella trabajaba.

Al llegar ante la mesa de mi secretaria, saludo:

—Buenos días, Leslie, te presento a mi novia, Judith. Por favor, pasa a mi despacho y ponme al día.

Ellas se saludan con cordialidad y yo entro en el despacho seguido por las dos.

Durante unos minutos Leslie me pone al día de las llamadas y me entrega varios documentos para firmar. Cuando se va, miro a Judith, que hasta el momento ha permanecido callada, y pregunto:

—¿Qué te parecen las oficinas?

Me hace saber que le gustan y sonríe cuando yo le digo que me gustaban más las de Madrid por el interesante archivo que allí había. Ambos reímos al pensar en ello y, cuando la siento sobre mis piernas, le aseguro al ver su incomodidad:

—Nadie entrará sin avisar. Es una norma importantísima aquí.

Según digo eso, ella asiente y, mirándome, pregunta:

—¿Importantísima desde cuándo?

Al ver su gesto y entender por qué me lo pregunta, afirmo:

—Desde siempre —y, consciente de que no debo ocultarle nada, añado—: Sí, Jud, lo que piensas es cierto. He mantenido alguna que otra relación en este despacho, pero eso se acabó hace tiempo. Ahora sólo te deseo a ti.

Su rostro me hace saber que eso la incomoda. Voy a besarla pero ella se aparta, y yo pregunto sorprendido:

—¿Me acabas de hacer la cobra?

Ella asiente. No habla. Siento que los celos la consumen, y de pronto pregunta:

—Con Betta, ¿verdad?

—Sí.

Deseo que mi relación con ella sea limpia, perfecta. No quiero mentiras inútiles y absurdas entre nosotros. Entonces ella me pregunta si me he acostado con mi secretaria, con la morena del ascensor o con la rubia de recepción, y la miro boquiabierto.

¿En serio está tan celosa?

Me apresuro a aclararle que no he tenido nada con ninguna de ellas, y entonces veo que su cuello comienza a enrojecer. ¡Sus ronchones! Deseoso de aclararlo, le indico que en el pasado tuve sexo con varias mujeres de la empresa, aunque fuera de ella, y que con las únicas que he jugado en este despacho fueron Amanda y Betta.

Ella asiente.

Procesa toda la información que le estoy dando en lo referente a mi pasado y, cuando la noto más tranquila, pregunto:

—Si intento besarte, ¿me harás la cobra de nuevo?

No contesta, e insisto:

—¿Tú confías en mí?

Me mira, me mira..., me mira...

Cada vez se parece más a mí en esto de las miraditas, y finalmente afirma con un gesto que no acierto a comprender:

—Totalmente. Sé que no me ocultas nada.

La miro. La observo. Su comentario me da que pensar, y ella se mofa:

—¡Mira cómo se me ha puesto el cuello por tu culpa!

Al ver los ronchones, sonrío, me olvido de todo y, cogiéndola entre mis brazos, le indico que estoy pensando en ordenar que construyan un archivo en mi despacho para que ella venga a visitarme, y mi amor, sonriendo, me besa y afirma:

—Es una excelente idea, señor Zimmerman.

49

Los días pasan y Judith está cada vez más integrada en mi vida. Pensar en mi existencia sin ella me resulta del todo imposible, y aunque en ocasiones nos vuelva locos a Flyn y a mí haciéndonos abandonar nuestros días de hombres con la Wii, reconozco que ir al cine o de paseo con ella es muchísimo mejor, aunque mi sobrino se enfade.

A veces, los dolores de cabeza a causa de mi problema en la vista me juegan malas pasadas que suelo controlar, hasta que, en una de ésas, el dolor es tan insoportable que no me queda más remedio que volver a ponerme en manos de los médicos.

Como siempre, Marta es la primera en estar informada de todo lo que me ocurre y, cuando dice que he de hacerme un *microbypass* trabecular, que no sé ni lo que es, maldigo, pero sé que no tengo otra opción.

Si ella lo dice, será que es bueno para mí.

No obstante, una vez que comienzo el tratamiento, me desespero. Siento que no controlo mi vida ni mis movimientos, y eso me pone de muy mal humor.

Yo soy Eric Zimmerman, un hombre que no se deja amedrentar por nada ni por nadie, que decide qué hacer o qué no, y reconozco que esta maldita enfermedad me tiene acobardado, cosa que, por otra parte, nunca admitiré ante nadie.

Judith y Björn están a mi lado. No me dejan ni un segundo, a pesar de que yo, en ocasiones, no soy la mejor compañía porque me enfado con ellos.

Cada vez que he de echarme las gotas en los ojos, mi humor se vuelve oscuro e irascible, pero curiosamente Judith me soporta. Me soporta como nunca me ha soportado nadie, y eso hace que la quiera más y más a cada segundo, y no sé si eso es bueno para nosotros.

Si me quedo ciego..., ¿qué vida podré darle?

Jud es una mujer preciosa, alegre y divertida que se merece lo mejor, y comienzo a cuestionarme si lo mejor para ella soy yo.

He de reconocer que no soy un hombre ni alegre ni divertido, sino más bien todo lo contrario: suelo ser gruñón sin mucho sentido del humor, y eso me agobia.

¿Estaré haciendo lo correcto con Judith?

Así pues, una de las noches, mientras estamos tumbados a oscuras en nuestra habitación, cuando su mano roza la mía y me la agarra, murmuro:

—Jud, mi enfermedad avanza. ¿Qué vas a hacer?

Durante unos segundos no dice nada. Quizá esté pensando lo mismo que yo, pero entonces se da la vuelta y oigo que responde:

—De momento, besarte.

Su boca busca la mía, y yo, incapaz de negársela, se la entrego. Me entrego por completo a ella, hasta que afirma:

—Y, por supuesto, seguir queriéndote como te quiero ahora mismo, cariño.

Sus palabras me emocionan, me hacen sentir el hombre más afortunado del mundo y mi corazón se desboca. Pero mi intranquilidad no me deja vivir en paz y, volviendo a plantar los pies en el suelo, indico:

—Si me quedo ciego, no voy a ser un buen compañero.

Ella no dice nada y oigo cómo su respiración se acelera por mis palabras.

—Seré un estorbo para ti —prosigo—, alguien que limitará tu vida y...

—¡Basta! —me interrumpe.

No quiere ver la realidad de lo que podría ocurrir.

—Tenemos que hablarlo, Jud —insisto—. Por mucho que nos duela, tenemos que hablarlo.

En la oscuridad, veo que se da aire con la mano. Su angustia se hace patente y, sentándose en la cama, sisea:

—Me duele oírte decir eso. Y ¿sabes por qué? Porque me haces sentir que, si alguna vez a mí me pasa algo, debo dejarte.

Oír eso me asusta.

¡Ni hablar!

Por nada del mundo quiero que Jud se aleje de mí, y, tras aclararle que no, que eso no es lo que yo querría, ella insiste:

—¿Acaso yo soy diferente de ti? No. Si yo tengo que plantearme tener que dejarte, tú deberías plantearte tener que dejarme a mí ante una enfermedad.

Me siento en la cama.

Jamás aceptaría eso. Ella es mi vida.

—¡Oh, Dios! —prosigue—, espero que nunca me pase nada, porque, si encima de que me pasa algo, tengo que vivir sin ti, sinceramente, no sabría qué hacer.

Oír sus palabras y el tono triste en que las pronuncia hace que se me ponga todo el vello de punta. Sin duda, Jud siente por mí la misma locura irrefrenable que yo siento por ella y, abrazándola, murmuro:

—Eso nunca ocurrirá porque...

Pero no me deja terminar la frase y se deshace de mi abrazo.

En la oscuridad de la noche, la noto moverse por la habitación y, frustrado, vuelvo a tumbarme en la cama. Quiero protestar. Quiero decirle que estamos hablando de algo serio, pero entonces oigo que abre un cajón y, segundos después, sentándose a horcajadas sobre mí, dice:

—¿Me dejas hacer algo?

Sorprendido por el giro del momento, pregunto:

—¿El qué?

Ella, a oscuras, me da un dulce beso en los labios que me sabe maravillosamente bien y luego añade:

—¿Confías en mí?

Asiento. Si hay alguien en quien confío plenamente es en ella.

—Levanta la cabeza —dice a continuación.

Sin dudarlo, hago lo que me pide y, acto seguido, noto la suavidad de algo con lo que cubre mis ojos. Luego mi amor lo anuda y deduzco que es una media.

—Ahora no ves absolutamente nada, ¿verdad? —pregunta.

Asiento; entre la penumbra del cuarto y la media negra alrededor de mis ojos, la oscuridad es total. Entonces Judith se tumba sobre mí y murmura, mientras me baña con dulces y sensuales besos:

—Aunque algún día no me veas, adoro tu boca, adoro tu nariz, adoro tus ojos y adoro tu bonito pelo y, sobre todo, tu manera de gruñir y de enfadarte conmigo.

Sonrío sin poder evitarlo.

¡Mi niña..., mi pequeña!

Saber que mis gruñidos no le rompen el alma me hace el hombre más feliz del universo; ella vuelve a sentarse sobre mí y, cogiendo mis manos, las coloca sobre su tibio cuerpo e insiste:

—Aunque algún día no me veas, tus fuertes manos podrán seguir tocándome. Mis pechos seguirán excitándose ante tu roce, y tu pene...

Mi cuerpo se rebela.

Tocarla de la manera que me exige y sentir cómo mi excitación se acelera junto con la suya me hace vibrar; entonces, apretándose contra mí, prosigue:

—¡Oh, Dios, tu duro, alucinante, morboso y enloquecedor pene! Él será el que me haga jadear, enloquecer y decirte eso de «Pídeme lo que quieras».

Sonrío.

Con sus palabras, con su tacto y con su alegría, Judith me levanta el ánimo, además de otras cosas. A continuación, coge mi mano y me entrega algo que, por el tacto, sé que se trata de la joya anal, y murmura:

—Chúpala.

Excitado y con la respiración acelerada, me meto la joya en la boca mientras siento que el morbo se apodera de nosotros. Luego ella lleva mi mano con la joya hasta su trasero y susurra:

—Aunque algún día no me veas, seguirás introduciendo la joya en, como tú dices, «mi bonito trasero». Y lo harás porque te gusta, porque me gusta y porque es nuestro juego, cariño. Vamos, hazlo.

Extasiado, me muerdo el labio.

Judith me está volviendo completamente loco.

Me está haciendo sentir que, sin ver, podemos seguir disfrutando de nuestros morbosos juegos y, tocando su culo, llego hasta donde he de llegar y, cuando introduzco la joya anal, ambos jadeamos. Entonces ella comienza a moverse para hacerme sentir su excitación y pregunta en mi oído:

—¿Te gusta lo que has hecho, cariño?

Satisfecho y feliz, asiento y, tocando con propiedad su tentador trasero al tiempo que muevo la joya a mi antojo, afirmo:

—Sí..., mucho...

Oigo su risa, que me alegra el alma, y continúa:

—Aunque algún día no me veas, podrás seguir devorándome a tu antojo. Abriré mis piernas para ti y para quien tú me digas, y te juro que disfrutaré y te haré disfrutar de ello como haces siempre. Y lo harás porque tú guiarás, tú tocarás, tú ordenarás. Soy tuya, cariño y, sin ti, nada de nuestro juego es válido porque a mí no me vale.

Sus palabras...

Sus palabras me llenan de vida como nunca nada me ha llenado.

Judith es maravillosa, es fantástica. La adoro, la quiero, la deseo... Y, cuando mi cuerpo tiembla y un jadeo escapa de mi boca, ella insiste:

—Vamos, hazlo. Juega conmigo.

Según dice eso, siento que se retira de mi cuerpo. No..., no quiero que me deje.

Pero no me deja, se tumba a mi lado, tira de mí y, complacido, me echo sobre ella.

La beso con deseo, la devoro, la hago mía, mientras las medias oscuras siguen impidiéndome ver, pero mis sentidos disfrutan de ella. Gustoso, le chupo los pezones, y luego me escurro por su cuerpo y, al tocar con la nariz su maravilloso monte de Venus y sus piernas con las manos, ella pregunta:

—¿Más abiertas?

Al imaginar sus muslos abiertos para mí, un escalofrío me recorre de arriba abajo, y afirmo:

—Sí.

Siento cómo separa más las piernas y, sin necesidad de ver su monte de Venus, lo percibo y, en el momento en que lo recorro con la lengua, soy consciente de que lamo con placer esa frase nuestra que ella se tatuó y que dice eso de... «Pídeme lo que quieras».

Tomando las riendas de su cuerpo y de la situación, mi boca absorbe su dulce clítoris, la manejo a mi antojo, mientras noto sus manos en mi pelo.

Mi boca devora su entrepierna y ella, gustosa, murmura apretándose contra mí:

—No necesitas ver para darme placer. Para hacerme feliz. Para volverme loca. Así..., cariño..., así.

Enloquecido al comprobar que lo que dice es verdad, me dedico a hacerla disfrutar.

Ella es mi mujer, mi vida, mi todo. Ella me está haciendo ver que con amor se puede superar todo, y quiero creerla. Necesito creerla.

Delirante, finalmente cojo con la mano mi dura erección y oigo que ella dice:

—Estoy empapada por ti, cariño. Sólo por ti.

Jadeo..., tiemblo...

Judith me está haciendo sentir el hombre más varonil del mundo con sus acciones y sus palabras y, guiando mi pene hasta su humedad, me introduzco por completo en ella y la hago gritar de placer al tiempo que sus manos me aprietan contra ella.

Sí..., ésa es la reacción que quiero...

Ésa es la reacción que necesito para saber que ella disfruta de mí y por mí.

Tratando de no aplastarla, contengo mi cuerpo y muevo las caderas. Ahondo en ella una y otra y otra vez, mientras nuestros gemidos de placer se unifican y ambos disfrutamos de la experiencia. Judith me muerde entonces el hombro y murmura jadeante:

—Aunque algún día no me veas, seguirás poseyéndome con pasión, con fuerza y con vitalidad, y yo te recibiré siempre, porque soy tuya.

Dios..., las palabras de mi amor me están volviendo loco, y prosigue:

—Tú eres mi fantasía y yo soy la tuya. Y, juntos, disfrutaremos ahora y siempre, cariño.

No soy capaz de hablar.

Nunca imaginé que ella pudiera llevarme a donde me ha llevado y, cuando segundos después nuestros cuerpos tiemblan y llegamos al clímax, consciente de que mi vida sin ella ya no sería vida, la abrazo y aseguro:

—Sí, cariño. Ahora y siempre.

50

Los siguientes días, Judith me ayuda en casa con los emails.

A causa de las malditas gotas que debo echarme en los ojos antes de la operación, no veo muy bien, por lo que ella lee los mensajes que recibo en el ordenador y teclea lo que le dicto. Judith no sólo es una excelente compañera, sino que también es una secretaria inmejorable.

Por las noches nos hacemos el amor y, dependiendo del día, lo hacemos con mimo o con fuerza. Es más, me río cuando ella me cuchichea al oído que quiere a su empotrador y, sin dudarlo, le doy lo que me pide. La agarro entre mis brazos, la apoyo contra la pared y el empotrador que ella quiere le da lo que desea.

Mi madre esos días intenta estar pendiente de nosotros, y se lo agradezco. Necesito saber que estará al lado de Judith cuando yo no pueda, y sé que las dos se apoyarán mutuamente.

La operación se acerca y reconozco que estoy tenso.

¿Y si algo sale mal?

¿Y si no recupero la vista?

¿Y si, después de tanta preparación, no sirve para nada?

¿Y si...?

Le doy vueltas y vueltas a mi cabeza. Hablo con Björn. Mi amigo intenta tranquilizarme, pero la angustia se resiste a desaparecer de mi vida.

Me atormento con cosas que podrían pasar mientras estoy tumbado en la cama con un antifaz de gel frío sobre los ojos y noto que Judith se tumba a mi lado. Se acerca a mi boca y saluda:

—¡Hola, señor Zimmerman!

Oír eso me hace sonreír. Jud y yo sólo nos llamamos por nuestros apellidos en momentos puntuales.

Cuando voy a quitarme el antifaz para ver su bonito rostro,

ella me lo impide. Le indico que no la veo, y ella murmura, besándome en los labios:

—Para lo que voy a hacer, no necesitas verme.

Eso me hace gracia.

Está claro que está juguetona, y lo corroboro segundos después cuando noto que una suave pluma recorre mi nariz y Jud me explica que jugaremos a pasarnos la pluma, entre otros juegos, para ver quién aguanta más tiempo sin reír.

Asiento. Sin duda a eso ganaré yo, porque ella tiene cosquillas hasta en las pestañas.

—El segundo juego se llama «La caja de los deseos y los castigos» —prosigue.

Sonrío al oír eso y, agarrándola por la cintura, afirmo:

—Creo que ése me va a gustar.

Y la beso divertido. Ella ríe a carcajadas.

—Y el tercer juego trata de que tú te dejes hacer —indica después—. Por tanto, quietecito, que yo te hago, o tendré que atarte. ¿Qué te parece?

Jugar con ella es siempre un placer, por lo que asiento excitado.

—¡Perfecto!

Entre besos, dejo que me quite la camiseta blanca que llevo, el pantalón y los calzoncillos, y siento cómo su respiración se acelera al ver mi erección; entonces murmura en mi oído:

—Algún día instalaré un cerrojo en la puerta, porque, cuando me pongo, te quiero sólo para mí.

No puedo evitar ponerme duro. Deseo que me toque, pero no, se levanta, hace algo que no sé qué es y luego vuelve a tumbarse a mi lado y con una pluma me vuelve total y completamente loco mientras la pasea por mi cuerpo con delicia y provocación.

Cuando no puedo más, la paro y le exijo que se desnude. No puedo verla, pero por su risita y sus movimientos intuyo que hace lo que le pido.

—Deseo concedido, señor —oigo que dice a continuación.

Necesito tocarla, así que la busco a tientas hasta que la encuentro. Su cuerpo enseguida calienta mi mano y su tibieza me llega al corazón. La adoro.

Jugamos...

Nos tentamos...

Disfrutamos...

Y decidimos seguir jugando al juego de los deseos; ella me hace coger un papelito de una caja y oigo que lee:

—Deseo una moto. ¿Le importa, señor, que me traiga la mía de España?

En cuanto oigo eso, mi gesto cambia.

No quiero que Jud se traiga su moto.

No quiero verla saltar y arriesgarse con temas de motocross.

Entonces ella, al ver que no contesto, dice:

—Muy bien, señor Zimmerman. Como no va a satisfacer mi deseo, le toca coger un papelito de castigo.

Mi expresión se suaviza.

No ha insistido con lo de la moto, y se lo agradezco. Se lo agradezco horrores, pues no tengo fuerza ni ganas de discutir.

El castigo que sale en el papel es no tocarla mientras Jud me pinta con chocolate con la ayuda de un pincel. Pero, según pasan los segundos, el juego se complica cuando ella, con muy mala leche, me pinta los pezones haciendo que éstos se ericen.

Oigo su risa en el momento en que el pincel baja por mis abdominales.

Mmmm..., me hace cosquillas, y me encojo al notarlo sobre mi pene. Me muevo, me inquieto, y de pronto siento cómo su lengua se pasea por donde segundos antes ha estado el pincel y, cuando voy a tocarla, ella no me deja.

Aunque histérico, evito tocarla porque el juego así lo exige. Permito que asole mi cuerpo, que me chupe, que me muerda. Le permito todo lo que ella desea y, en cuanto su boca aloja mi duro pene, tiemblo feliz y me dejo hacer. Ella sabe lo que me gusta.

Durante un buen rato disfruto del modo en que saborea mi miembro, hasta que no puedo más y exijo con voz ronca:

—Fin del juego, pequeña. Ahora, fóllame.

Y lo hace. ¡Vaya si lo hace!

Se sienta a horcajadas sobre mí y, sin hablar, siento cómo se empala con mi polla.

¡Joder…, qué gusto!

Nuestros cuerpos, acoplados a la perfección, se dan placer, hasta que, movido por la locura, me quito el maldito antifaz de gel frío, lo tiro y, mirándola, la agarro con posesión y murmuro:

—Ahora el mando lo tengo yo. Pasamos al tercer juego, ya sabes, amor: estate quietecita o tendré que atarte.

Ella me mira.

Se deja manejar por mí, y, movido por mi instinto animal, saco mi pene de su cuerpo y, de una sola estocada, la vuelvo a empalar mientras soy consciente de que una cámara nos graba. Será muy interesante ver después lo que ha registrado.

Horas más tarde, vemos la grabación desde la cama y reímos abrazados. Sin duda, Judith ha organizado todo eso para hacerme olvidar la operación que se acerca, y yo se lo agradezco encantado.

★ ★ ★

Dos días después, llegamos al lugar donde me van a hacer la intervención y siento a Judith nerviosa. Muy nerviosa. Apenas habla y menos aún sonríe, pero no se suelta de mi mano y, en un momento dado, cuando nos asignan habitación y mi madre se va con mi hermana, la miro y digo:

—Cariño, si te encuentras mal, vete a casa.

—¡Ni hablar!

—Jud…

Según digo su nombre, ella sonríe como no lo ha hecho en toda la mañana y afirma:

—De aquí no me muevo hasta que tú te vengas conmigo, ¿entendido?

—Cariño…, si mal no recuerdo, he de hacer noche aquí, y hemos quedado en que te irías a casa a descansar.

Ella asiente. Luego clava sus impresionantes ojos oscuros en los míos y pregunta:

—Si el caso fuera al contrario, ¿tú me dejarías aquí?

Sonrío.

Me conoce muy bien, y sabe que de aquí no me movería nadie.

—Pues si tú te quedarías —prosigue—, haz el favor de dejarme decidir a mí, ¿entendido?

Asiento. En momentos como éste, su sinceridad me transmite seguridad.

En ese instante entran mi hermana y mi madre en la habitación, y Marta indica:

—Vamos..., has de quitarte la ropa.

Asiento. Cojo lo que ella me entrega y, a continuación, murmura:

—Mamá y yo esperaremos fuera mientras te cambias.

Judith, que está a mi lado, no se mueve y, una vez que nos quedamos solos, me apremia:

—Vamos, comienza a desnudarte.

En silencio, lo hago. Por primera vez en mi vida, que me pida que me desnude no me excita.

Ambos estamos tensos y, cuando me quito el calzoncillo y me pongo la horrorosa bata de hospital abierta por detrás, al volverme, me da un azotito en el trasero. La miro, y ella me guiña entonces un ojo y cuchichea:

—No he podido resistirme, Iceman.

Según dice eso, ambos sonreímos y nos abrazamos. No está siendo una mañana fácil para ninguno de los dos.

—Tranquilo, mi amor —me susurra entonces, infundiéndome valor—, todo va a salir muy bien.

Y nos besamos. Es lo único que podemos hacer, y estamos haciéndolo cuando suenan unos golpes en la puerta y la voz de mi madre dice:

—Vamos..., vamos..., dejad los besitos para después.

Jud y yo nos miramos. Luego mi hermana entra y me pide, señalando la cama:

—Túmbate. Nos vamos para el quirófano.

En cuanto termina de decirlo, veo el gesto de Judith y, cogiéndole la mano, pregunto:

—¿Me prometes que estarás tranquila?

Ella sonríe y afirma:

—Te lo prometo.

Segundos después entra un hombre que, tras saludarnos, comienza a tirar de mi cama.

Judith no me suelta la mano, camina a mi lado por el pasillo, hasta que, al llegar frente a unas puertas, mi hermana Marta le indica que no puede entrar.

—Aquí te espero —musita entonces, dándome un beso—. Te quiero.

★ ★ ★

No sé cuánto tiempo ha pasado, pero despierto en mitad de la noche.

Todo está oscuro y mis ojos no enfocan con facilidad.

Durante un buen rato no me muevo, hasta que oigo un suspiro y sé que es Judith. Moviendo la cabeza, la localizo, no la veo con claridad, pero tenerla a mi lado me reconforta. Entonces soy consciente de que ella se mueve, se incorpora, y yo le sonrío. Quiero que sepa que estoy bien.

Horas después, regresamos a casa. A nuestro hogar.

51

Al igual que en otras ocasiones anteriores, mi recuperación es buena. Como dicen todos, tengo una fortaleza de hierro y eso me hace reponerme rápidamente, cosa que me alegra, pues así puedo comenzar a trabajar.

Müller me necesita y yo me sumerjo en la que es mi empresa.

En esos días, siento que Judith está feliz. Su relación con Simona es estupenda, y procuro no reírme de lo que pienso cuando me confiesa que, juntas, ven una telenovela llamada «Locura esmeralda».

Pero ¿qué hace viendo esa horterada de culebrón?

Jud aprovecha los días en que trabajo para bañarse en la piscina, pasear con mi moto, quedar con Frida, llamar a su familia o charlar con Björn. También sale con mi madre y mi hermana, y las tres se van a un *spa* a darse masajes de chocolate y coco. ¡Menudo vicio han pillado con eso!

Una tarde, cuando llego de trabajar, al entrar en el garaje veo huellas de patitas en el suelo y enseguida sé de quién son. Sin duda Judith ha metido al perro huesudo en casa. Me agacho y lo veo oculto entre unas cajas.

Me mira..., lo miro... Pienso en la tormenta que está cayendo en el exterior, pero, ofuscado por lo desobediente que es Judith, voy a su encuentro.

¿En qué idioma he de decirle que no quiero perros en mi casa?

Simona y Norbert, al verme, escapan a toda mecha.

Eso me da mala espina.

¡No me digas que el perro ha estado en mi salón!

De pronto se abre la puerta del susodicho y Flyn sale rabioso de él.

Al verme, niega con la cabeza y protesta, acercándose a mí:

—Judith está convirtiendo nuestro hogar en una casa de chicas.

Sin entender a qué se refiere, lo acompaño y, cuando abro la puerta, me quedo sin palabras al ver mi recio y varonil salón de sillones de cuero oscuros convertido en un sitio colorido y lleno de luz en el que casi tengo que ponerme gafas de sol para no quedar deslumbrado.

Pero ¿qué ha hecho aquí?

Judith me mira sonriente, se retira el pelo con gracia del rostro y luego pregunta, abriendo los brazos:

—¿Qué te parece?

Yo la miro sin saber qué decir.

Cojines color pistacho, jarrones verdes con flores, cortinas coloridas y, el colmo de los colmos, ha quitado las figuritas que yo tenía sobre la chimenea y, en su lugar, ha puesto marcos con fotos..., ¡fotos familiares!

¡Por Dios!

A continuación, observo las paredes y me encojo al comprobar que mis cuadros austeros han sido sustituidos por otros con tulipanes verdes y ramas con purpurina.

La verdad, ¡no sé qué decir!, y entonces mi sobrino cuchichea:

—Esto es un desastre, cualquier día nos obliga a ponernos faldita y coletitas.

De pronto, sonrío al oírlo y, al ver a través de la ventana cómo llueve, decido dejar al perro donde está y no decir nada. Por hoy me callaré.

Sin lugar a dudas, el paso de Judith por mi casa y nuestras vidas no nos está dejando indiferentes y, a pesar del gesto de enfado de mi sobrino, la miro y, como necesito hacerla feliz, afirmo sin saber si hago bien o no:

—¡Me encanta!

★ ★ ★

Al día siguiente, tras una estupenda noche acompañado por mi mujer, cuando voy a llevar a Flyn al colegio, Judith se empeña en acompañarnos. Es más, quiere que luego la deje sola para regresar a casa dando un paseo por Múnich.

En un principio, me niego. No me apetece que ande sola por la ciudad, pero se pone tan... tan cabezona que, al final, sólo tengo dos opciones: matarla o claudicar. Opto por la segunda.

¡Menuda paciencia he de tener con ella!

En el trayecto hacia el colegio, paramos para recoger a dos amiguitos de Flyn, Robert y Timothy, y me percato de que en las manos llevan unos *skates*, justamente el juguete que le hice devolver a Judith. Sin embargo, ella no comenta nada. Raro..., raro...

Una vez que llegamos al colegio y los muchachos se bajan del coche, Judith cuchichea con mofa al ver alejarse a Flyn:

—¡Vaya, no me ha dado un besito!

De buen humor, le hago saber que yo le daré todos los que ella quiera e insisto en llevarla a casa, pero Jud se niega. Tiene ganas de dar un paseo y regresar caminando, por lo que, al final, tras comprobar que lleva el móvil a tope de batería, dinero en efectivo y varias tarjetas de crédito, la dejo bajar, arranco de nuevo y me marcho.

Me voy intranquilo, mientras miro por el espejo retrovisor y ella me dice adiós con la mano.

¡Menuda bruja!

En la oficina, mi secretaria me pasa varios documentos para firmar, pero antes llamo a Judith, necesito saber que está bien.

Tras hablar con ella, firmo los papeles y entro en una reunión. Al cabo de una hora más o menos, le mando un mensaje. Ella me responde que sigue viva. Incapaz de no hacerlo, sonrío y pienso en lo que hablamos la noche anterior en la cama. Ambos deseamos jugar. Llevamos mucho tiempo sin hacerlo y, quizá, ya haya llegado el momento.

A media mañana vuelvo a llamarla.

Me inquieta que ande sola por Múnich, y una vez que sé que sigue bien, cuelgo.

De pronto, la puerta de mi despacho se abre y entra Betta, seguida de una apurada Leslie.

Durante unos segundos, mi ex y yo nos miramos, hasta que, tras dirigirle una seña a mi secretaria, indico:

—Leslie, puedes dejarnos solos.

Cuando ella sale de mi despacho y nos quedamos a solas, me levanto de mi asiento y siseo:

—Buscas problemas, ¿verdad?

Ella no responde, camina hacia mí y, cuando llega frente a mi mesa, va a hablar pero gruño:

—Lo que hiciste con Judith fue un acto despreciable. No vuelvas a acercarte a ella o te juro que tu vida se convertirá en un infierno.

Betta sonríe, se mira las uñas y cuchichea:

—Bah..., ni que la hubiera matado.

Sus palabras me crispan. Por su culpa, Judith y yo no lo pasamos bien, nos separamos, y, furioso, escupo:

—Conseguiste que dudara de ella, pero, gracias a Dios, me di cuenta de que aquí la única que juega sucio eres tú. Si vuelves a hacer algo así, te juro que...

—Voy a casarme, Eric. He venido a decírtelo.

Oír eso me hace gracia e, incapaz de no compadecer al que se ha dejado embaucar por ella, cuchicheo:

—Pobre hombre, no sabe dónde se mete.

Betta levanta el mentón.

Sin duda, no le ha hecho gracia lo que acaba de oír y, dando un paso atrás, murmura:

—Sólo tú puedes evitarlo..., mi amor.

Y, dicho esto, da media vuelta y se va.

¿De verdad piensa que a mí me importa lo más mínimo lo que haga con su vida?

Sigo ofuscado cuando llamo de nuevo a Judith. Al tercer timbrazo, la oigo decir:

—Pero ¿cómo eres tan pesadito, Iceman?

Su voz me relaja. Ella no tiene nada que ver con Betta.

—¿Dónde estás? —pregunto.

—Uisss, ¡qué serio, señor Zimmerman! ¿Qué le pasa?

Su voz...

Su guasa...

Su manera de dirigirse a mí me hace sonreír y, sin querer contarle la desagradable visita que he recibido esta mañana, murmuro:

—Cariño, dime qué haces.

Me cuenta que ha paseado por el puente Kabelsteg y que se ha sorprendido de la cantidad de candados de colores con nombres de enamorados que hay allí. Según lo dice, intuyo que desea que nosotros pongamos el nuestro, pero no, yo no soy hombre de hacer ese tipo de tonterías.

Continúo haciéndole preguntas y, finalmente, me cuchichea que se está comprando algo para mí y que, en cuanto regrese a casa, me lo enseñará. Eso me inquieta, pero, cuando voy a seguir preguntando, me informa de que no la ha raptado ninguna banda de albanokosovares y se despide de mí.

Tan pronto como dejo de oír su voz, sonrío. Judith consigue ese efecto en mí.

Tras un par de reuniones más, telefoneo a Björn. Mi secretaria me ha dicho que ha llamado mientras yo estaba reunido.

Hablamos durante un rato de temas profesionales y, como en otras ocasiones, sale a relucir Heine, Dujson y Asociados, un bufete de abogados famoso en toda Alemania con delegaciones en Nueva York, Londres y Singapur al que mi amigo le tiene echado el ojo desde hace tiempo y en el que desearía ser socio.

—Tú sabrás lo que haces, Björn, pero creo que no los necesitas. Tu bufete es bueno y estás rodeado de profesionales increíbles.

Él resopla. Es consciente de que tengo razón, pero insiste:

—Lo sé. Pero ese bufete siempre ha llamado mi atención y...

—¿Acaso quieres marcharte de Múnich?

—Noooooooooooooo.

Al oír su negativa sonrío y, sin querer seguir hablando sobre el tema, propongo, bajando la voz:

—¿Qué te parece si esta noche Jud, tú y yo cenamos en tu casa?

Björn lo piensa. A buen entendedor pocas palabras bastan, y finalmente dice:

—Por mí, perfecto. ¿Lo has hablado con ella?

—Más o menos. —Y al recordar lo que hablamos la noche anterior en la cama, cuchicheo—: Sé que a ella le apetece tanto como a nosotros.

Björn y yo reímos, y, por último, él añade:

—Coméntaselo y me dices.

Una vez que cuelgo, me excito pensando en ello. El sexo con Judith y Björn puede ser divertido, pero he de hablarlo antes con ella. De ella depende ahora mi juego.

★ ★ ★

Esa tarde, tras un día bastante ajetreado en Müller, cuando regreso a casa vuelvo a ver las huellas húmedas del perro en el garaje. Me agacho de nuevo y diviso al animal escondido en el mismo lugar que la otra vez.

—No se te ocurra moverte de ahí, pulgoso —siseo.

Durante unos segundos, sus ojos saltones y los míos se encuentran, e insisto:

—No te quiero aquí.

Pero, sin más, salgo del garaje y entro en casa.

En el salón, mi sobrino se lanza a mis brazos, y estoy hablando con él cuando entra Jud.

La saludo con la mano, suelto a Flyn y me acerco a ella dispuesto a decirle que saque al perro del garaje, pero, en cambio, al besarla en los labios, le pregunto:

—¿Estás mojada? ¿Qué te ha pasado?

Judith mira a Flyn.

Flyn mira a Judith.

Sin lugar a dudas, entre ellos ha ocurrido algo que me están ocultando.

—Al abrir una Coca-Cola me ha explotado y me he puesto perdida —dice entonces ella.

Asiento. Ahora entiendo que esté mojada y, aflojándome la corbata, me mofo:

—Lo que no te pase a ti no le pasa a nadie.

Jud me mira.

Flyn también.

Pero ¿qué les ocurre?

Y, cuando voy a preguntar, Simona entra en el salón.

—La cena está preparada. Cuando quieran, pueden pasar.

Después de unos instantes, Flyn se marcha con Simona y, cuando voy a decirle a Judith que ha de sacar al chucho del garaje, ella vuelve a hablarme del puente Kabelsteg. Sin duda le ha gustado mucho, y yo trato de entender su efusividad.

Estoy sonriendo a solas con ella en el salón cuando bajo la voz y le pregunto:

—¿Qué te parece si tú y yo vamos a cenar esta noche a casa de Björn y...?

Judith me mira.

En sus ojos puedo leer lo que está pensando.

Sabe perfectamente a qué me refiero y, sin quitarme los ojos de encima, murmura con seguridad:

—Me parece una idea fantástica.

Yo asiento encantado. Me gusta que lo desee tanto como yo.

Y, después de darle un rápido beso, me olvido del perro, me separo de ella y entro en la cocina.

Allí, me disculpo con Simona, indicándole que Judith y yo no cenaremos en casa.

Flyn se enfada al oírme. No quiere que me marche. Según él, acabo de llegar.

Entonces, tras prometerle que el domingo jugaremos todo el día a la PlayStation, regreso junto al amor de mi vida y, cogiéndola de la mano, digo, mientras caminamos hacia el dormitorio:

—Vamos a vestirnos.

Entramos en el cuarto entre risas y me sorprendo cuando me muestra que ella solita ha puesto un pestillo en la puerta.

¡Un pestillo!

En un principio no me hace gracia la idea. En mi casa nunca ha habido pestillos, pero ella, al ver mi expresión, me indica que sólo lo utilizaremos en momentos puntuales. Al oír su explicación y ver cómo mueve las cejas arriba y abajo, sonrío. Entiendo a qué momentos se refiere y me doy cuenta de que, en realidad, es una excelente idea.

A continuación, Judith comenta emocionada:

—He comprado algo que quiero enseñarte. Siéntate y espera.

Divertido por lo contenta que está, la observo entrar en el baño mientras me siento en la cama. Aguardo y, segundos después, sale de él totalmente desnuda a excepción de unos cubrepezones de lentejuelas negras de los que cuelgan unas borlas.

Me río, no puedo remediarlo, y murmuro:

—¡Guau, nena! ¿Qué te has comprado?

Judith sonríe, se acerca a mí y, moviendo los hombros, cuchichea, mientras las borlas se menean en el aire:

—Son para ti.

La miro encantado. Lo que no se le ocurra a ella ¡no se le ocurre a nadie!

Y, deseoso de estrenar eso que ella solita ha instalado, me levanto de la cama, echo el pestillo y le hago el amor con fuerza y pasión.

52

Una hora después, mi mujer y yo vamos en el coche en dirección a casa de Björn. Noto a Judith nerviosa, expectante, y de nuevo evito hablar del maldito perro que hay en el garaje, pues no me apetece que el bonito momento se jorobe.

Le he pedido que no se quite los cubrepezones. Está muy graciosa con ellos y quiero sorprender a mi amigo.

Al llegar, Björn nos recibe encantado y me percato del modo en que mira a Judith. Esa mirada de lobo hambriento me hace saber que la desea tanto como yo, y me excita, me excita mucho.

Soy consciente de que mucha gente no entendería nuestra relación.

Sé que nadie se acuesta con las mujeres de otros de mis amigos.

Pero también sé que Björn es por completo de fiar y sólo juega con mi mujer porque yo le doy la oportunidad.

Mi amigo le enseña su bonita casa a Judith y ella la recorre encantada mientras observo impaciencia en su rostro. ¡Está nerviosa!

Björn le muestra complacido su colección de discos de vinilo y de cómics. Si de algo está orgulloso es de esas dos cosas. Luego abre otra puerta e, invitándola a entrar, dice:

—Y por aquí voy todos los días a mi trabajo. Como ves, mi despacho de abogados y mi casa están tan sólo separados por esta puerta.

Judith me mira boquiabierta. Entramos en el bufete y, al pasar junto a una mesa, cojo la mano de mi mujer y digo:

—Aquí trabaja Helga..., ¿te acuerdas de ella?

Björn me mira. No le he contado aquello y, cuando voy a hablar, Judith, que está nerviosa y expectante, replica:

—Por supuesto. Es la mujer con la que hicimos un trío aquella noche en el hotel, ¿verdad?

Sonrío. Me encanta que sea tan clara en temas de sexo.

Björn nos invita a entrar entonces en su despacho. Aprovechando la visita, he de firmar unos documentos que tenemos pendientes.

El despacho de Björn es clásico. Como yo, él es tradicional para el trabajo, conservador o, como diría Judith, ¡antiguo o viejuno! Ella y sus palabras raras...

Durante unos instantes, mientras Jud lo mira todo a su alrededor, nos centramos en unos documentos. Los leo, Björn me explica ciertos términos, y de pronto ella, sorprendiéndonos, me quita los papeles de la mano, me agarra del cuello y me besa. Me besa con un descaro y una propiedad que me resecan hasta el alma, y soy consciente de que no aguanta más y quiere comenzar ya el juego.

Björn nos observa. No se acerca a nosotros. Espera a ser invitado a jugar, mientras yo disfruto de la efusividad que mi mujer me demuestra y la oigo decir con los ojos vidriosos a causa del deseo:

—Desnúdame. Juega conmigo. Entrégame.

Oh..., my... God...!

Oírla decir eso en ese tono, con esa mirada, me vuelve loco y, sin dudarlo, bajo la cremallera de su vestido.

¡Sí..., quiero hacerla disfrutar!

Cuando la prenda cae a sus pies, soy consciente de que Björn mira los cubrepezones negros y el provocativo tanga, y es evidente que le gustan.

Excitado, siento a Judith sobre la mesa marrón del despacho y, acercando mi dura erección, me aprieto contra ella para hacerle saber que en ese instante yo llevo la voz cantante.

Quiero que sienta..., que desee..., que anhele lo que quiero darle y lo duro que me tiene.

La tumbo sobre la mesa.

Beso sus maravillosos pechos y continúo bajando hasta llegar hasta su monte de Venus. Su olor a sexo caliente me enloquece y, agarrando el tanga con fuerza, se lo rasgo de un tirón.

Judith me mira jadeando. Esa parte primitiva, bestia y ruda de mí la pone a cien.

El sexo húmedo y brillante de Jud queda totalmente expuesto ante mí y, deseoso de hacer partícipe de nuestro juego a Björn, le hago una señal para que se acerque. Él pasea su morbosa mirada por el cuerpo de mi mujer, coge con los dedos un trozo del tanga roto y murmura:

—Excitante.

El corazón me va a mil.

Creo que Judith no es consciente de la locura a la que me lleva cuando su lado más salvaje sale a relucir y, en el momento en que sube los pies a la mesa, se chupa un dedo y se lo introduce en su húmeda hendidura, ¡creo morir!

Se masturba lenta y pausadamente para nosotros, y nosotros babeamos como dos lobos hambrientos.

—Jud —le pregunto entonces—, ¿llevas en el bolso lo...?

No he terminado aún la frase cuando ella asiente. Encantado por la buena conexión que existe entre nosotros, cojo su bolso y no sólo encuentro un vibrador en forma de pintalabios que le regalé, sino también la joya anal.

Ella y yo nos miramos; a continuación, sonrío complacido y, deseoso de más, murmuro:

—Date la vuelta y ponte a cuatro patas sobre la mesa.

Dos segundos después, está como le he pedido.

Al ver su bonito culo frente a nosotros, Björn le da un azotito, se lo estruja, mientras yo le meto la joya anal en la boca a mi chica y, después, en el trasero.

Ésta entra sin apenas hacer fuerza y, dándole vueltas a la joya, consigo arrancar los primeros gemidos de mi mujer.

—Sí..., quiero oírte así —susurro cerca de su oreja.

Björn sigue acariciando el moreno trasero de mi mujer, cuando ordeno:

—Jud, ponte como estabas antes.

Mi pequeña vuelve a tumbarse boca arriba sobre la mesa del despacho y yo le abro las piernas para dejar su sexo expuesto por completo para nosotros. Durante unos instantes, la miramos, la disfrutamos, hasta que no puedo más y, acercándome a ella, beso el centro de su deseo. Pero el beso me hace querer más y mi boca busca su clítoris para hacerla vibrar a la vez que Björn le sujeta los muslos.

Judith se mueve y entonces oigo a mi amigo decir:

—No cierres las piernas.

Satisfecho, disfruto de mi mujer mientras ella se sujeta a la mesa con fuerza, no cierra las piernas y se ofrece por completo a mí. El placer es inmenso, colosal, y más cuando veo que Björn ya se ha quitado los pantalones y se está poniendo un preservativo.

Mi excitación me hace saber que, si sigo, voy a explotar, así que me detengo. Cojo el vibrador en forma de pintalabios y se lo entrego a mi amigo. Él lo agarra, ocupa mi lugar y yo, gustoso, mimo y beso a mi mujer.

Está preciosa. Es maravillosa.

Entonces oigo el zumbido del vibrador que Björn ha encendido y, dirigiéndome a la mujer que me mira del todo entregada al momento, susurro:

—Vamos a jugar contigo y después te vamos a follar.

Judith jadea, grita, disfruta, se mueve inquieta y al mismo tiempo Björn juguetea con su clítoris y el vibrador. Sabe muy bien lo que se hace, y yo disfruto viéndolo. Lo disfruto tanto como ellos mientras me bebo los gemidos de mi amor.

—No cierres las piernas, preciosa —insiste él.

Oír eso y ver a mi mujer entregada al placer me tiene duro como una piedra. Nunca pensé que el juego con la persona amada pudiera multiplicar por mil el disfrute, pero así es. Lo que Frida y Andrés me habían comentado en muchas ocasiones es cierto. Ver a Judith desnuda, sometida y entregada a nosotros dos me resulta increíblemente excitante, y cuando Björn la penetra, enloquezco y, besándola, murmuro:

—Así..., pequeña..., así.

Judith se entrega a nosotros, acata lo que le pedimos mientras mi boca le hace el amor a la suya. Nuestras bocas sólo son nuestras y tan sólo nosotros podemos disfrutarlas, mientras siento cómo el cuerpo de ella se mueve con las embestidas de mi amigo y disfruto, disfruto mucho.

Entre abrasadores besos, susurro cosas calientes, cosas que sé que le gustan, cosas que en otros momentos ella me pide que le diga, y siento cómo, todo unido, nos lleva a los tres a un clímax arrollador.

Acalorado por lo ocurrido y sediento, cojo a mi mujer en brazos, salgo del despacho y entro en uno de los aseos de casa de Björn. Allí, Judith se mofa al respecto de lo que me gusta romperle la ropa interior. Luego, tras besarla, le hago saber que la joya anal se la sacaré dentro de unos minutos. Sólo unos minutos más.

Segundos más tarde, abro el grifo de la ducha. Le quito las pezoneras y, mientras el agua recorre nuestros cuerpos desnudos, miro a la dueña de mi vida y pregunto:

—¿Estás bien, cariño?

Ella me hace saber que sí, que está bien y que desea más.

A continuación, tras envolverla en una enorme toalla, salimos del aseo y no dirigimos hacia la habitación de Björn.

Cuando llegamos, Björn está saliendo de su baño particular tan mojado como nosotros. Ambos intercambiamos entonces una mirada cómplice y nos entendemos a la perfección: el juego continúa.

Con una sonrisa, mi amigo se acerca a su equipo de música y, cuando comienza a sonar la canción *Cry Me a River*, interpretada por Michael Bublé, musita:

—Me comentó Eric que te gusta mucho este cantante, ¿es cierto?

Judith me mira y sonríe.

—Sí, me encanta.

Björn asiente complacido y, acercándose a nosotros, susurra:

—He comprado este CD especialmente para ti.

Sin una pizca de celos por saber que mi amigo compró el disco por Judith, la suelto, y entonces ella se quita la toalla, se sube a la cama y, al compás de la música, comienza a bailar al tiempo que se acaricia los pechos.

¡Judith es la sensualidad en estado puro!

Atontolinados, Björn y yo la observamos mientras nos la comemos con los ojos. Como si de un espectáculo de estriptis se tratara, Jud nos tienta, nos turba, nos provoca. Se toca..., nos toca y, con sensualidad, se pone a cuatro patas en la cama y nos muestra la joya anal.

De nuevo se me reseca la garganta.

Nuestras erecciones y nuestro deseo están preparados. Mi amigo y yo deseamos ahondar en el cuerpo de Judith, pero ella sigue contoneándose al compás de la música y nos provoca, nos excita, nos vuelve locos.

Como si de una sirena se tratara, se baja de la cama y nos anima a acercarnos a ella. Mi pequeña me mira a los ojos y agarra mi cintura mientras invita a Björn a que la aferre por detrás. Incapaz de no besarla, lo hago: devoro su boca, mientras siento que mi amigo devora su cuello al tiempo que las manos de ambos recorren su cuerpo.

Morbo. Lo que hacemos es morbo en estado puro.

Los tres estamos desnudos, excitados y entregados a pasarlo bien.

—Juega conmigo —oigo que dice entonces Judith—. Tócame.

Björn me mira y yo asiento. Quiero que mi chica disfrute y, segundos después, la mano de él acaricia su sexo y la masturba mientras yo, gustoso, le mordisqueo el hombro y muevo su joya anal.

Jud tiembla. Tiembla de gusto, de goce, de entrega, y se deja hacer por nosotros.

Cuando la canción acaba y comienza *Kissing a Fool*, no puedo más y exijo:

—Björn, ofrécemela.

Judith ya sabe a lo que me refiero y, en cuanto nuestro amigo se sienta en la cama, ella se sienta sobre él y permite que le abra las piernas y la ofrezca a mí.

Con el corazón a mil, contemplo a mi preciosa mujer, a esa mujer que me invita a tomarla y, al ver su apetecible humedad, necesito paladearla y llevo mi boca hasta ella. Judith se mueve, grita, enloquece. Mi lengua le da toquecitos a su ya hinchado clítoris y eso la vuelve loca; entonces oigo la caliente voz de Björn, que le dice al oído:

—Me gusta oírte gritar de placer.

Los chillidos de Judith se intensifican cuando él le abre más las piernas para que yo tome de ella cuanto quiera, hasta que mi deseo se vuelve totalmente loco e, incorporándome, la penetro de una sola estocada y, agarrándola por los muslos, salgo y entro de ella una y otra y otra vez, mientras Björn dice:

—Te voy a follar, preciosa. No veo el momento de volver a hundirme en ti.

Eso acrecienta mi deseo. Ver la mirada velada por el placer de Jud y sentirla totalmente entregada a mis embestidas me vuelve loco por completo y, agarrándola por la cintura, hago que Björn se levante de la cama y, suspendida entre los dos, sigo penetrándola dispuesto a llevarla al cielo.

Como si de una muñeca se tratara, así la manejamos entre los dos y ella tiene un orgasmo tras otro, hasta que yo, que no estoy dispuesto a acabar aún, me salgo de ella.

Björn la tumba entonces sobre la cama y se pone un preservativo. Ella tiembla y, mirando mi erección, abre la boca y me hace saber qué quiere, y se lo doy, me introduzco en su boca al tiempo que Björn le separa las piernas y la penetra.

Placer...

Morbo...

Delirio...

Jugamos..., disfrutamos..., nos divertimos, hasta que, por fin, saco mi polla de su boca y me corro sobre sus pechos.

Todo es turbación, calentura, y cuando Björn llega al clímax, yo vuelvo a estar duro como una piedra. Me siento entonces en la cama, tiro de Jud y hago que se ponga a horcajadas sobre mí.

¡Dios, qué placer!

Judith se mueve, siento que desea correrse y, enloquecida, exclama mirándome:

—No pares, Eric. Quiero más. Os quiero a los dos dentro.

Yo miro a Björn.

Él permanece inmóvil, hasta que asiento y le hago saber que ha llegado el momento de sacar la joya anal. Enseguida, él abre un cajón y extrae un bote de lubricante, y yo, deteniéndome un instante, miro a una sudorosa Judith a los ojos y digo:

—Escucha, amor, Björn va a ponerte lubricante para facilitarse la entrada. Tranquila..., nunca permitiría que nada te hiciera daño. Si te duele, me avisas y paramos, ¿de acuerdo?

Ella asiente, se aprieta contra mí y la beso cuando mi amigo saca la joya anal de su trasero, le da un azote y le unta lubricante.

—No sabes cuánto te deseo, Judith —oigo que dice entonces—. No veía el momento de penetrar este bonito culo tuyo. Voy a jugar contigo, te voy a follar, y tú me vas a recibir.

Jud me mira. Sé que el morbo del momento la ciega, y, perdidamente enamorado de ella, susurro:

—Eres mía, pequeña, y yo te ofrezco. Hazme disfrutar con tu orgasmo.

Mientras continúo diciéndole cosas tiernas y ardientes, veo que Björn sigue con lo que está haciendo y, cuando me hace una señal, agarro las nalgas de Judith y se las separo. La ofrezco al tiempo que la beso y le muerdo el labio inferior.

Mi amigo prosigue lenta y cuidadosamente su avance y, tras una seña, me hace saber que su erección está entrando sin dificultad, momento en el que le suelto el labio a mi pequeña y, mirándola a los ojos, murmuro:

—Así, cariño..., poco a poco. No tengas miedo. ¿Duele?

Ella se apresura a negar con la cabeza. Eso me da tranquilidad, y prosigo:

—Disfruta, mi amor..., disfruta...

Jud jadea, tiembla entre mis brazos, y sé que goza de la doble penetración.

—No dejes de mirarme, cariño —le pido.

Ella obedece, clava sus oscuros ojos en mí y yo murmuro, al sentir cómo Björn entra poco a poco en ella:

—Así..., así..., acóplate a nosotros... Despacio..., disfruta...

Y lo hace. ¡Vaya si lo hace!

Lo veo en sus ojos, en su cara, en sus gestos.

Lo percibo en sus gemidos, en sus gritos, en sus jadeos.

Y lo siento en sus temblores y en sus espasmos.

Disfruta de ser poseída tanto como nosotros disfrutamos de su posesión, mientras cuatro manos la sujetan, la mueven y dos penes la llenan.

Las respiraciones de los tres se aceleran junto a nuestros movimientos. El placer que eso nos proporciona no tiene punto de comparación, y disfrutamos, jadeamos y gemimos, hasta que mi amigo y yo llegamos al clímax y, después, también lo hace Judith.

Permanecemos unos instantes sin movernos hasta que, finalmente, Björn sale de ella y yo me echo hacia atrás en la cama. Jud cae sobre mí, y en ese momento Björn se tumba a nuestro lado acalorado mientras la voz de Michael Bublé sigue sonando.

Ha sido increíble. Tan increíble que ninguno es capaz de decir nada, hasta que, pasados unos minutos, Björn coge la mano de mi chica, la besa y comenta:

—Con vuestro permiso, me voy a la ducha.

Cuando él desaparece, yo, que estoy con los ojos medio cerrados, veo que Judith me mira y, al tiempo que me muerde el mentón, la oigo decir:

—Gracias, amor.

Encantado por todo, pero sorprendido por sus palabras, pregunto:

—¿Por qué?

Ella me mira. Adoro cuando lo hace de esa forma, y, tras darme un cálido beso en la punta de la nariz, responde:

—Por enseñarme a jugar y a disfrutar del sexo.

Incapaz de no hacerlo, suelto una carcajada y afirmo:

—Estás comenzando a ser peligrosa. Muy peligrosa.

Jud sonríe. Yo también, y volvemos a besarnos.

Segundos después, Björn sale de la ducha y, mirándonos, pregunta:

—¿No tenéis hambre?

De un salto, mi chica se levanta entonces y exclama:

—¡Estoy hambrienta!

A continuación, nos dirigimos a la bonita cocina de Björn, donde nos espera la exquisita cena que él ha encargado antes. Felices y contentos, la degustamos mientras, con total libertad, hablamos de sexo y, sorprendido, compruebo que Judith nos expone algunas dudas. Mi amigo y yo respondemos a sus preguntas como podemos, unas preguntas curiosas que me hacen gracia y que me hacen saber que, junto a ella, mi vida va a mejorar, y no sólo en el terreno sexual.

Un par de horas después, nuestro morboso juego vuelve a comenzar y los tres disfrutamos de sexo caliente, divertido y desinhibido sobre la encimera de la cocina.

53

Pasan los días, el maldito perro huesudo sigue en mi garaje y cae otra tremenda nevada.

El domingo, Judith se empeña en salir al jardín para lanzarnos bolas de nieve, pero Flyn y yo nos negamos. No queremos ni mojarnos ni pasar frío y, al final, ella se pone su plumón rojo, sale sola afuera y hace un bonito muñeco de nieve al que le pone el nombre de *Iceman*.

¡Me quiere provocar!

Al día siguiente, en la oficina, recibo una llamada del colegio. Al parecer, Flyn ha vuelto a liarla, y eso me encabrona. Pero ¿es que mi sobrino no va a aprender nunca?

Estoy asimilando la noticia cuando Amanda se pone en contacto conmigo vía Skype por un problema laboral. Dos hombres que servían a mi padre ocasionan problemas y yo tengo que dejarles claro que el que manda ahora soy yo y las cosas se hacen a mi manera. Al final, debo organizar una reunión de urgencia para el día siguiente en Londres.

Eso, unido a lo del colegio de Flyn, me causa un gran malestar y, cuando salgo esa tarde de Müller, siento que estoy de un humor de perros, y sólo espero que, encima, Judith no me provoque. Hoy, no.

Al llegar frente a la verja de mi casa, suspiro. Aquí espero encontrar el descanso que necesito, pero mi indignación crece por momentos cuando, al entrar, me encuentro a Judith, a Flyn, a Simona y a Norbert jugando con un trineo y al maldito perro con ellos.

¿Qué hace mi sobrino con un trineo y qué hace ese perro en mi jardín?

¿Acaso no tenía suficiente con tenerlo alojado en el garaje?

Mis ojos se clavan en Judith.

Quiero que sepa lo enfadado que estoy y, una vez que he aparcado, abro la puerta del coche y, al bajar, la mala leche me hace dar un portazo descomunal.

Todos me miran.

Siento que todos, incluido el perro, se paralizan, me temen, y yo camino hacia ellos en actitud intimidatoria.

¡Estoy furioso! ¡Terriblemente furioso!

Si mi día era malo, sin duda Judith lo acaba de empeorar, y grito acercándome a ellos:

—¡¿Qué hace ese perro aquí?!

Judith se pone delante de todos y contesta:

—Estábamos jugando con la nieve, y él está jugando con nosotros.

¿Desde cuándo un perro juega en mi jardín?

Maldigo. Me encabrono más y, cogiendo a mi sobrino del brazo, siseo:

—Tú y yo tenemos que hablar. ¿Qué has hecho en el colegio?

Flyn me mira asustado, va a contestar, pero yo le ordeno callar.

Al final, tras una mirada mía, Simona y Norbert lo quitan de mi vista y se lo llevan adentro.

Con desagrado, miro las marcas del trineo en la pendiente y cierro los ojos. Flyn podría haber sufrido un accidente. Respiro, trato de respirar antes de mirar a Judith, que no se ha movido y tiene el animal a su lado. Cuando por fin lo consigo, siseo:

—Quiero a ese perro fuera de mi casa, ¿me has oído?

Ella parpadea, me mira y murmura:

—Pero, Eric..., escucha...

Enfadado por todo, subo la voz y grito:

—¡No, no voy a escuchar, Jud!

Como es lógico, ella replica, no sabe permanecer callada, y al final nos miramos con rivalidad, con desazón, con hostilidad.

Por desgracia, Judith y yo no tenemos término medio: o nos adoramos o nos odiamos, y cuando veo que ella no da ni un paso, grito colérico señalando al animal:

—¡He dicho que fuera!

Jud acaricia entonces la cabeza del perro y, con el mismo tono en el que yo he hablado, me suelta:

—Oye, si vienes enfadado de la oficina, no lo pagues conmigo. ¡Serás borde...!

¡Joder..., joderrrr!

¿Por qué no puede callarse?

¿Por qué no puede cumplir lo que le ordeno para zanjar de una vez el problema?

La miro..., me mira...

La desafío..., me reta...

E, incapaz de callar, siseo de nuevo:

—Te dije que no quería ver a ese chucho aquí, y, que yo sepa, no te he dado permiso para que mi sobrino se monte en un trineo, y menos al lado de ese animal.

Ella enarca las cejas, suelta una sonrisita que me encabrona aún más e indica:

—No creo que tenga que pedirte permiso para jugar en la nieve, ¿o sí? Si me dices que así es, a partir de hoy te pediré permiso incluso para respirar... ¡Joder, sólo me faltaba oír eso!

Conforme lo dice, sé que la malhablada Judith va a aparecer en décimas de segundo.

—En cuanto a *Susto*, quiero que se quede aquí —oigo que dice entonces—. Esta casa es lo bastante grande como para que no tengas que verlo si no quieres. Tienes un jardín que es como un parque de grande. Puedo construirle una caseta para que viva en ella y, así, nos guardará la casa. No sé por qué te empeñas en echarlo con el frío que hace. Pero ¿no lo ves? ¿No te da pena? Pobrecito, hace mucho frío, nieva, y tú pretendes que lo deje en la calle. Venga, Eric, por favor.

Me niego.

Niego con la cabeza, e, incapaz de callar lo que sé y he estado callando por ella, replico:

—Pero, Jud, ¿tú te crees que yo soy tonto? Este animal lleva ya tiempo en el garaje.

Sus ojos se agrandan. La acabo de sorprender con mi confesión, y pregunta:

—¿Lo sabías?

Asiento y, estirándome el abrigo azul, añado:

—Pero ¿me crees tan tonto como para no haberme dado cuenta? Pues claro que lo sabía. Te dije que no lo quería dentro de *mi* casa, pero, aun así, tú lo metiste y...

—Como vuelvas a decir eso de *tu* casa... me voy a enfadar —me corta ella furiosa—. Llevas tiempo diciéndome que considere esta casa como mía, y ahora, porque he dado cobijo a un pobre animal en tu puñetero garaje para que no se muera de frío y de hambre en la calle, te estás comportando como un... un...

Vale..., sé lo que va a decir, e intervengo:

—Gilipollas.

—Exacto —afirma—. Tú lo has dicho: ¡un gilipollas!

Desesperado, me toco el cabello mojado por la nieve, y entonces Jud, cambiando de tema, me pregunta qué ha hecho mi sobrino en el colegio. Furioso, le cuento que se ha metido en una pelea y que al otro chico han tenido que darle puntos en la cabeza. Veo que eso la sorprende, pero yo, al ver que sigue acariciando la cabeza del perro, grito fuera de mí:

—¡Lo quiero fuera de aquí ya!

Judith me mira. Siento que le tiembla la barbilla y, entornando los ojos, sisea:

—Si *Susto* se va, yo me voy con él.

La miro boquiabierto.

Sé que no se atreverá a hacer algo así y, sin importarme sus sentimientos por lo colérico que estoy, digo, dando media vuelta para entrar en casa:

—Haz lo que quieras. Al fin y al cabo, siempre lo haces.

Sin mirar atrás, me alejo de ella mientras siento que mi corazón me grita que me detenga. Sé que estoy pagando con el huesudo y con ella todo el enfado que llevo por lo de Flyn y los empleados de mi padre, pero mi orgullo me impide pararme, mirarla y dialogar.

Una vez que entro en la casa, me dirijo a mi despacho y, cuando cierro la puerta, me siento como un imbécil.

¿Cómo he podido decirle eso a Judith?

¿Cómo puedo ser tan frío con ella?

Más tarde, salgo del despacho y voy al salón para hablar con Flyn. Soy duro con él, creo que la ocasión lo merece, mientras, con disimulo, observo a través de la ventana cómo Judith se dirige hacia la cancela de la casa con el animal.

No habrá dicho en serio eso de que ella también se va, ¿no?

Flyn no dice nada. Yo lo regaño, le grito, lo porfío, pero él sigue también con la mirada a Judith y, cuando no puedo más, le ordeno que se vaya a su habitación.

Incapaz de quedarme aquí sin hacer nada, salgo del salón y, al entrar en la cocina, pillo a Norbert y a Simona hablando en cuchicheos. No digo nada. Abro el frigorífico para coger una cerveza y, segundos después, veo que Simona se marcha.

Norbert y yo permanecemos en silencio, hasta que finalmente él dice, al intuir que espero saber qué ocurre:

—Señor, mi amigo Henry trabaja en una protectora de animales y Simona le está llevando el teléfono a la señorita Judith para que lo llamen y vengan a recoger al animal.

Asiento sin decir nada y, sintiéndome una mala persona, salgo de la cocina y regreso a mi despacho. Allí, me aíslo del resto del mundo.

Pasa el tiempo y me intranquilizo. Ha anochecido, no para de nevar, y sé que Judith sigue fuera con el perro. La llamo al móvil, pero ella me corta la llamada y, aunque eso me enfada, sé que tiene sus razones para hacerlo.

Al final, incapaz de seguir un segundo más aquí, me pongo un abrigo y salgo al jardín. Mis pies me llevan hacia la calle, donde está ella, pero me detengo antes de llegar porque veo que se acerca una furgoneta de recogida de animales.

Desde donde estoy, observo cómo un hombre se baja de ella y toca la cabeza del huesudo, después le da a Judith unos papeles que ella mira y, abriendo la puerta trasera del vehículo, dice:

—Despídase de él, señorita. Me voy ya. Y, por favor, quítele lo que lleva al cuello.

Jud lo mira. Tiene los ojos hinchados y enrojecidos de haber llorado, y me siento fatal.

Intenta dejarle al animal la bufanda puesta. Le indica al hombre que el perro está más calentito con ella, pero él insiste para que se la quite y, al final, ella lo hace con una tristeza infinita.

Me siento terriblemente mal, fatal, y más cuando ella se agacha y, con la voz embargada por la emoción, murmura:

—Lo siento, cariño, pero ésta no es mi casa. Si lo fuera, te aseguro que nadie te sacaría de aquí. Te van a encontrar un bonito hogar, un sitio calentito donde te van a tratar muy bien.

El corazón se me encoge mientras observo cómo Judith besa al animal en la cabeza y llora. Está destrozada, y yo no hago nada.

¡Soy un monstruo!

El empleado de la protectora agarra a *Susto* y éste se resiste, no quiere separarse de ella, pero por último el hombre lo mete con destreza en la furgoneta y cierra las puertas ante una desconsolada Judith.

No me muevo. Sigo sin moverme.

La furgoneta se va y el llanto de Jud me acobarda. Sólo la he visto llorar así cuando su gato *Curro* murió, y me siento mal. Muy mal.

Finalmente, echo a andar. Necesito abrazarla, consolarla, pero entonces ella se vuelve y nuestras miradas chocan.

Camina hacia mí y yo abro la verja para que entre, y, cuando pasa por mi lado, murmuro:

—Jud...

Me mira. Me mira con rabia y sisea:

—Ya está. No te preocupes. *Susto* ya no está en *tu* maldita casa.

Me lo merezco. Merezco que me hable así.

—Escucha, Jud... —susurro.

Pero ella me interrumpe:

—No, no quiero escuchar. Déjame en paz.

Como me aconsejó en su día su padre, le doy espacio. Tiene que tranquilizarse y, en silencio, camino tras ella en dirección a la casa.

Una vez que entramos, cojo su mano, está helada, pero ella se deshace enseguida de mí y corre escaleras arriba.

Sintiéndome la peor persona del mundo, la sigo y me encuentro a mi sobrino en el camino. Él también me mira con mal gesto, y yo digo:

—Vamos, ve a dormir.

En cuanto él desaparece en su habitación, me encamino hacia la mía, la que comparto con Judith. Al entrar, veo sus vaqueros húmedos y sus botas tirados en el suelo y sé que está en el baño. Oigo el agua de la ducha y a ella llorando.

No..., por favor..., que no llore más. Y, dispuesto a pedirle disculpas, abro la puerta del baño y, cuando nuestros ojos se encuentran a través de la mampara, intuyo que lo último que quiere es tenerme a su lado, por lo que salgo de nuevo. Me voy del baño y de la habitación.

Cuando regreso horas después y me meto en la cama, está plácidamente dormida. La observo. Me gusta mirarla mientras duerme y, deseoso de su contacto, acerco la mano a su cintura, pero susurra:

—Déjame. No me toques. Quiero dormir.

Su rechazo...

Su negativa me duele y, en el momento en que se da la vuelta para no mirarme, me quedo como un tonto contemplando su espalda, mientras me pregunto cómo voy a decirle ahora que tengo que irme a Londres dentro de unas horas.

54

*T*ras una noche en la que no pego ojo y sólo miro cómo Judith duerme, me levanto con dolor de cabeza, pero no digo nada. No descansar nunca me viene bien.

Bajo a la cocina y, al ver que no hay nadie, me tomo un par de pastillas para que me calmen el dolor.

Instantes después llegan Simona y Norbert, y, tras saludarme, preparan café.

Ella hace una masa y de inmediato me doy cuenta de que va a preparar churros para Judith. Sin duda está preocupada por ella.

Pasan unos minutos, entra Flyn y, mirándolo, lo saludo:

—Buenos días, Flyn.

Mi sobrino me da los buenos días y, cuando se sienta a mi lado, murmura, mientras observa a Simona freír la masa de los churros:

—*Susto* parecía un buen perro.

Yo lo miro boquiabierto.

¡Si a él nunca le han gustado los perros!

En ese momento se vuelve a abrir la puerta de la cocina y aparece Judith. Sigue con los ojos enrojecidos. Verla así me hace sentir como un maldito miserable y, como puedo, saludo.

—Buenos días, Jud.

—Buenos días —responde ella con seriedad.

En silencio, se sienta y rápidamente Simona le ofrece un café y los churros.

Al ver eso, ella por fin sonríe y le da las gracias. Pero nada es como siempre. En la cocina reina un silencio sepulcral, y estoy convencido de que todos añoramos las bromas y las risas de nuestra española de cada mañana.

Luego Norbert se lleva a Flyn al colegio, y en ese momento a Jud le suena el móvil. Curioso, la miro y, al ver que ella lo coge y sale de la habitación, me inquieto.

¿Quién la llama y por qué se aleja de mí para hablar?

Con paciencia, y para no agobiarla, espero a que regrese a la cocina, pero al ver que no vuelve, soy yo quien va tras ella, entro en el dormitorio y, al oírla hablar con mi hermana Marta, me tranquilizo.

Me quedo inmóvil junto a la puerta, y entonces ella termina su conversación y, al volverse, le pregunto:

—¿Has quedado con mi hermana?

—Sí.

Sin mirarme, pasa por mi lado, y yo, incapaz de no detenerla, la agarro del brazo e inquiero:

—Jud..., ¿no vas a volver a hablarme?

Con lentitud, ella posa su mirada sobre mí y murmura:

—Creo que te estoy hablando.

Durante unos minutos nos decimos lo que deseamos, lo que necesitamos, hasta que ella furiosa me suelta:

—Y lo pagaste con el pobre *Susto*, ¿verdad? Y, de paso, me recordaste que ésta es *tu* casa y que Flyn es *tu* sobrino... Mira, Eric, ¡vete a la mierda!

Vale.

Es normal que me diga eso, tiene razón, y me regaño a mí mismo por ser tan jodidamente idiota. He de callarme ciertos comentarios. Ahora ella vive aquí conmigo.

Con tacto, intento solucionar el problema, pero me es imposible. Trato de hacerle entender que es su casa también, pero Judith no me cree, lo pone en duda, y yo vuelvo a sentirme mal, fatal, y luego ella me pide que me calle.

Permanecemos unos segundos en silencio hasta que, mirándola, murmuro:

—Tengo que marcharme de viaje. Te lo iba a decir ayer, pero...

Con gesto de incredulidad, me hace saber su fastidio y, cuando se entera de que voy a Londres, pregunta:

—¿Verás a Amanda?

Asiento, claro que la veré...

Pero, al recibir un manotazo y entender que ella lo ha comprendido por otro lado, la agarro y, acercándola a mí, le aclaro:

—Es un viaje de negocios. Amanda trabaja para mí y...

Los celos le pueden. Está enfadada y suelta por la boca todo lo que quiere y más.

—Jud... —murmuro interrumpiéndola.

—¡¿Qué?! —grita ella fuera de sí.

Como puedo, la tumbo en la cama y, agarrando su bonito rostro entre las manos, susurro con todo el amor de que soy capaz:

—¿Por qué piensas que voy a hacer algo con ella? ¿Todavía no te has dado cuenta de que yo sólo te quiero y te deseo a ti?

Pero insiste y, deseoso de cortar esos absurdos celos, la animo a que se venga conmigo. Si está allí, si no se separa de mí, verá que lo que le digo es cierto.

—Lo siento —musita—, pero yo...

No la dejo continuar. La beso. La devoro.

Quiero que sienta lo mucho que la deseo y la quiero y, cuando por fin ella me abraza, exige mirándome:

—Fóllame.

Dispuesto a cumplir su deseo, me levanto, echo el pestillo que ella se molestó en colocar y, mientras me quito la corbata y me desabrocho la camisa, señalo:

—Lo haré encantado, señorita Flores. Desnúdese.

Ella hace lo que le pido mientras yo me siento en la cama. Luego la hago venir hacia mí y, acercando mi rostro a su excitante monte de Venus, lo huelo, lo beso y, tras lamer esa frase que se tatuó, la siento a horcajadas sobre mí y, abriéndole sus bonitos labios vaginales, me clavo en ella mientras murmuro, mirándola a los ojos:

—Tú... eres la única mujer que yo deseo.

Adelanto la cadera con fuerza; Judith jadea, e insisto:

—Tú... eres el centro de mi vida.

Lucha de poderes. Como en otras ocasiones, ambos deseamos llevar la voz cantante en este momento y, tras hacerme vibrar y casi conseguir que pierda los papeles, le exijo totalmente encajado en ella:

—Mírame.

Según lo hace, siento que me clavo más en su cuerpo y, cuando jadea enloquecida, afirmo:

—Sólo a ti puedo hacerte el amor así, sólo a ti te deseo, y sólo contigo disfruto de los juegos.

Jud afirma con la cabeza.

Percibo que he ganado yo la partida y, empalándola, le digo lo que siento, lo mucho que la amo, y le exijo que me diga que confía en mí. Y lo dice.

Excitado por sentirla de nuevo mía, me levanto con ella en brazos y la apoyo con delicadeza contra la pared. Sé que le encanta mi faceta de empotrador, como ella la llama.

Agarrándola con fuerza, me introduzco en su interior una y otra vez con dureza, consciente de cuánto le gusta. Me lo dicen su mirada, sus gemidos, el modo en que sus piernas se enredan en mi cintura.

Una y otra vez, entro y salgo de ella con fuerza hasta que Jud, lujuriosa, grita de placer haciéndome saber que ha llegado al clímax, y yo simplemente me dejo ir disfrutando de lo ocurrido.

Acalorado, me apoyo en la pared sin soltarla y, cuando por fin la dejo en el suelo, la miro y murmuro:

—Te quiero, Jud... Por favor, no lo dudes, cariño.

Ella sonríe, me besa y promete que no volverá a dudar.

A continuación, nos dirigimos al baño, donde nos metemos bajo la ducha, y, satisfecho al verla sonreír, le hago de nuevo el amor. Somos dos animales del sexo y lo disfrutamos sin más.

Tras una buena mañana en la que, gracias al sexo y al amor que nos tenemos, hemos conseguido limar asperezas, quedo en regresar dentro de un par de días. Judith asiente, me da un beso y yo me marcho. No hay más remedio.

★ ★ ★

Cuando, horas después, aterrizo en Londres, la llamo para decirle que ya he llegado y ella, feliz, me desea una buena estancia. No menciona a Amanda, y eso me demuestra que confía en mí.

En las nuevas oficinas de Müller, voy de inmediato al encuentro de Amanda. Hablamos sobre lo ocurrido con aquellos empleados, necesito que me ponga al día antes de entrar en la reunión. En cuanto lo hace, su secretaria nos trae un café y, mientras nos lo tomamos, comenta:

—Te he reservado habitación en el hotel de siempre.

Asiento. Me gusta ese hotel.

Ella me mira.

Sé lo que esa mirada pretende transmitir, y, clavando los ojos en ella, aclaro:

—Judith es el centro de mi vida y, por primera vez en mucho tiempo, puedo decir que soy feliz.

Amanda asiente. No dice más y, minutos después, sale del despacho. Entonces decido telefonear a mi mujer de nuevo. Hablar con ella me alegra el alma y, antes de colgar, prometo llamarla cuando regrese esa noche al hotel.

Luego entramos en la reunión. Como era de esperar, las cosas se ponen difíciles, muy difíciles, y, como había imaginado, cuando terminamos la reunión, decido despedir a aquellos dos hombres. Me cuesta tomar la decisión, pero, tras sopesar los pros y los contras, creo que es lo mejor.

Una vez que la sala de reuniones se vacía y quedamos tan sólo Amanda y yo, ella comenta:

—Enhorabuena. Has hecho lo correcto.

Asiento, sonrío y afirmo:

—Lo sé. Como también sé que me ha costado, económicamente hablando, más de lo que debería, pero era necesario para evitar más problemas en un futuro.

Acto seguido, ambos nos levantamos y caminamos hacia la salida, pero, antes de llegar, ella se detiene, me mira y murmura:

—Eric..., juguemos.

En silencio, la observo. Amanda ha sido siempre una experta jugadora. Sabe lo que me gusta, lo que me pone, lo que deseo..., pero, consciente de que en mi vida hay una mujer que está por encima de cualquier otra cosa, respondo:

—Lo siento, Amanda, pero no. Judith es lo primero.

En silencio, ella asiente, no insiste, y, tras despedirme de ella y recoger alguna de mis cosas de su despacho, me dirijo hacia el hotel. Estoy agotado.

Al llegar, me aflojo el nudo de la corbata, me siento en la cama y, deseoso de hablar con mi pequeña, la llamo, pero no me coge el teléfono. Eso me extraña. Vuelvo a llamar y el teléfono suena y suena, pero no contesta. Alarmado, llamo a casa y, por suerte, al segundo timbrazo Simona lo coge.

—Simona, soy Eric; ¿dónde está mi mujer?

Un silencio incómodo me indica que algo no va bien y, levantándome de la cama, pregunto con un hilo de voz:

—¿Qué ha ocurrido?

Como puede, la mujer me explica que Judith ha resbalado en el jardín, en el hielo, y se ha caído, propinándose un buen golpe en la barbilla, donde han tenido que darle puntos. Me pongo muy nervioso al oírlo y, nada más colgar, llamo al piloto de mi avión privado.

—Prepáralo todo —le pido—. Regresamos a Múnich en cuanto llegue al aeropuerto.

★ ★ ★

Las siguientes horas las paso angustiado.

Saber que mi pequeña ha tenido que ir al hospital sin estar yo presente hace que el corazón me vaya a mil y sólo deseo verla. Verla, saber que está bien y comprobar que Simona no me ha ocultado nada.

¡Estoy asustado!

Cuando llego al aeropuerto de Múnich hay una gran tormenta.

Norbert me espera y, tras contarme lo mismo que su mujer, me lleva a casa lo más rápido que puede. Al entrar, suelto mi abrigo y la cartera en la entrada. Simona me dice que Judith está durmiendo en la habitación de Flyn y, sorprendido, subo corriendo la escalera.

¿Flyn le ha permitido acostarse en su cuarto?

Cuando llego frente a la puerta, me detengo. Mi respiración es como una locomotora y, si abro, sé que los voy a despertar, por lo que me tomo unos segundos para tranquilizarme. En cuanto lo consigo, entro a oscuras y los veo. Los dos están dormidos en la cama de Flyn.

A continuación, me siento en una silla que hay al fondo y los observo. Ellos dos, Flyn y Judith, son los motores de mi vida, y verlos dormidos juntos por primera vez me emociona.

Preocupado, contemplo a mi pequeña y veo el enorme apósito que luce bajo la barbilla. Su dolor es mi dolor. Odio que lo pase mal. Si pudiera traspasaría su sufrimiento a mi persona de inmediato.

De pronto, veo que Flyn se mueve y su codo va a parar a la barbilla de Jud, que se despierta sobresaltada por el golpe. Me asusto, cuando mis ojos y los de ella se encuentran y, literalmente, muero de amor.

Sin querer esperar un segundo más, me levanto de la silla y me acerco.

Nos miramos.

Sin decir nada, ella me indica que está bien, y yo, espantado de ver su apósito en la barbilla, le doy un beso en la frente, la cojo entre mis brazos y la llevo a nuestra habitación.

Una vez allí, ella se empeña en repetirme que está bien, mientras yo le cuento que, después de hablar con Simona y que ella me refiriese lo ocurrido, he decidido regresar.

—He salido al jardín, he resbalado y me he dado en la barbilla —me explica—. Ya sabes que soy algo patosa en la nieve. Pero, tranquilo, estoy bien. Lo malo será la marca que me quede. Espero que no se note mucho.

Hechizado por ella, por mi mujer, cuchicheo:

—Presumida.

Me tumbo a su lado. Le hago saber lo orgulloso que estoy de ella y lo mucho que la quiero e, incapaz de no decir lo que pienso, murmuro:

—No me perdonaré no haber estado aquí. No me lo perdonaré.

Sin querer hablar más, sólo deseando que Judith descanse y se recupere pronto, la acerco a mí, ella se acurruca y, satisfecho, observo cómo se queda dormida, protegida por mis brazos.

55

❦

A la mañana siguiente, cuando Jud se despierta y se mira al espejo, se asusta tanto como me he asustado yo cuando la luz del día ha comenzado a iluminarle la cara. Su rostro, su bonito rostro, está de todos los colores y, aunque yo intento quitarle importancia, ella se la da.

¡Está horrorizada, incluso dice que es un monstruo!

Aunque no tengo muchas ganas, sonrío e, intentando animarla, digo:

—Tú no estás horrible ni queriendo, cariño.

Mis palabras parecen calmarla y, al final, sacando esa parte guerrera que sé que posee, me mira e indica:

—La parte buena de esto es que dentro de unos días pasará.

¡Ésa es mi chica!

Si algo me ha gustado siempre de ella es su positividad.

Entre risas, en el baño, ella comienza a lavarse los dientes mientras yo me meto en la ducha. Una vez que ha acabado de cepillarse, se sienta sobre la tapa del váter y me observa.

Veo cómo con su mirada oscura recorre mi cuerpo, parándose en cierta parte que intuyo que a ella le da un placer extremo, y sonrío.

En cuanto cierro el grifo de la ducha, salgo y cojo una toalla que ella me tiende, y vuelvo a reír al observar que alarga la mano y me toca el pene.

La conozco, conozco su mirada y sé que pronto reclamará a su empotrador, por lo que, sonriendo, digo:

—Pequeña, no estás tú hoy para muchos trotes.

Ambos reímos y, al ver el gesto libidinoso con el que me mira, pregunto:

—Dime, pequeña viciosilla, ¿qué piensas?

Judith parpadea, y rápidamente soy consciente de que no sé si quiero saber lo que piensa.

—¿Nunca has tenido ninguna experiencia con un hombre? —me pregunta a continuación.

Según la oigo decir eso, me doy cuenta de por qué no quería escucharla y, desechando la imagen que acude a mi mente de otro hombre y yo, respondo:

—No me van los hombres, cariño, ya lo sabes.

Judith sonríe y, sin apartar sus bonitos ojos de mí, indica:

—A mí tampoco me van las mujeres, pero reconozco que no me importa que jueguen conmigo en determinados momentos.

Asiento, puedo entender lo que dice, pero no, los hombres no son lo mío, e insisto:

—A mí sí me importa que jueguen conmigo en ciertos momentos.

Ambos nos reímos por lo que he dicho.

Nunca he permitido que ningún tío tenga conmigo más que una simple fricción en nuestros juegos.

—¿Y si yo deseo ofrecerte a un hombre? —pregunta a continuación.

Según la escucho, la miro sorprendido.

¿Yo, siendo ofrecido a un hombre?

Judith me mira con ese gesto que me hace saber que no puedo esperar nada bueno de ella y, seguro de mí mismo, respondo:

—Me negaría.

Ella sonríe. Menuda bruja está hecha.

—¿Por qué? —insiste—. Se trata sólo de un juego. Y tú eres mío. ¡Joderrrrrrrrrrrrr!

—Jud, te he dicho que no me van los hombres —replico de nuevo.

Vuelve a asentir. Me mira. La voy conociendo y sé que no se va a dar por vencida.

—A ti te excita ver cómo una mujer mete su boca entre mis piernas, ¿verdad? —dice entonces.

Afirmo con la cabeza, no lo puedo negar, y entonces prosigue:

—Pues a mí me gustaría ver a un hombre con su boca entre tus piernas.

La miro sin dar crédito.

En toda mi vida ninguna mujer me ha propuesto nada tan descabellado.

Yo soy un macho alfa, un hombre que disfruta de las mujeres, y en mis juegos nunca han entrado los hombres. No. Definitivamente, no.

Jud me mira, sonríe, y yo, algo molesto, pregunto a continuación:

—¿Te encuentras bien?

Ella vuelve a sonreír y me hace saber que se encuentra muy bien. Insiste en el morbo que le provoca la imagen de otro tío entre mis piernas, y repito:

—No.

Trato de alejarme de ella, pero ella se levanta, me abraza por la cintura y, mirándome, murmura:

—Recuerda, cariño: tu placer es mi placer, y nosotros, los dueños de nuestros cuerpos. Tú me has enseñado un mundo que desconocía, y ahora yo quiero, anhelo y deseo besarte mientras un hombre te...

La corto. No me apetece seguir hablando del tema.

—Bueno —indico—, ya hablaremos de ello en otro momento.

Asiente. ¡Sé que lo haremos!

Una vez que me he anudado la toalla alrededor de la cintura, la cojo entre mis brazos y comento:

—¿Sabes, morenita? Comienzas a asustarme.

Entre risas le hago cosquillas, salimos del baño y luego le hago con delicadeza el amor.

★ ★ ★

Horas después, me visto y voy a la oficina. He de atender ciertos asuntos.

Leslie, mi secretaria, me pregunta nada más verme llegar por la reunión de Londres, y yo la informo de que todo salió tal como esperaba.

Una vez que abro mi ordenador y descargo el correo veo que tengo varios emails de Amanda. En ellos me habla de liquidaciones empresariales, excepto en el último, que dice: «Cuando quieras, aquí estoy».

Dejo escapar un suspiro. Está visto que las mujeres son cabezotas, muy cabezotas, y decido no responder. No merece la pena.

Un par de horas más tarde, tras haber solucionado varios asuntos pendientes, decido regresar a casa. Quiero estar con Judith y comprobar que está bien.

Frente a la verja de entrada, miro los cubos de basura y de pronto me apeno al no ver al huesudo allí tumbado en su caseta. La cancela se abre, entro en mi parcela y conduzco hasta el garaje.

Al entrar en él, sin saber por qué, miro el suelo en busca de las húmedas huellas del animal y, sorprendido, murmuro:

—Pero ¿qué estoy pensando?

Luego entro en la casa y dejo las llaves del coche en el recibidor. El silencio del lugar me estremece. ¿Dónde están Flyn y Judith?

Me encamino hacia el salón. Allí no están y, cuando me doy la vuelta, Simona, que sale de la cocina, me mira y dice con una sonrisa:

—Flyn está en la habitación de los trastos de Judith.

—¡¿Juntos?! —pregunto sorprendido.

Ella asiente y afirma feliz:

—Sí, señor, ¡juntos!

Boquiabierto, asiento.

¿Qué está pasando aquí?

Cuando llegué la noche anterior, Judith estaba durmiendo con Flyn en su cuarto, y ahora el niño está con ella en su habitación de trastos.

Sin duda está ocurriendo algo que nadie me ha explicado y, dispuesto a que alguien lo haga, voy en su busca. Abro la puerta y me los encuentro a los dos sentados tranquilamente en el suelo.

Los miro..., me miran..., y pregunto:

—¿Ocurre algo?

De pronto, mi sobrino se levanta, me abraza y responde:

—Jud me ha ayudado a aprender una cosa del colegio.

Miro a mi chica. A mi chica con el rostro multicolor. Ella asiente, e instantes después Flyn se va.

Judith se levanta, y mis ojos van a parar al árbol de los deseos. Aquel árbol rojo y horroroso que el día de Reyes ella sacó de malos modos del salón y que sigue aquí.

Mis ojos vuelan por la desordenada habitación llena de trastos y cajas de Judith, y entonces ella me abraza y, con el rostro lleno de moratones pero más bonita que nunca, dice:

—Verás cómo cualquier día de éstos consigo ese besito de tu sobrino.

Eso me hace sonreír. Lo que no consiga Judith no lo consigue nadie. Y, agarrándola con fuerza entre mis brazos, con cuidado de no rozarle la barbilla, acerco mis labios a los suyos y murmuro:

—De momento, pequeña, mi beso ya lo tienes.

56

Hoy, por primera vez en mi vida, voy a celebrar una fiesta que siempre pensé que era una tontería. De pronto, estar con Judith me ha hecho querer celebrar el día de los enamorados y, tras pasar la noche pensando cómo sorprenderla, me levanto y bajo a desayunar.

Llamo varias veces a un teléfono que Norbert me proporciona, pero nadie lo coge. Eso comienza a cabrearme. No soy un hombre paciente y, cuando quiero las cosas, las quiero ¡ya!

Tras tomarme varios cafés y despedir a mi sobrino, que se va con Norbert al colegio, de pronto oigo música en el dormitorio.

Sin duda, mi pequeña se ha despertado.

Subiendo los escalones de dos en dos para verla, llego hasta la puerta y, al abrirla, disfruto del espectáculo que me ofrece.

Ante mí está la versión alocada de mi pequeña, bailando y cantando sobre la cama *Satisfaction* de los Rolling Stones.

Encantado y feliz, la observo mientras ella bailotea, salta sobre el colchón, y siento cómo mi pie derecho se mueve al compás de la música. Pero, de pronto, ella da una vuelta, me ve y se detiene.

Ambos sonreímos y, mirándola, murmuro mientras se baja:

—Me encanta verte así de feliz.

Judith sonríe, me hace saber que esa canción le trae recuerdos, y cuando, curioso, yo pregunto a qué recuerdos se refiere, comienza a nombrar a los que imagino que son sus amigos, y de repente oigo el nombre de ¡Fernando!

Conforme lo dice, le doy un azote y después otro. Ella se ríe. Me hace sonreír a mí, y finalmente murmuro:

—No juegues con fuego, pequeña, o te quemarás.

Nos besamos, adoro besarla, y, por un momento, espero que recuerde qué día es hoy, pero, una de dos, o no lo recuerda, o no quiere recordarlo, y no se lo tengo en cuenta. Yo mismo me he encargado de hacerle saber mil veces que no creo en el día consumista de San Valentín.

Cinco minutos después, tras pasar a escondidas por el cuarto trastero de Judith para coger una cosa que ella guarda allí, me voy a trabajar; tengo muchas cosas que hacer.

★ ★ ★

Una vez en Müller, tengo una reunión con la junta directiva. Durante un rato debatimos lo ocurrido en Londres, y se barajan los nombres de otros empleados de la época de mi padre para que sigan el mismo camino que los que ya no están.

Asiento, sin duda eso es lo más recomendable, no obstante, quiero darles un voto de confianza a esos hombres que siguen conmigo y que aún no han causado problemas. Creo que es lo mínimo que puedo hacer.

A las once y media le mando un mensaje a Judith. Quiero saber qué hace, y me indica que está esperando a Frida, que comerán juntas en casa.

¡Eso me gusta!

A las doce recibo una llamada y me alegro al oír la voz de Henry, el amigo de Norbert de la protectora. Éste me dice que *Susto*, el chucho que se llevó de la puerta de mi casa, sigue en la protectora de animales, y quedo en pasarme sobre las dos y media por allí.

En cuanto cuelgo me quedo mirando una foto de Jud que tengo sobre mi mesa.

¿De verdad estoy dispuesto a tener un perro en mi parcela?

Sorprendido, sonrío. Está más que claro que Judith está consiguiendo lo inimaginable.

A las dos, me despido de mi secretaria y me voy. He de ir a la protectora.

★ ★ ★

El lugar, que está a las afueras de Múnich, es, como poco, deprimente. Tras bajar del coche, miro a mi alrededor. Todavía no entiendo bien por qué estoy aquí, pero sin querer pensarlo más para no echarme atrás, decido entrar.

En el interior, oigo cientos de ladridos. Estoy mirando a mi alrededor cuando una chica joven se dirige a mí:

—¿Qué desea?

—Busco a Henry. He quedado con él aquí a las dos y media.

—¿El señor Zimmerman?

Asiento; ella sonríe, se aleja y, segundos después, el tal Henry, un hombre de la edad de Norbert, sale y, sonriendo, me indica:

—Pase..., señor Zimmerman. Pase por aquí a mi despacho.

Evitando tocar las paredes ni nada de aquel sitio, lo sigo y entramos en un pequeño cuarto que él ha llamado *despacho*. Nos sentamos y, mirándome, dice:

—He hablado con Norbert y me ha dicho que quiere usted adoptar al galgo que me llevé hace unos días de la puerta de su casa; ¿es así?

Con seguridad, asiento.

—Así es. Quiero llevarme a ese perro a casa.

—¿Por qué? ¿Por qué lo quiere si hizo que me lo llevara?

Yo lo miro y, con sinceridad, señalo:

—Porque mi mujer adora a ese perro y yo quiero verla feliz.

—Un animal no es un capricho, señor Zimmerman. Y si le digo esto es porque estoy harto de que algunos irresponsables regalen animalitos y, cuando sus dueños se cansan de ellos o éstos crecen, los abandonan a su suerte.

Intuyo que siente que los animales y yo no somos amigos íntimos y, dispuesto a hacerle ver que el bichejo estará muy bien cuidado en mi casa, saco de mi bolsillo la bufanda multicolor que *Susto* solía llevar al cuello y añado:

—Mi mujer se llama Judith, y le aseguro que antes me abandona a mí que a él. —Henry sonríe, y prosigo—: Ella conoció antes que yo a *Susto*, lo cuidó y...

—¡¿*Susto*?!

Al ver la expresión del hombre, sonrío.

—Judith le puso el nombre y, como le he dicho, ¡lo adora! —explico. Él sonríe, y yo añado, pues necesito llevarme al perro conmigo—: En mi casa tengo un enorme jardín donde *Susto* puede vivir y, conociendo a mi mujer, sé que lo mimará y lo hará plenamente feliz.

Durante un rato ambos hablamos de animales o, mejor dicho, él habla de animales, mientras soy consciente de que, al igual que Judith, el hombre tiene una perspectiva diferente de la mía al respecto. Henry, como ella, piensa que los animales, además de dejar huellas en la ropa y en el suelo, las dejan en el corazón para siempre.

Según él, los perros no hablan, pero acompañan mejor que nadie en el silencio. Dan todo su amor sin pedir nada a cambio, y quien ha tenido uno alguna vez en su vida ya no entiende la vida sin ellos.

Todo eso es nuevo para mí. Nunca me he dado la oportunidad de conocer a un animal, y quizá haya llegado el momento.

Me cuenta el trabajo que realizan en la protectora gracias a los donativos de la gente anónima y decido colaborar. Quiero que sus instalaciones sean mejores, y Henry, emocionado, me mira al saber que yo, Eric Zimmerman, aportaré cada mes una cantidad. Sin duda, a mi pequeña le gustará.

Después de un rato hablando, el hombre y yo vamos hasta un sitio lleno de jaulas con perros.

¡Qué escandalosos son!

Al llegar frente a una, me agacho para mirar y veo al animal que mi mujer llama *Susto*. Está tumbado. Me observa, no se mueve, pero mueve el rabo.

—Lo reconoce y se alegra de su visita —afirma Henry.

Sorprendido, miro al animal.

No sé por qué se alegra de verme, la verdad. Siempre lo he tratado con dureza e indiferencia, pero, dispuesto a que eso cambie, saco la bufanda de colores de mi bolsillo y se la enseño. Nada más verla, *Susto* se levanta. Luego me mira con sus ojos redondos y el movimiento de su rabo se acelera, momento en el que Henry cuchichea:

—Esa bufanda ha de traerle muy buenos recuerdos. ¿Ha visto qué contento se ha puesto?

Asiento. Él abre entonces la perrera, yo me echo hacia atrás y _Susto_ sale con cuidado. Nos miramos. Me olisquea y se sienta ante mí.

Sus ojos, esos ojos saltones que nunca he mirado como los estoy mirando ahora, me muestran su gran nobleza. Entonces me agacho para estar a su altura y, por primera vez en mi vida, lo toco y me sorprendo al sentir su suave pelaje.

El animal me mira, acerca el hocico a mi cara, pero le ordeno con voz autoritaria:

—No, _Susto_. No me chupes.

El animal me mira con las orejas hacia atrás. Creo que lo he asustado. Intuyo que mi voz seca y dura lo acobarda y, suavizándola, murmuro:

—Hola, chico. Perdóname por haber sido tan idiota.

Según digo eso, la lengua sonrosada del animal me cruza la cara. ¡Joderrr!

Muerto de asco, me limpio y cuchicheo:

—Vale. Me doy por perdonado.

Henry se ríe, y yo, con cuidado, le anudo la bufanda a su larguirucho cuello y, mirándolo, afirmo:

—Prepárate porque, cuando te vea Judith, creo que no va a dejar de abrazarte.

Susto mira hacia atrás.

Henry me dice que tengo que pasar por la oficina para rellenar ciertos papeles, y entonces, de pronto, el animal vuelve a meterse en la jaula y se tumba. Sorprendido, lo miro.

—Vamos, _Susto_..., ¡vamos a casa!

Pero él no se mueve. Sólo me mira con su bufanda puesta y, de pronto, coge algo del suelo con la boca, se levanta de nuevo y sale de la perrera. Con curiosidad, lo miro, y Henry me explica con una sonrisa:

—No quiere irse sin su cachorro. Hace unos días lo metimos en la jaula con él. Al parecer, lo encontraron junto a sus hermanos, todos ellos muertos en la basura. En un principio pensamos que éste también moriría, pero _Susto_ ha cuidado muy bien del pequeñín y ha salido adelante.

Sorprendido, vuelvo a agacharme para mirarlo y, con curiosidad, veo una pequeña bola de pelo blanca. Henry coge al cachorrillo de la boca de *Susto* y el animal va tras él. Sin quitarle ojo al perrillo, el galgo se mueve intranquilo, y Henry indica:

—Está visto que *Susto* es un buen padre y vela por la seguridad de su cachorrillo. Pero no se preocupe, llévese sólo a *Susto*; con un poco de suerte, a este pequeño podremos encontrarle un hogar.

Sorprendido, observo cómo *Susto* sigue a Henry angustiado y, cuando el hombre mete al cachorro en otra jaula, el galgo se tumba frente a ella. De ahí no se mueve.

Durante un rato intentamos que *Susto* se venga con nosotros, pero se niega. No se mueve de delante de la jaula donde han metido al cachorro, y lo entiendo. Se ha ocupado de ese pequeño y ahora no quiere dejarlo solo. Me identifico con él: yo nunca dejaría a Flyn.

Entonces, al ver cómo me mira, sé lo que tengo que hacer y, dirigiéndome a Henry, digo:

—Rellenaré los papeles para *Susto* y el cachorro.

—¿Se lleva a los dos?

Tocando la cabeza de *Susto*, que parece entenderme, asiento y, mirando al animal, le pregunto:

—¿Te parece bien que se venga con nosotros a casa?

De pronto, *Susto* se levanta y hace una cabriola en el aire. Está contento, y yo, sorprendido porque el animal me entienda tan maravillosamente bien. Acto seguido, miro a Henry y comento:

—Ya lo ha visto, ¡me llevo a los dos!

Media hora después, tras haber rellenado los papeles y pagar la cantidad que me han indicado, abro la puerta de atrás de mi impoluto coche y, mirando a *Susto*, murmuro al ver mi abrigo lleno de pelos:

—Por favor, intenta manchar lo mínimo.

De un salto, el animal se sube al asiento trasero, y yo, dejando a la bola blanca a su lado, que sigue durmiendo, susurro:

—Vamos a casa.

Estoy nervioso. En mi coche llevo dos animales que van a formar parte de mi familia y todavía no me lo puedo creer.

¿Me habré vuelto loco?

Con una sonrisa, miro hacia atrás más veces de las que debería, y en todas las ocasiones los ojos de *Susto* me miran, y hasta parece sonreír. Está feliz, y siento que yo también.

★ ★ ★

Una vez en casa, con la complicidad de Norbert y Simona, llevo al galgo y al cachorro hasta la cocina.

Simona se vuelve loca de contenta al ver al animal y sonríe como pocas veces la he visto.

—Ay, señor..., ¡no se arrepentirá! ¡Qué felicidad! ¡Qué felicidad! —exclama.

Suspiro. Espero no arrepentirme, y, sonriendo, indico:

—Quédatelos aquí hasta que yo venga con Judith, ¿de acuerdo?

Simona, que adora a *Susto*, ya lo está besuqueando mientras le da jamón cocido, que éste come con auténtico delirio.

¡No sabe nada, el bichejo!

Tras pasarme un cepillo por el abrigo azul y el traje oscuro para quitarme los pelos de los animales, recojo el ramo de rosas rojas que le he encargado a Norbert y me acerco hasta el cuarto de los trastos de Judith. Allí, abro la puerta.

Como siempre, me la encuentro sentada en el suelo con su portátil, mientras habla por Facebook con las amigas que ha conocido a través del grupo de las Guerreras Maxwell. Contento de verla sabiendo la sorpresa que tengo para ella, la miro y le pregunto:

—¿Por qué no te sientas en una silla?

Ella sonríe y me indica que le encanta estar en el suelo, y yo, encantado, me agacho y la beso. Después le doy la mano y, cuando se levanta, pongo frente a ella el precioso ramo de rosas rojas.

—Feliz día de los enamorados, pequeña.

Boquiabierta, y con su cara multicolor, me mira.

Creo que no se esperaba que me acordara del día y, cuando veo la culpabilidad en su rostro por no haberme felicitado ni comprado nada, rápidamente indico:

—Mi mejor regalo eres tú, morenita. No necesito nada más.

Me besa, me regala su pasión, y, sacando un paquete de chicles de su bolsillo, me lo muestra y ambos reímos. Con una mirada que me vuelve loco, abre un chicle de fresa, me lo mete en la boca y, divertido por lo que eso representa para nosotros, pregunto:

—¿Ahora te van a salir los ronchones y la cabeza va a empezar a darte vueltas como a la niña de *El exorcista*?

A continuación, reímos y nos besamos, nos devoramos.

Luego Judith me cuenta qué tal ha ido su comida con Frida y me habla de cierta fiesta que se va a organizar esta noche en el Nacht. Yo la miro sorprendido y, entre risas, le indico que, por el colorido de su rostro, es mejor no ir. Reímos de nuevo, y entonces ella me pregunta si alguna vez he hecho un *boybang*.

Al ver que espera una respuesta, asiento.

—Sí.

En mi vida he hecho muchas cosas en lo que a sexo se refiere.

—¡Hala, qué fuerte! —cuchichea ella.

Me río, no lo puedo remediar, e indico:

—Cariño, llevo más de catorce años practicando un tipo de sexo que para ti, de momento, es una novedad. He hecho muchas cosas, y te aseguro que algunas de ellas nunca querré que las hagas. —Ella me mira, y añado—: Sado.

Judith niega con la cabeza. Sé que eso no le hace gracia.

—¿Qué piensas de los *gangbang*? —pregunta entonces.

Sonrío.

Pero ¿de qué han hablado Frida y ella durante la comida?

La miro. Espera una respuesta y, seguro de lo que digo, porque así lo siento, respondo:

—Demasiados hombres entre tú y yo. Preferiría que no lo propusieras.

Sigue mirándome. Creo que va a continuar preguntando sobre ello, así que yo, para cambiar de tema, digo, deseoso de enseñarle su sorpresa:

—Tengo sed. ¿Quieres beber algo?

Al fin consigo sacarla de su desastrosa habitación. Ella mira encantada su ramo de rosas rojas, y entonces abro la puerta de la cocina y el rostro de mi amor se transforma y la oigo susurrar con emoción:

—¡*Susto!*

El animal arranca a correr de pronto hacia ella —¡la va a tirar!— y, como puedo, lo paro.

A su manera, el perro demuestra su felicidad mientras salta frente a nosotros, se restriega y un sonido lastimero sale de su garganta. Está llorando de felicidad.

Judith está feliz. *Susto* está feliz. ¿Qué más puedo pedir?

Veo a la mujer de mi vida abrazar a ese animal con todo su amor mientras le dice cosas bonitas y, cuando nuestras miradas se encuentran, ella lo suelta, se levanta y, abrazándome, murmura en español para que Simona no la entienda:

—¡Ni *gangbang* ni leches! Eres lo más bonito que ha parido tu madre, y te juro que me casaba contigo ahora mismo con los ojos cerrados.

Feliz, la miro...

Feliz, la beso...

Feliz, la...

Y, atontado por la cantidad de cosas bonitas que esta mujer me hace sentir, afirmo:

—Lo más bonito eres tú. Y, cuando quieras..., nos casamos.

Ella me mira. Se ríe.

Sé que las bodas no son lo mío, y menos lo suyo. Se lo toma a cachondeo. Yo no.

Susto, que está enloquecido de felicidad, da un salto para llamar la atención de Jud, pero lo paro y, dirigiéndome a ella, digo:

—Como verás, le he puesto la bufanda que le hiciste. Por cierto, está tremendamente afónico.

Judith me besa, sonríe y cuchichea:

—¡Aisss, que te como, Iceman!

De nuevo nos besamos aunque, de pronto, ella se fija en lo que sujeta una sonriente Simona entre las manos y pregunta:

—¿Y esta preciosidad?

Sin soltarla ni querer que ese momento tan feliz acabe, nos acercamos a Simona e indico:

—Estaba en la misma jaula que *Susto*. Por lo visto, es el único de su camada que ha sobrevivido, y debe de tener como mes y medio, según me han dicho. *Susto* no se quería venir conmigo si no me llevaba a este pequeño también. Tenías que haberle visto, cómo lo agarró con la boca y salió de la jaula cuando lo llamé.

Jud me mira y siento que está orgullosa de mí; entonces Simona dice:

—Es usted muy humano, señor.

—Es el mejor —afirma Judith. Y, dirigiéndose a *Susto*, añade—: Y tú, un padrazo.

Durante un rato hablamos de los perros y Simona se va en busca de Norbert. Una vez que nos quedamos solos, Jud suelta al cachorrillo en el suelo y, mientras yo sujeto al galgo para que no la tire, pregunto:

—¿Te gustan tus regalos?

Me hace saber que sí, me dice cosas preciosas, pero cuando me sugiere que los animales vivan dentro de la casa, la cosa cambia. Y, cuando segundos después el cachorro se mea en el suelo de la cocina, comienzo a dudar si he hecho bien al traerlo. Entonces Judith me mira con su preciosa cara multicolor y comenta:

—Que sepas que acabas de aumentar la familia. Ya somos cinco.

Lo que ha dicho me gusta, me complace, pero ¡el perro se ha meado en la cocina!

Jud sonríe. No para de sonreír al ver mi gesto mirando la meada. A continuación, cogiendo al cachorro, me tiende la mano y dice:

—Vamos, Eric. Démosle la sorpresa a Flyn.

Al oír eso, me tenso. Mi sobrino tampoco es muy amante de los animales, e indico:

—¿*Susto* no le dará miedo?

Judith niega con la cabeza y, dispuesto a darle una oportunidad, me dejo guiar hasta la habitación de juegos de Flyn. En cuanto llegamos permito que Judith abra la puerta y, cuando el animal entra, oigo la voz de mi sobrino, que grita:

—¡*Susto*!

Y se apresura a abrazarlo.

¡Vaya, pero ¿no le daban miedo los perros?!

Susto se tira al suelo y se pone panza arriba y mi sobrino le hace cosquillas.

¡Qué momento tan encantador!

Disfruto de la sonrisa de Flyn, de la de Judith, y entonces éste, mirándome, pregunta al ver lo que tiene Jud en las manos.

—Y éste, ¿quién es?

Rápidamente le explico lo mismo que le he explicado a mi chica y, cuando ella deja al cachorro en las manos de Flyn, dice:

—Este pequeñín será tu superamigo y tu supermascota. Por lo tanto, el nombre se lo tienes que poner tú.

El niño me mira. Está atónito porque yo haya accedido a meter animales en casa y, sorprendiéndome, de pronto suelta:

—Se llamará *Calamar*.

¿*Calamar*?

¿Qué clase de nombre es ése?

Pero, al ver cómo él y Judith se miran y se chocan la mano, intuyo con más fuerza que entre ellos ha pasado algo que no me han contado, pero que quiero saber.

Divertidos, nos reímos y, mientras Flyn le hace cosquillas a *Susto* en la barriga y sostiene a *Calamar*, yo beso a la mujer de mi vida en el cuello y susurro feliz:

—Cuando quieras, ya sabes..., me caso contigo.

57

La llegada de los perros causa un revuelo en la casa que en ocasiones creo que me va a volver loco. Tenemos un enorme jardín por el que pueden campar a sus anchas como animales que son, pero *Susto* y *Calamar* corretean todo el tiempo por la casa y, lo que es peor, odio encontrarme las sorpresitas del cachorro por todas partes.

¡Qué perro más cagón!

Pero igual que digo que me gustan y me enfadan las meaditas o las cagaditas de *Calamar*, también he de reconocer que su presencia nos llena de felicidad a todos y, cuando digo *a todos*, me incluyo también a mí.

En cuanto llego a casa, los perros me siguen, y es que parece ser que ¡les gusto! Incluso todas las mañanas antes de que me vaya a trabajar, *Susto* ha cogido la costumbre de traerme un palo para que se lo lance, y yo, complacido, lo hago y disfruto de ese momento tan especial entre nosotros.

Nunca imaginé que unos animales pudieran llenarme tanto el alma y el corazón.

Ahora entiendo los lloros de Judith cuando murió *Curro* o cuando, por mi cabezonería, hice que se llevaran a *Susto*. Fui cruel y, como bien me dijo Henry, cuando has compartido tu vida con un animalito, ya no puedes vivir sin hacerlo.

Durante esos días observo a Judith y a Flyn. No sé qué ha ocurrido entre ellos, pero ahora veo una camaradería entre ambos que antes no existía. Les pregunto mil veces a los dos por separado, pero ninguno me cuenta la verdad. Sólo me dicen que ahora se entienden bien y que les gusta la compañía del otro.

Dexter me llama por teléfono. Está en Alemania y quedamos en vernos él, Björn, Andrés y yo para cenar juntos. Nos gustan nuestras cenas de «machitos huevones», como dice Dexter, y decido quedar con él a solas otro día para presentarle a Judith.

Cenamos en el restaurante del padre de Björn y, durante horas, los cuatro hablamos de nuestras cosas, hasta que finalmente Dexter y Björn se mofan de Andrés y de mí por tener a una mujer esperándonos en casa.

Según ellos, la vida es muy corta para centrarte tan sólo en una habiendo muchas; según Andrés y yo, la vida con esa una es mejor que con muchas.

Nosotros los escuchamos divertidos. Y es que hay ciertas cosas que, hasta que las sientes, no las entiendes, y si no, que me lo digan a mí, que no entendía lo que Andrés decía y ahora lo comprendo perfectamente.

Esa noche, tras muchas risas, Björn y Dexter se van a disfrutar un ratito al Sensations, mientras que Andrés y yo regresamos felices a nuestros hogares con nuestras familias.

★ ★ ★

En el trabajo, las cosas parecen ir como una seda. Desde que despedimos a los empleados que causaban problemas, todo se ha relajado y Müller está en pleno funcionamiento.

Uno de los días, Andrés me llama para vernos. Al parecer, teníamos un partido de baloncesto esa tarde y yo lo había olvidado.

Rápidamente llamo a Judith. Le pido que me traiga mi bolsa de deporte al polideportivo a cierta hora y ella acepta.

Estoy esperando con paciencia a mi mujer apoyado en mi coche cuando un taxi aparece. Me acerco al vehículo, pago la carrera y, tras darle un beso a Jud y decirle que está preciosa con esos vaqueros y esas botas altas negras, nos dirigimos a los vestuarios.

Una vez allí, nos damos un beso y ella se marcha hacia las gradas, donde está también Frida.

Cuando entro en el vestuario, Björn me mira y pregunta guasón:

—¿Ya ha llegado *tu* pequeña?

Al oírlo, sonrío, asiento, y se mofa:

—Judith te ha sorbido el seso.

—¡No digas tonterías! —Río mientras me quito la sudadera.

Björn y Andrés se ríen de mí.

Afirman que Judith está reblandeciendo mi corazón y, cuando voy a protestar, Andrés señala, dirigiéndose a Björn:

—Y tú no te rías tanto, que cuando llegue tu mujer... caerás como un tonto.

Suelto una carcajada.

Björn nos mira a los dos y luego, con chulería, afirma:

—Siento deciros que eso no va a pasar. Me gustan demasiado las mujeres para quedarme sólo con una como habéis hecho vosotros.

Andrés y yo nos miramos, nos reímos, y a continuación indico:

—Torres más altas han caído, y, si no, ¡mírame a mí!

—Por cierto, he quedado con Dexter tras el partido —cuchichea Andrés—. Frida, él y yo vamos a pasarlo bien en su hotel.

Ahora somos los tres los que reímos y, entre empujones y como si fuéramos críos, salimos a la cancha dispuestos a disfrutar del partido, aunque esta vez perdemos por tres puntos.

¡No siempre se puede ganar!

En las duchas, Andrés recibe una llamada y, en cuanto cuelga, murmura:

—Mierda. He de anular la cita con Dexter.

—¿Por qué?

Entonces me cuenta algo de una reunión acerca de un trabajo que le interesa y, cuando terminamos de vestirnos, susurro:

—Espero que consigas ese trabajo que tanto deseas, aunque eso signifique tener que marcharte de Múnich.

Mi amigo choca la mano con la mía. Sabe que se lo digo de corazón.

En cuanto salimos de los vestuarios, Andrés le indica a Frida que no pueden ir a su cita con Dexter. Ella suspira, y Judith, al oírnos quiere saber:

—¿Quién es Dexter?

Frida le cuenta que es un amigo del grupo que vive México y, bajando la voz, musita que es un experto jugador. Según oigo que dice eso, Jud me mira y, pestañeando, pregunta:

—¿Por qué no vamos nosotros a esa cita?

Björn, Andrés y Frida me miran. Todos sonríen, y Judith insiste:

—Me apetece jugar. Venga..., vamos.

La miro. Me encanta su gesto lleno de deseo, pero indico:

—Jud, no sé si el juego de Dexter te va a gustar.

Ella se interesa por si le va el sado. ¡Qué perra tiene con el sado!

Frida, como experta jugadora, le explica un poco por encima que Dexter es dominante, exigente, morboso e insaciable, y ella asiente, momento en el que insisto en ir a casa, pero al final se pone tan pesada que claudico y vamos a ver a Dexter.

Cuando llegamos al hotel donde nos espera y bajamos del vehículo, hace frío. Me apresuro a cerrar el coche, agarro a mi mujer de la mano y caminamos al interior. En recepción, preguntamos por la habitación del señor Dexter Ramírez, y lo llaman por teléfono.

En el ascensor, noto a Judith nerviosa, expectante. Lo poco que ha oído decir de Dexter ha llamado su atención, y suspiro. Sólo espero que le guste.

Una vez frente a la habitación, llamo con los nudillos y oigo la voz de mi amigo que dice:

—Eric, pasa.

Entramos en la amplia habitación con salón y, cuando veo que Judith mira la enorme cama del fondo, me acerco a ella y le pregunto:

—¿Excitada?

La excitación ya está escrita en sus ojos, y de pronto oigo:

—Eric, ¡cuate! ¿Cómo estás?

Sonrío al ver a mi amigo, y entonces me percato de la sorpresa de Judith al encontrarse con un tipo sentado en una silla de ruedas. Eso no se lo esperaba. Contento de volver a ver a Dexter, choco la mano con la suya, y éste dice mirándola:

—Y tú debes de ser Judith, la diosa que tiene a mi amigo atontado, por no decir enamorado, ¿verdad?

Mi chica sonríe y, sorprendiéndome, suelta:

—Exacto. Y que conste que me encanta tenerlo atontado y enamorado.

Dexter me mira, me guiña un ojo con complicidad y, cogiendo la mano de mi chica, susurra:

—Diosa, soy Dexter, un mexicano que cae rendido a tus pies.

Complacido, observo que mi amigo y Judith se caen bien. Eso me gusta.

Instantes después preparamos algo de beber mientras Dexter me hace saber que le gustan las botas altas que lleva Judith. Ella sonríe y, tras besarle el cuello, yo la miro y pido:

—Cariño, desnúdate.

Ella me mira sorprendida. No esperaba que dijera eso, pero, sin amilanarse, lo hace, se desnuda mientras Dexter y yo la observamos. Cuando acaba, mi amigo murmura:

—Quiero que te pongas las botas de nuevo.

Judith vuelve a mirarme, yo asiento con la mirada, y entonces contemplamos cómo, con sensualidad, vuelve a calzarse las preciosas botas negras que le llegan hasta los muslos.

¡Excitante!

Dexter le pide entonces que camine hasta el fondo de la habitación, quiere observarla. Él se percata del tatuaje que lleva en el pubis, y murmura:

—Bonito tatuaje. Como decimos en mi país, ¡muy padre!

Yo asiento encantado, observo a mi mujer y afirmo, tras dar un trago a mi whisky:

—Maravilloso.

Instantes después, el morbo nos vence. Llevo a Jud hasta la cama y, tras hacer que se ponga a cuatro patas y abrirle las piernas, exijo:

—No te muevas.

Sé que mi exigencia la excita; Dexter se acerca a ella y le toca la cara interna de los muslos y finalmente hace eso que tanto le gusta y le da un azote en el trasero, después otro, y otro... y otro...

—Me vuelven loco los traseros enrojecidos.

Eso me hace gracia. No hay nada que le guste más a Dexter que ver un culo bien rojito por los azotes.

—Siéntate en la cama y mírame —le pide a continuación.

Judith obedece, lo observa, y él, sin filtros, le explica:

—Diosa..., mi aparatito no funciona, pero me excito y disfruto tocando, ordenando y mirando. Eric sabe lo que me gusta. Soy un poco mandón, pero espero que los tres lo pasemos bien, aunque ya me ha advertido tu novio que tu boca es sólo suya.

Judith asiente y, a continuación, pregunta sorprendiéndome:

—Eric sabe lo que te gusta, pero yo quiero saber cómo te gustan las mujeres.

¡Vaya...!

No esperaba eso por parte de mi mujer, y eso hace que mi pene lata con mayor fuerza, y más cuando oigo que Dexter responde:

—Calientes y morbosas —y, mirándome, pregunta—: Eric, ¿tu mujer es así?

Enamorado, atontado, caliente y excitado por lo que Judith me hace sentir, afirmo:

—Sí, lo es.

Jud sonríe, se contonea para nosotros y, metida de lleno en el juego, mira a mi amigo y pregunta:

—¿Qué es lo que deseas de mí, Dexter?

Él sonríe.

—Quiero tocarte, atarte, chuparte y masturbarte. Dirigiré los juegos, os pediré posturas y lo pasaré chévere viendo lo que hacéis. ¿Estás dispuesta?

El gesto acalorado de Judith me hace saber su respuesta antes de que diga:

—Sí.

A partir de ese instante, el morbo y la lujuria se instalan en nosotros. Dexter abre una bolsa que contiene varios juguetitos sexuales y, una vez que Judith le entrega sus pechos, él le pone unos *clamps*.

Noto que a ella le gustan las pinzas que sujetan sus pechos, y más cuando Dexter tira de la cadenita y varios jadeos escapan de sus tentadores labios.

¡Delirio...!

Con osadía, ato las manos de mi mujer al cabecero y, posteriormente, y con su consentimiento, sus tobillos a cada lado de la cama. La dejo vulnerable, expuesta y abierta de piernas para nosotros.

Dexter, encantado, tira de la cadenita que está enganchada a sus pezones y ella gime, jadea, nos muestra cuánto disfruta con aquello, y mi amigo murmura:

—Eric..., tienes una mujer muy caliente.

La miro..., ella me mira con los ojos vidriosos por la excitación, y afirmo:

—Lo sé.

Jugamos...

Disfrutamos...

Tocamos...

Entonces Dexter, que pasea con delicia uno de los consoladores por la vagina húmeda de Judith, pregunta:

—¿Deseas que te utilice, te use y te disfrute?

Ella se convulsiona. Todo eso la está llevando al delirio, y pide:

—Utilízame, úsame y disfrútame.

¡Joder!

Oírla decir eso hace que todo mi ser desee penetrarla con rudeza y pasión. La tengo ante mí atada por puro placer, ofreciéndonos su cuerpo y pidiendo guerra.

Ansioso de ella, de mi mujer, agarro la cadenita de sus pechos, tiro de la misma y, cuando ella jadea, meto la lengua en su boca y la beso. La beso con morbo, placer y demencia.

Paro, he de parar o juro que no respondo de mí; entonces Dexter acaricia la cara interna de sus temblorosos muslos y, poniendo ante ella un consolador celeste, pide entre dientes:

—Ábrela.

Judith abre la boca, mi amigo introduce el consolador y susurra:

—Chúpalo.

Ella hace lo que le pedimos ambos cuando Dexter mirándome murmura:

—Eric..., quiero que te la chupe a ti.

Complacido, agarro mi dura erección y la llevo a su boca.

¡Oh, Dios, el placer es extremo!

Judith, atada de pies y manos, entregada a nuestros deseos, chupa mi polla y permite que le folle la boca hasta que Dexter dice «¡Stop!» y sé que tengo que parar el juego.

Deseoso de continuar, observo cómo mi amigo unta el consolador con lubricante.

Intuyo lo que quiere y, sin hablar, me siento en la cama y, con las manos, abro la húmeda hendidura de mi mujer. Dexter le introduce el consolador, Judith jadea, me mira, se ofrece, y él exclama:

—¡Qué buena onda!

Estimulado por lo que veo, el olor a sexo toma totalmente mis sentidos, mientras el mexicano mete y saca el consolador del cuerpo de mi mujer y ella tiembla y grita.

Me acaricio el miembro. El hormigueo que siento en él me pide acción, mucha acción, y Dexter susurra:

—Me gusta el olor a sexo. Así..., vamos, diosa, ¡córrete para mí!

Judith chilla con los juegos de él, y yo, que no puedo más, retiro la mano de Dexter, saco el consolador y, metiéndome entre las piernas de mi amor, la oigo gritar.

Dexter sonríe. Le gusta lo que ve y, mientras yo asolo a mi mujer, que me mira entregada al placer, veo que él coge la cadenita que descansa sobre sus pechos y tira de ella. Los pezones de Judith se estiran, y su grito me hace saber lo mucho que le gusta; entonces Dexter exige:

—Diosa, levanta las caderas... Vamos..., recíbelo. Sí..., así.

Su voz...

Los gritos de mi amor...

El momento...

Todo unido me enloquece, me pone a dos mil por hora y, como un animal, me follo a mi mujer, consciente de cuánto le gusta lo que le hago. Judith grita, me mira, exige más. Yo se lo doy hasta que Dexter, tan acalorado como nosotros, también exige:

—Eric..., güey, fuerte..., dale fuerte.

Loco...

Pierdo el control justo en el momento en el que siento que lo pierde Judith, y llegamos al clímax juntos. Siempre juntos.

Agotado, apoyo una mano para no caer sobre ella. Nos miramos. Ella me sonríe y, tras darle un dulce beso en su bonita boca, le desato las manos mientras soy consciente de que Dexter la lava y le desata los tobillos.

Jud me abraza. Yo la beso con todo el amor de que soy capaz, y entonces mi amigo murmura:

—Diosa, eres recaliente. Estoy seguro de que me vas a hacer disfrutar mucho. Ven, levántate.

Suelto a Judith. Siento que ella quiere ponerse en pie, y los observo.

Ella se coloca entonces frente a él y Dexter acerca la boca a su tatuaje. Se lo chupa. Jud jadea y, dispuesto a que el morbo continúe, me coloco detrás de ella y, con las manos, separo los labios de su sexo y se lo ofrezco a mi amigo.

Jud me mira, justo en el momento en que Dexter le roza el clítoris con la lengua y ella gime. Instantes después, sin necesidad de decirle nada, ella vuelve a ofrecerse y, subiéndose a los hombros de mi amigo, deja caer la vagina en su boca y Dexter la paladea al tiempo que yo la sujeto y oigo cómo él le da azotitos en las nalgas.

Los jadeos de Judith y los chupetones de Dexter resuenan en la habitación mientras los observo. Frente a mí tengo a uno de mis mejores amigos, sediento de la vagina de mi mujer, y a ella dándole de beber. El espectáculo es morboso, sugerente, provocador.

Jugamos.

Jugamos de mil maneras, y yo disfruto. Disfruto como un loco, y más viendo cómo disfruta mi mujer.

Dexter introduce entonces la joya anal en su ya enrojecido trasero y, posteriormente, entre los dos, la hacemos nuestra por turnos. Unos turnos ardientes y demoledores.

Sudorosos.

Estamos sudorosos, y le propongo a Judith que nos demos una ducha. Ella acepta.

Una vez solos, la beso, la mimo, y le pregunto:

—¿Todo bien, pequeña?

Ella me mira y asiente.

Nunca haría nada que ella no quisiera y, mientras nos duchamos, contesto a sus preguntas acerca de por qué Dexter está en una silla de ruedas. Afligido, le cuento que fue un accidente a raíz de su afición por el parapente, y siento que eso la apena.

Pero, sin ganas de enturbiar el provocador momento, vuelvo a introducir la joya anal en el trasero de mi amor y ella sonríe. Quiere jugar más.

En cuanto salimos del baño, Dexter sigue donde lo dejamos, y Judith se acerca a él y murmura:

—Ahora me vas a *coger* tú, Dexter.

Sonrío. En México, *coger* significa «follar», y Dexter se sorprende.

Pero Judith me explica lo que quiere hacer para que la ayude y, sin dudarlo, accedo. Sentamos a Dexter en una silla sin brazos y le colocamos un vibrador con arnés atado a la cintura. Al ver eso, él se ríe, se mofa, y terminamos todos riendo por sus bromas cuando, mirando el pene erecto del arnés, exclama:

—¡Dios, cuánto tiempo sin verme así!

Judith me besa.

Me pide que le separe las nalgas de su bonito trasero para que Dexter vea la joya anal, y lo hago. Según lo hago, mi amigo se calla. No lo oigo hablar, y lo noto mover la joya al ver los movimientos de mi mujer.

Complacidos, ella y yo nos miramos. La beso e, incapaz de no caer a sus pies, murmuro:

—Me vuelves loco, cariño.

Instantes después, Jud está sentada sobre Dexter. Él le separa las piernas y me la ofrece. Azuzado por el deseo, me agacho y jugueteo con la caliente y húmeda vagina de mi mujer mientras ella grita de placer:

—¡Sí... Ahí... Sigue... Sigue... Más...! ¡Oh, sí!... ¡Me gusta... Sí... Sí...!

Enloquecido, agarro sus muslos e introduzco la lengua en ella. Muerdo su clítoris, lo succiono, juego con él, mientras ella nos hace saber lo caliente y dispuesta que está.

Pero la impaciencia me puede y, arrancándosela a mi amigo de los brazos, la hago mía de una sola estocada. Rudo y varonil, me hundo en ella mientras Judith me mira a los ojos y me incita a que lo haga una y otra y otra vez.

Agitado por ello, ejerzo de empotrador, de eso que tanto le gusta a mi mujer, y ella sonríe mientras yo me la follo. Me la follo como me exige, como le gusta, como me pide, mientras disfruto hasta que nos corremos los dos.

Sudoroso de nuevo, suelto a Judith en el suelo y entonces veo que ella se acerca a un acalorado Dexter y, mirándolo a los ojos, murmura:

—Ahora tú.

Él me mira.

Yo miro a Jud y observo que se sienta a horcajadas sobre él, se introduce poco a poco el pene del arnés y, tras pulsar un botón del mando a distancia, éste comienza a vibrar en su interior. A continuación, le da el mando a Dexter, que sonríe.

Las piernas me tiemblan. Soy incapaz de entender la vitalidad de Judith, y me siento en la cama a observarlos mientras mi mujer arquea las caderas, las ondula una y otra vez sobre Dexter en busca de un placer que no sé si él obtendrá.

No obstante, curiosamente, percibo que eso está siendo distinto para Dexter.

Ver su expresión, cómo se mueve y coge a Judith por la cintura, me hace ver, sentir y vivir algo que apuesto a que mi amigo lleva tiempo sin experimentar.

Los ojos del mexicano se agrandan mientras ella, en su empeño por hacerle sentir algo, mueve las caderas sobre él y Dexter, cada vez con más fuerza, la empala una y otra vez en el pene del arnés.

—Así..., cógeme así... ¡Oh, sí! —grita Judith.

Las palabras de mi mujer lo enloquecen, lo avivan.

Dexter cierra entonces los ojos, tiembla y suelta un gruñido de satisfacción que me llega al alma. Cuando ella finalmente se detiene, mi amigo murmura con una sonrisa:

—¡Diosa! Llevaba tiempo sin disfrutar algo así.

Horas y horas de juego...

Horas y horas de morbo...

Horas y horas de sexo...

La tarde con Dexter se alarga hasta bien entrada la noche y, cuando llegamos a casa y nos vamos directos a la cama, Jud comenta:

—Estoy agotada.

Sonrío. Normal que lo esté.

Pero mi mujer tiene un aguante que me descoloca; la abrazo, la beso en el cuello y, antes de que se duerma, murmuro:

—Te quiero, pequeña..., te adoro.

—Y yo a ti, Iceman..., y yo a ti —la oigo decir.

58

*H*oy no tengo un buen día. Estoy en la oficina y me duele horrores la cabeza.

Me tomo las pastillas que me recetaron y el dolor remite un poco, lo que me da margen para asistir a una reunión, junto a Amanda, que viene de Londres. Desde mi última visita allí, Amanda no ha vuelto a ofrecérseme ni ha comentado nada. Le agradezco el detalle y, cuando termina la reunión, sin prestarme más atención de la normal, se marcha. Ha de coger un vuelo para regresar a Londres.

A las cuatro de la tarde, tras hablar con el padre de Judith para organizar la sorpresa que quiero darle para su cumpleaños, éste me pasa con su hermana.

—Hola, cuñado.

—Hola, Raquel —saludo.

—Aisss..., Eric. Necesito que me ayudes con una cosa, pero debes prometerme que no se lo vas a contar a Judith, o te juro por mi padre que voy a Múnich con su cuchillo jamonero y te hago lonchas...

Suspiro. ¡Cualquiera dice nada ante una amenaza así!

Sin embargo, no me gusta ocultarle nada a Jud y, cuando protesto, Raquel insiste con un hilo de voz:

—Por favor, es importante para mí. Te prometo que yo misma se lo contaré en cuanto esté preparada para hablar de ello.

Lo pienso. Quiero ayudarla, y al final murmuro:

—De acuerdo. No le diré nada. ¿Qué ocurre?

Y, sin más, me suelta que, a pesar de estar embarazada, ha tomado la decisión de separarse de su marido, y luego me pregunta si conozco a algún buen abogado en Madrid. Yo la escucho sin dar crédito. Ella llora, me cuenta que va arañando con su cornamenta todos los techos de la ciudad, y yo intento consolarla.

¡Pobrecita! Con razón me pareció un idiota su marido las veces que lo vi.

Cuando se tranquiliza, le respondo que ahora no recuerdo el nombre de ningún abogado allí, pero le aseguro que la llamaré al día siguiente. Estoy convencido de que Björn conocerá a alguien.

Tras prometerle por enésima vez a Raquel que no le contaré a Judith lo que ocurre para que ésta no se preocupe estando tan lejos, cuelgo. Mi dolor de cabeza regresa de nuevo con fuerza y decido volver a casa. Tumbarme en el sofá con los ojos cerrados me vendrá bien.

En cuanto llego, los primeros en saludarme son *Susto* y *Calamar*. Como siempre, y para no variar, están dentro de la casa y, por cómo esperan ante la puerta de la piscina, me hacen saber que o Judith o Flyn están allí.

Abro la puerta de la piscina interior y me quedo alucinado al ver a Judith y a mi sobrino dentro de ella vestidos de pies a cabeza.

¿Se han vuelto locos?

Pero, lejos de querer enfadarme con ellos, pregunto:

—¿Desde cuándo uno se mete en la piscina con ropa?

Ellos se miran y me explican que ha sido por una apuesta. Aunque luego Flyn acusa a Jud de tramposa. Eso me hace sonreír y, sin entender qué es lo que traman últimamente con tan buena sintonía, me acerco al borde de la piscina y, tras recibir el beso de mi preciosa novia que tanto deseo, pregunto:

—¿Cómo está el agua?

—¡Estupenda! —responden los dos.

Acaricio la morena cabeza de mi sobrino y me dirijo de nuevo hacia la puerta. Pienso en lo que le estoy ocultando a Jud, pero, tras recordar que le he prometido a Raquel que no se lo contaría, indico:

—Poneos un bañador si queréis seguir en el agua.

Ellos ríen, me animan a que yo me ponga otro y me bañe con ellos, pero no. Me duele la cabeza. Sin embargo, miento para que Judith no se alarme y digo:

—Tengo cosas que hacer, Jud.

Cierro la puerta y me voy a mi habitación. Necesito una ducha. Cuando termino, vestido sólo con la toalla, me tiro sobre la cama y cierro los ojos. Este ratito de paz y tranquilidad me viene bien, pero, convencido de que Judith vendrá en mi busca, me visto y bajo a mi despacho.

Allí, contesto emails mientras de fondo suena la música de Norah Jones y el dolor parece remitir por segundos, hasta que de pronto se abre la puerta y entra Jud con *Susto*.

Ella se sienta en mis piernas y, con su vivacidad de siempre, me cuenta lo que ha hecho durante el día, y luego cuchichea que Flyn y *Calamar* se han ido a casa de mi madre, por lo que tenemos la casa para nosotros solos. Yo la escucho satisfecho hasta que, de pronto, ella se interrumpe y pregunta:

—¿Qué te pasa?

Debo mentirle, he de hacerlo, pero, al ver cómo me mira, respondo:

—Me duele la cabeza.

Según digo eso, siento que el mundo se le viene encima.

¡Se preocupa!

Hablo con ella. La tranquilizo y creo que me cree. Al final, decido subir a echarme un rato a nuestra habitación. Lo necesito.

★ ★ ★

No sé cuánto tiempo he dormido, pero, cuando me despierto, tengo la sensación de que es tardísimo. Miro el reloj y, sorprendido, me doy cuenta de que han pasado casi tres horas, ¡tres horas!

Consciente de que Judith debe de estar aburrida en el salón, me lavo la cara y bajo, pero allí no está. Miro en la cocina, en la piscina, en su cuarto de los trastos y no la encuentro en ningún sitio. Al final llamo a Simona y ésta me dice que ha salido a dar una vuelta por el barrio con *Susto*.

Malhumorado, me pongo el abrigo. Pero ¿es que esta mujer está loca?

¿Qué hace a oscuras en la calle y con tanto frío?

Cojo el coche y salgo en su busca, pero no la encuentro. Eso me intranquiliza, hasta que al fondo veo un coche parado y a un perro.

¡Ése es *Susto*!

Cuando me acerco, veo a Judith junto a... a... ¡¿Leonard?!

¿Qué narices hace con ese indeseable?

Sin tiempo que perder, paro mi vehículo y me bajo. *Susto* viene a saludarme, pero yo, con gesto serio, me acerco a Judith, la agarro por la cintura y, tras besarla, digo:

—Estaba preocupado... —y, mirando al hombre que nos observa, saludo sin muchas ganas—: Hola, Leo. ¿Qué tal?

Él nos mira, se ha sorprendido al verme, y, dispuesto a dejarle claritas muchas cosas, indico:

—Veo que has conocido a mi novia.

Leo me mira...

Yo lo miro...

Intercambiamos unas pocas palabras y me entero de que Judith le ha cambiado un fusible a su coche, y me incomodo. No estoy a gusto. Es más, quiero que ese indeseable lo note.

Segundos después, él sube al vehículo y se va.

En silencio, Jud y yo caminamos hacia mi coche mientras comienza a nevar. Cuando montamos, junto a *Susto*, pregunto enfadado:

—¿Qué hacías a solas con Leo?

Ella me da sus explicaciones y, finalmente, me pregunta:

—¿De qué lo conoces?

La miro. Maldigo, y por último siseo:

—Ese imbécil al que le has arreglado el coche es Leo, el que era el novio de Hannah cuando ocurrió todo y el que se deshizo de Flyn sin pensar en él.

Veo que su gesto cambia, y yo, que no tengo mi mejor día y estoy propenso a discutir, con toda mi mala leche insisto:

—Parecías muy a gusto con él.

Según digo eso, sé que debería haberme callado. Pero ¿qué gilipollez acabo de decir?

Judith no entra en mi jodido juego, no quiere, e, intentando sonreír, pregunta:

—¿Estás celoso?

Joder..., joder... ¿Ahora me viene con ésas?

Y, dispuesto a cabrearme más, inquiero con frialdad:

—¿He de estarlo?

Judith sonríe. ¡Le importa un pimiento mi frialdad!

Sin responder, toca un botón del CD del coche. Ve que escucho su música y, mientras la voz de Luis Miguel canta *Sabor a mí*, ella sonríe y yo protesto.

¡Joder! ¿Acaso intenta amansar a alguna fiera?

—¿Estás mejor de tu dolor de cabeza?

Al comprender que se preocupa por mí, suspiro y respondo:

—Sí.

Judith me mira, y entonces, de pronto, dice:

—Baja del coche.

La observo boquiabierto. ¿Quiere que baje del coche con el frío que hace?

Pero insiste. Quiere que salga del coche, y pregunto con voz molesta:

—¿Para qué?

Sin querer entrar en mi ruleta de enfado, ella repite:

—Sal del coche y lo sabrás.

¡Joder, qué pesada!

Molesto, enfadado y cabreado salgo del vehículo y doy un portazo.

Espero que mi reacción le haga entender que no estoy para tonterías, pues, como ella suele decir, hoy no está el horno para bollos.

Una vez fuera, la miro desconfiado. Ella continúa en el interior del vehículo y, de pronto, sube la música a toda mecha, y *Susto* se sobresalta, pega un brinco y sale por la ventana abierta.

Jud baja también del vehículo. Me mira, sonríe y, abrazándome, me pide:

—Baila conmigo.

Escéptico, la miro; pero ¿se ha vuelto loca?

Yo no bailo, y menos en medio de la calle.

Pero Judith insiste. Quiere que baile y, sin un ápice de humor, pregunto:

—¿Aquí?

—Sí.

Joder... Joder..., esta mujer me lleva al límite.

—¿En medio de la calle?

—Sí... —Ella sonríe—. Y bajo la nieve. ¿No te parece romántico?

¡Joder!

Desde luego, cuando quiere cabrearme, sabe hacerlo de lujo.

Está visto que hoy no es mi día. Me suelto de Judith y voy a darme la vuelta, pero ella me tira del brazo y, tras darme un azote en el trasero, exige frunciendo el ceño:

—¡Baila conmigo!

La miro...

No quiero discutir, pero ella me lleva... me lleva derechito a una discusión.

Pienso qué decir, qué hacer frente a esa absurda situación, cuando veo que ella arruga la nariz y sonríe. De pronto, mi enfado se esfuma de un plumazo y soy consciente de que lo está haciendo para relajarme y hacerme olvidar el mal momento que he pasado y, dejándome llevar, la abrazo.

Como ella dice, este instante bajo la nieve tiene su punto mágico, y finalmente sonrío y bailo con ella mientras ese cantante que tanto le gusta a mi mujer dice eso de: «Pasarán más de mil años..., muchos más...».

Al fin relajado, disfruto de su olor, de su abrazo, de su presencia; entonces, mirándome, Jud cuchichea:

—Tiene su puntillo verte celoso, cariño, pero no has de estarlo. Para mí, eres único e irrepetible.

Única e irrepetible es ella.

Todavía no sé cómo un tío soso y aburrido como yo puede haber atraído a una mujer como Judith y, cuando la oigo decir que me quiere con una de sus preciosas caritas, la beso y murmuro contra sus labios:

—Yo sí que te quiero, cuchufleta.

59

Llega el cumpleaños de mi amor.

Es 4 de marzo, y estoy deseoso de sorprenderla.

Según se levanta por la mañana, su padre y su hermana la llaman por teléfono. Ella se emociona, intenta hacerse la dura, pero yo sé que los añora, los echa mucho de menos.

A través del manos libres, les cuenta que esa noche asistirá a una cena que mi madre ha organizado en su honor en su casa con los amigos, y ellos se alegran por ella.

En cuanto cuelga, mi preciosa pequeña me mira, y soy consciente de que hace esfuerzos por no llorar. Es su primer cumpleaños separada de los suyos y lo siente. Lo sé.

A continuación, bajamos a la cocina y Flyn la sorprende regalándole un bonito colgante de cristal que ha comprado con la ayuda de mi madre. Me gusta su detalle, y más aún el abrazo que se dan.

Yo le regalo una pulsera de oro blanco. A Jud le encanta ese metal precioso, y tendrá todo el que yo pueda darle, pero reconozco que se emociona más todavía cuando le digo que se quite el anillo que lleva puesto y lea lo que pone en su interior.

Ella entonces me mira y lee:

—«Pídeme lo que quieras, ahora y siempre».

Acto seguido, me mira con unos ojos como platos y pregunta con una sonrisa:

—Pero ¿cuándo has puesto esto?

Soy feliz. Verla sonreír así me hace sentir el tipo más suertudo del mundo, e indico:

—Una noche, mientras dormías. Te lo quité. Norbert lo llevó a un joyero amigo mío y, cuando lo trajo al cabo de un par de horas, te lo puse de nuevo. Sabía que no te lo quitarías y no lo verías.

Judith me mira boquiabierta y me abraza. Conociéndola como la conozco, sé que le gustan más este tipo de sorpresas que las materiales y, mientras disfruto de su cálido abrazo, murmuro:

—No lo olvides, pequeña: ahora y siempre.

Tras un día maravilloso en el que intento que mi chica esté feliz, llega el momento de cambiarnos de ropa para ir a casa de mi madre a cenar. Allí estarán Frida, Andrés, Björn, mi hermana y mi madre.

Y, cuando Judith se mete en la ducha, salgo a toda prisa de la habitación, momento en que Norbert entra en casa con Manuel, Raquel y Luz. Ellos están tan emocionados como yo, y Manuel, mirándome, me da un abrazo y dice:

—Gracias por la invitación, muchacho. ¡A mi morenita le va a encantar!

Asiento. Sé cuánto le va a gustar a nuestra morenita, y entonces Raquel me mira y cuchichea mirando a su alrededor:

—¡Qué maravilla de casa tienes, Eric!

Yo la miro y, acercándome a ella, pregunto:

—¿Le vas a decir a Jud lo de tu separación?

Raquel tuerce el gesto y, bajando la voz para que su hija no la oiga, murmura:

—No. No voy a amargarle el cumpleaños. Ya se lo diré.

No estoy muy contento de oír eso. No quiero seguir ocultándoselo a Judith. Y, cuando voy a protestar, la pequeña Luz suelta:

—¡La tita se va a mear en las bragas cuando nos vea!

Oír a esa niña me hace gracia, puesto que imagino a Judith con su mismo descaro cuando era pequeña.

—Esperad junto a Simona en el salón —les indico entonces—. Judith bajará en cuanto se vista.

Acto seguido, subo a toda mecha a la habitación y me meto en la ducha con mi mujer.

★ ★ ★

Tras pasar un rato maravilloso, mientras ella termina de depilarse, darse crema y toda la parafernalia femenina, me visto y bajo de nuevo al salón. Todos estamos nerviosos y deseosos de ver la reacción de Judith.

Media hora después, vuelvo a subir al dormitorio. Al entrar, me encuentro a mi amor vestida con un precioso vestido de gasa negro y el pelo suelto. ¡Está preciosa!

Satisfecho, me acerco a ella, y ésta pregunta:

—¿Qué te parezco?

Calibro la posibilidad de desnudarla y hacerla mía antes de reunirnos con su familia, pero entendiendo que eso retrasaría su encuentro, me contengo y, tras recorrer con mirada lujuriosa a la mujer que adoro, afirmo:

—Sexi. Excitante. Maravillosa.

Mi cumpleañera sonríe, y la abrazo.

Nos besamos, nos tocamos, nos excitamos, pero cuando siento que sus manos intentan desanudarme la pajarita que llevo, solicitando a su empotrador, la separo de mí y murmuro:

—Vamos, morenita. Mi madre nos espera.

Veo que ella se mira el reloj, aún es temprano, e insiste:

—¿Tan pronto vamos a ir a casa de tu madre?

Resoplo. Si no fuera porque nos esperan en el salón, el vestido de gasa negro y mi pajarita ya estarían colgados de la lámpara.

—Mejor pronto que tarde, ¿no crees? —respondo.

Ella me mira sorprendida, sabe que no me van las fiestas, y finalmente dice:

—Dame cinco minutos y bajo.

Contento, desaparezco de la habitación.

¡Menuda sorpresa le voy a dar!

Paso a buscar a Flyn por su cuarto. El crío tampoco sabe nada y, al bajar, ante la cara de sorpresa de mi sobrino al ver a esos extraños en el salón, los aviso de que Jud está a punto de aparecer.

En ese instante, observo a Flyn y soy consciente del modo en que él y la sobrina de Jud se miran. Mal presagio.

Pero todo se me olvida cuando la luz de mi vida abre la puerta del salón y se queda parada. Su gesto se transforma, se lleva la mano a la boca y, emocionada al ver a su familia, se echar a llorar mientras su hermana grita aquello de «¡Cuchufletaaaaaaaaaaaaa!».

Conmovida, Jud abraza a su padre, que va a su encuentro, a su hermana y a su sobrina. Entretanto, yo los contemplo feliz mientras soy consciente de lo de siempre: ¡qué ruidosos son los españoles!

Flyn y yo permanecemos en el sitio. Los observamos y, con complicidad, toco los hombros de mi sobrino, que está excesivamente serio.

Cuando Judith me mira y me sonríe, sé que ése ha sido su mejor regalo. Su familia.

Durante un rato, mi pequeña pregunta y ellos responden. Entre risas, hablan, se comunican, y se emocionan cuando la pequeña Luz suelta:

—¡No veas cómo mola el avión del tito Eric! La azafata me ha dado chocolatinas y batidos de vainilla.

¡¿Soy el tito Eric?!

Boquiabierto, escucho cómo charlan y entonces me doy cuenta de que Judith me quiere a su lado. Por ello, no dudo, me aproximo a ella y le cojo las manos mientras digo:

—Hablé con tu padre y tu hermana... ¿Estás contenta?

Su mirada me hace saber lo feliz que está. Ésa es la felicidad que yo quiero ver en su rostro.

Pero, de pronto, mi sobrino exige:

—¡Quiero ir ya a casa de Sonia!

De inmediato, le pido tranquilidad con la mirada. Somos muchos y debe amoldarse a lo que la mayoría quiera, aunque intuyo que está celoso por no ser él el centro de atención, y con paciencia murmuro:

—Enseguida iremos. Tranquilo.

Molesto, él se sienta entonces en el sofá, dándonos la espalda. Jud me mira y yo me apresuro a quitarle importancia. No deseo que se preocupe por nada, sólo quiero que disfrute de su sorpresa.

Feliz, Judith les muestra la casa y todos se sorprenden y me dicen lo mucho que les gusta. Aunque reconozco que lo que más les asombra es la piscina interior, como le pasó a ella la primera vez que la vio.

Mientras ellos siguen, yo decido regresar al salón con Flyn y, para cambiarle la cara, le propongo jugar con la PlayStation.

Durante la partida, me hace saber que no le gusta Luz, a la que él llama *niña parlanchina*, por lo mucho que habla. Lo regaño. Luz es una niña curiosa y está emocionada por ver a su tía, y como tal tiene que tratarla.

—Las chicas son un rollo, tío.

—No lo son —replico divertido.

Estoy convencido de que, dentro de unos años, su percepción de las chicas cambiará y éstas pasarán de ser un rollo a una loca distracción que me dará más de un problema.

—Son torpes y lloronas —insiste él—. Sólo quieren que les digas cosas bonitas y que las besuquees, ¿no lo ves?

Sonrío, no lo puedo remediar, y de pronto Judith aparece tras la oreja de Flyn y dice:

—Algún día te encantará besuquear a una chica y decirle cosas bonitas, ¡ya lo verás!

Suelto una carcajada al oírla, y mi sobrino, enfadado, sale a toda prisa del salón. Está visto que el tema chicas, de momento, no es su favorito.

Cuando nos quedamos solos, Jud apaga la estridente música del juego, se sienta sobre mis rodillas y, enredando los dedos en mi pelo, me mira y murmura:

—Te voy a besar.

—Perfecto —asiento encantado.

Mi amor me mira, me mira como sabe que me gusta, y añade:

—Te voy a dar un beso ¡explosivo!

Encantado y hechizado por ella, susurro:

—¡Mmmm!, me gusta la idea.

Y, tras decirnos un par de cosas más, me besa. Introduce su maravillosa lengua en mi boca y me da un tentador y emocionante beso. Cuando éste acaba, nos reímos. Yo le hago saber cuánto me ha gustado su beso explosivo, y entonces ella replica:

—¿Tú nunca has oído eso de que cuando la española besa es que besa de verdad?

Me río.

Se lo he oído decir un millón de veces a mi madre y, cuando vamos a volver a besarnos, de pronto aparece mi sobrino frente a nosotros con cara de cabreo y tras él asoma Luz, que pregunta con desparpajo:

—¿Por qué el chino no me habla?

Bueno..., bueno..., bueno..., ¡ya sé por qué a Flyn no le gusta Luz!

Al oír eso, Judith se apresura a levantarse y aclara, dirigiéndose a su sobrina:

—Luz, se llama Flyn. Y no es chino, es alemán.

Yo también me levanto y atiendo a mi sobrino mientras soy consciente de cómo lo mira la niña. Me temo lo peor, y entonces la cría, mirando a su tía, cuchichea:

—Pero si tiene los ojos como los chinos... ¿Tú lo has visto, tita?

El apuro de Judith es tremendo.

No sabe qué decir...

No sabe qué hacer...

Y, dispuesto a echarle una mano para que Flyn vea que me implico, me agacho frente a Luz y le explico:

—Cielo, Flyn nació en Alemania y es alemán. Su papá era coreano y su mamá alemana como yo, y...

—Y si es alemán —me interrumpe ella—, ¿por qué no es rubio como tú?

Flyn resopla, yo suspiro, y Jud dice:

—Te lo acaba de explicar, Luz. Su papá era coreano.

La cría nos mira, creo que nos ha entendido, pero contraataca:

—Y ¿los coreanos son chinos?

Joder..., joder..., con la niña parlanchina de los cojones..., ¡y no se callará!

—No, Luz —responde Judith.

—Y ¿por qué tiene los ojos así? —insiste.

Maldigo el momento en que la niña ha comenzado a preguntar por el tema pero, de pronto, la hermana y el padre de Jud entran en el salón.

Manuel, al ver mi apuro, coge en brazos a la pequeña terrorista de la palabra y nos la quita de encima. ¡Menos mal!

Judith y yo miramos a Flyn. Su incomodidad es tremenda, y cuchichea en alemán para que sólo lo entendamos nosotros:

—Esa niña no me gusta.

Diez minutos después, ya estamos todos montados en mi Mitsubishi y nos dirigimos a casa de mi madre.

Al entrar, ella besuquea a Judith, la felicita y, después, saluda encantada a su familia mientras Flyn se aleja de nosotros. Está claro que huye de la niña.

En la fiestecita, además de los amigos que yo sabía que estarían, está también Trevor, el novio de mi madre. No es que me guste mucho, pero respeto las decisiones de mi madre, como ella respeta las mías. Hace años que llegamos a ese entendimiento.

Observo a mi madre y a Judith cuchichear. ¿De qué estarán hablando? Y, acercándome a ellas, pregunto curioso:

—¿Qué planean las dos mujeres más importantes de mi vida?

Mi madre sonríe. Judith no.

¡Uy..., uy! ¿Qué se cuece aquí?

Finalmente, mi madre me da un beso en la mejilla, después un cachete y luego replica con mofa:

—Conociéndote, cariño, un disgusto para ti.

Descolocado, la observo alejarse. Pero ¿de qué habla?

No comprendo a qué ha venido eso, y miro a Judith en busca de explicaciones. No obstante, ella se rasca el cuello y suelta:

—No entiendo por qué ha dicho eso...

Asiento. Luego ella me cuenta que Frida le ha dicho que hay una fiesta privada en el Nacht, pero yo ya me quedo con la mosca detrás de la oreja.

¿Qué planean mi madre y Judith?

Tras la cena, todos los asistentes le dan a Jud regalos que ella recibe emocionada y agradecida.

★ ★ ★

Esa noche, cuando regresamos a casa y todos se acuestan, mi amor y yo entramos en nuestra habitación y cerramos la puerta.

Jud echa el pestillo. Nos deseamos, y ella me rodea el cuello con los brazos y susurra:

—Pídeme lo que quieras, ahora y siempre.

La beso. La necesito. La deseo y, sin apartar mi boca de la suya, repito:

—Ahora y siempre.

60

Judith no puede estar más feliz.

A diferencia de otros días, se levanta muy temprano. Quiere aprovechar al máximo el tiempo que su familia esté con nosotros en Múnich.

Durante horas, juega con su sobrina Luz en la piscina.

Tanto ella como yo animamos a Flyn a participar, pero él se niega. No quiere tener nada que ver con esa niña tan preguntona.

A mediodía, observo que mi pequeña charla con su hermana. Parecen cuchichear, y me pregunto si Raquel le estará contando nuestro secreto. Pero no, no lo hace, porque Jud, cuando me ve, no dice nada. Eso me molesta.

Después de comer, Judith se pone su plumón rojo y se va con su padre a dar un paseo por el jardín. Desde la ventana los observo caminar junto a *Susto* y *Calamar* sumidos en su conversación, y me gusta verlos sonreír.

A las cinco de la tarde, todos excepto Flyn nos dirigimos al aeropuerto. Manuel, Luz y Raquel regresan a España en mi avión privado, y una vez que el jet echa a rodar hacia la pista de despegue, el rostro de mi pequeña es demoledor.

Tristeza, congoja, desolación, nostalgia...

Su expresión me muestra todo eso y, asiéndola del brazo, la invito con delicadeza a marcharnos.

En silencio, conduzco mientras la voz de su amado Alejandro Sanz suena en el coche. Judith permanece pensativa y, cuando ya no soporto más su silencio, digo, aprovechando que paro en un semáforo:

—Vamos, pequeña, sonríe. Ellos están bien. Tú estás bien. No tienes por qué estar triste.

Me mira, intenta sonreír y, encogiéndose de hombros, contesta:

—Lo sé. Pero los echo mucho de menos.

Me mata.

Su desolación y su mirada triste me desesperan, y no sé qué hacer.

El semáforo se pone verde y arranco.

Enseguida pienso que, si yo estuviera tan triste, ella haría algo por mí. Pienso..., pienso qué hacer, hasta que de pronto miro el CD, cambio la música y, cuando comienza la canción *Highway to Hell* de los AC/DC, sin pensar en vergüenzas ni en nada, me pongo a cantarla a pleno pulmón.

Instantáneamente, Judith me mira. ¡Bien!, eso ha llamado su atención, aunque creo que piensa que me he vuelto loco.

Al ver que comienza a sonreír, exagero mis movimientos. Muevo la cabeza al compás de la música como en mis tiempos roqueros y, cuando detengo el vehículo, hago como si tocara la guitarra.

Judith me mira...

Judith está sorprendida...

Sin darle tregua, la invito a que me siga.

Necesito que cante y que baile para sentirme menos ridículo. Por suerte, ella entra en el juego. Canta, mueve la cabeza, bailotea en el asiento y, cuando la canción acaba, nos reímos a carcajadas y digo:

—Siempre me ha gustado esa canción.

Ella me mira, parpadea y pregunta del todo alucinada:

—¿Te gustaban los AC/DC?

Ver su gesto de incredulidad me hace sonreír.

Aunque siempre he sido un tipo juicioso, también tuve mi época rebelde y heavy, y, mirándola, afirmo:

—Por supuesto. No siempre he sido tan serio.

Entre risas, le cuento mis andanzas cuando tenía el pelo largo como los del grupo Europe, y ella ríe y ríe, hasta que se detiene, y de nuevo sé que piensa en su familia.

No puedo.

No puedo ver la tristeza de su mirada, y necesito hacerla olvidar, así que paro el vehículo y digo:

—Sal del coche.

Ella me mira.

—Sal del coche —insisto.

Instantes después, me obedece y veo que sonríe. Sin duda sabe lo que voy a hacer, y, cambiando de música, pongo la radio con la esperanza de que suene una bonita canción, y doy las gracias a los cielos cuando comienza a sonar *You Are the Sunshine of My Life*, del maravilloso Stevie Wonder.

Subiendo la música todo lo que puedo, bajo del coche y miro a mi amor mientras soy consciente de cómo nos observa la gente que pasa por la calle, y trato de que me dé igual.

Sonrío..., sonríe, camino hacia ella y, cuando estoy a su lado, pido:

—Baila conmigo.

Judith no se hace de rogar y, rápidamente, se lanza a mis brazos.

A ella le da igual bailar donde estamos que en el aeropuerto, que en medio de una sala de espera rodeados de gente, y, abrazándose a mí, comienza a bailar conmigo la canción.

Con cierto pudor, miro a las personas que, paradas, nos observan y decido ignorarlas. Si pienso que están ahí, seré incapaz de proseguir con esa locura.

—Como dice la canción —afirmo, susurrándole al oído—, eres el sol de mi vida, y, si te veo triste, yo no puedo ser feliz. Te prometo, pequeña, que iremos a España siempre que quieras, que tu familia vendrá a nuestra casa siempre que quieras, pero, por favor, sonríe; si yo no te veo sonreír, no puedo ser feliz.

Noto que mis palabras le gustan.

Me abraza, sonríe y, cuando la canción acaba, me mira y susurra:

—Te quiero con toda mi alma, tesoro.

¡Soy feliz!

Oírla decir esas palabras y sentir que sonríe ilumina mi vida, y, tras darle un dulce beso en los labios, murmuro:

—Sigo esperando que quieras casarte conmigo.

Judith tose. Se atraganta.

Me hace saber que ella no es de bodas y que, si me dijo aquello aquel día, fue fruto de un impulso. Eso me hace reír, y ella añade que podemos seguir viviendo juntos sin pasar por la vicaría.

—En casa tenemos en el frigorífico una estupenda botella de Moët Chandon rosado. ¿Qué te parece si nos la bebemos y hablamos de ese impulso?

Ella ríe, bromea, y pregunta:

—¿Ese de las etiquetas rosa que huele a fresas silvestres?

Asiento. Eso me hace recordar la primera vez que llevé una botella a su casa, y afirmo:

—Sí, pequeña.

Nos miramos...

Nos tentamos...

Nos deseamos..., y mi chica murmura:

—De momento, vayamos a por la botella.

Complacido, le doy un beso en los labios que me sabe a gloria y, cuando nos metemos en el coche, como mi móvil ha sonado, lo miro.

—Cielo, tengo que pasar un momento por la oficina, ¿te importa? —murmuro luego molesto.

Ella sonríe, no le importa, y conduzco hasta allí.

★ ★ ★

A las diez de la noche estamos entrando en el hall de Müller, y los vigilantes de seguridad nos saludan. Subimos a la planta presidencial y, cuando salimos del ascensor, Judith me pregunta dónde están los baños.

Se lo indico y, una vez que ella desaparece, me apresuro a ir a mi despacho, donde, al entrar, me encuentro con Amanda. Ha llegado hace unas horas y quiere hablar conmigo con urgencia por un tema laboral.

Después de saludarla, me apoyo al frente de mi mesa y hablamos.

Ella me cuenta algo interesante que ha surgido que beneficiaría mucho a la empresa, y yo me pongo muy contento. ¡Eso es maravilloso! Luego me enseña los papeles que ha recibido. En ellos está explicado con detenimiento lo que acaba de contarme, y yo los leo con avidez mientras Amanda, tan feliz como yo, toca mi hombro.

Mientras hablamos, se sienta a mi lado en la mesa y, de pronto, oigo un portazo y, al levantar la vista, me encuentro a Judith, que nos mira ofuscada.

Con incredulidad, la observo acercarse con cierta chulería, y entonces dice:

—Hombre, Amanda, ¡cuánto tiempo sin verte!

Ésta se baja de la mesa, sonríe y responde yendo hacia ella:

—Querida Judith, qué alegría verte.

Pero cuando Amanda va a darle un beso a modo de saludo, mi pequeña se echa hacia atrás y sisea de no muy buen humor:

—Ni se te ocurra tocarme, ¿entendido?

Boquiabierto, me levanto.

Pero ¿qué bicho le ha picado?

Conozco a Judith y, cuando gesticula como lo está haciendo ahora, sé que la situación no depara nada bueno. No obstante, en el momento en que voy a decir algo, ella me mira y, con el mismo tono con el que le ha hablado a Amanda, dice:

—Tú, cállate. Estoy hablando con Amanda. Después hablaré contigo.

¡Joder, pero ¿qué le pasa?!

Sin entender nada, la observo, mientras ella mira con cara de asco a Amanda y escupe:

—No necesito ir vestida de fulana para volver loco a un hombre. Empezando porque ya tengo pareja, que, mira tú por dónde, ¡qué casualidad!, es la misma a la que te estabas insinuando, ¡so perra!

Amanda me mira en busca de ayuda, y yo voy a protestar, cuando Judith añade:

—Trabajas para Eric. Para mi novio. Limítate a eso, a trabajar, y no busques nada más.

Enfadado, niego con la cabeza. Lo que Judith está haciendo es inadmisible.

—Jud... —mascullo.

Pero ella me ignora. Como siempre, me ignora y prosigue:

—Si vuelvo a ver que intentas con él cualquier otra cosa, te juro que lo vas a lamentar. Esta vez no va a ocurrir como la última en que nos vimos. En esta ocasión, yo no me voy a ir. Si alguien se va a marchar, vas a ser tú, ¿me has entendido?

Oír su tono me crispa. Pero ¿de qué está hablando?

—Creo... creo que te estás equivocando, querida —oigo que dice Amanda.

Judith sonríe.

Pero su sonrisa no me da buena espina, y, cuando con chulería le da con el dedo en el canalillo a Amanda, sisea:

—Déjate de *querida* y de gilipolleces. Aléjate de Eric, pedazo de zorra, ¿de acuerdo?

—Jud... —la regaño con más contundencia. Se está pasando.

Amanda me mira pidiéndome tranquilidad y, tras recoger su bolso, que está sobre mi mesa, y su abrigo, dice dirigiéndose hacia la puerta:

—Mañana te llamaré.

Una vez a solas, miro a Judith. Siento que mi gesto es tan ofuscado como el suyo, y entonces ella, con toda su mala leche, gruñe:

—Como me digas que no te has dado cuenta de cómo esa tiparraca se te insinuaba hace unos segundos, te juro que cojo esa estatuilla que hay encima de tu mesa y te abro la cabeza.

Joder..., joder..., pero ¿qué dice?

Yo sólo hablaba de negocios con Amanda, en ningún momento me he dado cuenta de nada de eso.

—Me has decepcionado, ¡imbécil! —me suelta a continuación—. Esa idiota te estaba poniendo las tetas en la cara y tú lo estabas permitiendo.

¡¿Qué?!

Pero ¿qué está diciendo? A cada instante más enfadado, replico:

—¡Te equivocas!

Judith se da la vuelta. Me temo lo peor y, cuando vuelve a mirarme, me encuentro con la chica malhablada que me saca de mis casillas, y más cuando dice:

—No, no me equivoco. Entre Amanda y tú hay tal familiaridad que no te das ni cuenta, ¿verdad? Pues genial..., ¡sigamos por ese camino! Cuando vea a Fernando la próxima vez, como hay familiaridad entre nosotros, sin importarme lo que tú pienses o sientas, me voy a sentar en sus piernas para hablar con él, o le voy a poner las tetas en la cara, ¿te parece bien?

Oír eso termina de encabronarme. Soy incapaz de entender su enfado, pero más incapaz todavía de procesar eso que me está diciendo de Fernando.

—Te estás pasando, Jud —gruño.

Discutimos.

Perdemos los papeles.

Ella me dice..., yo le digo...

Según ella, por la actitud de Amanda me la habría acabado tirando sobre la mesa; según yo, eso nunca habría ocurrido.

Nuestro enfado va en aumento y, sin ganas de seguir discutiendo, meto los papeles en el maletín y salgo del despacho sin mirarla. Espero que me siga.

En silencio, bajamos en el ascensor y, de pronto, me pregunto dónde ha quedado el buen rollo que teníamos cuando hemos llegado.

La observo en busca de una mirada cómplice, pero nada, ella es tan orgullosa como yo o más. Así pues, decido hacer yo lo mismo y ¡no la miro!

★ ★ ★

Durante el viaje de regreso a casa, el silencio es nuestro compañero. Ambos estamos sumidos en nuestros pensamientos, rumiando nuestro cabreo, y, al llegar a casa, cada uno toma distintas direcciones. Yo me meto en mi despacho, pero, antes, observo que ella se va a su cuarto de los trastos. Ese lugar que tanto le gusta.

Ofuscado, me quito el abrigo.

Odio cuando Judith se pone tan cabezota.

Pero ¿qué bicho le ha picado, con lo bien que estábamos?

Me preparo un whisky y, mientras me lo tomo, contemplo la chimenea encendida.

¿Por qué todo es tan difícil siempre con ella?

Instantes después, me siento frente a la mesa de mi despacho, abro el maletín y me empapo de los documentos que Amanda me ha traído. Sin duda, eso puede hacer ganar mucho dinero a Müller.

Mientras pienso en los beneficios que obtendríamos, quiero contárselo a Judith, y soy consciente de que, si no puedo contárselo, si no puedo compartir cosas así con ella, ¿para qué quiero esos beneficios?

Ella me importa, el dinero no, y, suspirando, murmuro:

—Pequeña..., te necesito.

Reflexiono acerca de lo ocurrido.

Recuerdo a Amanda vestida con aquel sensual vestido rojo y, ahora que lo pienso, ella se ha sentado en la mesa junto a mí y ha cruzado las piernas segundos antes de que Judith entrara.

Pensándolo fríamente, si Judith se moviera como ella delante de Fernando, yo también me enfadaría y, suspirando, de pronto comprendo que tengo que disculparme. Está visto que ella se ha dado cuenta de algo en lo que yo no había reparado, y necesito que sepa que le pido perdón. Así pues, abro mi portátil y escribo:

De: Eric Zimmerman
Fecha: 6 de marzo de 2013, 02.11 horas
Para: Judith Flores
Asunto: No puedo seguir sin hablarte

Cariño, soy consciente de que tienes razón en todo lo que has dicho, pero NUNCA te engañaría ni con Amanda ni con ninguna otra.

Te quiero loca y apasionadamente,
Eric, el gilipollas

Según le doy a enviar, maldigo el momento en el que he decidido ir a la oficina. Ella y yo pensábamos regresar a casa, pasarlo bien...

Después de diez minutos, al ver que no me contesta, insisto:

De: Eric Zimmerman
Fecha: 6 de marzo de 2013, 02.21 horas
Para: Judith Flores
Asunto: Pídeme lo que quieras

Pequeña, la sinceridad y la confianza entre nosotros es primordial. Las palabras «Pídeme lo que quieras, AHORA Y SIEMPRE» engloban absolutamente todo entre nosotros.
Piénsalo.
Te quiero,
Eric, un gilipollas atormentado

Vuelvo a darle a «Enviar» con la esperanza de que esta vez mi correo consiga algún resultado. En la vida me imaginé escribiendo emails como éstos. En la vida me imaginé tan enamorado, encaprichado y agilipollado como lo estoy por Judith. Y, al ver que no recibo contestación, vuelvo al ataque.

De: Eric Zimmerman
Fecha: 6 de marzo de 2013, 02.30 horas
Para: Judith Flores
Asunto: Dime que sí

¿Te apetece una copa de Moët Chandon rosado? Te espero en el despacho.
Eric, un loco, apasionado y atormentado gilipollas

Lo envío y sonrío.
¿Por qué sonrío?
Espero..., espero su respuesta, pero tampoco llega esta vez.
Maldita sea, ¿por qué es tan cabezota?
Furioso, decido no enviar más mensajes. Creo que por hoy ya me ha pisoteado otras cosas además del corazón, y ahora será ella quien tenga que dar el paso.
Abrumado por lo mal que me siento, salgo del despacho y me encuentro a *Susto*. Al verme, él se acerca a mí enseguida y yo lo

recibo encantado. Hablo con él, lo mimo y, al final, sediento me dirijo hacia la cocina. *Susto* me acompaña.

Abro la nevera, cojo agua y bebo. Está fresca, pero al dejar el agua, veo la puñetera botellita de las etiquetas rosa. Incapaz de no tocarla, la cojo, la miro y, tras cerrar la nevera, me siento a la mesa de la cocina y dejo la botella de champán frente a mí.

Susto se sienta a mi lado en el suelo y, sin saber por qué, digo mientras toco su cabeza:

—No te enamores nunca, amigo; si lo haces, ¡estás perdido!

El galgo me mira, parece entenderme, pero de pronto la puerta de la cocina se abre y aparece ella. Mi amor.

Susto se levanta, va a saludarla y ella le sonríe.

¿Por qué no me sonríe a mí?

Molesto, la observo ir de un lado a otro de la cocina, mientras me repito una y otra vez que, tras lo que he hecho, es ella quien ha de dar el siguiente paso, pero, cuando va al frigorífico, no aguanto más, me acerco a ella y, sin permitirle abrir la puerta, paso las manos por su cintura y susurro en su oído:

—No quiero, no puedo, no deseo estar enfadado contigo.

Según digo eso, noto que su cuerpo se relaja, y murmura:

—Yo tampoco.

Su olor me embriaga...

Su cercanía me deslumbra...

Su receptividad me ilusiona y, mordisqueándole el lóbulo de la oreja, cuchicheo, necesitando que me crea:

—Nunca caería en el juego de Amanda. Te quiero demasiado como para perderte.

Y, sin más, y ansiando su boca, le doy la vuelta y la beso. La devoro.

Ansiosos, nos besamos, nos abrazamos y, con Judith entre mis brazos, llegamos hasta la habitación, donde echo el pestillo al entrar, y ella sonríe. Con delirio, nos desnudamos, y mi mujer, mi amor, mi compañera, se tumba en la cama y susurra mirándome:

—Fóllame.

Complacido, me tumbo sobre ella.

Vale..., todo lo arreglamos con sexo, pero ¡es lo que nos funciona!

En este instante nos sobran los preliminares, y cuando estoy introduciéndome ya en ella, Jud gime de tal forma que, mirándola, digo:

—No hay un «te quiero» más sincero que el que me transmiten tus gemidos.

Judith sonríe. Le gusta lo que acaba de oír y, dándome un azote en el trasero, susurra:

—Deseo a mi empotrador.

Me río.

Jud me está pidiendo fuerza, potencia, morbo, y, agarrándola con rudeza, la levanto de la cama, y, tras apoyarla contra la pared, clavo mi erección en ella y le exijo:

—Dime... qué quieres y mírame.

Judith jadea, se siente llena de mí y, mirándome a los ojos, me pide:

—Empótrame.

Enloquecido, me olvido de mimos y delicadezas y le doy lo que quiere, lo que me pide, lo que me exige. Me introduzco en ella una y otra vez con fuerza, con ímpetu, con vivacidad, mientras la manejo a mi antojo, y ella se desmadeja entre mis manos gustosa y feliz.

Momentos como éstos nos dan la vida.

Momentos como éstos son los que nos gustan.

Momentos como éstos sólo quiero vivirlos con ella.

61

Los días pasan y Judith y yo volvemos a estar bien.

El sábado por la noche vamos a una fiesta privada que celebran en el Nacht. Queremos pasarlo bien.

Allí están nuestros amigos, incluido Dexter, que sigue en Alemania.

En un momento dado decido entrar con Judith al cuarto oscuro. Ella nunca ha estado en uno, y bailo con ella entre la gente mientras nos acariciamos y disfrutamos del morbo. Poco después, se nos acerca una tercera persona, parece una mujer, y me abraza. Toca mi trasero, mis piernas, mi pene, y noto que Judith sonríe. Segundos más tarde, cuando comienza a sonar *Cry Me a River*, la mujer se va de nuestro lado y oigo la voz de Björn, que dice:

—Suena nuestra canción, preciosa.

Sin pizca de celos, permito que se una a nuestro baile, y ahora son cuatro las manos que recorren el cuerpo de mi amor, mientras ella jadea encantada. Me excito. Estoy tremendamente excitado, por lo que, agarrándole el tanga, se lo arranco de un tirón y afirmo:

—Aquí no lo necesitas.

Poco después, cuando la canción acaba, Björn desaparece y yo me quedo bailando *My All* con mi mujer, un tema de Mariah Carey que a ambos nos gusta mucho. Tras calentarnos con nuestras acciones, murmuro saliendo del cuarto oscuro:

—Eres mi fantasía, morenita. Mi loca fantasía.

Jud sonríe, le gusta lo que oye, y se ofrece a cumplir mis deseos. Sean cuales sean.

Instantes después aparece Diana, una amiga. Le presento a mi mujer y de inmediato noto cómo la mira. No hay nada que le guste más a Diana que una mujer, y siento que la mía le ha encantado. Eso me excita y, cuando Jud se sienta en un taburete, murmuro:

—Abre las piernas, Jud.

Ella lo hace sin titubear, le encanta ser mi fantasía. Y, tras dirigirle una mirada cómplice a Diana, ésta no lo duda, acaricia a mi mujer y murmura:

—Me gustan depiladas.

Sonrío. Doy un trago a mi bebida y afirmo:

—Está totalmente depilada.

Deseo comenzar a jugar, estoy ansioso, y entonces Diana, tan deseosa como yo, masturba a Judith y luego se aleja.

Con el corazón a mil, levanto a mi morenita del taburete y, tras saber que quiere continuar con el juego, nos dirigimos a una habitación. Poco después entra Diana, desnuda y con un vibrador doble en las manos, y, tras intercambiar unas palabras conmigo, le pido:

—Desnuda a mi mujer.

La mirada de Judith se nubla de deseo. Está claro que las mujeres no le van, pero, como una vez me dijo, no le importa que jueguen con ella.

El vestido de Jud cae al suelo, quedando tan sólo con el sujetador, el liguero y los tacones. Las bragas ya se las he arrancado yo antes.

Cuando Diana le pide que se siente sobre una encimera que hay en la habitación, soy yo quien la sube, la prepara y le separa los muslos. Desde mi posición, observo cómo Diana asola el cuerpo de mi mujer y ésta lo disfruta.

Me desnudo yo también.

Quiero estar preparado para ella y, al oírla soltar un placentero grito por lo que la otra le hace, me acaricio mi duro pene.

Durante unos minutos, Diana juguetea con el clítoris de Judith. Lo muerde, lo succiona, lo sorbe, lo lame... Es una experta en dar placer a mujeres, y deseo que asole el sexo de Judith, y más cuando la veo que le introduce el vibrador.

Enloquecida, Jud grita, se retuerce, me hace saber lo mucho que le gusta lo que ella le hace, y yo la miro mientras Diana se sube a la encimera y, con destreza y sin sacar el vibrador de su cuerpo, ella se mete el otro extremo al tiempo que se tumba sobre ella.

Judith se mueve.

Desde mi posición, observo cómo se dicen algo y Diana sonríe.

Segundos después contemplo cómo se follan la una a la otra. Sus movimientos se intensifican, a la vez que mi excitación crece por momentos y luego las oigo gritar cuando se corren.

Encendido, sigo observando mientras Diana se saca el consolador de su sexo, se baja de la encimera y, abriendo los muslos de Judith, le exige:

—Dame tu jugo..., dámelo.

Con ansia, la lame, la chupa, la absorbe. Desea la esencia de Judith y yo se la doy, se la entrego al tiempo que soy consciente de que vuelve a llevar al clímax a mi mujer con la lengua, con sus lametones, con sus succiones. La luz violeta que nos envuelve hace más especial el momento.

A continuación, bajo a mi chica de la encimera y la tumbo sobre la cama. Diana y yo la tocamos, la disfrutamos, hasta que de pronto la puerta se abre y entra el tipo que estaba con Diana al llegar. Se presenta como Jefrey, y le permitimos unirse al juego.

—¿Te ha gustado Diana?

Judith me mira, sonríe, me hace saber que lo ha pasado bien, y luego susurra:

—¿Puedo pedirte algo?

Hechizado por ella, le retiro con mimo el pelo del rostro y declaro:

—Lo que quieras.

Ella sonríe. Entonces, se levanta de la cama, me sienta a mí en ella y, sentándoseme posteriormente encima, me besa y murmura:

—Quiero que Jefrey te masturbe.

¡¿Qué?!

La miro receloso.

Pero ¿se ha vuelto loca?

En la vida he permitido que un hombre toque ciertas partes de mi cuerpo, y estoy por negarme, por decirle que no, cuando ella añade:

—Soy tu mujer, ¿verdad?

Asiento... ¡Claro que es mi mujer!

—Y tú eres mi marido, ¿verdad?

Vuelvo a asentir; pero ¿adónde quiere llegar?

Acto seguido, me besa con sensualidad, roza su nariz con la mía y, mirándome a los ojos, cuchichea:

—Entrégate a mí y a mis fantasías, cariño. Sólo te masturbará. Te lo prometo.

¡Joder..., joder..., joder!

Cierro los ojos como si, con ello, pudiese desaparecer. Los hombres no me van, no son lo mío. Pero, cuando los abro de nuevo y miro esos ojos oscuros que adoro, sé lo que tengo que hacer.

Ella cumple mis fantasías, mis deseos. ¿Acaso yo puedo negarme a cumplir los suyos?

Dudo..., dudo durante unos segundos más, pero finalmente accedo: quiero que Judith disfrute del sexo tanto como yo.

Ella sonríe, me besa, se quita de encima de mí y, tocándome, dice:

—Jefrey, haz que disfrute mi marido.

Cuando éste se agacha y se arrodilla frente a mis piernas, me tenso. Ningún hombre ha tocado nunca mi polla.

Los ojos del tipo y los míos se encuentran y, sin hablar, le comunico que no estoy muy de acuerdo con esto. No obstante, miro mi pene y lo veo duro y latente.

¿Por qué estoy tan duro?

Sin importarle mi mirada, Jefrey agarra mi erección con la mano. Yo doy un salto y, entre susurros, Jud murmura en mi oído que me relaje, que lo vamos a disfrutar.

Durante unos segundos observo cómo ese hombre me toca, y, al sentir cierto placer, cierro los ojos. Me avergüenzo del goce que me hace sentir, mientras noto cómo su mano se mueve arriba abajo y mi corazón se acelera.

En ese instante oigo un jadeo de Judith y, al abrir los ojos, veo que la insaciable Diana está tras ella, tocándola, mientras mi chica observa lo que Jefrey me hace.

Sudo... Comienzo a sudar cuando éste se mete mi erección en la boca.

¡Oh, Dios..., qué placer!

Tiemblo..., tirito...

El goce es extremo, ¡estupendo!

¡No...! No puedo pensar eso. ¡No debo!

Pero el placer se intensifica y algo estalla dentro de mí, y más cuando Jud susurra en mi oído:

—Abre las piernas, cariño.

Oír que ella me pide eso, cuando yo se lo he pedido cientos de veces, me hace temblar. Y entonces siento que el hombre se acomoda entre ellas para tener un mejor acceso.

En ese instante, sin embargo, no me retiro, no me muevo, sino que permito que él se apropie de mi pene y que Jud ordene y exija lo que desee.

Jefrey me chupa, me lame, me devora, y un cosquilleo placentero se apodera de mis testículos. Él parece darse cuenta y me los aprieta con las manos, después se los mete en la boca, excitado a la par que entregado.

Complacida con lo que ve, Judith me mira, y nos besamos, momento en el que Diana, a petición suya, chupa mis excitados pezones.

El placer se convierte en algo extremo.

Judith se ha convertido en la dueña y señora de mi cuerpo, y ella ordena lo que desea para que todos obedezcamos.

Jefrey sigue a lo suyo, mientras sus manos suben por mis piernas y se detienen donde comienza mi trasero. Tiemblo. Él me lo aprieta, yo me contraigo, y Jud, que está pendiente de todo, coge mi barbilla y pide:

—Mírame.

Oír su voz de «ordeno y mando» y ver la exigencia de su mirada me vuelve loco.

Tan loco, que permito que Jefrey siga apretándome las nalgas.

Tan loco, que disfruto de cómo ese hombre lame mi pene.

Tan loco que, si Jud me pide la luna, yo se la doy.

El placer que Jefrey me proporciona consigue que jadee gustoso, y Judith sonríe. Le encanta lo que ve. El morbo le puede. Su fantasía de verme con otro hombre se ha convertido en realidad, y yo, llevado al éxtasis por lo que ese individuo me hace, jadeo, tiemblo y me arqueo gustoso de meter mi dura polla en su boca.

Sentir su rudeza virulenta y su manera de poseerme bajo la mirada imperante de mi mujer me vuelve loco. Tan loco que ni me reconozco y, deseoso de más, apoyo la mano sobre la cabeza de Jefrey y soy yo quien lo obliga a chuparme mientras susurro:

—Sí..., así..., sigue...

Y Jefrey sigue.

Sigue disfrutando de mí mientras yo disfruto de lo que me hace, y Jud disfruta de lo que ve. Nuestro juego es raro, demoledor, pero sin duda es nuestro juego.

Mi chica, complacida por mi respuesta, asiente, y yo le hago saber a Jefrey que quiero que me apriete los testículos.

Placer..., el placer es inmenso, mientras éste hace lo que le pido y yo tiemblo y me dejo llevar por el morbo del momento sin pensar en nada más. Entonces, de pronto, tremendamente excitada, Judith retira a Jefrey de mi lado y, sentándose a horcajadas sobre mí, se empala con brusquedad en mi polla.

¡Ambos gritamos!

Pero, instantes después, al ver el deseo en su mirada, la agarro por las caderas y la aprieto contra mí, la muevo a mi antojo. Con rudeza, la clavo en mí una y otra vez mientras Diana y Jefrey nos observan.

Placer..., locura..., éxtasis..., todo eso unido es nuestro morbo, nuestro juego, y disfrutamos todo lo que podemos y más, hasta que finalmente suelto un sórdido gemido de placer y mi pequeña, dejándose ir al tiempo que yo, se aprieta contra mí y juntos experimentamos el más increíble orgasmo.

En silencio, me dejo caer hacia atrás en la cama sin soltarla, y ella me besa y pregunta curiosa:

—¿Todo bien, cariño?

Sonrío.

Esa pregunta, que yo siempre le hago cuando jugamos, esta vez, como dueña y señora del momento, me la ha hecho ella a mí.

—Sí, pequeña —afirmo—. Al final, lo has conseguido.

Ella me mira.

Ambos sonreímos de nuevo, y yo aún no me creo que me haya dejado masturbar, chupar y tocar por un hombre.

¡Increíble!

Entre confidencias, Judith me indica que le ha gustado ver y disfrutar de su fantasía, y que sin duda querrá repetirlo. Yo la miro. Y lo cierto es que ahora opino igual que ella: no me van los hombres, pero ciertos juegos creo que los acepto.

Estamos felices cuando de pronto se abre la puerta de la habitación y aparece Dexter.

El juego se retoma.

El morbo se intensifica.

Y todos disfrutamos de la experiencia.

Durante horas, mi pequeña y yo experimentamos el morbo y la fantasía junto a Diana, Dexter y Jefrey.

★ ★ ★

Agotados, y tras darnos una ducha, Judith y yo nos vestimos y regresamos a la sala donde estábamos al principio de la noche.

Allí, pedimos algo de beber, saciamos nuestra sed y nos prodigamos cientos de caricias. Judith es muy cariñosa, y yo disfruto de sus mimos.

Después de varios cubatas, Jud tiene que ir al baño. Le indico dónde está y, gustoso, la observo alejarse desde la barra.

Durante unos segundos estoy tranquilo bebiendo de mi whisky, hasta que oigo que dos mujeres se están peleando en el baño y, sin saber por qué, salgo corriendo. ¡Judith está allí!

Cuando abro la puerta, me quedo sin palabras.

Delante de mí, Jud está retorciendo el brazo de Betta y, cuando la oigo gritar, entro a la carrera en el baño y, agarrando a Judith para que la suelte, la miro y pregunto:

—¡Por el amor de Dios, Jud! ¿Qué estás haciendo?

Betta responde furiosa:

—Tu novia es una asesina.

Judith maldice, resopla y chilla:

—¡Serás zorra!

Sin saber qué hacer, soy testigo de cómo se enzarzan en una absurda pelea, hasta que no puedo más y, cuando Betta me llama *cariño*, grito:

—¡Cállate, Betta!

Judith, que la ha oído, se revuelve furiosa y grita fuera de sí, intentando zafarse de mis brazos:

—¿¡Cariño?! ¿Lo has llamado *cariño*? No lo llames así, ¡perra! ¡Joder..., joder..., joder...!

Pero ¿se ha vuelto loca?

Como una fiera, le da un zarpazo a Betta que, si no llego a sujetarla, creo que le arranca la cara. Está furiosa, frenética, y, mirándola, exijo:

—No entres en su juego, cielo. Mírame, Jud. Mírame.

Pero ella no lo hace. Está cegada por el enfado. Directamente me ignora y continúa chillándole a Betta, y entonces oigo que ésta dice:

—Ya es la segunda vez que me ataca en Múnich. ¿Qué le pasa a tu novia? ¿Es un animal?

Sin dar crédito, miro a Judith. ¿Cómo que es la segunda vez? Pero ¿cuándo ha visto a Betta, que no me lo ha contado?

Ahora el furioso soy yo. Miro a mi mujer a la espera de una explicación y, como ella no dice nada, la increpo:

—¿La segunda vez?

Ella sigue sin responder.

Maldice en español y las cosas que salen de su boca son cada vez peores.

—Sí —insiste Betta—. En la tienda de Anita. Estaba tu hermana Marta, y ella también me atacó. Entre las dos me acosaron y me pegaron, y...

Boquiabierto por descubrir a la camorrista silenciosa que vive conmigo, la miro y pregunto enfadado mientras la sujeto:

—¿Tú hiciste eso?

Judith me mira, y con un gesto que no sé si es altivo o de vergüenza, suelta:

—Sí. Se la debía. Por su culpa, tú y yo rompimos, y...

Boquiabierto, la suelto.

¡No me lo puedo creer!

Me llevo las manos a la cabeza y siseo:

—¡Por el amor de Dios, Jud! Somos adultos. ¿Cómo se te ocurre hacer algo así?

Ella me mira. No le está gustando nada mi reacción y, mirando a Betta con ganas de repetir lo que hizo, gruñe mientras soy consciente de que, o la paro, o sin duda volverá a liarse a guantazos con ella:

—El que me la juega me la paga. Y esa zorra me la jugó.

En ese instante se abre la puerta del baño y entran Frida y Björn, que nos observan en silencio. Pero, antes de que yo pueda hacer nada, soy testigo de cómo Frida le suelta un bofetón a Betta que suena a hueco y escupe:

—¡Zorra! ¿Qué haces aquí?

De nuevo se vuelve a montar el guirigay.

¡Mujeres...!

El baño se convierte en un auténtico campo de batalla, y Andrés, que aparece también, comienza a discutir con Frida. No le gusta nada que su mujer se ponga así.

Todos discuten, todos dan su opinión, y mi cabreo con mi mujer sube y sube por momentos, hasta que Björn, que me conoce muy bien, dice:

—Esto se acabó. Vamos, regresemos a la sala.

Indignado con la situación, salgo del baño. No quiero permanecer ahí ni un segundo más. Me percato de que Judith me sigue, pero al final se queda hablando con Björn.

Por primera vez en mi vida me encabrono con mi amigo. ¿Por qué se ha quedado Jud hablando con él?

Los observo desde la barra, donde bebo mi whisky. Ambos hablan, ríen y, cuando veo que él le da un abrazo a mi mujer, suelto el vaso y, acercándome a ellos de muy malos modos, siseo:

—Me voy a casa. ¿Te vienes conmigo, o te quedas con Björn para que continuéis jugando?

Mi amigo me mira sin dar crédito, no entiende mi reacción, y, cuando va a decir algo, Judith suelta:

—Serás gilipollas.

Vale..., mi humor es sombrío y quizá estoy viendo cosas donde no las hay, por lo que, mirándola, murmuro:

—Jud...

Pero ella, que desde hace un buen rato ha perdido todos los filtros, gruñe:

—Ni Jud ni leches. ¿Qué estás queriendo insinuar con lo que has dicho?

La miro..., me mira.

Levanto una ceja..., ella la levanta también... Y entonces Björn la empuja suavemente en mi dirección y dice:

—Vamos, tortolitos, ¡terminad la discusión en la cama de vuestra casa!

Enfadado, doy media vuelta, echo a andar y Judith me sigue.

★ ★ ★

Durante el trayecto en coche guardamos silencio, y en su interior sólo se oyen los pitidos de nuestros móviles. Deben de ser nuestros amigos, que quieren saber si ya nos hemos matado.

Una vez que llegamos al garaje, Jud sale del vehículo y da tal portazo que siento que tiemblan hasta los cimientos de la casa.

¡Será bruta!

Ah, no... ¡Eso sí que no!

Que no me venga con ésas cuando ha sido ella la que lo ha liado.

Encabronado, voy a decir algo cuando me mira y me pregunta con su habitual chulería:

—¿Qué pasa?

Joder..., joder..., ¿encima me pregunta qué pasa?

A grandes zancadas, me acerco a ella y siseo furioso:

—¿Podrías no ser tan bruta y cerrar con cuidado?

—No.

Joder..., joder..., joder...

¡Y encima dice que no!

Si alguien sabe sacarme de mis casillas con sus palabritas y sus modos, ésa es Judith, y cuando la reprendo por ese «¡No!» que acaba de soltarme, ella grita:

—¡No, no quiero tener cuidado! Y no quiero tenerlo porque estoy muy enfadada contigo. Primero, por gritarme delante de la subnormal de Betta, y, segundo, por la idiotez que has dicho en referencia a Björn.

Discutimos..., discutimos y discutimos, mientras los mensajes siguen llegando a nuestros móviles con insistencia.

¡Joder, qué pesaditos!

No estoy de acuerdo con lo que dice, pero reconozco que me encabrona saber que Judith se ha dado cuenta por un anillo que Betta llevaba de que fue ella la mujer que se acercó a mí en el cuarto oscuro, me abrazó y estuvo sobándome.

¡Betta siempre juega sucio!

Inquieto, camino de un lado a otro del garaje. No me gusta la discusión que estamos teniendo ni tampoco acabar la noche así.

En ese momento, de pronto, mis ojos se fijan en un bulto al fondo del garaje. ¿Qué es eso?

Necesito saberlo y más después de ver cómo lo mira Jud y me mira luego a mí, así que me acerco al maldito bulto, que está cubierto con un plástico azul, y, cuando lo destapo —¡sorpresa!—, la moto de mi desaparecida hermana Hannah aparece ante mí.

—¿Qué hace esta moto aquí? —inquiero.

Receloso, miro a Judith y entonces mi móvil vuelve a sonar.

Nos miramos...

Nos tensamos...

Y, al cabo, ella responde:

—Es mi moto.

¿Su moto?

¡¿Cómo que su moto?!

Le hago saber que sé que esa moto es la de mi hermana, y entonces ella suelta:

—Me la ha regalado tu madre. Ella sabe que hago motocross y...

¡¿Cómo?!

¡¿Que se la ha regalado mi madre?!

¡¿Que hace motocross?!

Furioso, me alejo de ella. Me ha mentido. ¡Me ha estado ocultando cosas!

Le prohibí que se trajera su moto de Jerez y, aun así, ¿ya tiene moto en Múnich, que no es otra que la de mi hermana y, encima, está escondida en mi garaje?

¡Increíble!

La miro frenético.

Ahora entiendo los cuchicheos que mi madre y ella se traían y por qué mi madre me dijo lo que me dijo. ¡Joder!

La discusión se recrudece.

Como siempre, si yo digo *blanco*, ella dice *negro*, y, desencajado, le prohíbo hacer motocross.

Judith se ríe, se mofa de mí, y yo me cabreo más.

Insisto y, por la forma en que me mira, soy consciente de que mis palabras me van a salir caras cuando afirma:

—Te equivocas, chato. Voy a seguir haciendo motocross. Aquí, allí y donde me dé la real gana. Y, para que lo sepas, he ido alguna mañana con tu primo Jurden y sus amigos a correr. ¿Me ha pasado algo? Noooooooooo..., pero tú, como siempre, tan dramático.

Maldigo sin poder creérmelo, gruño y me enfurezco más aún.

Yo confiando en ella, ¿y ella haciendo todo eso a mis espaldas?

Grito, protesto, le echo en cara que creía que entre nosotros había sinceridad absoluta, y de pronto soy consciente de que ella se rasca el cuello.

¡Malo..., malo...!

Los ronchones comienzan a aparecer en su cuello a causa de los nervios y, cuando voy a decir algo, la puerta del garaje se abre de par en par y entran mi madre y Marta.

—Vosotros ¿para qué tenéis los móviles? —pregunta mi madre.

Mosqueado y sorprendido, las miro a las dos.

¿Qué hacen en mi casa a estas horas?

Pero, sin querer pensar en ello, le reprocho a mi madre señalando al fondo del garaje:

—¡Mamá, ¿cómo has podido darle la moto a Judith?!

Ella ve lo que le indico y me da sus explicaciones, que yo no acepto.

Enfadado, le grito, le pido que no se meta en mi vida, y entonces Judith, dispuesta a cabrearme más, me interrumpe y sisea:

—Perdona, Eric..., pero ¡es *mi* vida!

Vuelvo a maldecir.

Me importa bien poco que las tres me miren como lo están haciendo, y Marta, que es incapaz de quedarse calladita, suelta:

—Punto uno: a mamá no le grites así. Punto dos: Judith es mayorcita para saber lo que puede o no puede hacer. Punto tres: que tú quieras vivir en una burbuja de cristal no significa que los demás lo tengamos que hacer.

Hago callar a mi hermana, no quiero escucharla, pero ella insiste:

—No me voy a callar. Os hemos estado escuchando desde el interior de la casa, y tengo que decir que es normal que Judith no te contara ni lo de la moto ni otras cosas. ¿Cómo te lo iba a contar? Contigo no se puede hablar. Eres don Ordeno y Mando. Hay que hacer lo que a ti te gusta, o montas la de Dios. —Y, mirando a Judith, a continuación, pregunta—: ¿Le has contado lo mío y lo de mamá?

Ella se apresura a negar con la cabeza, y yo parpadeo sorprendido.

Pero ¿qué más me oculta? ¿Más secretitos?

La estoy mirando boquiabierto cuando mi madre cuchichea:

—Hija, por Dios..., cállate.

Acalorado, me quito el abrigo. Esas tres me acaloran, ¡pueden conmigo! Lo suelto de malos modos sobre el capó del coche y acto seguido, me llevo las manos a la cintura y, con exigencia, digo mirando a Judith:

—¿Qué es eso de si me has contado lo de mi madre y mi hermana? ¿Qué más secretos me ocultas?

Ella me mira asustada. Mi madre me reprende por gritarle así, y entonces Marta explica:

—Para que lo sepas, mamá y yo llevamos meses recibiendo un curso de paracaidismo. ¡Ea, ya te lo he dicho! Ahora enfádate y grita, que eso se te da de lujo, hermanito.

Resoplo...

Suspiro...

Parpadeo...

Sin duda, cuando me decían que iban al *spa* a darse masajitos de chocolate iban a otro sitio, y, cuando soy realmente consciente de lo que Marta acaba de decirme, miro a mi madre y a mi hermana y exclamo:

—¡¿Paracaidismo?! ¿Os habéis vuelto locas?

Joder..., joder..., joder..., con las puñeteras mujeres de mi familia.

¿Acaso quieren volverme loco?

Y, cuando me dispongo a soltar por la boca un gran chorreo de improperios, la puerta del garaje se abre de pronto y Simona dice con cara de circunstancias:

—Señor, Flyn está llorando. Quiere que suba usted.

Al oír eso, me extraño, y le pregunto:

—¿Qué hace Flyn despierto a estas horas?

Ninguna contesta y, de repente, soy consciente de la situación. No es muy normal que mi madre y mi hermana estén en casa a estas horas de la madrugada. Y, sintiendo que se me cae el mundo encima, insisto:

—¿Qué ha pasado? ¿Por qué estáis aquí vosotras a estas horas?

No obstante, la impaciencia me puede y, antes de que respondan, salgo escopetado del garaje. Necesito ver a Flyn. Necesito saber qué le pasa.

Subo los escalones de dos en dos. Siento que el corazón se me va a salir del pecho y, en cuanto entro en su habitación y lo veo, me quiero morir.

Me lo encuentro con un brazo escayolado, moratones en el rostro, un diente roto y los ojos anegados en lágrimas. Nervioso y preocupado, me siento a su lado, no sé ni cómo abrazarlo, mientras él mirándome susurra:

—Lo siento, tío..., no te enfades con Judith.

Al oír eso, no entiendo nada, hasta que de pronto veo el maldito *skate* verde que pensé que Jud había devuelto a la tienda al otro lado de la cama.

Rápidamente ato cabos y de inmediato pienso en la cantidad de veces que he encontrado a Jud y a Flyn juntos al llegar del trabajo. Entonces, de repente, con el rabillo del ojo veo entrar a Judith en la habitación seguida de mi hermana y mi madre. Su gesto de preocupación es evidente, y cuando se va a acercar al niño, se lo impido y, clavando los ojos en ella, siseo:

—¿Cómo has podido desobedecerme? Te dije que no al *skate*.

Observo su desconcierto, su pena, su tristeza, y por último murmura nerviosa:

—Lo siento, Eric.

Asiento, no dudo de que es así, y, desencajado, le suelto:

—No lo dudes, Judith... Por supuesto que lo vas a sentir.

A continuación, la miro con frialdad. Ella se aleja de mí y camina en dirección a Flyn. Lo besa en la frente y pregunta:

—¿Estás bien?

Mi sobrino me mira, está desconcertado, y responde en un quejido:

—Perdóname, Jud. Me aburría, cogí el *skate* y me caí.

No quiero oír nada más.

Deseo que Jud desaparezca de mi vista y, cogiéndola del brazo con rudeza, la hago salir de la habitación junto a mi madre y mi hermana.

—Idos a dormir —digo—. Ya hablaré con vosotras. Me quedo con Flyn.

Dicho esto, doy media vuelta y entro de nuevo en el cuarto de mi sobrino cerrando la puerta a mi espalda.

Me siento a su lado y, tocándole con cariño el flequillo, que cae sobre su frente, murmuro:

—Descansa.

—No te enfades con Jud..., ella no tiene la culpa —insiste.

Trato de sonreír, aunque no creo que me salga, e, intentando calmar al muchacho, que bastante tiene con su brazo roto y sus magulladuras, repito:

—Duerme y no te preocupes por nada.

Cuando él cierra los ojos, maldigo para mis adentros.

No sé si estoy acabando o empezando así de mal el día.

62

*P*or la mañana temprano, estoy en la cocina con *Susto* y *Calamar*.

No he podido dormir.

La preocupación de ver a mi sobrino herido casi me impide respirar, y mi enfado con Judith crece por momentos por haberle permitido subirse al *skate*.

Mi madre y Marta, que se han quedado a dormir en una de las habitaciones de invitados, aparecen en la cocina y, al verme, mi madre dice:

—¿Lo ves, Marta? Te dije que tu hermano ya estaría aquí.

Enfadado, las miro, ellas también me han ocultado cosas, y, con sorna, pregunto:

—¿Os parece bonito jugaros inútilmente la vida saltando desde un avión?

Ellas intercambian una mirada y, mientras mi madre intenta explicármelo, oigo que Marta murmura:

—Creo que necesitaré un café triple.

Durante horas, discutimos, no hablamos. Simona entra y sale de la cocina y noto que la mujer no sabe qué hacer. Hablamos de Judith, de Flyn, de la moto, del *skate*..., y cuantas más cosas decimos, más me cabreo.

—Pero, hijo, Judith es una chica joven, es normal que le gusten las motos y...

—Mamá, por favor..., no te metas en eso.

Marta sonríe. Yo la miro, y entonces ella dice:

—Y lo pides precisamente tú, que siempre te metes en todo... ¡Venga ya, Eric, por favor!

Como era de esperar, mi hermana y yo nos sumergimos en una de nuestras discusiones interminables, hasta que la puerta se abre y entra Judith. No trae buena cara, no debe de haber pasado buena noche, pero no me importa: la mía también ha sido terrible.

Ella nos mira, se sienta a mi lado y pregunta:

—¿Cómo está Flyn?

La miro.

Su gesto triste por lo que le ha sucedido al chiquillo no me conmueve lo más mínimo, y replico con dureza:

—Gracias a ti, dolorido.

Judith asiente y baja la cabeza, y mi madre exclama:

—¡Maldita sea, Eric, no es culpa de Judith! ¿Por qué te empeñas en culpabilizarla?

De nuevo volvemos a discutir —¡me agotan!—, y entonces Marta dice:

—¿Qué es eso de que ella no debía? Pero ¿no ves que el niño ha cambiado gracias a ella? ¿No ves que Flyn ya no es el chiquillo introvertido que era antes de que ella llegara? Deberías darle las gracias por ver a Flyn sonreír y comportarse como un crío de su edad. Porque, ¿sabes, hermanito?, los críos se caen, pero se levantan y aprenden, algo que, por lo visto, tú todavía no has aprendido.

Entonces, me levanto de la mesa. ¡Manda narices que Marta me dé lecciones de moral! Y, sin ganas de oír nada más, salgo de la cocina.

¡Necesito tranquilidad!

Entro en mi despacho, en mi remanso de paz, y suspiro aliviado.

Me siento frente a mi mesa, abro mi ordenador e, intentando olvidarme de todos los problemas que me están volviendo loco, me pongo a revisar mi correo. Seguro que eso me entretiene.

Estoy en ello cuando oigo que llaman a la puerta y, segundos después, aparece Jud. No quiero hablar con ella. He descubierto que me ocultaba demasiadas cosas y tengo que procesarlas, por lo que, con indiferencia, pregunto:

—¿Qué quieres, Judith?

Ella se acerca. No me gusta verla con esa actitud tan sumisa, pero no estoy de humor para otras cosas. Soy incapaz de abrazarla.

—Lo siento, siento no haberte dicho lo...

No le permito continuar. La corto. Le hago saber lo que pienso de sus mentiras y ella me responde, y, cuando soy consciente de que voy a gritar, digo para intentar zanjar el tema:

—Mira, Judith, estoy muy cabreado contigo y conmigo mismo. Mejor sal del despacho y déjame tranquilo. Quiero pensar. Necesito relajarme o, tal y como estoy, voy a hacer o a decir algo de lo que me voy a arrepentir.

Ella me mira, asiente y, levantando el mentón, pregunta:

—¿Ya me estás echando de tu vida como haces siempre que te enfadas?

La miro.

Creo que es mejor no responder porque lo que puedo decirle no será para nada bonito, y finalmente da media vuelta y sale del despacho.

Después de comer, mi madre y mi hermana se van por fin a sus casas y yo lo agradezco. Aquí son como dos moscas cojoneras que no paran de cuestionarme, y lo que menos necesito ahora es eso.

Una vez que salen por la puerta, decido subir al cuarto con Flyn para ver cómo está y paso con él toda la tarde. Cuando bajo al salón, Simona me dice que Judith se ha ido a dar un paseo con los perros.

★ ★ ★

El tiempo pasa, la noche llega y, como la noche anterior no he descansado, me voy a la cama temprano. Estoy cansado y quiero dormir. Que ella regrese cuando quiera.

Pasa un buen rato y oigo que la puerta del dormitorio se abre. Es Judith.

Abrigado por la oscuridad, observo cómo se desnuda, se pone un suave pijama y se mete en la cama.

Por norma, dormimos abrazados, pero hoy no, hoy no me apetece abrazarla.

Permanecemos un rato en silencio en la cama, tumbados, y luego ella se acerca a mí en busca de cobijo. Aun así, me doy la vuelta. ¡He dicho que no quiero abrazarla!

—Eric, lo siento, cariño. Por favor, perdóname.
No me muevo.
No me vuelvo.
No la abrazo.
Y, con voz dura, respondo mintiendo:
—Estás perdonada. Duérmete. Es tarde.

63

En el trabajo, por suerte, todo va como una seda. No obstante, estoy intranquilo, en casa las cosas no van bien después de lo ocurrido, y gran parte de la culpa sé que la tengo yo con mi intransigencia.

No soy un tipo fácil, soy un cabrón frío cuando me lo propongo, y esta vez estoy muy, pero que muy enfadado con Judith por todo lo que me ha estado ocultando.

Pero ¿en qué estaba pensando?

Cuando regreso a casa tras un duro día en la empresa, no la beso ni me acerco a ella. Cenamos juntos en silencio y, una vez que acabamos, sin hablar, cada uno se retira a una habitación y poco más.

Siento su ausencia, pero no la reclamo, como ella no me reclama nada a mí, hasta que una tarde no puedo más y, yendo a su cuarto, abro la puerta y digo:

—Tenemos que hablar.

Ella asiente. Le pido que me espere en mi despacho y después me voy a ver a Flyn.

Tardo unas dos horas en regresar. No sé si lo hago a propósito o no, el caso es que Flyn estaba muy comunicativo y yo, simplemente, he decidido disfrutar de mi sobrino.

Cuando entro en el despacho, Judith ya no tiene la misma mirada limpia de hace dos horas. Sin duda, la larga espera ha hecho que se revolucione y, por idiota, ahora voy a comerme toda su revolución.

Durante unos instantes, nos miramos. Luego me siento en mi sillón y, sin apartar los ojos de ella, digo:

—Tú dirás.

Según digo eso, veo que abre la boca, se echa hacia adelante y protesta:

—¡¿Yo diré?!

Vale.

La estoy provocando, e insisto con cierta chulería:

—Sí, tú dirás. Te conozco, y sé que tendrás mucho que decir.

Su gesto cambia.

Su rostro se ensombrece, y protesta. Me acusa de ser un tipo frío, un gilipollas, de estar martirizándola y de volverla loca.

Yo no respondo, mejor me callo, y ella prosigue:

—Tu hermana Hannah murió y tú te ocupas de su hijo. ¿Crees que ella aprobaría lo que estás haciendo con él?

Resoplo. Me jode mucho que hable de mi hermana sin haberla conocido. Y, a continuación, como si me hubiera leído la mente, añade:

—Yo no la conocí, pero, por lo que sé de ella, estoy segura de que hubiera enseñado a hacer a Flyn todo lo que tú le niegas. Como dijo tu hermana la otra noche, los niños aprenden. Se caen, pero se levantan. ¿Cuándo te vas a levantar tú?

Al oír eso se me llevan los demonios, y la increpo:

—¿A qué te refieres?

Judith asiente. Su gesto es tan duro y demoledor como el mío, cuando indica:

—Me refiero a que dejes de preocuparte por las cosas cuando aún no han pasado. Me refiero a que dejes vivir a los demás y entiendas que no a todos nos gusta lo mismo. Me refiero a que aceptes que Flyn es un niño y que debe aprender cientos de cosas que...

—¡Basta! —grito colérico.

Adoro a Judith, la quiero, pero ni ella ni nadie tiene que decirme cómo cuidar a mi sobrino.

¡No..., por ahí sí que no paso!

Entre nosotros se ha abierto una brecha, una brecha terrible que se hace mayor a cada segundo.

—Eric, ¿no me extrañas? —pregunta ella de pronto—. ¿No me echas de menos?

La miro. Valoro mi respuesta, y finalmente afirmo:

—Sí.

Judith parpadea, se retira el pelo de la cara y vuelve a preguntar:

—Y ¿por qué? Estoy aquí. Tócame. Abrázame. Bésame. ¿A qué esperas para hablar conmigo e intentar perdonarme de corazón? ¡Joder, que no he matado a nadie...!

Judith habla..., habla y habla. Dice cosas que me duelen, que me hacen daño, habla de Betta, de Flyn, del *skate*, de mi madre y de mi hermana, de la moto de Hannah, y, cuando ya no puedo más, grito:

—¡Cállate! Ya he oído bastante.

Ella asiente, se interrumpe y luego murmura:

—Estás esperando a que me vaya, ¿verdad?

La miro sin dar crédito.

Pero ¿cómo voy a querer yo que se vaya?

Estoy pensando qué responder cuando ella, histérica, pregunta:

—¿Por qué le has dicho a Flyn que a lo mejor me voy de aquí? ¿Acaso es lo que me vas a pedir que haga y ya estás preparando al niño?

¡¿Qué?! Pero ¿qué está diciendo?

Yo he hablado de otras cosas con Flyn, y, como puedo, aclaro:

—Yo no le he dicho eso a Flyn. ¿De qué hablas?

—No te creo.

Cuando la oigo decir eso, niego con la cabeza. ¿De verdad cree que yo podría querer que se fuera? Si la adoro...

—No sé qué hacer contigo, Jud —respondo mirándola—. Te quiero, pero me vuelves loco. Te necesito, pero me desesperas. Te adoro, pero...

—¡Serás gilipollas!

La rabia con la que lo dice me enfada aún más, y grito, poniéndome en pie:

—¡Basta! No vuelvas a insultarme.

Según digo eso y veo su expresión, sé que he despertado a la malhablada Judith, y, levantándose también, sisea con muy mala leche mientras me mira a los ojos:

—Gilipollas, gilipollas y gilipollas.

¡Joderrrrrrrrrrrr!

Se está pasando.

Intento tranquilizarme. No quiero ser el cabrón frío e insensible que sé que puedo llegar a ser, y discutimos, como siempre, ¡discutimos!

Ella me acusa de querer echarla de mi vida y, como puedo, la aplaco; de pronto la puerta se abre y Björn aparece frente a nosotros con una botella de champán en las manos y su eterna sonrisa.

En silencio, ambos lo miramos durante unos segundos. Entonces Judith, de repente, se acerca a él, lo agarra por el cuello y lo besa..., ¡lo besa en la boca!

Pero ¿qué narices está haciendo?

Los miro boquiabierto.

Los observo sin poder creer lo que estoy viendo, y entonces ella empuja a Björn con todas sus fuerzas para apartarlo y, mirándome con rabia, dice:

—Acabo de incumplir tu gran norma: desde este instante, mi boca ya no es tuya.

Mi amigo, que no entiende qué ocurre, me mira sin saber qué decir.

Yo blasfemo, y Judith, que ya ha perdido por completo los papeles, grita:

—¡Te lo voy a facilitar! No hace falta que me eches, porque ahora la que se va soy yo. Recogeré todas mis cosas y desapareceré de *tu* casa y de *tu* vida para siempre. Me tienes aburrida. Aburrida de tener que ocultarte las cosas. Aburrida por tus normas. ¡Aburrida! Sólo te voy a pedir un último favor: necesito que tu avión me lleve a mí, a *Susto* y mis cosas hasta Madrid. No quiero meter a *Susto* en una jaula en la bodega de un avión y...

—¿Por qué no te callas? —la interrumpo.

Lo que está diciendo es ridículo. ¿Por qué se va a ir y se va a llevar a *Susto*?

Pero Judith se toma mis palabras como todo lo que le digo últimamente, y replica:

—Porque no me da la real gana.

Sofocado, la miro y Björn, que no sabe realmente por qué estamos así, dice:

—Chicos, por favor, serenaos. Creo que estáis exagerando las cosas y...

Pero Jud no lo deja hablar, sigue quejándose del trato que le he dado en los últimos días. Yo no digo nada y, aunque siento que parte de lo que señala es cierto, estoy cada vez más enfadado, y la increpo:

—¿Por qué te vas a llevar a *Susto*?

Judith me mira. Enarca las cejas y, acercándose a mí en actitud intimidatoria, gruñe:

—¿Qué pasa?, ¿vas a luchar por su custodia?

Asiento. Por supuesto que pienso luchar.

—Ni él ni tú os vais a ir —afirmo—. ¡Olvídate de ello!

Ella se pone entonces a chillar. Me hace saber que se irá sea como sea y se llevará a *Susto*, y, sin poder más, la miro y, sacando al cabrón frío que hay en mí, le grito:

—¡Pues vete, maldita sea! ¡Márchate!

Björn me mira con incredulidad y, cuando Judith sale del despacho hecha una furia y él y yo nos quedamos solos, me pregunta:

—Pero ¿qué estás haciendo?

Ofuscado, resoplo. Esa maldita española sabe sacarme de mis casillas.

—No lo sé, Björn... —murmuro tocándome la frente—, no lo sé.

Mi amigo no me quita ojo. Deja la botella que tiene en las manos sobre la mesa de mi despacho y añade:

—Yo sí lo sé: estás haciendo el gilipollas.

Lo miro con rabia.

Ya me llama eso Judith, ¿por qué tiene que llamármelo él también?

A continuación, pongo a Björn al día de todo lo acontecido y él me escucha con tranquilidad.

Una vez que he acabado, mi buen amigo se acerca a mí y, apoyando una mano en mi hombro, declara:

—Sabes que, hagas lo que hagas, estaré de tu parte, pero también quiero que sepas que mujeres como Judith hay pocas, y tú, con tu frialdad y tu cabezonería, la estás dejando marchar.

Asiento. Sé que tiene razón.

Esa noche, Judith cena en la cocina, no quiere cenar en el salón conmigo, y cuando llega la hora de acostarse, se mete en el cuarto donde guarda sus cosas y Simona me dice que va a dormir allí.

¿Va a dormir en el suelo?

Aun así, no pienso ir a convencerla. No voy a intentar hacerle cambiar de idea.

Y me paso la noche en vela, tirado en una cama que, sin ella, se me antoja demasiado grande y solitaria.

64

Al día siguiente, cuando despierto y veo la cama vacía, estoy tentado de bajar al cuarto donde esa cabezota está durmiendo en el suelo y subirla a la fuerza, pero, consciente de que eso haría más mal que bien, me visto y bajo a la cocina a desayunar.

Cuando paso por delante de la habitación donde sé que duerme, me acerco a la puerta y escucho. No se oye absolutamente nada. Debe de estar dormida, por lo que, jugándomela, abro la puerta con cuidado y maldigo cuando la veo tumbada en el suelo, sobre la alfombra, rodeada del árbol de los deseos, el *skate* de Flyn, el casco amarillo de la moto y cientos de otras cosas.

Necesito de su contacto, y me acerco a ella. Está preciosa. Cuando duerme parece una muñeca y, con cuidado, me agacho y acaricio con delicadeza su oscuro pelo. No le toco la cara como me gustaría para no despertarla.

A continuación, suspiro frustrado, salgo de la habitación con el mismo sigilo con el que he entrado y voy a la cocina a tomarme un café.

Media hora después, cuando me dirijo al garaje, me encuentro allí con *Susto*. El animal corre a saludarme, y, agachándome, murmuro mientras lo miro a los ojos:

—Tranquilo. Ni tú ni ella os vais a ir.

El perro parece entenderme y me da un lametazo en la cara. Ya me he acostumbrado a sus besos y, tras limpiarme con la mano, sonrío, me monto en el coche y me voy a trabajar.

Después de un día complicado en la oficina, cuando regreso a casa entrada la noche, Simona me dice que Judith se ha marchado por la mañana con mi hermana y que ha llamado para decir que no vendrá a dormir.

¿Que no viene a dormir?

Y ¿dónde va a dormir?

Al enterarme de eso me llevan los demonios, pero no la llamo. Ya es mayorcita y sabrá lo que hace.

★ ★ ★

Después de otra noche en la que apenas pego ojo pensando dónde debe de estar, cuando me levanto decido no ir a trabajar. Quiero esperarla, y aparece a media mañana con las gafas de sol puestas.

Furioso, me acerco a ella.

—¿Se puede saber dónde has dormido?

Judith me mira. Su gesto me hace saber que ha dormido poco y, levantando la mano, indica:

—En medio de la calle te puedo asegurar que no.

Su chulería me cabrea.

Gruño, blasfemo, pero ella no me hace caso y el corazón me late desbocado cuando veo unas cajas de cartón y soy consciente de que las va a utilizar para guardar sus cosas.

Voy tras ella y, al llegar a su cuarto, tiene la desfachatez de darme con la puerta en las narices... ¡A mí!

¡Joder!

Durante horas no la veo, pero soy consciente de que está recogiendo sus cosas. Me desespero. ¿A tanto hemos llegado?

Oigo que sube a nuestra habitación y la sigo. Durante un buen rato, oculto en el pasillo, veo que mete sus cosas en cajas mientras el corazón me bombea rápido y yo no hago nada.

¡Estoy paralizado! No sé qué me ocurre.

Sólo sé que el macho alfa frío y distante que hay en mí no me permite reaccionar.

Finalmente, ella se vuelve y me ve. Tiene aspecto de cansada, como debo de tenerlo también yo. Estoy convencido de que ninguno de los dos lo estamos pasando bien.

—La verdad es que estas lamparitas nunca han pegado con la decoración del dormitorio —dice—. Si no te importa, me llevo la mía.

Asiento. Miro las lámparas que compramos en el Rastro de

Madrid y en el que están nuestros labios marcados y, acercándome a la mía, afirmo:

—Llévatela. Es tuya.

En silencio, y con el rabillo del ojo, veo que la guarda. Es evidente que el dolor nos reconcome a ambos y, necesitando decirlo, la miro y murmuro, sin impedir que se marche:

—Judith, siento que todo acabe así.

Ella asiente, se muerde los labios y suelta:

—Más lo siento yo, te lo puedo asegurar.

Nerviosa, va de un lado a otro de la habitación. La miro, intento ser correcto y, sin llamarla *cariño, preciosa* o *pequeña*, pregunto:

—¿Podemos hablar un momento como adultos?

Ella asiente desde el otro lado de la cama.

Entonces, conteniendo la necesidad que siento de abrazarla, empiezo a decir:

—Escucha, Judith. No quiero que, por mi culpa, te veas privada de un trabajo. He hablado con Gerardo, el jefe de personal de la delegación de Müller en Madrid, y vuelves a tener el puesto que tenías cuando nos conocimos. Como no sé cuándo querrás reincorporarte, le he dicho que en el plazo de un mes te pondrás en contacto con él para retomar tu trabajo.

Según digo eso, ella niega con la cabeza y me hace saber que no desea trabajar para Müller. Insisto, no quiero que trabaje de camarera en un bar, y mi insistencia es tal que finalmente accede a hablar con Gerardo. Eso me tranquiliza.

Durante unos instantes permanecemos callados, cuando, no sé por qué, digo:

—Espero que sigas con tu vida, Judith, porque yo voy a retomar la mía. Como dijiste cuando besaste a Björn, ya no soy el dueño de tu boca ni tú lo eres de la mía.

Con cierta frustración, siento que me mira y, a continuación, pregunta:

—¿Y eso a qué viene ahora?

Furioso por todo, y consciente de que mis palabras no son pacíficas, matizo:

—A que ahora podrás besar a quien te venga en gana.

—Tú también lo podrás hacer. Espero que juegues mucho.

Oírla decir eso me toca algo más que las narices porque entiendo que ella va a jugar sin mí, y entonces afirmo con la sonrisa más falsa que puedo:

—No dudes que lo haré.

Nos miramos...

Nos retamos...

Pero, a diferencia de otras ocasiones, no nos besamos. Ella se da la vuelta y, tras asegurar que regresará a por *Susto*, se marcha dejándome totalmente destrozado.

Sé que esa noche se va a dormir a casa de mi madre. No quiere estar conmigo, quiere alejarse de mí por todos los medios, y yo se lo permito. Si ella así lo quiere, ¿quién soy yo para impedírselo?

El ruido de la puerta del garaje llama mi atención y, como estoy en mi dormitorio, nuestro dormitorio hasta hace poco, me asomo a la ventana. En silencio, soy testigo de cómo Judith abraza y besa a Norbert y a Simona. Se despide de ellos e intenta consolar a la mujer, que llora con desconsuelo.

Estoy observándolos cuando levanta la vista. No puedo esconderme, no puedo apartarme de la ventana, ya me ha visto. Durante unos segundos nos miramos mientras siento cómo mi corazón se desboca y, cuando ella levanta la mano y me dice adiós, yo repito el movimiento mientras me siento morir.

Segundos después, Judith arranca la moto de mi hermana, se pone el casco, monta en ella y se marcha sin mirar atrás. Se va de mi vida.

★ ★ ★

Esa noche, cuando bajo a cenar al comedor, estoy solo. Terriblemente solo.

Flyn está en la cama, sigue dolorido por su brazo roto, y Judith se ha ido.

En silencio, miro a mi alrededor.

Este comedor, que en otra época fue aburrido, lo llenó de luz, risas y color la mujer que ya no está conmigo y, faltando ella, a partir de ahora las risas volverán a brillar por su ausencia.

Resoplo, no quiero estar solo, y, abriendo la puerta, pego un silbido y, dos segundos después, *Susto* aparece a mi lado. Me mira con sus ojos saltones. Sé que echa de menos a Judith tanto como yo y, agachándome, junto mi cabeza con la suya y murmuro:

—Lo siento..., lo siento mucho.

Su cercanía me reconforta, me hace sentir que estoy acompañado, y me siento a la mesa a cenar mientras *Susto* se echa a mis pies.

De pronto veo un sobre junto a mi plato en el que pone «Eric» con la letra de Jud. El corazón se me acelera. Lo miro, pero no lo toco. De repente me asusta un puñetero sobre cerrado.

Simona entra entonces con una sopera que deposita sobre la mesa y me llena el plato.

—El sobre, señor, lo ha dejado la señorita Judith para usted —dice.

Asiento.

Luego ella se marcha y, tras mirar el sobre de nuevo, lo cojo y, al abrirlo, cae en mi mano el anillo que le regalé. Dolorido, cierro los ojos y maldigo. Maldigo por todo lo ocurrido. Segundos después, otra cosa cae también del sobre. Es un trozo de papel, en el que únicamente pone: «Adiós y cuídate».

Aún no puedo creerme la frialdad de nuestra despedida, como no me creo que Judith ya no esté aquí conmigo. Con tristeza, miro el anillo y, cogiéndolo entre los dedos, leo lo que pone en la parte interior: «Pídeme lo que quieras, ahora y siempre».

Dolor.

El dolor se vuelve insoportable y, tras levantarme, me voy mi habitación y *Susto* me sigue. El perro entra conmigo en ese lugar que ya no le está vetado y, cuando apago la luz, noto que se sube a la cama de un salto y se tumba a mi lado.

Lo miro..., me mira..., y de pronto intuyo que Judith me ocultaba otra cosa más.

65

~

Pasan los días y no sé nada de ella.

Pero el orgullo me puede y decido no llamarla, no buscarla ni interesarme por ella si ella no lo hace por mí.

Mi madre está enfadada conmigo...

Mi hermana no me habla...

A mi sobrino lo noto extraño...

Y mis amigos me echan la bronca por haber dejado escapar a una mujer como Judith.

Mi humor es sombrío, terriblemente sombrío, pero cuando llego a casa del trabajo trato de sonreír por Flyn.

Pasan más días y, a través de mi madre, me entero de que Judith está en Jerez. Me alegra saber que está con su padre, pero, al mismo tiempo, la imagino saltando en su maldita moto como una loca y me angustio, me angustio mucho, y más al intuir que el tal Fernando anda cerca.

Los días siguen transcurriendo y Judith y yo continuamos sin hablarnos, pero al menos me alegra saber que ella ha vuelto a Müller. Gerardo me ha llamado para comentármelo.

Contento de que haya entrado en razón en lo que al trabajo se refiere, sin dudarlo, levanto el teléfono, llamo a una floristería y encargo unas flores. Pido que se las hagan llegar a la oficina de Müller en Madrid junto con una nota que diga:

> *Estimada señorita Flores:*
> *Bienvenida a la empresa,*
> *Eric Zimmerman*

No incluyo nada más. Me encantaría decirle mil cosas, pero sé que no debo. He de ser profesional.

Los siguientes días salgo con mis amigos. Ellos lo pasan bien y yo lo intento, pero me es imposible. Nada es divertido sin Judith.

Una tarde, cuando salgo de trabajar y tengo la cabeza como un bombo por la maldita convención anual de Müller que organizamos todos los años en Múnich, decido ir al despacho de mi amigo Björn. He de consultarle ciertos asuntos legales.

Como siempre, Björn me saluda encantado. Se mete con mi incipiente barba y me atiende fuera de horario; ¡para eso están los amigos!

Una vez que sus empleados se van y nos quedamos solos en el despacho, sirve unos whiskies y, entregándome uno, pregunta:

—¿Qué tal tu día?

Doy un trago, lo miro y respondo:

—Una mierda.

Björn asiente. Luego se sienta a mi lado y, tras dejar su vaso sobre la mesa, añade:

—Y ¿piensas hacer algo para solucionarlo o seguirás haciendo el gilipollas?

Según dice eso, resoplo.

Por si no tenía ya bastante con mi madre, Flyn, mi hermana y Frida, ¿ahora también Björn?

Sin ganas de discutir, me levanto y me dirijo hacia la ventana, cuando mi amigo suelta acercándose a mí:

—Tu actitud de sobrado comienza a cabrearme. ¡Espabila, macho!

Boquiabierto, lo miro y, cuando voy a contestarle, de repente me suelta un derechazo en el estómago.

¡Joderrr!

Me doblo en dos.

Pero ¿qué hace este insensato?

Cabreado, lo miro y, cuando veo que va a soltarme otro, respondo. Respondo con toda la rabia que tengo acumulada, y dos segundos después ambos rodamos por el suelo mientras nos damos golpes a diestro y siniestro. Pero, de pronto, los dos comenzamos a reír como dos gilipollas y, con las espaldas apoyadas en el suelo, al tiempo que miramos al techo, digo:

—Pegas como una nenaza.

—Y tú como un osito —se mofa Björn echando un vistazo a la barba que luzco últimamente.

Durante unos momentos, permanecemos en el suelo.

En todos los años que llevamos juntos, nunca nos había ocurrido algo así. Y entonces le hablo de ella, de la mujer que llevo en mi mente con desesperación y a la que disfruto recordando.

—Voy a dar una fiestecita privada en casa dentro de unos días, ¿qué te parece? —me pregunta él al cabo de un rato.

Suspiro, cojo aire por la nariz y por fin respondo:

—Bien.

—He invitado a Chandra y a Louisa —me cuenta Björn—, y ya sabes que ambas se mueren por ti.

Asiento. Sin duda tengo vía libre para hacer con ellas lo que me venga en gana.

—Creo que lo que ha ocurrido es lo mejor para Judith y para mí —suelto de pronto.

Björn frunce el ceño y replica:

—No digas tonterías, ¡joder!

Resoplo, niego con la cabeza y añado:

—Judith y yo somos dos bombas de relojería. Es imposible que ella y...

—Lo que es imposible —dice él levantándose— es que seas tan cabezón y no te des cuenta de que la necesitas.

Yo también me levanto, y voy a decir algo cuando él continúa:

—Esa mujer lo dejó todo para venirse contigo a Alemania. ¡Vale!, entiendo que te cabreara que te ocultase ciertas cosas, pero, por Dios..., ¿merece la pena perderla?

—Me mintió, Björn, y si hay algo que odio es la mentira.

—Lo sé..., pero...

—Dijimos que seríamos sinceros el uno con el otro y ella me ocultó todo lo que ya sabes y me mintió en lo referente al *skate*. Me dijo que lo había devuelto y...

—Eric, estás solo; ¿es esto lo que quieres?

—Björn...

—¿No te importa que otro hombre que no seas tú pueda estar con Judith?

Lo miro.

Luego cierro los ojos y, sin ganas de responder, doy media vuelta y me voy.

No quiero pensar en ese tema. No, no puedo.

★ ★ ★

Pasan dos días y una mañana, y cuando aún estoy en casa, recibo un mensaje de Björn, que dice:

> Ayer estuve en Madrid con Judith. Sigue así y otro ocupará tu lugar.

Sin dar crédito, leo veinte veces más el mensaje.

¿Que Björn ha ido a Madrid y ha estado con Judith?

¿Para qué? ¿Por qué?...

Ofuscado, le escribo y le doy las gracias por la información, pero, acto seguido, llamo al piloto de mi jet privado y le indico que dentro de dos horas quiero salir para España.

Durante el vuelo, me siento nervioso. Björn es un tipo con mucho éxito entre las mujeres, y recordar la buena sintonía que hay entre él y Judith me pone celoso. Muy muy celoso.

Una vez en Madrid, un coche me recoge en el hangar y me lleva hasta las oficinas de Müller. Estoy nervioso. Voy a ver a Jud después de muchos días, y la impaciencia me hace temblar.

Cuando entro en el edificio, los vigilantes se cuadran ante mí. Sin duda mi gesto serio debe de haberles impresionado. Tras coger el ascensor y llegar a la planta donde está mi despacho, de pronto la veo. Está al fondo de la sala, escribiendo inclinada sobre su mesa, y me obligo a calmarme. He de estar tranquilo, por lo que, caminando hacia ella, paso junto a su mesa y, tras tocarla ligeramente con la mano, digo en un tono de voz demasiado duro:

—Señorita Flores, pase a mi despacho.

Judith me mira boquiabierta. No me esperaba, y no se mueve de su sitio.

Una vez que entro en el que fue el despacho de mi padre y ahora es el mío, me siento. Nos miramos a través del cristal y, cuando veo que no se mueve, cojo el teléfono, marco el número de su extensión y le suelto:

—Señorita Flores, la estoy esperando.

Ella asiente desconcertada.

Se levanta, veo que se rasca el cuello, pero viene y entra en mi despacho.

—Cierra la puerta —digo.

En cuanto lo hace, nos miramos. Mi mirada es feroz; la suya, de desconcierto. Y, sin paños calientes, le pregunto:

—¿Qué hacías anoche con Björn por Madrid?

Suspicaz y recelosa, ella parpadea y murmura:

—Señor, yo...

—Eric —la corto malhumorado—. Soy Eric, Judith, deja de llamarme *señor*.

Sé que me estoy pasando. Esta mujer no ha de darme ninguna explicación acerca de su vida y, como imagino, ella no tarda en hacérmelo saber. Aun así, yo, furioso, desconfiado y receloso, insisto:

—¿En Múnich has salido alguna vez con él sin yo saberlo?

Judith niega con la cabeza, murmura algo y, al final, me suelta:

—¡Serás gilipollas!

Discutimos. ¡Eso se nos da de lujo!

Y yo, molesto, pregunto:

—¿Juegas con él, Judith?

Mi pregunta la repatea y, furiosa, replica:

—Simplemente hago lo que tú haces. Ni más, ni menos.

Su respuesta no me convence. No sé qué he de entender, y entonces señala:

—El próximo fin de semana voy a ir Múnich.

Según dice eso, maldigo. Sé lo que hay el próximo fin de semana en mi ciudad, concretamente, en casa de mi amigo, y furioso pregunto:

—¿Vas a ir a la fiesta de Björn?

Judith me mira. Me conoce. Sabe lo molesto que estoy, y responde:

—¿Y a ti qué te importa?

Joder..., joder..., joder...

¡Pues claro que me importa!

Claro que me importa que ella vaya a esa fiesta a jugar y, cuando voy a decir algo que con toda seguridad no me conviene, suena el teléfono y ella lo coge.

—Buenos días. Le atiende Judith Flores. ¿En qué puedo ayudarle?

Encabronado, la miro. No quiero que juegue con Björn ni con ningún otro. Pero entonces la oigo saludar a un tío al teléfono y decir:

—Lo sé, Pablo..., lo sé. Vale, si quieres cenamos. ¿En tu casa? ¡Genial!

¡¿Pablo?!

¿Quién narices es ese tipo y por qué ella va a cenar en su casa?

Frenético y rabioso, la miro, y ella con chulería me hace saber que Björn es un amigo, cosa que Pablo no es, y, sin más, da media vuelta y sale del despacho dejándome boquiabierto, exasperado y terriblemente trastornado.

★ ★ ★

Veinte minutos después, voy a la cafetería de la oficina, estoy sediento, y allí me encuentro con ella de nuevo. Habla por teléfono con alguien mientras se bebe una Coca-Cola, y yo me siento al otro lado de la barra como un gilipollas. Sí, esta vez me lo he dicho a mí mismo.

Cuando acaba de hablar por teléfono, Judith se termina su Coca-Cola y se va. Instantes después regreso al despacho y, por suerte, veo que está allí, y me dedico a mirarla. Quiero ponerla nerviosa, hacerla sentir incómoda, como ella me hace sentir a mí.

Cuando veo que entra al archivo, mi estómago se revuelve.

Ese lugar fue testigo de nuestros primeros encuentros y, como si un imán gigante tirara de mí, me levanto, entro en él y me pongo detrás de Judith.

Su olor...

Su aroma...

Su presencia...

Todo ello me enloquece. Y, cuando ella se da la vuelta y choca conmigo, me mira y pregunta:

—¿Quiere algo, señor Zimmerman?

La miro...

La deseo...

Y, sin poder retener esos instintos salvajes y primitivos que me provoca, la beso. Dejando a un lado las sutilezas, introduzco la lengua en su boca y la disfruto mientras siento que ella me disfruta a mí, hasta que nuestras bocas se separan y, mirándome, cuchichea antes de empujarme para alejarme de ella:

—Recuerde, señor, mi boca ya no es sólo suya.

Una vez que me deja solo y desconcertado en el archivo, no sé qué decir ni qué hacer, y me siento como un tonto, como un auténtico y rematado tonto.

Tras pasar un día infernal en las oficinas de Madrid observando a la mujer que necesito para respirar, regreso al aeropuerto, cojo mi avión privado y vuelvo a lo que, sin ella, ya no es un hogar.

66

El sábado estoy de un humor terrible. Sé que Judith va a visitar Múnich, y yo no entro en sus planes.

A la hora de la comida, mi madre me llama nerviosa y me pide que le lleve a Flyn cuando comamos, pero que no le diga que Judith estará allí. Quiere que sea una sorpresa para él.

¿Y para mí, qué?

Instantes después, mi hermana Marta llama también y yo me cabreo. ¡Que sí, que tengo que llevar a Flyn! ¡Qué pesaditas!

Ante la insistencia de ambas, llevo al crío a donde mi madre, lo dejo en la puerta y me voy. Judith no ha venido a verme a mí.

Al regresar a casa, deseoso de quedarme solo, les doy el resto del día libre a Norbert y a Simona. Total, sólo estoy yo.

Cuando se van, me meto en mi despacho. Escribo un par de emails de trabajo y, después, me voy a la ducha. Pienso asistir a la fiesta que esa noche da mi amigo, vaya Judith o no, y decido afeitarme. Me quito la barba que me ha acompañado las últimas semanas y, cuando me miro en el espejo, me vuelvo a reconocer, aunque la palabra que sale de mi boca mientras lo hago es «¡Gilipollas!».

Las horas no pasan. El reloj va lento y, aunque no quiero, aunque intento evitarlo, al final no puedo retener mis impulsos y, montándome en mi coche, conduzco hasta la casa de mi madre. Necesito ver a Jud.

Al entrar, mi madre me mira, sonríe y cuchichea:

—Ay, hijo, qué bien que has venido... Judith está preciosa, y seguro que le alegrará verte.

Resoplo, dudo que se alegre y, con mal gesto, siseo:

—Mamá, no inventes.

Ella suspira.

Siento que para mi madre esto tampoco es fácil y, acompañándola, entro en el salón, donde Judith y Flyn, a pesar de su escayola en el brazo, juegan frente al televisor con la Wii con el sonido a tope.

¿De qué me suena eso?

En un primer momento, ella no me ve. Está concentrada en el juego, e, inconscientemente, sonrío al oír sus risas y las de mi sobrino mientras juegan.

¡Eso me trae muchos recuerdos!

De pronto, Judith vuelve la cabeza y nuestras miradas se encuentran.

Su gesto se endurece, el mío también, y, acercándome a ella, le doy dos besos por pura cortesía —y necesidad encubierta mía—, mientras mi madre, Marta y Flyn nos miran.

Nos observan con curiosidad.

La tensión entre nosotros puede cortarse con un cuchillo, y entonces todos desaparecen dejándonos solos.

—¿Has venido a la fiestecita de Björn? —le pregunto enfadado.

Judith no contesta.

Me mira..., me provoca..., me fustiga.

Y, no dispuesto a permitir que siga mirándome con esa sonrisita que no depara nada bueno, doy media vuelta, salgo de la casa de mi madre, cojo mi BMW y me marcho.

¡Desaparezco!

Ha sido una idea nefasta ir a verla.

Tras pasar parte de la tarde dando vueltas por Múnich en busca de un poco de tranquilidad, decido llamar a una amiga llamada Siena. Necesito distracción y, sobre todo, necesito ir acompañado a la fiesta. No quiero que, si finalmente Judith va, me vea como un perdedor. Eso nunca.

Cuando llego a casa de Björn, mi amigo me mira, luego mira a Siena y cuchichea:

—Veo que no pierdes el tiempo.

Su comentario no me gusta. Es más, me molesta. Llevo toda la tarde con Siena y no le he tocado ni un pelo.

Entonces me acerco a él y le exijo:

—No juegues conmigo y dime si ella va a venir.

Björn resopla, menea la cabeza y, mirando el trasero de Siena mientras ésta saluda a unos conocidos, dice:

—Invitada está, pero no sé si vendrá o no.

Maldigo... Protesto...

Y, sin mucho humor, me preparo algo de beber.

Instantes después, Siena se aleja con Björn. No me importa lo que hagan, la verdad, y entonces unas mujeres que conozco se acercan a mí. Me tientan, me provocan, se me ofrecen, e intento ser amable con ellas, pero finalmente el ogro desagradable que hay en mí sale y ya no vuelven a mirarme.

¡Joder..., que estoy esperando a Judith!

Las horas pasan y la fiesta privada en casa de Björn está en su punto álgido. Hay gente practicando sexo, en sus diferentes modalidades, por toda la casa.

Ofuscado, llamo por teléfono a Jud, pero ella no me lo coge.

Frida, que está frente a mí tomándose algo, va a decir algo, cuando siseo:

—¿Dónde narices está Judith?

No aparece en toda la noche ni me coge el teléfono y eso me preocupa.

¿Y si le ha pasado algo?

★ ★ ★

Cuando llego a mi casa a las seis y media de la madrugada, saludo a *Susto* y a *Calamar* y, como un zombi, camino de un lado a otro. No hay nadie, excepto los animales y yo, y entro en lo que fue el cuarto trastero de Judith.

Aunque se llevó casi todas sus cosas, ahí sigue el árbol rojo de los deseos. Simona me ha preguntado en varias ocasiones si quiere que lo tire, pero yo le he dicho que no.

No quiero que nada suyo desaparezca. Demasiado ha desaparecido ya.

Cansado, me siento en la mullida alfombra que tanto le gustaba a Judith y miro a mi alrededor. Estas cuatro paredes eran su refugio cada vez que ella y yo discutíamos, y resoplo. Resoplo por haber perdido el tiempo con ella discutiendo.

Con curiosidad, vuelvo a mirar el árbol rojo y veo que sigue teniendo deseos colgados, por lo que, alargando el brazo, cojo uno que enseguida compruebo que es de Judith y leo:

Deseo que Flyn, Eric y yo formemos nuestra propia familia.

Cierro los ojos. Eso resquebraja mi dura coraza.

Me tumbo en la alfombra y, rápidamente, *Susto* y *Calamar* se tumban a mi lado, y yo se lo agradezco. Se lo agradezco mucho, y, como dijo Henry, los animales no hablan, pero me acompañan en mi silencio.

Gracias, *Susto*. Gracias, *Calamar*.

Permanezco ahí tumbado durante horas, mientras sigo llamando al teléfono de Judith y ella no lo coge. Me preocupo. Me preocupo mucho cuando, de pronto, tras una nueva llamada, oigo su voz, me incorporo de un salto y pregunto a gritos:

—¡¿Dónde estás?!

Noto que el tono de mi voz le molesta, pero finalmente responde:

—En este momento, en la cama. ¿Qué quieres?

Saber eso me incita, me provoca, y, como un loco desquiciado, inquiero:

—¿Sola?

Como era de esperar, ella contesta:

—¿Y a ti qué te importa?

Maldigo, protesto y, tras un incómodo silencio, suelto:

—Quiero verte, por favor.

Ella lo piensa. Noto que lo piensa unos instantes, y por último dice:

—A las cuatro en el Jardín Inglés, al lado del puesto donde compramos los bocatas el día que fuimos con Flyn, ¿vale?

Asiento y, contento por ello, me despido y cuelgo el teléfono.

Luego miro el deseo de Judith que aún está en mi mano.

Durante un buen rato, permanezco tirado en la alfombra de esa habitación, pensando qué decirle cuando la vea y, al final, y sin yo esperarlo, me quedo dormido.

★ ★ ★

Cuando abro los ojos, me sobresalto.

¡Me he quedado frito!

Enseguida miro mi reloj y suspiro aliviado al ver que sólo son las doce y veinte del mediodía.

Me levanto del suelo. Me duelen los riñones..., ¡ya no soy un chaval!

Al salir de la habitación de Jud y no ver a Norbert y a Simona recuerdo que hoy es su día libre, por lo que me preparo un café, saco a *Susto* y a *Calamar* a dar un paseo y luego decido ducharme. Tengo una cita con Judith.

A las tres y media de la tarde ya estoy allí, y me doy una vuelta por el jardín con la esperanza de que mis absurdos nervios desaparezcan.

A las cuatro menos cinco la veo llegar. Está preciosa.

Sin apartar la mirada de ella, me acerco y, cuando estamos a un palmo de distancia, Jud murmura intentando sonreír:

—Aquí me tienes. ¿Qué quieres?

Ni un beso...

Ni un abrazo...

Ni un «hola»...

Por lo que, sin dejar de mirarla, comento:

—Tienes cara de haber descansado poco.

Judith sonríe. Esa sonrisita suya no me gusta, y a continuación comenzamos nuestro baile de reproches de «yo te digo», «tú me dices» y, juntos, la liamos.

Al final, no llegamos a ningún entendimiento. Pienso que no sé dónde ha pasado la noche ni con quién, y entonces dice:

—Mi avión sale a las siete y media. Así pues, date prisita con lo que quieras decirme, que tengo que pasar por el hotel, coger la maleta y embarcar.

Sus prisas me sublevan y, enfadado, insisto:

—¿No me vas a contar con quién estuviste anoche?

Ella se niega. Me acusa de ser un ser frío e intransigente, y también de haberle ocultado la separación de su hermana. Y cuando me canso de oír reproches que yo mismo me he encargado de envenenar, sin ningún remordimiento, digo:

—¡Adiós, Judith!

Y me voy.

Me alejo de ella antes de que mi lado implacable y excesivamente cabrón la líe más.

67

Llega el día de la maldita convención anual de Müller.

Personas de distintas delegaciones acuden todos los años a esa celebración que inició mi padre y que se ha institucionalizado de tal manera que ya es imposible dejar de hacer.

En esos días, los empleados de la empresa, venidos de distintas partes de Europa, se saludan, ponen cara a personas con las que se escriben o hablan por teléfono durante el año y lo disfrutan.

Soy consciente de que Judith está aquí.

Ha viajado desde España con varios jefazos de delegaciones y con Miguel, su antiguo compañero, que ahora es jefe de departamento en Madrid.

Sentado en la primera fila junto a Amanda y las demás personas con las que trabajo mano a mano todos los días, miro al frente mientras ésta, emocionada por el momento, me habla e intenta hacerme sonreír.

Cuando el presentador contratado para la ocasión dice mi nombre, subo al escenario. Las luces me enfocan y oigo el clamor y los aplausos de las más de tres mil personas que están congregadas allí.

Son mis empleados, y yo soy su jefe. El que paga mensualmente sus nóminas.

Con profesionalidad, leo mi discurso y, cuando acabo, los aplausos me vuelven a abrumar. En ese instante hago subir a Amanda y a otras personas al escenario para no sentirme tan solo y, cuando do ella se sitúa a mi lado, como necesito cercanía, la agarro por la cintura.

Amanda me mira, sonríe y, mientras saluda, cuchichea:

—Sigo estando aquí para ti..., no lo olvides.

Asiento. Sé lo que quiere decir con eso y, aunque estoy falto de cariño, desde que Judith se fue de mi lado he sido incapaz de acercarme a otra mujer.

En este tiempo he salido con mis amigos, he ido al Sensations, he sido tentado por preciosas mujeres, pero nadie ha llamado mi atención y, por increíble que parezca, aunque he observado cómo otros jugaban, yo no he sucumbido a la tentación.

Una vez que bajamos del escenario, todos nos rodean. Todos nos quieren saludar, y Amanda y yo, sin perder la sonrisa, nos hacemos fotos a diestro y siniestro con todo el que la pide.

Sediento, cojo entonces una copa de champán que los camareros reparten con sus bandejas y miro a mi alrededor en busca de alguien que no encuentro.

Busco sin descanso al grupo de los españoles y, cuando lo veo, me acerco a ellos junto con Amanda, que se me ha pegado como una lapa.

De inmediato, diviso a Judith.

Diviso a la mujer que busco junto a Miguel, y la sangre se me revoluciona. No obstante, intentando ser profesional, tratando de ser el jefazo que se supone que soy, no me centro en ella. Es más, ni siquiera la miro. Todos saben lo que ocurrió entre nosotros, y mirarla con detenimiento sería motivo de nuevos cotilleos.

Así pues, tras saludarlos a todos, incluida Judith, desaparezco de nuevo con Amanda y sigo saludando al resto de las delegaciones.

En un determinado momento, se me presenta una italiana que luego ya no se separa de mí.

Sin perder la sonrisa, continúo haciéndome fotos, hasta que ésta, que es una pelirroja de infarto, se agarra de mi brazo y murmura:

—Señor Zimmerman, tenía muchas ganas de conocerlo.

Mirándola, sonrío. En otra época, sin duda habría acabado desnuda en mi cama.

—El gusto es mío —murmuro.

Con el rabillo del ojo, observo el gesto de Judith. Le molesta verme hablando con esa mujer y, dispuesto a molestarla todo lo que pueda y más, a partir de ese instante me dedico a ensalzar a la italiana y a toda mujer que se acerca a mí para hacerse fotos.

Yo soy Eric Zimmerman, un macho alfa. ¿Qué se ha creído ésa?

Sin alejarme en exceso de donde está ella, pasan las horas, hasta que vuelvo a acercarme al grupo de españoles y bromeo con una muchacha de Sevilla. Todos sonríen a nuestro alrededor por lo que decimos y, deseoso de que Judith acuda al evento organizado para esa noche, indico:

—La señorita Flores los llevará hasta el lugar donde he organizado la fiesta. Ella conoce Múnich —y, entregándole una tarjeta a ella, que me mira con gesto molesto, añado—: Los espero a todos allí.

Según digo eso, doy media vuelta y me alejo sabiendo que la he dejado totalmente vendida con sus compañeros y sin posibilidades de negarse a acudir a la fiesta de la noche.

En mi camino me encuentro de nuevo con la italiana. Se me insinúa. Me hace saber en qué habitación de qué hotel está y, como puedo, me la quito de encima.

¡Lo último que quiero ahora es sexo!

★ ★ ★

Una vez fuera de la convención, me dirijo con decisión hasta el parking para recoger mi coche. Quiero ir a casa, ducharme y coger fuerzas para la maldita fiestecita de esta noche.

Mientras me aproximo a mi vehículo, de pronto oigo el repiqueteo de unos tacones detrás de mí y siento cierta impaciencia. ¿Será Judith?

Sin poder esperar un segundo más, me vuelvo y me llevo un gran chasco cuando veo a Amanda, que corre hacia mí.

—¿Puedes llevarme al hotel? —pregunta.

Asiento. Decirle que no sería muy descortés por mi parte.

Cuando nos montamos en el coche, ella se quita los zapatos y murmura:

—Me estaban matando.

Me hace gracia oír eso, me recuerda a Judith, y me dispongo a decir algo cuando, de pronto, noto en mi entrepierna la mano de Amanda, que susurra, tocándome por encima del pantalón:

—¿Qué te parece si tú y yo jugamos un poco en mi suite?

La miro mientras siento cierto cosquilleo en mi interior. Es la primera vez desde hace muchos años que llevo una vida tan monacal y, cuando voy a decir algo, ella añade:

—No estás con Judith. Sé que lo dejasteis. No puedes decirme que no.

Tiene razón. Vuelvo a estar solo, soy libre de decidir lo que quiero hacer o no.

El problema es que físicamente no estoy con Judith, pero mentalmente ella sigue dentro de mí, y, sonriendo, repongo:

—Amanda..., no.

Según suelto eso, ella retira la mano de donde la tenía, se recoloca en el asiento e indica:

—De acuerdo, Eric. Por favor, acércame al hotel.

En silencio arranco, conduzco y la dejo en el hotel que he contratado para la gran mayoría de los asistentes al evento.

En cuanto ella se baja del coche, pongo en marcha el CD y suena U2, pero, deseoso de escuchar otra cosa, le doy al botón hasta que consigo llegar al disco que Judith se dejó en mi coche y la voz de Alejandro Sanz comienza a oírse.

Conduzco...

Escucho las canciones...

Y canturreo...

Entono una determinada canción en mi particular español y, ahora que escucho su letra, sonrío al recordar cómo Judith la cantaba mientras gesticulaba y me señalaba. Sin duda, en lo que a sexo se refiere, y como dice la canción, yo fui su maestro y ella mi aprendiz.

Al llegar a casa, me entretengo con Flyn. Está jugando en el jardín con *Susto* y *Calamar* y, olvidándome del agobio que tengo por la convención, disfruto de ellos. De mi familia.

A las ocho, tras cenar con Flyn, me doy una ducha, me pongo mi esmoquin negro y la pajarita y me despido de mi sobrino, de Simona y de Norbert. He de ir a la fiesta de empresa.

★ ★ ★

Una vez en el local donde va a celebrarse ésta, saludo a varios directivos mientras, con cierto disimulo, hago un escaneo visual del sitio, pero no veo a Judith.

¡Maldita sea!

Impaciente, y esperando que asista al evento, me acerco a la barra, donde pido algo de beber, saludo a Amanda, que se acerca a mí y, cuando miro hacia la puerta, veo entrar al grupo de España y, ¡al fin!, también a ella.

Hechizado por su pelo oscuro y el magnetismo que toda ella irradia, la sigo con la mirada. Está preciosa con ese vestido negro con *strass* en la cintura y, en el momento en que veo que sonríe por algo que su amiguito Miguel le dice, me encamino hacia ellos.

No me ven, están a lo suyo, y, ofuscado, me acerco más y más, cuando de pronto en mi camino se cruza la pelirroja italiana que lleva persiguiéndome todo el día, y le sonrío. Le sonrío con malicia, dispuesto a hacerle ver a Judith que a mí también hay otras que pueden hacerme sonreír.

Tras cruzar dos palabras con esa mujer que me mira embelesada y de la que ya no recuerdo el nombre, hago que me acompañe, y ella acepta encantada.

Tan pronto como saludo al grupo de españoles con la pelirroja agarrada de mi brazo, prosigo mi camino y enseguida tengo que hacerle un par de cobras. ¡Por Dios, qué pesada!

Finalmente, para que se tranquilice, la saco a bailar y ella se emociona.

Nunca me ha gustado bailar, pero en este tipo de eventos tengo que mostrarme cortés. Cuando la canción acaba, otra mujer pide bailar conmigo y, al ver el gesto tenso de Judith, acepto. Quiero que sienta lo que yo siento cuando otros ponen las manos sobre ella.

Amanda me observa, sé que está molesta por lo que le he dicho en el coche horas antes, pero, en cuanto termina la canción, se acerca a mí y, sonriendo, me pide bailar también. Judith aprieta la mandíbula. La conozco y eso le está molestando mucho. Amanda y yo nos movemos con otros por la pista, y entonces oigo que dice en mi oído:

—Creo que somos más de dos las que te deseamos esta noche.

La miro. No sé si entiendo lo que quiere decir, y ella aclara, paseando la mano por mi cuello:

—La señorita Flores nos mira. Tranquilo, esto la encelará más.

Boquiabierto, no sé qué decirle, y veo a Judith dar media vuelta y salir de la sala.

Con disimulo, controlo el lugar por donde ha desaparecido y, minutos después, la veo regresar. Habla con Xavi Dumas, el delegado de Barcelona, y al poco están bailando cerca de nosotros en la pista.

Mi baile con Amanda ha terminado y, cuando voy a escabullirme, otra mujer se me acerca y no me queda más remedio que aceptar.

¡Joder..., joder..., joder!

Intento ser caballeroso y atento con ella, pero me cuesta mucho. Mis ojos vuelan hacia Jud, que baila sonriente, mientras yo me muero de celos. Sin perderla de vista, prosigo mi baile y, cuando acaba la canción, veo que ella cambia de pareja y baila con otro hombre.

Incapaz de permanecer impasible, y sin soltar a la mujer que tengo entre mis brazos, con disimulo, la acerco lo suficiente hasta Judith y el hombre con el que baila y, sin nada que perder pero mucho que ganar, digo dirigiéndome a él:

—¿Le importa si cambiamos de pareja?

El hombre me mira. Soy el jefazo y, por supuesto, no se niega.

Entonces, sin mirar a la mujer que suelto y le entrego, agarro a Judith por la cintura y, mientras suena la canción *Blue Moon*, desde mi altura y con cierta arrogancia, pregunto:

—¿Lo está pasando bien, señorita Flores?

Con una fingida sonrisa me hace saber que sí, pero la conozco y sé que está incómoda. Muy incómoda.

Hablamos. Intentamos comunicarnos, pero, más que eso, con nuestras preguntas y respuestas nos molestamos, hasta que ella hace ademán de soltarse de malos modos y, en actitud intimidatoria, siseo, sujetándola con fuerza:

—Termine de bailar conmigo esta pieza, señorita Flores. Después, puede usted hacer lo que le dé la gana. Sea profesional.

Ella afloja, maldice en español y, sin hablarnos, seguimos mo-
viéndonos mientras la canción suena y yo disfruto de su olor, de
su tacto, de su compañía, aunque siento que ella no lo hace.

Cuando la canción termina, con frialdad, antes de soltarla, le
doy un beso en la mano y me despido mirándola a los ojos:

—Como siempre, ha sido un placer volver a verla. Espero que
lo pase bien.

Dicho esto, doy media vuelta y, con el corazón helado, le sonrío a otra mujer que se acerca a mí y, sin dudarlo, comienzo a
bailar con ella.

Una vez que acabo la pieza con esa mujer, otra se me acerca
con una cautivadora sonrisa. Le indico que voy a beber algo a la
barra y que más tarde bailaremos. La mujer sonríe, yo le guiño un
ojo y, sin ganas de que ninguna más ponga sus malditas zarpas
sobre mí o voy a explotar, me encamino hacia la barra.

Amanda se me aproxima entonces, sonríe y afirma:

—Eres malo, Eric..., muy... muy malo.

La miro. Ella se aleja y yo maldigo para mis adentros.

Durante un buen rato observo a Judith. No lo pasa bien. La
conozco. Si lo pasara bien estaría bailando en la pista y, no, no lo
hace.

Desde donde estoy compruebo que un hombre, que no sé quién
es, empieza a hablar con ella y, por su gesto, intuyo que es un
pesado. Eso me gusta. Soy un puto egoísta. Prefiero que esté so-
portando a un pesado a que esté planteándose llevarse a alguien a
su habitación.

Estoy observándola cuando dos consejeros de Müller se acercan a mí y comenzamos a hablar de trabajo, hasta que vuelvo a
mirar en dirección a Jud y ya no está en el sitio donde la he visto
por última vez.

Disculpándome con ellos, camino por la sala en su busca. No
la veo por ningún lado y cuando, media hora después, me aseguro
de que tampoco está en los baños de señoras, me alarmo y salgo
en su busca. Sé dónde se aloja.

★ ★ ★

Ya en su hotel, subo en el ascensor y, una vez que llego a la planta en cuestión, camino raudo y veloz hasta la puerta de su habitación. Antes de llamar, escucho. Silencio. Demasiada quietud, y, con urgencia, llamo con los nudillos.

¡Espero no encontrarla con nadie allí!

Segundos después Judith abre la puerta con una sonrisa en el rostro que la abandona cuando me ve, y yo, picado por los celos, siseo:

—Vaya..., veo que no soy quien esperaba, señorita Flores.

Sin aguardar a que me invite, entro en la habitación, y ella, sin moverse de la puerta, pregunta:

—¿Qué quiere, señor?

La miro terriblemente cabreado.

Ya no somos Eric y Jud. Ahora somos la señorita Flores y el señor Zimmerman, y, dolido por esa distancia que hay entre nosotros, respondo con toda la indiferencia de que soy capaz.

—No la he visto marcharse de la fiesta y quería saber que estaba bien.

Ella sigue sin moverse de la puerta mientras me mira con un gesto frío que me duele. Me hace saber que difícilmente podremos comunicarnos con afabilidad y, por fin, suelta:

—Si ha venido usted para ver con quién voy a jugar en el hotel, siento decepcionarlo, pero yo no juego con gente de la empresa ni cuando la gente de la empresa está cerca. Soy discreta. Y, en cuanto a estar o no estar bien, no se preocupe, señor, me sé cuidar muy bien yo solita. Por tanto, ya puede marcharse.

Me crispo al oír eso. Me está echando de su habitación y de nuevo de su vida sin pensar que si estoy aquí frente a ella como un celoso patológico es porque la añoro, la quiero y la necesito. Cuando ve que no me muevo, insiste:

—Salga de mi habitación ahora mismo, señor Zimmerman.

Yo sigo inmóvil.

No quiero..., no quiero irme de aquí y, cuando voy a decir lo que siento por ella, Jud gruñe endureciendo el tono:

—Usted no es nadie para entrar aquí sin ser invitado. Con seguridad lo esperarán en otras habitaciones. Corra, no pierda el tiempo, seguro de que Amanda o cualquier otra de sus mujeres desea ser su centro de atención. No pierda el tiempo aquí conmigo y márchese a jugar.

Me encabrona.

Sus palabras, su mirada y su actitud me encabronan y ya no quiero decirle lo que siento. Por ello, dispuesto a hacer todo lo que no he hecho en todo este tiempo, me marcho de la habitación sin mirar atrás.

Cuando estoy saliendo del hotel, un taxi para en la puerta y, de él, baja Amanda.

La miro, me mira. La tensión es palpable cuando la oigo decir:

—Suite 816.

Furioso y encabronado, asiento. Cojo su mano y nos dirigimos hacia la suite.

Una vez que entramos en ella, Amanda susurra:

—Fóllame.

Cegado por la rabia y la frustración por lo que Judith me ha dicho y hecho sentir, hago lo que me pide: me la follo, y lo hago sin pensar en nada más.

★ ★ ★

Dos horas después, tras varios asaltos en los que sólo pienso en mi propio placer, me visto y regreso a casa.

En mi habitación, me miro en el espejo, la furia sigue instalada en mi mirada y, con el corazón frío por la rabia que siento por todo, siseo:

—Maldito Eric Zimmerman, eres patético.

68

Dos días después de la convención, recibo una llamada de Madrid. Es Gerardo, para decirme que la señorita Flores ha pedido voluntariamente la baja en la empresa.

¿Cómo?

Lo escucho sin dar crédito y con la frialdad instalada en mi corazón, cuando cuelgo, pienso que, si Judith quiere eso, ¡que se vaya!

No obstante, según pasan las horas, mi coraza de frialdad se resquebraja.

Pero ¿dónde piensa trabajar, la muy descerebrada?

¿Cómo se va a ir de Müller?

Y ¿por qué estoy permitiendo que se aleje de mi vida?

★ ★ ★

Esa tarde, cuando regreso a casa, *Susto* y *Calamar* me reciben con cariño mientras Flyn juega con ellos.

Mi sobrino sigue raro. Desde que Judith se marchó, noto que hay algo que nos separa; no se comunica, no quiere tener nuestro día de hombres conmigo, y yo ya no sé qué hacer.

Me apetece estar con él, así que lo invito a bañarse conmigo en la piscina, pero no quiere, y yo no insisto. Estoy harto de mendigar cariño, y decido darme ese baño solo. Lo necesito.

Como imaginé, el bañito en la piscina me viene estupendamente. Pero, al entrar en la habitación y cerrar la puerta, me quedo mirando el pestillo que Judith colocó para preservar nuestra intimidad y me desmorono.

Siento que me fallan las fuerzas y, sin poder retener las lágrimas, éstas salen en tromba de mis ojos.

No puedo más... No... puedo... más...

Estoy llorando porque soy un gilipollas, un imbécil y un egoísta.

Mi existencia es una mierda.

Mi vida sin Judith ya no es vida.

Lloro. Me desespero. Me cabreo conmigo mismo.

¿Realmente quiero vivir sin ella?

Estoy secándome las lágrimas con las manos cuando miro la lamparita que descansa sobre la mesilla y que un día compramos juntos. Verla allí y ver sus labios marcados hace que me sienta todavía más solo, y soy consciente de que mi hermana Marta tiene razón.

¡Soy un puñetero gilipollas aburrido y amargado!

Necesito el olor de Judith, así que abro el armario donde por suerte ella se dejó algunas camisetas. Enseguida cojo una, la acerco a mi nariz y aspiro su perfume.

¡Jud! ¡Mi pequeña!

En décimas de segundo, siento paz. La camiseta huele a ella, a mi morenita, a mi cabezota española, y, con el corazón encogido por lo solo que me encuentro sin ella, me dirijo hacia el baño.

¡No quiero estar así!

Me desnudo y entro en la ducha. Eso me relajará y hará que deje de llorar como un idiota. Pero, cuando el agua cae sobre mi cuerpo, por mi mente pasan imágenes de ella en esa ducha. Pienso en nuestros bonitos momentos y en la cantidad de veces que, en la esquina de la misma, entre risas y mimos, Jud me pedía que fuera su empotrador.

Dolorido por los recuerdos, una vez que salgo de la ducha, me visto y, secando mis lágrimas, voy en busca de Flyn, *Susto* y *Calamar*. Los necesito. No quiero estar solo.

Pero cuando por la noche entro de nuevo en la habitación, mi pena regresa. Imágenes de Judith riendo, bromeando, saltando en la cama o corriendo muerta de risa por el dormitorio me destrozan.

No puedo quitármela de la cabeza.

¡No sé si voy a saber vivir sin ella!

La quiero.

La adoro y, de pronto, me doy cuenta de que tengo que hacer lo que sea para recuperarla, y si he de tirarme al suelo y dejarme pisotear..., ¡que así sea!

★ ★ ★

Tras una noche en la que soy consciente de que necesito a Jud en mi vida, porque la quiero, la necesito y la deseo, a las siete de la mañana, cuando creo que la cabeza me va a explotar, agarro el teléfono y la llamo.

—¿Qué has hecho? —pregunto.

Durante unos instantes, Judith no reacciona. La imagino con su gesto dormido, e insisto:

—¿Por qué te has despedido de la empresa, Judith?

Sigue sin responder y yo, con lo acelerado que estoy por la nochecita que he pasado, gruño sin controlar mi tono de voz:

—¡Por el amor de Dios, pequeña, necesitas el trabajo! ¿Qué pretendes hacer? ¿En qué vas a trabajar? ¿Quieres ser camarera otra vez?

La oigo resoplar. Estoy haciendo que se despierte a marchas forzadas. Mal asunto.

—No soy tu pequeña —me suelta entonces—, y no vuelvas a llamarme en tu vida.

No. Eso no voy a aceptarlo.

Ella es mi pequeña, mi morenita, mi luz, mi sol y, por supuesto, ¡mi mujer! Entre ella y yo existe algo muy especial, tremendamente especial y bonito, por lo que murmuro:

—Jud...

—Olvida que existo.

Y, sin más, corta la llamada.

¡Joder..., joder..., joder!

¡Tengo que hablar con ella!

Vuelvo a llamar.

Vuelve a cortar la llamada.

¡Difícil! Me lo va a poner muy difícil. Llamo entonces al número de su casa, pero éste no da señal y, conociéndola, seguro que ya lo ha desenchufado.

Pienso en ir a España, a su casa. Lo quiero, lo deseo, pero algo me dice que no debo hacerlo o empeoraré las cosas, así que decido ir con pies de plomo. Judith lo merece. Ella es ahora lo único importante.

★ ★ ★

El resto del día vuelvo a intentar comunicarme con ella en distintas ocasiones, pero me es imposible.

En una de ellas, y aun consciente de que lo que voy a contarle puede jugar en mi contra, en uno de los mensajes que le mando le confieso lo que sucedió con Amanda la noche de la fiesta y por qué lo hice. Y, una vez que mi conciencia se queda limpia, pero mi corazón machacado, decido seguir el consejo que en una ocasión me dio su padre y le doy espacio.

Sin duda, tras mi última confesión, Jud tiene que pensar.

¡Espero que me perdone lo de Amanda...!

Pero cuando me levanto al día siguiente, necesito hacerle saber que ella es mi mujer y que, pasara lo que pasase, sigo enamorado de ella, así que llamo a una floristería, encargo un precioso ramo de rosas rojas de tallo largo y hago incluir una nota que dice:

Como te dije hace tiempo, te llevo en mi mente desesperadamente.

Te quiero, pequeña.

Eric Zimmerman

Hablo con Björn.

Me presento en su casa, me sincero con él, y mi amigo, sonriendo, me da un leve puñetazo en el estómago y afirma que estoy haciendo lo correcto. Si quiero algo, he de ir a por ello, y ese ello es Judith: ¡la quiero!

Pero las horas pasan y ella no da señales de vida. Ni siquiera me manda un mensaje poniéndome verde por lo ocurrido con Amanda, y eso comienza a agobiarme.

¿Y si no me perdona?

¿Y si ya se ha olvidado de mí?

¿Y si sólo he sido un juguete para ella?

¿Y si...?

La angustia me puede, me destroza, y finalmente, sin poder aguantar un segundo más, llamo por teléfono al piloto de mi jet y le hago saber que dentro una hora, a lo sumo hora y media, estaré en el aeropuerto. Necesito ir a España.

★ ★ ★

Una vez en Madrid, voy directo a su casa y nadie abre la puerta.

Espero durante toda la noche en su portal, pero ella no da señales de vida y me angustio, por lo que, a las nueve de la mañana, llamo a Manuel. Necesito saber si está en Jerez y, al oír a su padre decirme que su hija se ha marchado de viaje pero que no le ha dicho adónde, maldigo para mis adentros.

Sin duda Judith lo ha hecho así para evitar que la encuentre.

Destrozado, regreso a Múnich, pero le envío cientos de mensajes al móvil y a su email:

De: Eric Zimmerman
Fecha: 25 de mayo de 2013, 09.17 horas
Para: Judith Flores
Asunto: Perdóname

Estoy preocupado, cariño.

Lo hice mal. Te acusé de ocultarme cosas cuando yo sabía lo de tu hermana y no te lo dije. Soy un idiota. Me estoy volviendo loco. Por favor, llámame.

Te quiero,

Eric

Espero contestación.

Acabo de decirle que la quiero, que me estoy volviendo loco, pero esa noche, cuando no recibo nada, vuelvo a escribirle.

De: Eric Zimmerman
Fecha: 25 de mayo de 2013, 22.32 horas
Para: Judith Flores
Asunto: Jud..., por favor

Sólo dime que estás bien. Por favor..., pequeña.
Te quiero,
Eric

No duermo.

Me paso toda la noche frente al ordenador por si ella me responde, pero nada, no lo hace, y vuelvo a escribir:

De: Eric Zimmerman
Fecha: 26 de mayo de 2013, 07.02 horas
Para: Judith Flores
Asunto: Mensaje recibido

Sé que estás muy enfadada conmigo. Me lo merezco. He sido un idiota (además de un gilipollas). Me he portado fatal y me siento mal. Contaba los días para verte en la convención de Múnich y, cuando te tuve delante, en vez de decirte lo mucho que te quiero, me porté como un animal furioso. Lo siento, cariño. Lo siento, lo siento, lo siento.
Te quiero,
Eric

Una vez que envío el mensaje, intento dormir, aunque con un ojo abierto, porque cuando ella responda, quiero que sepa que estoy ahí.

Pero nada, vuelve a pasar el día y ella sigue sin contestar, por lo que esa madrugada, mientras escucho a ese cantante que tanto adora mi mujer en mi despacho, insisto:

De: Eric Zimmerman
Fecha: 27 de mayo de 2013, 02.45 horas

Para: Judith Flores
Asunto: Te extraño

Escucho nuestras canciones.
Pienso en ti.
¿Me perdonarás alguna vez?
Te quiero,
Eric

★ ★ ★

Cuando me despierto el día 27, estoy cansado, agotado. Me duele la cabeza, los ojos y, por dolerme, me duele hasta el alma.

Ese día no voy a trabajar, no puedo. Llamo a mi secretaria y le hago saber que, para cualquier eventualidad, estaré en casa. Luego me tiro en la cama y, tras tomarme una pastilla, cierro los ojos con la esperanza de que el dolor de cabeza desaparezca.

Cuatro horas después, despierto y, por fortuna, el dolor se ha esfumado y me encuentro mucho mejor.

Llamo a Manuel. Necesito saber de ella, y él, como el resto de los días, me dice que no sabe dónde está, pero que está bien. Al menos, a él lo llama por teléfono.

A diario, Simona me prepara para comer platos que me gustan.

—Gracias, Simona —le digo.

Ella sonríe. No soy hombre de dar las gracias, e insisto:

—Gracias por estar siempre que te necesito y por haber estado al lado de Judith siempre que ella te ha necesitado. Te aseguro que, sin ti, esta casa no sería lo mismo.

Simona me mira boquiabierta, pestañea y murmura:

—Señor..., gracias por sus palabras —y, cogiendo fuerzas, prosigue—: Ha de conseguirlo, señor. Ha de reconquistar a la señorita Judith, porque la necesitamos todos en esta casa.

Asiento, cabeceo y, como necesito creer en mí mismo, declaro:

—En ello estoy, Simona. En ello estoy.

Cuando ella sale del comedor, me llevo a la boca un trozo del bistec que me ha preparado y lo paladeo. Está buenísimo.

★ ★ ★

Horas después, Flyn regresa con Norbert del colegio. Salgo a saludarlos y me sorprendo al ver a mi sobrino con el labio partido. Sin dar crédito, me acerco a él y, cuando voy a preguntarle, el muchacho no me mira y corre a su habitación.

Lo observo inmóvil sin saber qué hacer, y Norbert cuchichea:

—Está bien, señor, no se preocupe.

Asiento, pero tengo que saber qué ha ocurrido, por lo que voy a su habitación y, cuando entro y cierro la puerta, antes de que yo diga nada, Flyn me mira y dice con los ojos llorosos:

—Quiero que regrese Judith.

Oír eso hace que el corazón se me reblandezca más aún.

—Flyn... —murmuro—, escucha...

—Quiero que regrese con nosotros y tú tienes que solucionarlo —insiste.

Asiento. Sé que tiene razón. He de solucionarlo.

—Un chico ha insultado a la chica que me gusta y la he defendido —explica él entonces.

Eso me sorprende. ¿A Flyn le gusta una chica?

Mi niño está creciendo. Está descubriendo que las chicas no son un rollo y, cuando voy a hablar, prosigue:

—Le conté a Judith que me gustaba Laura, pero le pedí que me guardara el secreto. Y ahora va a ser su cumpleaños y no sé qué comprarle. ¡Necesito a Jud!

Vale, era un secreto entre Judith y él y no tengo por qué enfadarme.

Ahora lo importante es que a Flyn le hace falta ayuda para regalarle algo a una chica que le gusta y, mirándolo, indico:

—Una pulserita o unos pendientes es algo que siempre les gusta a las mujeres.

Él me mira y, cuando voy a abrazarlo, se retira y reconoce:

—Yo tuve la culpa de muchas cosas, y ella, para protegerme, no te las dijo.

Sorprendido, lo observo mientras él se sienta en su cama y continúa:

—A menudo agitaba las Coca-Colas que sabía que ella iba a tomarse para que le explotaran en la cara, y Judith nunca te dijo nada.

Me siento en una silla que hay frente a él y aseguro:

—Nunca. Te lo prometo.

Flyn se limpia una lágrima que resbala por su mejilla y prosigue:

—Fui yo quien hizo que se lastimara en la barbilla.

—¡¿Qué?!

Mi sobrino me mira, percibo la culpabilidad en su rostro, e indica:

—Por mi culpa tuvieron que coserle la barbilla en el hospital.

Eso llama mi atención, e insiste:

—Yo no la quería. Quería que se marchara, y por eso la hice salir a la nieve y, después, cerré la puerta y no la dejé entrar. Y... y... ella, intentando entrar por algún lado, se subió a... y... y resbaló y se cayó.

—Flyn... —murmuro conmovido.

—Ella me dijo que no hacía falta que te lo contara —insiste secándose las lágrimas—, que ese secreto quedaba entre ella y yo. Y, luego, una tarde vi el *skate* y quise aprender. Todos mis amigos saben utilizarlo y yo quería ser un chico como los demás...

Asiento. Lo que me cuenta me está partiendo el corazón y me hace ser consciente de mis errores con él. Flyn me mira, necesito pedirle perdón, y entonces se tapa los ojos y lloriquea:

—Quiero que venga Judith. Quiero que Jud regrese a casa.

Conmovido por la necesidad que siente de ella, lo abrazo. Sin duda la añora tanto como yo.

★ ★ ★

Esa noche, cuando se acuesta, bajo a mi despacho y escribo:

De: Eric Zimmerman
Fecha: 27 de mayo de 2013, 20.55 horas
Para: Judith Flores
Asunto: Eres increíble

Flyn acaba de contarme lo de la Coca-Cola y tu caída en la nieve. ¿Por qué no me lo dijiste?

Si antes te quería, ahora te quiero más aún.

Eric

Envío el mensaje y cierro los ojos.

No sé si existe Dios o no, pero, por primera vez en mi vida, deseo que exista y me ayude con Judith. Lo necesito.

★ ★ ★

Cuando llego al trabajo al día siguiente, tras atender varias llamadas de proveedores, aparecen mi hermana y mi madre en la oficina. Con paciencia, escucho sus quejas en lo referente a la marcha de Judith. Su ausencia nos ha tocado el corazón a todos, y como puedo, finalmente me las quito de encima. Las adoro, pero odio que se metan en mi vida, y más si es para insultarme como suele hacer Marta.

Una vez que se han ido, alterado por nuestra conversación, le mando un nuevo correo a Judith. Su cabezonería ya me está cabreando.

De: Eric Zimmerman
Fecha: 28 de mayo de 2013, 16.19 horas
Para: Judith Flores
Asunto: Te lo ordeno

¡Maldita sea, Jud! Te exijo que me digas dónde estás.

Coge el maldito teléfono y llámame ahora mismo, o escríbeme un email. ¡Hazlo!

Eric

Mi nivel de desesperación crece por momentos, pero mi cabezota española ni llama ni me escribe.

Apenas duermo esa noche. Las palabras de mi madre y de mi hermana en cuanto a lo intransigente que soy no me dejan hacerlo. Y, cuando a la mañana siguiente llego a la oficina, tengo un día lioso y complicado que enreda más mi existencia.

Con un humor más bien gélido y sangriento, atiendo reuniones y nadie me rechista. Soy el jefe y aquí mando yo.

Ella no responde a mis mensajes, y me niego a escribirle más emails o a llamarla por teléfono.

¡No puedo más!

★ ★ ★

Esa tarde, cuando llego a casa, salgo con Flyn a comprar un regalo de cumpleaños para la tal Laura. Tras mucho mirar, finalmente decide comprarle una pulsera con cuentas de colores y lo noto nervioso y emocionado. Reconozco que verlo así me hace sonreír.

Por la noche, después de cenar juntos y de que él se vaya a dormir, estoy en mi despacho escuchando música, para que, como dice Jud, amanse a la fiera que hay en mí y, deseoso de que sepa lo feliz que está Flyn, decido volver a escribirle:

De: Eric Zimmerman
Fecha: 29 de mayo de 2013, 23.11 horas
Para: Judith Flores
Asunto: Buenas noches, pequeña

Perdona mi último email. La desesperación por tu ausencia me puede.

Hoy ha sido un gran día para Flyn. Laura le ha invitado a su cumpleaños y desea contártelo.

¿Tampoco lo vas a llamar a él?

Te echo de menos y te quiero,

Eric

Una vez que envío el mensaje, me voy a la cama.

★ ★ ★

Cuando me levanto miro el correo, pero nada. Sigue sin haber nada de ella.

Me voy a trabajar. Ese día hablo con muchísima gente por teléfono, incluso con Manuel, el padre de mi cabezota española, y, cuando tengo un rato libre, le escribo:

De: Eric Zimmerman
Fecha: 30 de mayo de 2013, 15.30 horas
Para: Judith Flores
Asunto: No sé qué hacer

¿Qué tengo que hacer para que respondas a mis mensajes?
Sé que los recibes. Lo sé, cariño.
Sé por tu padre que estás bien. ¿Por qué no me llamas a mí?
Mi paciencia se está resquebrajando día a día. Ya me conoces: soy un alemán cabezón. Pero por ti estoy dispuesto a hacer lo que sea.
Te quiero, pequeña.
Eric, el gilipollas

Leo el mensaje antes de enviarlo y asiento. Me siento como un total y absoluto ¡gilipollas!

69

Pasa toda la puñetera semana y sigo sin saber nada de ella. No sé dónde está, qué hace ni con quién.

Me enfado, me desespero, soy un ogro en potencia con todo el mundo, pero es pensar en ella, en mi pequeña, en mi cabezota española, y mi mundo se sacude bajo mis pies.

El viernes por la mañana, Amanda se pone en contacto conmigo por Skype para solucionar un asunto de la empresa. Alrededor de la mesa, seis personas y yo hablamos con ella y, en un receso, para tomar un café, en el que todos salen de la sala de reuniones excepto yo, me pongo los auriculares para que la conversación sea más íntima y le pido perdón por el último día que nos vimos.

—Eric..., pero si no tienes que pedirme disculpas.

Su voz es sincera.

Su gesto al otro lado de la pantalla también me lo parece.

Entiendo lo que dice. Esa noche no hicimos nada que no hubiéramos hecho en otras ocasiones, pero, convencido de que yo sí lo hice, replico:

—Amanda, fui un egoísta esa noche y...

—Eric... —me interrumpe—, sé perfectamente lo que hiciste esa noche, y fue lo que yo quería. Te pedí que me utilizaras, que me follaras, que jugaras conmigo, y lo hiciste. Lo hiciste como otras veces; ¿por qué hoy me pides disculpas?

Según dice eso, me doy cuenta de que tiene razón. Nuestro juego es ése, pero, en absoluto orgulloso con mi egoísmo, zanjo:

—Amanda, amo a Judith y lo que ocurrió no puede volver a suceder. Y si te pido disculpas es porque ese día no lo hice por placer, sino por desquite.

Ella guarda silencio.

Yo no digo más, me quito los auriculares y, cinco minutos

después, todos vuelven a entrar en la sala de reuniones y continuamos hablando de trabajo.

★ ★ ★

Después de comer, en cuanto me siento en mi despacho, decido escribirle una vez más a Judith.

De: Eric Zimmerman
Fecha: 31 de mayo de 2013, 14.23 horas
Para: Judith Flores
Asunto: No me dejes

Sé que me quieres, aunque no contestes. Lo vi en tus ojos la última noche en el hotel. Me echaste, pero me quieres tanto como yo te quiero a ti. Piénsalo, cariño. Ahora y siempre, tú y yo.
Te quiero. Te deseo. Te echo de menos. Te necesito.
Eric

Esa tarde, cuando regreso a casa, me doy un baño en la piscina. Cuando termino, estoy subiendo la escalera para darme una ducha en mi baño y oigo que suena mi móvil. Sorprendido, compruebo que es el padre de Judith y me apresuro a responder:

—Manuel...

—¿Estás sentado, muchacho?

Me estremezco al oír eso, por lo que, sentándome en un escalón, digo:

—Manuel, no me asustes.

Le oigo reír, y eso me proporciona cierta tranquilidad; entonces suelta:

—Mi morenita ya está en Madrid.

Al oírlo, me levanto de golpe y, clavando la mirada en el suelo, pregunto:

—¿Dónde está?

—En su casa, muchacho..., en su casa.

Asiento..., sonrío... y, cuando voy a decir algo, él añade:

—Acaba de regresar de su viaje y sigue algo cabezota, pero...

—Necesito verla.

—Muchacho..., dale espacio.

Termino de subir la escalera y, desesperado, replico:

—¿Espacio? Ya le he dado todo el espacio del mundo, Manuel. Me estaba volviendo loco sin saber dónde estaba y...

—Eric...

Según lo oigo decir mi nombre, me callo y él indica:

—Puede que tengas razón, pero si vas a ir a ver a mi morenita, permíteme estar cerca para echarte una mano. Necesitarás refuerzos porque, aunque sé que te quiere y se muere por estar contigo, no te lo va a poner fácil. Es muy cabezota. ¿Acaso no la conoces?

Asiento. ¡Claro que la conozco!

Y, dispuesto a todo por ella, afirmo:

—Te llamo más tarde y te digo a qué hora te recojo en el aeropuerto de Jerez. Y, Manuel...

—Dime, muchacho.

Con el corazón latiéndome como a un tonto enamorado, afirmo:

—Me cueste lo que me cueste, no voy a aceptar una negativa de ella.

Una vez que hemos colgado, llamo al piloto de mi jet. Quedo con él a las cuatro de la madrugada. Tenemos que ir a Jerez a recoger a Manuel y, después, ir a Madrid.

Luego pienso en lo que éste me ha dicho. Sin duda Judith no me lo va a poner fácil y, cogiendo el teléfono, llamo a mi madre y a mi hermana. Tienen que venir. Ellas son unos refuerzos excelentes.

Encantadas, aceptan de inmediato y quedo con ellas en el aeropuerto a las tres y cuarto de la madrugada. Vuelvo a llamar a Manuel. A él lo recogeremos sobre las ocho en Jerez.

En cuanto me ducho y bajo al comedor, al cruzarme con Simona, la miro y pregunto:

—¿Dónde está Norbert?

La mujer se para, me mira e indica:

—En la cocina, esperándome. ¿Desea algo, señor?

Asiento. Le pido que vayamos a la cocina y, cuando estamos los tres, digo:

—¿Os importaría veniros conmigo esta noche a España en mi avión privado?

Norbert y Simona se miran sorprendidos. Es evidente que no entienden nada.

—Vosotros sois dos personas importantes para Judith —explico—, y estoy decidido a ir a España a recuperarla y pedirle que se case conmigo. Sin embargo, conociéndola, estoy convencido de que necesitaré toda la ayuda posible.

Simona sonríe, asiente y de inmediato afirma:

—Cuente con nosotros, señor.

—Y, por favor, Simona —insisto mirándola—, llama a Judith por su nombre como ella quiere. Sabes que eso es importante para ella.

La mujer vuelve a sonreír, asiente, mientras Norbert afirma boquiabierto:

—Señor, iremos encantados con usted.

Una vez que ellos salen de la cocina, entra Flyn con el pijama puesto seguido de *Susto* y *Calamar*.

—¿Qué te parece si te vistes ahora mismo y nos vamos a España a buscar a Jud? —le pregunto.

Él se para, me mira y, esbozando una sonrisa, murmura:

—¿Lo dices en serio?

—Totalmente en serio.

En cero coma tres segundos, mi sobrino desaparece de la cocina. Eso me hace sonreír y, a continuación, dirigiéndome a los perros, que me miran, afirmo:

—Y vosotros también os venís. Jud estará encantada de veros.

★ ★ ★

Después, cuando llegamos al hangar donde está mi jet privado, mi madre y mi hermana, que ya nos esperan, sonríen, y Flyn, feliz, va a saludarlas.

Mientras observo a mi sobrino hablar con ellas, abro el maletero del Mitsubishi y saco el árbol rojo de los deseos de Judith. Mi madre se acerca entonces a mí y, antes de que diga nada, indico mirándola:

—Con Jud nunca se sabe, mamá..., y cualquier ayuda es poca.

Ella sonríe sin dar crédito, no dice más, y, nervioso, espero la llegada de Björn, Frida y Andrés con el pequeño Glen. Ellos tampoco pueden faltar.

Durante el viaje, casi todos se quedan dormidos.

—¿Lo vas a hacer? —me pregunta Björn en un determinado momento.

Sé a qué se refiere, por lo que, sacando el anillo que Jud ya me ha devuelto en dos ocasiones, afirmo:

—Sí. Voy a pedírselo.

Mi amigo sonríe, posa la mano en mi pierna y murmura:

—Me alegra ver que por ella quemas todas las naves.

Asiento. Miro el anillo que tengo entre los dedos y aseguro:

—Por ella quemo la naviera entera.

★ ★ ★

A las ocho menos cinco de la mañana estamos aterrizando en el aeropuerto de Jerez. Llegamos al hangar y Manuel aparece poco después junto a Raquel y la pequeña Luz, y, cuando bajo del avión, la chiquilla arranca a correr en mi dirección gritando:

—¡Tito Eric!

Sonrío.

Me gusta ser el tito de esa pequeñaja preguntona. Ella me abraza, me mira y pregunta:

—Tito, ¿voy a poder irme este verano con vosotros y bañarme en vuestra piscina?

Encantado por su efusividad, tan parecida a la de mi amor, respondo:

—Por supuesto que sí.

En ese instante, Flyn aparece a nuestro lado y soy consciente de cómo los dos niños se miran. Uf..., malo..., malo... Pero entonces mi sobrino, sorprendiéndome, pregunta:

—¿Sabes jugar al *Mario Kart*?

Miro a Luz. Ella parpadea y, retirándose con chulería el flequillo de la cara, oigo que afirma:

—Soy la puñetera ama del juego..., nene.

Me río y, sorprendido al comprobar cómo mi sobrino le da una oportunidad a una chica para jugar con él, me dispongo a decir algo cuando oigo:

—¡Ay, Eric! Espero que mi hermana entre en razón y entienda de una maldita vez que fui yo quien te prohibió que le contaras lo de mi separación.

Al mirar a Raquel suspiro y, tras darle un beso en la mejilla, afirmo:

—Yo también lo espero.

A continuación, Manuel se acerca a mí, me da un abrazo y murmura:

—Vamos, muchacho, ¡tienes que reconquistar a mi morenita!

Encantado, asiento. Luego todos montamos en el avión y, minutos después, despegamos rumbo a Madrid.

70

Cuando aterrizamos en Madrid, tengo los nervios a flor de piel. Sin embargo, trato de ser el tío fuerte e impasible de siempre; nos recoge un minibús que he alquilado para todos y nos dirigimos hacia el barrio de Judith.

Una vez frente a su portal, todos me miran. Esperan que yo diga algo y, suspirando, indico:

—Vale. Éste es el plan. Subimos, os escondéis y yo intento hablar con ella. Si veo que me lo pone difícil, vais apareciendo uno a uno en el orden que hemos dicho y me ayudáis. ¿Os parece bien?

—¡Nos parece genial, cariño! —afirma mi madre.

Con una sonrisa, la miro. Ella mejor que nadie sabe cómo me siento y, tras guiñarle un ojo, oigo a Manuel, que dice mientras abre el portal con su llave:

—Vamos, muchacho... ¡Tú puedes!

En silencio, todos entramos en el edificio, junto a *Susto* y *Calamar*, que van olisqueando el suelo. Cuando llegamos al descansillo de Jud, los miro a todos y susurro nervioso:

—Esperadme aquí.

Todos asienten y oigo que Raquel dice bajito:

—¡Suerte con la cuchufleta!

Feliz pero acojonado a partes iguales por el toro miura al que voy a enfrentarme, camino hacia la puerta de Judith y oigo música al otro lado. ¡Bien! Eso amansará a la fiera.

Con el corazón a mil, miro al frente.

¿Y si no quiere verme?

Pero necesito respuestas, así que me armo de valor y llamo al timbre. Instantes después, la mujer más bonita del mundo está ante mí.

Nos miramos...

Parpadeamos...

Y, antes de que yo pueda decir nada, ella trata de cerrar la puerta. Aun así, soy rápido: meto la pierna para impedirlo y murmuro, mientras siento que me destroza el pie con la madera:

—Cariño, por favor, escúchame.

—No soy tu cariño, ni tu pequeña, ni tu morenita ni nada. Aléjate de mí.

La presión que hace con la puerta es descomunal.

Pero ¡qué fuerza tiene!

Y, cuando creo que me va a partir el pie por la mitad, gruño:

—¡Dios, Jud, me estás machacando el pie!

Ella me pide que lo quite, pero yo no le hago caso; al revés, le hago saber que es mi amor, mi cariño, mi novia, mi vida...

Sin dejar de empujar la puerta, Judith me pide que me vaya, que desaparezca, pero yo me niego, ¡no quiero! Y ella sigue aprisionando mi pie con la madera.

—Déjame entrar.

—Ni lo sueñes.

Presiono. Insisto todo lo que puedo y más, y le suplico:

—Por favor, Jud. Soy un gilipollas. El tío más gilipollas que hay en el mundo, y te permitiré que me lo llames todos y cada uno de los días de mi vida, porque me lo merezco.

De pronto la fuerza con la que intenta cerrar la puerta se suaviza, sin duda mis palabras por fin le han removido algo por dentro y, como puedo, la abro por completo e insisto mientras retiro el pie:

—Escúchame, pequeña... —Entonces miro al fondo y veo la leonera que tiene montada en el piso, y con una sonrisa pregunto—: ¿Limpieza general? ¡Vaya, estás muy muy cabreada!

Judith jadea. Me mira con incredulidad y sisea:

—Ni se te ocurra entrar en mi casa. Y, antes de que sigas con el chorreo de palabras bonitas que me estás diciendo, quiero que sepas que no voy a volver a hipotecar mi vida para que todo vuelva a salir mal. Me desesperas. No puedo contigo. No quiero dejar de hacer las cosas que a mí me gustan porque tú desees tenerme en una jaula de cristal. No, ¡me niego!

Tiene razón. Tengo que cambiar. No puedo agobiarla ni asfixiarla como estaba haciendo y, mirándola, murmuro, necesitando que sienta que cambiaré por ella:

—Te quiero, señorita Flores.

Judith me mira. Pero niega con la cabeza y, sin querer creer en mis palabras, exclama:

—¡Y una chorra! ¡Déjame en paz!

La miro. Necesito que conecte con mis ojos, con estos ojos azules de los que un día se enamoró, pero de pronto, ¡zas!, me cierra en las narices.

Miro la puerta boquiabierto. Y meneo la cabeza cuando mi hermana, mi madre, Raquel y todos los demás comienzan a cuchichear:

—Llama..., llama otra vez.

Les pido que se callen, que no monten jaleo, pero están revolucionados. Tan revolucionados como yo.

Sin perder tiempo, vuelvo a llamar mientras les insisto en que se tranquilicen. Entonces Simona, levantando la voz, dice acercándose a mí:

—No puede darse por vencido, señor. Tiene que convencer a la señorita Judith.

—Lo intento, Simona, ¿no lo ves?

La mujer asiente, menea la cabeza, y entonces su marido se acerca también. En ese instante, Judith abre la puerta, nos mira boquiabierta y Norbert suelta:

—Señorita, desde que usted se marchó de la casa, ya nada es igual. Si vuelve, le prometo que la ayudaré a poner su moto a punto siempre que quiera.

Ahora el sorprendido soy yo. ¿Acaso le he pedido a Norbert que diga eso?

Y, cuando voy a decir algo, Simona entra en la casa de mi pequeña y la abraza mientras yo las observo desde fuera y la oigo decir:

—Y yo prometo llamarte Judith. El señor me ha dado permiso. Judith, te echo de menos, y si no vuelves, el señor nos martirizará el resto de nuestros días. ¿Tú quieres eso para nosotros?

Norbert mira sorprendido a su mujer, mientras yo evito sonreír. ¡Bien jugado, Simona!

—Además —prosigue la mujer—, ver «Locura esmeralda» sola no tiene la misma gracia que cuando la veíamos juntas. Por cierto, Luis Alfredo Quiñones le pidió el otro día matrimonio a Esmeralda Mendoza. Lo tengo grabado para que lo veamos las dos.

Maravillosa. Simona es maravillosa. Y Judith, mi preciosa Jud, se lleva las manos a la boca emocionada y murmura:

—¡Ay, Simona...!

Sé que sus palabras le llegan al corazón a la mujer, y entonces soy consciente de que Manuel suelta a *Susto* y a *Calamar*, y éstos entran como dos toros en la casa.

El gesto de Jud al verlos es indescriptible.

Me mira. Mira a Simona, a Norbert, a los perros, y finalmente grita:

—¡*Susto*!

El galgo salta y salta. Está tan encantado como ella de verla, y rápidamente Jud lo abraza.

El animal, feliz, le lame la cara, hasta que al final Jud lo suelta, le da un beso en el hocico y, mirando a *Calamar*, murmura:

—Cómo has crecido, enano.

Feliz de ver su felicidad, me apoyo en la puerta, y entonces veo a mi madre acercarse. Entra también en la casa y dice, sorprendiendo de nuevo a Jud:

—Cariño mío, si no te vienes con nosotros tras la que ha montado Eric, es que eres tan cabezota como él. Este hijo mío te quiere, te quiere, y me lo ha confesado.

Judith me mira. ¡Por fin una mirada sin odio!

Luego abraza a mi madre, se besuquean, y entonces, con el rabillo del ojo, veo que Manuel avanza y, entrando en el piso, afirma para presionar más aún a su hija:

—Sí, morenita, este muchacho te quiere mucho, y te lo dije: ¡regresará a ti! Y aquí lo tienes. Él es tu guerrero y tú eres su guerrera. Vamos, tesoro mío..., te conozco, y si este hombre no te gustara, ya habrías retomado tu vida y no tendrías esas ojeras.

—Papá... —murmura mi amor conmovida.

Entonces Manuel, tan emocionado como ella, le da un beso y susurra:

—Sé feliz, mi amor. Disfruta de la vida por mí. No me hagas ser un padre preocupado el resto de mis días.

Judith llora.

Todos se emocionan por el momento y, cuando siento que me estoy emocionando yo también, Raquel pasa por mi lado y, entrando en la casa, grita tan emocionada como el resto:

—¡Cuchufletaaaaaaaaaaaa! ¡Aisss, qué bonito lo que ha hecho Eric! Nos ha reunido a todos para pedirte perdón. ¡Qué romántico! ¡Qué maravillosa muestra de amor!

Sonrío. Me gusta oír eso de Raquel, y añade:

—Un hombre así es lo que yo necesito, no un gañán. Y, por favor, perdónalo porque no te contara lo de mi separación. Yo lo amenacé con machacarlo si lo hacía.

Los ojos de Judith me buscan, los clava en mí y siento que algo en su interior se remueve. Sin duda, todas estas personas y sus palabras no la están dejando indiferente.

Acto seguido, pasa por mi lado mi hermana Marta y plantándose, frente a ella, que, al verla, ríe, dice:

—Como digas que no al cabezón de mi hermano, te juro que me traigo a todos los del Guantanamera para convencerte mientras bebemos chupitos y gritamos: «¡Azúcar!». Piensa lo que ha sido para él pedirnos ayuda a todos. Este chico por ti se ha abierto en canal, y eso se lo tienes que recompensar de alguna manera. Vamos, quiérele tanto como él te quiere a ti.

Judith la abraza. La abraza como abraza a los demás mientras me mira, y en ese momento, con disimulo, hago un gesto y entra el terremoto de Luz, que dice:

—¡Titaaaaaaaaaaaaaaaaaaaaaaa! El tito Eric ha prometido que este verano me iré con vosotros los tres meses de vacaciones a tu piscina.

Sorprendido, miro a la renacuaja. ¿Los tres meses? ¿Yo he prometido eso?

—Y en cuanto al chi..., a Flyn —prosigue la mocosa—, es muy

enrollado. ¡Mola mazo! No veas cómo juega al *Mario Kart.* ¡Qué fuerte, es buenísimo!

Judith abraza a su sobrina sonriendo y le hago una seña a Flyn, y éste entra también en el piso. La mira, se lanza a su cuello y comienza a besarla en el rostro como pocas veces lo he visto hacer.

Ella se deja besuquear encantada. Luego Flyn sale de la casa y vuelve a entrar arrastrando el árbol rojo de los deseos que hemos traído desde Múnich, lo planta en medio del concurrido y alborotado salón y dice:

—Tía Jud, todavía no hemos leído los deseos que pedimos en Navidad.

Boquiabierta y sobrecogida, Judith mira el árbol. Después me mira a mí, y Flyn, cogiendo su mano, dice para llamar su atención:

—He cambiado mis deseos. Los que escribí en Navidad no eran muy bonitos. Además, le he confesado al tío que yo también ocultaba secretos. Le he dicho que fui yo quien agitó la Coca-Cola aquel día para que te explotara en la cara, y que por mi culpa te caíste en la nieve y te hiciste la fea herida de la barbilla.

Sin apartarse de él, Judith susurra algo que no atino a entender, pero sí oigo la respuesta de Flyn:

—Debía decírselo. Siempre has sido buena conmigo, y él tenía que saberlo.

De nuevo Jud y yo nos miramos.

Algo me hace entender que su nivel de cabreo ha bajado mucho, y entonces mi madre suelta:

—¡Ah!, por cierto, cariño, a partir de este año, las Navidades las celebraremos juntos. Se acabó celebrarlas por separado.

—¡Bien, abuela! —afirma Flyn.

—Y nosotros estaremos también —añade Manuel.

Todos lo miramos cuando Luz aplaude y grita:

—¡Bien, yayo!

Entonces, Björn, Frida y Andrés, con el pequeño Glen, entran también en el piso, y Jud se lanza feliz a sus brazos. Creo que la he sorprendido con todo esto, y me alegra haberlo hecho.

Durante un rato, los observo hablar a todos. Todos dan su opinión, su punto de vista, mientras están dentro de la casa y yo sigo en el rellano, hasta que Judith se acerca a la puerta con un gesto que me desconcierta y la agarra.

¡Oh, no!... Ese gesto no me gusta ni un pelo y, cuando creo que va a cerrar la puerta en mis narices, murmuro:

—Te quiero, pequeña. Te lo digo a solas, ante nuestras familias y ante quien haga falta. Tenías razón. Tras lo de Hannah, estaba encerrado en un bucle que no me favorecía y a mi familia tampoco. Lo estaba haciendo mal, especialmente con Flyn. Pero entonces tú llegaste a mi vida, a nuestras vidas, y todo cambió para bien. Créeme, amor, que eres el centro de mi existencia.

Judith parpadea mientras todos los demás murmuran encantados, pero el gesto de mi morenita no cambia y, temeroso de que me rechace, insisto:

—Sé que no hice las cosas bien. Tengo mal genio, soy frío en ocasiones, aburrido e intratable. Intentaré corregirlo. No te lo prometo porque no te quiero fallar, pero lo voy a intentar. Si accedes a darme otra oportunidad, regresaremos a Múnich con tu moto, y prometo ser quien más te aplauda y más grite cuando compitas en motocross. Incluso, si tú quieres, te acompañaré con la moto de Hannah por los campos de al lado de casa. Por favor, pequeña, dame otra oportunidad.

Según digo eso, sé que poco más puedo decir para convencerla.

Judith me mira. Todos nos miran, y yo ni me muevo.

De pronto, ella me empuja y me aleja de la entrada de su casa. Eso me alarma, a todos, de hecho, cuando, acercándose a mí, me arrincona contra la pared y murmura, poniéndose de puntillas:

—No eres aburrido. Me gusta tu mal genio y tu cara de mala leche, y no te voy a permitir que cambies.

Según oigo eso, una paz como no había conocido nunca se instala en mi interior.

Según oigo eso, me inunda una alegría perdida.

Según oigo eso, sé que mi pequeña ha vuelto a mí y no voy a permitir que vuelva a alejarse, por lo que, abrazándola con todo el amor de que soy capaz, acerco mi frente a la suya y cuchicheo:

—De acuerdo, cariño.

Nos miramos..., nos devoramos, y finalmente ella musita:

—Te quiero, Iceman.

Sonrío. Deseo ser su Iceman, su gilipollas, su... ¡lo que sea! Y nos besamos mientras todas las personas que nos quieren aplauden encantados.

Sin duda esa parte ha terminado bien, pero yo, que necesito más, me separo de ella y susurro:

—Pequeña, me has devuelto dos veces el anillo y, espero, que a la tercera vaya la vencida.

Y, sin pensarlo dos veces, lo saco del bolsillo de mi pantalón, hinco la rodilla en el suelo y, tras decirle lo que pienso, pregunto:

—Señorita Flores, ¿te quieres casar conmigo?

Nadie excepto Björn esperaba eso, y hace que todos griten entusiasmados mientras yo no le quito ojo a la mujer que adoro y soy consciente de cómo su cuello se llena de ronchones y se rasca.

¡Está nerviosa!

No contesta. Sólo se rasca, por lo que, levantándome, acerco la boca a su cuello y comienzo a soplarle, dándole tiempo a que procese mi petición.

Soy el primero que sé que las bodas no van con Judith, pero de repente ella me mira a los ojos y declara, volviéndome loco:

—Sí, señor Zimmerman, me quiero casar contigo.

Todos saltan felices a nuestro alrededor mientras Jud y yo nos miramos embelesados. Instantes después, ella cierra la puerta de la casa para quedarnos a solas en el rellano y pregunta:

—¿Todo esto lo has organizado por mí?

Le hago saber que sí, que, por ella, todo lo que sea y más, y finalmente nos reímos y me dice que ha echado de menos alguna que otra botellita con las etiquetas rosa.

¡Increíble! ¡Mi futura mujer es increíble!

Feliz y dichoso, le hago saber que, cuando regresemos a Múnich, tendrá todas las que quiera en la nevera, y ella sonríe y me besa.

★ ★ ★

Media hora después, cuando todos se han marchado de la casa, mi amor, entre risas, murmura que me va a castigar.

Dispuesto a todo, asiento. ¡Que me castigue!

Tan excitada como yo, me pide que vaya hasta la cama y me desnude.

¡Me gusta cómo comienza mi castigo!

Encantado, obedezco mientras sorteo las cajas sin deshacer que tienen que regresar a Múnich a la de ¡ya! y, cuando me desnudo y me tiro en la cama, Judith aparece disfrazada de policía malota.

¡Madre mía..., madre mía!

La contemplo juguetón mientras ella camina delante de mí, excitándome y tentándome, hasta llegar a su equipo de música. Con gesto guasón, me mira y, tras pulsar un botón, comienza a sonar a todo meter *Highway to Hell* de los AC/DC.

Divertido, sonrío. Ella se ríe y, sacándose la porra que lleva en el cinturón, murmura mirándome:

—Has sido muy malo, Iceman.

—Lo asumo, señora policía —asiento.

Metida en su papel de poli malota, Judith se da dos golpes secos en la mano con la porra y, a continuación, susurra:

—Como castigo, ya sabes lo que quiero.

Incapaz de no reír, lo hago. Sé muy bien lo que quiere y, cogiéndola entre mis brazos, la coloco bajo mi cuerpo y, dispuesto a que el morbo sea algo especial, tórrido y único en nuestra vida, la miro y susurro:

—Primera fantasía. Abre las piernas, pequeña.

Y lo hace. ¡Vaya si lo hace!

71

Después de pasar tres días en Madrid, en los que aprovechamos para enseñarles a Simona y a Norbert la maravillosa ciudad, regresamos todos juntos a Alemania, y una semana más tarde llegan de nuevo a casa las cosas de Judith.

Su regreso es motivo de felicidad continua, y más porque estamos preparando nuestra próxima boda.

Nos besamos..., nos acariciamos..., hacemos el amor..., y yo apenas si paso por la oficina, pues cuando estoy más de dos horas separado de ella me creo morir.

Transcurren los días y Luz llega a Múnich junto a su embarazadísima madre y su abuelo, dispuestos a pasar sus vacaciones de verano con nosotros antes de la boda.

De no soportarse, Luz y Flyn han pasado a la fase de no poder vivir separados, y lo que no se le ocurre a uno se le ocurre al otro, y en ocasiones sus trastadas son épicas, peroooooooooooo..., como veo que Judith se lo toma con tranquilidad, decido hacer yo lo mismo. No quiero que, por mis enfados y mis manías, todo se vuelva a jorobar.

Flyn se enfada cuando Jud y Luz nos ganan al *Mortal Kombat*. Boquiabiertos, tras la paliza que nos dan esas dos, mi sobrino y yo las miramos mientras ellas gritan y cantan a voces eso de: «*Weeee are the champions, my friend...*».

Feliz..., soy feliz.

Desde que ella ha regresado a nuestro hogar, todo vuelve a ser como debe ser, y cuando Flyn y Luz se van para la cocina corriendo a por algo de beber, aprisiono a mi morenita contra el sillón y murmuro divertido:

—Tenemos un minuto, dos a lo sumo. Vamos, ¡desnúdate!

Judith ríe, nos besamos, y de pronto oímos:

—¡Cuchufletaaaaaaa!

De inmediato, nos incorporamos en el sillón.

Es Raquel, que, mirándonos desde la puerta, murmura descompuesta:

—¡Ay, Dios...! ¡Ay, Dios...! Que creo que he roto aguas.

Asustados, nos levantamos. Corremos a su lado y vemos el charco que se está formando a sus pies.

¡Uf..., eso me agobia!

No esperábamos eso, y entonces una desesperada Raquel chilla descontroladamente:

—No puede ser. No puedo estar de parto. Falta mes y medio. ¡No quiero estar de parto! No. ¡¡¡Me niego!!!

Judith me pide ayuda con la mirada, pero yo no puedo hacer nada. Ni soy médico ni sé cómo parar un parto y, como puedo, murmuro mientras saco mi teléfono dispuesto a pedir asistencia:

—Tranquilízate, Raquel.

La aludida se deshace de nuestras manos y chilla:

—No puedo ponerme de parto aquí. La niña tiene que nacer en Madrid. Todas sus cosas están allí y... y... ¿Dónde está papá? Nos tenemos que ir a Madrid... ¿Dónde está papá?

De pronto Jud se tapa la boca con la mano y veo que se ríe.

Pero ¿qué hace?

La miro boquiabierto cuando trata de hacer razonar a su hermana, pero, nada, diga lo que diga, Raquel no escucha.

Jud pretende que entienda que la niña va a nacer en Alemania le guste a ella o no, pero Raquel se cabrea y comienza a lanzar golpes a diestro y siniestro, hasta que me agarra del cuello y, mirándome con los ojos fuera de sus órbitas, exige:

—Llama a tu avión. Que nos recoja y nos lleve a Madrid. Tengo que dar a luz allí.

Jud vuelve a reír a carcajadas. Sin duda, la tensión le está haciendo reaccionar así.

Entonces Raquel, consciente de que me ha cogido del cuello, me suelta y protesta mirando a su hermana:

—¡Cuchu, por favorrrrrr, no te rías!

Pero ella sigue riéndose, y a mí la situación comienza a sacarme de mis casillas.

Como puedo, me alejo de esas dos locas y hablo con Simona; ha de quedarse con los niños mientras Norbert regresa con Manuel. A continuación, sin importarme las protestas de Raquel, la cojo en brazos, la meto en el coche a la fuerza y Judith y yo la llevamos al hospital donde trabaja mi hermana Marta.

Una hora después, llegan Norbert y Manuel. El hombre está preocupado, nervioso, y yo le hago saber que Raquel está en buenas manos y, además, acompañada de Judith, y eso parece tranquilizarlo.

Pasan las horas y, cuando voy a levantarme para preguntar si hay noticias, de pronto se abren las puertas y aparece mi pequeña, que, mirándonos a su padre y a mí, susurra:

—¡Dios, ha sido horrible!

Preocupado por ella, la cojo, y Jud insiste:

—Ha sido horroroso, Eric..., horroroso. ¡Mira cómo tengo el cuello de ronchones!

Asiento. Tiene el cuello fatal. Entonces Manuel, que nos observa, protesta impaciente:

—Morenita, déjate de tonterías y dime cómo está tu hermana.

Judith mira a su padre, suspira y cuchichea:

—¡Ay, papá, perdona! Raquel y la niña están estupendamente. La pequeña ha pesado casi tres kilos, y Raquel ha llorado y ha reído cuando la ha visto. ¡Está genial!

Manuel se alegra, nos abraza, es el hombre más feliz del mundo. Pero entonces noto que Jud se agarra a mí y observo que está muy pálida.

¿Qué le ocurre?

Se marea y, asustado, me preocupo por ella. La siento en una silla. Su padre comienza a darle aire con una revista, y ella, mirándome, susurra:

—Por favor, cariño. No permitas que yo pase por eso.

La miro sorprendido, hasta que entiendo que me está diciendo que no quiere tener niños. Manuel y yo intercambiamos una mirada, y éste, muerto de risa, indica:

—¡*Ojú, miarma*, eres igualita que tu madre hasta en eso!

Ahora el que sonríe soy yo. Nunca me he planteado tener hijos. Y, besando a Judith, la atiendo hasta que por fin se encuentra bien.

Una hora después, cuando estamos en la habitación que he contratado para Raquel, todos están felices. Ella está bien, y la pequeña Lucía es una preciosidad. Con mimo, la miro, le pido permiso a Raquel para cogerla, y ella me lo concede con una sonrisa.

Judith me mira, yo le guiño un ojo y, con una maña que no sé de dónde saco, cojo a la pequeñina de la cuna y, cuando la coloco entre mis brazos, me siento el hombre más gigante del mundo.

La niña es preciosa, chiquita, morenita, y tiene unos morretes que me enamoran. Y, sin poder evitarlo, contemplo a mi pequeña y digo:

—Cariño, ¡yo quiero una!

Raquel y Manuel sueltan sendas carcajadas, cosa que Judith no hace, y, negando con la cabeza, sisea:

—¡Ni loca!

Su gesto y el modo en que me mira me indican que no le hace ni pizca de gracia, y por último, sonriendo, no insisto más. No obstante, acabo de decir que quiero hijos. Seguro que se parecerán a ella.

★ ★ ★

Esa noche, cuando regresamos a casa, Judith está callada, tanto, que me asusta. Nos casamos dentro de unos días y, parando el vehículo en cuanto llegamos a nuestra urbanización, le pido:

—Baja del coche.

Ella sonríe. Sabe por qué lo hago, y obedece.

Busco cierta canción que para nosotros es especial y, cuando la encuentro, la pongo a todo meter. Acto seguido, bajo del vehículo, miro a la mujer que me observa y, mientras la voz de Malú canta *Blanco y negro*, pregunto:

—¿Bailas conmigo?

Judith sonríe, baila conmigo y, al tiempo que nos movemos abrazados, yo hablo de niños.

Ella se niega. Me hace saber que no quiere hijos, se niega a pasar por el dolor que ha pasado su hermana, y murmura:

—¡Oh, Dios, Eric! Si hubieras visto lo que yo he visto, entenderías que no quisiera tenerlos.

Sonrío, no lo puedo remediar, y entonces ella, gesticulando, insiste:

—Se te pone eso... enorme..., enormeeeeee, y debe de doler una barbaridad. No, definitivamente, me niego. No quiero tener hijos. Si quieres anular la boda, lo entenderé. Pero no me pidas que piense en tener niños ahora mismo porque no quiero ni imaginármelo.

¡Bien! Ha dicho «ahora mismo». Eso da margen a pensarlo más adelante, por lo que, dándole un cariñoso y tierno beso en la frente, murmuro:

—Vas a ser una madre excepcional. Sólo hay que ver cómo tratas a Luz, a Flyn, a *Susto*, a *Calamar*, y cómo mirabas a la pequeña Lucía. —Judith sigue bailando, me mira, no dice nada, y afirmo—: No se cancela ninguna boda. Ahora cierra los ojos, relájate y baila conmigo nuestra canción.

Jud lo hace. Lo hace, y siento que lo disfruta.

72

*L*a mañana del enlace, mi madre aparece en nuestro hogar y se empeña en que no trae buena suerte que los dos contrayentes salgan de la misma casa.

Jud y yo nos miramos. No creemos en esas cosas. Pero, después de que Raquel se una a mi madre, por no oírlas, al final decido coger mi traje y mis cosas e irme a casa de ésta. Si no quiero que me amarguen el día..., es lo mejor.

Con mi madre, disfruto de una mañana tranquila, hasta que me suena el teléfono y, al ver que es Jud, me apresuro a cogerlo.

—¿Qué pasa, cariño?

—¡¿Que qué pasa?! ¡¿Que qué pasa?! —grita fuera de sí—. Pues pasa que tengo una hermana muy pesadita, pero mucho..., mucho..., mucho..., y una sobrina que es una gran tocapelotas, y te juro que estoy por ahogarlas a las dos en la piscina y después ahogarme yo.

Suspiro e, intentando que se relaje, murmuro:

—Cariño, tranquilízate.

Judith resopla, maldice, y al final susurra:

—Eric..., ¿crees que estamos haciendo bien?

Sin poder evitarlo, sonrío. Esa pregunta me la ha hecho ya mil veces en los dos últimos meses.

—Creo que sí, mi vida —contesto—. Creo que estamos haciendo lo mejor para nosotros.

Jud suspira y, antes de que el pesimismo se apodere por completo de ella, intento hacerle ver lo felices que vamos a estar tras la boda.

Como siempre que hablamos de ello, termino convenciéndola, pero me preocupo. Aún quedan dos horas para el enlace y el ánimo de Jud puede volver a recaer.

He organizado el día concienzudamente para hacerla feliz y quiero que lo disfrute.

Sin que ella sepa nada, he contratado a la cantante que tanto admira para que nos interprete nuestra canción, esa canción que nos enamoró y que nos enamora cada vez que la escuchamos.

También intenté que viniera el otro cantante que ella adora, pero, tras hablar con él, me comunicó que le era imposible por compromisos musicales, pero me aseguró que la próxima vez que pase por Múnich me llamará para saludar a Judith. No quiero ni imaginar su cara el día que eso ocurra.

Con la ayuda de Manuel, he invitado a algunos amigos importantes de Jerez y, sin ninguna ayuda por parte de nadie, también he invitado a algunas Guerreras Maxwell. Y, por lo que sé, todos están ya en el hotel dispuestos a sorprender a la novia en la ceremonia.

★ ★ ★

Las dos horas pasan más rápidas de lo que yo creía y, cuando entro en la iglesia de San Cayetano vestido con mi chaqué oscuro, saludo a todo el mundo.

Media hora después, con el corazón henchido de alegría, llega la novia con su padre. Judith está preciosa, es la novia más bonita que he visto en mi vida y quiero que lo lea en mi mirada. Su sonrisa me indica que, en efecto, lo lee, como asimismo me indica que está aquí porque quiere y que está feliz.

Tras una ceremonia corta, una vez que salimos de la iglesia ya convertidos en marido y mujer, todos nos cubren de pétalos de rosas blancas y arroz. Nos besamos, nos queremos, y, feliz, la miro y murmuro:

—Me encanta que por fin seas oficialmente... la señora Zimmerman.

Judith sonríe. Está tan radiante como yo, y me besa. Su expresión es de absoluta felicidad al ver a las Guerreras Maxwell —las muy locas llevan una camiseta blanca con letras plateadas que dicen «Yo quiero un Eric Zimmerman»—, junto a varios amigos de Jerez y de Madrid. ¡No se lo esperaba!

Disfrutamos de una agradable cena en la que me ocupo de que no falten las botellitas de champán con las etiquetas rosa, y vuelvo a sorprender a mi mujer cuando, para abrir el baile, aparece Malú en el escenario e interpreta para nosotros nuestra canción: *Blanco y negro*.

La fiesta dura horas. Más de las que nunca imaginé que yo podría soportar, pero lo hago y disfruto.

Enamorado, miro a mi mujer, que baila salsa en la pista con mi hermana y sus amigos mientras gritan «¡Azúcar!» como posesas, y yo me tengo que reír. ¡No puedo remediarlo!

Cuando esa noche llegamos a casa, la deseo con todas mis fuerzas. Estamos solos, mi madre se ha llevado a Flyn y, cuando cierro la puerta, la que es ahora mi mujer me va desnudando prenda a prenda y, a continuación, susurra señalando la pajarita de mi chaqué:

—Ponte la pajarita, Iceman.

Encantado, lo hago, me pongo eso y lo que ella quiera y, tirando de mí, luego Judith me lleva hasta el despacho. En la puerta, nos miramos y, antes de entrar, murmura:

—Quiero que me rompas el tanga.

Asiento. ¡Me encanta la idea!

Como un loco, me agacho ante el vaporoso vestido de novia e intento levantar la voluminosa falda, pero ésta parece no tener fin.

Pero ¿cuánta tela tiene?

Judith me mira, hace que me incorpore y, pasando a mi despacho, solicita divertida:

—Ven..., siéntate en tu sillón.

Obedezco mientras, excitado, veo cómo ella se desabrocha la falda de su bonito vestido y ésta cae a sus pies.

¡Colosal!

Jud me mira, se acerca a mí tan sólo vestida con el corpiño del vestido y el tanga y, apoyándose con sensualidad sobre la mesa de mi despacho, exige:

—Ahora, ¡rómpelo!

Y lo hago. ¡Vaya si lo hago!

Rasgo el precioso tanga y, de inmediato, el tatuaje que tanto significa para nosotros queda frente mí y, con la voz ronca por el deseo, cuchicheo, mientras paseo un dedo por encima de él:

—Pídeme lo que quieras.

Jud y yo nos miramos a los ojos y, al ver su expresión, sé lo que quiere. La conozco muy bien. Entonces, tras levantarla entre mis brazos, la llevo hasta la escalera que hay en la librería de mi despacho y la apoyo contra ella.

—Sí..., sí..., sí... —jadea ella—. Quiero a mi Iceman empotrador.

Y complacido, feliz y encantado, hago realidad su fantasía.

Ella se abre para mí y exige fuerza y profundidad, mientras yo entro y salgo de su cuerpo sin compasión, pero con deleite y osadía.

Judith se mueve, se retuerce entre mis brazos, disfruta con ese ataque, y al mismo tiempo me mira con los ojos velados por el deseo y susurra:

—Más..., dame más.

Se lo doy. Le doy todo de mí, a la vez que el fuego, la lujuria y la pasión se apoderan de nosotros y sacan esa parte animal que tanto nos gusta y que disfrutamos con locura.

Fuerza..., éxtasis..., morbo...

Todo eso, unido a nuestro amor, a nuestra devoción, convierte el acto en algo único, salvaje y especial, y, cuando ambos llegamos al clímax, nos besamos con amor y, al separarse nuestras bocas, murmuro:

—Eres mi vida, pequeña.

Jud sonríe y enreda las piernas en mi cintura, y entonces yo, satisfecho y sin soltarla, camino hacia mi mesa, abro un cajón, saco un sobre de él y digo mientras se lo entrego:

—Es el destino de nuestra luna de miel.

Sonriendo con dulzura, mi preciosa mujer mira en el interior y, abriendo unos ojos como platos, exclama:

—¡Riviera Maya! ¡Me encanta!

Lo sé..., sé que siempre ha querido ir allí, y una vez más sus deseos son órdenes para mí.

Continuará...

Referencias a las canciones

— *Blanco y negro*, Sony Music Entertainment España, S. L., interpretada por Malú.
— *Me muero por besarte*, Sony Music, interpretada por La Quinta Estación.
— *Kiss*, Warner, interpretada por Prince.
— *September*, Columbia, interpretada por Earth, Wind and Fire.
— *Cry Me a River*, 143/Reprise, interpretada por Michael Bublé.
— *Kissing a Fool*, 143/Reprise, interpretada por Michael Bublé.
— *(I Can't Get No) Satisfaction*, Decca, interpretada por The Rolling Stones.
— *Sabor a mí*, Warner Music Latina, interpretada por Luis Miguel.
— *Highway to Hell*, Atlantic, interpretada por AC/DC.
— *You Are the Sunshine of My Life*, Tamla Motown, interpretada por Stevie Wonder.
— *My All*, Sony Music, interpretada por Mariah Carey.
— *Aprendiz*, WM Spain, interpretada por Alejandro Sanz.
— *Blue Moon*, Railroad/Blackdog, interpretada por Billie Holiday.
— *We Are the Champions*, Virgin EMI, interpretada por Queen.

Megan Maxwell es una reconocida y prolífica escritora del género romántico. De madre española y padre americano, ha publicado más de treinta novelas, además de cuentos y relatos en antologías colectivas. En 2010 fue ganadora del Premio Internacional Seseña de Novela Romántica, en 2010, 2011, 2012 y 2013 recibió el Premio Dama de Clubromantica.com. En 2013 recibió también el AURA, galardón que otorga el Encuentro Yo Leo RA (Romántica Adulta) y en 2017 ha resultado ganadora del Premio Letras del Mediterráneo en el apartado de novela romántica.

Pídeme lo que quieras, su debut en el género erótico, fue premiada con las Tres plumas a la mejor novela erótica que otorga el Premio Pasión por la novela romántica.

Megan Maxwell vive en un precioso pueblecito de Madrid, en compañía de su marido, sus hijos, sus perros *Drako* y *Plufy* y sus gatas *Julieta*, *Peggy Su* y *Coe*.

Encontrarás más información sobre la autora y sobre su obra en: <www.megan-maxwell.com>.

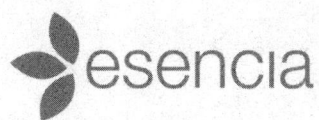